USA

UNA COMEDIA LIGERA

EDUARDO MENDOZA

UNA COMEDIA LIGERA

Seix Barral ✶ Biblioteca Breve

La canción que figura en la página 336
aparece citada en la obra de Carlos Clavería,
Estudios sobre los gitanismos del español,
C.S.I.C., Madrid, 1951

Cubierta: Closas/Salvatella

Primera edición: noviembre 1996
Segunda edición: noviembre 1996
Tercera edición: diciembre 1996
Cuarta edición: enero 1997

© Eduardo Mendoza, 1996

Derechos exclusivos de edición en castellano
reservados para todo el mundo,
excepto Estados Unidos de América:
© 1996 y 1997: Editorial Seix Barral, S. A.
Córcega, 270 - 08008 Barcelona

ISBN: 84-322-0729-2

Depósito legal: B. 2.247 - 1997

Impreso en España

1997. – Romanyà/Valls,
Verdaguer, 1 - Capellades (Barcelona)

Capítulo I

1

Aquel verano se puso de moda entre las mujeres hacer encaje de bolillos. Al margen de esta novedad, aquél fue un verano similar a todos los veranos: los días eran largos y calurosos, las noches, húmedas, los cielos radiantes, sin nubes, de un azul intenso, como satinado; hubo también, como todos los veranos, tormentas aisladas, breves, pero de gran intensidad. El invierno, por contra, había sido especialmente gélido y oscuro, un invierno que los barceloneses habían tenido que soportar con entereza, reunidos alrededor de la mesa camilla, bajo cuyas faldas humeaba sin cesar el brasero de orujo, contándose los unos a los otros los minúsculos pormenores de sus pausadas existencias, pues eran aquéllos unos tiempos tranquilos, con pocas diversiones, en los que los días y las horas transcurrían lentamente, mecidos por la mansa monotonía de las largas jornadas laborales o por los inacabables quehaceres del hogar. Los hombres ocupaban la mayor parte del tiempo en la oficina, trabajando a ratos, charlando con los compañeros, haciendo crucigramas y rellenando quinielas, mientras en casa las mujeres combatían su laboriosa soledad con los seriales, los concursos y los programas musicales de la radio, o cantando a voz en cuello, entre vapores de plancha y ruido de platos y cazuelas, coplas tristes que contaban crueles desengaños amorosos.

Por doquier reinaban el orden, la mesura y la concordia, se valoraban sobre todas las cosas la discreción y la elegancia, y se observaban los buenos modales en todo momento y ocasión: en el tranvía y en el trolebús los hombres cedían el asiento a las señoras, y se quitaban el sombrero al pasar ante la puerta de una iglesia. El tráfico rodado se detenía al paso de un entierro y la gente se santiguaba al salir de casa y al iniciar un viaje, porque en aquellos años la religión desempeñaba en su vida un importante papel de contención y de consuelo: todo el mundo era consciente de que cada acto, palabra, intención o pensamiento era juzgado de un modo implacable por el ojo omnisciente de la divinidad, pero también de que en las contrariedades y desgracias se podía recurrir al auxilio divino, bien directamente, bien por intercesión de la Santísima Virgen o de los incontables santos y santas del calendario. La práctica de los sacramentos, las misas, las novenas, los ejercicios espirituales, los sermones, la adoración nocturna y un variado surtido de actividades piadosas consumían buena parte de las horas del día, sobre todo entre las mujeres, que eran las principales destinatarias de aquel complejo tejido de fervor y ceremonia, y también sus principales beneficiarias, ya que a una mujer que a la edad de treinta años todavía no hubiera encontrado marido, apenas le quedaba más consuelo ni más pasatiempo para el resto de sus días que la asidua práctica de la devoción. Por todos estos motivos, la atención a las almas y el ritual religioso eran cosas sumamente complicadas, y la necesaria presencia de los curas se hacía sentir por todas partes. También era frecuente el rezo del rosario en familia. Nadie quería apartarse por ningún concepto del recto camino, porque aún flotaba en el aire el recuerdo conmovido de una época reciente en la que la irreligiosidad y el anticlericalismo habían conducido a todo tipo de excesos primero, y más tarde, como consecuencia inevitable, a unos años terribles, durante los cuales la ciudad vivió sumida en la violencia, el pillaje, la escasez y la zozobra; nadie estaba a salvo de la venganza, del error o del arrebato, y muchos se vieron privados sin motivo y sin remedio de sus bienes, de su libertad o de su vida. En aquellos años terribles, como en la bíblica visión, cayeron sobre la ciudad relámpagos y truenos, granizo y fuego, mientras las calles eran escenario de luchas internas y al amparo de la confusión se cometían crímenes horribles. De las ruinas humeantes se alzaba noche y día el coro de las lamentaciones.

Ahora, sin embargo, el amargo recuerdo de aquellos años sólo anidaba en rincones oscuros, y sus secuelas apenas si se hacían sentir en algunos aspectos de la vida diaria. Por más que las autoridades ponían el máximo empeño en resolver graves problemas de abastos, el pan, las alubias, las lentejas, los garbanzos, la carne, el azúcar y el aceite escaseaban en la mesa del pobre, y los inmigrantes, debido a la carestía de los materiales, que impedía la construcción de nuevas viviendas, habían de alojarse en endebles barracas, hechas de adobe y de zinc, agrupadas sin orden ni criterio en barrios carentes de todo servicio, sin escuelas ni dispensarios, sin agua y sin luz, sobre tierras baldías, inadecuadas para el asentamiento humano, como las playas o los cauces secos de los ríos o las laderas empinadas de los montes, donde las lluvias torrenciales del otoño ocasionaban año tras año inundaciones y a menudo víctimas mortales. Tampoco faltaban infortunados que, no habiendo conseguido trabajo y no pudiendo permitirse ni siquiera una de aquellas barracas cochambrosas, merodeaban por las calles practicando la mendicidad y dormían bajo los bancos públicos o en el interior de los camiones estacionados a las afueras. Pero estos pequeños contratiempos no bastaban para alterar la buena marcha de la ciudad, ni la callada conformidad de sus gentes, dispuestas a comprar el reposo a cualquier precio. Habían sufrido tanto que ahora los hombres cifraban toda su ambición en ganar un sueldo mínimamente decoroso, pagar las cuentas, hablar de política en tono amortiguado, discutir de toros y de fútbol y contar chistes picantes. En estas charlas vehementes, osadas o salaces, nunca participaban las mujeres, pues era en ellas donde debía reflejarse en mayor grado la continencia y el comedimiento propio de los tiempos. En aquellos años la única preocupación seria de las mujeres eran los problemas planteados por un servicio doméstico cada vez más escaso, más inútil y más díscolo. Fuera de este tema angustioso e irritante, en sus conversaciones volubles y discretas, las mujeres se intercambiaban recetas, consejos y secretos culinarios y, sobre todo, hablaban largamente de trapos, porque en aquellos años, sin perder nunca de vista las normas del decoro, las mujeres habían de poner mucho esmero en su apariencia. En este terreno, los modistos de París ejercían su incruenta tiranía: aquella temporada la falda había de ser acampanada o con godets al bies, el talle, ajustado, los hombros, anchos, los cuellos, camiseros, y los escotes, cuadrados; sólo eran admisibles los colores suaves, y entre las telas, la seda y el shantung, el surah y el piqué. Aunque algunas revistas insinuaban la tendencia, ninguna mujer decente se habría atrevido a llevar la falda por encima de la pantorrilla, ni a ponerse pantalones, ni a prescindir de las medias en verano. Por la Pascua y el Corpus seguía siendo de buen tono llevar peineta y mantilla. Las autoridades eclesiásticas desaprobaban estas frivolidades, que no se condecían con la dignidad y circunspección que cabía esperar de una mujer y que, en definitiva, conducían a un despilfarro incompatible con la situación de escasez por la que atravesaban las capas menos favorecidas del país. Pero sus sensatas admoniciones caían en saco roto. Este asunto, por otra parte, al igual que otros similares, quedaba relegado a segundo plano ante la súbita llegada de los insoportables calores estivales, que hacían reverberar el asfalto durante el día y no dejaban conciliar el sueño por las noches, y para huir de los cuales las familias, tan pronto concluía el año escolar y cerraban sus puertas los colegios, se trasladaban a sus coquetas residencias veraniegas. Las familias pudientes veraneaban en la costa, y las de medio pelo, en la montaña. Algunas familias ricas poseían dos residencias veraniegas y alternaban el mar y la montaña, aduciendo que si bien era a la playa adonde había que ir, de acuerdo con los imperativos de la moda, el aire de la montaña resultaba tonificante para el espíritu y mucho más beneficioso para el cuerpo que el aire del mar, una consideración tan cierta como superflua, ya que en aquella época venturosa la gente de posibles gozaba de una salud envidiable.

Y así, desde la verbena de San Juan, a finales de junio, hasta la Merced, a finales de septiembre, las mujeres, los niños y el servicio doméstico abandonaban la ciudad llevándose consigo enormes bagajes sujetos por correas a la baca de los automóviles, y se instalaban en los pueblos de veraneo, mientras los hombres, retenidos por su trabajo en Barcelona de lunes a sábado, pues la semana inglesa se conocía pero no se practicaba, sobrevivían precariamente a su desamparo, comiendo y cenando en restaurantes de mantelillo y combatiendo el vacío del hogar en tertulias de café o en la sesión doble de algún cine provisto de refrigeración Carrier, donde, a resguardo del calor asfixiante, apoltronados en las mullidas butacas de las últimas filas, apenas se apagaba la luz y empezaban a sonar los compases del NO-DO, procuraban dormitar para no caer bajo el influjo perverso de las películas sentimentales de aquellos años, cargadas de un romanticismo intoxicante y pobladas de mujeres fatales, que levantaban oleadas de concupiscencia con sus miradas, sus risas y sus bailes, y les llenaban de tristeza el corazón y de fuego las almas. No querían que nada turbase la tranquilidad de sus vidas, y las malas mujeres constituían un riesgo del que nadie podía considerarse totalmente a salvo; de su mano venían siempre el pecado, la ruina y la discordia.

2

Emergiendo de un denso vaho, el conserje salió precipitadamente de su garita al ver entrar a Prullàs. Lo saludó con mucha deferencia; sonreía mostrando dos hileras de dientes grandes e irresolutos y en la mano llevaba una palmatoria de barro con un cabo de vela, porque la luz, según dijo, tan pronto se iba como se venía. Aunque las restricciones habían sido suprimidas hacía un tiempo, una leve sobrecarga en el consumo de energía eléctrica, un fallo en la red de distribución o cualquier otra causa podía provocar y de hecho provocaba a diario numerosos apagones. En aquel momento, sin embargo, brillaba la lámpara de techo en el vestíbulo del teatro y un flexo proyectaba un cono de luz amarillenta sobre el periódico desplegado en la repisa de la garita. El conserje corrió la falleba de la puerta de entrada al vestíbulo para asegurarse de que nadie podría colarse en el teatro por aquel lugar durante su ausencia y echó a andar por el pasillo sin atender las protestas del otro, que le aseguraba que no hacía falta que se molestase. Bonifaci, conozco el camino y no me voy a perder.

Pero el conserje movía la mano que sostenía la palmatoria como para llamar la atención del recién llegado sobre la utilidad de este adminículo humilde. Aquel gesto parecía llevar implícito este mensaje: Si de repente se fuera la luz, como ha venido sucediendo toda la tarde, ¿qué sería de usted? Así recorrieron ambos el pasillo y desembocaron en otro más estrecho, sin puertas ni ventanas.

No somos sólo nosotros, dijo el conserje sin dejar de andar; tan pronto se fue la luz salí corriendo: toda la manzana a oscuras y la calle como boca de lobo; de modo que se trata de una avería general; probablemente un transformador.

Probablemente, corroboró Prullàs con más solidaridad que convicción. Un par de días antes, en circunstancias análogas, el portero de su casa había atribuido el apagón «a la bomba atomicia». Por aquellas fechas la prensa, la radio y los noticiarios cinematográficos se habían hecho amplio eco de la explosión de una bomba atómica en el desierto de Nevada; ahora la desintegración del átomo y la reacción en cadena eran términos que nadie comprendía, pero que estaban en boca de todos. A Prullàs le sorprendía e irritaba que el portero de su casa dijera «atomicia» en lugar de atómica: imputaba aquel error a negligencia. En cambio Bonifaci, que era lector asiduo de la prensa vespertina, atribuía el apagón a una causa mucho más simple y más próxima. Aunque opinando acerca del apagón sin el menor conocimiento tanto el conserje del teatro como el portero hablaban por hablar, Prullàs no podía por menos de encomiar para sus adentros la imaginación de Bonifaci, más contenida y doméstica.

En aquel momento parpadearon ominosamente las bombillas en los apliques del corredor. ¿Qué le decía yo, don Carlos?, exclamó Bonifaci. Y añadió que tuviera la bondad de sostener la palmatoria mientras él buscaba una cerilla. La decisión de Bonifaci no podía haber sido más oportuna: apenas enunciada, las luces se apagaron definitivamente y el corredor quedó sumido en tinieblas. Bonifaci encendió una cerilla. Tras prender con ella el cabo de vela y haciendo pantalla con la mano para proteger la llamita que se agitaba en el pábilo, echó a andar de nuevo vivamente por el corredor, cuyos muros, al paso del hombre que llevaba consigo la luz, parecían abrirse para dejarle vía libre y volverse a cerrar de inmediato a sus espaldas. Al advertir aquel extraño juego de geometría, Prullàs tuvo la sensación de estar siguiendo a Bonifaci en un viaje a través del tiempo. Recordó que en otra época, en los años terribles, Bonifaci había desempeñado funciones de bombero de modo transitorio y con carácter más o menos voluntario. Con tal motivo se había agenciado un uniforme proveniente de la guardarropía del teatro: un casco de cartón pintado de purpurina y una casaca roja adornada con borlas y pasamanos, exageraciones encaminadas a subrayar el efecto cómico de la aparición ritual de un bombero en la alcoba en comedias de sal gruesa. Ahora Bonifaci llevaba un simple guardapolvo gris. El corredor desembocaba en el proscenio; hasta allí llegaba débilmente la luz procedente de la escena.

Aquí le dejo, don Carlos, si no dispone usted nada más de mí, susurró Bonifaci. Fúmese un pitillo, Bonifaci, dijo Prullàs ofreciendo al conserje un cigarrillo que aquél encendió con la llama de la vela. Mientras Bonifaci ejecutaba esta operación, Prullàs le introdujo la cajetilla en el bolsillo del guardapolvo. El conserje inició una protesta que el otro atajó con un ademán imperioso: Fuera, fuera.

*

Bonifaci se alejó muy sonriente. A la luz de un quinqué colocado sobre la mesa situada en la embocadura del escenario, de espaldas al patio de butacas, un hombre miraba con detenimiento unos pliegos mecanografiados. El escenario estaba iluminado por fanales de escaso voltaje alimentados por un grupo electrógeno que petardeaba sordamente en algún rincón del foro. Entre la mesa del director de escena y el centro de las tablas, donde se movían los actores, mediaba una franja de penumbra a través de la cual las voces de éstos llegaban huecas y estridentes.

JULIO: Lo he estado pensando cuidadosamente, Cecilia, he sopesado todas las posibilidades, y no veo otra salida que el asesinato.

CECILIA: ¡El asesinato! Pero, Julio...

JULIO: Sí, Cecilia, lo que oyes. Es preciso asesinar a Todoliu. Y hemos de hacerlo pronto.

CECILIA: ¿Quieres decir... con nuestras propias manos?

JULIO: Así es, guapita. Hay cosas que no se pueden confiar al servicio.

CECILIA: ¿Y dices que ha de ser pronto?

JULIO: Mañana por la tarde.

CECILIA: ¡Menuda lata! Tendré que cancelar la cita con el peluquero. ¿No podríamos aplazarlo hasta el miércoles?

JULIO: Nada, nada: tiene que ser mañana sin falta. Lo tengo todo previsto, todo organizado. No puede fallar... (*Suena un timbrazo.*) ¡Cielos! ¿Qué ha sido eso?

CECILIA: Cálmate, Julio; sólo ha sido el timbre de la puerta.

JULIO: ¿El timbre? ¿Quién puede ser? ¿Esperabas a alguien?

CECILIA: No, pero pronto saldremos de dudas. La doncella ha ido a abrir.

LUISITO (*Entrando*): Oye juju...ju...Julio, el agua ¿es vegetal, animal o mi...mi...mineral?

JULIO: ¿Quién lo pregunta?

LUISITO: El coco...el coco...el co...concurso de la radio. ¿Tú qué con...testarías?, ¿eh?

JULIO: Pues yo diría que el agua es... ¡un aire mojado!

LUISITO: Ay, Julio, ¡qué lili... pero qué li...listo eres! (*Sale.*)

JULIO: Este pobre hermano nuestro cada día que pasa está más zoquete.

CECILIA: Espero que su presencia en la casa no interfiera en nuestros planes de... ya sabes.

JULIO: ¿En el asesinato? Pero, ¡qué dices! ¡Si precisamente él es una pieza clave de mi plan!

CECILIA: ¿Luisito?

JULIO: ¡Chitón, que alguien viene!

DONCELLA (*Entrando*): La señorita del prometido... Perdón. El prometido de la señorita está aquí.

CECILIA (*Sobresaltada*): ¿Mi prometido? ¿Enrique? ¿En casa? ¿A estas horas? ¡Imposible! ¿Y no ha dicho a qué venía?

DONCELLA: No, señorita. Ha dicho que deseaba ver a la señorita. Está esperando al salón, digo a la señorita, en el salón.

CECILIA: Está bien. Dile que bajo en un periquete.

DONCELLA: Con permiso. (*Hace una reverencia y sale.*)

JULIO: ¡Lo que nos faltaba!

CECILIA: ¿Qué mosca le habrá picado? Mira que si se huele algo de lo nuestro...

JULIO (*Enojado*): Sólo a ti se te podía ocurrir echarte un novio policía.

CECILIA: ¿Y yo qué sabía? Cuando empezamos a salir no me lo dijo. Como es de la secreta... Además, ¿qué tiene de malo ser policía? Los policías son gente honrada.

JULIO: Ellos sí, tonta, pero nosotros somos criminales y estamos planeando cometer un asesinato, ¿no te das cuenta?

CECILIA: ¡Atiza, es verdad, lo que son las casualidades! Oye, Julio, ¿y no podríamos cometer el asesinato y luego dejar que mi Enrique descubra al culpable? Eso sería estupendo para su carrera, ¿no te parece?

JULIO: Sí, claro, y nosotros... ¡al patíbulo!

¿Cómo va todo?, preguntó Prullàs al director de escena aprovechando la pausa impuesta por éste. Ya ves, respondió el otro. Aunque tenía la piel levemente bronceada, como si hubiera estado tomando el sol en la montaña, su aspecto general no era saludable, advirtió Prullàs. Por inercia ambos seguían hablando en voz muy baja. Sin salir del círculo de luz que proyectaban los fanales, la primera actriz protestó. ¿Qué andaban cuchicheando esos dos? ¿Qué secretos se traían a sus espaldas?

¿Y a ti, qué te trae por esta orilla?, preguntó el director de escena sin levantar la voz, haciendo caso omiso de la invectiva. Prullàs lo miró con extrañeza, pero antes de que pudiera decir algo, el otro agregó que todo andaba mal; había veces en que todo salía mal, repitió, en que todo parecía confabularse del peor modo posible. La obra no funcionaba, los actores parecían principiantes, los chistes no hacían gracia, y, para colmo, aquellos malditos cortes de fluido eléctrico, acabó diciendo.

Pepe, ya sabes que me tienes a tu disposición, dijo Prullàs; la prueba es que he venido tan pronto me dieron tu recado. ¿Qué recado ni qué diantre?, preguntó el otro secamente; yo no te he pedido que vinieras, no te necesito para nada, bastantes quebraderos de cabeza tengo ya. ¿Tú no me has llamado a casa esta mañana? ¿No has dejado dicho que querías verme con urgencia?, dijo Prullàs. Pero antes de que acabara de hablar, ambos comprendieron de dónde procedía el enredo y quién lo había motivado. Todo ha sido un malentendido, dijo; disculpa la interrupción, ya me voy.

Se levantó sin decir nada y se encaminó de nuevo a la salida, cruzando el escenario. Al entrar en el campo iluminado por los reflectores quedó cegado momentáneamente. Oyó una voz que le preguntaba por qué se iba y qué había pasado entre ellos, a lo que se limitó a responder que se verían en el bar cuando acabara el ensayo. Procuraba no ser oído por el resto de la compañía, cuyos ojos imaginaba fijos en él.

Antes de adentrarse en el corredor tenebroso que conducía al vestíbulo, el director de escena le dio alcance y le pidió disculpas: hacía unos días que no se encontraba nada bien. No sé lo que me pasa, murmuró; perdona lo que te he dicho. No he oído nada, Pepe, dijo Prullàs rodeando los hombros del director de escena con el brazo; ya hablaremos de la obra en otro momento. Y no te preocupes por los diálogos: lo que no nos guste, lo cambiamos y en paz. Al fin y al cabo, ¡*Arrivederci, pollo!* no es Calderón de la Barca. Claro, dijo el otro. Parecía que iba a romper a llorar. Prullàs sintió un brusco ramalazo de compasión por su amigo. Siempre lo hemos hecho así, Pepe: con el material más deleznable hemos acabado levantando un éxito, y esta vez no va a ser de otro modo. Por supuesto, dijo el director de escena.

3

Hay que ver cómo alargan los días en estas fechas, don Carlos, casi son las nueve y aún se puede leer el periódico sin dar las luces, comentó el camarero.

Cuatro mesas, ocho sillas metálicas y dos parasoles listados en la acera constituían la improvisada terraza del bar, embellecida y deslindada del resto de la trama urbana por media docena de macetas de barro en cuya tierra reseca pugnaban por sobrevivir unos arbolitos escuálidos. Del interior del bar llegaba el olor rancio de las botas de vino. Prullàs asintió. Siempre le sorprendía el reencuentro con la luz natural a la salida del teatro, comentó a su vez. Pero ¿qué sería de nosotros sin el artificio de las sombras?

El camarero no parecía dispuesto a seguirle por aquellos derroteros. Había sido camarero toda su vida, tenía tres hijos varones y los tres, a su vez, eran camareros en diferentes bares y restaurantes de Barcelona. Supongo que a todo se acostumbra uno, don Carlos, señaló.

Prullàs ocupó una de las mesas, desde la cual podía observar la puerta lateral del teatro, y pidió una caña de cerveza y una ración de boquerones en vinagre, luego llamó al limpiabotas, que se había mantenido al acecho, pero sin intervenir en la disquisición, le dio unas monedas y lo envió al quiosco más próximo a comprar un diario vespertino, la prensa deportiva y una revista taurina. Cuando regresó el limpiabotas, Prullàs regaló la prensa deportiva al camarero. La revista taurina se la regaló al limpiabotas, no sin antes haber echado un vistazo a las fotografías. Una de ellas mostraba el instante posterior a una cogida aparatosa: el toro no aparecía en la imagen; sólo el torero herido, en el momento de ser conducido a la carrera hacia el callejón por su cuadrilla. La calidad de la fotografía o de la reproducción eran deficientes: el contraste entre el sol y la sombra había sido reemplazado por un gris uniforme que daba a la tragedia un aspecto sórdido y hospitalario. El pie de foto aclaraba que la cogida no había sido grave; transcurridos unos minutos, el diestro había vuelto al ruedo renqueando y había rematado la faena entre los vítores del respetable. Prullàs se puso a hojear distraídamente el *Noticiero*. De este modo trataba de amenizar la espera; en realidad se iba poniendo nervioso de un modo progresivo. Aunque creía haber zanjado el asunto, el enfrentamiento con el director de escena le había dejado dolido y confuso. Ahora leía los titulares sin enterarse de su contenido y oía sin escuchar la perorata del limpiabotas taurómaco, para quien nada había vuelto a ser lo mismo desde aquella maldita tarde en la plaza de Linares, don Carlos.

*

Finalmente se abrió la puerta del teatro que Prullàs había estado vigilando de reojo y salió a la calle Mariquita Pons. Prullàs dobló el periódico, se puso de pie y le hizo una señal con el brazo levantado. La célebre actriz respondió con otro signo y se dirigió a su encuentro. La delicadeza de sus miembros, la aparente sencillez de su atuendo y su andar trajinero la hacían parecer todavía joven; luego la proximidad modificaba esta primera impresión. Ahora, sin embargo, la luz sesgada del atardecer prolongaba el efecto mágico de las candilejas.

Siempre me ocurre lo mismo, pensó Prullàs, la veo y no la reconozco. Fuera del teatro su apariencia se le antojaba insignificante. Nada en ella justificaba el entusiasmo que podía llegar a despertar en el público, se dijo. Se diría que no sólo puede cambiar de expresión a su antojo, sino también de fisonomía, de complexión y de estatura; quizás en esto consista su mérito: en su capacidad de inspirar fantasías a voluntad, pensaba Prullàs mientras la veía dirigirse hacia la mesa que él ocupaba. ¿Quién es realmente?, se preguntaba, ¿una famosa actriz en el ocaso de su juventud, que sólo anhela agradar y ser querida por su público?, ¿la dama que descuella en los salones por su encanto y su desparpajo?, ¿o cada uno de los personajes que es capaz de encarnar en escena con tanta convicción? ¡Qué persona paradójica! Me gustaría saber a cuál de ellas he estado tratando todos estos años: quizás a una suma de las tres; quizás a una cuarta, que sólo yo conozco; quizás a ninguna, sólo a un personaje más de su repertorio, se iba diciendo.

El camarero, que acudió a su llegada y al que ella pidió una ración de gambas a la plancha y un vermut blanco con sifón, la atendió con respeto, pero sin la menor muestra de embeleso; sin duda la célebre actriz no había malgastado en él ni un ápice de su enorme poder de seducción, pensó Prullàs.

Como si pudiera leer sus pensamientos, la célebre actriz cruzó las piernas dejando al descubierto sus finas rodillas. ¿Qué os ha pasado?, preguntó. Eso quisiera saber yo, Quiqui, dijo Prullàs. Su colaboración con Gaudet se remontaba a muchos años atrás; siempre habían tenido los roces inevitables entre autor y director de escena, inclusive alguna disensión violenta, no exenta de insultos y amenazas. Ahora, sin embargo, parecía existir por parte del director de escena una cierta malevolencia hacia Prullàs, explicó éste. Y añadió que tal cosa podía deberse a trastornos de salud. Mariquita Pons asintió. También entre los actores había cundido el desaliento de resultas de aquel cambio injustificado de actitud por parte de un director de escena con quien todos habían trabajado anteriormente en muchas ocasiones. Pero, añadió acto seguido, no era ésa la razón por la cual lo había convocado, sino porque quería que él la llevara aquella noche al cine. Si no te importa que te vean del brazo con este terceto de quinceañeras, añadió señalándose a sí misma con el dedo.

Pero Prullàs no podía apartar de sus pensamientos el objeto de su enfado. Le perdono los insultos, masculló, pero no sé por qué ha dicho que los chistes eran malos. Si me llevas al cine, te lo diré, respondió ella. Dímelo y te llevaré al cine. La célebre actriz adoptó una expresión burlona. No, señor, primero al cine. ¿Y tu marido?, preguntó Prullàs.

En Madrid, repuso ella acompañando sus palabras con un ademán de desdén, como siempre que pronunciaba la palabra Madrid. Hija de padres valencianos pero nacida en La Habana por caprichos del azar, la célebre actriz Mariquita Pons se había criado en Madrid. En aquella ciudad se había iniciado y desarrollado buena parte de su vida artística. Luego se había casado con un catalán y se había ido a vivir a Barcelona, de resultas de lo cual su brillante carrera se había estancado. Con las comedias de intriga de Prullàs, que ella estrenaba indefectiblemente, cosechaba éxitos en Barcelona, que luego llevaba en gira por el resto de España, pero los grandes papeles dramáticos parecían reservados a las actrices afincadas en Madrid, donde el teatro siempre había tenido más empaque. Tampoco el cine había llamado a su puerta, salvo para ofrecerle papeles pequeños y algo zafios en comedias costumbristas. Pensar en esto ensombrecía el talante de la célebre actriz. Renuncié a la gloria por un hombre que ahora se pasa la vida en Madrid por cuestiones de negocios, solía decir Mariquita Pons.

¿Y qué película tenías pensada?, preguntó. Por toda respuesta, ella sacó del bolso un programa de mano y se lo mostró. Prullàs leyó el reclamo: PARA ELLA NO HABÍA MÁS LEY QUE SU CAPRICHO. Bajo este rotundo dictamen aparecían las caras de Bette Davis y Olivia de Havilland, ¡Vaya par de mochuelos me llevas a ver!, protestó.

4

Al salir del cine Cristina, cuando se dirigían hacia el coche estacionado en la Rambla de Cataluña, la célebre actriz se colgó de su brazo. Hacía una noche cálida y el aire estaba quieto. En su cabeza resonaban todavía los diálogos del film.

Sírveme otra copa, Mitch.
Ya has bebido bastante, Peggy. ¿Por qué no te vas a casa?
Anda, Mitch, sé buen chico. Una más y me largo, te lo prometo.
¿Qué te pasa? ¿Has vuelto a ver al señor Morton?
Oh, Mitch, ¿por qué será que todos los hombres interesantes están
  ya casados?
Quizás deberías buscar en otro sitio, Peggy.
¿Como en la tienda de la señora Merryweather? Olvídalo, Mitch.
  Yo no he nacido para tener una suegra y cuatro o cinco niños.
  Además, ¿qué tiene de malo divertirse un poco?
Quizás no todo en la vida es diversión, Peggy.

Llévame a tomar algo, Carlos; me muero de hambre y de
sed. Prullàs no contestó. No le gustaba ser visto en público en
compañía de Mariquita Pons, cuya notoriedad condenaba de
antemano al fracaso cualquier tentativa de anonimato, pero
tampoco podía negarse a complacerla. Un pordiosero se les
acercó sigilosamente, como si se dispusiera a revelarles un
gran secreto. Tengo a mi mujé encamá con la tisi, susurró.
Prullàs le dio una peseta y el pordiosero se alejó farfullando
frases de gratitud. La célebre actriz todavía parecía ensimis-
mada. Reconoce que la película te ha gustado, dijo. No, respondió Prullàs. Bah, eso lo dices porque no te gusta el cine,
dijo ella. Claro, ¿cómo me va a gustar?, repuso Prullàs; en el
cine todo es falso; no sé cómo puedes tomártelo en serio; no
sé cómo nadie puede tomarse en serio unas fotografías que
hablan. Tienes razón, Quiqui, me revienta el cine y en especial
el cine americano. En el cine americano la gente se llama de
un modo imposible de recordar y vive todo el año en casas de
veraneo, ¿qué tiene esto de bonito?

Que hace soñar, replicó Mariquita Pons; a las personas
normales les gusta soñar que viven en una casa de dos plantas, con porche, garaje y jardín. También les gusta soñar que
no se llaman Pérez ni García, sino un nombre extranjero:
creen que ese nombre los transportará lejos de su trabajo, de
su casa, de su familia, de todo lo que no soportan. Las personas viven dentro de una película continua que se proyecta en
el interior de sus cabezas; de cuando en cuando han de interrumpir la proyección y tomar contacto con la realidad, pero
luego vuelven a apagar las luces y a sumergirse en la película
que ellos mismos van escribiendo, dirigiendo y protagonizan-
do. Pues a mí no me gustaría nada llamarme Broderick Craw-
ford y aún menos tener esa jeta, dijo Prullàs.

El maître del Términus no dio la menor muestra de familiaridad al verlos entrar, pero los condujo sin demora a una mesa apartada, en un rincón discreto. Allí, a salvo de la curiosidad de la clientela, les saludó efusivamente y se interesó por su salud. Prullàs pidió una copa de coñac. Lo mismo para mí, Luis, dijo la célebre actriz. Me acabas de decir que tenías hambre y sed, dijo Prullàs cuando el camarero se hubo ido. Bueno, yo creía que el coñac era refrescante y nutritivo, replicó ella.

*

Mientras bebían pausadamente el coñac, Prullàs volvió al tema que le venía preocupando desde hacía varias horas. ¿De veras los ensayos de su obra estaban llegando a un punto muerto tal como había dicho el director de escena? Y de ser así, ¿por qué causa?, ¿acaso debido a la salud del propio director de escena, algo precaria? Mariquita Pons respondió afirmativamente. Es posible, dijo, y también al hecho de que la obra sea un auténtico petardo, añadió.

Prullàs apuró la copa de coñac de un sorbo. Alzando la voz replicó que ella decía aquello para vengarse de él, porque había puesto en evidencia su estúpida e injustificable afición al cine. ¡Anda, vete a Hollywood, a ver si te contratan para hacer de sherif en una película del Oeste!, acabó diciendo. Sin alterarse, Mariquita Pons dijo que no sabía a qué venía aquella salida de tono. Al fin y al cabo, él le había pedido su opinión y ella se la había dado. Desde luego, si prefería los halagos a la verdad, no faltaría quien estuviera dispuesto a prodigárselos; si algo sobraba en aquella maldita profesión eran los aduladores y los lameculos, dijo. Pero yo te digo las cosas tal y como las pienso, añadió al cabo de un rato; tal y como son, te guste o no te guste; aunque algo te debe de gustar, o no andarías siempre pegado a mis faldas. Que te crees tú eso, Quiqui, dijo Prullàs; yo ando pegado a todas las faldas por principio. Y nunca hago el menor caso de lo que me dices. A ver, ¿por qué es un petardo *¡Arrivederci, pollo!*? Porque el argumento es forzado, los personajes son inverosímiles y los chistes son más viejos que la sarna, repuso Mariquita Pons; ¿te parecen razones suficientes? Suficientes, pero falsas, protestó Prullàs; la trama es ingeniosa, el desenlace es sorprendente y los chistes son tan graciosos que yo mismo me río al oírlos.

Pues eres el único, cielo, dijo ella. Dejó la copa sobre la

mesa, suspiró y añadió tras una pausa: Por el amor de Dios, Carlos, ¿a quién se le ocurre a estas alturas sacar a escena un tartamudo? Hace más de un siglo que eso ya no se lleva.

De acuerdo, reconozco que no he pretendido romper moldes, contestó Prullàs; al fin y al cabo, el personaje de Luisito es un personaje clásico; pertenece a una antigua y muy noble tradición: la del gracioso, habitual en el teatro de nuestro Siglo de Oro. Da amenidad a la acción cuando una situación se alarga y sirve para rellenar tiempos muertos, como en mi obra: llaman a la puerta, la doncella acude, todos callan a la espera de saber quién será la visita inoportuna; en ese momento aparece el gracioso, introduce una nota de humor y da tiempo a que regrese la doncella.

Está bien, pero baja la voz, que nos está mirando todo el mundo, advirtió la célebre actriz. Y añadió: Estoy cansada, llévame a casa.

5

Durmió hasta el mediodía. Luego se afeitó, se duchó, se vistió y telefoneó a Gaudet. La voz del director de escena sonaba pastosa al otro lado de la línea, como si también él se hubiera despertado tarde, pero aceptó de inmediato la invitación de Prullàs. Celebro que no estés enfadado conmigo por lo de ayer tarde, dijo. No lo estoy, pero me enfadaré de veras si continúas diciendo tonterías, dijo Prullàs antes de colgar el aparato.

Desayunó y leyó detenidamente la prensa matutina. La laxitud propia del verano se hacía patente en los periódicos. La mayoría de los corresponsales y colaboradores habituales estaban de vacaciones y quienes seguían al frente de los rotativos, bien por falta de acontecimientos sustanciosos que narrar, bien por considerar que los lectores no deseaban ver rota la tregua veraniega, se limitaban a rellenar las páginas con noticias de interés efímero y liviano. Fiestas populares y crónicas taurinas, sucesos extraños, fenómenos inexplicables, inventos peregrinos y, como último recurso, la recolección de alguna hortaliza gigantesca, constituían el grueso de la información. Las crónicas de actualidad y los espacios de opinión estaban en manos de suplentes que dictaminaban sobre todas las cosas de este mundo al hilo de su inspiración y enunciaban las ideas más triviales con vehemente entusiasmo, como si acabaran de llegar a las más manidas conclusiones de un modo casi sobrenatural. Aquella mañana la sección internacional informaba de la aparición de un platillo volante sobre el desierto de Nevada y de la reanudación de los juicios de Nuremberg. Estos juicios, que en su momento habían levantado una enorme expectación, habían acabado perdiendo su atractivo con el paso del tiempo, toda vez que los reos más notorios, aquellos cuya sola imagen bastaba para reavivar tantos recuerdos y provocar sentimientos tan intensos y encontrados, aquellos a quienes se imputaban hechos de una perversidad espeluznante y de una magnitud incalculable, habían sido juzgados años atrás y sus condenas respectivas, sumariamente ejecutadas. Ahora, ante unos jueces confusos respecto de la legislación con arreglo a la cual habían de fallar y de la legitimidad de la que estaban investidos, comparecían oficiales de rango inferior, funcionarios y simples ciudadanos, cuyos actos, realizados en tiempos de vorágine, planteaban más problemas de conciencia que de derecho de gentes. ¿Eran verdaderamente culpables, se preguntaban los periódicos más serios, quienes se habían limitado a cumplir las órdenes de sus superiores o a desempeñar su cometido con eficacia y rigor, sin malicia ni animadversión, ajenos al perjuicio que sus actos podían producir a terceros en virtud de una serie de circunstancias concatenadas, de una cadena causal imprevisible y en fin de cuentas inalterable? Era éste un debate que se arrastraba desde hacía varios años, y en cuya resolución práctica parecían pesar más las razones del vencedor que los argumentos del moralista. A Prullàs, en último extremo, el asunto le dejaba indiferente. Aquel día, sin embargo, la noticia revestía un interés adicional, porque ahora quien se sentaba en el banquillo de los acusados era una figura mundialmente conocida y admirada, heredera de una ilustre dinastía, portadora de un nombre mítico: Alfried Krupp. La fama de la familia Krupp se remontaba al siglo XVI, cuando un antepasado del hombre que ahora comparecía en Nuremberg para ser juzgado, había empezado a fabricar armas para la Guerra de los Treinta Años. Desde aquella fecha remota, ninguna guerra europea a gran escala habría podido llevarse a cabo sin la contribución de la familia Krupp. Los Krupp llevaban cuatro siglos dedicados a la fabricación y perfeccionamiento de las piezas de artillería. No era ésta, sin embargo, la razón por la que Alfried Krupp se sentaba en el banquillo de los acusados. Nadie le reprochaba que hubiera fabricado armas, sino que

20

hubiera puesto su colosal industria y su ingente fortuna al servicio de una mala causa.

Prullàs salió de casa y entró en la librería de la esquina, un local bajo de techo, forrado de estanterías de madera oscura, con suelo de parquet. En la trastienda funcionaba una pequeña imprenta donde la gente del barrio se hacía hacer las tarjetas de visita y el papel de carta con membrete; en primavera la imprenta trabajaba de sol a sol imprimiendo estampas de primera comunión y participaciones de boda. En la tienda también se vendía material escolar. El aire denso del local olía a papel, a tinta, a goma de borrar y a pegamento. A pesar del calor excesivo, de la atmósfera casi irrespirable, Prullàs se sentía bien allí: era un lugar tranquilo, sedante.

¿No se van de vacaciones?, le preguntó a la señora que acudió a atenderle. Ella levantó los ojos al techo. *El meu marit!*, exclamó. Su marido había sido un intelectual; dos décadas atrás había suscrito un manifiesto futurista y había publicado un libro de poemas que no carecían de cierto mérito, si bien tenían muy poco que ver con los principios propugnados en el manifiesto y mucho con los estereotipos que allí precisamente eran anatematizados. Además, bebía mucho, de resultas de lo cual, en vez de convertirse en un poeta maldito, como seguramente deseaba, se había acabado convirtiendo en un inválido medio idiota, asaltado de cuando en cuando por espantosos delirios. Antes de caer en este estado lastimoso, se había casado con una muchacha del barrio, poco agraciada, crédula y del todo inculta. Al cabo de unos años, ella hubo de hacerse cargo del negocio, del que dependía la manutención de toda la familia, incluida la madre del borracho, sin dejar por ello de llevar la casa y de cuidar al enfermo, sin más ayuda que la de su única hija, una niña a la que Prullàs había visto nacer, y a la que, antes de cumplir los seis años de edad, se habían empezado a encomendar trabajos de responsabilidad. Ahora la pobre niña contaba ya diez años y prometía ser tan eficiente y tan poco agraciada como su madre.

¿Qué novedades hay?, preguntó Prullàs señalando los estantes. La mujer movió la cabeza con escepticismo. Los meses de verano eran meses muertos desde el punto de vista editorial, dijo. Sin embargo, añadió, acababa de leer una novela de Bernanos publicada el invierno anterior, que le había impresionado mucho. Prullàs asintió. ¿Y *La sombra del ciprés es alargada*, de este chico nuevo de Valladolid? Por motivos estrictamente comerciales y sin percatarse de ello, la mujer se había convertido con el paso de los años en una buena conocedora de la literatura contemporánea. Como no tenía la menor pretensión, Prullàs valoraba en mucho su criterio. Compró una novela de Pearl S. Buck para Martita y dos ejemplares de la última novela de Simenon.

*

Aun así, llegó con demasiada antelación a Parellada. Ocupó una mesa en la terraza, a la sombra de un árbol, pidió un vermut con aceitunas y empezó a leer una de las novelas que acababa de comprar. Gaudet llegó sin darle tiempo a terminar el primer capítulo. La novela promete, comentó; toma, he comprado otra para ti.

Entregó el segundo ejemplar a su amigo, que le dio las gracias sin entusiasmo y se metió el libro en el bolsillo izquierdo de la sahariana. Luego miró distraídamente las mesas contiguas, que habían ido llenándose de parroquianos. Frente a la terraza instaló su carrito mugriento el hombre de las palomas. El carrito iba lleno de palomas; algunas de ellas, bien para distinguirlas de las simples palomas callejeras, bien para darles mayor vistosidad, llevaban el buche o el reverso de las alas teñido de colores; una vez liberadas de su encierro, las palomas revoloteaban alrededor del hombre de las palomas y, a una señal de éste, se posaban en su brazo o en un aro metálico colocado sobre el carrito. A veces, para regocijo de los espectadores, una paloma, desafiando las órdenes recibidas, se posaba en el sombrero del hombre de las palomas; de sobra se veía, sin embargo, que este error era deliberado y fruto de un paciente adiestramiento. Con todo, aquella atracción resultaba muy poco divertida.

Volviendo a lo de ayer..., empezó a decir Gaudet. ¡Olvida lo de ayer, caramba!, exclamó Prullàs sin darle tiempo a terminar la frase. Gaudet guardó un silencio hosco; sin duda había preparado un breve discurso exculpatorio, que ahora la magnanimidad de su interlocutor le obligaba a desperdiciar. Adivinando la causa de la contrariedad del otro, añadió: Está bien, si te vas a sentir mejor pidiéndome disculpas, pídemelas y enterremos el asunto.

Gaudet respondió con un gesto vago que quería decir: Bah, no hagamos de esto una cuestión protocolaria. ¿Qué hay de tu salud, Pepe?, preguntó Prullàs al ver que el otro daba el tema por zanjado. La cara de Gaudet se ensombreció. No sé, chico, exclamó. Desde hace unos meses no me acabo de encontrar bien y no sé qué tengo, explicó. Prullàs le preguntó si le ha visto un médico. Sí, he ido a ver a mi médico de cabecera, respondió el otro; me ha auscultado, me ha tomado la presión, me ha manoseado y me ha mirado por la pantalla. ¿Resultado? Nada.

Tanto mejor, dijo Prullàs. Si de veras no es nada, tanto mejor, en efecto. Pero si no es algo, ¿a qué responden los síntomas?, suspiró Gaudet. Puede ser simple cansancio, sugirió Prullàs, o alguna preocupación; algo de lo que ni tú mismo eres consciente, pero que te va reconcomiendo. Ya sabes que los nervios atacan por donde uno menos se piensa. Gaudet sonrió. Eso mismo me dijo el médico. Luego, sin transición, agregó que pasaba las noches en vela sin causa aparente. ¿Tú crees que puede ser sólo aprensión?, dijo.

Una paloma que revoloteaba a poca altura se había posado en una mesa contigua y con el ala había volcado una jarrita de cerveza. El hombre de las palomas acudió al lugar de autos presuroso y consternado. ¡Debería hacerle pagar a usted la consumición!, dijo el cliente que había sufrido el atropello. A lo que el hombre de las palomas respondió con un gesto humilde, que quería decir: Lleva usted mucha razón, pero como soy un indigente, sólo puedo ofrecerle mis excusas. El camarero enjugaba con un paño el líquido derramado sobre el mármol y hacía señas a otro camarero para que al punto fuera llevada allí una nueva jarrita de cerveza.

Tú me conoces mejor que nadie, Carlos, dijo Gaudet cuando hubo finalizado el incidente; nunca he sido una persona quejica. Pero ahora, por una razón o por otra, me siento abatido. Lo que hago no me interesa, el trabajo me resulta una verdadera carga. Tengo la sensación de estar haciendo cosas inútiles, de haber equivocado el camino. Todo mi pasado se me presenta como un vacío estúpido. Y la posibilidad de que este abatimiento sea el síntoma de alguna enfermedad me tiene francamente preocupado. No porque pueda tener algo fatal. En el peor de los casos, me moriré unos años antes de lo que me tocaría, y eso no es tan grave. Cuando nací nadie me aseguró que fuera a llegar a viejo. Ni siquiera que fuera a llegar a la edad que tengo. ¡Cuántos conocidos se han ido quedando por el camino! Lo que me asusta, Carlos, y eso es algo que sólo te puedo contar a ti, es pensar que voy a caer enfermo, que puedo arrastrar largo tiempo una enfermedad engorrosa, convertido en un inútil. Porque si el final no es rápido, ¿quién me cuidará?

No llames al mal tiempo, hombre, dijo Prullàs; los problemas hay que resolverlos cuando se presentan; todo lo demás es hacerse mala sangre. En cuanto a la inutilidad de tu vida, ¿qué quieres que te diga? Eres un hombre querido y admirado en la profesión; has tenido muchos éxitos y tendrás muchos más. Ahora estás pasando un mal momento, una depresión. No le hagas caso: como ha venido se irá. Tú procura ver las cosas por el lado bueno y no dejes que los malos pensamientos se interfieran en tu trabajo.

Ah, por fin asoma la verdadera causa de tu preocupación, rió el director de escena. Si yo la casco, ¿quién dirigirá los sainetes para tontos que tú escribes? No tengas miedo, hombre, ¡Arrivederci, pollo! será un éxito y celebraremos aquí mismo las cien representaciones. La obra está bien. Ya sé que Quiqui te ha calentado las orejas. No tomes sus críticas muy en serio: lo que quiere es que le hagamos más caso a ella y menos a la obra. Desde luego, hay detalles que convendría retocar, como lo del tartamudo, pero en conjunto la cosa funciona. Los actores aún no han encontrado el tono justo. La propia Quiqui no está tan suelta como otras veces; ¿sabes si ha sufrido algún contratiempo últimamente? No, al contrario, dijo Prullàs, la conozco bien y sé que las cosas le van viento en popa. Bueno, pues no le des más vueltas, dijo el director de escena; ya sabes cómo son las mujeres. No, no lo sé, repuso el otro, ¿lo sabes tú, Pepe?

*

Gaudet leía atentamente la carta que le presentaba el maître. Después de mucho vacilar acabó pidiendo unas rodajas de merluza hervida. Prullàs pidió ensaladilla rusa, berenjenas rellenas y riñones salteados a la española. El cielo se había nublado sin previo aviso. Desaparecieron del mantel las manchas luminosas que pintaba el sol al filtrarse entre las hojas de los árboles. Y ya que hablamos de mujeres, dijo Prullàs, ¿quién diablos es la chica que hace de doncella en ¡Arrivederci, pollo!? Nunca la había visto. Yo tampoco, es una nueva adquisición, dijo el director de escena; y opino de ella lo mismo que tú, pero ¿qué le vamos a hacer? ¿La protegida de alguien?, preguntó Prullàs. Recomendada, dijo Gaudet; es mona y tiene buena voluntad. No vocaliza, dijo Prullàs; y se mueve como si tuviera las piernas ortopédicas. En lo de las piernas te equivocas: no son ortopédicas y quizás esté ahí el quid de la cuestión, dijo Gaudet; pero tampoco hay que exagerar: todavía está cohibida y su personaje no es fácil; requiere una chica pizpireta y ya sabes lo que cuesta dar eso en escena. Si quieres, habla con ella: no tiene un pelo de tonta y pone mucho empeño.

No, no, dijo Prullàs, prefiero dejarla en tus manos. Además, tenía pensado irme a Masnou a pasar unos días con la familia, aunque maldita falta les hago: los niños son felices sin mí y Martita se queja todo el tiempo, pero en el fondo lo pasa en grande. Sólo estaré unos días, mientras el cuerpo aguante.

El hombre de las palomas hacía la ronda de las mesas presentando su sombrero nevado de cagarrutas. Prullàs echó en el sombrero un billete y el artista callejero se alejó haciendo profundas reverencias. ¿No le has dado mucho?, preguntó Gaudet, que no se caracterizaba por su esplendidez. ¡Quién sabe si algún día no acabaremos así!, dijo Prullàs.

6

De regreso a casa, la Sebastiana le informó de que acababa de irse el señor Poveda. Ha estado esperando al señorito aquí sentado y en vista de que el señorito no venía, se ha ido, dijo. Pese a que la criada había abierto la ventana de par en par, en el recibidor flotaba todavía el aroma peculiar de Poveda. Para mí que este señor tiene un tornillo suelto, añadió. La Sebastiana tenía la frente deprimida, la nariz chata y las cejas espesas y juntas; su fisonomía era ruda, casi bestial, pero los ojos eran vivos y perspicaces. ¿Ha dicho si volvería?, preguntó Prullàs.

Sí, a segunda hora, dijo la Sebastiana. ¿El señorito cenará en casa?

Supongo que no, respondió Prullàs; tengo pensado irme esta misma tarde a Masnou. De momento, estoy en el despacho; si vuelve el señor Poveda, me avisas; y si viene cualquier otra persona, le dices que he salido.

En el despacho hacía calor. Prullàs entornó las persianas y dejó entreabiertos los postigos del balcón. Aunque no circulaba una gota de aire, la atmósfera parecía más fresca en la penumbra. Se quitó la americana, la corbata y los zapatos, se tumbó en la otomana y se quedó dormido al instante. Al despertar no reconoció su propio despacho, porque salía de un sueño profundo. Por los intersticios de las persianas entraba una luz anaranjada. Bebió un trago de agua fresca de un cántaro oculto detrás del visillo. Luego abrió las persianas y salió al balcón. Las nubes se habían ido y el cielo se había teñido de reflejos cárdenos. Bajo las copas de los árboles roncaba de modo intermitente el tráfico rodado. Volvió a entrar en el despacho, encendió las lámparas, telefoneó a Mariquita Pons y le contó la comida con Gaudet.

Lo he encontrado raro, comentó, preocupado por su salud y abatido; no tiene buen aspecto general y come muy poco. El médico le ha dicho que no tiene nada, repuso la célebre actriz. Eso no es garantía, señaló Prullàs; los médicos cometen muchos errores; a mí me parece natural que esté nervioso. Carlos, no lo defiendas: la salud no es una enfermedad sin diagnosticar, repuso Mariquita Pons, ¡apañados estaríamos! Lo que le pasa a Pepe es que aún no se ha repuesto de la muerte de doña Flavia. Estaba muy enmadrado y ahora, al faltarle ella, se le ha venido el mundo encima. Ya se le pasará y es probable que salga fortalecido de la prueba. Mientras tanto, paciencia.

La Sebastiana asomó la cabeza por la puerta del despacho y anunció que el señor Poveda acababa de llegar. Dile que en seguida estoy por él, dijo Prullàs tapando el teléfono con la mano; y a Mariquita Pons: Perdona, Quiqui, pero he de colgar: tengo una visita esperando en el recibidor.

Menuda visita, rió ella; Poveda. Sí, ¿cómo lo sabes? Porque acaba de estar aquí y me ha dicho que había ido a tu casa y como no estabas pensaba pasarse otra vez por ahí. Vaya, ¡así cualquiera!, dijo Prullàs; y añadió: Me voy unos días a Masnou, Quiqui, te llamaré a la vuelta. Saluda a Martita de mi parte y diviértete, pero no hagas disparates, rió la célebre actriz.

*

El olor de la brillantina que Poveda usaba sin tasa le llegó antes de cruzar la cortina que separaba el recibidor del ala izquierda de la casa, donde se encontraba el despacho. ¿Qué tal, Poveda?, dijo.

Estrecho de complexión, chupado de carnes, de piel amarillenta y arrugada y mirada lánguida, Poveda parecía un ave exangüe y desplumada. Quizás para contrarrestar este efecto algo vil y degradante, ostentaba un bigote fino como atributo de virilidad; un examen detenido, sin embargo, revelaba que aquel bigote no era verdadero, sino formado por dos líneas de tinta cuidadosamente trazadas sobre el labio con un pincel.

Ah, don Carlos, respondió, aún estoy bajo la impresión de un suceso inopinado que acaba de acaecerme y que al punto le voy a referir, con su permiso. Pues resulta que, en cumplimiento de una cita concertada de antemano, me persono hace un rato en casa de una dama en extremo distinguida y de renombre en nuestra ciudad, cuya identidad, sin embargo, la discreción me obliga a mantener en secreto, y la camarera que me abre la puerta, nada más verme, me espeta que la señora no puede recibirme por hallarse indispuesta en aquel momento preciso; a lo cual respondo yo diciendo que lamento la hipótesis, que nada más lejos de mi intención que importunarla y que con mucho gusto volveré al día siguiente o cuando la señora tenga a bien disponer. Pero apenas acabo de pronunciar estas palabras cuando se abre una puerta y la referida dama hace su entrada hecha un basilisco y, sin darme tiempo siquiera a expresarle mis parabienes, mirándome de arriba abajo, me dice en un tono perentorio: Pero, hombre, ¿cómo se atreve usted a ir por el mundo con semejante corbata? ¡Quítesela ahora mismo, Poveda, quítesela! Yo me desanudo la corbata sin oponer resistencia, ¿qué otra cosa podía hacer, don Carlos?, y se la entrego a la susodicha dama, la cual, ante mi asombro, la agarra con sus manos por ambos extremos y le da un tirón tan violento que la parte en dos. ¡Quién iba a suponer tamaño vigor físico en un ser tan delicado! Y así finalizó el incidente. ¿Qué le parece a usted?

Con las mujeres de temperamento todas las precauciones son pocas, Poveda, comentó Prullàs. Así será si usted lo dice, pero lo cierto es que sin corbata me siento poco menos que desnudo, replicó Poveda.

Luego miraremos de resolver este problema, dijo Prullàs lanzando sin ningún disimulo una mirada de inquietud al carillón; ahora veamos qué me trae usted.

Poveda se agachó y con evidente esfuerzo levantó del suelo una cartera de fuelles, que colocó sobre la consola del recibidor, entre los candelabros. Mientras forcejeaba con las hebillas comentó que los precios habían subido ligeramente. Ya sé que esto no es asunto que a usted le arredre, don Carlos, pero tengo la obligación de decírselo. Usted es un señor y sé que va a reaccionar con delicadeza, pero me he encontrado con cada caso que prefiero no recordar, añadió, ¡y entre gente muy conocida de nuestra ciudad!

Al abrir la cartera salió zumbando de su interior una mosca bastante gorda. Sin prestarle la menor atención, Poveda apartó uno de los candelabros y fue colocando sobre la consola los artículos a medida que los sacaba de la cartera: tres cartones de Camel, cuatro pares de medias, varios paquetes de hojas de afeitar, dos bombillas de faro de automóvil, media docena de lápices ingleses, un saquito de azúcar, dos latas de café y un carrete de fotografía.

Creo que aquí está todo lo que me encargó, exclamó contemplando con orgullo aquel diminuto bazar. Luego, entornando los párpados, como si algo hubiera llevado un ensueño a su memoria, agregó que también traía una cosa que sin duda le podía interesar, aunque era un poco cara. La había adquirido a costa de un dispendio considerable, con ánimo de vendérsela a la dama de cuya furia acababa de ser objeto, dijo, pero después del incidente de la corbata no se había atrevido ni siquiera a ofrecérsela. Luego contempló con arrobo aquella cajita que le cabía en la palma de la mano. ¡*Arpège*, el perfume de las mujeres más refinadas... y seductoras!, susurró Poveda mientras hacía aspavientos para alejar la mosca de su entrecejo.

Se lo voy a comprar, Poveda, ahórreme la glosa, dijo Prullàs. Finalizadas las transacciones, dejó solo a Poveda en la pieza de recibo, escogió de su ropero una corbata y salió de nuevo llevándola en la mano. Quédesela, Poveda, yo nunca me la pongo.

No sin protestas, Poveda acabó aceptando el regalo. Luego anunció que había compuesto una balada satírica «a la mujer francesa». Es para troncharse, don Carlos, ¿quiere que se la recite? Prullàs le dijo que no. Tenía prisa, alegó.

Ya a solas, guardó en el armario del despacho los artículos suministrados por Poveda, con la salvedad de las medias y un cartón de tabaco, que metió en un maletín junto con la novela de Simenon comprada aquella mañana, se echó al bolsillo el frasquito de perfume y una suma de dinero que sacó de la caja fuerte, informó a Sebastiana de su marcha y salió de casa.

7

El portero asomó la cabeza por la puerta que comunicaba el mostrador con su vivienda. ¿Le saco el coche, don Carlos?

Sí, sáquelo y deje este maletín en el asiento de atrás, Basilio, dijo Prullàs; yo vuelvo en cinco minutos.

En una quincallería compró dos pistolas de juguete y dos cañas de pescar; en un quiosco, *Billiken*, *Purk el Hombre de piedra*, *Lecturas* y *Triunfo*. Al regresar, el portero había estacionado frente a la casa el macizo Studebaker y con un plumero rojo sacaba el polvo a la carrocería. Una mujer de aspecto famélico y expresión compungida se les acercó y les dijo: Estoy anémica y duermo en la calle. Prullàs le dio dos pesetas y montó en el coche.

Al salir de la ciudad ya era noche cerrada. Había un tráfico de camiones moroso y maloliente, que fue disminuyendo a medida que se alejaba del cinturón industrial. En una estación de servicio de carretera se detuvo a repostar gasolina y aprovechó la ocasión para quitarse la americana y la corbata y desabrocharse el cuello de la camisa. De nuevo en la carretera hubo de extremar la cautela para no chocar con los carros que avanzaban a paso de jumento y llevaban por toda advertencia un farolillo que se balanceaba suspendido del eje trasero y daba una luz mortecina y roja como la de una brasa. Al coronar una cuesta cambiaron de repente el clima y el paisaje: el interior del coche se llenó de una brisa fresca y ligera que traía olor a mar; el rumor irregular de las olas se superponía al monótono roncar del motor, y en el horizonte brillaban las farolas de las barcas de pesca que faenaban frente a la costa. La carretera discurría entre dos filas de árboles centenarios, de tronco grueso, cuyas copas formaban un túnel de follaje.

Poco antes de llegar a Masnou hubo de detenerse en un control. Un individuo vestido de labriego verificó su documentación a la luz de un candil. En la espalda llevaba colgada una tercerola. Otros dos individuos armados contemplaban la escena desde un terraplén.

Eran más de las doce cuando detuvo el coche ante la puerta trasera de la casa. Por todo alumbrado la calle contaba con una bombilla que agonizaba al extremo de un poste de madera. La oscuridad le permitió contemplar en el cielo sin luna una muchedumbre de estrellas. Sólo el ruido lejano del agua en la arena alteraba la quietud del pueblo dormido. Entró por la puerta trasera y se encontró en un cobertizo amplio, de techo alto, húmedo y sombrío. La escasa luz proveniente de la calle le permitía ver el bulto de varias bicicletas, una mesa de ping-pong, un banco de jardín sin respaldo y una barca tumbada sobre dos caballetes. Salió del cobertizo y recorrió a ciegas el sendero que sorteaba el huerto. Del corral le llegaba el olor de las gallinas y los conejos. Al rebasar el huerto y entrar en el jardín, distinguió voces y risas femeninas. En la terraza encontró a su mujer y a una amiga de ésta, a la que no recordaba haber visto con anterioridad. Sobre el mármol de la mesa había un servicio de café y dos abanicos plegados, que el fresco de la noche hacía innecesarios.

¡Qué susto nos has dado!, chilló Martita; al oír tus pasos pensamos que sería un ladrón.

Prullàs se puso la americana que llevaba al hombro y se abstuvo de besar a su mujer, cohibido por la presencia de la desconocida.

O un asesino, dijo ésta. Luego, reparando en la extrañeza con que él la miraba, se echó a reír. Soy Marichuli Mercadal, dijo sin dar tiempo a que Martita hiciera las presentaciones. Era pelirroja y el reflejo de la lámpara amarilla que el suegro de Prullàs había hecho instalar en la terraza persuadido de que aquel color violento ahuyentaría los mosquitos y polillas arrancaba fulgores de hoguera a sus cabellos. Prullàs se inclinó y le besó la mano.

La verdad es que no te esperábamos hoy. Hace horas que los niños y mis padres se han acostado, dijo Martita. La aclaración era innecesaria: salvo la luz amarilla de la terraza, toda la casa estaba a oscuras y los postigos entornados. En aquel sosiego había algo de opresivo, pensó Prullàs. Y a mí me encuentras levantada por culpa de Marichuli Mercadal.

Vine a la caída de la tarde con ánimo de cotillear un rato, pero Martita insistió en que me quedara a cenar; luego continuamos dale que dale... y, ya ve, si no aparece usted, igual nos canta el gallo, dijo Marichuli Mercadal. Hablaba sin reserva, pero sin la impertinencia de las personas que tratan de ocultar su timidez.

Habría venido antes, pero las cosas se me fueron enredando, como siempre, dijo Prullàs. Y luego, en la carretera, me ha entretenido el somatén. Como se aburrían, un analfabeto se ha empeñado en leer toda la documentación al derecho y al revés. De todas formas, no quiero que mi presencia ponga fin a su tertulia: sigan hablando; yo me retiro. Martita le preguntó si había cenado y respondió que no tenía apetito. Marichuli Mercadal se levantó y recogió el abanico. Ya es hora de que me vaya a dormir; mañana no habrá quien me levante, dijo. Claro que tampoco tengo nada que hacer, añadió riendo.

De debajo de la silla sacó un bolso de arpillera, guardó el abanico, besó en ambas mejillas a Martita y tendió la mano a Prullàs. Mucho gusto. La acompañaré a su casa, dijo Prullàs. Ella protestó. De ningún modo; vivía a dos pasos de allí, dijo. Prullàs insistió: Está la noche muy oscura y las calles muy solitarias. ¿Y qué quiere que me pase?, dijo ella. Nada; no quiero que le pase nada: por eso mismo la voy a acompañar, respondió él. Vuelvo en seguida, añadió dirigiéndose a su mujer. Me iré acostando, dijo Martita; si tardas mucho me encontrarás durmiendo como un leño. En la nevera hay algo, por si te apetece.

He dejado el coche en la calle de atrás para no hacer ruido con la puerta del garaje, dijo él; lo voy a buscar y lo traigo a la entrada. No vale la pena que vaya por el coche, dijo Marichuli Mercadal, de verdad que vivo a dos pasos: si se empeña en acompañarme, acompáñeme a pie.

*

Está usted muy morena, dijo Prullàs después de caminar un rato en silencio; yo creía que a las personas pelirrojas les sentaba mal el sol, pero es evidente que no es siempre así.

Lo es en la mayoría de los casos, contestó ella; los pelirrojos suelen ser pecosos, de piel rosada y muy sensible. Yo soy una excepción a esta regla general, quizás porque desde pequeña he tomado mucho el sol contrariando el consejo de los médicos. En cualquier caso, éste es el color natural de mi pelo. Se lo digo por si su observación encubría alguna duda, agregó deteniéndose frente a una verja imponente.

Oh, no, al decir esto sólo me movía la curiosidad que usted me despierta, repuso Prullàs. Chirriaron los goznes de la cancela ¿En esta cabaña vive usted sola?, preguntó mientras ambos se adentraban en un jardín al fondo del cual podía entreverse la silueta de un viejo casón de cuatro plantas con mansardas y tejado de pizarra. No; están el servicio, la nena y la nurse, respondió ella, y de higos a peras, mi marido.

Prullàs retardó el paso. A pesar de la oscuridad, el jardín presentaba un cierto aspecto de descuido. Deduzco que su marido la tiene abandonada, dijo. Sí. Y usted lo echa de menos. Pues a ratos sí y a ratos no.

Marichuli, me parece que es usted una descocada, dijo Prullàs.

Ella se detuvo bruscamente en la vereda. ¿Cómo se atreve

a decirme una cosa así, señor Prullàs? Sin responder Prullàs le rodeó la cintura con los brazos. Por favor, Carlos, soy una mujer decente, susurró ella. Decente pero apasionada, dijo él. ¡Eso sí!, suspiró Marichuli Mercadal abrazándolo con encendido abandono.

Madre mía, qué cosas me pasan, pensaba Prullàs en el camino de regreso. Su mujer lo esperaba acostada, pero despierta. El café ha debido desvelarme, dijo; ¿de veras no quieres comer nada? Prullàs dijo que no. Había tenido un día muy agitado, un viaje pesado, era tarde, estaba rendido, añadió. Ven; te he echado de menos, dijo ella apagando la luz.

Yo también, dijo Prullàs volviéndola a encender. En la oscuridad seguía viendo a Marichuli Mercadal reclinada en el banco del jardín, la cabellera alborotada y la piel morena barnizada por la transpiración.

¿Qué piensas de Marichuli Mercadal?, preguntó Martita inesperadamente. La pregunta no parecía encubrir ninguna intención.

Nada de particular, respondió Prullàs; una chica agradable, risueña y de buen ver; ah, y vive en una casa espléndida. ¿A qué se dedica su marido? Y antes de obtener respuesta a esta pregunta agregó en tono confidencial: Creo que no debería dejarla sola tanto tiempo; hay mucho sinvergüenza suelto. Y tú el primero, rió Martita; ¿ella te ha dicho que su marido la deja sola? No con estas palabras; lo he deducido de la conversación. ¿Estoy equivocado?

Supongo que no, dijo Martita; a decir verdad, la conozco muy poco. Hemos hecho buena amistad, pero todavía no hemos tenido tiempo de contarnos nuestras vidas con detalle. Desde luego, va siempre sola a todas partes. Y muy despechugada, lo que significa que anda reclamando atención. Después de todo, su marido le lleva un montón de años. Por lo visto, es un eminente cirujano; cuando no está metido en el quirófano, está en algún congreso de medicina. Viaja mucho, lo llaman de todas partes; y a su mujer, que la parta un rayo.

¿Por qué no lo acompaña?, preguntó Prullàs.

Por la niña, respondió Martita; según ella misma me ha contado, su hija tiene un problema de corazón; nació con el corazón débil o algo por el estilo. La han llevado a los mejores especialistas y todos les han dicho lo mismo: que cuando sea mayor intentarán operarla, pero que de momento no se puede hacer nada. También les han dicho que lo más probable es que la niña no llegue a mayor, que se muera antes de cumplir los doce años. Figúrate qué tragedia.

¿Cuántos tiene ahora la niña?, preguntó Prullàs.

Seis o siete, dijo Martita; se ha hecho muy amiga de nuestros hijos. En la playa su toldo está al lado del nuestro, así que los niños desde el primer día se pusieron a jugar como si se conocieran de toda la vida, ya sabes cómo son los críos para estas cosas. Alicia es muy suave y delicada, quizás a causa de su misma enfermedad; esto hace la situación más triste si cabe. La compasión le humedeció los ojos. Hablemos de otra cosa. ¿No te metes en la cama? Dices que estás rendido y llevas media hora ahí plantado, en posición de firmes.

Escuchaba la historia que me estabas contando. ¿Te gustaría que fuera como esos maridos que hacen gárgaras mientras hablan sus mujeres? ¿Qué maridos son ésos?, preguntó Martita. Prullàs acabó de desnudarse y apagó la luz. No lo sé; la mayoría de los maridos ¿Y tú cómo sabes lo que hacen los maridos en la alcoba?, volvió a preguntar ella; ¿te escondes debajo de las camas y los espías? No; lo he visto en las películas. Bah, las películas sólo cuentan tonterías, protestó Martita, ¿y sabes por qué? Pues porque las historias las escriben embusteros como tú. Anda, ven y dame un abrazo, que ya veo que vienes hecho un sátiro.

8

Apenas acabado el desayuno Martita y los niños se fueron a la playa. ¿No vienes con nosotros, papá? No, qué prisas; yo iré más tarde; si voy ahora me moriré de una insolación. Cuando se vio solo sacó del maletín la novela de Simenon; entonces recordó el frasco de perfume francés que le había vendido Poveda y que había traído con el propósito de regalárselo a Martita. Lo buscó en el maletín primero y luego por los bolsillos de la americana, finalmente registró el interior del coche por si se le había caído durante el viaje, pero no pudo dar con él. Ya aparecerá, pensó; y si no aparece, mala suerte. Extendió una gandula en la pineda y estuvo leyendo sin más interrupción que la provocada por la llegada de sus suegros, que regresaban de misa de diez. Saludaron a Prullàs con afecto y le preguntaron cómo seguían las cosas en Barcelona. Nada de particular, dijo Prullàs, salvo que la FAI ha vuelto a quemar tres o cuatro conventos.

Su suegra se persignó. ¡Ay, siempre igual!, exclamó. Sabes que esta broma no me hace ninguna gracia y, sin embargo, no te cansas de repetirla, añadió en tono condescendiente. El padre de Martita se reía por lo bajo. Siempre había querido mucho a Prullàs. Martita era hija única y, como tal, heredera de su fortuna; por esta razón para él siempre había revestido la máxima importancia la persona que pudiera casarse con ella, nada le había inspirado tanto temor en la vida como los cazadotes. Sin embargo, Prullàs, que por fuerza había de representar a sus ojos aquello que más temía, se había granjeado incomprensiblemente su afecto desde el primer momento. El día de la boda, celebrada en San Sebastián con la máxima sencillez, habida cuenta de las circunstancias, apenas concluida la ceremonia religiosa, había susurrado al oído de su yerno: Sinvergüenza, menuda bicoca te llevas. Su tono era confidencial, casi de complicidad, como si sólo ellos dos estuvieran en el secreto del cambalache que acababa de llevarse a cabo ante el altar. Prullàs nunca supo ni trató de averiguar si la palabra bicoca aludía a los encantos de Martita o al patrimonio cuya disponibilidad adquiría por medio de aquel enlace. La víspera, en una sobria despedida de soltero, un amigo había expresado la misma idea con estas crudas palabras: Vaya tío, con una sola llave vas a abrir dos puertas. Consciente de que lo ventajoso de su boda con Martita había de arrojar dudas sobre la sinceridad de sus sentimientos, Prullàs se había limitado a responder con una fría sonrisa a esta insinuación soez, del mismo modo que al día siguiente, recién concluida la ceremonia, había respondido con circunspecta jovialidad a la broma de su suegro. Para éste, Prullàs era un comediógrafo de futuro incierto, sin familia ni bienes de fortuna, de costumbres desordenadas y con fama de mujeriego, la imagen, en suma, del señorito tronera; pero parecía haber decidido en su fuero interno que aquel advenedizo había de hacer feliz a su hija y con esto se daba por satisfecho. En el fondo, le aliviaba no ver en su yerno un posible continuador del negocio y, en este sentido, un competidor potencial: aunque le gustaba quejarse del cansancio acumulado después de tantos años al frente de la empresa y fingía esperar que alguien le liberase pronto de sus muchas cargas y responsabilidades, habría defendido con uñas y dientes la mínima parcela de sus atribuciones y luchado encarnizadamente con quien hubiera pretendido arrebatársela. Pero tampoco quería que a su muerte se volatilizara el fruto de los arduos esfuerzos de varias generaciones, incluidos los suyos, y se solazaba pensando que llegado el momento, un día aún lejano, sus nietos le sucederían. Esta perspectiva sosegada y esta tranquilidad de ánimo se las debía a Prullàs. Con el paso de los años y en contra de lo previsible, aquel matrimonio que las malas lenguas habían calificado de erróneo y desventajoso para la familia de Martita y al que habían augurado un desastroso final, estaba resultando mejor que si él mismo lo hubiera planeado con todo detalle. ¿No bajas a la playa?, preguntó. No, antes me gustaría acabar este libro, repuso Prullàs, ¿y ustedes? Oh, no, demasiado calor, respondieron, y demasiado bullicio. A sus ojos, la moda del veraneo en la costa había vuelto impracticables aquellos parajes otrora apacibles y pintorescos. Prullàs acabó el libro y luego se dirigió a la playa.

*

Los rayos del sol caían perpendicularmente sobre la arena y el aire parecía embebido de una claridad lechosa. Los gritos de los niños y el graznido de las gaviotas cubrían el ruido de las olas. ¿No se baña usted, señor Prullàs?, dijo una voz alegre y juvenil a sus espaldas. Al volverse vio a Marichuli Mercadal enfundada en un albornoz de color azul pastel. Llevaba la melena recogida y envuelta en un pañuelo floreado. Anoche no me pude imaginar lo guapa que resultas a la luz del sol, dijo él besándole la mano. ¿A quién buscas? A mi familia, dijo él; Martita tiene mi traje de baño y la llave de la caseta. Estará en vuestro toldo, sugirió ella. Ahí está lo malo, que no sé cuál es; todos me parecen iguales, dijo Prullàs señalando las hileras de cañizos. Será mejor que te acompañe, dijo Marichuli Mercadal; no quiero que te equivoques de toldo y te me líes con otra; vuestro toldo y el mío están juntos, explicó. Y sin transición añadió: Martita es un cielo, no le des disgustos. ¿Y cómo he de hacer para no dárselos, según tú?, preguntó Prullàs. Por de pronto, deberías ser más cuidadoso, dijo Marichuli Mercadal sacando del bolsillo del albornoz el frasco de *Arpège*; el jardinero lo ha encontrado esta mañana al borde de la piscina, junto al banco, ¿cómo crees que habrá ido a parar allí? No tengo la menor idea, dijo él; lo habrá puesto el propio jardinero para incriminar a un inocente: son muy pérfidos. ¿Era un regalo para Martita?, preguntó ella. Quédatelo si te gusta, dijo él. Marichuli Mercadal se detuvo indignada. ¡Ah, no, no pienso quedarme con nada que pertenezca a Martita!, afirmó recalcando cada palabra. ¿Cómo puede habérsele ocurrido una idea tan inapropiada y tan grosera a un hombre que pasa por inteligente y refinado, a un hombre supuestamente de mundo? ¿Es éste el ingenio que según los críticos derrochas en tus comedias? Él la miró sin decir una sola palabra y siguió andando por la arena. Entonces, ¿no habrá otra ocasión?, preguntó al cabo de un rato. Siempre que tú quieras; yo estoy libre a todas horas y a tu disposición, respondió ella con una sonrisa a la vez tímida e incitante, en la que Prullàs creyó ver un asomo de desvarío.

¡Vaya, anoche os vais juntos y ahora venís juntos; no sé qué debo pensar!, dijo Martita. Lo he encontrado zascandileando y te lo he traído, dijo Marichuli Mercadal; el clima cálido del verano y el ocio relajan las costumbres y predisponen a la concupiscencia; eso al menos nos ha dicho el señor cura párroco en el sermón de hoy. No sabía que fuera día de precepto, dijo Prullàs. No lo es, aclaró Marichuli Mercadal; es que yo voy a misa cada día. No te hacía tan devota, dijo Martita. No lo era hasta que supimos lo de la niña, respondió. Alicia, agregó dirigiéndose a Prullàs, padece una insuficiencia cardíaca congénita. Ya lo sé, Martita me lo ha contado, lo siento de veras, dijo él. Martita le dio el traje de baño y una llave grande y mohosa de la que colgaba un aro de madera. En el aro figuraba el número 14. La ropa de Martita y de los niños ocupaba la totalidad de la caseta. Cuánto más cómodo sería venir con el traje de baño puesto, como Marichuli Mercadal, pensó. Cuando regresó al toldo lo encontró invadido de niños: sus dos hijos, un niño enclenque y desgarbado al que recordaba haber visto en veranos anteriores, y una niña morena que supuso sería la hija enferma de Marichuli Mercadal. Salvo en la mirada no se parece a su madre, pensó. Marichuli Mercadal contemplaba la escena a distancia, sentada en una silla de lona plegable, bajo su toldo. Se había quitado el albornoz y ahora mostraba un traje de baño sucinto que atraía las miradas de la gente. Prullàs le guiñó un ojo y ella le sacó la lengua. Carlos, ¿quieres ayudarme a convencer a esta tribu de hotentotes?, dijo Martita, a la que los niños no cesaban de hostigar con sus gritos. ¿De qué hay que convencer a los hotentotes?, preguntó Prullàs. Aquella noche hacían cine al aire libre en el jardín del Casino y todos querían ir, pero Martita se mostraba contraria a la idea: su actitud era despótica, dijeron los niños. ¿Qué película echan?, quiso saber antes de emitir un veredicto. Una comedia musical, dijo Martita. ¿Y qué tiene de malo que los niños vayan a verla? Martita adoptó un aire grave: probablemente la película no era apropiada para su edad; a la intemperie y con la humedad de la noche, corrían el riesgo de pillar anginas y resfriados; no les convenía trasnochar. Bueno, a mí no me parecen razones de peso, dijo Prullàs. ¡Viva papá!, gritaron los niños. Vaya un aliado me ha salido, dijo Martita encogiéndose de hombros. Papá, ¿podrá venir también Alicia?, preguntó su hijo mayor. Prullàs miró a la niña con detenimiento: ni en su apariencia ni en su talante advirtió nada que revelara decaimiento u otro síntoma de enfermedad: tenía un aspecto frágil pero saludable y, a pesar de que sin duda vivía rodeada de los máximos miramientos, su actitud no era engreída ni caprichosa. Esto habrá que consultárselo a su mamá, dijo. Los niños se trasladaron masivamente al toldo de Marichuli Mercadal, a la que hicieron claudicar sin esfuerzo. Pero si te cansas o se pone a hacer frío, nos vamos a casa sin chistar, advirtió.

Zanjada la cuestión, se reunió con ellos. ¡Uf, cómo quema la arena!, exclamó; y a usted, ¡qué blanquito se le ve en traje de baño! ¿Todavía os tratáis de usted?, dijo Martita; yo confiaba en que anoche habríais intimado un poco. Prullàs dirigió una mirada de inquietud a las dos mujeres, pero en la expresión de ambas sólo advirtió placidez. De noche todos los gatos son pardos, bromeó Marichuli Mercadal; pero a la luz del día me infunde respeto. ¡Qué soltura!, pensó Prullàs con admiración. Bueno, parece que nos hemos comprometido todos a ir al cine esta noche, dijo Martita. Ah, pero, ¿no van a ir solos?, preguntó Prullàs. ¡Ni hablar!, exclamaron las dos al unísono; y puesto que tú eres el culpable, tú responderás de su integridad física y moral. El señor cura párroco nos ha advertido a menudo de los peligros del cine, dijo Marichuli Mercadal. Vaya, y de este traje de baño, ¿qué dice el señor párroco?, exclamó Prullàs. Martita intervino escandalizada: ¡Carlos, qué impertinencia es ésta! Marichuli Mercadal se reía sin malicia. No enseño nada que no se pueda ver, dijo. Odio las películas musicales, dijo él. Creo que en ésta sale Xavier Cugat, dijo Martita. Pues más a mi favor, dijo él. Marichuli Mercadal se levantó de un salto. Me voy al agua, ¿quién viene? Martita había extendido su toalla al sol y se estaba aplicando una crema protectora en los hombros y en el escote. Id vosotros; yo voy a ver si me pongo un poco morena, dijo. ¿Y usted, señor don gato pardo?, dijo Marichuli Mercadal dirigiéndose a Prullàs, ¿viene o se queda?

Despertó de la siesta sumergido en una luz que la gasa de la mosquitera convertía en polvo de oro. La cama contigua estaba deshecha y vacía. Se lavó la cara y salió a la terraza; en la glorieta vio a sus hijos enfrascados en una partida de ajedrez. ¿Habéis visto pasar a mamá?, les preguntó. Me parece que ha ido a ver si las gallinas habían puesto, respondió el mayor sin levantar los ojos del tablero. A juzgar por la posición de las piezas, la táctica de ambos jugadores era poco ortodoxa.

Sobre la alberca zigzagueaban dos libélulas de colores brillantes, una roja y otra azul; a veces se quedaban inmóviles en el aire, suspendidas sobre el agua como si el tiempo se hubiera detenido; de repente, pasando de la inmovilidad a la velocidad sin transición, salían disparadas como balas. Prullàs sorteó varias hileras de lechugas, melones y repollos y se detuvo ante una construcción de tablas claveteadas. Atisbando por uno de los intersticios vio a Martita agachada, buscando huevos entre la paja; en aquella postura la blusa dejaba al descubierto un sombrío desfiladero cuya blancura contrastaba con el suave bronceado del cuello y los brazos. Las gallinas se habían instalado en sus perchas y contemplaban con indiferencia la expoliación de que eran objeto. Prullàs abrió la puerta de tela metálica, la cerró a sus espaldas y sin decir nada se abalanzó sobre Martita. Por causa del encontronazo dos huevos resbalaron de la cesta y se estrellaron contra el suelo. ¿Te has vuelto loco?, exclamó ella. Las gallinas aleteaban asustadas, levantando una nube de polvo, plumas y briznas de paja. ¿Prefieres que haga con las gallinas lo que intento hacer contigo?, respondió él. Martita forcejeó sin empeño. Carlos, te prohíbo que me sobes en el gallinero: es vejatorio y sucio, le dijo. Chillar no te servirá de nada, muñeca, aquí nadie puede oírte, masculló Prullàs. Cielos, exclamó Martita.

*

Aquella noche Marichuli Mercadal apareció en el Casino con su marido. Qué sorpresa, dijo Martita; Marichuli nos había convencido de que era usted inexpugnable. Lo soy, pero lo he dejado todo por ver a Xavier Cugat, respondió el doctor Mercadal. Era un hombre alto y delgado, de facciones atractivas y mirada tranquila y festiva; tenía el pelo gris y llevaba gafas sin montura y corbata de lazo. Marichuli Mercadal no ocultaba la satisfacción que le producía comparecer en público del brazo de aquel señor maduro y distinguido. El doctor Mercadal dejó en el suelo las tres sillas de tijera que acarreaba para besar la mano de Martita y estrechar la de Prullàs. Con la otra mano aferraba la de su hija, a la que seguramente temía perder entre la concurrencia. En este sentido sus temores carecían de fundamento, porque todos los asistentes eran gente conocida, miembros de la colonia veraniega, que acudían con sus sillas a la velada cinematográfica. También Alicia parecía feliz en compañía de su padre, a quien sin duda veía raramente; ahora sonreía mostrando el hueco dejado por dos dientes de leche que se le habían caído. La pantalla consistía en una sábana tendida entre dos postes, en el extremo del jardín. Cuatro limoneros impedían que la visibilidad fuera completa para la mayoría del público. De uno de los árboles colgaba un altavoz. Al empezar la película el sonido proveniente de este altavoz resultó tan defectuoso que los diálogos se hicieron ininteligibles; en varias ocasiones la banda sonora de la película no se correspondía con la imagen. Cuando ocurría esto, algunos espectadores protestaban, siseaban y abucheaban a la Junta del Casino, pero los más se reían y aplaudían. ¿Qué le parece si nos refugiamos en el bar?, propuso el doctor Mercadal a Prullàs al cabo de veinte minutos de proyección. Es usted un hombre sabio, dijo Prullàs.

Dos whiskies, pidió el médico al señor Joaquín, que atendía al negocio indiferente al alboroto proveniente del jardín. ¿Qué opinión le merece mi mujer?, preguntó acto seguido dirigiéndose a Prullàs. La conocí anoche, respondió éste desconcertado. Perdone que le haya formulado la pregunta de un modo tan brusco, así, como un pistoletazo, dijo el eminente cirujano; por supuesto, no esperaba otra contestación que la que me ha dado, o tal vez sí. Siempre esperamos contestaciones reveladoras a nuestras preguntas, ¿no cree? Mi mujer y yo hemos visto varias de sus comedias, añadió; tanto ella como yo somos grandes admiradores suyos. Ella seguramente no se lo habrá dicho, porque es muy tímida, aunque no lo parezca; le cuesta abrirse a los extraños: es reservada, desconfiada..., coqueta a veces, ya lo sé; pero que esa desenvoltura no le llame a engaño. Y no interprete mal mis palabras, por favor: no pretendía insinuar que se hubiera formado de ella una idea inexacta o indecorosa. Al contrario, me consta que no es así: Marichuli me ha contado que usted tuvo la gentileza de acompañarla anoche a casa y que se portó con un tacto exquisito. Entre nosotros, entre Marichuli y yo, quiero decir, no hay secretos. ¿Qué le decía? Ah, sí, que habíamos visto algunas de sus comedias y que éramos grandes admiradores suyos. ¿Otro whisky? Camarero, por favor, dos whiskies. ¿Usted fuma? Fumar es bueno para la salud: calma los nervios y regula la tensión arterial. Yo fumo incluso en el quirófano. ¿Qué le decía? Ah, sí, que admiro su ingenio, pero no sólo eso. Admiro también su penetración psicológica, la maña que se da para pintar personajes tomados de la vida misma. Todo bajo una apariencia frívola y desenfadada, como debe ser, sin prosopopeya. Ya ve que soy un espectador atento. Por eso me he atrevido a preguntarle acerca de mi mujer a bocajarro, porque sé que es usted un hombre de gran penetración, como ya le he dicho, y supuse que la habría ejercido con ella. A usted sin duda le repugna la hipocresía: es algo que se deja ver en sus comedias. A mí me sucede lo mismo. A veces estoy en mitad de una intervención y pienso ¿para esto tanta hipocresía? Tengo un hígado en las manos y no puedo apartar este pensamiento de mi mente. Usted es como yo, corríjame si me equivoco. Y mi mujer también, porque yo me he esforzado en inculcarle estas ideas, igual que a mi hija, aunque a ella, pobrecita, de bien poco le van a servir. Apuró el segundo whisky, hizo señas al camarero para que le rellenara el vaso y miró a Prullàs con ojos extraviados. Desgraciadamente, por culpa de mi profesión, puedo dedicar a mi mujer y a mi hija menos tiempo del que desearía, pero eso no significa que no deba velar por su bienestar y por su formación, aunque sea a distancia, porque soy mucho mayor que ellas y en consecuencia tengo mucha más experiencia. Mire, hay enfermedades que son más graves en estado larvario que cuando se manifiestan externamente; por más que los síntomas se nos antojen aparatosos o resulten penosos para el paciente, en realidad son una liberación. Hay complejos morbosos que actúan del mismo modo. No pueden operarse, pero son auténticas enfermedades del alma. La diferencia está en que no pueden matar el alma, que es inmortal, aunque sí pueden matar el cuerpo. Tengo miedo por Marichuli; no por su salud, que es excelente, sino por su supervivencia. Hay antecedentes graves en su familia. Sus padres se suicidaron; los dos simultáneamente, en circunstancias muy dramáticas. Por ahora prefiero no ser más explícito. Tengo miedo por Marichuli, como le digo; mi hija también está enferma; su caso es distinto, aunque no menos grave, no menos grave. Yo tengo el deber de velar por el bienestar de ambas, pero ya ve usted que no es tarea fácil. Por supuesto, no espero de usted ninguna solución, ningún consejo, ni siquiera que me responda; al fin y al cabo el médico soy yo. Sólo quería hablar con alguien y como he visto sus comedias y sé que Marichuli le aprecia, he pensado que podía encontrar en usted un oyente comprensivo. A lo mejor está usted pensando que estoy chalado y es posible que tenga razón. ¿Oye usted a Xavier Cugat, con su violín, su orquesta y sus ritmos? A lo mejor él también está chalado, pero eso no le autoriza a desertar de sus obligaciones como ser humano, y lo mismo me sucede a mí. Yo amo a mi mujer y a mi hija, las quiero con toda mi alma. Lo que ocurre es que a veces el destino nos enfrenta a situaciones para las que no sirven de nada ni nuestros afectos ni nuestros conocimientos.

10

Bueno, los niños lo han pasado en grande y eso es lo principal, dijo Martita. En el salón había un reloj de péndola que en aquel preciso momento acababa de dar las dos. Con tal que no hayan pillado la tos ferina, dijo Marichuli Mercadal. Su marido la miró con extrañeza. ¿Por qué dices esto?, ¿por qué precisamente la tos ferina?, ¿ha habido casos recientes de tos ferina en el pueblo?, preguntó alarmado. No, al menos, ninguno que haya llegado a mis oídos, aclaró Martita. Es una casa preciosa, añadió de inmediato, y está decorada con un gusto exquisito; ¿ya era así cuando la comprasteis? No es de compra, sino de alquiler, respondió el médico; estuvimos dudando entre la playa y la montaña hasta el último momento. Por supuesto, la montaña es mucho mejor que la playa para la salud; el aire del mar es insalubre y enervante, por no hablar de los efectos sumamente dañinos que producen los rayos del sol sobre la piel; sin embargo, aquí nos tenéis, dijo dirigiendo a su mujer una mirada risueña con la que daba a entender que ella era la única responsable de la decisión final, puesto que él estaba dispuesto a concederle todos sus caprichos. La casa la ocuparon unos extranjeros hasta hace tres o cuatro años, continuó diciendo Marichuli Mercadal tan pronto dejó de hablar su marido; ellos la adquirieron y la amueblaron; quizás por eso casi todos los objetos que contiene la casa son de procedencia extranjera: el piano, los relojes, las lámparas, y también la vajilla, el servicio de mesa y los cacharros de cocina. Se conoce que esos extranjeros tenían el propósito de instalarse aquí definitivamente; pero algo debió de contravenir sus planes, porque hace tres o cuatro años, como os decía, dejaron de venir sin que nadie supiera por qué motivo. Eran una pareja de cierta edad, muy elegantes y educados, pero bastante huraños, según tengo entendido. Ah, ya sé a qué pareja te refieres, intervino Martita; los recuerdo muy bien de años anteriores. Todas las tardes, a la puesta del sol, se les veía pasear cogidos del brazo, Riera arriba, Riera abajo. Nunca hablaban con nadie, ni siquiera entre sí; caminaban tan absortos que parecían dos ciegos. A finales de abril pusieron la casa en venta, dijo el doctor Mercadal retomando el hilo del relato que Martita había interrumpido, y la compró una empresa constructora, interesada principalmente en el terreno. Al parecer estos caserones exigen muchos cuidados, reparaciones constantes y un servicio doméstico que cada vez resulta más difícil de encontrar; por todos estos motivos ya no interesan a nadie. La empresa que la compró se proponía derribar el edificio y levantar en el terreno varios bloques de apartamentos, pero, o bien no tiene prisa por empezar la obra, o bien no tiene el dinero necesario para poner en marcha un proyecto de esta envergadura, así que al menos esta temporada ha optado por sacarle algún beneficio a su inversión alquilando la casa. Fue una coincidencia afortunada, añadió, porque por esas fechas nosotros andábamos a la busca de una casa. Pero yo creía que vosotros ya habíais estado aquí, concluyó diciendo. No, aclaró Marichuli Mercadal; Martita no había venido nunca y Carlos, que me acompañó anoche, no llegó a entrar, porque nos detuvimos sólo unos minutos en el banco del jardín, departiendo. ¡Qué poco hospitalaria!, exclamó el doctor Mercadal.

*

La presencia del eminente cirujano en el pueblo por tiempo indefinido decidió a Prullàs a regresar a Barcelona.

Yo pensaba que te ibas a quedar hasta la Fiesta Mayor, dijo Martita cuando él le comunicó sus planes. En su voz había un deje de tristeza, pero no de contrariedad o de reproche. Ya sé que aquí te aburres, pero me había parecido que esta vez lo pasabas bien con los Mercadal, añadió. Tendido en su cama, a la luz tenue de la lámpara de aceite que ardía en la mesilla de noche, Prullàs apenas distinguía la silueta de Martita, sentada en la cama contigua. A finales de la primavera Martita se había cortado la cabellera de improviso, siguiendo una moda francesa que incluso en Francia había tenido poca aceptación. El propio Prullàs se había burlado de ella al verla regresar de la peluquería, algo arrepentida ya de su atrevimiento. Pareces un benedictino, le había dicho en aquella ocasión. Ahora, sin embargo, la nuca despejada, el cuello y los hombros de Martita conformaban una desnudez de alabastro velada por la gasa de la mosquitera.

Volveré a subir lo antes posible, suspiró Prullàs, pero ahora no tengo más remedio que volver a Barcelona. ¿Qué pasa?, ¿algún problema con la obra?, preguntó ella. En cierto sentido, dijo él; estoy un poco preocupado por la salud de Gaudet. Ah, ese hombre asqueroso, dijo Martita; ¡no sé cómo lo aguantas! No digas estas cosas, mujer, respondió Prullàs, Gaudet es... un poco especial, pero muy buen chico. Y ante el hosco silencio de ella agregó a renglón seguido: ¿Sabes que hasta esta noche no me había dado cuenta de lo morenísima que estás? Anda, hazme sitio en tu cama. Oh, no, exclamó Martita ocultando la cabeza bajo la sábana.

Los esfuerzos de Prullàs por conseguir que Gaudet y Martita congeniaran siempre habían resultado vanos: ambos se profesaban una irremisible inquina. Desde el principio Gaudet se había opuesto con firmeza a la boda de Prullàs; por todos los medios había tratado de hacer ver a su amigo lo errado de aquel paso; Martita era una mujer rica y aquella riqueza acabaría por corromperlo, le había augurado. Y si piensas que esto les ocurre sólo a los demás pero no a ti, agregó, es que ya has bajado el primer peldaño de la corrupción. Prullàs se había reído para sus adentros al oír aquella admonición en boca de un hombre que se había ganado una merecida fama de avaro. Tal vez estas palabras habían llegado a oídos de Martita, o tal vez ella tuviera otras razones para su animadversión.

La amistad entre Prullàs y Gaudet se remontaba a los años de la infancia, cuando el azar los hizo coincidir en el mismo colegio religioso y en la misma aula y el capricho de algún cura los llevó a compartir durante un curso entero el mismo pupitre, tal vez con el propósito malévolo de mortificar al pobre Gaudet, pues no había en todo el colegio dos alumnos más antitéticos. Prullàs, ya entonces, era atractivo, desenvuelto e ingenioso, vestía con elegancia y poseía un innato don de gentes que le había granjeado el aprecio de los compañeros y de los maestros. Gaudet, por el contrario, era feo y esmirriado, iba siempre desaseado, con ropa vieja, sucia y desflecada, y era torpe de expresión, huraño y taciturno. El contraste entre ambos, que la proximidad ponía de manifiesto, no podía resultar más desfavorable para Gaudet, el cual, por añadidura, era muy amanerado de gesto y dicción, tal vez por influencia de su madre, que en aquella época todavía afectaba poses de diva y hablaba con un acento sudamericano postizo y exasperante. Estas peculiaridades de su persona, los rumores que corrían entre el alumnado acerca de su escandalosa condición de hijo natural y las secretas inclinaciones que se le atribuían, lo habían convertido en blanco de todas las burlas y todos los abusos. Incapaz de hacer frente a la hostilidad general por falta de recursos, timorato por naturaleza e íntimamente avergonzado de su origen y de su propio modo de ser, Gaudet procuraba en vano pasar inadvertido, especialmente durante los períodos de recreo, cuando la animadversión de sus compañeros se concretaba en humillaciones de palabra y obra, e incluso en agresiones físicas de marcada violencia, bajo la mirada distraída y condescendiente de unos curas que en su fuero interno sentían por aquel muchacho indeseable un desdén aún más hondo y profundo que el de los demás alumnos. Así las cosas, un día, aprovechando una distracción del maestro, Prullàs cuchicheó al oído de su compañero de pupitre: ¿Por qué te dejas pisotear? Contéstales. No puedo, había respondido Gaudet en el mismo tono; ellos son muchos y yo no tengo ni fuerza ni valor para pegarme con todos; ni siquiera con uno solo. Prullàs reflexionó unos instantes: la posibilidad de que no hubiera remedio contra el abuso le pillaba de nuevas. Cuéntaselo a tu padre y dile que venga a hablar con los curas, propuso. No serviría de nada; los curas están de su parte y yo no tengo padre. ¿Y madre? Madre sí, pero no puedo decirle nada: se llevaría un disgusto de muerte; la pobre hace enormes sacrificios para traerme a un colegio de pago, porque piensa que aquí recibiré una buena educación y conoceré a gente de provecho; cada día me lo repite, y yo no puedo decirle que de momento no he aprendido nada de nada y sólo he conocido a matones hipócritas y cobardes. Prullàs sonrió y Gaudet enrojeció hasta la raíz del cabello. No debería haberte contado estas cosas, se apresuró a decir; por favor, no las repitas, suplicó. No tengas miedo, dijo Prullàs; yo no soy un chivato; pero me parece que exageras un poco: entre los compañeros hay algunos mastuerzos, pero la mayoría no son así; y según como se mire, eres tú el que los provocas: fíjate cómo vas: qué pelo, qué uñas, qué pinta... hasta la bragueta llevas desabrochada, ¿cómo no va a haber luego habladurías? Gaudet se había abrochado el pantalón y había sonreído por lo bajo. Quizás no todo sean habladurías, murmuró.

Aquellas confidencias habían sido el principio de una amistad que andando el tiempo había de resultar decisiva para ambos, pero que había tenido como consecuencia inmediata el que Prullàs brindara a Gaudet toda la protección de su predicamento y le hubiera hecho la vida en el colegio más soportable. Entonces, había de decir el director de escena muchos años más tarde, medio en serio medio en broma, contraje una deuda de gratitud que arrastraré toda mi vida. Tonterías, Pepe, replicó Prullàs; yo nunca he pensado en nuestra amistad en términos contables. Ah, la magnanimidad es el primer derecho del acreedor, y soportarla, la primera obligación del endeudado. ¿Por qué tan resentido, Pepe? Al contrario, Carlos, eres tú quien no puede soportar la visión de la gratitud, replicó el otro; no hay sentimiento más opresivo ni postura más incómoda. Pero ¿qué le vamos a hacer? Todo deriva de una situación artificiosa e inmoral, que vició de entrada nuestra relación, aunque eso ya no tenga importancia. ¿Recuerdas cuando en el colegio unos bárbaros me atacaban y tú me defendías? De aquellas intervenciones providenciales tu dignidad salía engrandecida y la mía, malparada. La culpa no era tuya, por supuesto, aunque siempre sospeché que actuabas movido en buena parte por la vanidad; pero en cualquier caso, la situación era tan vejatoria y la desigualdad de fuerzas tan flagrante, que la existencia de vencedores y vencidos quedaba establecida aun antes de conocerse el resultado de la acción. Por más que yo saliera indemne de un mal paso, mi derrota era patente. Pero eso, ¿qué más da? Nos hemos resarcido con creces.

Prullàs nunca tomaba en serio estas acerbas manifestaciones, a las que estaba habituado. Gaudet tenía un carácter difícil, al cual el paso de los años había aguzado las aristas, en vez de limarlas.

11

El señor Gaudet ha llamado varias veces preguntando por el señorito y me ha dejado dicho que le dijera que le llamara en cuanto volviera, que era urgente, dijo la Sebastiana. Aparte de estos recados, no ha llamado ni ha venido nadie, agregó. Qué raro, dijo Prullàs, ¿y no ha dicho de qué asunto se trataba? No, señorito; sólo que le llamara, y que no fuera al teatro sin haber hablado antes con él.

Ah, pensó Prullàs, esto es aún más alarmante. Se encerró en su despacho y llamó a casa de Gaudet; en vista de que nadie se ponía al aparato, llamó a Mariquita Pons con idéntico resultado. Hizo sonar la campanita y cuando acudió la Sebastiana, le ordenó que le preparase el baño y le trajera una cerveza: el calor y la inquietud producida por aquellas llamadas extemporáneas le habían dado sed. Mientras la Sebastiana cumplía sus órdenes, se le ocurrió llamar al teatro. Bonifaci, ¿es usted?, preguntó a la voz que respondió a su llamada. Sí, don Carlos, ¿en qué puedo servirle?, dijo el conserje. Es muy lerdo, pensó Prullàs, pero ha reconocido mi voz; nadie está totalmente desprovisto de cualidades. Y en voz alta: Bonifaci, ¿ha visto por casualidad al señor Gaudet? Sí, don Carlos, como cada día, y no por casualidad, sino porque ahora mismo está aquí, en el teatro, ensayando su obra de usted, que sin duda será un gran éxito, dijo Bonifaci. ¿Desea que vaya a buscarlo? Prullàs suspiró aliviado. No le moleste ahora, Bonifaci, dijo; dígale que me llame cuando termine el ensayo; a mi casa; yo no me moveré de aquí. Cuando colgaba el teléfono entró en el despacho la Sebastiana con una bandeja en la que había un botellín de cerveza, un vaso y una servilleta. El baño está listo, anunció dejando la bandeja sobre la mesa. Por el balcón abierto entraban las notas ramplonas de un piano de manubrio. Prullàs se llevó la cerveza al baño, pero la combinación de agua caliente y cerveza fría no resultó tan placentera como él había imaginado. Cuando se estaba secando, la Sebastiana golpeó la puerta del cuarto de baño con los nudillos. El señor Gaudet al teléfono, anunció. Dile que me pongo en seguida, que no cuelgue, respondió Prullàs.

Por no salir del cuarto de baño con una toalla arrollada a la cintura, se puso una bata de Martita que colgaba de un pomo de loza. La bata, además de dejarle al aire las pantorrillas, era de color de rosa y tenía volantes primorosos en el cuello y las mangas. Al verlo, la criada no pudo reprimir una carcajada. ¡Luego te arreglaré yo las cuentas!, dijo Prullàs encerrándose en el despacho. Descolgó el teléfono con el temor de que se hubiera cortado la línea, pero a su llamada respondió la voz tranquila de Gaudet. ¿Me has llamado?, preguntó el director de escena. Prullàs dijo: Te he llamado al teatro porque me han dicho que tú habías estado tratando de localizarme. ¿Qué sucede? Nada grave por ahora, respondió el director de escena, pero convendría que nos viéramos un momentito. Si esta noche estás libre y no tienes inconveniente, pásate por mi casa: estoy un poco cansado y me gustaría retirarme en cuanto acabe el ensayo. ¿Me darás de cenar?, preguntó Prullàs. No, pero puedes irte a cenar por ahí después de haber hablado conmigo; no te entretendré mucho rato. ¿Y tú, no cenas? No tengo apetito, dijo Gaudet; antes de acostarme me tomaré un vaso de leche con unas rosquillas. Tú estás loco, Pepe, dijo Prullàs.

*

Aquella noche, al bajar del coche frente al portal cayó en la cuenta de que no había puesto los pies en casa de Gaudet desde la muerte de doña Flavia. Ahora se sentía agobiado por el recuerdo de aquella mujer y no podía por menos de asociar su desaparición al desasosiego del director de escena, a quien la penumbra reinante en el recibidor daba un aire fantasmal. Perdona que te reciba así, dijo. Llevaba unas zapatillas astrosas y un pijama a rayas de dudosa limpieza. Aquel aire decrépito cuadraba con la atmósfera tétrica y espesa del piso por cuyo pasillo avanzaban los dos hombres. Al pasar frente a lo que había sido la alcoba de doña Flavia, Prullàs aminoró el paso; por la rendija de la puerta entreabierta atisbó el interior de la habitación. Todo está tal y como ella lo dejó, dijo Gaudet al advertir el gesto subrepticio de su amigo. Debería haberme deshecho en seguida de los muebles, y haber cambiado el papel de las paredes, pero no lo hice y luego ya no hubo forma: me parecía que tocar cualquier cosa era una traición a su recuerdo. Son ideas enfermizas, ya lo sé; no voy a discutirlas con nadie, y menos contigo, que sabes cuánto la quería. Ven, añadió, estaremos más cómodos en la sala. ¿Qué tal por Masnou? Prullàs creyó percibir un vago olor a cera derretida, como si acabaran de ser apagadas en aquel mismo momento las velas del velatorio. Bien, respondió distraídamente; lo de siempre.

Se sentó en una butaca y Gaudet en otra. Los muelles de las butacas necesitaban ser reemplazados con urgencia. Creo que deberías renovar el utillaje, Pepe, dijo Prullàs. Crees bien, respondió el director de escena. ¿Y no podríamos abrir alguna ventana? Esto es una caldera. Ah, si no te importa, dijo Gaudet, ¡las corrientes de aire me sientan como un tiro! Quítate la americana. Prullàs se quitó la americana y la corbata y se desabrochó el cuello de la camisa. ¿Qué estabas leyendo?, dijo señalando un montón de hojas mecanografiadas, apiladas en el borde de la mesa. Gaudet le dio a leer una hoja manuscrita.

> ANDRÉS: No la pegue, padre, que no es suya la culpa. Al fin y al cabo, ¿pa qué está la hija de un obrero, sino pa que se diviertan con ella los señoritos?

Edificante, murmuró devolviéndole la hoja al director de escena, el cual volvió a colocarla cuidadosamente sobre el montón; ¿qué es? Ya lo ves, respondió aquél, un manuscrito que me enviaron ayer; es de un joven autor en quien hay cifradas grandes esperanzas. ¿Grandes esperanzas?, exclamó Prullàs, ¿quién tiene puestas grandes esperanzas en semejante individuo? Gaudet sonrió con una indiferencia que más parecía proceder del cansancio físico que de una actitud intelectual. Éste es el teatro que viene, Carlos, te guste o no. La gente está harta de comedias de enredo, la gente quiere ver en escena problemas reales; podrá parecerte extraño, pero es así, dijo. ¿Quieres decir que mi teatro está pasado?, ¿que haría mejor en retirarme?, ¿para decirme esto me has convocado?, dijo Prullàs con vehemencia. Está bien, lo admito, añadió, tal vez debería cambiar de estilo; no parece difícil: en el primer acto, un mendigo se come su propia camiseta y en el segundo una octogenaria mata a su madre para poderse comprar una dentadura postiza.

Gaudet se encogió de hombros: no tenía ganas de discutir, dijo. Lo siento, Pepe, insistió Prullàs; la cosa no va contigo, pero ya estoy harto de tanta bobada; en el teatro ha de haber renovación, como en todo, pero me irrita este papanatismo y esta admiración ciega por todas las simplezas que nos vienen de fuera, sobre todo de Francia. ¿Y qué te han hecho a ti los pobres franceses?, dijo el director de escena. Nada, pero me ponen frenético, eso es todo, repuso Prullàs; los franceses consideran que sufrir es un oficio retribuido. En cuanto a su teatro, nada: banalidades con peluca. Sartre, Anouilh, Camus, ¡valiente troupe! Muy radical te veo, dijo Gaudet. No soy radical, replicó Prullàs, sino honrado. ¿O acaso he de volverme un filósofo catastrofista por razones comerciales?

¡Pepe, me incitas a prostituir mi pluma! ¿Qué diría doña Flavia si te oyera?

Gaudet se echó a reír. Carlos, tu pluma es una regadera de chocarrerías, dijo, y no invoques el nombre de una difunta en apoyo de tus disparates. Mi madre era una gran mujer, pero una pésima actriz; le sobraba entusiasmo y vocación, pero de teatro no tenía la menor idea.

*

Doña Flavia decía haber sido en su juventud una actriz afamada, una gran trágica. Prullàs, que contaba doce o trece años de edad cuando Gaudet se la presentó, había adoptado una expresión más confusa que convencida al escuchar esta rotunda afirmación de labios de la interesada. Oh, pero de mis éxitos nadie puede guardar memoria aquí, querido, se había apresurado a aclarar ella, porque fue en los suntuosos teatros de Buenos Aires, La Habana, Montevideo y otras urbes populosas de la América del Sur donde brilló mi arte con luz propia. El piso olía a gato y en él reinaba el máximo desorden; era otoño y doña Flavia llevaba un abrigo de entretiempo, descolorido y apelmazado a fuerza de ir y venir de la tintorería, aunque nada indicaba que se dispusiera a salir de casa, porque iba en zapatillas y con el pelo sucio y desgreñado. En aquellos tiempos gloriosos, había seguido declamando en honor de Prullàs, no paraba de viajar, siempre de gira, de capital en capital y de suite en suite, un verdadero tute, querido, ¡el american way of life! Pero a mí nunca me importó, yo era una mujer de rompe y rasga; a veces ya me estaba esperando un automóvil en el aeródromo para llevarme al teatro, y yo bajaba la escalerilla del avión gritando ¡Desdémona! ¡Desdémona! Jamás me quejé; habría podido seguir así toda la vida si no se hubiera cruzado en mi camino el padre de este mequetrefe, había añadido señalando a Gaudet, que la escuchaba embelesado, como si en lugar de estar oyendo la historia de su familia estuviera asistiendo a una notable representación. Yo era una mujer sugestiva, querido, pero nunca me había propuesto cazar a un hombre; valoraba mi libertad sobre todas las cosas y por este motivo había desairado a más de uno. Ah, pero aquel barbián era distinto. Una noche, a poco de salir juntos y aunque allí era pleno verano entonces por ser el Hemisferio Sur, me hizo cerrar los ojos y echó sobre mis hombros una estola de renard. ¡De renard, querido! Ni siquiera Gaudet conocía el final de este tórrido romance, ni la identidad, ni el paradero de su padre, a quien no había llegado a conocer. Sólo sé que se llamaba Gaudet, respondía cuando alguien le interrogaba al respecto. Ya adulto, y a espaldas de su madre, había iniciado pesquisas infructuosas, de las cuales sacó más dudas que certezas. Después de todo, es posible que ni siquiera se llamara Gaudet, acabó admitiendo.

A ella le debo mi afición al teatro, dijo Prullàs. Nadie ha marcado mi vida de un modo tan decisivo. Aún me parece estarla oyendo, cuando declamaba aquellos versos horribles. Siempre supe que se equivocaba, pero siempre creí en lo que decía. ¿Tú no?

Gaudet hizo un gesto vago. Era mi madre, dijo, y uno nunca cree a su madre. A su padre, tal vez; pero no a su madre. De todos modos, ha llovido mucho desde entonces. Hizo un gesto de escepticismo y continuó diciendo: Casi todas las noches, antes de dormirme, leo una obra de teatro; echa cuentas: trescientas sesenta y pico obras al año; como ves, puedo hablar con conocimiento de causa. Y te digo esto, Carlos: te guste o no te guste, los tiempos han cambiado, y el público con ellos. El público de hoy ya no es aquel público acomodaticio que tú y yo hemos conocido, sino un público que pide ideas profundas y emociones fuertes: una nueva percepción de la realidad.

¡Tonterías!, dijo Prullàs; el público y yo somos viejos amigos. Y no quiero manipular sus sentimientos ni alterar su percepción de la realidad; que la perciban como les dé la gana. ¿Quién soy yo para decirles lo que han de pensar? Conozco de sobra estas ideas, Pepe: sacudir la conciencia del público, sacarlo de su marasmo. ¡Qué estupidez! El mundo está plagado de guerras, de miserias, de trastornos y cataclismos; basta con echar una ojeada a los periódicos: la realidad cotidiana es trágica, un auténtico revulsivo de la conciencia. Y si eso no basta para sacudir a la gente de su marasmo, ¿lo van a hacer cuatro frases pretenciosas puestas en boca de unos actores mediocres?

Sí, repuso el director de escena, porque éste es su lenguaje. Las guerras y las hecatombes son el lenguaje de la Historia; el teatro, el de las personas. No, Carlos, añadió con fatiga, no pretendo que prostituyas tu pluma de émbolo; sólo pretendo que te pongas a la altura de los tiempos. Pero no me hagas mucho caso, se apresuró a añadir, es posible que me equivoque: al fin y al cabo, aquí no hay teatro, ni cultura, ni nada de nada; éste es un país entontecido, Carlos, y nosotros con él.

*

Un timbrazo interrumpió la charla. ¡Qué raro!, dijo Gaudet, no sé quién puede ser a estas horas. Es cosa mía, dijo Prullàs, yo abriré. Desapareció en la oscuridad del pasillo y reapareció al cabo de muy poco seguido de un camarero que acarreaba una caja de madera bastante voluminosa. El camarero dejó la caja sobre una silla, la destapó y fue colocando sobre la mesa platos, vasos y cubiertos, una sopera, una bandeja cubierta de una bovedilla de alpaca y una botella de vino tinto; luego anunció que a la mañana siguiente pasaría de nuevo a retirar el servicio, deseó buen provecho a los señores, agradeció el billete que Prullàs le introdujo en el bolsillo de la chaqueta y se fue. Podías haberme avisado, exclamó Gaudet cuando Prullàs y él se quedaron a solas. Prullàs se encogió de hombros: Tú me amenazaste con matarme de hambre, adujo. No habría recibido al camarero en pijama, ni con este desorden, protestó el director de escena. Qué más da, hombre, los camareros no se fijan en estas cosas, dijo Prullàs. Eso es lo que tú te figuras, replicó el otro. Bah, no te des tanta importancia y veamos qué nos han traído, dijo Prullàs levantando la tapa de la sopera, ¡vaya, consomé frío!, y aquí, ¿qué habrá? La bandeja reveló contener un pollo a la cocotte. Prullàs se anudó la servilleta a la nuca y empuñó los cubiertos. ¡A la carga!, exclamó. Cuando llevaba un rato comiendo advirtió que Gaudet ni siquiera se había aproximado a la mesa. Pepe, no me hagas quedar mal. No te esfuerces, Carlos, se agradece la intención, pero no puedo. Prueba una cucharada, hombre, verás qué rico está el consomé. Que no, Carlos, no insistas, por favor. ¿Y qué haremos con las sobras?, preguntó Prullàs. Tirarlas al water. ¡Pepe, hay gente que pasa hambre!, dijo Prullàs; y no sólo en esas obras de teatro que tanto te gustan, sino en la calle ¿Y tú crees que si me trago el consomé a desgana dejarán de pasar hambre?, replicó el director de escena. Ya veo que estás de muy buen humor, dijo Prullàs sirviéndose un vaso de vino, ¿para esto querías verme?

La expresión de Gaudet se animó un poco: a pesar de sus afirmaciones en sentido contrario, era evidente que vivía sólo para su trabajo; sólo le interesaba aquello que se relacionaba con la dirección escénica y le aburría cuanto le fuera ajeno.

Tenemos un problema, dijo. ¿Grave?, preguntó Prullàs. El problema no es grave, dijo el otro, pero sí sus consecuencias, si no se resuelve pronto y con acierto.

Prullàs veía el rostro de su amigo a través de la columna de humo del cigarrillo que había encendido como acto de rebeldía contra la cena: a la luz de la lámpara, contra la penumbra del rincón la piel cetrina y el perfil anguloso tenían un aire espectral. Si mañana o pasado me notificaran su defunción, no me sorprendería, pensó Prullàs.

Hace un par de días, empezó diciendo el director de escena, me preguntaste por la chica nueva de la compañía ¿te acuerdas?, la señorita Lilí Villalba, la que hace de criada en *¡Arrivederci, pollo!* Yo te dije que era mala, pero voluntariosa, quizás la peor de las combinaciones. También te dije que tenía un protector. Pues anteayer vino al ensayo; el protector, quiero decir. Estuvo enredando media hora o poco más y luego me dijo que quería hablar conmigo en privado. Tuve que interrumpir el ensayo y llevarlo a un despacho del teatro. Cuando estuvimos a solas, me preguntó qué tal iba su pupila. Te juro que tuve unos instantes de vacilación antes de responder. Pensé que si le decía la verdad les haría un bien a todos. Ella no tiene talento; nunca lo tendrá, ¿para qué alimentar unas esperanzas que a la larga sólo traerán desengaños? ¿No habría sido mil veces mejor decir: señor mío, la chica no sirve para el teatro, retírela y no perdamos tiempo, ilusión y dinero? Sin duda alguna. Pero no me atreví: tuve miedo, Carlos, fui cobarde. Como ya te dije, es un hombre influyente. Temí que se enfadara y pudiera crearnos problemas. La cuestión es que le dije lo de siempre: la chica vale, tiene madera de gran actriz, pero no se pueden esperar resultados inmediatos, ella es muy joven, el teatro es una profesión muy ingrata... esfuerzo, trabajo, sacrificio y bla bla bla. Todo esto, como puedes suponer, dicho del modo más mecánico, con la máxima desgana y sin apartar los ojos de la esfera del reloj. Pues bueno, apenas doy por finalizado el tostón, va él y me suelta, ¡figúrate!, me suelta que lo que acabo de decirle no le pilla de nuevas, que siempre ha tenido una fe ciega en la chica y que lo que ha visto en el ensayo y mis palabras han terminado de convencerle. Yo me quedo de una pieza al ver que se lo ha tomado todo al pie de la letra. ¿Quién podía preverlo? A todo el mundo le gusta oír lisonjas, pero sólo los idiotas se las creen. Espera, no me interrumpas, que ahora viene lo gordo. Va el tío y me dice, ¡agárrate!, me dice que por qué no le damos a su pupila el papel de Quiqui en *¡Arrivederci, pollo!* Yo lo miro como si delante de mis propios ojos se hubiera transformado en el hombre lobo, pero él ni siquiera repara en mi expresión. Continúa diciendo que su pupila es mucho más guapa que Mariquita y, por supuesto, mucho más joven... que a Mariquita se le notan mucho los años, que está ya muy mayor para hacer papeles de ingenua... ¡por el amor de Dios, Carlos, júrame que esto no saldrá de aquí!... y que, según ha podido ver, Mariquita Pons no es tan buena actriz como dicen algunos y como ella misma se cree. Y en esto último lleva algo de razón, porque desde hace un tiempo la pobre Quiqui no da pie con bola: no consigue memorizar una sola frase a derechas, está en las nubes y si alguien se atreve a hacerle una observación, muerde. Dame otro pitillo.

Mientras Gaudet fumaba, Prullàs atacó el pollo. Durante un rato los dos amigos guardaron silencio. Luego Prullàs se limpió los labios con la servilleta y dijo: No te hagas reproches; puesto en tu situación, cualquiera habría obrado de la misma forma. A mi edad estas cosas no deberían pasarme, respondió Gaudet, tendría que haberlo visto venir, fui un estúpido. ¿Qué le respondiste?, preguntó Prullàs. Verás, estaba tan perplejo que al pronto no se me ocurrió qué decir; al final, por decir algo, le dije que lo que él sugería era imposible, porque había unos contratos firmados... No me dejó acabar. ¡Ah, si sólo se trata de eso, déjelo en mis manos!, dijo. Comprendí que lo más prudente era cortar la conversación en aquel punto, porque la cosa se iba complicando cada vez más, de modo que le prometí considerar detenidamente lo que habíamos hablado y ponerme en contacto con él tan pronto tuviera algo pensado; luego le rogué que me disculpase porque tenía que volver al ensayo y lo puse de patas en la calle.

Prullàs reflexionó unos instantes y luego dijo: ¿Tú crees que la chica sabe algo?, me refiero a si esa señorita Lilí Villalba, o como se llame, está detrás de todo esto. No tengo la menor idea, respondió el director de escena, pero yo juraría que él actúa por su cuenta y que ella no sabe nada; al menos, no da la impresión de saber nada y después de haberla visto actuar, dudo que sepa fingir. No confundas el talento escénico con la hipocresía, dijo Prullàs. Lo mismo da, dijo Gaudet; lo importante ahora es decidir qué hacemos. Esperar, propuso Prullàs. No, no, de ningún modo; esto es una bola de nieve, y si no la atajamos de buen principio, nos arrollará, replicó el otro; tienes que ir a ver a ese mequetrefe, averiguar qué intenciones lleva y tratar de disuadirle: hazle ver que si la cosa pasa a mayores puede haber escándalo; es un hombre conocido y no querrá líos. ¡Ah, conque era eso!, exclamó Prullàs; tú metes la pata y ahora soy yo el que ha de dar la cara. Como dicen en el *Hamlet*, tú eres un hombre de letras, háblale, Horacio, repuso Gaudet. ¿Y por qué no lo haces tú?, protestó Prullàs. Porque a mí no me hará el menor caso; sólo soy un director de escena y dudo que vea alguna diferencia entre un director de escena y un acomodador. ¿Y tú crees que un autor de vodeviles le impondrá mucho respeto? Ninguno, replicó Gaudet, pero tú eres rico y estás emparentado con la flor y nata: a ti te escuchará. ¿Está casado?, preguntó Prullàs. No. ¡Mal asunto! Si es soltero, el escándalo le importará menos. ¿Tiene dinero? Supongo. Hum, ¿qué más sabemos de él? Poca cosa: se llama Ignacio Vallsigorri, se dedica a los negocios, tiene amigos en las altas esferas y con toda certeza en las bajas también. Ah, y frecuenta el Círculo Ecuestre, dijo Gaudet. ¿Cómo has averiguado todos estos datos?, preguntó Prullàs. Yo también tengo amigos, dijo Gaudet.

Prullàs meditó un rato y finalmente dijo: Está bien, veré qué puedo hacer; ¿de veras no quieres comer nada? Ya te he dicho que no, respondió Gaudet recuperando el tono de impaciencia. Bueno, pues guarda el pollo en la nevera; mañana lo recalientas y ya tienes la comida resuelta. También te lo puedes comer frío con mayonesa. Y recuerda que vendrán a buscar el servicio. Lo dejaré esta misma noche en el felpudo, dijo Gaudet. ¿Qué crees que le ocurre a Quiqui?, preguntó Prullàs. El director de escena se encogió de hombros.

*

En cuanto llegó a casa se dio una ducha: había sudado copiosamente, en parte por el calor reinante en casa de Gaudet, pero también en buena parte por el nerviosismo que le había producido la visita: la atmósfera enrarecida de la casa, el estado anímico de Gaudet y por último la botella de vino que se había bebido él solo acuciado por la ansiedad, habían conseguido exasperarlo; y para colmo, líos con la obra, con los actores, con todo el mundo, pensaba bajo la ducha. Una vez seco y cubierto de polvos de talco, se puso un pijama limpio, arrastró una butaquita hasta colocarla frente al balcón abierto, se sentó, encendió un cigarrillo y se sintió mejor. La casa estaba a oscuras y en silencio, y la luz amarillenta de las farolas brillaba entre las hojas de los árboles. Contempló un rato el cielo estrellado. Mañana sin falta me ocuparé del asunto, se dijo. Un ruido metálico proveniente de la calle lo obligó a levantarse y asomarse al balcón tras haberse cerciorado de que no había testigos que pudieran verle en pijama. Dos empleados municipales vestidos con blusón gris y gorra de plato estaban atornillando el perno de una manguera a la boca de riego. Cuando hubieron concluido esta operación aparentemente sencilla, pero en la cual invirtieron bastante rato, los dos empleados dividieron sus fuerzas: uno asió con ambas manos la boquilla de la manguera y se situó en el centro de la calzada; el otro permanecía junto a la boca de riego, a la espera de una señal de su compañero. Los dos empleados llevaban botas altas de goma para protegerse de las salpicaduras. Prullàs los estuvo observando y se retiró del balcón antes de que empezaran a regar. Mañana por la mañana me ocuparé de todo, repitió antes de dormirse.

12

Una señora pregunta por el señorito; al teléfono. La he dicho que el señorito estaba descansando y me ha dicho que la daba lo mismo, que lo despertara.

El reloj señalaba las once. Prullàs saltó de la cama y se puso el batín. Al salir de la alcoba se encontró con la Sebastiana en el pasillo. ¿En qué teléfono?, preguntó. La Sebastiana extendió el dedo en dirección al despacho. Cuando hubo entrado, la Sebastiana cerró las puertas a sus espaldas. El auricular del teléfono reposaba sobre la mesa. Hola, dijo. ¿Es usted, señor Prullàs?, respondió una voz que no era la de Mariquita Pons. ¿Con quién hablo?, preguntó él. Soy Marichuli Mercadal, ¿se acuerda usted de mí?, dijo la voz con sorna. ¡Qué sorpresa! ¿Desde dónde me llamas? Desde Barcelona; he bajado en el primer autocar; mi marido se ha quedado con la niña en Masnou. Prullàs no supo qué decir y se produjo un silencio, que rompió ella. ¿No me preguntas a qué he venido? Perdona, todavía estoy dormido, dijo Prullàs; ¿a qué has venido? A verte a ti y a estar contigo, ¿te molesta? No, no, al contrario; me sorprende, eso es todo; lo malo es... Que tienes todo el día ocupado, dijo ella, ya lo suponía; es igual, yo también tengo mil cosas que hacer, dijo Marichuli Mercadal; podemos vernos esta noche; quiero que me lleves al cine. De acuerdo, dijo él; ¿qué excusa le has dado a tu marido? Por desgracia he podido decirle la verdad: que tenía que ir al dentista, que aprovecharía el viaje para hacer algunos recados y que no regresaría hasta mañana; le ha parecido razonable, pero eso a ti, ¿qué más te da? Nada, simple curiosidad, dijo él. Me gustaría inspirarte algo más que simple curiosidad, dijo ella; pero por ahora me conformaré con eso. Recógeme a las ocho en la barra de Marfil. ¿Eres puntual? Como un reloj, dijo Prullàs. Yo no, dijo ella; me haré a la idea de que hemos quedado a las siete. En su voz se notaba la exaltación que le producía aquella aventura decidida por su cuenta y riesgo y organizada con toda minuciosidad. A las ocho, pues, dijo Prullàs. ¿Quieres que me ponga guapa?, preguntó ella. ¿Es que puedes ponerte de otro modo?, dijo él. Me has visto poco, respondió Marichuli Mercadal.

*

Prullàs se duchó, se afeitó, se vistió, se tomó dos tazas de café y hojeó *La Vanguardia*. Un reportaje gráfico mostraba a Salvador Dalí en su residencia de Port Lligat. El reciente regreso de este pintor mundialmente famoso, que por añadidura parecía tener bula para hacer y decir los mayores desatinos, había sido acogido con beneplácito por los periodistas, a los que el genial artista de los bigotes enhiestos siempre proporcionaba material informativo y anecdótico. No faltaba quien aseguraba saber de buena tinta que las excentricidades de este personaje pintoresco no eran otra cosa que ardides publicitarios, y que Dalí, en la intimidad, hablaba y se comportaba como una persona completamente normal. En Nuremberg, el proceso de Alfried Krupp proseguía su parsimoniosa andadura. Entre los cargos que se le imputaban figuraba una carta que Krupp, junto con Siemens, Bosch, Thyssen y otros representantes de la gran industria pesada alemana habían enviado a Hindenburg pidiéndole que nombrara canciller de Alemania a Adolf Hitler. A esto respondió la defensa que el acusado, en aquella ocasión, como en todas las demás, había obrado de buena fe; que el país atravesaba por momentos difíciles y que el acusado había creído que sólo un hombre enérgico y persuasivo como el Führer podía reconducirlo al buen camino. ¿Pero no se había percatado el acusado de que aquel individuo no sólo constituía una amenaza para el mundo entero, sino que sus propósitos manifiestos podían conducir, y de hecho habían conducido a Alemania a la ruina? No; en aquel momento el acusado se había limitado a valorar los aspectos positivos del nacional-socialismo, su capacidad de aglutinar a todo el pueblo alemán, sin distinción de ideología ni de clase. El acusado reconocía que en las palabras de Hitler había detectado un substrato de violencia, un poso de odio y fanatismo, pero había pensado que aquellas ideas extremas formaban parte de la retórica electoral, que eran la única forma de hacerse oír en medio de la confusión y el tumulto, y que en definitiva se trataba de simples bravatas propagandísticas. Solamente el patriotismo había movido al acusado y a los demás prohombres de la industria nacional a proponer una medida de cuyas consecuencias no podían tener a la sazón ningún atisbo. ¿Era lícito tachar ahora de delincuentes o malhechores a quienes habían obrado creyendo contribuir no ya al bien de la patria, sino a su salvación? ¿Podía humillarse de aquel modo a quienes habían actuado movidos por uno de los sentimientos más nobles, si no el más noble, de cuantos anidan en el corazón del hombre?

Concluida la lectura de la prensa, Prullàs salió a la calle. Tenía pensado ir caminando hasta la nueva sede del Círculo Ecuestre, en la esquina de la Diagonal con la calle Balmes, pero al llegar al Paseo de Gracia el calor le hizo buscar otro medio de transporte. Desdeñando el taxi de gasógeno que humeaba en la parada, subió al tranvía, que a aquella hora iba razonablemente vacío, y se instaló en la plataforma trasera. El cobrador recorría el pasillo central del tranvía, arriba y abajo, preguntando a los viajeros si habían pagado ya su billete. Nunca faltaban viajeros que evitaban hacerlo eludiendo las requisitorias del cobrador por el sencillo sistema de apearse por un extremo del tranvía y subir por el extremo opuesto. Como el tranvía avanzaba con tanta parsimonia, cualquier persona podía realizar esta maniobra sin miedo a que el tranvía la dejara en tierra. Era un fraude deportivo que muchos ciudadanos cometían con algazara, aunque en ocasiones la diversión desembocaba en tragedia, sobre todo en los días lluviosos, cuando el pavimento estaba resbaladizo y propiciaba caídas que con mala suerte podían dejar a quien las sufría descalabrado. Aquella mañana, sin embargo, el suelo estaba seco y el cielo claro y el Paseo de Gracia olía a flores cuando no pasaban vehículos de motor esparciendo un humo negro y acre. En el cine Fantasio daban una película de aventuras con Yvonne de Carlo y Sabú; en el Savoy, una comedia con Danny

Kaye y Virginia Mayo. Prullàs iba pensando a qué cine podría llevar a Marichuli Mercadal si verdaderamente su intención era ir al cine y él no lograba disuadirla de semejante propósito. No alcanzaba a comprender la chifladura de las mujeres por el cine. Detesto el cine y las películas me aburren sin excepción, se dijo, en especial las películas musicales, aunque debo reconocer que Danny Kaye me inspira una simpatía difícilmente justificable. ¿Y Sabú?, ¿cómo será en la vida real?, iba pensando en la plataforma del tranvía; ¿qué le dirá a su mujer cuando regresa a casa por las noches, apestando a elefante? Y a sus hijos, ¿los llevará a ver unas películas en las que aparece su padre en pañales emitiendo gruñidos y comportándose como un pobre retrasadito?

En la Diagonal se bajó del tranvía y continuó el paseo a pie. No había dado ni dos pasos cuando se le acercó un joven con el cráneo mondo, las orejas transparentes y la barba rala y le dijo: Déme una ayuda, señor; hace una semana que salí de presidio y no encuentro ocupación. Prullàs le dio una ayuda.

Aunque no era socio del Círculo Ecuestre, el conserje que salió al encuentro de Prullàs se dirigió a él con gran civilidad y a su pregunta respondió informándole de que le parecía haber visto subir a don Ignacio Vallsigorri hacía un rato. Seguramente lo encontrará en el saloncito de lectura del primer piso, agregó. Prullàs subió la escalinata lentamente y con desgana; ante la inminencia del encuentro, su propósito se le antojaba descabellado. Un reloj situado en la planta baja del edificio dio los cuartos. Prullàs se asomó a una pieza vacía en cuyo centro había una mesa de juego con tapete de fieltro verde y rebordes de latón. Un cuadro enorme de tema pastoril ocupaba enteramente una de las paredes de la salita de juego. Salió de nuevo al rellano y entró en la pieza contigua, que resultó ser una sala de lectura espaciosa, de paredes tapizadas, amueblada con butacones de piel oscura, lámparas de pie y mesitas bajas cubiertas de periódicos y revistas apilados desordenadamente. El sol se filtraba por las persianas entornadas de los tres ventanales y proyectaba láminas doradas en los planchones del entarimado. La sala de lectura tenía un solo ocupante. Prullàs se sentó en la butaca contigua a la de éste, cogió de la mesa uno de los periódicos y se puso a hojearlo; a hurtadillas examinaba a su vecino: un hombre grueso, calvo y de aspecto algo chabacano, que vestía un traje de rayadillo azul no muy limpio. Por el bolsillo izquierdo de la americana asomaba la corbata que el hombre se había quitado para combatir el calor reinante. Se restañó con el pañuelo la transpiración que le cubría el labio superior.

Esta hora es la peor, murmuró Prullàs aprovechando este pretexto para entablar conversación. Su vecino le dirigió una mirada recelosa. ¿Cómo dice? Digo que ésta es la hora más calurosa del día, repitió Prullàs, la hora de la máxima temperatura. Ah, sí, dijo el otro guardando el pañuelo en el bolsillo del pantalón; ayer tuvimos una máxima de veintiocho y no me extrañaría que hoy la tuviéramos aún más alta, ¡y esta humedad dichosa! ¿Qué quiere usted?, suspiró Prullàs, estamos en plena canícula. Sí, eso debe de ser, respondió el otro enfrascándose de nuevo en la lectura del periódico.

Ambos leyeron en silencio unos minutos, al cabo de los cuales, el hombre levantó los ojos del papel, los clavó en el rostro de Prullàs y dijo: Este asunto de la India, no sé yo cómo acabará. Sí, anda todo muy revuelto por esa región desde que asesinaron al pobre Gandhi, dijo Prullàs. Y no contentos con eso, arrojaron sus cenizas al Ganges, dijo el otro; una costumbre bárbara y repugnante para quienes creemos en una vida futura. Suerte, añadió con un suspiro de alivio, que a nosotros todo esto nos pilla lejos. Sí, con esta ventaja contamos, convino Prullàs; no es fácil que nos afecte el asunto de la India. Directamente, al menos, no diré yo que nos pueda afectar, prosiguió el otro; pero fíjese usted bien en lo que le voy a decir: yo sostengo que tal como están hoy las cosas, no pasa nada en el mundo que no nos afecte a todos en mayor o menor medida. Ahora ya no es como antes: antes lo que sucedía en un país quedaba circunscrito a sus fronteras; un país podía arder por los cuatro costados sin que los países vecinos lo notaran. Pero esto hoy en día ya no es posible; nos guste o no, formamos parte de una gran comunidad: la comunidad mundial, y cada vez esto será más y más como yo le digo, acabó diciendo. Lo veo a usted muy informado, señor Vallsigorri, se apresuró a decir Prullàs antes de que su interlocutor reemprendiera la lectura del periódico. Bueno, soy de los que me gusta saber lo que pasa y conocer el terreno que piso, respondió el otro con afectada sencillez.

A esto Prullàs no supo qué añadir y se produjo un nuevo silencio entre ambos. Prullàs se devanaba los sesos buscando en vano alguna forma natural de reanudar un diálogo iniciado con tan buen pie; no sólo se sentía privado de toda capacidad de improvisación, sino aquejado además de una timidez insólita en él y sin duda provocada por la aversión que le producía aquella actuación capciosa. Estaba por admitir la derrota y darse a la fuga, cuando el otro plegó ruidosamente el periódico que había estado leyendo, lo depositó sobre la mesa, emitió una mezcla de bramido y suspiro y exclamó: ¡Hay que ver cómo están las cosas por estos mundos de Dios! Prullàs esbozó una mueca que pretendía ser de aquiescencia, pero que resultó ser de desgana, y, como no se le ocurría otra cosa mejor, agregó: Diga usted más bien por estos mundos dejados de la mano de Dios. Esta frase banal resultó muy del agrado del otro, que veía sintetizada en ella, según dijo, toda su filosofía de la vida. La gente era traicionera por naturaleza y los países, también, sentenció cabeceando con gravedad.

Qué le vamos a hacer, dijo Prullàs; al fin y al cabo, uno no es responsable de lo que ocurre fuera de su casa. El otro convino en ello y añadió que en el mundo hoy en día todo era ambición. Ésta era, a su juicio, la causa de tanto trastorno y tanta violencia.

En efecto, amigo mío, dijo Prullàs, ahí está el quid de la cuestión, como usted bien dice: en la ambición... y las mujeres.

El otro apoyó la nuca en el macasar de la butaca y levantó los ojos. ¡Ah, las mujeres!, exclamó dirigiendo un mohín a las ninfas sonrosadas que retozaban en el cielo raso del salón, ¡qué diablillos!

¡Diga usted que sí, amigo Vallsigorri, diga usted que sí!, ¡pero qué difícil es sustraerse a sus encantos!, dijo Prullàs.

El otro recobró el aire circunspecto que había adoptado para comentar el asesinato de Gandhi. No para mí, dijo. Y clavando la mirada en el rostro de su interlocutor aseguró que aún no había nacido la moza que le hiciera perder a él la compostura; y aún menos aflojar los cordones de la bolsa, añadió con orgullo.

Vamos, vamos, señor Vallsigorri, estamos entre amigos, replicó Prullàs golpeando suavemente la rodilla de su interlocutor con la palma de la mano; entre amigos y también entre caballeros: nada de lo que hablemos va a salir de aquí, no es preciso andar con disimulo.

No sé a qué se refiere usted, señor.

Bueno, es sabida... y comentada su afición por cierta joven actriz, cierta promesa de nuestra escena, todavía en agraz, usted ya me entiende, dijo Prullàs. No, señor, no le entiendo, exclamó el otro en tono áspero; no entiendo lo que me está contando, no entiendo de dónde viene este infundio ni a dónde conducen sus insinuaciones, y no entiendo por qué se empeña en llamarme Vallsigorri cuando mi nombre es Requesens.

Ah, ¿no es usted don Ignacio Vallsigorri?

¡A la vista está que no!, manifestó el otro.

En tal caso, balbució Prullàs levantándose de la butaca, es evidente que he cometido un imperdonable error, señor Requesens; le ruego que me perdone y que, en aras de la cortesía, tenga mis palabras por no dichas. Discúlpeme. Buenos días, murmuró mientras caminaba poco a poco hacia la puerta.

Que usted lo pase bien, rezongó el otro.

De prisa y sin apetito comió un plato combinado en la barra de las Granjas La Catalana de la Diagonal y luego se fue caminando hasta su casa, a donde llegó tan sofocado que ordenó a la Sebastiana que le preparara el baño, a lo que ésta se negó rotundamente. Un baño a media digestión podía producirle un colapso, alegó. Prullàs se quedó sin baño. Llamó a Gaudet. ¿Qué?, ¿le has visto?, ¿has hablado con él?, preguntó el director de escena al reconocer la voz de Prullàs al otro extremo del hilo. Calla, Pepe, prefiero no recordarlo, ¡menudo bochorno! Pero, ¿le has visto sí o no? Sí, es decir, no; en fin, que he hecho el ridículo más espantoso; luego iré al ensayo y te lo contaré.

13

Probó de dormir la siesta, pero el calor le impidió conciliar el sueño; trató de escribir algo, pero no pudo. Finalmente se sentó junto al balcón para aprovechar la corriente de aire y estuvo leyendo una novela de Michael Innes hasta las cinco. A esa hora se lavó, se puso ropa limpia, hizo sacar el coche del garaje y se fue al teatro. Gaudet disolvía el contenido de un sobre en un vaso de agua; el agua adquirió un tono lechoso, pero inmediatamente recobró la transparencia original. Prullàs le interrogó con la mirada y el otro respondió señalándose el estómago. Hacía un calor achicharrante en el escenario.

¡Sigamos donde estábamos!, gritó el director de escena: ¡Acto primero, escena tercera! ¡Entran Todoliu y la doncella!

TODOLIU: ¿De modo que los señores no están en casa?

DONCELLA: No, señor. Los señores salieron después de comer y no dijeron a qué hora volverían.

TODOLIU: No importa, esperaré. (*Se sienta, saca un cigarrillo de la pitillera y lo enciende.*) A ti no te tengo vista de otras veces. ¿Eres nueva en la casa?

DONCELLA: Sí, señor. Estaba pasando el plumero... Perdón. Sí, señor, hace sólo una semana que entré a trabajar. Pero éste no es mi primer trabajo.

TODOLIU: ¿Ah, no?

DONCELLA: Sí, señor... No, señor. Con anterioridad estuve sirviendo en casa de la condesa de Vallespir, hasta que la pobre señora muerta... Perdón. Hasta que la pobre señora condesa murió en circunstancias muy trágicas.

TODOLIU: Oh, sí, ya recuerdo. Los periódicos hablaron mucho del suceso. Un crimen sangriento y sin motivo aparente, ¿no es así? Debió de ser una experiencia terrible para ti.

DONCELLA: Sí, señor, Imagínese que estaba una servidora pasando el plumero a la plata de la señora condesa cuando oí un grito desgra... desrag... Lo siento, pero no consigo que me salga esta palabra.

Desgarrador, dijo Gaudet sin levantar la voz, pero si esta palabra no te sale, prueba con otra: espantoso, terrible, horripilante, cualquier cosa con tal de no interrumpir la escena cada diez segundos, ¿está claro?

La interpelada se encogió de hombros y aseguró que hacía todo lo que podía por memorizar el papel; a solas, en su casa, lo podía recitar entero, sin un fallo, pero al llegar al teatro, no sabía lo que le pasaba, explicó. En su voz no había el menor deje de temor o de contrariedad, como si el problema fuera anecdótico y en modo alguno pudiera comprometer su trabajo. Prullàs no sabía si atribuir aquella actitud a inconsciencia o a la seguridad que le brindaba contar con un poderoso valedor. ¡Descansamos diez minutos y volvemos desde el principio!, ordenó Gaudet a la compañía, ¡y que alguien avise a doña Mariquita; debe de estar en su camerino! En dos palabras Prullàs refirió a su amigo el incidente del Círculo Ecuestre. Gaudet lo escuchaba con un regocijo mortificante. Al término del relato se les unió el apuntador. Pasaba tanto calor metido en la concha que había estado a pique de desmayarse un par de veces, dijo. Prullàs le ofreció un cigarrillo. ¡Tiempo sin verle, señor Mas!

El apuntador era conocido por el nombre de señor Mas. De su nombre de pila, nadie tenía noción. Todo el mundo lo llamaba señor Mas, incluso su mujer, su hija y los hijos de ésta, es decir, los nietos del señor Mas. El señor Mas era un excelente profesional, una verdadera institución en el mundo teatral barcelonés. Hablábamos de la señorita Lilí Villalba, dijo Gaudet.

El apuntador lanzó una columna de humo en dirección al techo. Ah, sí, la señorita Lilí Villalba, suspiró; no acierta la frase ni por accidente, pero tiene unas piernas que quitan el hipo. Llevo más de treinta años en esta profesión, don Carlos, y desde la concha me he dado un hartón de ver pantorras; bueno, pues le aseguro que éstas son de rechupete; se lo dice un experto. Yo de tetas no entenderé, agregó, pero de piernas, ¿para qué le voy a contar? A todas las actrices de España las he visto yo las pantorrillas, los muslos y hasta lo que viene luego. Más valdrá reanudar el ensayo, terció Gaudet, y dirigiéndose a su amigo: Quédate y luego cenamos juntos; esta vez invito yo. Prullàs miró el reloj. Hoy no puedo, Pepe, tengo una cita y he de irme ya; pero se agradece la invitación de todos modos.

*

La barra del Marfil estaba vacía cuando llegó. Aunque no frecuentaba aquel establecimiento, el camarero parecía conocerle: se interesó por su salud y le sirvió una copa de manzanilla sin esperar a que Prullàs le dijera nada, lo que le hizo suponer que el camarero lo confundía con algún asiduo de la casa. Antes de que pudiera deshacer el equívoco, el camarero le presentó un amplio surtido de tapas: aceitunas rellenas, boquerones en vinagre, tacos de jamón y de queso, rodajas de salchichón. De todo ello había dado buena cuenta Prullàs cuando Marichuli Mercadal hizo su entrada en el local. Aunque la había visto hacía menos de cuarenta y ocho horas, su presencia física impresionó a Prullàs: trasplantada súbitamente de la playa a la ciudad, el color de su piel y la cadencia de sus movimientos irradiaban una violenta sensualidad; incluso el vestido parecía en ella un elemento superfluo. He procurado ser puntual para que no me encontraras fea, dijo mientras se encaramaba al taburete contiguo. ¿Las que llegan tarde se vuelven feas?, preguntó él. A los ojos del que espera, respondió Marichuli Mercadal. El camarero la saludó con la misma familiaridad que había empleado anteriormente con Prullàs, pero cuando éste le preguntó si concurría a aquel bar de forma habitual, ella le respondió que no. Mientras tanto el camarero había repuesto el surtido de tapas. Si nos comemos todo esto, no podremos cenar, dijo Prullàs. Mejor, dijo ella, así no llegaremos tarde al cine. ¿Tanto interés tienes en ir al cine? Claro, no pensarás que he venido a Barcelona para verte a ti, respondió. ¿Y el dentista? Oh, son amores distintos. Mira, ésta es la película que quiero ver, añadió abriendo el bolso y sacando de él un programa coloreado presidido por la faz avinagrada de Bette Davis: PARA ELLA NO HABÍA OTRA LEY QUE SU CAPRICHO, leyó Prullàs con desaliento. ¡Dicen que es estupenda! Prullàs no juzgó oportuno aducir que había visto aquella misma película unos días antes en compañía de Mariquita Pons y menos aún proclamar la opinión que le había merecido. Devolvió el programa a Marichuli Mercadal, que lo guardó de nuevo en el bolso. ¿Los coleccionas?, quiso saber Prullàs. Alicia los colecciona; ya tiene más de cien y dice que quiere llegar a mil, repuso ella. Su rostro se ensombreció y Prullàs se apresuró a cambiar de tema. ¿Qué tal el dentista? No habrá sido tan fiero si ahora puedes arrearle estas dentelladas al salchichón. Soplaba una brisa fresca y bajaron caminando por la Rambla de Cataluña hasta la puerta del cine Cristina. Allí una mujer zarrapastrosa abordó a Prullàs y le dijo: ¡Dame algo, bienaventurao, que tiés una hembra que vale un potosí!

*

A pesar de las tapas, al salir del cine Prullàs declaró tener un hambre de lobo. La película se le había hecho tan larga que le parecía que llevaba varios días sin comer, dijo. ¡Vaya tragaldabas!, exclamó Marichuli Mercadal. Prullàs advirtió un deje dubitativo en su voz y un brillo de angustia en su mirada. Ella había provocado el encuentro con un atrevimiento rayano en la desvergüenza, durante la proyección de la película había tomado y retenido la mano de Prullàs en la suya, pero ahora, a medida que la noche avanzaba hacia su desenlace, flaqueaban las energías de aquella mujer emprendedora y con su actitud parecía estar rogando que fuera él quien tomara la iniciativa. A esto Prullàs se sentía poco dispuesto. Si esta situación se prolonga, pronto me habré metido en un lío de aquí te espero, pensó; de esto se da cuenta hasta un irresponsable como yo. ¿Qué espera de mí?, se preguntaba. Y en voz alta: Vamos, te acompañaré a casa.

Ella no opuso la menor resistencia; dejó que él la cogiera del brazo y la condujera hacia la puerta que comunicaba el vestíbulo del cine con la Rambla de Cataluña. Al ganar la acera, Prullàs oyó una voz zumbona a sus espaldas que decía: ¡Adiós, señor Prullàs y la compañía! Se volvió a tiempo de ver desaparecer a Mariquita Pons entre el gentío que abandonaba la sala en aquellos momentos. Lo que me faltaba, se dijo.

14

La película parecía haber abatido el ánimo de Marichuli Mercadal, que apenas pronunció media docena de monosílabos en el trayecto del cine a su casa, en la Avenida de José Antonio, entre las calles Bruch y Gerona. A solas frente al portal, ambos guardaron el máximo comedimiento: ella estuvo rebuscando largo rato en el bolso hasta encontrar el llavero, que entregó a Prullàs para que éste introdujera la llave en la cerradura y dejara el camino expedito. En el zaguán reinaba la oscuridad más completa. Prullàs encendió una cerilla, pero la corriente de aire la apagó al instante. Sólo había tenido tiempo de vislumbrar al fondo del zaguán una estatua enorme de aspecto terrorífico, sin duda debido a la sombra caprichosa que la llamita de la cerilla había proyectado ante los ojos atónitos del observador. Ven, ¿qué haces?, susurró ella. En la oscuridad era imposible precisar el lugar de procedencia de aquella voz, que a Prullàs se le antojó el apremio de un náufrago en la niebla. No veo nada, dijo. Dame la mano. La de ella estaba húmeda y fría. Por lo visto no funciona la luz de la escalera, comentó; es una casa antigua y las instalaciones son viejas. Ven, repitió, es sólo un piso. Subieron a tientas. Al iniciar el ascenso, Prullàs extendió el brazo hacia donde según sus cálculos debía de estar la estatua que poco antes le había asustado. Con la punta de los dedos alcanzó a rozar una masa de mármol. En el rellano esperó a que ella abriese la puerta del piso. La luz del recibidor invadió el rellano. No te quedes ahí pasmado, pasa, no hay nadie, dijo ella.

Los muebles estaban cubiertos con fundas de cretona y las lámparas, con fundas de tul; el aire tenía algo de rancio y polvoriento. Prullàs no supo cómo declinar la invitación y ella cerró silenciosa y precipitadamente la puerta a sus espaldas; no quería que los vecinos los oyeran y menos aún que los vieran entrar juntos a aquellas horas, dijo. ¿Tenéis la casa cerrada todo el verano?, preguntó Prullàs. Ya lo ves, dijo ella. Yo creía que tu marido se quedaba en Barcelona. Y así es, pero en nuestra ausencia se instala en casa de su madre; no soporta la soledad, sobre todo cuando le da por beber. No te extrañe que un hombre de su edad aún tenga madre: mi marido pertenece a una familia de longevos. Su abuela vivió ciento tres años y su tío murió a los noventa y cuatro al caerse del caballo en una montería. El convencimiento de que todavía le quedaba mucho de vida le decidió a tener hijos a una edad avanzada; lo que nunca pudo prever es que no sería él quien moriría prematuramente, sino la niña: ya ves tú qué jugarreta. ¿Y no hay peligro de que a tu marido le dé por venir?, preguntó Prullàs. ¿Por qué habría de venir?, preguntó ella. Para estar contigo, dijo Prullàs. ¿Tú lo harías?, preguntó ella. Yo ya estoy contigo, repuso Prullàs.

A medida que ella iba accionando interruptores y se iban encendiendo luces, aparecían ante sus ojos cuartos y pasillos. Entra ahí, dijo Marichuli Mercadal señalando una puerta. Prullàs hizo lo que ella le indicaba sin sospechar que se trataba de una treta y se encontró cara a cara con un esqueleto. Lanzó un reniego y ella una carcajada. Te presento a Matías, dijo. Muy gracioso, rezongó Prullàs, ¿quién es? ¿No lo adivinas? Es mi último amante: mira cómo se quedó por satisfacer mis demandas. Recobrado de la sorpresa, Prullàs inspeccionó el cuarto: en el centro había una mesa de gabinete y una silla giratoria; adosadas a las paredes, estanterías atestadas de libros científicos, y sobre las estanterías, reproducciones de vísceras humanas en yeso coloreado. Prullàs cogió un corazón para examinarlo y uno de los ventrículos se le cayó al suelo. Ten cuidado, dijo ella desde el pasillo. Prullàs recogió el fragmento y lo encajó en su lugar. ¿Aquí trabaja tu marido?, preguntó. No, hombre, los cirujanos no se traen trabajo a casa. Aquí estudia; un médico tiene que estar al día; el progreso no se detiene y la moda, tampoco. Esta temporada tocan enfermedades hepáticas, la anterior fueron los trastornos cardiovasculares, y así sucesivamente. ¿Piensas pasarte toda la noche toqueteando órganos?

Prullàs colocó de nuevo el corazón de yeso sobre la estantería y probó de abrir los cajones de la mesa. Contra lo que esperaba, resultaron no estar cerrados con llave; contenían recortes de revista, impresos y manuscritos, fotografías y diagramas. En el cajón central había algo de dinero, un mazo de llaves, varios carnets y media docena de retratos familiares, en uno de los cuales se veía al doctor Mercadal de uniforme, con la guerrera cubierta de insignias y condecoraciones. Al fondo del cajón Prullàs encontró una pistola Luger. ¡Caramba con el señor doctor!, murmuró para sí. Dejó las cosas como las había encontrado, cerró los cajones y abandonó el gabinete. El pasillo estaba desierto y tenebroso. Prullàs experimentó una leve sensación de miedo. ¿Qué estaba haciendo allí?, se preguntaba. Miró el reloj: la una menos cuarto. Es tardísimo, dijo en voz alta, pero nadie le respondió. Llamó a Marichuli Mercadal y sólo obtuvo el silencio por respuesta. Me ha dejado solo, pensó; estoy solo, encerrado en una casa deshabitada, en compañía de un esqueleto: esto es ridículo. A medida que se alejaba del gabinete, cuya luz seguía encendida, se iba adentrando en una oscuridad poblada por la fantasmagoría de los muebles enfundados. En alguna parte, debajo de alguna funda, ha de haber un teléfono, se decía; puedo llamar a Gaudet y pedirle que venga a rescatarme. Pero antes he de cerciorarme de que esta loca me ha dejado efectivamente solo y sin salida, ¿por qué lo habrá hecho? Se le ocurrían varias respuestas, a cual más inverosímil: extorsión, secuestro, ritos satánicos. ¿Me estaré volviendo idiota?, se dijo. Pero recordaba la pistola en un cajón y reconocía para sus adentros que no las tenía todas consigo. Trató de tomarse la situación a risa: es posible que de un momento a otro se me venga encima Lon Chaney blandiendo el cuchillo sagrado de los sacrificios ante la risa cruel y un poco pánfila de María Montez, se dijo. Nuevamente llamó a gritos a Marichuli Mercadal y esta vez le respondió la voz tranquila de ella a sus espaldas: ¿A qué viene este escándalo? No soy sorda. Te he llamado varias veces y no me contestabas, dijo él, ¿qué hacías? Nada, al ver que no venías, me había metido en el cuarto de baño y con el grifo abierto no te oía, respondió Marichuli Mercadal, ¿qué te interesaba tanto del gabinete de mi marido, enredón?

Guiado por la voz, Prullàs se había reunido con ella en una pieza rectangular, a un lado de la cual se alzaba una cama de estilo isabelino, muy alta y ancha. Sobre la cabecera había un crucifijo de caoba y, clavado en él, un Cristo de marfil cubierto por un faldellín de terciopelo grana. Marichuli Mercadal se cepillaba el cabello ante el espejo de un tocador abarrotado de recipientes y objetos de plata y separado de la cama de matrimonio por un biombo. Usaremos el cuarto de huéspedes, dijo ella de pronto; esta cama no está hecha y además éste es territorio sacramental. Se había quitado la ropa de calle y puesto un kimono de seda cuya abertura inferior dejaba entrever las piernas morenas. Al conjuro de esta visión olvidó Prullàs los presagios que había estado alimentando, carraspeó e iba a decir algo cuando ella se le adelantó. La mujer que nos ha saludado al salir del cine era una actriz, ¿verdad?, una actriz de teatro, muy famosa. Sí, Mariquita Pons, respondió él contrariado y perplejo: creía que el encuentro le había pasado inadvertido o que, habiéndolo advertido, no había parado mientes en él. ¿Qué hay entre vosotros? Nada, qué tontería. No veo dónde está la tontería: es una mujer muy sugestiva y sin duda inteligente. Dos razones poderosas para no arrimarse a ella, replicó él en tono festivo, y luego, recobrando la seriedad, agregó: Es mucho mayor que yo y tiene un marido con el que es feliz y al que, según me consta, nunca ha engañado; su marido se llama Miguel Fontcuberta y es también un buen amigo mío. Por lo demás, agregó, hace un montón de años que Mariquita Pons y yo colaboramos estrechamente, nuestra relación es estrictamente profesional y de ella ha salido un afecto mutuo del todo desinteresado; es posible que en un mundo aficionado a las habladurías esto haya dado pábulo a historias de todos los colores, pero no son ciertas. ¿Está satisfecha tu curiosidad?

Marichuli Mercadal se levantó del taburete. Parecía más esbelta en el kimono, cuyos bordes orillaban sobre los baldosines. La mirada de la mujer, dura y cauta en el espejo, era ahora luminosa y ardiente. No me importa lo que hagas, susurró, pero no me hables así: no soy una esposa aburrida en busca de amoríos; no intento ocupar ningún lugar en tu corazón ni en tu vida. Soy mala, ¿entiendes? Encuentro placer en hacer el mal. Soy desvergonzada y perversa. ¡Madre mía, pensó Prullàs, qué locura!

*

Seguía pensando lo mismo cuando despertó sobresaltado sin saber qué hora era ni dónde estaba. Parcos trazos de luz delineaban los intersticios del postigo de un balcón cerrado y permitían discernir el contorno de los muebles en la oscuridad del cuarto de huéspedes. A su lado percibió la respiración ligera y desacompasada de Marichuli Mercadal, que dormía un sueño inquieto abrazada a la almohada. Se levantó sigilosamente, recogió la ropa esparcida por la pieza, se vistió y dejó cuidadosamente el kimono extendido sobre el lecho. Con los zapatos en la mano salió al pasillo; esta vez no le costó orientarse y encontrar la puerta del piso. En el rellano se calzó. El silencio reinante le hizo suponer que todos los vecinos estarían veraneando. Pensó en Marichuli Mercadal, sola e indefensa en la inmensidad del edificio vacío; apresuró el paso. Por fortuna el portal podía abrirse desde el interior.

Aún era noche cerrada y la ciudad dormía el sueño profundo y sin quebrantos que precede al alba. Las calles estaban desiertas y silenciosas. La bruma echaba un velo de gasa a las farolas. Despeinado, con la ropa al desgaire y la piel aún tibia, Prullàs se encaminó al lugar donde había dejado el coche con turbio sigilo de espía. Al pasar ante la reja de una compuerta baja lo envolvió una vaharada sofocante y empalagosa. A través del rastrillo vio un amplio sótano iluminado por un rojo resplandor; allí dos hombres en braslip y mandil iban metiendo en un horno de cuatro bocas las hogazas de masa de pan que otro hombre, blanco de harina, amasaba a un ritmo desenfrenado en el otro extremo del sótano. El calor que irradiaba el horno evaporaba instantáneamente el copioso sudor de los panaderos, envolviéndolos en una leve nube de vapor. Era la única tahona del barrio que permanecía abierta aquel mes. Por nada del mundo haría yo un trabajo semejante, pensó Prullàs. En lo alto del campanario de la parroquia de las Salesas el tañido sentencioso de un reloj rompió el silencio para dar las cuatro. A lo lejos ladró un perro. De un portal de la calle Bruch salió una monja encorvada. Probablemente había pasado la noche velando a un enfermo o a un difunto y ahora regresaba al convento a tiempo para los maitines. Se santiguó al poner el pie en la acera, como si se adentrara en tierra de moros, y de nuevo al cruzarse con Prullàs, el cual, confundiendo la señal de la cruz con un saludo, respondió con una respetuosa inclinación, sin reparar en lo absurdo del gesto, absorto en el voluptuoso deleite que todavía le embargaba, pero sintiendo alborear ya en los confines de la conciencia la inquietud por las imprevisibles consecuencias de su temerario extravío.

Capítulo II

1

¿Hoy no hay apagones, Bonifaci?, preguntó Prullàs viendo al conserje salir de la garita sin su habitual palmatoria. Eso no lo sé yo, don Carlos, respondió el conserje; pero si los hay, no me pillarán desprevenido, añadió sacando un minúsculo cabo de vela del bolsillo de su guardapolvo. ¿Y la palmatoria? Ay, don Carlos, hace un par de días me la robaron, y lo que más coraje me da es pensar que por fuerza tiene que haber sido alguien del teatro; ¡ni de los propios compañeros se puede uno fiar! Echó a andar por el oscuro pasillo seguido de Prullàs; de cuando en cuando aminoraba el paso y lanzaba un suspiro entrecortado, a la vez filosófico y asmático. La gente es muy mala, muy mala, dijo de repente, como si sus reflexiones le hubieran conducido, de suspiro en suspiro, a esta triste conclusión. Pero hay que ser amable con todo el mundo, añadió acto seguido con mucho convencimiento. ¿No es esto un contrasentido, Bonifaci?, dijo Prullàs. Ay, don Carlos, repuso el conserje, yo no tengo razones; pero así ha de ser. Sin duda es un buen hombre, pensó Prullàs, un bendito; el próximo día, si me acuerdo, le traeré una palmatoria: en casa han de sobrar. En la oscuridad del foro se despidieron por señas; el conserje se alejó por el pasillo y Prullàs se quedó oculto entre las bambalinas.

JULIO: Espléndido, espléndido. Todo está saliendo a pedir de boca. Dentro de unas horas habremos cometido el crimen perfecto y dentro de unas semanas seremos ricos, Cecilia, ¡ricos! ¿Te das cuenta? Se acabaron las deudas, se acabaron las súplicas, se acabó darles la vuelta a los trajes. ¡Y por fin podremos comer langostinos todos los días del año!

CECILIA: ¡Qué manía con los langostinos! Ya estoy empezando a

71

aborrecerlos. En cuanto a lo otro, tú dirás lo que quieras, Julio, pero yo no las tengo todas conmigo.

JULIO: No temas, mi plan no puede fallar. ¿Has hecho todo lo que te dije?

CECILIA: Sí, he llamado a Enrique a la comisaría y le he dejado dicho que Todoliu quería verle aquí a las cinco en punto, y luego le he dicho a Todoliu que Enrique vendría a las cinco para hablar con él. Lo que no sé es de qué hablarán esos dos cuando se encuentren.

JULIO: Pues de toros, de fútbol y de mujeres, ¿de qué otra cosa iban a hablar? Lo importante es que Enrique vea a Todoliu vivito y coleando a las cinco. Y luego, en cuanto Enrique se haya ido..., ¡chas!

CECILIA: ¡Jesús, qué horrible! ¿No podríamos matarlo sin necesidad de hacer «¡chas!»?

JULIO: Será difícil, pero lo intentaremos. Y entonces...

(*Entra la* DONCELLA *muy sofocada con el plumero en la mano, seguida de* LUISITO.)

DONCELLA: Señora, lo siento mucho, pero una servidora se va de esta casa ahora mismo. ¡Me despido! Una es pobre, pero honrada, y lo que está pasando en esta casa una no lo puede consistir... constituir...

CECILIA: Pero, mujer, ¡si todavía no ha pasado nada!

DONCELLA: ¿Nada? ¿Llama usted no pasar nada a las preposiciones deshonestas que acaban de hacerle a una servidora?

CECILIA: Ah, vaya. (*A* LUISITO.) ¡Vergüenza debería darte! (*Le da un bofetón.*)

LUISITO: Si yo no caca... no caca...

CECILIA: ¡Y no me repliques! (*Le da otro bofetón.*)

LUISITO: ¡Ay!

DONCELLA: No, si el señorito Luis no tiene culpa de nada, pobrecín. Si el que persigue a una servidora es el señor Todoliu.

CECILIA: ¡Todoliu!

JULIO: Vamos, explíquese usted, ¿qué ha sucedido exactamente?

DONCELLA: Pues ha sucedido que esta mañana estaba el plumero... Perdón, estaba una servidora sacudiendo el plumero con este polvo y viene el señor Todoliu y se pone a hablar con una servidora como si tal cosa, y al cabo de un rato de hablar, así de golpe y porrazo, va y me dice que si quiero irme con él a la Costa Azul, pues que se me lleva.

CECILIA: ¡Qué barbaridad! ¿Y tú qué le has contestado?

DONCELLA: Que a una servidora no se la lleva nadie ni a la Costa Azul, ni a la Blanca, ni a ninguna costa. ¡Pues no faltaría más!

JULIO: Y él, ¿cómo se lo ha tomado?

DONCELLA: La mar de bien. Me ha dicho que si cambiaba de

opinión, que se lo dijera, pero que no me entretuviera mucho, porque ya tenía el salvoconducto en regla y el equipaje hecho y su tren salía para la frontera a las cinco en punto.

Julio y Cecilia (*Al unísono*): ¡A las cinco!

¡De acuerdo, por hoy ya está bien!, gritó Gaudet desde la mesa. Los actores se retiraron rápidamente en dirección a los camerinos y Prullàs se acercó a su amigo. Parece que las cosas van mejor, le dijo. El director de escena hizo un ademán escéptico. ¿Llevas mucho rato fisgoneando?, preguntó. Diez minutos, y no estaba fisgoneando: me quedé entre cajas para no interrumpir la escena. Lo mismo da, repuso Gaudet mientras ordenaba los papeles extendidos sobre la mesa; anoche me llamó por teléfono, añadió sin solución de continuidad, a casa. ¿Quién?, preguntó Prullàs, ¿Ignacio Vallsigorri? Sí, pero el auténtico, no el que tú conoces, repuso el director de escena. Por el amor de Dios, Pepe, no me recuerdes el papelón que me hiciste hacer. No es culpa mía: yo no te dije que pegaras la hebra con otro. Está bien, ¿qué quería el auténtico Vallsigorri? ¿Qué iba a querer? Recordarme la conversación del otro día; no esperarás que renuncie a su idea en vista de que nosotros no nos precipitamos a ponerla en práctica. Si Quiqui tuviera la menor sospecha de lo que anda en juego, ya habría ardido el teatro y nosotros con él, comentó Prullàs al cabo de un rato. Lo mejor sería que tú hablaras con la señorita Lilí Villalba, dijo Gaudet; hazle ver que todos estamos contentos con ella, que es agraciada y que tiene una bonita figura, que si de veras está interesada en ser actriz, no tiene más que poner empeño y dejarse guiar, pero sobre todo que no quiera correr demasiado, que más de una carrera se ha visto frustrada por la precipitación. Dile que es muy joven, etcétera, etcétera, y que si alguna vez consigue memorizar su papel, mejorar la dicción y disimular un poco ese jodido acento charnego es muy probable que el cine le abra sus puertas de par en par; este argumento nunca falla y es probable que en el caso presente no sea del todo falso; ya oíste el otro día la opinión del señor Mas. Prullàs se quedó mirando a su amigo con estupor. Francamente, no entiendo por qué he de ser yo quien le transmita unos razonamientos que tú mismo acabas de exponer con tanta elocuencia, dijo. Porque tú le infundirás respeto, y yo, miedo, repuso el director de escena. ¿Y si no se deja convencer? Entonces dile lo que se te ocurra, y si se te antoja estrangularla, te autorizo a que lo hagas, dijo

Gaudet. Ni siquiera recuerdo su nombre, protestó Prullàs. Lilí Villalba, dijo Gaudet, señorita Lilí Villalba.

En la oscuridad del pasillo que conducía a los camerinos, tropezó con un tramoyista. Para combatir el calor que reinaba en aquel lugar angosto el tramoyista iba en camiseta, aunque por razones difíciles de columbrar conservaba la boina hundida hasta las cejas. Hola, Benito, le dijo Prullàs. Benito jadeaba; era evidente que el calor constituía un verdadero suplicio para aquel hombre. ¡Arriba España, don Carlos!, le respondió haciéndose a un lado.

*

En la puerta de uno de los camerinos una cartulina prendida con cuatro chinches anunciaba con letras de imprenta el nombre de su actual ocupante: Señorita Lilí Villalba. Prullàs tocó con los nudillos y entró sin esperar respuesta. En el camerino no había nadie; estaban apagadas las bombillas que contorneaban el espejo y por toda iluminación oscilaba un globo amarillento suspendido del techo. Allí se respiraba un aire viciado, impregnado de olor a ropa sucia; de un clavo colgaban un turbante mugriento y una capa apolillada y desteñida, y una caja cilíndrica repleta de pelucas cochambrosas sugería macabras escenas de guillotina. Señorita Lilí Villalba, susurró Prullàs, ¿está usted ahí? El espejo le devolvía su propia imagen.

Cuando regresaba al escenario para informar a Gaudet de aquel nuevo fracaso, vio entornada la puerta del camerino de Mariquita Pons, y asomó la cabeza por la abertura. Un grito ahogado saludó su intromisión. ¿Qué hace usted aquí?, preguntó sorprendido no tanto de encontrar precisamente a la señorita Lilí Villalba en un lugar que no le correspondía, como de encontrarla desnuda de cintura para arriba. Con gesto rápido la joven actriz había cruzado los brazos sobre el pecho, pero seguía mirando fijamente al intruso; se advertía que tenía la costumbre de aguantar la mirada de los hombres, y Prullàs, que no esperaba aquella actitud de desafío en una tesitura tan embarazosa, se quedó confuso. Ya lo ve, me estoy vistiendo. Prullàs se dio media vuelta y le preguntó la razón de que hubiera ido a vestirse allí y no a su propio camerino. No he venido a vestirme, sino a ducharme, respondió la voz de la joven actriz a sus espaldas; en mi camerino no hay ducha y en casa estamos sin agua desde hace más de una semana. Apenas acabado el ensayo doña Mariquita se fue precipitadamente, agregó; le pregunté a dónde iba con tantas prisas y me contestó que tenía hora en el peluquero dentro de cinco minutos, que no le daba tiempo de ducharse y que, de todos modos, se bañaría más tarde en su casa porque esta noche tenía invitados a cenar, así que pensé que si me duchaba de prisa y con cuidado, nadie se daría cuenta. Puede usted comprobar que no falta nada, añadió bajando la voz.

Prullàs se volvió de nuevo; la señorita Lilí Villalba se había vestido. Prullàs la miró de hito en hito tratando de discernir si le decía la verdad o si le estaba tomando el pelo. Sin embargo, cuando sus miradas se encontraron, ambos se pusieron a reír, como si la peculiaridad del encuentro hubiera establecido entre ambos una sutil relación de complicidad. He cometido una infracción, pero al mostrarle involuntariamente mis encantos, he comprado su silencio, parecía decir ella con su risa, y ésta es nuestra forma tácita de sellar el pacto. ¿Quién le ha abierto la puerta de este camerino?, preguntó Prullàs. Nadie, respondió ella, estaba abierta. Esto es mentira: las puertas de los camerinos están siempre cerradas, replicó Prullàs. Pues ésta no lo estaba, ¿ve usted?, dijo la joven actriz mientras apagaba las luces y cerraba de golpe la puerta del camerino. Al pasar por su lado, Prullàs aspiró la intensa fragancia de la piel y el cabello recién lavados. ¿No entra en el suyo a recoger el bolso?, le preguntó. No tengo bolso ni me hace falta, dijo ella; fuera del teatro no gasto maquillaje y nunca llevo dinero encima. ¿Siempre encuentra quien le pague sus gastos, señorita Lilí Villalba?, dijo él. Hasta ahora he tenido bastante suerte, señor Prullàs, respondió ella tendiéndole la mano; buenas tardes.

¿Qué tal ha ido la entrevista?, quiso saber el director de escena. Parece una persona razonable, contestó Prullàs. ¿Habéis tratado el asunto de Ignacio Vallsigorri? No; no de un modo directo; me ha parecido más prudente entablar una relación cordial y sincera antes de levantar la liebre. Gaudet lo miró con sorna. Buena liebre estás tú hecho, sentenció.

2

Por aquí ha pasado Poveda, dijo Prullàs al entrar en el recibidor. Es usted muy perspicaz, Watson, respondió Mariquita Pons tapándose la nariz con dos dedos; pero me apuesto cualquier cosa a que no adivinas qué me ha vendido esta vez. ¿Cómo lo voy a adivinar? ¡Cualquier cosa! Bueno, di algo, a ver dónde está esa perspicacia. Prullàs hizo algunos intentos desganados. ¿Un mechero? No. ¿Una vitamina? No. ¿Unas medias? Frío, frío. Me rindo, admitió finalmente. La célebre actriz se echó a reír: ¡Un reloj de cocina!, exclamó, ven a verlo. ¿Y tu marido? En su ratonera, leyendo los papelotes que se ha traído de Madrid, respondió alzando los hombros con desdén.

¡Pero esto no es un reloj de cocina!, exclamó Prullàs. ¿Ah, no?, ¿pues qué es? Un reloj de cuco. Es lo mismo. ¡Qué ha de ser lo mismo! ¿Y qué sabes tú, si no has entrado jamás en una cocina? Prullàs había levantado la tapa de una cacerola y una nube de vapor flotaba sobre sus cabezas. Fuera, váyanse y no enreden, refunfuñaba la cocinera. Sólo quería saber lo que nos estaba preparando, Fina. Agua de acelgas le voy a dar a usted, señorito Carlos, respondió la cocinera blandiendo un cucharón. Bisoña y timorata, la camarera celebraba con sonrisa beatífica aquel despliegue de familiaridades. Carmen, no te quedes ahí como un don Tancredo, hija, pon en la nevera las lionesas que ha traído el señorito Carlos, dijo Mariquita Pons; un milagro será que no se agrie la nata con este calor. La camarera se afanaba. Era nueva en la casa, pero ya había sucumbido a la influencia de la célebre actriz, observó Prullàs; de un modo inconsciente imita los gestos y las inflexiones de voz de su ama; siempre ha ocurrido así, con todas; luego, en la calle, deben de llamar la atención, sin duda entre sus amigas pasarán por presuntuosas, cursis y hasta locas.

Mariquita Pons acompañó a Prullàs al despacho de su marido, pero se quedó en la puerta. A ver si consigues hacerlo regresar a la superficie, susurró. La comparación no era ociosa: una lámpara con pantalla de vidrio opaco concentraba la luz sobre la mesa, dejando el resto sumido en una luminiscencia submarina. Miguel, dijo Mariquita Pons desde la puerta, está aquí Carlos Prullàs. El marido de la célebre actriz levantó los ojos y parpadeó como si aquella noticia le arrancara de una profunda cavilación. Sin embargo, los papeles que había estado estudiando sólo mostraban largas hileras de cifras. ¿Le interesarán verdaderamente estos balances, se preguntaba Prullàs, o habrá dejado volar su pensamiento muy lejos de aquí?

Miguel Fontcuberta se levantó con presteza y acudió al encuentro del visitante con los brazos abiertos. ¡Hombre, Carlos

Prullàs, dichosos los ojos! Era alto, atlético, con ligera tendencia a la obesidad. A la sazón frisaba la cincuentena, estaba emparentado con las mejores familias de la ciudad y pertenecía a la junta directiva del Club de Fútbol Barcelona. ¿Qué tal, Miguel?, otra vez por Madrid, ¿eh? Los dos hombres se palmoteaban recíprocamente las espaldas. Sí, chico, qué remedio, hasta para estornudar hace falta ir a la villa y corte. Pero esta vez no he perdido el tiempo: después de resolver cuatro asuntillos me llevaron a las Ventas y vi a Luis Miguel Dominguín cortar dos orejas y una a Pepín Martín Vázquez. Y aún me sobró tiempo para ver el último estreno de Benavente; ¡chico, qué talentazo tiene este hombre! Cuando queráis, la cena está servida, dijo Mariquita Pons desde el umbral del despacho.

Por el pasillo Fontcuberta cogió del brazo a Prullàs. Antes no se me olvide, le dijo, si el próximo lunes estás en Barcelona y no tienes compromiso, déjate caer por casa de Brusquets a eso de las ocho u ocho y media. ¿Brusquets?, dijo Prullàs. Un amigo, aclaró Fontcuberta, hombre de dinero y de buen gusto, ya verás. Inaugura piso y da una fiesta: poca gente, sólo los íntimos. Me ha pedido con gran interés que te invitara; por lo visto no te conoce personalmente, pero te admira y quiere elevar el tono de la reunión con tu asistencia. ¿Tú irás?, quiso saber Prullàs. Por supuesto, y Quiqui también, respondió Fontcuberta. En tal caso, dijo Prullàs, no puedo negarme.

*

Ha sido una cena exquisita y una velada deliciosa, repitió. Ya lo has dicho tres veces, ¿a qué viene tanta obsequiosidad?, repuso Mariquita Pons. Fontcuberta se había retirado pretextando el cansancio del viaje: de resultas del calor no había podido dormir en el tren. Si cerraba la ventanilla de su departamento, se achicharraba, y si la abría, el ruido era ensordecedor y la carbonilla se le metía en la garganta, explicó. Prullàs intuyó que alguna razón más le hacía mostrarse esquivo. Durante la cena Mariquita Pons no había perdido ocasión de meterse con su marido y frente a esta actitud hostil Fontcuberta se había amilanado. A diferencia de otros hombres, que son pusilánimes ante el mundo exterior y se desquitan siendo despóticos en la seguridad del hogar, Fontcuberta, que era una fiera en el mundo de los negocios, se volvía un auténtico minino apenas regresaba a su casa. Era difícil para quienes lo trataban solamente en la intimidad adivinar que aquel individuo apacible, timorato y un tanto tarambana podía ser simultáneamente un comerciante astuto, tenaz y, si venía al caso, despiadado. Viéndole en compañía de su mujer, cuyos caprichos atendía sin dilación, cuyas órdenes cumplía con solicitud y cuyos cambios de humor sobrellevaba con verdadero estoicismo, nadie habría sospechado que de ambos era él quien poseía un carácter férreo mientras ella, por el contrario, era en extremo frágil. Prullàs, que ignoraba totalmente las paradojas combinatorias de las relaciones matrimoniales, interpretaba cualquier escena del modo más equivocado. ¿Qué le ocurre a tu marido?, preguntó. No le hagas mucho caso, estará cansado del viaje.

La camarera bisoña y timorata sirvió el café y los licores en el salón. ¿La señora desea alguna cosa más? Nada más, Carmen, puedes retirarte; yo me ocuparé de todo. La camarera hizo una reverencia desmañada y se fue perseguida por la mirada de Prullàs, que evaluaba sus encantos sin el menor disimulo. Buena adquisición, comentó cuando la camarera hubo cerrado la puerta, ¿de dónde la has sacado? Me la recomendaron en la panadería, respondió Mariquita Pons después de servir el café y el coñac; acaba de llegar del pueblo y es casi una niña; por edad podría ser mi hija, así que haz el favor de dejarla en paz. Prullàs probó un sorbo de coñac y sonrió plácidamente. ¡No he hecho nada malo, Quiqui! Vamos, te has pasado la noche desnudándola con los ojos, replicó ella, ¡vergüenza debería darte! ¿Se habrá dado cuenta?, preguntó Prullàs. Seguramente, respondió ella; y en todo caso, yo sí me he dado cuenta, y me ha parecido muy poco galante por tu parte.

Prullàs tomó la mano de la célebre actriz y se la llevó a los labios. Son amores distintos, Quiqui. La célebre actriz retiró la mano y cogió el abanico. A veces me vienen ganas de estrangularte, dijo; pero si a estas alturas todavía no lo he hecho, ya no creo que lo haga. Eres muy generosa, dijo Prullàs. Más bien indolente, repuso ella; después de tantos años, me he acostumbrado a ti como quien se acostumbra a una tara física.

Prullàs encendió un cigarrillo y se recostó en los mullidos almohadones del sofá. No hace tanto que nos conocemos, dijo; al menos a mí no me lo parece; será que a tu lado los años parecen días y los días, segundos. Muy chistoso, rezongó la célebre actriz; pero sus ojos se avivaron con el brillo fugaz de la complacencia.

Los pensamientos de Prullàs vagaban ya por otros derroteros. ¿Te acuerdas de cuando estrenamos *Todos los muertos se llaman Paco*? La célebre actriz dejó el abanico, introdujo un cigarrillo en la boquilla de nácar y dejó que Prullàs lo prendiera. Claro, ¿cómo me voy a olvidar?

La anécdota los retrotrajo a una noche de primavera, muchos años atrás, en Madrid. Prullàs acababa de estrenar allí su primera comedia y Mariquita Pons, en aquel entonces una joven actriz de reconocido talento, había accedido a dar un giro inesperado a su carrera dramática y, contraviniendo los consejos de su representante y poniendo su prestigio en juego, protagonizar la obra de aquel autor novel. Contra todo pronóstico, el estreno había sido un éxito. Al término de la representación, después de recibir los plácemes de amigos y conocidos, demasiado nerviosos para irse a dormir, el autor y la primera actriz habían decidido seguir la juerga por su cuenta. Mariquita Pons, que todavía no conocía a Fontcuberta, tenía un novio tan simpático como holgazán, sablista de profesión, con algo de poeta, algo de revolucionario y mucho de randa: un verdadero representante de la bohemia madrileña. Prullàs, que por aquellas fechas ya salía con Martita, andaba desparejado, pues los padres de ella no la habían autorizado a acompañarlo a Madrid, aun cuando tenían allí unos parientes que habrían podido alojarla y velar por ella. Lejos de entristecerse por ello, Prullàs se había agenciado la compañía de una niña pera con proclividades intelectuales y un poco ligera de cascos. Los cuatro habían acabado a altas horas de la noche en un baile popular situado a las afueras de la ciudad, un emparrado a orillas del Manzanares, con mesas largas y bancos corridos de madera rústica, alumbrado por farolillos de papel. Allí bebieron chinchón, bailaron el pasodoble y el chotis a los acordes de un organillo y presenciaron de lejos la reyerta de dos majos. Hubo profusión de insolencias y agudezas, menudearon los desplantes y salieron a relucir por último las cuchillas. Por fortuna, se impuso la cordura y no hubo heridos, pero el lance los dejó a todos en un estado de excitación mayor del que ya traían. El novio de Mariquita Pons tomó prestada una guitarra y cantó un bolero, que fue muy aplaudido por la concurrencia; luego las dos chicas bailaron una milonga con mucha gracia y picardía. Todos querían que Prullàs hiciera alguna cosa, pero éste pretendió excusarse alegando que no sabía tocar la guitarra, ni cantar, ni mucho menos bailar; sin embargo, ante la insistencia general, acabó recitando con voz campanuda y ademanes histriónicos un romance grandilocuente del Duque de Rivas. Al acabar le jalearon todos y las dos chicas le besaron a la vez en ambas mejillas. Al regresar a Madrid ya había amanecido; soplaba el cierzo y los tejados recortaban su silueta contra el cielo sereno, de un azul frío y transparente. Las tapias de los descampados estaban cubiertas de pasquines de propaganda electoral. Unos guasones habían desfigurado con carboncillo los rostros severos de Gil Robles y de Largo Caballero. La niña pera se colgó del brazo de Prullàs y proclamó a voz en cuello que ella pensaba votar a José Antonio Primo de Rivera. Era el único hombre que podía salvar a España del caos, afirmó, ¡y tan bien plantado! En aquellos días turbulentos, una manifestación de este tipo entrañaba un alto riesgo.

¿Qué se hizo de aquel novio que tenías, Quiqui?, dijo Prullàs interrumpiendo en este punto el flujo de sus recuerdos. ¿Manuel? Tienes buena memoria. ¡Por el amor de Dios, Carlos, mi vida sentimental no ha sido tan copiosa!, exclamó ella. Era un golfo de lo más simpático. ¿Has vuelto a tener noticias de él? Indirectamente; oí decir que había muerto en el penal de Burgos, respondió ella. ¿Y aquella chica a la que tú camelabas? La que quería votar a José Antonio, ¿cómo se llamaba? No tengo la menor idea: nuestra relación fue sólo un episodio fugaz y sin consecuencias. Pues aquella noche parecíais muy amartelados. Pura galantería. Al acabar la parranda la acompañé a su casa y nos despedimos en el portal con un apretón de manos. ¿Sólo eso? Vamos, hombre, no pretenderás que me lo crea. ¡Pues claro! Su padre era un camisa vieja, siempre con el pistolón al cinto. Sonrió tristemente y añadió en tono compungido: ¡Cuánto ha cambiado todo!

¿Qué te ocurre, Carlos?, preguntó Mariquita Pons. Nada. A mí no me engañas, alguna cosa te tiene preocupado. Mira, son las tantas, ¿por qué no me cuentas de qué se trata y te vas de una vez?, le conminó ella. Prullàs carraspeó. ¿Cómo te ha ido en la peluquería?, preguntó sin ton ni son. La célebre actriz lo miró atónita. ¿Qué peluquería? La de esta tarde; hoy tenías hora en la peluquería, por eso te fuiste zumbando del teatro al acabar el ensayo. Atiza, es verdad, lo había olvidado por completo, exclamó Mariquita Pons llevándose instintivamente las manos a la cabeza y recomponiendo su peinado; cuando mi marido está ausente se me llevan los demonios, y cuando vuelve no doy pie con bola: este hombre me saca de quicio. ¿Y a ti quién te ha contado lo de la peluquería?, preguntó. Esa chica nueva que trabaja en la obra, dijo él, la señorita Lilí Villalba. ¡Ah, esa chica!, dijo Mariquita Pons; no sabía que fuerais amigos. Hasta el día de hoy no había cruzado una palabra con ella; Gaudet se empeñó en que fuese a verla al final del ensayo, dijo Prullàs. ¿Gaudet te ha enviado a hablar con esa mosquita muerta?, ¿con qué motivo?, preguntó ella con viveza. Prullàs se dio cuenta de que se había adentrado en un terreno resbaladizo; por ningún concepto debía enterarse la célebre actriz de las intrigas de Vallsigorri. No lo sé muy bien, improvisó; según Gaudet la chica está nerviosa y me pidió que la tranquilizara. Mariquita Pons sonrió con desdén. ¿Y la has dejado tranquila?, preguntó. Quiqui, ¿ha habido algún roce entre la señorita Lilí Villalba y tú? La Princesa miró fijamente a su interlocutor. ¿Roces?, murmuró, ¿qué roces? ¡Yo qué sé!, sólo aparezco por los ensayos de cuando en cuando, atajó Prullàs; pero tengo la impresión de que algo te sucede últimamente, te veo muy enojada. La Princesa replicó que a ella sólo la enojaban los necios; no especificó a quién se refería, pero en su voz se advertía una cierta impaciencia.

En el recibidor Mariquita Pons suspiró y miró a Prullàs con ternura, como si a la hora de la despedida su cólera se hubiera trasmutado en compasión. Ya veo que esa chica te ha hecho tilín, dijo. Prullàs se miró en el espejo del recibidor. ¿Tú crees que le gustaré?, preguntó con una mezcla de sorna y sinceridad. La célebre actriz se encogió de hombros. Lo único que puedo asegurarte es que hará como si le gustaras, ¿para qué quieres más? Prullàs apartó los ojos del espejo, sonrió y movió la cabeza tristemente; ella le puso las manos en las solapas de la americana. Ten cuidado, Carlos, susurró; la señorita Lilí Villalba te puede meter en líos; tú dedícate a las de tu propio círculo, como aquella pelirroja despampanante con la que te vi salir del cine la otra noche. ¿Líos?, preguntó él sin recoger la insinuación de la Princesa acerca de Marichuli Mercadal; no te entiendo, ¿te refieres a ese tal Vallsigorri? Sí, a ese tal Vallsigorri, afirmó ella con rotundidad; lo conozco bien: no es de fiar; y lo que le pase le estará bien empleado, murmuró la célebre actriz en tono enigmático. Se puso de puntillas y besó ligeramente a Prullàs en la mejilla. Eres tú el que me preocupa, añadió apartándose y empujándolo con suavidad hacia la puerta.

Agitado e insomne, aquella noche estuvo dando vueltas por la casa. Cualquiera entiende a las mujeres, exclamaba con los dientes apretados; primero esa desvergonzada del camerino y luego Quiqui. ¿Qué habrá querido decir con sus veladas insinuaciones?

3

Prullàs no tuvo que esperar mucho para conocer el significado de aquella sibilina advertencia. Dos días después de haber cenado en casa de los Fontcuberta, la Sebastiana le interrumpió en pleno desayuno para anunciar la presencia de una visita inesperada.

Nada podía contrariarle más: como buen noctámbulo, era hombre de despertar moroso y reglamentado: se afeitaba, lavaba y vestía sin prisa y su desayuno era frugal, pero dilatado y tranquilo, alternado con la lectura distraída de *La Vanguardia* y seguido de la escrupulosa resolución del crucigrama. Sólo así conseguía sacudirse el abotargamiento matutino sin incurrir en esfuerzos ni molestias. ¡Joroba, una visita a estas horas!, ¿quién puede ser?

La Sebastiana hizo un ademán desenfadado. Una gachí, dijo. Prullàs le dirigió una mirada severa. Habrá dado su nombre. Lilí Villalba o algo por el estilo, murmuró la Sebastiana a regañadientes, y agregó luego con retintín: La buena hilandera, de mañanita prepara su tela. Cuando necesite una dosis de sabiduría popular ya te lo haré saber, dijo Prullàs, pero hasta entonces, cuidadito con los comentarios. La Sebastiana enarcó las cejas pobladas y frunció los labios. No, si yo, con no decir nada, estamos al cabo la calle, masculló; ¿la digo que pase?

Prullàs reflexionaba ajeno a los desplantes de la criada; habría preferido no recibir a la joven actriz, pero la sola mención de su nombre le trajo a la memoria una imagen tan vívida de su reciente encuentro en el camerino, que no pudo resistir el deseo de volver a verla. Dile que la atenderé tan pronto pueda, dijo al fin.

Trató de enfrascarse nuevamente en la lectura del diario, pero no pudo; se bebió de un trago el café con leche, se enjugó los labios con la servilleta y se levantó. Ante el espejo del aparador retocó el nudo de la corbata y estiró los puños de la camisa. Luego salió al recibidor.

La señorita Lilí Villalba aguardaba modosamente sentada en el borde de una silla. Al ver a Prullàs se puso en pie y abrió la boca, pero no dijo nada. Llevaba un vestido veraniego, discreto y sencillo, no exento de gracia, pero desvaído a fuerza de lavadas. Ven, dijo Prullàs.

La precedió hasta el despacho, la hizo pasar y cerró la puerta a sus espaldas. Luego se sentó a su mesa y miró fijamente a la joven actriz. La mesa interpuesta, con su carpeta de cuero y su escribanía de bronce, confería a la entrevista un aire decididamente profesional, pensó. Esta idea le infundió confianza. Mientras encendía un cigarrillo y se preguntaba cómo abordar fríamente la situación, la señorita Lilí Villalba se puso a hablar sin previo aviso. Señor Prullàs, empezó diciendo, he venido a pedirle disculpas por mi estúpida actitud; la otra tarde en el teatro me comporté de un modo grosero y pueril; las circunstancias tuvieron buena parte de culpa, aunque sé que no excusan mi comportamiento: el verme sorprendida por usted, sin ropa y cometiendo una infracción grave al reglamento interno, me aturdí y en lugar de reconocer mi doble falta reaccioné con altanería, como una niña idiota y descarada; en resumen, hice lo contrario a lo que debía haber hecho. Sólo quería decirle que lo siento. Calló de repente e inclinó de nuevo la cabeza, como si la declaración que acababa de pronunciar la hubiera dejado sin ideas ni palabras; transcurrido un instante añadió sin levantar la cabeza: Seguramente esto le parecerá una nimiedad, pero para mí era importantísimo decírselo. También sé que he hecho mal viniendo a su casa, a estas horas...

Es cierto, dijo Prullàs, has hecho mal; siéntate. El ademán con que señaló la silla era enérgico, pero su voz no denotaba furia y en sus labios se apuntaba una leve sonrisa burlona. Sé que he hecho mal, continuó diciendo la señorita Lilí Villalba sin atender al ofrecimiento que él le hacía, pero no tenía elección, porque no dispongo de tiempo libre durante el día: dentro de poco he de estar en la otra punta de Barcelona, en el Clot. Tengo un trabajo eventual en la sección de embalaje de una fábrica de productos lácteos, explicó. Y después de una pausa justificó esta explicación aparentemente innecesaria añadiendo: No creerá usted que vivo *sólo* del teatro.

Yo creía..., empezó a decir Prullàs, pero se detuvo antes de concluir la frase. La joven enrojeció. El señor Ignacio Vallsigorri es muy amable y sin duda generoso, dijo en un susurro; le debo *muchos* favores, en especial el haberme abierto las puertas del teatro, pero no supondrá usted... Prullàs se aclaró la garganta. ¿Has desayunado?, preguntó para cambiar de tema. Sí, antes de salir de casa; estoy acostumbrada a madrugar. La verdad es que entre el horario de los ensayos y el trabajo ando falta de sueño, pero soy joven y muy resistente, y siempre me digo, es decir, cuando creo haber llegado al límite de mis fuerzas, me digo que algún día, antes de que se me acaben la juventud y la resistencia, me habré hecho un lugar en el teatro, que podré vivir *sólo* del teatro; de otro modo...

Siéntate, repitió Prullàs. La joven hizo lo que él le decía y guardó silencio. Prullàs la observaba tratando de adivinar lo que había de cierto en sus palabras y de sincero en aquella actitud modosa y tímida que, lejos de apartar de su memoria el desenfadado encuentro en el camerino de Mariquita Pons, no hacía más que recordárselo, confiriéndole, a la luz de la situación presente, una significación más oscura. ¿Has venido a estas horas a mi casa a decirme realmente esto?, preguntó por fin, ¿que sientes lo que pasó el otro día en el camerino? No lo que pasó, sino *la forma* en que me conduje, ya se lo he dicho; quería borrar la mala impresión que debí de causarle, esto es todo, repuso ella.

De nuevo se produjo entre ambos un silencio tenso. De repente un estremecimiento recorrió el cuerpo de la joven. Prullàs temió que aquel movimiento espasmódico fuera el inicio de una escena de llanto o de histerismo, pero cuando ella volvió a hablar lo hizo con voz tranquila. Ya le he molestado bastante, me voy; gracias por haberme recibido y perdone una vez más mi entremetimiento. Prullàs comprendió que si él no decía nada, ella se levantaría, saldría de su casa y el incidente quedaría zanjado para siempre. Por el balcón abierto entró un sonido rítmico y prosaico producido por una vara metálica al golpear un cazo de hojalata; al compás de este rústico timbal gritó una voz gangosa: *¡Es compren pells de conill!* Prullàs dijo: Y esta disculpa ¿no podías habérmela dado en el mismo teatro, hoy o mañana, en un descanso del ensayo?, ¿era preciso que vinieras a decirme estas cosas aquí? La sonrisa se fue borrando gradualmente del rostro de la joven. En el teatro no podía ser, murmuró; usted no lo entiende, por supuesto, quiero decir que no lo *puede* entender, pero es así. En efecto, no lo entiendo, dijo Prullàs en un tono humorístico que disimulaba mal su inquietud: temía lo que ella pudiera decirle acto seguido. La señorita Lilí Villalba consultó su reloj de pulsera y preguntó: ¿Puedo robarle unos minutos más de su tiempo, señor Prullàs? Si no recuerdo mal, eras tú la que llevaba prisa, respondió él. Sí, desde luego, llegaré tarde al trabajo, asintió ella; tendré que inventar una buena excusa..., será la primera vez que lo haga; confío en que no me despedirán. Está bien, habla, dijo él.

Verá, señor Prullàs, empezó diciendo la joven, cuando le he dicho hace un momento que quería borrar la mala impresión que usted pudo formarse de mí la otra tarde, le decía la verdad, pero no *toda* la verdad; con el pretexto de presentarle mis disculpas quería entrar en contacto con usted. No me interrumpa, por favor. Yo sé lo que usted opina de mí, cómo me tiene conceptuada; aun sin conocernos apenas, sé cómo piensa usted de una chica como yo; créame, no se lo reprocho; en su lugar cualquier persona pensaría lo mismo. Estás muy segura de conocer mis pensamientos, interrumpió Prullàs. Ella sonrió tristemente. No soy tan ingenua que no sepa lo que la gente del teatro opina de mí, siguió diciendo, ni tan sorda que no oiga lo que murmuran cuando les doy la espalda. Pero no me malinterprete: no he venido a lamentarme ni a defender mi reputación; no me interesa ni una cosa ni la otra y, en cualquier caso, no serviría *de nada*. Entonces, ¿qué has venido a decirme?, dijo Prullàs. Sólo esto, repuso ella, que el trabajo que estoy haciendo en el teatro es importante para mí; quiero ser actriz, realmente *quiero* ser actriz y estoy dispuesta a hacer cualquier cosa, cualquier sacrificio por conseguirlo. No es sólo vocación, no le voy a mentir. Es mejor poner las cartas boca arriba, señor Prullàs, no es sólo *vocación*. En toda mi vida no he conocido más que estrecheces y sinsabores, mi infancia fue desgraciada, pero el presente todavía lo es más y el futuro se me presenta tan negro que hasta valor me falta para imaginarlo. No tengo cultura ni educación, no sé hacer nada, ¿de qué voy a vivir? Por ahora tengo el trabajo de que le he hablado, en la fábrica de productos lácteos, un trabajo monótono y fatigoso en el que me dejo la piel a diario por cuatro perras, pero incluso esto, incluso este trabajo verdaderamente *embrutecedor* es temporal; en cualquier momento puedo encontrarme de nuevo en la calle y entonces, ¿qué haré? Sé lo que está pensando: que me pongo melodramática sin necesidad. Cuando he llegado a esta casa y la persona que me ha abierto la puerta me ha dicho que el señor no podía recibirme *porque todavía estaba desayunando* he comprendido que todo cuanto yo pudiera decirle sería inútil: una persona que lleva este tren de vida no puede entender algunas cosas. No se ofenda. Los que no conocen la pobreza y la miseria se creen que la pobreza y la miseria son sólo ingredientes de la vida de algunas personas; pero para quienes *vivimos* en este mundo, la pobreza y la miseria son nuestra única realidad, toda nuestra vida, un día y otro día y otro más, sin variación ni esperanza. Si yo no pensara que el teatro puede sacarme de este agujero, creo que me mataría. Suspiró hondamente al decir esto, se cubrió la cara con las manos y añadió en esta postura: Estoy *dispuesta a todo* con tal de salir adelante. Y de inmediato, separando las manos y mostrando una expresión risueña, agregó: No interprete mal mis palabras.

Dime tú cómo debo interpretarlas, repuso Prullàs.

Sé que gusto a los hombres, siguió diciendo ella. Prullàs levantó las cejas sorprendido por el sesgo inesperado que había tomado la argumentación de la joven actriz y la señorita Lilí Villalba, al advertir su sorpresa, sonrió con una mezcla de timidez y malicia. No estoy coqueteando, sólo digo *la verdad de las cosas*; sé que tengo una figura atractiva y unas piernas bonitas. Recibo piropos por la calle continuamente y entiendo el significado de las miradas de los hombres. No soy una descarada, pero tampoco una beata: pienso que la suerte me privó de muchas cosas y a cambio me dio otras y que sería absurdo aceptar con resignación todo lo malo de la vida y en cambio no aprovechar lo bueno, siempre que eso, añadió de un modo mecánico, no suponga algo inmoral.

Don Ignacio Vallsigorri...

No hablaba de él, pero no rehúyo el tema, dijo la señorita Lilí Villalba. Nos conocimos casualmente, aunque sin duda esta casualidad no se habría producido si mis piernas no fueran *como son*. Él me abrió las puertas del teatro, como ya le he dicho, no sólo las puertas del teatro sino unas puertas privilegiadas: de la noche a la mañana pasé de no ser nadie a formar parte de una compañía prestigiosa, al lado de doña Mariquita Pons y con una obra *de usted*. No ignoro la inmensa suerte que he tenido. Pronunció estas palabras con tal entusiasmo, que Prullàs no encontró razón alguna para dudar de su veracidad. En su agitación, la señorita Lilí Villalba había abandonado el asiento y daba cortos paseos por el despacho. Luego, de repente, todo su optimismo juvenil pareció abandonarla. Se dejó caer en el sillón de cuero y allí continuó hablando en tono cansado. Disculpe mi arranque; no tenía la intención de ponerme en evidencia *de este modo*. Vine dispuesta a mejorar su opinión y temo que habré logrado todo lo contrario. Me voy. Siento mucho haberle interrumpido el desayuno, le agradezco su paciencia y le aseguro que no volveré a poner los pies en esta casa.

Se levantó y Prullàs hizo otro tanto. La acompañaré a la puerta, dijo. No se moleste, dijo ella. No es molestia. En el recibidor se dieron la mano.

Ya con la puerta abierta, Prullàs dijo: Sin embargo, tal vez deberíamos continuar esta conversación, en otro momento, sin tanta prisa... y en otro lugar... Lilí Villalba palideció; la fría luz del rellano acentuaba la blancura de su piel. ¿Qué sugiere usted, señor Prullàs? Prullàs carraspeó. Nada, sólo era una idea pasajera, dijo entornando la puerta. Antes de que la puerta se cerrase, dijo ella: En la calle de la Unión, no lejos de las Ramblas hay un sitio discreto, a donde suelo ir cuando deseo estar a solas conmigo misma; tal vez esta tarde, después del ensayo, me deje caer por allí. Hotel Gallardo. No tiene pérdida. Empezó a bajar ágilmente las escaleras sin esperar respuesta y Prullàs, sin dársela, cerró la puerta.

*

A solas de nuevo trató de volver a la lectura interrumpida de *La Vanguardia*. La crónica de sucesos daba cuenta de un acto cruel: la noche anterior unos desalmados, burlando la vigilancia, se habían introducido en el parque zoológico a través de un boquete practicado en la reja y habían asesinado a un pobre animal indefenso arrojándole proyectiles con tirachinas. A raíz de este suceso, que las autoridades habían calificado de vergonzoso, había sido redoblada la vigilancia en el Parque de la Ciudadela, donde se hallaba ubicado el zoológico y en cuyas recoletas avenidas, a la puesta del sol, habían sido avistados recientemente algunos exhibicionistas. En una sala de fiestas de Madrid actuaban las Peters Sisters. En Nuremberg arreciaban los cargos contra Alfried Krupp, el cual, se decía, no solamente había manifestado en términos inequívocos sus preferencias por la ideología nacional-socialista, sino que había contribuido en forma material y sustanciosa al triunfo del infausto partido que la encarnaba. Documentos irrefutables demostraban haber aportado Krupp la suma exorbitante de un millón de marcos de la época a la financiación de la campaña electoral de los nazis. Gracias a esta ayuda y a otras similares procedentes de otras grandes familias, los nazis habían conseguido ganar las elecciones y acceder al poder en Alemania, alegaba el ministerio fiscal. Sólo mediante el apoyo incondicional de los poderosos círculos industriales y financieros los nazis habían podido sufragar un colosal aparato propagandístico, con el cual habían engatusado a toda la población alemana, conduciéndola al abismo. El acusado no tuvo reparo en admitir los hechos que se le imputaban. A decir verdad, el propio Göring, explicó al tribunal, había recabado la ayuda económica de las grandes familias. Den ustedes sin cicatería, les había dicho; piensen que si ganamos no tendrán que hacer más contribuciones porque no volverá a haber elecciones en Alemania en los próximos cien años. Hartos de la hipocresía, la incertidumbre y la corrupción inherentes al sistema de partidos, aquella proposición les había parecido atinada y, sobre todo, práctica. Pero dar dinero a un partido para sufragar los gastos de una campaña electoral no era ningún delito, había aducido acto seguido el abogado defensor. En fin de cuentas, el acusado había obrado dentro del marco de las libertades democráticas, y ¿acaso no constituía una contradicción inadmisible, un verdadero atentado a la lógica, calificar de delito contra la democracia el uso de los mecanismos democráticos, así fuera para luchar contra la propia democracia? ¿No estaba esta posibilidad incluida en el propio sistema?, rearguyó la defensa. A continuación, un miembro del tribunal, juez pedáneo de nacionalidad británica, había planteado la siguiente disyuntiva: Si en el curso de un combate de boxeo uno de los púgiles, por razones que no hacían al caso, empezara a propinarse puñetazos a sí mismo hasta dejarse grogui, ¿cabría considerar que había infringido las normas del marqués de Queensberry? Y de ser así, ¿en virtud de qué argumento? Al hilo de la cuestión, otro juez, de nacionalidad norteamericana, intervino para decir que él había asistido, en el ya lejano año de 1926, al histórico combate en el que Jack Dempsey había perdido por puntos, y en virtud de una decisión arbitral muy discutible, el título de campeón mundial de los grandes pesos contra Jim Tunney. Cuando el orador se disponía a escenificar algunos de los momentos más interesantes de la velada, el presidente del tribunal, de nacionalidad francesa, había levantado la sesión en vista de lo avanzado de la hora.

4

La gente del teatro la tiene tomada conmigo, dijo ella; me tienen tirria, y Mariquita Pons quiere sacarme los ojos, se lo noto. Prullàs fumaba un cigarrillo de pie frente a la ventana.

No hables nunca mal de nadie, dijo sin volverse; la maledicencia siempre se vuelve contra quien la practica. El parte meteorológico había anunciado cielos cubiertos con posibles chubascos aislados, pero el día se había mantenido despejado hasta aquel momento; ahora, sin embargo, gruesos nubarrones se cernían sobre la ciudad y a la alcoba llegaba el eco de los truenos en la lejanía. Aciertan cuando uno menos se lo espera, pensó. ¿Lo ves?, continuó diciendo la señorita Lilí Villalba, ¿ves como necesito que alguien me enseñe *estas cosas*? Yo no quería criticar a nadie, y menos a doña Mariquita; yo *venero* a doña Mariquita, la admiro como actriz y como mujer, daría *mi vida* por ella, te lo juro, que me caiga muerta aquí mismo si he mentido; sólo deseo continuar a su lado para seguir aprendiendo y *algún día* llegar a parecerme a ella; esta experiencia es más valiosa para mí que cualquier tesoro; házselo saber.

Prullàs apartó los ojos de las nubes y los fijó en la casa de enfrente. Todas las ventanas estaban abiertas y las persianas levantadas, pero el edificio parecía deshabitado: sólo en el alféizar de una ventana brincaba un jilguero en una jaula de alambre. En una tienda de la planta baja, aparentemente cerrada al público, un rótulo anunciaba:

DISPENSARIO ANTIVENÉREO DEL DR. SOBRINO.
ENFERMEDADES DE LA PIEL, BLENORRAGIA, SÍFILIS.
SE HACEN LAVADOS CON PERMANGANATO.

Díselo tú misma, propuso. Oh, no, no sabría *cómo* hacerlo, no sé decir lo que pienso realmente, no me sé *comportar*, tú mismo lo acabas de ver: cuando intento decir algo sensato, me sale un disparate. Prullàs se dio la vuelta y sonrió. Esto te pasa por ser joven, murmuró, ella lo entenderá. La señorita Lilí Villalba encogió las piernas, las rodeó con los brazos y apoyó el mentón en el cuenco formado por las rodillas; sus miembros eran delicados pero transmitían una estimulante sensación de vigor juvenil. Esta visión compensaba el aspecto deprimente del cuartucho, la dudosa limpieza de la cama. ¿Me entenderá?, repitió con incredulidad. Sin duda, replicó él. Tal vez hace años Quiqui era así, pensó Prullàs, tal vez ella también hubo de pasar por trances similares, frecuentar habitaciones parecidas a ésta; jamás lo confesará, pero no hay razón alguna para descartar tal posibilidad.

Prullàs recordaba haber oído contar a la célebre actriz

cómo en sus inicios, muchos años atrás, en el Madrid bohemio y alocado de la Dictadura, había entrado a trabajar en una compañía teatral de segunda fila en la cual el ayudante de director tenía la costumbre de ocultarse en el ropero del camerino de las actrices para espiarlas mientras se cambiaban. Las actrices lo sabían, pero aquel ayudante de dirección era un tipo ruin y maledicente que por razones desconocidas gozaba de gran ascendiente sobre el director y podía arruinar la carrera de quien se indispusiera con él. Por este motivo todas preferían disimular la presencia de aquel tipo miserable y hacer como si no percibiesen sus jadeos entre la ropa. Mariquita Pons había referido esta historia en el salón de su propia casa, ante un círculo de amigos y estando presente su marido, sin que en su relato intervinieran el rencor ni la vergüenza, tal vez porque el tiempo transcurrido desde entonces había convertido el suceso en una anécdota pintoresca, o tal vez porque ya en su día lo había tomado como algo normal, y no como algo vejatorio. También Mariquita Pons se había criado en un ambiente de extrema dureza, en un ambiente pobre y opresivo, en un clima desabrido y rudo; su exquisita feminidad era deliberada: ella había decidido adquirir aquella apariencia y acogerse a sus ventajas; ahora su personalidad, fruto del artificio y el esfuerzo cotidiano, pasaba por la más delicada y espontánea ligereza, por una sensibilidad a flor de piel; ahora ya no importaba el camino que la había llevado hasta allí. Por el contrario, pensó Prullàs, a la joven con la que acababa de tener un lance en la mugrienta alcoba del Hotel Gallardo le faltaba recorrer todavía un largo trecho sembrado de peligros e incertidumbres. Tal vez mi obligación sería ponerla sobre aviso, se dijo; si bien, por otra parte, ella está en lo cierto: si no es esto, ¿qué elección le queda? Por supuesto, a Prullàs no le pasaba por la cabeza que su conducta pudiera tener nada en común con la del ayudante de dirección rijoso y mezquino que años atrás había espiado a la joven Mariquita Pons oculto en el ropero. Él se consideraba un hombre apuesto, simpático y por añadidura famoso, y juzgaba cosa natural que las mujeres cayeran en sus brazos sin esperar contrapartida.

Pero esto no quita que sea verdad lo que digo, oyó decir a la señorita Lilí Villalba, que había seguido hablando indiferente al mutismo de su interlocutor; sé que murmuran de mí porque entré en la compañía *de la mano* del señor Ignacio Vallsigorri, como si esto fuera un crimen. ¿De qué otro modo podía entrar una persona como yo? Esta circunstancia no me hace distinta a los demás ni estoy pidiendo un trato de favor, al contrario, pido ser tratada *como todo el mundo*, quiero llevarme bien con todo el mundo, y que todos me aprecien tanto como yo los aprecio. Díselo tú, por favor, diles que me siento orgullosa de poder trabajar con ellos, que no ignoro el privilegio de trabajar a las órdenes del señor Gaudet; por favor, Carlos, habla con él y dile que estoy dispuesta a hacer todo lo que él me pida, todo sin excepción..., dile que no tema *ofenderme*..., ni tú tampoco.

Prullàs la miró fijamente. Se preguntaba si en aquellas palabras había una velada invitación a lo innombrable, un atisbo de depravación. Ella respondió a su escrutinio con una expresión de perplejidad. ¿Qué me miras?, preguntó. No, se dijo, no hay ningún misterio en sus palabra, pero es evidente que toda su actitud es perversa. Sabe lo que se espera de ella y está dispuesta a concederlo honradamente, sin melindres ni regateos. En muchos aspectos es una criatura, su voluntad es inocente, pero todo su ser es corrupto. Tal vez en el mundo de donde procede las cosas se midan por otro rasero. Pero yo, ¿qué pinto aquí? Se sintió invadido por una vaga sensación de alarma, fruto del presentimiento más que de la reflexión. En varias ocasiones anteriores había tenido amoríos fugaces, que había sabido conducir con discreción y terminar en el momento adecuado, con habilidad, por medio de un arreglo beneficioso para ambas partes, sin más trastorno que las inevitables lágrimas y las lamentaciones y reproches propios del caso. Ahora, sin embargo, la situación era distinta y su instinto le advertía del peligro en ciernes. Por primera vez se veía arrastrado a un lance por una mujer que había tomado la iniciativa desde su inicio, haciendo caso omiso de la diferencia de edad, de jerarquía y de posición social, como si realmente en aquella relación incipiente no interviniera otro elemento que la recíproca atracción de sus protagonistas, con la frescura de quien se sabe poseedor de un triunfo cierto, pero también con el coraje de quien a sabiendas arriesga todo su haber en cada apuesta contra un rival que dispone de recursos infinitos.

El resplandor de un relámpago le hizo mirar de nuevo hacia el exterior; retumbó un trueno y gruesas gotas empezaron a estamparse en el polvoriento empedrado de la calle. Se agitaba el jilguero en su jaula pugnando en vano por eludir la acometida del agua. ¡Vaya fastidio!, pensó Prullàs; quería abreviar el encuentro y ahora tendré que aguardar a que escampe. Algún día, prosiguió ella a sus espaldas, cuando sea famosa y los periodistas me pregunten cómo fueron *mis principios*, yo les podré decir que debuté contigo. Sin advertir la mirada suspicaz del otro, continuó diciendo: ¡Oh, Carlos, si pudieras verme por las noches, cuando el calor no me deja dormir, dar vueltas por la cama entregada a los planes y proyectos más fantásticos! En los cristales tamborileaba el agua. ¿Adónde pretendes llevarme, desvergonzada?, preguntó Prullàs cerrando la ventana y regresando junto a ella. *¿Adónde quieres ir tú?*, repuso la señorita Lilí Villalba.

La habitación estaba ahora sumida en la penumbra. Prullàs encendió un cigarrillo. No quiero meterme en líos, declaró. Yo no te voy a meter en ninguno, protestó ella. Esta idea no se le había pasado por la cabeza: era a sí mismo a quien temía. No debo dejarme enredar por mis impulsos, se dijo; a fin de cuentas ella ya tiene un protector. Sin embargo, enfrentado al arrojo juvenil de la criatura que ahora compartía con él la turbia atmósfera de aquella tarde tormentosa, a la temeridad que él también había conocido tiempo atrás y había olvidado luego, no podía evitar que su fantasía conjurase deseos inalcanzables. ¡Empezar de nuevo!, pensó, ¡canto de sirenas! Con gesto mundano ahuyentó aquellos pensamientos quiméricos. Soy impulsivo y a la vez voluble; cuando una mujer se cruza en mi camino se me derriten las articulaciones sin remedio; ninguna ha sido capaz de acapararme por completo, pero todas me despiertan los sentimientos más inflamados. Bah, soy así y de poco sirve lamentarse o tratar de cambiar; lo único importante es no engañar a nadie. Pero, ¿cómo impedir que ellas se engañen, si así lo desean?

Inevitablemente estas reflexiones lo condujeron a Marichuli Mercadal. Hasta aquel momento había logrado sustraerse al recuerdo de su ignominiosa huida, pero finalmente los remordimientos le habían dado alcance. Abandonar a una mujer en un momento tan delicado sin una explicación ni una falsa promesa que la justificara a sus propios ojos había sido una cobardía. Lo que ella hizo, lo hizo por mí, se dijo, antes de conocerme jamás habría pensado en cometer una acción de tanta trascendencia, de esto no cabe duda; por más que finja ser una mujer sin escrúpulos, no es una aventurera ni mucho menos un pendón; al decidir saltarse la barrera del decoro ha incurrido en un gran riesgo y yo, a cambio, la he tratado de un modo humillante.

El calor reinante en el cuarto y la vergüenza que experimentaba en aquel momento dificultaban su respiración. Ni ella merece ser tratada como un juguete ni yo soy un desalmado, se dijo al fin, y al instante tomó la decisión de ir a verla a Masnou a la mañana siguiente, a pesar de la engorrosa presencia de su marido y del desconcierto que pudiera ocasionar su inesperada aparición. Deberé extremar la prudencia para demostrarle que lo nuestro no ha sido un mero pasatiempo para mí, pero sin comprometerme demasiado por ello, sin caer en el extremo opuesto, se dijo. En la atmósfera opresiva del cuarto, el recuerdo de Marichuli Mercadal se le antojaba a Prullàs una tabla de salvación.

No tengo prisa, pero sé que *algún día* escribirás una comedia especialmente *para mí*, oyó decir a la señorita Lilí Villalba. Esta mezcla de ingenuidad y petulancia le hizo reír. Ahuyentó la desazón que se había apoderado de su ánimo, se lavó las manos y la cara en el lavabo de hierro que había en una esquina y se dirigió a la joven decidido a no desaprovechar la prórroga impuesta por los fenómenos atmosféricos. Cuando seas famosa escribiré para ti la historia de una chica a la que le creció desmesuradamente la nariz por decir embustes, le dijo.

5

Las suposiciones de Prullàs no iban erradas. Al despertar y verse abandonada del hombre en cuyos brazos había perpetrado su desliz, Marichuli Mercadal se sintió invadida de un hondo desconsuelo. El recuerdo de lo ocurrido le resultaba tan dulce y la constatación de su pérdida tan doloroso, que por un instante quedó su juicio obnubilado. Luego se fue serenando, pero no pudo desterrar de su alma la tristeza. Aunque no quería pensar en el futuro de su relación con Prullàs, no se engañaba al respecto: sólo había logrado despertar en él un interés liviano y pasajero, mezcla de curiosidad y juego, que, de no suceder algo extraordinario, acabaría con una cortés despedida tan pronto finalizara el veraneo. Tal vez así sea mejor, se dijo resignadamente; pensar otra cosa sería una locura.

Aquella misma mañana regresó a Masnou. Al llegar, la nevera algo desprovista, una ligerísima capa de polvo sobre la superficie de un mueble, unos cubiertos fuera del aparador y otros detalles sólo perceptibles para el ojo experto de la buena ama de casa, la advirtieron de que la organización doméstica se había resentido de su mínima ausencia. De inmediato impartió las órdenes oportunas y restableció la disciplina, sin atender las solícitas admoniciones del doctor Mercadal, quien, percibiendo en las facciones de su esposa síntomas incuestionables de una fatiga física y emocional que sólo podía atribuir a la intervención del dentista, le prescribía absoluto reposo y un tratamiento de estreptomicina para prevenir posibles infecciones.

A pesar de las continuas distracciones estivales, también Alicia la había echado de menos: se había mostrado alicaída e inapetente y había pasado mala noche. Esta suma de circunstancias conmovió a Marichuli Mercadal y le hizo comprender lo insensato de su devaneo; lo que había empezado como una novedad excitante se le antojaba ahora una aventura infame, peligrosa y, en definitiva, destinada al fracaso. He sido una estúpida, se dijo, al ceder a una pasión insensata que pone en peligro la salvación de mi alma y compromete gravemente la estabilidad y el bienestar de mi familia; y lo peor es que de todo ello sólo puedo culpar a mi naturaleza alocada y sensual. Decidida a zanjar el asunto de una vez por todas, aquella misma tarde, como primera medida, se dirigió a la parroquia con el firme propósito de poner en limpio su conciencia. No me lo explico, padre, las groseras insinuaciones de un perfecto desconocido, de un hombre casado, en lugar de provocar en mí un rechazo desdeñoso hicieron que se desbordara un torrente incontenible de pasión; mi alma ardió como la yesca al contacto con la llama y sin saber cómo le di mi consentimiento, susurró arrodillada ante la celosía del confesonario. Luego, añadió bajando aún más la voz, yo misma lo fui a buscar.

La iglesia estaba casi vacía, declinaba la tarde y los rayos sesgados del sol se teñían de colores encendidos al penetrar a través de los vitrales; por la puerta entreabierta se oía el agudo trisar de los vencejos; las flores marchitas del altar saturaban el aire tibio con su fragancia decadente. Hija mía, esto que has hecho está muy mal. Marichuli Mercadal no escuchaba la instructiva plática del cura: la evocación de la caída y la declaración casi ostentosa de su propia liviandad la habían sumido en un estado semejante a la embriaguez; la iglesia empezó a dar vueltas a su alrededor. Presintiendo un desmayo se puso de pie y se alejó poco a poco del confesonario. Perplejo, asomaba la cabeza el confesor por los crespones. ¡No se vaya, señora, aún no le he dado la absolución!

Apoyándose en el respaldo de los bancos logró ganar la calle; allí trastabilló hasta una fuente pública; dejó que el chorro de agua calmara su desasosiego, recompuso la figura y regresó a casa. Con sonrisa maquinal respondía a los saludos de los veraneantes que daban su paseo vespertino. Estos mismos veraneantes hubieron de abandonar al día siguiente la playa con gran precipitación, porque se puso a soplar de repente un viento húmedo y frío y el horizonte se pobló de nubes negras y amenazadoras. Poco después descargó la tormenta que unas horas más tarde, en Barcelona, había de retener a Prullàs en el Hotel Gallardo.

Inmersa en todo tipo de espantos y presagios, Marichuli Mercadal vio en aquella tenebrosa mutación del clima una fatídica señal. Por primera vez en su vida tuvo pánico de los rayos y de nada sirvió que su marido, con aplomo de científico y paciencia de médico, le demostrara la imposibilidad física de morir carbonizada la familia estando en casa. Encendió una vela a Santa Bárbara y otra al Santocristo de Lepanto y, sorda al razonamiento de que más peligrosas resultaban aquellas llamas vacilantes en la proximidad del cortinaje que todas las descargas atmosféricas, convocó al servicio ante este improvisado altar e hizo rezar a todos el rosario. Antes de llegar al segundo misterio cesó la tormenta, lució de nuevo el sol y apareció en el firmamento el arco iris. Ante esta imagen tan bella y majestuosa, Marichuli Mercadal no pudo contener el llanto. Su marido se devanaba los sesos tratando de acertar con el diagnóstico de esta conducta insólita y desmesurada.

*

A la mañana siguiente el tiempo volvió a ser estival y Marichuli Mercadal y Alicia se fueron a la playa. Madre e hija hubieron de hacerse a un lado para dejar pasar el coche de Prullàs. La reverberación del sol en la carrocería del Studebaker le impidió reconocer al conductor, pero no pensar: Ha vuelto por mí.

Sin embargo, en las horas siguientes Prullàs no hizo el menor intento de ponerse en contacto con ella: todos sus propósitos se habían volatilizado al verla. ¿Me habré vuelto majara de repente?, se decía; nunca debí haber venido; bastantes líos tengo ya sin necesidad de echar más leña al fuego. De haber podido, habría dado media vuelta y regresado a Barcelona; pero ya era tarde: ella lo había visto y una medida tan radical por fuerza había de complicar las cosas todavía más. Iré a casa, pensó; Martita y los niños se alegrarán de verme y a mí no me vendrá mal estar unos días alejado del teatro. En cuanto a Marichuli Mercadal, ya se me presentará la ocasión de hablarle en un lugar público y en circunstancias que no me comprometan, pensó.

En el jardín encontró a su suegra regando los macizos de hortensias. Todos los demás habían bajado a la playa, le informó. Y tú, ¿cómo has venido sin avisar? Huyendo de la FAI, repuso Prullàs; han tomado Barcelona y avanzan hacia aquí. La buena mujer dejó la regadera en el suelo para persignarse: sabía que se trataba de una broma, pero su congoja era auténtica. Ayer cayó una buena tamborinada, dijo una vez conjurada la amenaza; en cambio hoy, ya ves, ni una nube. Sí, en Barcelona también llovió de lo lindo, dijo Prullàs. ¿No vas a darte un baño? Más tarde, respondió; antes he de ir a llamar por teléfono. Había salido tan precipitadamente de Barcelona, que ni siquiera había informado a Gaudet de su marcha. Se lavó, se cambió de ropa y se dirigió al Casino.

Por contraste con la luz cegadora del exterior, el Casino parecía sumido en tinieblas; tal vez por este motivo al entrar en la sala sintió un frescor reconfortante, acentuado por el confuso olor a flores y a cerveza de barril. El primero provenía del jardín y se colaba por la puerta vidriera abierta de par en par; el otro emanaba del bar, tras cuya barra el señor Joaquín, cubierto por un delantal blanco, secaba una hilera de vasos y los iba colocando estrepitosamente en los anaqueles. ¿Qué le sirvo, señor Prullàs? Por mí no interrumpa la faena, señor Joaquín. El señor Joaquín levantó el puño envuelto en un trapo húmedo y no muy limpio y afirmó que estaba allí para atender a los clientes. En realidad aprovechaba aquellas horas bajas para adecentar el local, ahora que todos estaban en la playa, dijo, poniéndose como cangrejos. Prullàs señaló al otro extremo de la sala: sólo había ido al Casino a hablar por teléfono, explicó.

Unas persianas enrollables protegían del sol aquel ángulo, ocupado por la cabina telefónica y las mesas de billar. En una pizarra colgada de la pared figuraban inscritos los finalistas del torneo estival en sus dos modalidades: carambolas y chapó. Prullàs entró en la cabina, cerró la puerta de librillo, marcó el 09 y esperó un rato hasta oír la voz de la telefonista; dijo que quería hablar con Barcelona, dictó el número de Gaudet y preguntó si había mucha demora; la telefonista respondió que no: Un cuarto de hora o veinte minutos, repuso en un tono que parecía significar: ¿qué menos? Prullàs colgó y regresó al mostrador. Mientras espero, póngame un vermut negro con hielo y sifón y unas aceitunas rellenas, dijo. Cuando el señor Joaquín estaba sacando las aceitunas de un tarro, hizo su entrada en el local el tonto del pueblo.

Seguramente esperaba encontrar solo al señor Joaquín, porque al advertir la presencia de un extraño su compacta figura ejecutó unos pasos titubeantes en el contraluz de la puerta. El señor Joaquín agitó el trapo con ánimo de disipar su recelo, pero aquel gesto torpe sólo sirvió para acentuarlo. Pasa, Roquet.

Con la cabeza gacha, el tonto recorría la sala rozando las paredes. Prullàs se preguntaba qué edad tendría aquel individuo; sus rasgos no permitían calcularla: algunos le daban un aspecto aniñado, mientras otros lo avejentaban, sin que pudiera decirse cuáles se correspondían con el paso real del tiempo y cuáles con su anomalía psíquica. Era conocido por el nombre de Roquet el dels Fems y por el pueblo corría la leyenda de que había sido abandonado por sus padres, quizás gitanos o forasteros, gente de paso, a poco de nacer, en un canastillo, a la puerta de la rectoría, y que el rector, al encontrarlo de madrugada, cuando salía a cumplir con sus obligaciones pastorales, lo había bautizado y había decidido hacerse cargo de él. ¿Me has traído lo que te encargué?, le preguntó el señor Joaquín.

El tonto mostraba con aire triunfal un rollo de papeles sujetos por una banda elástica. Aunque analfabeto y lerdo, y acogido a la caridad pública, Roquet el dels Fems obtenía dinero de bolsillo prestando servicios varios en el pueblo, como traer y llevar paquetes, barrer ocasionalmente las aceras o matar gatos vagabundos a pedradas. Póngale unas patatas fritas y un refresco a Roquet, señor Joaquín, que yo le invito, dijo Prullàs. El tonto hizo una zapateta y entregó el rollo de papeles al señor Joaquín.

Sonaba en aquel momento el teléfono en la cabina, Prullàs acudió a la llamada. Su conferencia con Barcelona, no se retire, dijo la telefonista. Prullàs oyó el timbre al otro extremo del hilo y luego una voz lejana que decía: ¿Al habla? Reconoció en ella de inmediato a Mariquita Pons y pensó al pronto haber equivocado el número; sin embargo, estaba seguro de haber dado correctamente el de Gaudet a la telefonista. ¿Cabía la posibilidad de que fuera ésta quien se hubiera equivocado? No, qué absurdo, pensó alejando de sí el receptor y mirándolo con fijeza, como si en aquel adminículo se ocultara la solución del misterio. ¿Oiga?, ¿oiga?, ¿quién está ahí?, seguía preguntando la célebre actriz.

En aquel momento se abrió la puerta de la cabina y Roquet el dels Fems introdujo en ella su cabezota pelitiesa. Prullàs lo fulminó con la mirada, pero el desgraciado no veía o no entendía aquella forma callada de censura. Mostraba un botellín mediado de Orange Crush y silabeaba: Gra-cias... gracias... Llevado de un súbito impulso, Prullàs le colocó el auricular del teléfono en una de sus orejas de soplillo. Habla tú, le susurró. Sin mostrar la menor extrañeza, el tonto exclamó: ¡Hola!, y, al cabo de unos segundos, añadió: ¿Quién, yo? Yo soy Roquet, ¡Roquet el dels Fems!, ¿y tú? Luego se volvió a Prullàs con expresión compungida. No se oía nada, manifestó. Han debido de colgar, pero no ha sido culpa tuya; lo has hecho muy bien, Roquet, le tranquilizó Prullàs. Recuperó el receptor y preguntó a la telefonista el importe de la llamada y el número que había marcado. La telefonista le confirmó que éste era en efecto el de Gaudet. Era incuestionable que Mariquita Pons se encontraba en el domicilio del director de escena. Lo cual, si bien se piensa, no tiene nada de particular, pensó Prullàs. Sin embargo, el hecho le produjo una inquietud sin fundamento, pero difícil de disipar. ¿Qué está sucediendo a mis espaldas?, se preguntaba.

Ocupado en estas cábalas, no reparó hasta encontrarse de nuevo junto al mostrador en que el señor Joaquín se había subido a una silla y claveteaba en la pared un vistoso cartel. ¡De modo que esto era lo que traía Roquet!, exclamó. El recadero le entregó media docena para que los repartiera por los lugares de mayor concurrencia, dijo el señor Joaquín sin apartar los ojos del cartel; pero bébase el vermut, que ya estará caliente y desbravado. Roquet el dels Fems había dado cuenta de las patatas fritas y ahora miraba con codicia las aceitunas rellenas que se había hecho servir Prullàs. Prullàs empujó el platillo de aceitunas hacia el tonto y apuró el vermut mientras examinaba el cartel. En el centro figuraba un hombre joven, bien parecido, de tez morena y fino bigote, vestido de frac y cubierto de los hombros a los pies por una capa blanca. Tenía los ojos cerrados, las cejas fruncidas y con las yemas de los dedos de ambas manos se sujetaba u oprimía la frente en un gesto que denotaba la más profunda concentración. En un segundo plano, difuso pero inconfundible, estaba Mefistófeles; ceñudo y sarcástico, extendía una mano de uñas largas y afiladas hacia el meditabundo petimetre como si con aquel gesto le transmitiera algún poder sobrenatural o le hiciera partícipe de un arcano conocimiento. Al pie del cartel se leía:

EL DIABÓLICO DOCTOR CORBEAU
Y SUS INCREÍBLES PODERES FENOMENOLÓGICOS
¡DOS HORAS DE EMOCIÓN Y CONTACTO CON EL MÁS ALLÁ!
UN ESPECTÁCULO INOLVIDABLE - NO APTO PARA CARDÍACOS

A este reclamo añadió el señor Joaquín una tira de papel en la que había escrito de su puño y letra con grandes caracteres:

SÁBADO NOCHE A LAS 9 HORAS Y 30 MINUTOS
EN LA SALA DE LOS BILLARES DEL CASINO
ENTRADA GRATUITA. CONSUMICIÓN OBLIGATORIA

La consumición llevará un suplemento por razón del espectáculo, explicó. Prullàs le informó del importe de la llamada y le dijo que lo cargara todo a su cuenta; luego salió seguido de Roquet y su haz de carteles, entró en la papelería y compró revistas para toda la familia y para los niños, el *Pulgarcito* y un nuevo episodio de *Roberto Alcázar y Pedrín*. Roquet el dels Fems entregó a la dependienta de la papelería otro cartel del diabólico doctor Corbeau y con el dinero que le había dado el señor Joaquín se compró una postal de Rita Hayworth. ¿A ti también te gusta el cine?, le preguntó Prullàs. Ca, ¡las chicas!, respondió el tonto.

6

La llegada de Martita y los niños le despertó de un sueño agitado. ¡Qué sorpresa, no te esperábamos hasta mañana! Con gestos de autómata Prullàs recogió el ejemplar de *Destino* que había comprado en la papelería; había empezado a leer una crónica de José Pla desde Amsterdam cuando le venció una somnolencia irresistible; con voz pastosa inició una explicación confusa. ¿Seguro que te encuentras bien? Me tomé un vermut con el estómago vacío y ha debido de sentarme como un tiro, aclaró al ver la ansiedad reflejada en el rostro de su mujer.

¡Papá, papá, mañana actúa un mago en el Casino! ¿Podremos ir?

Sí, yo también he visto el anuncio, comentó Prullàs; Roquet el dels Fems los andaba repartiendo. Hemos hecho el aperitivo juntos y hemos mantenido una interesantísima conversación sobre nuestras aficiones cinematográficas, añadió.

Martita cambió la expresión de inquietud por una de reproche: No les digas estas cosas a los niños; les tengo prohibido que traten a ese infeliz. Entre la colonia veraniega Roquet el dels Fems era tenido por un peligro público; se contaba de él que procuraba tocar de grado o por fuerza las tetas de las mujeres, sin distinción de edad, y, en su defecto, las de las cabras y las vacas; que profanaba las tumbas de los cementerios, y que observaba en general una conducta maligna y bestial. Nada de esto era cierto. Si se enfurecía, agredía impetuosamente al causante de su ira o a quien se hallara más a su alcance en aquel momento, y en estas ocasiones, como era membrudo y no paraba mientes en el daño que pudieran causar sus trompadas, sí resultaba peligroso. Pero estos arrebatos se producían en una forma cada vez más espaciada a medida que Roquet el dels Fems se hacía mayor. En general era tranquilo, dócil y servicial y muy paciente con las bromas que le gastaban los chiquillos y a menudo los adultos también.

No me ha parecido que fuera un espectáculo apropiado para niños, dijo Prullàs. Buscaba con la mirada la complicidad de su mujer, pero ésta sólo mostraba indiferencia: daba por sentado que en una velada de ilusionismo nada podía atentar contra la moral y, por consiguiente, no veía razón para vetársela a los niños. Está bien, cedió, pero si a media función decido que la cosa no me gusta, nos iremos.

Obtenido lo que querían, los niños se fueron galopando. La voz de su madre los perseguía: ¡Sacudiros los pies antes de entrar, que lo ponéis todo perdido de arena!, ¡lavaros las manos!, ¡no bebáis agua del grifo! Luego puso la mano en la frente sudorosa de Prullàs. ¿En qué soñabas?, le preguntó. No recuerdo, mintió él; quizás en el diabólico doctor Corbeau.

*

¡Un momento, un momento!, exclamó el doctor Mercadal agitando los brazos. Una conversación tan interesante requiere algo muy especial. Precisamente, añadió, como si presintiera que ésta iba a ser una ocasión extraordinaria, había puesto a enfriar una botella de champán francés, regalo de un paciente agradecido. La traigo en un periquete, pero te prohíbo que cuentes nada hasta que yo vuelva. ¡Marichuli, di que traigan las copas de champán!, ordenó a su mujer.

Ya iré yo a buscarlas, dijo ella; las muchachas no saben dónde están. Al levantarse propagó por la pérgola su perfume intenso, que anulaba el aroma balsámico de los jazmines y las azaleas. Martita había tratado de disuadirla repetidas veces de usar aquel perfume: según ella, toda fragancia distinta de las colonias repelentes atraía a los mosquitos. A mí no me pican, había replicado Marichuli Mercadal, porque tengo la sangre amarga. Prullàs se alteraba al aspirar aquel perfume; el nerviosismo le hacía hablar por los codos, y en el transcurso de la cena había volcado una copa y dos veces se le había caído el tenedor al suelo.

Aquella misma tarde el doctor Mercadal se había personado en casa de los suegros de Prullàs y en los términos menos ceremoniosos había invitado a éste y a Martita a cenar. Yo te hacía en Barcelona, pero mi mujer y mi hija te vieron pasar esta mañana, explicó; y como yo he de volver el lunes sin falta a mi quirófano y a mis enfermos, se me ha ocurrido que podíamos reunirnos esta noche en el jardín, si el tiempo y los insectos lo permiten; no esperéis nada del otro mundo: pan con tomate y jamón, tortilla de patata y poca cosa más. Luego, sin embargo, les habían servido langostinos con mejillones a la marinera, empanadillas de atún y lomo relleno de verduras.

Nadie me avisó de que vendríais hasta última hora de la tarde y tuve que improvisar lo que pude, dijo Marichuli Mercadal. Si algo ha salido bien, el mérito es de ella; si algo ha salido mal, la culpa es mía, dijo el doctor en tono burlón. No le hagas caso, Marichuli, eres una estupenda ama de casa, terció Martita.

Ha sido verdaderamente una cena opípara, dijo Prullàs mirando con fijeza a su anfitriona. Marichuli Mercadal le aguantó la mirada; el farolito que colgaba de un arriate daba a su piel un tinte cobrizo y a sus ojos, cercados de sombras violáceas, un fulgor salvaje. Sin embargo, durante la cena se había limitado a participar en la conversación general con retraimiento, como si le importaran más sus obligaciones de anfitriona que los temas que se ventilaban en la mesa.

¡Qué pareja más rara!, comentó Prullàs cuando Martita y él se quedaron solos momentáneamente por causa del champán y de las copas. Son nuevos en el pueblo y tienen ganas de agradar y hacer amigos, replicó Martita. Esto no quita que sean raros, dijo él. Apenas los has tratado. Es verdad, se apresuró a conceder Prullàs viendo que regresaba Marichuli Mercadal en compañía de una criada que llevaba cuatro copas de champán en una bandeja. Es muy poco elegante dejar solos a los convidados, pero en esta casa cuesta una barbaridad encontrar cada cosa, dijo; los anteriores ocupantes tenían un sentido muy peculiar del orden: guardaban parte de la cristalería en la alacena y parte en un armario del primer piso, ¿dónde se ha visto?

El doctor Mercadal regresó enarbolando una botella de La veuve Cliquot. ¡Magnífico regalo!, comentó Prullàs. Ah sí, y también un magnífico paciente: le extirpé unos pólipos del recto, precisó el cirujano. ¿Era preciso entrar en detalles?, le reconvino su mujer.

El cirujano hizo saltar el tapón con ruido de morterete. ¡Bueno, ahora síguenos contando cosas del teatro, dijo; nos tienes en vilo con tus historias! Prullàs esbozó un gesto displicente. Siempre le sorprendía el interés que despertaba todo lo relacionado con el teatro entre los profanos, incluso entre aquellos que raramente acudían a una representación. Su gesto no pasó inadvertido a Marichuli Mercadal. No te des estos humos, le dijo en tono de cariñoso reproche; ¡cualquiera pensaría que no te gusta el teatro!

¡Pues estás en lo cierto!, repuso Prullàs. Escribir comedias me divierte a ratos, y me encuentro a gusto en el mundillo teatral, entre bastidores. Pero el teatro como espectáculo, el que entretiene a la gente y recibe sus aplausos, ése me interesa poco. Y no se trata sólo de una actitud personal o de una mera cuestión de gustos, siguió diciendo; y menos aún de una pose: a mi entender, y esto lo digo seriamente, el teatro auténtico ha dejado de existir.

¿Y cuál sería, según tú, ese teatro auténtico?, preguntó el doctor Mercadal. El de capa y espada, repuso Prullàs; el de cartón piedra. Todavía recuerdo, agregó, haber visto de niño algunas de estas obras tremebundas, en las cuales el telón siempre caía sobre un escenario sembrado de cadáveres, mientras unos reyes de baraja que se sujetaban las barbas con alambre a las orejas invocaban al cielo y al infierno. En aquellas funciones había de todo: conjuras, magnicidios, usurpaciones, amores imposibles, conversiones fulminantes, suicidios; por allí pululaban en perfecta armonía los bandidos generosos, los monjes satánicos, las víctimas y los verdugos, y se demostraba la eficacia de todas las formas concebibles de matar: pistola, daga, veneno y, en ocasiones lujosas, la hoguera, la guillotina y la defenestración. Era, en fin, el teatro que llevó a la cima el sublime Enrique Rambal.

Es bastante cierto, intervino el eminente cirujano; y a propósito de esto, me viene ahora a la memoria una historia maravillosa. Veréis: siendo yo niño, mi padre me llevó un año, por Todos los Santos, a ver un Tenorio representado por una compañía de tercera fila. A la cena sacrílega había de acudir la estatua del Comendador precedida, para mayor efecto, de gran aparato eléctrico: rayos, truenos y fuego del averno. Por desgracia, el fuego del averno resultó demasiado real y prendió en la capa del Comendador. Éste no se dio cuenta y entró en escena arrastrando la capa en llamas. Don Juan, al percatarse de lo que sucedía, puso una cara de espanto muy acorde con el argumento de la obra, seguramente la única expresión sincera y ajustada de toda su vida profesional. El Comendador, al verle la cara, debió de pensar: qué bien nos está saliendo hoy la función, y empezó a recitar su parlamento con gran entusiasmo. La cosa habría terminado en auténtica tragedia si el capitán Centellas, que esperaba entre bambalinas el momento de librar su fatídico duelo, no se hubiera precipitado sobre el Comendador y no hubiera sofocado el conato de incendio con su propia capa. Corría como un poseso el Comendador, envuelto en humo y olvidado de su rango de inmortal, y Don Juan, desconcertado, se enredaba las piernas con la espada. El público se reía y aplaudía. Y lo mejor de todo es que los pobres actores, en medio de tanta confusión, seguían recitando maquinalmente sus papeles, con la entonación más engolada.

¡Qué crueldad!, exclamó Marichuli Mercadal; no sé cómo os puede hacer gracia una cosa así.

Es algo normal, repuso Prullàs, y de cruel, a mi ver, no tiene nada; para el público que asistió a esta representación, incluido tu marido, no había diferencia entre el contenido delirante de la obra, con sus apariciones de ultratumba, y su catastrófica escenificación: todo era teatro. Sin duda debió de ser una gran representación, y una versión del Tenorio que habría encantado al propio Zorrilla. Yo recuerdo haber visto en el teatro María Guerrero de Madrid, ante un público de lo más encopetado, una cosa similar, aunque de signo radicalmente opuesto. El gran Ernesto Vilches estaba representando

Un enemigo del pueblo de Ibsen, y en el tercer acto, durante el patético monólogo del doctor Stockman, o como se llame el personaje, la silla en que se sentaba se desencoló y se vino al suelo sin previo aviso. El actor se levantó de inmediato con gran dignidad, se sacudió la levita, miró al público, que contenía el aliento, abrió la boca de par en par... y no dijo nada. Lo inesperado del suceso le había dejado la mente en blanco; no recordaba una sola palabra de su papel. Ni siquiera recordaba qué obra estaba representando. Hubo que bajar el telón. ¿Y cómo reaccionó el público?, preguntó el doctor Mercadal. De la única manera posible, repuso Prullàs; dedicó un cortés aplauso a la compañía a telón bajado y luego abandonó ordenadamente el local. Estas cosas hoy ya no serían factibles, agregó con un deje de nostalgia, porque resultarían del todo inverosímiles para un público pervertido por el cine y sus tibiezas.

Vaya, no empieces a meterte con el cine, dijo Martita, ¡qué manía! A Marichuli y a mí nos encanta el cine. Y en el fondo, a ti también. No es cierto, repuso Prullàs; sólo me gustan las películas del Oeste. Pues habrás de acostumbrarte, porque el cine es lo que viene, dijo el doctor Mercadal, y nada detiene el progreso. Por lo demás, añadió, si el tipo de teatro que tú defiendes dejara de ser una cosa marginal, una simple curiosidad; si este tipo de obras dominaran verdaderamente la cartelera y las representaciones fueran siempre como las que acabamos de relatar, se acabaría el teatro en menos que canta un gallo. Las cosas raras sólo pueden existir como excepciones. Os lo explicaré con un ejemplo sacado de mi propia experiencia: mi padre tenía en su biblioteca unas cuantas novelas francesas picantes o, como él decía, sicalípticas. Por supuesto, me había prohibido leerlas y, por supuesto, yo las leía a escondidas, de modo fragmentario, entre sobresaltos, sin entender casi nada de su contenido, pero con una gran excitación. De este modo, la lectura se convertía en una diversión clandestina y, hasta cierto punto, en una ceremonia de iniciación a los misterios de la vida. Ahora bien, si mi propio padre me hubiera proporcionado este tipo de libros, si me hubiera incitado a leerlos y yo me hubiera sumergido en ellos como si fueran libros de texto, su lectura habría dejado de ser un pasatiempo inofensivo y provechoso y se habría convertido en una perversión y una causa cierta de embrutecimiento.

¿Y es verdad lo que cuentan de que las actrices de teatro son mujeres caprichosas y tiránicas?, preguntó Marichuli

Mercadal, a quien a todas luces y sin razón aparente exasperaban las ponderadas intervenciones de su marido. No, en absoluto, repuso Prullàs; algunas son así, pero ésas no llegan lejos. Para triunfar hay que ser una persona disciplinada y sensata, tener don de gentes y espíritu de equipo. Y también hay que tener esa cosa indefinible que llamamos clase. Y, a propósito de lo que venimos diciendo, el otro día, en una de estas revistas ilustradas con las que perdéis el tiempo las mujeres, vi un reportaje que me horrorizó: una célebre estrella de Hollywood mostraba su casa. Según pude colegir, ahora se ha puesto de moda esta vulgaridad: mostrar las casas opulentas y horripilantes de las estrellas para deleite y escarnio de los pobres. Esto no lo haría jamás una actriz de teatro, en primer lugar porque tiene mucha más dignidad, y en segundo lugar porque no tiene una casa decente que mostrar, ni nada que se le parezca.

¿Y esta obra que estás a punto de estrenar?, preguntó el doctor Mercadal, ¿cómo se llama?, ¿y de qué trata? Eh, eso si nos lo quieres contar, claro. Se llama *¡Arrivederci, pollo!*, repuso Prullàs, y se trata, como todas mis obras, de una intriga policiaca en clave de humor. Si quieres saber más, habrás de comprar la entrada, dijo Prullàs.

¡Oh, no hay derecho!, protestó el doctor, ¡si lo sé no saco el champán! No le insistáis, intervino Martita; a lo mejor ni siquiera sabe cómo acaba la historia. En una ocasión decidió el final de una obra dos días antes del estreno; ¿a que sí, Carlos? El aludido desmintió las afirmaciones de su mujer con un gesto vago y resignado. ¡Qué tortura para los pobres actores!, exclamó Marichuli Mercadal.

Prullàs se encogió de hombros. Bah, dijo, los actores sólo son unos loros vanidosos; no hay que tener piedad con ellos, manifestó. Hace un momento los defendías con uñas y dientes, y ahora dices esto, ¿cómo se puede ser tan contradictorio?, exclamó el doctor Mercadal. Más que contradictorio, veleta, apostilló Marichuli Mercadal. Los actores, siguió diciendo Prullàs, siempre han sido mal vistos por la sociedad, porque son seres marginales y nocturnos, que viven de la usurpación y del engaño. Antiguamente la Iglesia no permitía que fueran enterrados en el cementerio; su condición de actores los hacía indignos de reposar en tierra sagrada. Pues a mí esto me parece una injusticia, aunque la Iglesia lo avale, dijo Marichuli Mercadal. He leído que en la India, aún hoy, los artistas de cine son algo así como apestados; no pueden entrar en la casa de nadie, y sólo se les permite contraer matrimonio entre ellos, dijo Martita. ¡Bien empleado les está, por meterse a hacer cine!, dijo Prullàs. La India, terció el doctor Mercadal, es una sociedad de castas; allí, si no perteneces a una casta, eres un donnadie. En cuanto a que los actores sean unos loros, prosiguió el cirujano, no puedo estar de acuerdo ni muchísimo menos: si los actores no fueran personas sensibles, no podrían emocionarnos como nos emocionan. ¿A quién emocionan?, dijo Prullàs; yo no me he emocionado jamás en un teatro. Tú eres un descreído, replicó Marichuli Mercadal sin abandonar el tono de chanza en que discurría la conversación. Yo, en cambio, recuerdo haber empapado varios pañuelos viendo algunas obras; no las tuyas, dicho sea de paso. No le hagas caso, Marichuli, dijo Martita; ahora trata de impresionarnos con su cinismo, pero antes de que se levante el telón ya llora. ¡Bueno, acabémonos el champán y no batallemos!, dijo el doctor Mercadal. ¡Bien dicho!, asintió Prullàs. Es un champán exquisito; felicita de nuestra parte a tu paciente. ¡Uf, hace tiempo que cría malvas!, rió el cirujano. Voy a preparar el café, dijo Marichuli Mercadal. Yo te acompaño, dijo Martita. ¡Trae también una botella de whisky para los señores y un par de vasos!, gritó el doctor Mercadal.

¿Sabes que sólo he estado en esta casa de noche?, dijo Prullàs cuando los dos hombres se quedaron solos. Únicamente pretendía romper un embarazoso silencio, pero esta frase trivial, por asociación de ideas, le hizo enrojecer.

Por fortuna, el doctor Mercadal no le escuchaba; había perdido la jovialidad mostrada durante la cena y parecía perdido en sus propios pensamientos. Carraspeó y dijo: Quiero daros las gracias a Martita y a ti por haber venido esta noche a cenar... y en general por vuestras continuas muestras de afecto. Prullàs trató de cortar esta embarazosa formalidad, pero el otro siguió diciendo: Somos nuevos aquí y no es fácil instalarse en un lugar donde no se conoce a nadie; yo, por mi profesión, trato a pocas personas, y a mis pacientes los veo siempre bajo los efectos de la anestesia..., pero no me refiero sólo a esto. La otra noche, en el Casino, te hablé de mi preocupación. Esta preocupación no ha disminuido desde entonces, al contrario, veo a Marichuli ensimismarse paulatinamente, como si algo la consumiera..., no sé, es difícil para mí, me resulta casi imposible acceder a sus partes más recónditas: si una mujer no quiere, los conocimientos médicos de nada valen. Pero vosotros ejercéis un influjo saludable sobre ella, esto se nota en seguida. Cuando está con vosotros es otra persona. Yo la vengo observando... ¡Chitón!, ya vuelven.

Marichuli, tú no deberías tomar café; el café no te deja dormir, dijo solícito el doctor Mercadal. ¡Yo sé lo que me conviene, Rafael, no me des la lata!, respondió ella con una displicencia que sorprendió a Prullàs y a Martita, pero que no hizo mella aparente en la persona a quien iba destinada, la cual, dirigiéndose a aquéllos con una sonrisa apacible dijo: Al organismo de Marichuli no le convienen los excitantes, como el café o el té, pero ella se empeña en consumirlos sin tasa. Luego, en la cama, suspira, solloza y experimenta unas sacudidas espasmódicas que hacen chirriar el somier como si fuera un alma en pena. Yo le digo que fume, que le hará bien, pero no me hace caso. También le tengo prohibidas las féculas, porque enervan el conducto intestinal. Las féculas y el cine, dijo Prullàs, sobre todo el cine americano; cenar féculas y luego ir al cine es la manera más segura de pasar una noche toledana.

*

Nunca hablas de teatro: ni siquiera a mí me cuentas anécdotas ni me explicas tus opiniones; no entiendo por qué esta noche te ha dado por hacer una excepción, dijo Martita cuando regresaban a casa. Después del banquetazo, no me podía negar, dijo Prullàs. ¡Mira qué noche más estrellada!, añadió deteniéndose en una esquina.

Por las calles del pueblo no transitaba nadie a aquella hora avanzada y aunque el mar estaba en calma, se oía claramente el fragor de las olas al romper y el susurro del agua al retirarse de la arena. Mañana hará otra vez buen día, dijo Martita. Al decirlo dejó escapar un suspiro. Prullàs le preguntó en qué pensaba y ella repuso que en Marichuli Mercadal y en su marido, el doctor Mercadal. ¿Qué tienen de particular?, preguntó Prullàs. Son una pareja extraña, ¿no te parece? Vaya, hace un rato yo he dicho que los encontraba raros y tú me lo has negado, y ahora, sin que haya sucedido nada nuevo, vienes a lo mío, ¿quién te entiende? Yo me refería a otro tipo de rareza, dijo Martita; no a su comportamiento, sino a su relación, ya me entiendes.

Prullàs miró a su mujer de reojo. ¿Ya me entiendes?, repitió, ¿quieres decir que entre el doctor y su esposa no hay... ya me entiendes? Martita hizo un mohín: ¡No seas grosero, Carlos! ¡Hipócrita!, ¿acaso no estabas tú insinuando eso?, dijo él. ¡De ningún modo!, protestó Martita. Prullàs la abrazó. No todas tienen la suerte de tener un marido como el tuyo, dijo.

7

Bajo un sombrero de paja de alas tan anchas que protegía del sol su cuerpo entero, Marichuli Mercadal seguía atentamente desde la playa las evoluciones de un balandro pilotado por manos tan poco diestras, que surcaba la mar llana a pocos metros del rompiente como si sorteara un temporal en el océano. Los golpes secos del casco en el agua y del viento en la vela sobreponían una nota desabrida al griterío infantil. Prullàs llegó brincando por la arena y se puso en cuclillas a la sombra del toldo; Marichuli Mercadal dio un respingo. ¡No te había visto!, dijo.

Rebuscó en un cabás hasta dar con las gafas de sol. Gracias por las flores y por la tarjeta, susurró. Prullàs quitó importancia al obsequio con un gesto. Fue una cena muy grata desde todo punto de vista: la comida y la compañía, dijo. ¿Quiere decir esto que mi compañía le resulta grata, señor Prullàs? Prullàs intentó leer sus ojos, pero el cristal ahumado de las gafas se lo impidió. Marichuli Mercadal sonrió. No te pongas nervioso, cariño, no hablo con segundas; nunca he hablado con segundas y jamás he hecho una escena, mal que me pese; ni siquiera de adolescente se me notaba cuando me gustaba un chico, aunque me gustara mucho; aunque pensara que me moriría de pena si él no me hacía caso; quizás por esto ninguno se me acercó; debían de pensar que yo era un témpano y no querían salir chasqueados; al final tuve que casarme con el primero que se atrevió a proponérmelo, seguramente bajo los efectos del whisky.

Antes de que Prullàs pudiera responder a esta perorata, Marichuli Mercadal se llevó la mano a los labios y ahogó un grito. ¿Qué ocurre? Nada, dijo ella. El piloto del balandro, al tratar de dar una bordada había estado a punto de hacer zozobrar la embarcación. ¿Es tu marido ese aspirante a náufrago? Ella hizo un gesto afirmativo. Ah, y Alicia va con él, dijo Prullàs. Alicia y tus hijos, respondió ella; Martita no concibe que un eminente cirujano pueda ser también un eminente berzotas y los dejó ir. Prullàs se encogió de hombros: no le parecía que el peligro fuera grande. ¿Qué has venido a decirme?

Prullàs dejó el albornoz bajo el toldo y se expuso a los rayos del sol. Nada, respondió; hola. Hizo una pausa y añadió: Me voy al agua, ¿me acompañas? Marichuli Mercadal movió la cabeza. Ahora no, contestó, y a renglón seguido agregó: Carlos, ni yo te debo nada a ti, ni tú a mí; no me debes ni siquiera una explicación; entre nosotros no hay cuentas pendientes. Claro, dijo él. Fuera del toldo sentía la quemazón del sol. Si sigo aquí un minuto más se me caerá la piel a tiras y pareceré una víctima de la bomba atomicia, pensó; pero no se atrevía a proseguir su camino. ¿Tú también crees que estoy desquiciada?, preguntó ella. Todos lo estamos un poco, respondió Prullàs.

*

Señora, ¿tendría usted la bondad de comprobar que esta bolsa que le entrego es una bolsa normal, con una sola abertura y sin entretelas ni pliegues donde se pueda ocultar nada? Tenga, tenga, déle la vuelta, meta la mano y muéstresela a las personas que la rodean. Mientras tanto, ¿podría decirme qué hora es, caballero? ¡Oh, espléndido reloj de pulsera! ¿Sería tan amable de prestármelo un momentito para realizar un pequeño experimento? Muchas gracias, caballero, y no tema por su reloj, le aseguro que está en muy buenas manos. Señora, ¿ha terminado de examinar la bolsa? ¿Está todo conforme? ¿Es la bolsa tal y como yo le decía? ¡Muy bien! Entréguemela, por favor. Gracias.

Y ahora, damas y caballeros, queridos niños y distinguido público, aquí tenemos una bolsa de tela y aquí, un magnífico reloj de pulsera, propiedad de este caballero. Observen que introduzco el reloj de pulsera en el interior de la bolsa. Y ahora, una vez introducido el reloj, procederemos a hacer un fuerte nudo en los cordones de la bolsa, para evitar que este magnífico reloj se nos escape. Ya está; comprueben ustedes que la bolsa ha quedado perfectamente cerrada y que dentro de ella se encuentra el reloj de pulsera que ha tenido la gentileza de prestarme este distinguido caballero. Y ahora, amable y querido público, para llevar a cabo este inofensivo experimento, necesito la colaboración de una mano inocente. ¿Hay algún voluntario? ¡Vamos, no tengan miedo! ¿Nadie se anima? ¡Ah, aquí tenemos un voluntario! Perfecto, caballero. Suba, suba al estrado, tenga la bondad. Cuidado, no tropiece. ¿Está nervioso? ¿Un poquito? ¿Nada? ¡Dice que no está nada nervioso, damas y caballeros, y nosotros le vamos a creer! Y díganos, ¿cuál es su nombre? Dígalo fuerte, que lo oiga el respetable público. ¿Cómo dice? ¿Roquet el de los Fems? Pues ¡un fuerte aplauso para este valiente!

Y ahora, don Roquet, dígame la verdad, ¿es usted un hombre fuerte y decidido? ¿Seguro? Pues en seguida tendremos ocasión de comprobarlo. Tome, coja este mazo. Pesa, ¿verdad? ¡Ya lo creo que pesa! Pues fíjese bien en lo que le voy a pedir; le voy a pedir que haga lo siguiente: ¿ve esta bolsa cerrada, que contiene, como sabemos, el magnífico reloj de pulsera de aquel caballero de la segunda fila? Yo voy a poner la bolsa sobre esta mesa y le voy a pedir que le dé un buen mazazo a la bolsa. Sí, sí, como lo oye. ¡Caramba! No ha hecho falta insistir mucho, damas y caballeros. Efectivamente, es usted una persona fuerte y decidida: de poco parte la mesa y el estrado. Ande, vuelva a darle, con ganas, sí señor. Con entusiasmo. ¡Ya, ya es suficiente! Devuélvame el mazo, pero no se retire. Puesto que ha hecho el trabajo, es justo que comparta también la gloria. Vamos a abrir la bolsa y veamos lo que ha sucedido.

El ilusionista desanudó los cordones y vació sobre la mesa el contenido de la bolsa: muelles, tornillos y virutas de metal. ¡Mecachis, don Roquet, me parece que esta vez no ha funcionado el truco!, comentó haciendo muecas de consternación. El tonto del pueblo se reía a mandíbula batiente: el hecho de haber destrozado un reloj le parecía en extremo hilarante. Su risa contagió a los espectadores; sólo al propietario del reloj no parecía divertirle el juego. Indiferentes al desarrollo de la función, el señor Joaquín y sus dos hijos circulaban entre los parroquianos levantando sobre sus cabeza las bandejas.

¿Le sirvo otro whisky, doctor? No se moleste, buen hombre, deje la botella en la mesa, que yo mismo me iré sirviendo conforme se vacíe el vaso, respondió el doctor Mercadal. No deberías beber tanto en el estado en que estás, le advirtió en vano su mujer. La peripecia marítima de la mañana había provocado una insolación al inexperto navegante, cuya epidermis presentaba síntomas de escoriación en varios puntos y, en general, un feo color aberenjenado. Marichuli Mercadal se encogió de hombros ante la displicencia de su marido. Por fortuna, los niños, más atezados, habían salido indemnes de la aventura. Ahora contemplaban boquiabiertos y embelesados los viejos trucos de aquel mago desaborido, cuya aparición en el improvisado escenario había sido recibida por la concurrencia con una rechifla de la cual era en buena parte responsable el propio mago, por haber exhibido en puntos estratégicos del pueblo unos carteles cuyo contenido no se acomodaba ni de lejos a la realidad.

En carne y hueso, el individuo que se hacía llamar el diabólico doctor Corbeau era un viejo enclenque y afeminado, con el pelo burdamente teñido de negro azabache, profusión de rimmel en las pestañas, carmín en los labios y colorete en las mejillas; caminaba con pasitos ridículos, hablaba con voz aflautada y movía las manos con gestos de marioneta. La reacción del público, sin embargo, no parecía hacer mella en él: a los piropos sarcásticos y a los silbidos y a los gritos anónimos de sarasa y mariposón que festoneaban su actuación, él respondía con un guiño de complicidad que parecía decir: Mis trucos son poca cosa, pero la diversión que os proporciono bien vale vuestra asistencia.

¡Esto es indigno!, exclamó Martita al verlo, vámonos. Pero Prullàs se opuso: Déjalo estar, mujer, los niños no se enteran de estas cosas. En el fondo, no podía por menos de admirar a un hombre que afrontaba cada noche aquella vejación, sin abdicar por ello de las patéticas coqueterías que la provocaban. En aquella estúpida obcecación había algo de desesperada nobleza a los ojos de Prullàs.

Y a continuación, damas y caballeros y queridos niños, distinguido público, agregó el ilusionista una vez el reloj hubo aparecido intacto en un pequeño arcón situado en el otro confín del escenario, haremos un breve descanso de veinte minutos, antes de abordar la parte más arriesgada, difícil y espectacular de esta velada inolvidable. Les ruego encarecidamente que durante esta brevísima pausa no abandonen sus asientos, no sólo para evitar que alguien se los arrebate, sino, sobre todo, porque yo, el diabólico doctor Corbeau, aprovecharé el descanso para pasar mi sombrero mágico por entre las mesas con el objeto de recaudar sus amables y generosos donativos. Los artistas, como ustedes saben, vivimos del aplauso del público, pero de cuando en cuando ¡tenemos que comer! Ya sé que han abonado ustedes un recargo sobre la consumición, pero este recargo sólo cubre los gastos del local y no contempla los emolumentos de este modesto artista. Por favor, no se vayan. Apelo a su bondad. Gracias.

Mientras los parroquianos sucesivamente enfrentados a la chistera del ilusionista depositaban en ella monedas o billetes de banco, los más atrevidos y revoltosos le pellizcaban las nalgas a traición; entonces el ilusionista se contoneaba y procuraba transformar la mueca de dolor en una risita chabacana y complacida. Al llegar a la mesa donde estaba Prullàs, éste le dio a cada niño un duro para que se lo entregaran al ilusionista. Gracias, guapos. Martita se irguió en su silla. Deje en paz a los niños, desvergonzado. Prullàs deslizó un billete de cincuenta pesetas en la mano que el artista acababa de retirar de la mejilla de un niño. Es usted muy espléndido, señor, dijo aquél con expresión incrédula una vez hubo comprobado con el rabillo del ojo la cuantía del billete. Yo también soy del ramo, dijo Prullàs. El doctor Corbeau esbozó una sonrisa servil. Quiero decir de la farándula, agregó Prullàs.

¡No tenías por qué hacer este número!, dijo Martita cuando el ilusionista se hubo apartado de su mesa. Es un pobre diablo, intervino conciliadora Marichuli Mercadal. Hay quien tiene que elegir entre los garbanzos y la dignidad, apostilló el doctor Mercadal con voz pastosa; la vida es dura. Martita no desarrugaba el entrecejo. Con el dichoso Gaudet ya teníamos bastante, masculló. Los niños, ajenos a esta disputa, se dormían en sus sillas de tijera. Me llevo a los niños a casa, anunció. Nosotros también nos retiramos, dijo el doctor Mercadal; a Alicia no le conviene trasnochar y yo tengo la espalda en carne viva.

Marichuli Mercadal anunció que se quedaba a la segunda parte; no tenía sueño y ahora venía lo mejor, dijo. No te vas a quedar sola en medio de esta chusma, dijo su marido. No se me comerán, respondió ella en un tono de firmeza no exento de desafío. En tal caso, me quedaré yo también, anunció Prullàs; no hay sensación más dolorosa para un actor que la producida por la deserción en masa del público. De esta servidumbre nadie se libra, explicó, ni la estrella más renombrada ni el último pelagatos. Ya ves que me quedo bien protegida, dijo Marichuli Mercadal dirigiéndose a Martita. Eso sería si la fuerza se midiera en palabras, respondió ésta. Pero su tono no era malhumorado: quería salir de allí y sacar a los niños de aquel ambiente equívoco y de aquella atmósfera enrarecida por la aglomeración humana, el calor y el humo de los cigarrillos, y una vez logrado su propósito, no le importaba lo demás. Era evidente que se sentía segura en compañía del doctor Mercadal, cuyo estado de embriaguez le pasaba inadvertido, y que no veía nada reprobable en el hecho de dejar a su marido al cuidado de una amiga suya. ¡Por fin solos!, exclamó con sorna Marichuli Mercadal.

Damas y caballeros, queridos niños y niñas, distinguido público, gracias, mil gracias por su amable paciencia, que no quedará defraudada en esta segunda parte del espectáculo de magia que les ofrece el misterioso, el inquietante, el sorprendente, el diabólico doctor Corbeau. Y ahora, atención, ¡mucha atención!, porque esta noche es una noche especial y este público también es un público muy especial y por estas dos razones que acabo de mencionar voy a presentar ante ustedes, damas y caballeros, un experimento singular que hasta el día de hoy no había realizado nunca en España por temor a sus posibles consecuencias. Se trata, damas y caballeros, de un experimento de alta hipnosis, tal y como la practican algunas sectas secretas del Indostán y cuyo conocimiento está reservado a los iniciados del último nivel. Un experimento, como ustedes muy bien saben, que comporta en sí mismo un gran peligro, tanto para el hipnotizador como para la persona que se somete a hipnosis, ya que en ambos casos el grado de concentración a que se llega es tan grande, que la más mínima interrupción puede provocar alteraciones psíquicas profundas y de carácter permanente, llegándose en algunos casos extremos a la locura y a la muerte, como ocurrió el año pasado en un teatro famoso y hoy tristemente célebre de Buenos Aires, en la República Argentina, un funesto suceso que ustedes sin duda recordarán, porque los periódicos del mundo entero trajeron la noticia y se hicieron amplio eco de la tragedia. No es de extrañar, pues, que este tipo de experimentos haya sido prohibido por las autoridades de muchos países europeos y americanos. Pero esta noche, aquí, dentro de unos minutos, ustedes, damas y caballeros, tendrán el privilegio y quizás el horror de presenciar un fenómeno de esta índole. Es mi deber avisarles de la extrema peligrosidad del mismo y, por consiguiente, si hay entre el distinguido público alguna persona, sobre todo alguna señora o señorita, especialmente sensible o timorata, yo le ruego que abandone el local antes de que dé comienzo el experimento, pues una vez iniciadas las etapas preliminares del mismo, nadie podrá salir del local, ni siquiera moverse de su asiento, hacer ruido ni hablar, ya que la más mínima imprudencia, como ya les he dicho, podría ocasionar daños irreversibles.

Al conjuro de estas palabras se apaciguaron los ánimos; ahora la alborotada concurrencia guardaba silencio. El ilusionista retiró del escenario la mesa y en su lugar colocó una silla, luego hizo un gesto al hijo mayor del señor Joaquín y éste, siguiendo instrucciones recibidas con anterioridad, atenuó las luces de la sala. ¡Por favor, se oyó exclamar al señor Joaquín, no dejen que los niños se suban a las mesas de billar, que agujerean el paño! El doctor Corbeau permanecía de pie junto a la silla, inmóvil, con la barbilla hundida en el pecho y las palmas de las manos apretadas contra las sienes, remedando la idealizada imagen de sí mismo que había difundido su engañoso cartel. Cuando levantó el rostro y miró a la audiencia, sus ojos centelleaban y sus facciones, de un hieratismo fláccido que recordaba a Bela Lugosi, habían adquirido una inesperada solemnidad.

Damas y caballeros, distinguido público, el experimento va a comenzar. No se asusten si en el transcurso del mismo oyen ruidos extraños o incluso si creen ver alguna forma impalpable materializarse en la sala: no se trata de ninguna alucinación, sino de fenómenos parapsicológicos admitidos y comprobados por la ciencia médica. Y ahora, respetable y distinguido público, necesitaré nuevamente un voluntario que quiera subir al estrado para colaborar conmigo en este experimento único y sensacional. No, don Roquet, usted ya ha salido antes, a lo del reloj. Vamos a ver, ¿quién se atreve? Necesito una persona con los nervios templados y en perfectas condiciones de salud mental y física. ¿Usted? ¿Está segura? ¡Un aplauso muy sentido para esta señora o señorita!

Una mujer joven, robusta, de aspecto pueblerino y, a juzgar por los murmullos de la concurrencia, desconocida de todos los presentes, había subido al escenario, se había sentado en la silla y estaba insinuando el gesto pudoroso de cubrirse las rodillas con el borde de la falda. Marichuli Mercadal se agarró con fuerza del brazo de Prullàs. Vámonos, dijo, este hombre me da miedo. ¿Te has vuelto loca? Sólo es un juego de niños, siseó él. Me da lo mismo, tengo miedo y me quiero ir, si tú no me acompañas, me iré sola. Deja de decir tonterías y espera a que acabe el espectáculo, estamos llamando la atención.

Señoras y señores, presten mucha atención; aquí tenemos una señora o señorita a la que hasta este momento yo no había tenido el gusto de ver jamás. Diga, señora o señorita, ¿usted y yo nos habíamos visto anteriormente? La mujer movió la cabeza en sentido negativo, aunque a nadie pasó inadvertida la mirada de complicidad que cruzó con el ilusionista. Pues yo le agradezco mucho su participación, tanto en nombre propio como en nombre de todos los presentes, y, si usted me lo permite, voy a rogarle que siga mis instrucciones al pie de la letra. Ante todo, no tenga miedo, relájese y procure no pensar en nada, olvide por unos instantes sus preocupaciones. Relájese..., relájese..., está demasiado cansada para pensar, demasiado cansada, los músculos no le obedecen, los párpados le pesan, querría mantener los ojos abiertos pero no puede, el sueño se va apoderando poco a poco de sus extremidades, su cuerpo pierde peso, le parece que flota en el aire, flota, flota..., siga flotando, señora, duerma... duerma... Y ahora, sin dejar de dormir, levante la cabeza y abra los ojos, despacio, abra los ojos.

La mujer abrió los ojos y los fijó obsesivamente en el fondo de la sala. Entre los asistentes hubo un movimiento de genuina admiración: aquella sencilla patraña, ejecutada con la máxima torpeza, había logrado seducir a un público hostil. Prullàs percibió una mueca de satisfacción en el rostro acaponado del mago.

Damas y caballeros, distinguido público, adviertan ustedes que esta persona con quien nunca he tenido el menor trato, a quien ni siquiera tenía el gusto de conocer, ha quedado sumida en un sueño profundo por obra y gracia de mis pases magnéticos. En el estado en que se encuentra, su entendimiento y su voluntad han sido anulados, sólo obedecen a los dictados de mi voz, y para demostrárselo, la someteremos a una pequeña prueba. Silencio, silencio, por favor. Tengo un vaso en mi mano; adviertan que es un vaso vacío, limpio y seco. ¡Presten atención!

Prullàs oyó a su lado un quejido y simultáneamente vio con el rabillo del ojo desplomarse un cuerpo antes de comprender lo que estaba ocurriendo; con un gesto instintivo y absurdo alcanzó a sujetar la silla e impedir que acompañara a su ocupante en la caída. El tumulto provocado por aquel incidente se extendía en círculos concéntricos por la sala del Casino. Relegados al olvido por un público que había perdido definitivamente el interés en el espectáculo, el diabólico doctor Corbeau y su taimada cómplice intercambiaban sin disimulo gestos de perplejidad e impotencia. Prullàs había levantado del suelo el cuerpo de Marichuli Mercadal y trataba en vano de abrirse paso hacia la puerta. El hijo del señor Joaquín encendió todas las luces de la sala; este imprevisto resplandor trazó rasgos de pánico en los rostros. Como responsable del local avanzaba el señor Joaquín repartiendo empellones y consignas: ¡No se agolpen, dejen circular el aire, abran las ventanas, llamen a un doctor! Nadie le hacía caso. Ahora que la luz permitía reconocer a los protagonistas del suceso, todo eran exclamaciones y comentarios: entre la colonia veraniega, de natural proclive a la murmuración y la suspicacia, aquella desconocida de aspecto llamativo, que vestía de un modo extremado y adoptaba sin motivo una actitud a la vez achulada y retraída, había sido la comidilla del año; ahora la veían exánime en los brazos de un hombre que no era su marido. ¡Es la que vive en la casa de los extranjeros!, oyó susurrar Prullàs a sus espaldas, ¡la mujer del cirujano! El señor Joaquín consiguió llegar hasta ellos. ¿Qué ha sido?, preguntó. La señora Mercadal se ha desmayado, ayúdeme a sacarla de aquí. El señor Joaquín levantó una ceja dubitativa. Yo diría que esta mujer está en trance, dictaminó, pero de inmediato se encogió de hombros; acuéstela en la mesa de billar, dijo; yo despejaré la sala.

¿Dónde estoy?, ¿qué me ha pasado?, ¿quién me ha quitado la ropa? Prullàs la sujetó por los hombros para impedir que se incorporara bruscamente. Estás en el Casino, has sufrido un desvanecimiento y llevas toda la ropa que traías, salvo los zapatos, que te ha quitado el señor Joaquín para que no dañaras el paño de la mesa con los tacones. El señor Joaquín asintió con expresión grave y ofreció una copa de coñac a Marichuli Mercadal. Bébase este coñaquito, señora, verá qué bien le sienta. Ella rechazó la bebida, se sentó en la mesa de billar y miró a su alrededor: la sala del Casino había sido evacuada con firmeza por el señor Joaquín y las luces habían sido amortiguadas de nuevo. En el escenario sólo quedaba la silla vacía. ¿Aquel hombre?, preguntó. Debe de hacer rato que duerme, es más de medianoche, dijo Prullàs; me temo que le echaste a perder el espectáculo, pero no te preocupes por él: la recaudación ya estaba hecha; ¿cómo te encuentras? Mejor; llévame a casa. El señor Joaquín dijo que se esperasen un minuto: sacaría la camioneta del garaje y los acompañaría; Marichuli Mercadal declinó el ofrecimiento; bastantes molestias le he causado ya, dijo, y caminar un poco me hará bien, si el señor Prullàs tiene la amabilidad de acompañarme y usted me devuelve mis zapatos. El señor Joaquín no insistió: miraba de reojo aquel escote sugerente cuyos arcanos le fueron revelados fugazmente al descender ella con dificultad de la mesa. Cuando andan por medio cosas de este calibre es mejor no inmiscuirse, parecía dar a entender su discreción. Cargue el coñac en mi cuenta, dijo Prullàs. ¡Por Dios, respondió el señor Joaquín, la casa invita!

¡Qué habrá pensado la gente!, exclamó Marichuli Mercadal una vez Prullàs y ella hubieron abandonado el Casino. ¿Te importa mucho?, preguntó él. No quiero ser motivo de escándalo, respondió Marichuli Mercadal, ¿hice o dije algo comprometedor? No; cuando te caíste al suelo se te vieron un poco los muslos, lo que fue acogido muy favorablemente; luego tú y yo escenificamos un fotograma de *Lo que el viento se llevó*, pero no creo que nos contraten en Hollywood. ¡Calla, eres procaz e inoportuno! Mujer, sólo trataba de quitarle hierro al asunto. Pues no lo hagas, y no me abraces delante de todo el mundo. No te abrazo: te sostengo para que no te vuelvas a caer; además, a esta hora no hay nadie por la calle. ¡Seguro que nos observan por las rendijas de las persianas! Prullàs escudriñó el vecindario: nada hacía sospechar que estuvieran siendo observados. No tienes nada que temer: te desmayaste por el calor y la aglomeración; es algo que ocurre con frecuencia. Marichuli Mercadal se alejó unos metros de Prullàs. Hacía eses sobre los tacones empinados y hubo de apoyarse en un árbol; Prullàs se colocó de nuevo a su lado y advirtió que gruesas lágrimas le corrían por las mejillas. Carlos, no ha sido un desmayo, dijo ella con voz ronca; cuando aquel hombre empezó a hacer pases cabalísticos se me nubló el sentido y perdí la noción del tiempo y del espacio, pero no la conciencia. Calló unos instantes como si le faltara el resuello. Entonces tuve una visión horrible, siguió diciendo; todo eran tinieblas y a mis pies se abría un pozo profundo y espantoso, que era a la vez una tumba y un abismo; ambos me estaban reservados en breve; comprendí que estaba viendo con los ojos del alma. Estamos en pecado, Carlos, estamos en pecado mortal, tú y yo, y si ahora nos muriésemos, nos iríamos de cabeza al infierno por toda la eternidad. Profundos sollozos le sacudían el cuerpo; Prullàs comprendió que su angustia era sincera; desconcertado levantó los ojos y vio una estrella fugaz cruzar el firmamento; inmediatamente, por una extraña coincidencia, silbó un tren. Puedes confesarte mañana a primera hora, sugirió en tono tentativo; la misericordia de Dios es infinita; se lo oí decir hace poco al padre Laburu, y parecía bien informado. Marichuli Mercadal movió la cabeza con desesperanza. No serviría de nada, dijo, porque no estoy realmente arrepentida. ¿Sabes que por pensar en ti he estado a punto de perder la razón más de una vez?, añadió con más dolor que dramatismo. Prullàs no supo qué contestar: aquella mujer le inspiraba una profunda tristeza. Le tendió su pañuelo y ella se enjugó las lágrimas. Pobre chica, pensó; la naturaleza parecía haberla dotado de todo lo necesario para triunfar y ser feliz, pero su modo de ser, su extraña disposición de ánimo habían imposibilitado la realización de cualquier proyecto; su vida había sido una acumulación de equivocaciones; incluso su atractivo físico, en lugar de abrirle todas las puertas, se había vuelto en su contra, había alejado de su lado a los hombres valiosos y sinceros y, en definitiva, sólo le había granjeado una malévola notoriedad. Impulsivamente la besó; al hacerlo se dio cuenta de que sus labios estaban helados y le castañeteaban los dientes. ¿Qué haces?, exclamó ella, ¡estás loco! Sí, y tú enferma: vamos a casa y que tu marido te atienda como es debido, respondió Prullàs.

*

Los domingos de verano la misa de diez era con mucho la más concurrida. Prullàs y su suegro renunciaron a entrar y se quedaron en las escalinatas del templo, mientras Martita y su madre se abrían paso a empellones entre la muchedumbre que lo abarrotaba. Al término de la ceremonia, Prullàs pasó revista a la riada de feligreses en busca de Marichuli Mercadal, cuya ausencia, por otra parte, no le extrañó. Martita conversaba animadamente con varias mujeres. ¿Por qué no me has contado lo que pasó anoche en el Casino después que nos fuimos?, le recriminó al reunirse con él; en el pueblo no se habla de otra cosa, ¡y yo en las nubes! Con la excitación se había olvidado hasta de quitarse la mantilla. ¿Cómo iba a contártelo? Cuando volví tú dormías y esta mañana hemos salido de casa a todo correr para no llegar tarde a misa, repuso Prullàs; pensaba contártelo luego, aunque el incidente fue más aparatoso que importante. Yo me adelanto a la pastelería, dijo su suegro, no sea que se acaben los brazos de gitano helados.

Unas horas más tarde la camarera interrumpió el aperitivo de toda la familia: un individuo solicitaba hablar con el señor Prullàs, dijo. A través de la cortina de esparto vieron balancearse una silueta en la terracita, bajo la marquesina. ¿Quién será? A pleno día le costó reconocer en aquel personaje apocado al diabólico doctor Corbeau, tal vez porque no era un viejo, como su exagerado acicalamiento le había hecho suponer la noche anterior, sino un hombre de mediana edad y de aspecto desnutrido y malsano. El señor Joaquín me ha indicado dónde podía encontrarle, dijo el ilusionista después de un premioso preámbulo destinado a pedir disculpas por aquella visita intempestiva; sólo he venido a interesarme por la salud de su esposa después del lamentable percance sufrido en el transcurso de mi actuación; créame que nada estaba más lejos de mis intenciones que provocar tal efecto; a decir verdad, yo fui el primer sorprendido; como usted mismo pudo apreciar, yo sólo soy un charlatán que se gana la vida divirtiendo a grandes y chicos con sus trucos de magia. El número del hipnotismo era un camelo, confesó, él nunca había hipnotizado a nadie, ni siquiera lo había intentado, y desde luego nunca le había ocurrido una fatalidad como la de la víspera. Esto podía arruinar su carrera, siguió diciendo; actuaba al margen del sindicato del espectáculo, no tenía carnet de artista. Ya ve que no le oculto la verdad, añadió; si usted me denuncia, se acabó el doctor Corbeau. Prullàs lo tranquilizó a este respecto: en ningún momento había pensado dar parte del hecho a las autoridades; al fin y al cabo, dijo, sólo se trataba de un episodio accidental de magnetismo, del cual nadie era responsable. El ilusionista redobló las muestras de humildad y reconocimiento, al término de las cuales entregó un sobre a Prullàs. Al abrirlo vio que contenía el billete de cincuenta pesetas que él mismo le había dado en la colecta de la noche anterior. Antes de que pudiera decir algo, el ilusionista bajó las escaleras precipitadamente, salió a la calle y se dirigió a un automóvil estacionado frente a la casa. A la ventanilla del automóvil se asomó una mujer. Prullàs reconoció en ella a la presunta voluntaria del experimento hipnótico. El doctor Corbeau murmuró unas palabras al oído de la mujer y ésta cerró los ojos y suspiró como diciendo: ¡Alabado sea Dios! Luego entregó al ilusionista un ramo de flores, con el cual regresó éste a donde estaba Prullàs. Me he permitido traer este modesto ramito para su esposa con mis respetos, aunque bien poco vale. Prullàs no consideró necesario sacar al pobre ilusionista de su error. Gracias, dijo, a mi esposa le encantan las flores. El ilusionista vacilaba como si quisiera añadir algo ajeno al asunto que le había llevado allí. Anoche, murmuró finalmente, me dijo usted que también pertenecía al mundo de la farándula. Yo, al pronto, pensé que se trataba de una broma; es habitual que el público me tome a chanza, el sano humor también forma parte del espectáculo; pero esta mañana el señor Joaquín me ha informado de que es usted un famoso comediógrafo; le ruego excuse mi ignorancia; a partir de ahora procuraré ir a ver todas sus obras. Yo, en cambio, sólo soy un farsante, un embaucador sin malicia, no trato de engañar a nadie. Hizo una pausa y agregó: Pero hay personas que a veces no distinguen; y, dígame, ¿qué culpa tengo yo de que estas personas esperen de mí lo que yo no puedo dar? Usted, que es hombre de teatro, se hará cargo de lo que le digo. Prullàs palmeó el hombro escuálido del ilusionista. ¡Jugamos con fuego, amigo Corbeau! ¡Jugamos con fuego!

Capítulo III

1

He oído hablar tanto de usted que es como si lo conociera de toda la vida, dijo Brusquets. Con estas palabras recibía a sus huéspedes un cincuentón calvo y de facciones vulgares que contrastaban con unos ojos vivos y de un color azul claro y brillante. Celebro que haya podido asistir a esta pequeña reunión, agregó; Fontcuberta me dijo que le había invitado en mi nombre, como yo le rogué, pero que ignoraba si estaría usted libre de compromisos. No sabe cuánto agradezco su presencia. Hablaba un castellano impecable, pero algo lento y plagado de perífrasis. Al contrario, repuso Prullàs, soy yo quien le agradece la invitación.

Voces recias llegaban al vestíbulo provenientes del salón. Según parece, aquí sólo hay hombres, dijo Mariquita Pons; por lo visto he caído en una reunión de rodríguez; si lo llego a saber... Brusquets estaba confuso. Sí, en efecto, casi todos los señores han venido solos..., en esta época, ya se sabe; sin duda habría sido mejor aplazar la reunión hasta el otoño, pero me prometí a mí mismo reunir a los amigos tan pronto se fuera el último operario y ha tenido que ser precisamente en pleno verano... ¿Quieren ver la casa? Prullàs y el matrimonio Fontcuberta asintieron procurando mostrar un interés que distaban de sentir. La ilusión del otro, en cambio, era sincera y un punto infantil.

Un rato antes, mientras se dirigían a la casa, el propio Fontcuberta había puesto en antecedentes a Prullàs. Hijo único de una familia muy rica, Brusquets reunía en su persona una exquisita educación, una profunda incultura y un completo desconocimiento de las cosas del mundo. Nunca se había visto en la necesidad de trabajar para subsistir y siempre que había emprendido un negocio había acabado perdiendo

121

fuertes sumas de dinero. De él se contaba que una vez le habían enredado vendiéndole un terreno o una casa de muy poco valor a muy alto precio con la excusa de que allí había oculto un tesoro. Una vez efectuada la compra, Brusquets había hecho excavar todo el terreno, o demoler la casa, según la otra versión, sin resultado alguno. En todas las cosas obraba de igual modo, siguió contando Fontcuberta. Diez años atrás, Brusquets se había casado con una mujer de buen corazón, pero sumamente despótica, a la que, pese a todo, aquél quería mucho; esta mujer, según decían, procedía de una familia de inmigrantes, muy modesta, casi indigente y analfabeta, y ella, quizás por esta causa, tal vez sin darse cuenta, de un modo inconsciente, había querido desquitarse en la persona del pobre Brusquets, a quien por otra parte profesaba también un gran cariño, de las humillaciones y sinsabores sufridos durante la infancia. Ahora, muerta su esposa de resultas de una penosa enfermedad, en el curso de la cual su carácter se había agriado aún más, Brusquets no se adaptaba al vacío dejado por aquella arpía. Así se lo había contado el propio Brusquets a Fontcuberta en los términos más lastimeros, siguió diciendo éste; si se quedaba solo, nada le distraía, se pasaba las horas deambulando por la casa como un alma en pena, se sentaba, se levantaba, miraba por la ventana, suspiraba y acababa echándose a llorar o poco menos. En resumen, necesita jaleo, acabó diciendo Fontcuberta.

Una casa espléndida, dijo Prullàs mirando a derecha e izquierda; le felicito por su buen gusto. Se alegraron los ojos del anfitrión y se esponjaron sus facciones al oír este cumplido. Realmente, la casa estaba decorada con elegante sencillez, conforme al espíritu de los tiempos. Unos años antes todos habían sido testigos del enorme riesgo que podía implicar una relativa exteriorización de fortuna en épocas turbulentas. Por añadidura, aquellos mismos avatares habían acabado en cierto modo con las grandes fortunas hereditarias, y quienes ahora sustituían a los viejos linajes en el poder y en la riqueza eran poco proclives al antiguo fasto, no tanto por austeridad como por falta de imaginación. Si gastaban dinero, era a tontas y a locas. No se les ocurría coleccionar obras de arte, ejercer el mecenazgo, saborear manjares exquisitos ni llevar prendas finas, como habían hecho sus antecesores. Por ignorancia, se limitaban a practicar una ostentación encaminada únicamente a provocar la adulación servil. Con este despilfarro ridículo, más jactancioso que suntuario, sólo conseguían concitar la reprobación y la burla. Ahora entre las capas elevadas de la sociedad, a las que pertenecía Brusquets por nacimiento, entre los apellidos ilustres, privaban la sencillez y la mesura en el porte y en la actitud, aunque no en la intención ni en el deseo, donde seguían anidando, como siempre, la envidia y la codicia.

Felicite más bien al decorador, replicó con modestia Brusquets, pues bien pocas decisiones me dejó tomar. En realidad, de estas dichosas obras, sólo he participado en las molestias... y en los costos, como ya se puede figurar. No hay cosa más ingrata que poner un piso patas arriba; pero no vi otra solución: la disposición original no se adaptaba a mi nueva vida. Por supuesto, podía haberme quedado donde estaba, pero al enviudar decidí mudarme, porque no soportaba seguir viviendo en la casa donde había compartido tantos años de felicidad con mi querida esposa, que en gloria esté. Así que alquilé este piso. No es un palacio, pero para mis necesidades me basta y me sobra, y el barrio es tranquilo. Tal vez luego le apetezca echar un vistazo a la biblioteca: los libros son mi único motivo de orgullo. Los libros y aquel piano de cola que ve usted ahí, un magnífico Steinway que le regalé a mi difunta esposa en el décimo aniversario de boda. A la pobre le encantaba la música, sobre todo la de Chopin. Lo único que me consuela de su muerte es pensar que en el cielo tal vez haya podido reunirse con Chopin.

El periplo había concluido en una amplia terraza. La vivienda de Brusquets ocupaba el ático y el sobreático de un edificio nuevo de ocho plantas en el Paseo de San Gervasio. Aquél era, con mucho, el edificio más alto de una extensa zona sembrada de los palacetes y casones que la burguesía de reciente cuño se había hecho construir en las primeras décadas del siglo. Las siluetas teatrales de sus torres almenadas y cimborrios se perfilaban, entre pinos y cipreses, acacias y palmeras, contra un cielo opaco, iluminado por la luz metálica de la luna llena. Ahora el barrio había iniciado una rápida transformación; varias casas suntuosas habían sido derruidas y en su lugar mostraban su esqueleto las nuevas construcciones. En aquel momento, sin embargo, reinaba la calma y el aire olía a nardos; era una noche oriental, cargada de hechizo. Pero yo he de pasarla con estos pelmazos por haber aceptado una invitación carente de interés, pensó Prullàs, a cuya mente había acudido de repente, como traído por la fragancia del aire, el recuerdo de la señorita Lilí Villalba.

*

Al regresar al salón salió a su encuentro un camarero con una bandeja de emparedados. ¿El señor desea tomar algo? Un whisky on the rocks, dijo Prullàs. Un caballero de cierta edad se les acercó y les estrechó la mano efusivamente. ¡Una velada deliciosa!, exclamó. Ah, Tomeu, ¿se va usted ya?, dijo Brusquets. Sí, sí, repuso el otro, no debo demorarme más; gracias por todo y le deseo lo mejor en ésta su nueva casa. Se fue y Brusquets explicó a Prullàs que era la costumbre de aquel individuo acudir a todas las recepciones de Barcelona, hacer una ronda de saludos y marcharse de inmediato sin dar ninguna explicación. Esta costumbre había dado pie a muy variadas conjeturas, ninguna de las cuales había encontrado luego confirmación.

Mientras iba diciendo esto, Brusquets condujo a Prullàs hasta el grupo que formaban cuatro hombres en el centro del salón, a quienes Prullàs no conocía y a quienes fue presentado por el dueño de la casa con elogios hiperbólicos. Tratándose del señor Prullàs, están por demás las presentaciones: su fama es notoria. Me siento como una atracción de feria, dijo Prullàs realmente cohibido. Pero sus temores resultaron infundados: los cuatro hombres aventajaban a Prullàs en edad y en categoría social y, por esta razón, no tuvieron reparo alguno en hacer caso omiso de su presencia y seguir escuchando la perorata de un hombre alto y obeso, a quien los demás llamaban doctor Sanjuanete y era, según pudo colegir Prullàs, el catedrático de Derecho Procesal en la Universidad de Barcelona. Tenía un tórax formidable, una voz estentórea y, en conjunto, un aspecto patricio, afeado por varios tics nerviosos en la boca y las cejas. Ahora relataba en tono acalorado los pormenores de un declarativo de mayor cuantía que él mismo había llevado de un modo brillantísimo, a juzgar por sus propias palabras, y sobre el cual los tribunales habían de pronunciarse en breve. He citado una sentencia del Supremo del año 89 que no deja resquicio a la duda, exclamó, ¡un verdadero cañonazo! Calló abismado en la contemplación de su propia importancia y Prullàs aprovechó esta pausa para abandonar el grupo e incorporarse a otro formado por tres hombres a quienes conocía vagamente y cuya conversación parecía discurrir por cauces más convencionales. Me ha contado un pajarito que tu hija tiene novio formal, ¿es cierto? ¿Formal?, respondió el interpelado, no, ni hablar; desde hace unos meses sale con un chico, pero eso no significa nada; ya sabéis cómo crece hoy en día la juventud: despreocupada y sin ideales. Sí, sí, dijo un tercero; de tal palo, tal astilla. Este comentario fue acogido con estupefacción por todos los presentes, ya que la madre de la chica sobre la que versaba la conversación se había visto envuelta unos años antes en un escándalo bastante sonado. Sin embargo, el inoportuno comentarista, al inferir del estupor general lo inadecuado de su ocurrencia, soltó una ruidosa carcajada. Se trataba de un individuo de muy buena familia, gran frecuentador de reuniones sociales, en las que invariablemente cometía las más espantosas inconveniencias, lo cual, lejos de molestarle, le provocaba una gran hilaridad. Todos lo tenían por un mentecato.

Prullàs siguió deambulando. El camarero le dio un vaso de whisky. ¿Sabes cuánto me cuesta mantener abierta la casa?, exclamó alguien a su lado, ¡cuarenta duros a la semana! Casi cinco duros diarios; descontando los sábados y los domingos, claro. Me hago cargo, dijo Prullàs. Me da lo mismo, repuso el otro; yo no hablaba con usted. Pues me solidarizo de todos modos, contestó Prullàs prosiguiendo su camino. En un recodo del pasillo varias personas charlaban en voz baja; a juzgar por la seriedad de los rostros, comprendió que se ventilaban cuestiones delicadas y se abstuvo de intervenir. De algunas palabras sueltas dedujo que se comentaba un escándalo que en los últimos meses había estado en boca de la gente y según el cual, una importante partida de trigo procedente de la Argentina y destinada a paliar la carestía de alimentos que afectaba a las clases menos pudientes del país, había desaparecido ante las barbas de las autoridades y había sido vendida en el mercado negro. Prullàs prestaba poca atención a estas habladurías y otras semejantes, que aparecían un buen día sin que nadie supiera cómo, se propagaban con gran rapidez y se volatilizaban al cabo de un tiempo en forma igualmente misteriosa. Eran historias fragmentarias y confusas, basadas en suposiciones y sobrentendidos, y se referían por lo general a casos flagrantes de despilfarro y venalidad por parte de los gobernantes, de graves irregularidades en los nombramientos y en las adjudicaciones y contratas, de negocios turbios y cuentas en bancos suizos. No faltaban mentes calenturientas que describían fastuosas orgías en los salones de los edificios públicos, convertidos por la fantasía popular en lugares extraordinarios y pintorescos, salidos de una versión colorista y depravada de *Las mil y una noches*.

Después de dar la vuelta a toda la casa, Prullàs se reunió nuevamente con Fontcuberta, a quien acompañaban dos desconocidos, uno de los cuales parecía sumamente agitado. ¡Esta vez la cosa pasa de castaño oscuro y se impone una intervención armada en suelo ruso!, exclamó en el momento en que llegaba Prullàs. Y acto seguido, viendo que nadie le llevaba la contraria, agregó con fiereza: ¡Y si ha de empezar la tercera guerra mundial, pues que empiece! El otro desconocido movió la cabeza con escepticismo y aseguró que, para bien o para mal, Rusia era un país inexpugnable, invencible dentro de sus fronteras, como bien habían comprobado en carne propia Napoleón Bonaparte primero y más tarde Hitler. Por lo visto, siguió diciendo, en Rusia hace un frío de no te menees. Lo sabía de buena tinta, agregó, porque un primo de su mujer había estado luchando en el frente de Stalingrado. Tuvo la suerte de recibir una herida leve a las pocas semanas de haber sido destinado allí su regimiento y fue repatriado, pero así y todo, tuvo tiempo sobrado de ver cosas espeluznantes: a los soldados que cometían la imprudencia de asomar la cabeza fuera del refugio, el viento siberiano les arrancaba las orejas de cuajo, y a menudo habían de serles amputados los pies congelados a los centinelas a machetazos para salvarles la vida; estas cosas le había relatado su cuñado. Más daño causó la congelación que todos los obuses del enemigo, dijo, y en resumidas cuentas, ¿de qué sirvió? Su interlocutor no parecía convencido por estos argumentos. ¡Pues yo no descansaré hasta ver ondear nuestra bandera en el mismísimo centro de Moscú!, exclamó.

Prullàs distinguió la voz de Mariquita Pons en el vestíbulo y se dirigió hacia allí. ¿Cómo hace usted para estar cada día más joven y más guapa?, le decía otra voz cantarina y algo rasposa. Y ella: ¡Ay, estas cosas nunca me las decían cuando era joven y guapa de veras!

El que hablaba con la célebre actriz era el padre Emilio Porras S.J., un clérigo enjuto y repulgado, a quien Prullàs había conocido unos años atrás en una tertulia literaria. De él se contaba que en sus años mozos, llevado de sus inclinaciones intelectuales, había frecuentado la célebre Residencia de Estudiantes de Madrid, donde había intimado con Federico García Lorca, con quien más tarde había mantenido una esporádica relación epistolar hasta la trágica muerte del poeta. Ahora, según se decía, el padre Emilio Porras S.J. guardaba celosamente aquellas cartas, cuyo contenido se negaba a revelar, y sobre cuya existencia misma mantenía un escrupuloso silencio, sin confirmar ni desmentir los rumores que circulaban al respecto. Con posterioridad, represaliado y condenado, no tanto por sus actos como por sus ideas y amistades, había sentido en la cárcel la llamada de la religión, había renunciado a su pasado turbulento, y una vez recobrada la libertad, había ingresado en la Compañía de Jesús. Lector en Teología, había escrito y publicado varias vidas de santos con arreglo a la moderna metodología histórica, explicando los milagros a la luz de los últimos descubrimientos científicos, y viajaba a Roma y a Bruselas con regularidad, como miembro permanente de una prestigiosa comisión de hagiógrafos.

Padre, he oído decir que ha propuesto usted la canonización de Antonio Bienvenida, ¿es cierto?, preguntó Fontcuberta, que había logrado zafarse de su anterior compromiso y se había unido al grupo. No habían de faltarle devotos, respondió riendo el padre Emilio Porras S.J.; y añadió dirigiéndose a Prullàs: Este Fontcuberta es un incorregible guasón. ¡Mira quién habla!, dijo el aludido; le acabo de oír piropeando a mi mujer. Son privilegios del celibato, arguyó mundano el jesuita; y también de la edad.

¿Qué le viene de gusto, padre?, preguntó el camarero. Tomaría encantado una cerveza bien fría, si no es molestia. Prullàs depositó su vaso vacío en la bandeja y pidió otro whisky. Mariquita Pons se le colgó del brazo. Sácame a la terraza, le dijo; aquí se achicharra una y quiero hablar contigo antes de que estés piripi. ¿No habremos quedado un poco mal con el cura?, preguntó Prullàs camino de la terraza. Que le frían un paraguas, respondió la célebre actriz en tono irreverente.

Continuaban llegando invitados que desplazaban a los anteriores del vestíbulo y el salón; las puertas interiores de la vivienda habían sido abiertas y los corrillos se iban extendiendo gradualmente por los aposentos. Prullàs y Mariquita Pons encontraron invadida la terraza. ¿Qué querías decirme?, preguntó Prullàs. ¿Tú crees que habrá baile?, dijo ella. ¿Con estas momias?, dijo Prullàs, pues no, no lo creo; ¿era esto lo que querías decirme, Quiqui? Mariquita Pons movió la cabeza: sonreía con los labios, pero en sus ojos había una sombra de preocupación. No, dijo, era otra cosa.

Brusquets apareció a su lado, presa de gran agitación. Discúlpeme, doña Mariquita, pero si no es molestia, me gustaría presentarle a unos caballeros... Cuando han sabido que se encontraba usted entre la concurrencia, ¡no puede figurarse la emoción! Con su permiso, amigo Prullàs.

Prullàs volvió a la sala y se encontró con el camarero, que se abría paso entre la gente con dificultad; se hizo con su vaso de whisky y pidió otro. Para cuando llegue ya me habré acabado éste, le dijo al camarero. Sitúese cerca de la cocina, le respondió el camarero. Prullàs consideró la conveniencia de agradecer el consejo con una propina, pero desechó la idea. Al fondo de la sala distinguió a Fontcuberta en animada conversación con un desconocido de aspecto afable y socarrón. Trató de acercarse a ellos, pero sin saber cómo se encontró de nuevo en la órbita del padre Emilio Porras S.J.

Alguien decía haber visto en el NO-DO unos aviones a retropropulsión a chorro repostar en pleno vuelo. Para ello, explicó, otros aviones enormes, cargados de combustible y llamados muy apropiadamente aviones nodriza, dejaban ir unos tubos larguísimos rematados por una especie de embudos. A estos embudos conectaban los otros aviones sus morros y por allí recibían el combustible. De este modo podían estar en el aire ininterrumpidamente, sin necesidad de tomar tierra. Día y noche, sin cesar, estos aviones cargados de bombas atómicas sobrevolaban el territorio ruso dispuestos a aniquilarlo, a borrarlo literalmente del mapa, a una orden del Pentágono. Debía de ser terrible ser miembro de la tripulación de uno de estos aviones, añadió el narrador; vivir metido en una carlinga, suspendido entre el cielo y la tierra, sin otra compañía que un cargamento de destrucción. Realmente, acabó diciendo, vivimos de puro milagro.

En efecto, respondió el jesuita, no sabemos lo que puede deparar el futuro a la Humanidad, pero no está de más recordar el valor de la oración en estos momentos de incertidumbre. Es fácil decir, como hacen muchos: ¡Yo nada puedo hacer y por lo tanto me desentiendo del conflicto! Quienes así piensan, siguió diciendo el padre Emilio Porras S.J., ignoran que su oración puede hacer que Dios ilumine a los dirigentes de las grandes potencias y les haga ver el camino de la cordura y el entendimiento. ¡No, si yo lo que quiero es que haya guerra!, replicó un tercero, en quien Prullàs reconoció al mismo que un rato antes había manifestado el patriótico deseo de ver ondear los colores de nuestra enseña en pleno centro de Moscú. ¡Alguien tiene que parar los pies al comunismo a escala mundial como hicimos nosotros en el suelo patrio!, afirmó. Tal vez, dijo el jesuita, pero no olvidemos que el mensaje evangélico nos ordena desear la paz y la concordia, ¡incluso con nuestros enemigos!, y perdonar sus ofensas como Cristo perdonó las nuestras.

El otro guardó unos segundos de silencio furibundo, y luego, recobrando la calma tan rápidamente como antes la había perdido, saludó y se fue. ¡Qué belicoso se nos ha vuelto Gallifa!, comentó otro contertulio tan pronto aquél se hubo apartado del grupo. Siempre fue un hombre tranquilo, del todo ajeno a la política internacional, y ahora, de golpe y porrazo... Dejó la frase en suspenso y añadió: Dicen que se ha comprado un fusil ametrallador y que lo tiene cargado en el armario de la ropa; y todo este desbarajuste por el motivo más tonto del mundo. Precisamente el miércoles pasado comí con Porcar en el club y me contó una historia de lo más extraña, pero en la que reside el secreto de la transformación de Gallifa.

Se disponía a referir esta historia, cuando fue interrumpido por un nuevo contertulio, el cual dijo haber visto en otro noticiario de actualidad, o tal vez en el mismo, unos aviones que alcanzaban una velocidad superior a la del sonido. Cuando rompían la barrera del sonido, contó, se producía una terrible explosión, y luego el avión entraba en una zona de absoluto silencio. Parecía cosa de ciencia-ficción, dijo. Por lo visto, lo que no se podía superar era la velocidad de la luz, al menos por el momento. Pero si algún día se consiguiera, y no había razón para dudar de que se conseguiría, se habrían abierto las puertas a los viajes espaciales. Por fin se sabría si había o no vida en otros planetas.

Ah, repuso el que había hablado antes, no me cabe duda de que pronto entraremos en contacto con otras civilizaciones, provenientes de otros planetas, y muy superiores a la nuestra. Mucho podrían enseñarnos, en verdad, dijo. Sin embargo, hay una cuestión que me preocupa, añadió dirigiéndose al padre Emilio Porras S.J.; si verdaderamente hay otros planetas habitados, ¿se habrá encarnado también Jesucristo en estos planetas? Desde luego, se le hacía raro imaginarse a Nuestro Señor en forma de marciano, con una trompetilla en la nariz y membranas entre los dedos, pero, de no ser así, ¿cómo habría realizado Su labor redentora?

La verdad, repuso el jesuita con un deje de impaciencia en la voz, no sé a dónde quiere ir usted a parar. Personalmente, no creo que debamos preocuparnos de estos asuntos por ahora. Es cierto, terció otro; como usted muy bien ha dicho, antes de llegar a este punto ha de alcanzarse la velocidad de la luz y, en tal caso, en virtud de la ley de la relatividad, se cruzaría también la barrera del tiempo. El piloto de esa nave podría salir hoy de la Tierra y aterrizar mañana en cualquier otro momento de la Historia, quizás darse de manos a boca con Nerón o Nefertiti, o vayan ustedes a saber con quién.

Las agitadas requisiciones del ubicuo Brusquets le impidieron conocer el resultado de aquel interesante debate, en el que se daban cita la ciencia, la filosofía y la religión. Venga, venga, señor Prullàs, hágame el favor; hay una admiradora suya que me ha insistido tanto en que se lo presentase... Arde en deseos de conocerlo personalmente. Pues no dejemos que se consuma de ardores, repuso Prullàs, ¿es guapa? Brusquets carraspeó confuso. Es mi cuñada, acabó diciendo.

En un sofá se apretaban cinco señoras; todas hablaban a un tiempo y se abanicaban haciendo tintinear los dijes de sus pulseras. Prullàs procedió a un gimnástico besamanos. Tenía muchas ganas de conocerle, señor Prullàs, dijo la cuñada de Brusquets; he visto alguna obra suya y me ha encantado. No me pregunte cuála, pero: tengo una memoria desastrosa para los nombres. Veo una obra y al salir del teatro ya me pueden preguntar el título, el autor, quién la hacía, incluso el argumento, que yo, ¡nada! Como si me hubiesen pasado por la cabeza una de estas cosas que sirven para bañarse. Pero las suyas las recuerdo bien, de obras. Sobre todo una... ay, ¿cómo se decía? Mi marido se acordará. ¡Gordi, acércate!, gritó blandiendo el abanico, ¿cómo se decía la función aquella que vimos no sé cuándo y que a mí me gustó mucho? El interpelado acudió solícito. No sé cuála dices, vida. Sí, burro, cuando fuimos en Madrid el año pasado. *¿El muerto de risa?*, apuntó Gordi. ¡Ésa!, gritó la cuñada de Brusquets levantando un dedo en el que centelleaba un brillante; ¿cómo no me recordaba, con la risa que me hizo? Y además la hacía aquel actor tan bueno, ¿cómo se decía, Gordi? Pepe Alfayate, vida. Ay, sí, Pepe desto... Y volviéndose hacia las demás señoras, que seguían desde el sofá este encuentro, les dijo: Las obras de este señor son de aquellas sin pretensiones, para personas como ahora yo. De estas que ahora ya no gustan, vaya, concluyó diciendo. Las señoras dirigieron a Prullàs sonrisas de aprobación. Prullàs esperó a que dejaran de examinarlo y se fue en busca del camarero.

En vez de encontrar al camarero, se dio de manos a boca con un poeta hispanoamericano afincado en Madrid. Un traje verde oliva, muy holgado y sin forma, disimulaba un tanto su desgarbada obesidad. Guedejas negras y lustrosas enmarcaban unas mejillas fláccidas que conferían a su rostro agarbanzado aires de falsa placidez.

¡Carlitos Prullàs, mi dilecto amigo, cuánto bueno!

¡José Felipe Clasiciano, chiquillo, tú cada día más terne!

¡Y tú más paquetón!

Los dos se palmearon las espaldas. ¡Tú siempre tan perro faldero, Carlitos!, dijo luego el poeta; recién nomás te vi rodeado de una linda bandada de loros, como sultán en serrallo. Sí, dijo Prullàs, y para mayor inri me han atribuido una obra de Adolfo Torrado. ¿Y tú? No te hacía en Barcelona. José Felipe Clasiciano sonrió con aire de suficiencia. Acabo de llegar de un largo viaje. Me fui al hotel y allí sucumbí a la fatiga. Como mi intención era descabezar un breve sueño, ajusté el despertador antes de acostarme, pero ese maldito chisme se debió de descomponer. ¡Un despertador inglés, carajo! Lo compré en Londres al iniciar mi periplo, confiando en la proverbial puntualidad británica, pero resultó un fiasco. El Imperio británico se desmorona ante nuestra atónita mirada, Carlitos. En Inglaterra, siguió diciendo, había visitado a un anciano poeta de renombre mundial, que vivía recluido en un decrépito castillo. Era el último vástago de una rancia familia de degenerados, continuó relatando Clasiciano; y su desidia era tal que sólo se ponía de pie diz que para jugar al golf. El resto del tiempo permanecía sentado en una butaca, sumido en los vahos del opio y del alcohol, rodeado por media docena de *bloodhounds* que se ensuciaban tranquilamente en las alfombras. Me llevó a la biblioteca, me mostró cartas autógrafas de Coleridge y mientras yo las hojeaba él trataba de sobarme las nalgas. Hasta ahí podíamos llegar, Carlitos. Interrumpió el relato al distinguir a Brusquets. Sus labios carnosos modelaron una sonrisa lisonjera. ¡Ay, Brusquets, pero qué apartamentito tan y tan acogedor! Y toda esta gente encantadora a la que no conozco, ¿quiénes son? Oh, permítame descargar mis obligaciones de anfitrión y presentarle a unos buenos amigos, dijo Brusquets; veo que ya conoce al señor Prullàs ¡pues claro!, ¿y quién no?, pero venga, venga, tenga la bondad, ¡está usted en su casa! Antes de separarse de Prullàs dijo Clasiciano: Todavía estaré diez días en Barcelona, ¡hay tanto que ver en este lindo puertito! ¿Por qué no me llamas y almorzamos juntos, Carlitos?

*

Libre del melifluo poeta y de su obsequioso anfitrión, Prullàs consiguió llegar al gabinete donde se habían refugiado

131

Fontcuberta y el desconocido con quien lo había visto hablando anteriormente. ¿Qué tal?, dijo Fontcuberta.

Esto es un tostón, dijo Prullàs, ¿por qué me has metido en este embolado? No conozco a nadie, y a los que conozco preferiría no verlos. ¡Chico, no podía hacer otra cosa, se disculpó Fontcuberta; Brusquets insistió como si le fuera la vida en ello! Pues ahora, después de exhibirme como si fuera una mona, no me hace ni caso, dijo Prullàs. Dé gracias a Dios, intervino el desconocido; Brusquets es un pelmazo de tomo y lomo. Un poco plomo sí es, admitió Fontcuberta, pero buena persona. De eso, nada: un falsario, insistió el desconocido; cuando le conviene parece el más desvalido e infeliz de los mortales, y en cuanto ha conseguido lo que le interesa, ¡abur prenda! No seas cruel, dijo Fontcuberta; el pobre lo ha pasado muy mal a raíz de la muerte de su esposa. Qué va, replicó el desconocido; mientras vivió su mujer, él se la pegaba con todas, y el día que ella estiró la pata, daba brincos de alegría: bajo esta apariencia de tocinito se oculta un verdadero Barbazul. No me extrañaría que el propio Brusquets le hubiera dado el pasaporte al otro barrio a esa infeliz.

Prullàs miró al desconocido con curiosidad: no sabía si hablaba en serio o en broma. ¿Quieres decir que la mujer de Brusquets no murió de muerte natural?, preguntó Fontcuberta con aire divertido. El otro enarcó una ceja. Tenía una expresión jovial y cachazuda, como si poseyera la respuesta a todas las preguntas y no le quedara pendiente otro quehacer en la vida sino convencer de ello al resto de la gente. Esta actitud, unida a ciertos rasgos faciales, le confería un notable parecido con Bing Crosby, pensó Prullàs. No puedo demostrarlo, dijo, pero he leído muchas novelas policiacas y estoy seguro de que Brusquets mató a su esposa para cobrar el seguro y que ahora está liado con la cocinera. Fontcuberta soltó la carcajada. ¡Estas cosas sólo pasan en las comedias de Prullàs!, dijo. Pero sus comedias se basan siempre en hechos reales, ¿no es así?, preguntó el desconocido. ¡Por supuesto!, dijo Prullàs por seguir la broma.

Pues bien, siguió diciendo el desconocido dirigiéndose a Fontcuberta, te apuesto una mariscada en Can Costa a que Brusquets se casa con la cocinera antes de fin de año. ¡Va apostado!, dijo Fontcuberta; Prullàs es testigo de la apuesta; de esta forma, gane quien gane, quedas invitado. Acepto de mil amores, dijo Prullàs, pero con mi presencia he interrumpido vuestra conversación. Me retiro.

No, hombre, quédate, dijo Fontcuberta; precisamente estaba contando que la última vez que estuve en Madrid, en el hall del Hotel Palace, donde me alojaba, tuve ocasión de ver una prueba de televisión. ¡Sensacional! El aparato no es mayor que una mesita y la pantalla, como ese cuadro de la pared; cabría en cualquier habitación. La imagen es casi tan nítida como la del cine, y el sonido, igual de claro. Cuando puedas tener un trasto así en casa, veremos quién es el guapo que se echa a la calle para ir al cine, ¡y no digamos al teatro!

¡Ya se puede usted ir preparando!, dijo el desconocido en su habitual tono zumbón. Y tú, lo mismo, replicó Prullàs dirigiéndose a Fontcuberta; cuando Quiqui se quede sin trabajo, verás el humor que gasta. Hablando de Quiqui, ¿sabes por dónde anda?, preguntó Fontcuberta; hace rato que le he perdido el rastro. Cuando venía me pareció verla en el salón, junto a la terraza, rodeada de moscones, dijo Prullàs. Pues voy a rescatarla, dijo Fontcuberta, si me disculpáis un momento.

La marcha de Fontcuberta dejó solos en el gabinete a Prullàs y al desconocido. De modo, dijo aquél por salvar un silencio embarazoso, que es usted aficionado a la novela policiaca.

Huy, ya lo creo, repuso el desconocido; me precio de tener una de las bibliotecas más completas de Barcelona en este género. ¿Y cuáles son sus autores favoritos? ¿Favoritos?, ¡todos! ¡Con decirle que me he suscrito a esa birria de Sexton Blake! Prullàs quedó muy gratamente impresionado al oír esta respuesta. Ya veo que es usted un auténtico experto, dijo. Por tal me tengo, afirmó el otro; habré leído en total más de dos mil novelas policiacas y ni una sola vez he descubierto al asesino: no me negará que tiene mérito.

Este agradable diálogo se vio interrumpido por la entrada de Brusquets en el gabinete. ¡No debería usted monopolizar así a nuestro ilustre huésped!, exclamó. ¿Soy yo el ilustre huésped?, preguntó Prullàs. Claro, y voy a presentarle a otra persona que también ha expresado el vivo deseo de conocerle, añadió haciéndose a un lado y dejando paso a un individuo de mediana edad, porte erguido y ademanes enérgicos. ¡También en esta ocasión huelgan las presentaciones!, repitió bombástico Brusquets. Desde luego, dijo Prullàs, es para mí un honor.

El recién llegado torció el bigotillo en una sonrisa esquiva. Y para mí, dijo, un honor y también un placer; lo conocía a usted por referencias, pero esperaba el momento de poder estrechar su mano.

Prullàs farfulló una elaborada fórmula de cortesía procurando no caer en el servilismo. Se sentía cohibido ante aquel individuo, a quien todos elogiaban sin tasa, pero a cuyas espaldas se contaban tantas cosas en voz baja, con medias frases cargadas de sobrentendidos. Don Lorenzo, que ha tenido la amabilidad de encontrar un hueco en sus ocupaciones para honrar ésta su casa, es un gran aficionado al teatro, dijo Brusquets.

Aficionado es poco decir: un verdadero entusiasta, corroboró el recién llegado; eso sí, siempre y cuando se trate de auténtico teatro, el que merece el nombre de tal, y no esta cosa que ahora llaman teatro y que de un modo lamentable va adquiriendo carta de naturaleza en nuestros escenarios. Estoy totalmente de acuerdo, afirmó Brusquets; yo no voy nunca al teatro: francamente, no tengo ni tiempo ni humor; pero según me han contado, estos autores llamados modernos parecen empeñados en mostrar únicamente lo que hay de sucio y de ruin en el hombre. ¡Y con un lenguaje que ni les cuento!

En efecto, corroboró don Lorenzo con una sonrisa que a Prullàs se le antojó sarcástica; pero el señor Prullàs no es un autor de éstos, ¿verdad, señor Prullàs? Estoy seguro de que usted es de quienes honran la noble tradición de nuestro Siglo de Oro.

Ni lo uno ni lo otro, respondió Prullàs; yo me limito a escribir juguetes cómicos: un entretenimiento saludable para matrimonios de clase media.

¡Oh, vamos, vamos, no sea modesto!, dijo don Lorenzo; a buen seguro sus obras encerrarán valores que las rediman del pecado de la trivialidad. Hace unos instantes me decía el amigo Brusquets que está a punto de estrenar. ¿Puedo preguntarle qué título lleva su obra? ¡*Arrivederci, pollo!*, dijo Prullàs. Un título sugerente, dijo el otro tras una pausa reflexiva, aunque no lo acabo de entender; ¿y de qué trata? De nada, ya se lo he dicho: es una comedia de intriga: asesinatos, sospechosos, pistas... lo de siempre, en clave de comedia. Hum, lamento no poder expresar mi aprobación por esta clase de obritas, dijo don Lorenzo frunciendo el ceño; por desgracia, mi cargo me obliga a estar en estrecho contacto con el mundo de la delincuencia y puedo garantizarle una cosa: el crimen no tiene nada de divertido. Presentarlo bajo un prisma risueño me parece una actitud decadente y corrosiva, y dicho sea sin ánimo de ofender, una canallada. Esta obra suya, ¿ha pasado censura? Sí, señor, y ha recibido todos los plácemes. En tal caso, no tengo nada más que añadir. Le deseo mucho éxito, señor Prullàs.

*

Me parece que acabo de perder un espectador, comentó Prullàs cuando el ilustre huésped hubo abandonado el gabinete precipitadamente seguido por su anfitrión. ¡Nunca llueve a gusto de todos!, dijo el desconocido, que había seguido las incidencias de la conversación a una distancia prudencial. Así es, dijo Prullàs, pero don Lorenzo Verdugones no es la clase de persona con la que uno desea enemistarse. No me ha gustado su tono, ni lo que ha dicho, ni lo que ha dado a entender. ¡Cuánto mejor habría hecho no viniendo a esta dichosa reunión!

Lo siento, dijo el desconocido con sincera condolencia; la suya es una hermosa profesión y a veces, por añadidura, se ve premiada por el éxito, pero también tiene esta contrapartida: que cualquiera se cree con derecho a opinar, incluso a emitir los juicios personales más arbitrarios.

Sí, ha puesto usted el dedo en la llaga, dijo Prullàs; y contra esta eventualidad el único remedio es salir huyendo, como me propongo hacer yo ahora mismo. No creo que me apliquen la ley de fugas, añadió bajando la voz y estrechando la mano del desconocido. Voy a ver si recupero a los Fontcuberta y los convenzo para que me saquen de aquí.

Pero sus esfuerzos resultaron estériles: según le informó el propio Brusquets, los Fontcuberta acababan de marcharse. Para no incordiar, habían optado por despedirse a la francesa, dijo Brusquets. Doña Mariquita se encontraba muy fatigada, así mismo me lo dijo, añadió; al parecer, los ensayos de su próxima obra la tienen sometida a una fuerte tensión. ¡Valiente embustera!, pensó Prullàs; pero si esta excusa es válida para ella, igualmente lo será para mí. Brusquets aparentó lamentar que también él hubiera de irse: ¡Ahora que lo estábamos pasando tan bien!, exclamó. Pero era evidente que lo decía con la boca chica; en el fondo le alegraba librarse de un huésped con quien don Lorenzo Verdugones a todas luces no congeniaba. Este tunante se arrima al sol que más calienta, pensó Prullàs al percatarse de la doblez de su anfitrión. Tal vez en lo que antes había dicho por broma el desconocido hubiera un punto de verdad y Brusquets tuviera en el fondo un alma mezquina, se dijo.

Sumido en estas sombrías consideraciones, alcanzó la puerta; allí se encontró de nuevo con el desconocido, de quien se despidió otra vez con aire contrariado. Había acudido a la fiesta con los Fontcuberta, le explicó, y ahora, por la desconsideración de éstos, se encontraba sin medio de locomoción en un barrio solitario y aislado. Sabe Dios dónde encontraré un taxi a estas horas.

Verdaderamente hoy no está de suerte, rió el desconocido; pero el problema del transporte se lo puedo resolver con mucha facilidad, si usted me lo permite. Yo también me estoy yendo y tengo el coche a la puerta: con sumo gusto le llevaré a donde me indique.

¡Pues no sabe cuánto se lo agradezco!, dijo Prullàs.

2

En la calle se respiraba un aire limpio y aromático; a su paso ladró un perrito faldero con ridícula fiereza tras la tapia de un jardín; al fondo de la calle se veía la ciudad envuelta en brumas, como a través de un catalejo desenfocado. ¿Adónde le llevo?, preguntó el desconocido.

Prullàs, que había recobrado el sosiego apenas hubieron abandonado la casa de Brusquets, volvió a caer en un estado irritable y depresivo al distinguir en una esquina la masa negra y conspicua del coche de don Lorenzo Verdugones. Un guardia uniformado dormitaba recostado sobre el volante y otro, con la gorra de plato ladeada, fumaba sentado en un guadabarros. A cualquier sitio donde pueda coger un taxi, respondió. No, no, de ningún modo, replicó el desconocido, lo acompaño hasta la puerta de su casa, no faltaría más; hasta la puerta o a cualquier otro lugar de su preferencia. Mire, se me acaba de ocurrir una idea: le invito a tomar una copa. No se moleste. No es molestia, al contrario: nos hemos librado de una encerrona, usted tiene a su familia de veraneo y a mí tampoco me espera nadie en casa: aprovechemos la ocasión. Además, usted está en muy baja forma: eso salta a la vista.

Prullàs aceptó la propuesta del desconocido y éste puso el coche en marcha.

Bajaron por la calle Balmes sin encontrar a nadie, salvo un trolebús medio vacío en la Diagonal; luego siguieron por la

Avenida de José Antonio y la Rambla de Cataluña y se detuvieron en la esquina de la Ronda Universidad. El trayecto duró muy poco: el coche se deslizaba a toda velocidad por las calles desiertas; los faros abanicaban las casas dormidas y se reflejaban en las lunas de los escaparates, protegidas por rejas; arqueaban el lomo desafiantes los gatos vagabundos y algún trasnochador, temeroso de ser amonestado, escurría el bulto en la negrura de los soportales.

*

En el café La Luna los últimos noctámbulos ofrecían resistencia a las miradas torvas de los camareros. Allí se hablaba en plácida alternancia de fútbol, de política y también un poco de literatura, con convicción, pero en tono pausado, sin gritos ni aspavientos, por respeto a la seriedad del local y a lo avanzado de la hora. En un rincón, un bohemio leía su manuscrito a un amigo, que se iba quedando traspuesto sin disimulo, y dos extranjeros de mediana edad, abotargados por el calor y el vino, seguían con ojos encarnados el lento movimiento de las aspas del ventilador. Estamos a punto de cerrar, les advirtió el camarero. Venimos muertos de sed, sólo queremos una cervecita y nos vamos, prometió el desconocido.

Una figura escurridiza se acercó a su mesa. ¡Poveda!, exclamaron los dos al unísono. El estraperlista se deshacía en corvetas zalameras. ¡Siempre al servicio de sus ilustrísimas!, entonó con voz untuosa, y a continuación, sin que nadie se lo preguntara, les contó que no estaba allí por motivos mercantiles, sino literarios. Frecuentaba el local un cenáculo de jóvenes poetas vanguardistas, dijo señalando hacia el fondo del café, a quienes él procuraba ayudar con sus benévolos juicios y ponderados consejos. Me esfuerzo por orientarlos en este proceloso mar, añadió con petulancia de polichinela. Son muchachos con más entusiasmo que oficio, cabecitas locas que lo ignoran todo sobre el endecasílabo faleucio. Hoy en día la juventud sube despistada, pero sana de cuerpo y espíritu; y haciendo honor al signo de los tiempos, no faltan en este modesto parnaso algunas muchachas universitarias, todas de buena familia, y muy bien dotadas por la naturaleza... para el arte de trovar, no vayan a pensar mal sus ilustrísimas, siseó con risita de alcahuete. Prullàs hizo señas al camarero y cuando éste acudió a su llamada, le dijo: Si aún está abierta la cocina, haga que le sirvan a este señor por cuenta mía un par de huevos fritos con chorizo. No hace falta que se moleste, señor Prullàs..., dijo Poveda. ¡Calle y coma, Poveda, que está usted en los huesos de tanto versificar! Se retiró Poveda extremando las zalamerías y dejando el tufo repelente de su brillantina de algalia. Prullàs sonrió resignado: Es paparra y pudento, dijo, pero muy buena persona. No se fíe, replicó el otro; el amigo Poveda es una víbora. Oiga, sabe usted muchas cosas de mucha gente, dijo Prullàs. Más de las que usted imagina, respondió el extraño levantando al mismo tiempo la jarra de loza rebosante de cerveza. ¡A su salud! ¡A la suya!, dijo Prullàs imitando el gesto.

Le veo todavía alicaído, prosiguió el otro, ¿es acaso por las impertinencias de don Lorenzo Verdugones? No les dé importancia: probablemente mañana por la mañana ese cafre ni siquiera se acordará de usted; y si se acuerda, lo mismo da: la obra ya ha sido aprobada y eso es lo principal. Le agradezco mucho sus palabras, repuso Prullàs; pero la verdad es que no consigo quitarme de encima la mala impresión del encuentro: ya sé que nuestra desavenencia no ha sido nada, pero algo me dice que esta nimiedad ha de tener consecuencias funestas para mí.

El desconocido no pudo por menos de darle la razón. La aprensión de Prullàs no era exagerada, dijo. La llegada de don Lorenzo Verdugones a Barcelona unos años antes para tomar posesión de su cargo, había venido precedida de una fama sobrecogedora. Al parecer, se trataba de un auténtico héroe, de un hombre que, en épocas no muy lejanas, había realizado las hazañas más admirables, había desafiado con una temeridad irracional los mayores peligros y había salido indemne de todos ellos, como si verdaderamente hubiese estado bajo la protección invisible de una fuerza superior. En la ejecución de sus proezas, unas veces en solitario y otras al frente de un puñado de valientes cuyas voluntades había galvanizado con el ejemplo de su intrepidez, no sólo había arrostrado riesgos, sino también innumerables sufrimientos y penurias: había caminado casi descalzo por tierra fragosa, días y noches, sin descansar; había soportado casi desnudo temperaturas glaciales; había bebido aguas putrefactas, cieno y orines, y había comido inmundicias, cucarachas, lagartijas y ratas, sin desdeñar, llegado el caso, según se pudo colegir luego de ciertas insinuaciones del propio interesado, la carne humana. Por tales merecimientos, verdaderos o imaginarios, había recibido una verdadera panoplia de medallas y condecoraciones y había sido encumbrado a la más alta jerarquía. Desde hacía poco más de un año, sin embargo, y por causas desconocidas, había sido trasladado a Barcelona, donde ocupaba un cargo de suma responsabilidad, investido de los máximos honores, como correspondía a su elevado rango, pero alejado, de hecho, de los centros reales del poder. Ahora aquel hombre temido y admirado desempeñaba funciones importantísimas pero, en fin de cuentas, administrativas, y gozaba de unas prerrogativas que se limitaban, en la práctica, a la posibilidad de ganar dinero a espuertas por medios poco claros y a ser el objeto constante de una adulación hipócrita y rastrera; tristes prebendas para quien, poco tiempo atrás, había coronado con su arrojo las cimas de la valentía. Sobre su labor en Barcelona había opiniones contradictorias: muchos ensalzaban su rectitud, el enorme interés que ponía en su trabajo y la increíble energía que era capaz de desarrollar; parecía poseer el don de la ubicuidad: no pasaba día sin que hiciera acto de presencia en algún lugar a propósito de una inauguración o de una conmemoración o de un suceso, ni sin que con tal motivo pronunciase un dilatado y vibrante discurso, henchido de contenido programático y moral. Por el contrario, otras personas, sin negarle estas cualidades, le atribuían un afán de mando absoluto, irreconciliable con el buen desempeño de su cargo, que le llevaba a ocuparse personalmente de todo, incluso de las funciones más nimias; si delegaba alguna, lo hacía de un modo absurdo, sin el menor criterio. Por esta causa, se decía, y no obstante el impresionante despliegue de energía y actividad, bajo su jurisdicción todo iba manga por hombro. Cuando acabó su relato el desconocido, Prullàs, que estaba al corriente de esta historia, afirmó que él experimentaba frente a aquel personaje singular un desconcierto rayano en la inquietud. Por supuesto, Prullàs no tenía nada de héroe, como él mismo admitía sin ambages; siempre había hecho todo lo posible por evitar las situaciones extremas, en cuya resolución hubieran de intervenir de algún modo el valor o la cobardía, y hasta entonces la buena suerte, su propia maña y el favor de personas influyentes lo habían mantenido alejado, incluso en las circunstancias más adversas, de cualquier asomo de peligro físico. Por este motivo, su noción de lo que debía de ser un héroe provenía de fuentes muy poco rigurosas: las películas de aventuras, las remotas lecturas infantiles y, en la actualidad, los tebeos que les compraba a sus hijos: *El Hombre Enmascarado*, *El Guerrero del Antifaz*, modelos poco fidedignos. Para él, continuó, un héroe era un arquetipo, alguien sometido a una condición determinante, incompatible con cualquier actividad que no fuera realmente heroica. No podía concebir un héroe sedentario, reducido a la pasividad por voluntad propia o por la fuerza de los hechos, relevado, por así decir, de la heroicidad. En su fuero interno se preguntaba si aquel hombre, cuya mano acababa de estrechar y con quien había tenido, por así decir, un duelo verbal, no se sentía oprimido por la normalidad, al borde de la insania, en perpetuo acecho de una oportunidad que le permitiera dar rienda suelta a sus tendencias heroicas; un polvorín, en suma, a punto de estallar.

El desconocido agitó alegremente las manos como si quisiera ahuyentar los malos augurios. No le dé más vueltas, insistió; le faltan pocas semanas para estrenar: ahora sólo debe preocuparle el dictamen de la crítica y, más aún, la opinión del respetable. Aunque yo, siguió diciendo, tampoco me preocuparía demasiado en este sentido: sin duda obtendrá un gran éxito; la obra es divertida y bastante original, salvo el personaje del tartamudo, que se me antoja algo trillado. Oh, no se sorprenda, ya le he dicho que estoy mejor informado de lo que usted se imagina, añadió risueño, pero no por arte de magia. Soy Ignacio Vallsigorri; tal vez mi nombre le suene en relación con la señorita Lilí Villalba, una joven actriz que tiene un pequeño papel en *¡Arrivederci, pollo!*

¡Arrea, dijo Prullàs, ésta sí que es buena! No piense que le he mantenido en la ignorancia intencionadamente, siguió diciendo el otro; al principio supuse que nuestro común amigo Miguel Fontcuberta le habría informado de quién era yo, y luego, al reparar en mi error, ya no encontré ocasión propicia...

Ahora sí hemos de cerrar, por orden gubernativa, dijo el camarero; si los señores tienen la bondad de abonarme la cuenta... Prullàs se llevó la mano a la cartera, pero Ignacio Vallsigorri lo detuvo. Permítame, dijo; la idea de venir aquí fue mía y, además, le debo una reparación por haberle ocultado mi identidad. En todo caso, iba a proponerle celebrar nuestro encuentro en otro sitio. La noche, como suele decirse en estos casos, aún es joven, y tema de conversación no nos ha de faltar. Conozco un tascorro bastante tirado, pero muy alegre, y donde sirven una manzanilla de primera calidad. Estoy convencido de que allí le levantarán el ánimo: ya sabe cómo son los gitanos, lo mismo echan una maldición que ahuyentan un mal fario. Prullàs se levantó y dijo: Nunca he probado este antídoto contra la inquina gubernamental, pero daño no me puede hacer. ¡Pues no se hable más!, dijo Ignacio Vallsigorri.

3

Bajaron caminando por las Ramblas para disfrutar de la brisa marina, que hacía benigna la noche. Sin duda movidas por el mismo propósito, muchas personas callejeaban arriba y abajo, solas o en grupos, sin hacer caso del reloj del Poliorama, que señalaba las dos y cuarto de la madrugada con oficial exactitud. Las puertas del teatro estaban cerradas por vacaciones; en la acera de enfrente, el cine Capitolio anunciaba en un gran cartel publicitario las delirantes aventuras de los Hermanos Marx, y en otro más pequeño, una divertida comedia de enredo con Josita Hernán. Junto a la fuente de Canaletas, un borracho se marcaba un pasodoble y gritaba: ¡Viva la Pilarica y viva el Peñón de Gibraltar!

A pesar de los pesares, no hay ciudad en el mundo donde se viva mejor que en ésta, exclamó Ignacio Vallsigorri aspirando el aire a pleno pulmón; en el extranjero cuentan verdaderas barbaridades: que si aquí la gente se muere de inanición en las aceras, que si no se puede salir de casa por temor a los carteristas, que al que no va a misa no le venden pan, ¡qué sé yo! Oyendo estas patrañas cualquiera pensaría que España es la antesala del infierno; y sin embargo, ya ve, ¡qué paz y qué animación! Y todo, añadió con la socarrona seriedad que le caracterizaba, gracias a su buen amigo don Lorenzo Verdugones. Varios mendigos con gesto piadoso tendieron sus manos escuálidas al paso de los dos hombres, que repartían limosnas con alegre camaradería.

*

Habían llegado a la plaza del Teatro. Al pie de la estatua de Pitarra, una estudiantina cantaba y tocaba sin público, por el mero placer de parrandear; un sereno trataba de imponer silencio con paternal severidad y los achispados mozalbetes le respondían gritando: ¡Hala, tuna! Ignacio Vallsigorri y Prullàs se metieron por la calle Escudillers. Las tascas tenían echado el cierre para cumplir lo prescrito por la ley, pero el ruido proveniente del interior delataba que allí seguía el jolgorio. Antes de llegar al final de la calle, a mano derecha, se abría un pasaje sin salida, húmedo y sombrío. En una puerta de este pasaje, sobre cuyo dintel un letrero ennegrecido de hollín y mugre rezaba La Taberna de Mañuel, tocó Ignacio Vallsigorri. Mientras aguardaban oyeron a través de la puerta unos gemidos dolientes y arrastrados. Al cabo de un rato se abrió una rendija en la puerta y por allí asomó la cara enjuta y morena de una mujer con rasgos y mirada de raposa. A la luz anaranjada que se colaba por la rendija examinó a los dos hombres, luego abrió y pasaron.

El local consistía en una pieza irregular, angosta y profunda, de techo bajo. Viejos carteles de toros adornaban las paredes, cubriendo sus desconchados. Una nube de humo rancio permanecía suspendida a la altura de las cabezas. La mujer señaló con aspereza una mesa vacía en el centro del local. Prullàs e Ignacio Vallsigorri se sentaron. En una mesa contigua un hombre de cuerpo exiguo y cabeza enorme cantaba, sin otro acompañamiento instrumental que el tamborilear de sus propios dedos en la mesa, la copla lastimera que habían oído desde el callejón.

A las desdichas del cantaor se mostraba indiferente una numerosa clientela formada por pocas mujeres y muchos hombres de rostro curtido y aire absorto, algunos gitanos, los más, estibadores y obreros, soldados de permiso, pequeños traficantes. Calló de repente el cantaor, se acercó a la mesa de los recién llegados y les preguntó con gran naturalidad qué deseaban.

Manzanilla de la buena, dijo Ignacio Vallsigorri. Al fondo del local unas mujeres se pusieron a dar palmas con desgana; nadie las secundó y al cabo de un rato cesaron las palmas. El tabernero trajo una botella de manzanilla, dos cañas de vidrio y un cuenco de barro rebosante de olivas negras. No parece haber mucho ambiente esta noche, dijo Prullàs. Siempre es así, respondió Ignacio Vallsigorri; frecuento este tipo de locales y lo sé por experiencia: a veces, sin ton ni son, alguien se arranca por peteneras, la chispa prende y se monta una juerga por todo lo alto. Sin embargo, esto ocurre de uvas a peras. El resto del tiempo no pasa nada. En los países civilizados, los espectáculos están organizados del principio al fin y funcionan con la precisión de un reloj, porque son eso: espectáculos. Aquí, en cambio, todo se deja a la inspiración del momento. Y esto no ocurre sólo con los espectáculos, sino con todas las actividades; aquí no existe el espectáculo en el sentido verdadero del término, porque el mayor espectáculo somos nosotros mismos. El español, agregó señalando a la concurrencia, pertenece por naturaleza a una raza pasiva y temperamental; toda la energía se le va en cantar y bailar, y si aún le sobra alguna, en reñir y darse de navajazos por cualquier nonada; del esfuerzo cabal y el compromiso huye como de la peste; antes que empuñar un pico y una pala prefiere llevar una vida insegura y holgada, engañar y robar para subsistir o, a lo sumo, conseguir un puesto cómodo y mal pagado, donde se le asegure el pan de cada día a cambio de nada. Pero tiene un salero muy especial, que lo redime de su bajeza. Yo frecuento este tipo de locales, como ya le he dicho, y me siento a gusto en este ambiente. En cambio, no soporto los cabarets de postín. A veces, por algún compromiso, he de ir a Rigat o a algún local parecido, pretencioso y con ínfulas parisinas, y créame, se lo regalo. El público es una recua de especuladores que no paran de hacer negocios, y las chicas de alterne, unas sanguijuelas sin otro propósito que fomentar el despilfarro apelando a la repulsiva vanidad de los clientes. Allí todo es cursilería, interés y ostentación. Aquí, por el contrario, todo es vulgar y zafio, pero auténtico. La señorita Lilí Villalba, añadió a renglón seguido, como si una idea le hubiera llevado a la otra de un modo espontáneo, o como si quisiera deshacer un posible malentendido, no es una persona vulgar y su capacidad intelectual está muy por encima de su edad y de su extracción social.

Prullàs miró fijamente a su interlocutor tratando de discernir la ironía habitual en sus palabras, pero al no advertir esta vez en ellas rastro alguno de mordacidad, ocultó su confusión bebiendo un trago de manzanilla: era evidente que Ignacio Vallsigorri se tomaba muy en serio el asunto.

No me malinterprete, dijo; lo que pueda haber entre la señorita Lilí Villalba y yo no viene ahora a cuento. Me imagino que usted la habrá tratado de una manera superficial, en los ensayos, con otras personas alrededor. En tal caso, es probable que se haya formado una idea falsa de cómo es ella: ingenua y montaraz. Nada más lejos de la verdad. La señorita Lilí Villalba posee una gran personalidad; yo diría incluso: una inquietante personalidad. Por edad podría ser su padre y, no obstante, cuando estoy con ella, tengo la sensación de ser yo el inocente y desvalido. Usted estará pensando que hablo en estos términos porque estoy, por decirlo de algún modo, embelesado; que es la juventud y el encanto de la señorita Lilí Villalba lo que me ha hecho perder el norte. No lo crea. Me tengo por hombre experto en estas lides y a pesar de ello... Calló de repente, como si la emoción le hubiera hecho perder el hilo de su pensamiento, y Prullàs, sorprendido en esta pausa por un aluvión de recuerdos e ideas vagas, experimentó una sensación próxima al pánico. En la vehemencia ridícula de su interlocutor reconocía sus propios sentimientos. Pero vayamos al grano, prosiguió Ignacio Vallsigorri; he leído su obra, como le decía. No le extrañe: me gusta leer teatro, clásico y moderno, nacional y extranjero. El teatro ha sido siempre mi pasión secreta. Si yo hubiera tenido un talento como el suyo, o como el de la señorita Lilí Villalba... Pero sólo soy un hombre de negocios, un materialista. Mi propio apellido me delata: mi abuelo era un banquero vasco. Vino destinado a Barcelona, se casó con una pubilla y se estableció aquí definitivamente. Incluso abrevió y catalanizó un poco su apellido. Andando el tiempo llegó a ser presidente o vicepresidente del Real Club Deportivo Español; por esta razón todos sus descendientes somos acérrimos periquitos. Pero no pudo cambiar el espíritu mercantil que había heredado de sus antepasados y que, a su vez, legó a mi padre, y éste a mí. No es razonable luchar contra el destino.

El diálogo quedó interrumpido en este punto por la aparición de un hombre sobre quien la desgracia parecía haberse cebado en grado sumo: sólo tenía un brazo y aun de éste mal podía servirse porque precisaba de él para sostener la muleta con que suplía la falta de una pierna; media cara aparecía surcada de costurones, y horribles cicatrices señalaban el lugar donde debían haber estado un ojo y una oreja. Con enorme esfuerzo se desplazaba el desdichado por el suelo resbaloso de aserrín. Se detuvo junto a Ignacio Vallsigorri, abrió una boca sesgada y sin dientes y exhaló un ronquido prolongado. Ignacio Vallsigorri lo miró con estupor; por más que procuraba disimular la repugnancia, el horror se pintaba en su semblante. ¿Decía usted algo, buen hombre?

Recobrado el aliento, el tullido repitió su cantinela: Traigo la suerte... Ignacio Vallsigorri no pudo reprimir una carcajada. ¿La suerte?, exclamó dando una palmada en la mesa; ¡lo que me faltaba por oír! El tullido aclaró el sentido de sus palabras señalando con la barbilla los billetes de lotería que llevaba prendidos de la solapa de su chaqueta. ¡Mañana! ¡Sale mañana! Pónganos un décimo a cada uno, dijo Prullàs; salvo que tenga usted algo contra los juegos de azar. Oh, no, dijo Ignacio Vallsigorri, soy jugador por naturaleza y en este caso el riesgo es poco, pero permítame que sea yo quien pague los décimos. De ningún modo, dijo Prullàs; que cada cual se pague el suyo. Ya conoce la superstición: un billete regalado nunca toca.

Está bien, dijo Ignacio Vallsigorri. Mientras efectuaban la transacción se les acercó gesticulando el tabernero cantaor. Cosa Bonita, ¿no te tengo dicho una y mil veces que no molestes a la clientela?, exclamó dirigiéndose al tullido. Y ustedes, no le compréis lotería; este individuo es un holgazán y una inmundicia humana: mirar qué facha. Puede ser, repuso Prullàs, pero yo hago con mi dinero lo que me da la gana. ¡Eso se me da una higa!, replicó el otro; ¡soy el amo del establecimiento y he de velar por su reputación! Por culpa de primos como ustedes se corre la voz por el barrio y se me llena la taberna de parásitos.

El tullido se alejaba rezongando hacia la puerta; una vez allí se volvió y sacó una lengua larga y lechosa al tabernero. ¡Que al volver a casa pises la sombra de un gato negro y en las sábanas se te meta una culebra! El tabernero escupió en tierra varias veces para conjurar el maleficio y volvió a sus quehaceres.

Ignacio Vallsigorri sonrió ante este pícaro lance y siguió con su tema. Como le venía diciendo, leí su obra varias veces, con mucho detenimiento. No cometeré la osadía de darle buenos consejos. Con la salvedad del tartamudo, la obra me pareció excelente, como todas las suyas. Por lo demás, cualquier opinión es prematura: las obras suelen sufrir grandes cambios durante los ensayos, eso bien lo sé; lo que yo leí fue sólo un primer manuscrito. Y fue precisamente leyendo *¡Arrivederci, pollo!* cuando pensé que ahí podía haber una buena oportunidad para la señorita Lilí Villalba, a la que acababa de conocer por aquellas fechas.

Perdone, dijo Prullàs, pero yo creía que había sido la señorita Lilí Villalba la que le había pasado el manuscrito de la obra. No, no, fue justamente al revés: leyendo *¡Arrivederci, pollo!* se me ocurrió que la obra podía servir de trampolín a la señorita Lilí Villalba, la cual ya en nuestro primer encuentro me había hablado de sus pretensiones teatrales. Al principio, como es lógico, las tomé por un mero capricho; hoy en día cualquier pimpollo sueña con triunfar en los escenarios, cuando no en la pantalla. Sin embargo, conforme profundizaba en su trato me fui convenciendo de que la vocación de la señorita Lilí Villalba era genuina. Ella tuvo la gentileza de representar para mí algunas escenas, en privado, claro está, y debo admitir que quedé gratamente sorprendido de sus dotes. Pensé que tal vez la Providencia, después de haberme negado el talento necesario para entrar en el mundo del teatro por la puerta grande, me ofrecía ahora, en la persona de la señorita Lilí Villalba, la posibilidad de hacerlo por la puerta trasera. No sé si me explico. Se explica usted perfectamente, dijo Prullàs.

El diálogo se vio interrumpido nuevamente por los siseos del público, que reclamaba silencio. Una estrafalaria figura ocupaba el tablado levantado al fondo del local. Un vestido de faralaes muy ceñido resaltaba las groseras protuberancias de su voluminosa anatomía y un maquillaje de brocha gorda, la caricatura de una mujerona. Guardó silencio la concurrencia y declamó la tarasca: ¡Buena noche, querío público, buena noche y bienvenío a La Taberna de Mañué, el tablao má distinguío de lo sinco continente! Chifló la concurrencia y siguió diciendo la tarasca con voz gutural y temblorosa: Me llaman la Fresca y como vai a vé, soy artista del cante y del baile español. Pero ante de empesá mi actuasión quiero desiro que estoy mú felí, pero que mú felí de aztuá de nuevo ante éste mi querío público de Barcelona, que tanto quiero y tanto me quiere, a mi regreso de una gira triunfá por lo mejore teatro de varieté de Londre, Parí y Bueno Aire. La clientela del tascorro dejó oír una risa mecánica: cada noche iniciaba la tarasca su número con esta manida broma. ¡Sí, señora y señore, mal me está el desilo, pero una servidora ha triunfao! Mirá: ná má llegá a Parí, allí mimo según se va entrando en Parí, una verdadera murtitú empesó a gritar: ¡Viva la Fresca!, pero no asín como yo su lo digo, sino en ese idioma tan raro que chamullan lo gabacho, vaya. Y una, que no é de piedra, hasta lo tuétano se conmovía. Y en Londre, ¿pa qué su voy a contar? Hasta esa reina que tienen tan chiquitica y resalá vino a aplaudirme. ¿No su lo creéi? ¡Pues ya su traeré lo afoto de la esfeméride! Suspiró hondamente la tarasca y con voz sentida prosiguió diciendo: Pero he vuelto, señora y señore, he vuelto porque no podía viví lejo de mi España. ¡Que no hay ná en el mundo entero como España! ¡España es lo má bonito y lo má grande que ha hecho Dió, y el que no tié la suerte de ser español, no sabe lo que se pierde! Y por eso estoy aquí, querío público, como toa la noche. Soy ¡la Fresca!

Contra todo pronóstico, esta arenga, con su carga de patriotismo barato y sentimental, caló hondo en el alma sencilla y embrutecida de la clientela. Sin abandonar la risa obscena y el sarcasmo, los parroquianos jaleaban y aplaudían el discurso de la Fresca, e incluso afloraban las lágrimas a los ojos de alguno. A Prullàs todo aquello le resultaba estomagante. ¡Qué fastidio!, exclamó en voz baja. Ignacio Vallsigorri se volvió hacia él. ¿Decía usted? No, nada, esta charlatanería me ataca los nervios, dijo Prullàs. Sí, asintió el otro, a mí me sucede lo mismo, pero, ¿qué le vamos a hacer? La retórica de la patria, la madre y la novia es muy del gusto de las mentes simples, los beodos y los militares, y es muy normal que un pobre artista recurra a este truco infalible para granjearse el favor de un público tan agreste. ¡Eh, eh!, ¿qué andáis ustedes cuchicheando por lo bajo?, preguntó el tabernero. Nada de su incumbencia, respondió Prullàs. Más les vale, respondió el tabernero, porque yo ser del régimen no le soy, pero si oigo a alguien meterse con España..., es que me pongo como un tigre. ¡Como un tigre me pongo!

¿Ve usted lo que le decía?, prosiguió Ignacio Vallsigorri cuando el tabernero se hubo alejado mascullando amenazas; este granuja sería capaz de cualquier bellaquería, de la traición más innoble; pero si le tocan la fibra patriótica, salta como si le hubiera picado un alacrán. En efecto, admitió Prullàs; y no logro entender cuál puede ser la causa de esta reacción, en apariencia honorable, cuya intensidad suele estar en relación inversa a la categoría moral de quien la manifiesta. Cuanto más sinvergüenza, más patriota. He llegado a pensar si no provendría de un último rescoldo de honorabilidad, sepultado bajo muchas capas de vileza.

¡Quite, hombre!, replicó Ignacio Vallsigorri; estas reacciones honorables, como usted las llama, sólo son movimientos instintivos del organismo, como los estornudos; en definitiva, meros mecanismos de evacuación. En algunas personas, sin embargo, estas expansiones pueden alcanzar una increíble intensidad y producir efectos inexplicables, como en el caso del heroísmo, del que hablábamos antes a propósito de don Lorenzo Verdugones, o, a otro nivel, de los milagros y las visiones de Lourdes o de Fátima.

Prullàs asintió. Precisamente unos meses antes, la estatua de la Virgen de Fátima había salido de su santuario y había recorrido en peregrinación Portugal, España y Francia, hasta llegar a la ciudad de Maastricht, en Holanda, donde aquel año se celebraba un Congreso Mariano. El largo periplo había atraído la atención de los medios de información y no sin causa: en todas las diócesis donde la estatua se había detenido para ser venerada por los fieles se habían producido curaciones sorprendentes y conversiones impensables. Al pasar por Madrid el cortejo había visitado al Jefe del Estado, el cual, según contaban, se había encerrado a solas con la estatua en su propio despacho y había permanecido allí durante más de una hora. No faltó quien dijera que durante este tiempo la estatua y él habían mantenido una interesantísima charla, en el curso de la cual la Virgen le había hecho revelaciones suplementarias relativas a la conversión de Rusia y a otros asuntos de tanta o más importancia. Según las mismas fuentes, ésta no había sido la primera vez que el Jefe del Estado conversaba con la Virgen, aunque sí la primera que lo hacía con la Virgen de Fátima propiamente dicha.

*

Mientras tanto, cantaba la Fresca su copla desafinada. *En los carteles han puesto un nombre que no lo quiero mirá: Francisco Alegre y olé, Francisco Alegre y olá.*

A Prullàs el número se le hacía largo y enojoso.

Al finalizar la tarasca su canción, alguien del público arrojó al tablado un mendrugo de pan, al que siguieron varias aceitunas, dos lonchas de mortadela, un trozo de queso y dos pitillos. La Fresca recogía del suelo los donativos y los agradecía con muecas chabacanas: de esta forma cobraba la tarasca su actuación. Realmente, pensaba Prullàs, no hay cosa más triste y horrorosa que las clases bajas. En esto se equivoca Gaudet de medio a medio: identificarse con los pobres podrá ser una muestra de buen corazón, pero también es una muestra innegable de mal gusto. Adivinando sin duda el curso de sus pensamientos, dijo Ignacio Vallsigorri cuando se hubo restablecido el silencio: Me parece que no le gusta este tipo de espectáculo.

En efecto, repuso Prullàs; éste es el único país donde se valora y enaltece lo feo y lo deforme. Esta desgracia humana debería estar en un manicomio o en la cárcel, y, sin embargo, ya lo ve, aquí está, deleitando a la concurrencia.

El gusto por lo grotesco es muy español, dijo Ignacio Vallsigorri, como se puede apreciar en la prosa de Quevedo y en la pintura de Goya. Y yo mismo, debo admitirlo, no soy rea-

148

cio a su atracción, tal vez morbosa, del mismo modo que me gustan el boxeo y la lucha libre, por más que desapruebe su brutalidad. Si puedo, no me pierdo una velada del Price o del Iris. Vaya, qué feliz coincidencia, dijo Prullàs, a mí también me encantan el boxeo y el catch; mi mujer, naturalmente, los aborrece, así que rara vez encuentro con quién ir. Si le parece, podríamos ir juntos. Desde luego, será un gran placer, dijo Ignacio Vallsigorri.

La satisfacción de Prullàs por el descubrimiento de este nuevo punto de coincidencia, que venía a reforzar los cimientos de la incipiente amistad entre los dos hombres, se vio turbada otra vez por el recuerdo de la señorita Lilí Villalba. ¿Habrá cometido ella la imprudencia de contarle lo nuestro?, se preguntaba a cada instante. Pero no debía de ser así, pues el otro, como si lo hiciera expresamente para disipar sus temores, dijo: Disculpe si insisto tanto en un asunto que a usted, como es natural, ni le va ni le viene, pero antes de que nos interrumpieran le estaba diciendo cuánto interés tengo en la carrera de la señorita Lilí Villalba, y cuánto me inquieta la posibilidad de que un fracaso inicial pueda dar al traste con sus ilusiones.

¿Un fracaso inicial?, exclamó Prullàs; ¿se refiere a *¡Arrivederci, pollo!*?

Oh, no, no, de ninguna manera, se apresuró a decir Ignacio Vallsigorri; estoy convencido de que *¡Arrivederci, pollo!* será un éxito. No obstante, si usted me lo permite, le hablaré sin rodeos. Por favor, hágalo, dijo Prullàs. Estoy preocupado por la buena marcha de los ensayos, prosiguió Ignacio Vallsigorri; soy profano en asuntos teatrales, pero soy un empresario, y mi trabajo consiste precisamente en saber cuándo las cosas funcionan y cuándo no, y créame, Prullàs: aquí hay algo que no va. ¿Sabe lo que es?

Dígalo usted mismo, dijo Prullàs. El director de escena, dijo Ignacio Vallsigorri. Le advierto que Gaudet es amigo mío, dijo Prullàs. Lo sé, repuso el otro, y su actitud le honra, pero no tema: no voy a hablar mal del señor Gaudet. Conozco su historial y lo respeto, y, por otra parte, no acostumbro a criticar a los ausentes. Ahora bien, el señor Gaudet no se encuentra en la plenitud de sus facultades; si usted es amigo suyo, habrá de convenir en ello. Le supongo informado de que fui a visitarle al teatro hace unos días. En efecto, admitió Prullàs. ¿Y también del contenido de nuestra conversación? Algo me dijo, pero preferiría oírlo nuevamente de sus propios labios.

Hace usted bien, porque no sé qué puede haberle contado

el señor Gaudet. En realidad, dudo mucho de que llegásemos a entendernos. Verá: fui a verle con la intención de hablar de la señorita Lilí Villalba. Éste era mi único objetivo, y así se lo hice saber de buen principio. Sólo pretendía coadyuvar al desarrollo artístico de la señorita Lilí Villalba, a quien había decidido apadrinar, por decirlo de algún modo, le dije, y añadí que era consciente de la importancia decisiva de que la señorita Lilí Villalba iniciara una andadura tan incierta a las órdenes de un buen director y que, en este sentido, estaba muy satisfecho de que mi pupila estuviera en tan buenas manos como las del señor Gaudet. Sin embargo, agregué acto seguido, en el curso de los ensayos había podido percibir un cambio en la actitud de la señorita Lilí Villalba, una actitud que en un principio había sido de entusiasmo, dije, pero que luego había dado un giro brusco hasta convertirse en una actitud de incertidumbre primero y finalmente, de franco descorazonamiento. Al llegar a este punto el señor Gaudet reaccionó como si le hubieran acercado al cuerpo un objeto incandescente. Sin que viniera a cuento se puso a increparme del modo más áspero. ¿Con qué autoridad me permitía enmendarle la plana? Traté de salir al paso de aquella injusta filípica, pero fue inútil. Entonces comprendí que me hallaba en presencia de un hombre desquiciado, y opté por seguirle la corriente. Según pude colegir de su discurso, pues, como le digo, casi desvariaba, él era un hombre de talento, un verdadero artista a quien la vida había tratado mal: varias circunstancias se habían conjurado para dar al traste con su carrera. De haber nacido en otro lugar, las cosas habrían sido muy distintas, dijo, pero el nuestro era un país bárbaro y cruel. De resultas de todo ello, ahora se veía obligado a dirigir comedias mediocres con actrices vulgares y pretenciosas. De buena gana, añadió, lo mandaría todo al diablo, formaría su propia compañía, con actores y actrices jóvenes, como la señorita Lilí Villalba, y montaría obras realmente importantes, como *La náusea* y otras que actualmente están triunfando en los escenarios de París, concluyó mostrándome unos folios mecanografiados. Pero no podía hacerlo, agregó, pues carecía de medios económicos. Me preguntó si yo estaría dispuesto a prestarle mi apoyo para este proyecto. Se refería, claro está, a mi apoyo financiero. Si lo hacía, me dijo, él me prometía convertir a la señorita Lilí Villalba en una gran actriz dramática de la categoría de Eleonora Duse o de María Guerrero. En aquel momento era tal su paroxismo que temí que sufriera un síncope si le contradecía, así que le dije que sí a todo lo que me propuso. Esto pareció calmar sus ánimos y yo, aprovechando la bonanza, di por terminada la entrevista.

¿Y en ningún momento le propuso usted sustituir a Mariquita Pons por la señorita Lilí Villalba?, preguntó Prullàs.

No, ¡qué disparate!, repuso Ignacio Vallsigorri; eso no se me ha pasado siquiera por la cabeza. En primer lugar, yo no tengo poder alguno para imponer semejante cambio, y aun cuando lo tuviera, nunca lo haría. Hace años que conozco a Quiqui, y no sólo como actriz, sino personalmente, a través de su marido, Miguel Fontcuberta, con quien me une una larga amistad, como usted ya sabe. He visto actuar muchas veces a Quiqui y admiro su extraordinario talento, su vis cómica y la elegancia con que pisa las tablas. La señorita Lilí Villalba, por el contrario, es sólo una principiante. Darle un papel de más fuste sería desastroso, para la obra y para ella misma. No, no, la señorita Lilí Villalba sólo es una niña que empieza, y Quiqui es una gran dama de nuestra escena, una actriz consumada y en definitiva el sostén de la obra; sin su presencia ¡*Arrivederci, pollo!* se vendría abajo. ¿Tan floja le parece?, dijo Prullàs.

*

Hola, guapos, ¿sus hago felices?, preguntó con voz pastosa una mujer rolliza y pintarrajeada, que se había acercado a la mesa de manera subrepticia. Los dos hombres respondieron con un gesto breve. Insistió la furcia: Andar, bonitos, que está a punto de amanecer el día y mi chulo me va a matar a pescozás si vuelvo de vacío; los dos por el precio de uno, ¿hace?

No, lárgate, dijo Ignacio Vallsigorri. Con persistencia beoda se le arrimaba la furcia. Tengo el chocho de arrope, vida. Lo que tú tienes es una cogorza de padre y muy señor mío, rió Ignacio Vallsigorri luchando por impedir que la furcia le descargara en las rodillas el peso de su maciza humanidad.

Prullàs sacó un duro del bolsillo, se lo puso en la mano a la furcia y la empujó con suavidad. Haz lo que te dicen, le aconsejó. La furcia se alejó dando tumbos. Me ha dejado la americana perdida de perfume y sobaquina, exclamó Ignacio Vallsigorri. Mañana será otro día, dijo Prullàs haciendo señas al tabernero. ¡La cuenta, por favor! El tabernero se les acercó con un pedazo de papel aceitoso cubierto de garabatos.

¡No haga el gesto!, dijo Ignacio Vallsigorri; he dicho que yo le invitaba y en ese entendimiento... Pero no pudo acabar la frase; palideció primero, enrojeció luego y gritó: ¡Me han robado la cartera!

El tabernero levantó la mano: No en mi taberna, afirmó; aquí to el mundo semos muy honraos.

¡No diga sandeces!, replicó Ignacio Vallsigorri, hace un rato tenía la cartera en el bolsillo y ahora no la tengo; recuerdo perfectamente haber guardado en la cartera el décimo de lotería que le compré al tullido. Entonces la vi por última vez. ¿Ve lo que se consigue siendo amable con quien no se debe?, dijo el tabernero; ya les advertí que ese tipo era un escomulgao. No, él no puede haber sido, dijo Ignacio Vallsigorri; ya había salido por esa puerta cuando guardé el billete en la cartera. Por fuerza ha de haber sido el putón gordo que acaba de echárseme encima. No sé a qué putón se refiere, dijo el tabernero; en mi establecimiento no hay de eso.

De discutir no sacaremos nada, terció Prullàs; dígame cuánto se debe. Ni un real, respondió el tabernero con expresión ofendida; yo no soy responsable de lo sucedido, pero tampoco quiero que se lleven un mal recuerdo de La Taberna de Mañuel: ¡están convidaos!

*

Apenas clareaba el cielo y ya abrían sus puertas las primeras cantinas y casas de almorzar; hacia el puerto bajaban estibadores y mozos de cuerda; circunspectos agentes de aduana entraban en los portalones de sus oficinas. Un vendedor ambulante empujaba un carro cargado de cocos, trompetas y molinillos de viento hacia el embarcadero de las Golondrinas. En el centro del bulevar, bajo el túnel frondoso de los plátanos gigantes, instalaba el fotógrafo su escueto tenderete: una cámara de fuelle y un descolorido caballito de cartón. Un tiro de seis percherones salía del muelle de San Beltrán arrastrando en dirección al Paralelo un gigantesco tronco de Guinea tendido sobre un carromato; la sirena de un buque fondeado en la dársena ahogaba el sonido de los cascos en los adoquines. Prullàs e Ignacio Vallsigorri desanduvieron en silencio el camino Ramblas arriba.

¿Quiere que vayamos a denunciar el robo?, se ofreció Prullàs al advertir el aire cariacontecido de su acompañante. No vale la pena, respondió éste apresuradamente; no llevaba nada de valor, sólo un poco de dinero, un par de carnets fácilmente reemplazables, sellos de correos y algunas fotos. Es el hecho en sí lo que me da coraje, no el perjuicio. ¿Puedo pedirle un favor? Pues claro. No le cuente a nadie lo ocurrido; como le digo, no tiene importancia, pero me siento ridículo. ¡Pasarme esto a mí! Prullàs prometió olvidar el suceso y se despidió del otro al llegar junto al coche. ¿De veras no quiere que le acompañe a casa?, dijo Ignacio Vallsigorri. Se lo agradezco, repuso Prullàs, pero me gusta pasear por la ciudad a estas horas y, la verdad, no tengo muchas ocasiones de hacerlo. Vea: el aire está limpio y reina una paz reconfortante... Bien, no le entretengo más con mis divagaciones. Permítame que le preste algo de dinero; no conviene andar sin blanca por estos mundos. De ningún modo; me voy directamente a casa y allí tengo dinero de repuesto, salvo que también haya sido objeto de un robo con escalo, bromeó Ignacio Vallsigorri. Se intercambiaron sus respectivas tarjetas de visita y quedaron en llamarse para ir juntos a una velada de boxeo, o al teatro. Se estrecharon las manos con efusión e Ignacio Vallsigorri dijo: Descanse bien y no olvide lo que le he contado acerca del señor Gaudet. Descuide, dijo Prullàs.

*

A diferencia de la zona portuaria, las calles del Ensanche próximas a su casa estaban vacías; permanecían a oscuras las viviendas, los bares, las tiendas y las oficinas. Esta quietud convenía a Prullàs, que caminaba absorto en sus cavilaciones, sumido en un mar de dudas. El relato de la entrevista con Gaudet que acababa de hacerle Ignacio Vallsigorri difería tanto de la versión de aquél que sin duda uno de los dos mentía, pero ¿quién? La antigua y honda amistad que le unía a Gaudet le obligaba a exonerar a éste de toda sospecha. Sin embargo, ¿qué motivo podía tener Ignacio Vallsigorri para mentirle?, se preguntaba. A Ignacio Vallsigorri únicamente le interesaba la carrera teatral de la señorita Lilí Villalba, y sembrar cizaña entre las personas que habían de propiciarla podía redundar en su perjuicio. En cambio, las rarezas de Gaudet habían ido en aumento en los últimos tiempos a un ritmo alarmante. Su decaimiento general, su apatía ante el trabajo, su mal humor y su distanciamiento de Prullàs, ¿no podían responder realmente al propósito de imprimir un nuevo giro a su vida? ¿Estaba en crisis Pepe Gaudet? Prullàs daba vueltas a esta cuestión. Me pregunto si ese sinvergüenza no estará planeando traicionarme por culpa del realismo social y el teatro de vanguardia, se decía. ¿Y Quiqui? ¿Estará implicada en la conjura?, se preguntaba, ¿qué estaba haciendo en casa de Gaudet hace unos días, cuando la sorprendí allá, a raíz de la llamada telefónica? ¿Estarían ensayando a escondidas una obra de Jean-Paul Sartre?

Por el contrario, Ignacio Vallsigorri le había producido una impresión muy favorable. Prullàs sentía que entre ambos había nacido una amistad destinada a afianzarse con el tiempo. Ahora bien, ¿cómo compaginar esta amistad con el asunto de la señorita Lilí Villalba? Esto era lo que más le preocupaba en aquellos momentos. Era obvio que no podía proseguir la aventura a espaldas de un hombre que, conforme a toda regla, tenía sobre la joven actriz derechos preferentes. Su deber de caballero le exigía poner al otro al corriente de la situación; pero si lo hacía, ¿cómo reaccionaría Ignacio Vallsigorri? Seguramente se sentiría traicionado por la señorita Lilí Villalba y la repudiaría, privándola ipso facto de su protección; y en tal caso, ¿no quedaría Prullàs moralmente obligado a responsabilizarse del mantenimiento de la chica? Esta perspectiva lo inquietaba. A diferencia de Ignacio Vallsigorri, que era un hombre de posición y por añadidura soltero, Prullàs era hombre de familia y sin medios propios de fortuna; del cuantioso patrimonio de su mujer podía disponer sin trabas y sin que nadie le pidiera explicaciones, pero un gasto periódico y elevado de aquella naturaleza sin duda acabaría por despertar recelos, no por parte de Martita, pero sí de su avisado padre, que, según sabía Prullàs de buena tinta, no carecía de experiencia en el terreno de las compañías meretricias. Por otra parte, vincularse a una aspirante a actriz de cuya capacidad él era el primero en desconfiar, sobre cuya incompetencia se había manifestado en público en repetidas ocasiones y de manera vehemente, lo colocaría en una situación insostenible. No, no, se dijo, no hay que considerar siquiera semejante posibilidad. Antes de que las cosas puedan llegar a este punto debo tomar una determinación: o dejar de ver a Ignacio Vallsigorri o romper de una vez por todas con la señorita Lilí Villalba. La alternativa le resultaba penosa. Tal vez, se dijo, estoy exagerando un poco la cuestión. Después de todo, Ignacio Vallsigorri es un hombre de mundo; con toda seguridad no se enojará si se enterara de lo sucedido entre esa chica y yo, pensó Prullàs. Al fin y al cabo, a él ¿qué más le da? Probablemente podrían llegar a un acuerdo, continuó pensando, a una cómoda distribución de los días y las horas, incluso a un razonable reparto de los gastos. Esta solución era, en definitiva, la más conveniente para todos, pensó. Y en ese mismo instante comprendió que jamás podría aceptarla. Se detuvo en la acera, como si una fuerza magnética le impidiera seguir avanzando, y al punto sintió que una congoja muy grande le rasgaba el corazón. Se llevó ambas manos a las sienes: su espíritu era un torbellino de emociones encontradas. ¿Qué me está sucediendo?, pensó.

De esta agobiante parálisis lo sacó un ruido seco y acompasado que crecía en intensidad a medida que se aproximaba su causa: era el ruido de un carro, en cuyo pescante se balanceaba un hombre con los ojos entrecerrados. El carro se dirigía al mercado con un cargamento de espinacas, cebollas, judías verdes, berenjenas, pimientos, apio y puerros. Cabeceaba el caballo haciendo eses y cabeceaba el carretero agitando la tralla con gesto automático y sin tino. Sobre el pescante, a un lado del carretero, había una cesta de huevos frescos; al otro, dos conejos muertos con el cuello revirado, los ojos vidriosos y la boca torcida: una imagen dramática y salvaje. Para no caminar en tan ingrata compañía, Prullàs dejó que el carro se alejara un trecho y luego reanudó la marcha. La opacidad del firmamento declinaba dando paso a las primeras sombras, presagio del amanecer. Prullàs anduvo en pos del carro de verduras, que en aquella falsa claridad que diluía los contornos de las cosas había adquirido un aire quimérico y funerario. Al pasar ante las ventanas de los pisos bajos llegaban a sus oídos ronquidos, murmullos agitados, toses; a veces los intersticios de las persianas ofrecían a sus ojos impresiones fugaces: un piano, un arcón, una panoplia, un cuarto en penumbra poblado de siluetas.

Al llegar ante el mercado rebasó el carro que había estado siguiendo. Ahora el hombre del pescante iniciaba la descarga de las hortalizas. Bajo la marquesina de hierro había otros carros y un incesante trasiego de cajas al interior del mercado, donde unas mujeres formidables bañadas por el resplandor estrambótico del petromax baldeaban las paradas antes de disponer en ellas la mercancía. Frente a la marquesina las floristas montaban sus puestos: unos simples listones sustentados por ladrillos y sobre éstos, pomos de hortensias, claveles, pensamientos y camelias en tristes latas de estaño. Una mujer colgaba de un perchero portátil sencillas batas de percal. En un bar anexo al mercado varios carreteros sorbían carajillos. A la puerta del bar, enganchados a los carros, los caballos comían pacientemente con el hocico sumergido en el morral. La acera estaba alfombrada de hojas de col, de berza, de lechuga y de acelga. En una callejuela jadeaba un camión de gasógeno cargado de naranjas. La carrocería del camión, empañada por la neblina, reflejaba débilmente la luz ocre de una farola de gas. En las copas de los árboles piaban los pájaros; zumbaban moscas, avispas y abejorros; rebuznó un burro cargado de botijos; en el corral improvisado de alguna azotea cantó un gallo. Pasaban repartidores llevando a hombros barras de hielo, cajas de cervezas, gaseosas y sifones. Como en la ilustración edificante de un catecismo escolar, un hombre con el rostro blanco, que cargaba un saco de harina, se cruzó con otro hombre tiznado de negro que cargaba una espuerta de carbón. La ciudad iba volviendo a la vida paulatinamente y Prullàs se exaltaba contagiado por el manantial de energía que brotaba a su alrededor. Con alharaca de maderas y metales las tiendas abrían sus puertas. Algunas de aquellas tiendas eran muy espaciosas, tenían espejos en las paredes, dos o tres mostradores de mármol, fachada de azulejo y grandes escaparates en los que se exhibían quesos, embutidos, galletas y conservas. Otras en cambio eran tan angostas que sólo cabía en ellas un diminuto mostrador de madera oscura, reluciente por el roce; estos establecimientos, de los que se ocupaba por lo general una anciana vestida de luto, expendían un solo producto: pasta de sopa, caramelos o jabón. De las pescaderías salía el aroma abisal de las salazones; de los hornos, el perfume del pan y las cocas. Prullàs aspiró el aire con delectación; le fascinaba el espectáculo de aquella Barcelona insólita, de blusón y mandil, ordenada, tenaz y laboriosa, tan distinta de aquella otra Barcelona de pechera almidonada y traje largo, frívola, viciosa, hipócrita y noctámbula, que la vida le había llevado a compartir y en la que se encontraba maravillosamente bien. ¿Qué me sucede?, repitió para sus adentros, ¿qué pensamientos insensatos me asaltan? Bah, nada serio: la hora y el cansancio. ¡Pero cuidado! ¡Mucho cuidado! Un arrebato fugaz podría llevarme a dar un paso en falso de consecuencias imprevisibles. Y a continuación se dijo: Hoy mismo hablaré con ella y aclararé la cuestión; pondré los puntos sobre las íes, con delicadeza, pero sin equívocos. Le haré un regalo para no quedar como un aprovechado. ¡Un buen regalo! Lo fundamental es disipar cualquier malentendido; quitarle de la cabeza las falsas ilusiones, si las hay. Todavía soy joven, pero no tanto como para dejarme embaucar por el canto de las sirenas.

Capítulo IV

1

Cecilia: ¡Aaaaaaaaaaaah!

Julio: ¡Ooooooooooooooh!

Luisito: ¡Iiiiiiiiiiih!

Julio (*Le da un bofetón*):   ¡No chilles!

Cecilia: Déjalo estar, hombre, al fin y al cabo, no aparece todos los días un cadáver en el armario de la ropa blanca.

Luisito (*Señalando el cuerpo de* Todoliu):   ¿Está mumu... mumu... mu... muerto?

Julio: Como un pajarito.

Cecilia: ¡Pues también éste, venir a morirse ahora, cuando estábamos a punto de asesinarlo! ¡Son ganas de fastidiar! Pobrecín, tal vez tenía delicadito el corazón, y de tanto perseguir a la doncella, ¡pum!, le ha dado esto que llaman un infausto.

Julio: Mira, Cecilia, aunque no hayas aprobado el ingreso de bachillerato, deberías saber que una persona, cuando sufre un infarto, no se ata las manos a la espalda, no se pone una mordaza y, sobre todo, no se encierra en un armario con la llave por fuera.

Cecilia: ¡Es verdad!, no había caído en estos pequeños detalles... Entonces... tú crees que...

Julio: Sí, no me cabe la menor duda: alguien se nos ha adelantado y ha asesinado a Todoliu.

Cecilia: Bueno, un trabajo menos.

Julio: Sí, pero ¿y la coartada?

Cecilia: ¿La coartada?, ¿qué coartada? Ahora ya no necesitamos ninguna coartada.

Julio: Precisamente, cabeza de chorlito. ¿No te das cuenta de la situación? Habíamos preparado cuidadosamente una coartada para poder cometer el asesinato en un lugar, en un momento y de un modo determinado. Y ahora, con Todoliu muerto, no sólo ya no nos sirve la coartada, sino que hará recaer sobre nosotros todas las sospechas.

CECILIA: ¿Sospechas? ¡Pero si nosotros no hemos matado a nadie!

JULIO: ¿Y quién nos creerá? Estamos en la ruina, somos los únicos herederos de Todoliu, nos sobran motivos para desear su muerte y oportunidades para matarlo. Todoliu ha sido asesinado en nuestra propia casa y, para colmo, hemos organizado un montón de pistas falsas que, si funcionan como está previsto, se van a volver en contra nuestra. El taxista que ha de venir a recoger el baúl, la conferencia con San Sebastián, y, sobre todo, la cita con tu querido novio, que debía convencerse de que los temores de Todoliu eran infundados y que llegará de un momento a otro para comprobar con sus propios ojos que esos temores, inventados por nosotros y atribuidos a Todoliu, no sólo eran fundados, sino fundadísimos. ¡Ay, Cecilia, estamos perdidos! ¡Nos espera la horca!

CECILIA: ¡Huy, la horca! ¡Cuando lo cuente en el club no se lo van a creer!

Hoy no te quejarás del ensayo, dijo Mariquita Pons; la escena del armario nos ha salido bordada. Sí, muy bordada, pero si no tenéis un poco más de cuidado, el pobre Todoliu se nos va a romper la crisma al salir del armario, y ya no está el hombre para estos trotes, refunfuñó Gaudet. Pues dile que no se deje caer hacia delante como si fuera una tabla de planchar, ¿a quién se le ocurre? A mí, dijo el director de escena; un cadáver que aparece al abrirse un armario ha de caer tieso y de prisa; si se desploma lentamente pierde toda la gracia; habéis de estar más listos y cogerlo antes de que se dé de morros, para eso sois tres. Chico, no hay forma de contentarte, murmuró la célebre actriz. ¿Y el señor autor cómo lo ve?, añadió dirigiéndose a Prullàs.

El señor autor no habla con traidores, respondió éste. Anoche me dejaron tirado en las quimbambas, aclaró en beneficio de Gaudet. Fue culpa mía, rió Mariquita Pons; entre tanto caballero y tanto habano me dio un ataque de claustrofobia. ¡Menuda velada! ¿Te quedaste hasta muy tarde? No, dijo Prullàs, en cuanto vi que os habíais fugado, busqué un alma caritativa y motorizada y me fui a la cama. Mariquita Pons inició la marcha hacia los camerinos, pero antes de entrar en el pasillo se detuvo y dijo: Miguel tiene una reunión de negocios esta noche y no volverá a casa hasta las tantas; llévame al cine, Carlos, quiero distraerme. En el Savoy reponen una película de Cary Grant y Mirna Loy que no vi cuando la estrenaron y parece que es muy divertida. Luego, si te portas bien, te dejaré que me lleves a comer algo, y de paso te comentaré algunas cositas. Está bien, dijo Prullàs; no soy rencoroso: te pasaré a recoger por tu casa a eso de las nueve.

La célebre actriz desapareció en la negrura de las bambalinas, y Prullàs aprovechó la circunstancia para decirle a Gaudet: Anoche, de la manera más inesperada, estuve charlando largamente con Ignacio Vallsigorri y me contó cosas increíbles. Hemos de hablar cuanto antes. Está bien, dijo el director de escena consultando su reloj; he quedado con el figurinista, pero no me llevará más de una hora despachar con él; ven a casa a las ocho en punto: si has de ir a buscar a Quiqui a las nueve, tenemos una hora para hablar de todo lo habido y por haber; salvo que prefieras dejarlo para mañana. No, no, dijo Prullàs; cuanto antes resolvamos el asunto, mejor; a las ocho en punto estaré en tu casa; ponme una cerveza en la nevera, si tienes nevera. Tengo nevera pero no tengo hielo, dijo Gaudet. Entonces olvídate de la cerveza, dijo Prullàs.

Al salir del teatro oyó una voz a sus espaldas. ¡Señor Prullàs, espéreme! La señorita Lilí Villalba; respiraba agitadamente. Bonifaci leía el periódico en la garita. Salgamos a la calle, dijo Prullàs en tono brusco. Anduvieron un rato en silencio. ¿Qué querías?, preguntó al fin. Decirte dos palabras, ¿te molesto?, preguntó ella. Por supuesto que no, criatura, respondió Prullàs. Las sucesivas citas con Gaudet y con Mariquita Pons le habían hecho olvidar sus propósitos matutinos. Ahora, al recordarlos, se sintió invadido de una inexplicable laxitud; decidió postergar una conversación que preveía violenta y dijo: Pero te he visto venir tan corriendo... Ella se detuvo en la acera bañada por el sol anaranjado del crepúsculo y le dirigió una mirada perpleja y adolorida. No quería que te me escaparas, Carlos, estos días he pensado mucho en ti. Después de lo de la otra tarde, siguió diciendo, creí que harías por verme; no te reclamo nada y si te decepcioné, tienes todo el derecho a no querer...

Calla, criatura, sólo dices tonterías, la atajó Prullàs; he estado muy ocupado estos días, pero no me has decepcionado, ni mucho menos. A decir verdad, yo también he pensado mucho en ti; no veía el momento de volver a estar contigo. Al pronunciar de un modo espontáneo e irrefrenable esta frase, le embargó una alegría rayana en el vértigo. ¡Al diablo con todo!, se dijo. Y en voz alta: Lilí, yo te adoro. Ella bajó los ojos, pareció dudar una fracción de segundo. Cuando volvió a levantarlos había en ellos el brillo de una fría resolución. Si hoy no estás tan ocupado como estos últimos días, dijo, podemos quedar dentro de media hora en el Hotel Gallardo. ¡Vayamos juntos!, dijo Prullàs; no perdamos ni un instante: tengo el coche aquí mismo. Si antes has de hacer algún recado, te puedo acompañar. No, replicó ella, he de pasar por mi casa y no quiero que sepas dónde vivo. Ve al hotel y espérame allí.

Se alejó corriendo y Prullàs no hizo nada por retenerla. Tendré que aplazar hasta mañana la charla con Gaudet, pensó; bueno, no tiene importancia, el asunto de Ignacio Vallsigorri puede aguardar. Y en cuanto a Quiqui, confío en estar libre a las nueve. De todos modos, se dijo, los llamaré por teléfono para anular la cita con el uno y prevenir a la otra de un posible retraso.

Sin embargo, en el Hotel Gallardo no había teléfono. Lo tenemos solicitado desde hace más de un año, pero sin influencias, ya se sabe, se disculpó el recepcionista de la gardenia en la solapa; si ha de llamar de preciso, vaya al bar de la esquina. ¿Recuerda a la persona con quien vine la vez anterior?, preguntó Prullàs. No, señor, por aquí desfilan muchas caras y yo tengo la obligación de no recordar ninguna, hágase cargo. Eso está muy bien, repuso Prullàs sacando la cartera; le pago por adelantado y me voy a telefonear. Si por un casual viniera la persona que le he dicho y usted, también por un casual, la reconociera, dígale que me espere en la habitación.

El bar estaba vacío. El aire era caliente, espeso e impregnado de olor a comida rancia. El ventilador del techo estaba inmóvil y seguramente averiado, a juzgar por las telarañas tendidas entre las aspas. A las voces de Prullàs acudió una mujer; antes de atenderle espantó con un paño húmedo las moscas que rebozaban las tapas expuestas en escudillas de barro sobre el mostrador. Si tienen teléfono y funciona, sírvame una caña de cerveza negra, dijo. La mujer señaló un teléfono de pared al fondo del local. El auricular estaba tan pringoso que Prullàs lo mantuvo alejado de la oreja mientras llamaba.

Al cabo de un rato regresó al mostrador. ¿Ha podido hablar?, le preguntó la mujer. No, en un número no contestaba nadie y el otro comunicaba; lo volveré a intentar dentro de unos minutos. ¿Le pongo algo de picar mientras?, sugirió ella. Prullàs consideró aquellas tapas, a las cuales varias moscas habían quedado adheridas en forma permanente. De momento no, gracias, declinó. Se bebió poco a poco la cerveza y marcó de nuevo el número de Gaudet sin recibir respuesta; el de Mariquita Pons seguía comunicando. La impaciencia por estar de nuevo con la señorita Lilí Villalba le hizo imposible la espera; abonó la cerveza y regresó al hotel. ¿Ha venido? El recepcionista parecía ocupado en oler la gardenia; respondió en sentido negativo sin levantar la cara de la flor. Esperaré arriba, dijo Prullàs; si viene, hágala subir directamente.

A solas en la alcoba contempló un rato el edificio frontero: continuaba brincando el jilguero en su jaula y sentado en una mecedora, con pijama y gorrilla de fieltro, dormitaba un abuelete en una alcoba. ¿Qué se habrá creído esta mocosa?, masculló Prullàs malhumorado; cuando venga me va a oír. Corrió la cortina, se tendió en la cama y sin percatarse de ello, se quedó dormido. Se despertó atontado, bañado en sudor y dominado por una agobiante sensación de amenaza; le costó un rato darse cuenta de dónde estaba. Había oscurecido y a través de la cortina la luz de la pieza era escasa. Encendió la lámpara y miró el reloj: eran las nueve y cinco. Con la cabeza insegura y el estómago revuelto bajó las escaleras y se encaró con el recepcionista. Señor, no se enfade usted conmigo; no ha venido nadie. Si hubiera venido esa persona yo habría hecho como usted me mandó.

Sintiéndose morir Prullàs ganó la calle. Aquella maldita cerveza debía de estar envenenada, pensó. No, sin duda el vaso no había sido lavado en varios meses y el último usuario dejó en él todo tipo de miasmas. Y Lilí, ¿por qué habrá incumplido su palabra? ¿Le habrá pasado algo? Ca, seguramente estará enfadada conmigo y ha querido tomarme el pelo. Eso es, me ha dado una falsa cita para vengarse de mi desinterés. ¡Condenadas mujeres, pensó, todas son iguales!

A trompicones llegó hasta el coche y con gran esfuerzo consiguió conducir hasta su casa sin sufrir un accidente ni atropellar a nadie. La imagen reflejada en el espejo del recibidor justificaba la congoja de la Sebastiana. ¡Ay Dios mío, señorito, usted está fatal! Es sólo una indisposición pasajera, Sebastiana, se me pasará en seguida. Alguna porquería habrá comido que le ha caído mal, ¡ay Dios, ay Dios!, si es que no se los puede dejar solos.

En el cuarto de baño vomitó y al instante sintió un gran alivio. ¿Ha telefoneado alguien?, preguntó. No, señorito. ¿El señor Gaudet?, ¿doña Mariquita?, ¿alguna otra persona? No, señorito, nadie. Llamó a Mariquita Pons y la doncella le dijo que la señora había salido hacía un buen rato sin dejar dicho a dónde iba ni cuándo volvería. Gaudet seguía sin responder.

La Sebastiana le trajo una infusión de manzanilla. Debería

llamar a un médico, le dijo. ¡Valiente consejo!, replicó Prullàs; en estas fechas no queda en Barcelona ni un mal curandero. Pues al menos métase en cama, le instó la criada. Ni hablar, estoy demasiado agitado, no pegaría ojo, me pondría nerviosísimo y en definitiva sería peor el remedio que la enfermedad, dijo. Y añadió sin atender los ruegos de la fiel sirvienta: Me voy; si alguien pregunta por mí, me he ido a Masnou. ¿En plena noche y en este estado se va usted a echar a la carretera? ¡Virgen santa! No se me ocurre imprudencia más grande.

La Sebastiana tenía razón. En el tramo que discurría por los mefíticos complejos industriales de San Adrián, sintió un vahído y hubo de arrimar el coche a la cuneta, vomitar de nuevo y reposar un rato. Oía el ruido bronco del mar y veía, cerca de donde estaba, el fantasmagórico resplandor de las fogatas encendidas a lo largo de la playa por los habitantes de aquel extenso barrio de miseria y barracas. Nuevamente se quedó dormido. Lo despertó el contacto de algo cálido y viscoso en la mejilla. El respingo hizo retroceder a cuatro seres diminutos y muy en particular al que le había estado tocando la cara a través de la ventanilla abierta. ¿Lo veis?, ¡ya sus decía yo que no estaba muerto!, susurró. Sus compañeros le dieron la razón. Eran tres niños y una niña sucios, legañosos y despeinados; los cuatro iban descalzos y llevaban por toda indumentaria una camiseta harapienta. Prullàs se llevó instintivamente la mano a la cartera y comprobó aliviado que seguía abultando en su bolsillo. Los niños lo contemplaban con interés. La pobre luz de un filo de luna entre las nubes alumbraba la escena. La niña dijo: Oiga, señó, el coche ¿es un Mercedes? No, farfulló Prullàs, es un Studebaker. ¿Estrulate? No: Studebaker. Ah.

Puso en marcha el motor y encendió los faros. Por contraste con los haces de luz, los cuatro niños desaparecieron, absorbidos por la tiniebla circundante. Iros a dormir, dijo Prullàs, volveros a vuestras barracas: éstas no son horas de andar rondando unos chiquillos. ¡Oiga!, ¿y cómo ha dicho que era el coche?, gritó la niña dominando el ruido del motor. Sin responder, Prullàs recuperó la carretera y prosiguió la marcha sin saber a ciencia cierta cuánto rato había dormido ni a dónde se dirigía, obedeciendo de un modo inconsciente los dictados de la máquina. Al salir de Badalona creyó ver formas blancas, como esqueletos fosforescentes agitarse entre unos cañaverales; sobre el promontorio de Montgat, atisbó la sombra de un gigante carnicero. Si huyendo de estas visiones se concentraba en la ruta, veía bifurcarse ante sí la carretera; mientras se preguntaba cuál de los dos ramales debía tomar, la bifurcación se alejaba; entonces comprendía haber sido objeto de una ilusión óptica. Para sortear obstáculos imaginarios, que no eran sino las sombras caprichosas de los árboles, zigzagueaba bruscamente con grave riesgo de volcar. Pero en ningún momento, ni siquiera bajo los efectos de estos sustos morrocotudos, se le ocurrió desistir de su empeño. La fiesta en casa de Brusquets, el desapacible encuentro con don Lorenzo Verdugones, las veladas insinuaciones de Mariquita Pons, las inexplicables revelaciones de Ignacio Vallsigorri, la presunta duplicidad de Gaudet, la malograda cita con la señorita Lilí Villalba, todos estos sucesos, en suma, tejían en su mente intoxicada una misteriosa trama de engaños, conflictos y decepciones. Ahora cifraba en aquel viaje suicida su única esperanza de salvación: le parecía que la distancia física lo alejaba de todo peligro, lo saneaba de toda corrupción; sólo en el seno de su familia y del orden convencional que ésta representaba estaría a salvo de cualquier añagaza. Por fortuna a horas tan intempestivas no circulaba ningún otro vehículo por la carretera ni le salió al paso el somatén.

El reloj del comedor señalaba las cuatro menos cuarto. Martita se había acostado temprano y apenas emergió de su sueño cuando él separó los bordes de la mosquitera con mano febril y se deslizó entre las sábanas. Por favor, Carlos, déjame, estoy reventada, murmuró. Sin fuerzas para el combate, Prullàs se fue a su cama y se quedó dormido al instante.

Anoche te abracé y ni siquiera abriste los ojos, le dijo Prullàs a la mañana siguiente, ¿cómo supiste que era yo y no otro? Martita se encogió de hombros. ¿Quién iba a ser a esas horas? No sé, cualquiera, un galán. ¿En nuestro dormitorio?, ¿para qué?, replicó Martita, ¿y cómo habría entrado? Por la ventana, sugirió Prullàs. Carlos, esto sólo pasa en las películas de Bob Hope, dijo ella; sabía que eras tú y basta.

2

Marichuli Mercadal caminaba con los ojos bajos, procurando no meter las sandalias de rafia en los baches de la torrentera seca que serpenteaba colina abajo desde la capilla de la Merced hasta empalmar con la riera, en las estribaciones del pueblo. De cuando en cuando levantaba los ojos del suelo para vigilar a su hija, que correteaba a su alrededor. ¡Alicia, ven aquí, no te alejes tanto!, ¡no te subas a esa piedra!, ¡ten cuidado con las ortigas!, ¡no te acerques a ese arbusto, no vaya a haber un avispero! Pero la niña no hacía caso a estas reconvenciones dichas a media voz y en un tono más plañidero que conminatorio.

En realidad, Marichuli Mercadal estaba absorta y alicaída: en los últimos tiempos la misa matutina se había convertido en una tortura para ella. Por su gusto habría dejado de asistir, pero no se atrevía a hacerlo por temor a incurrir en la cólera divina. Unos años atrás, cuando los especialistas diagnosticaron la enfermedad de su hija, había hecho la promesa solemne de ir a misa y a comulgar todos los días sin excepción mientras el Altísimo preservara la salud de la niña. Su marido había criticado esta promesa: como cirujano y hombre de ciencia, era incrédulo en materia de religión y hostil a la injerencia de la devoción en la medicina. Lo que los curas llaman alma es en realidad la psique, le dijo a su mujer; y a renglón seguido citó la conocida e impía frase de un colega suyo, que aseguraba haber efectuado infinidad de intervenciones quirúrgicas sin haber encontrado nunca rastro del alma en los entresijos del organismo. Marichuli Mercadal le preguntó a su vez si este cirujano o algún otro había encontrado la psique, a lo que respondió el doctor diciendo que la psique sólo era el conjunto de reacciones moleculares del cerebro a los estímulos del sistema nervioso. Para aclarar esta afirmación y hacerla asequible a su esposa, profana en la materia, comparó el cerebro humano a un aparato de radio, que recibe las ondas hertzianas y las transforma en programas de muy variada índole: concursos, noticias, discos solicitados, etcétera, sin que dentro del aparato de radio haya nadie, sólo unas lámparas y unas bobinas electromagnéticas. A todo esto asentía ella, pero en su fuero interno seguía pensando que existía un Dios todopoderoso en cuyas manos estaba la vida o la muerte de la niña.

Ahora, sin embargo, se sentía culpable. Desde que la pasión la había arrojado en brazos de Prullàs y la concupiscencia recalcitrante le había impedido confesar su falta, no había vuelto a comulgar. Cuando el sacerdote empezaba a repartir la comunión, abandonaba el banco y se sumaba a la fila de comulgantes, pero al llegar a las gradas del altar se arrodillaba, inclinaba la cabeza y se volvía a levantar antes de recibir la sagrada forma. Hecho esto regresaba a su sitio y pasaba unos minutos arrodillada y en actitud recogida; de esta manera confiaba en que pasaría inadvertido su abandono de los sacramentos. Pero de sobra sabía que con esta comedia no engañaba a Dios. Mientras los demás oraban, ella temblaba ante el temor de que en cualquier momento su artimaña fuera descubierta, bien por las dotes de observación de alguno de los presentes, bien porque el Señor hiciera descender sobre ella una señal denigrante. Estos temores, originados por el remordimiento, adquirían a veces caracteres de auténtica visión: postrada en el reclinatorio imaginaba que la efigie de Cristo que presidía el altar mayor desprendía un brazo de la cruz y señalándola con el dedo exclamaba: ¡Ay de ti, escriba y farisea, eres semejante a un sepulcro blanqueado, que por fuera se muestra en verdad hermoso, mas por dentro está lleno de huesos y de toda inmundicia! En otras ocasiones, cuando el sacerdote dirigía la palabra a los fieles, esperaba con el corazón encogido que aquél, inspirado por el Espíritu Santo, pronunciaría contra ella el más horrible anatema.

Estas cosas, en realidad, distaban mucho de suceder: ni las imágenes sacras cobraban vida ni el anciano coadjutor que durante la temporada estival oficiaba en la pequeña capilla de la Merced una misa especial para los veraneantes parecía deseoso de convertirse en flagelo de pecadores; sus sermones solían versar sobre la misericordia divina y la caridad cristiana y sobre la conveniencia de que los más favorecidos por la suerte se mostraran dadivosos a la hora de socorrer a sus hermanos menos afortunados; conmovida por estas consideraciones y agradecida por la prórroga concedida al castigo de su infamia, Marichuli Mercadal depositaba sumas exageradas en la bandeja que el sacristán pasaba entre los feligreses durante la colecta. No obstante, esta constante tortura no se reflejaba en su rostro ni en su porte; su expresión era tranquila, su actitud transmitía una sensación de calma rayana en la inconsciencia y en sus labios se dibujaba una sonrisa que habría podido calificarse de sarcástica si hubiera ido dirigida a alguna persona, o, en caso contrario, de enigmática; ninguno de los hombres que se volvían a su paso para admirar con mayor o menor descaro su figura rotunda y el vaivén de sus caderas habría podido imaginar la tormenta que en aquellos instantes se desencadenaba en su interior. Es una real hembra, decían, ¡y qué andares!

*

En el porche de su propia casa divisó a Prullàs y a su marido; el corazón le dio un vuelco. Ayer en Barcelona me puse malo, le explicó él, y como no encontraba médico, he venido a importunar a tu marido. Nada grave, supongo, acertó a decir. Oh no, un simple percance veraniego, dijo alegremente el doctor Mercadal; una ligera inflamación intestinal con sus correspondientes vomitonas y cagaleras. Y dirigiéndose a Prullàs añadió: Lo dicho, dos o tres días a base de verdura hervida y pechuga de pollo, y ojo con las heces por si aparecen lombrices.

Prullàs se despidió del doctor Mercadal y ella, con la excusa de ir a ver dónde estaba Alicia, salió con él. ¡Cómo sois los hombres!, exclamó Marichuli Mercadal; si estáis buenos, os quedáis a correrla en Barcelona, pero en cuanto tenéis dos décimas, a casita a que os cuide vuestra esposa. Aún llevaba en la mano el misal y la mantilla. He estado al borde de la tumba, dijo Prullàs. ¡Dentro y con la losa encima me gustaría verte!, masculló Marichuli Mercadal; por tu culpa yo no vivo.

Anduvieron un trecho en silencio hasta que se dieron de manos a boca con el padre de Martita y con los niños. Marichuli, ¿cómo te las arreglas para estar cada día más guapa?, le dijo el padre de Martita. Es usted, que cada día me ve con mejores ojos, dijo ella. ¿Adónde vais con este calor?, preguntó Prullàs a su suegro. Mira, a comprar cola, lija y pinceles, respondió éste; tus hijos me han enredado para construir un modelo a escala del acorazado *Missouri* y aquí me tenéis, a mi provecta edad, convertido en astillero. No diga eso, don Luis, protestó Marichuli Mercadal, está usted hecho un guayabo. No, no, preciosa, no me atosigues y déjame ser viejo en paz; a ver, según tú, ¿qué represento? ¿Sesenta y cinco?, aventuró ella con diplomacia. ¡Huy, sesenta y cinco años!... ¡quién volviera a pillarlos! ¡Ésos y diez más!, dijo el padre de Martita; pero esto no me inquieta lo más mínimo. Verás, te voy a contar una cosa: yo cada mañana salgo a estirar las piernas antes de desayunar, no por nada, sino para hacer un poco de ejercicio; pues bien, al principio, al salir de casa les decía a mis nietos, ¿queréis venir a dar un paseíto con el abuelo? Y ellos siempre me contestaban: No, abuelo. Hasta que un día se me ocurrió decirles: Voy al estanco a por tabaco, ¿alguien me quiere acompañar? Y ellos dijeron en seguida que sí, porque sabían que íbamos a alguna parte, y estaban seguros de que al llegar al estanco me camelarían para que les comprara alguna chuchería. Desde entonces, cuando quiero compañía, me invento un recado, y nunca falla. ¿Sabes por qué? Pues porque está en la naturaleza humana el que cualquier cosa, hasta la más agradable, haya de hacerse con una finalidad. Sí, querida, siguió diciendo, el ser humano necesita un objetivo para hacer las cosas; hasta para seguir viviendo necesitamos un objetivo. El mío, ya lo ves, son estos demonios: verles crecer, hacerles felices mientras pueda, velar por su formación y, cuando el Señor me llame, dejar asegurado su bienestar material. Con esta filosofía vivo en armonía conmigo mismo, y me río del paso de los años.

Marichuli Mercadal tenía los ojos húmedos cuando el abuelo y los nietos se alejaron. No le hagas caso, son coqueterías de zorro viejo, dijo Prullàs; a su manera, te estaba echando los tejos.

Sois una familia feliz, Carlos; yo nunca haré nada para poner en peligro vuestra felicidad. Calló un instante, suspiró con pena y luego prosiguió diciendo: Pero tengo la certeza de que un gran peligro os amenaza. ¿A qué viene esto?, replicó él secamente, ¿has tenido una revelación en la misa de esta mañana? Todos los días espero y temo una revelación, murmuró ella; pero ahora no se trata de eso: es sólo un mal presagio. No soy supersticiosa, Carlos, pero hoy, en misa, al monaguillo se le ha caído la campana durante la elevación, y en ese mismo instante he tenido el presentimiento de que un mal cierto te acechaba. Ten mucho cuidado, suplicó.

3

Permaneció el resto de la mañana amodorrado en una gandula, a la sombra de los pinos, leyendo una novela policiaca con apatía; de cuando en cuando se adormecía sin advertirlo; entonces sus sueños se interferían en las imágenes provocadas por la lectura y éstas a su vez en aquéllos; al cabo de un rato recobraba la lucidez y se veía obligado a releer una o dos páginas hasta encontrar el hilo perdido de un argumento enrevesado. La casa estaba en calma: Martita y los niños se habían ido a la playa y su suegro los había acompañado en forma excepcional, pues aborrecía el sol y el mar; las criadas hormigueaban arreglando los cuartos, haciendo la colada, planchando y cocinando.

Al filo de las doce vino su suegra a traerle una tostada y un plato de manzana hervida. Te sentará el estómago, dijo con aire compungido, como si pidiera disculpas por su osadía; es mano de santo para la diarrea y los cortes de indigestión. Era una mujer bondadosa, tonta y callada. Sus errores, patinazos y desatinos eran motivo de incesante regocijo en su círculo de amigos y familiares; no entendía nada, lo ignoraba todo y todo lo confundía. Días atrás, en una reunión en la que se comentaban las infames hazañas de José Stalin, ella creyó que se hablaba de un tal José Antolín, el marido de la costurera, y expresó con candidez su asombro por el hecho de que aquel hombrecillo pusilánime y corto de luces trajera en jaque a las grandes potencias. Este percance y otros similares habían cimentado su fama de persona divertida, cosa que distaba mucho de ser. No obstante, como suele pasar, su extrema simpleza era tenida por sentido común. Su propio marido, que no tenía el menor empacho en reírse de su esposa delante de todo el mundo, jamás tomaba una decisión sin consultar antes con ella, aun sabiendo que en el mejor de los casos sólo iba a obtener, a modo de consejo, una generalidad vacía de sentido.

A Prullàs su suegra le sacaba de quicio: no le divertía el espectáculo de la necedad y en cambio le exasperaba su inutilidad de muñeca. A veces se preguntaba si ella era consciente del triste papel que le había tocado representar y si lo aceptaba de buen grado a cambio del privilegio de sobrevivir en un mundo despiadado con los inocentes y los incapaces; en estas ocasiones sentía por ella una pasajera conmiseración. El resto del tiempo la trataba con deferencia, pero procuraba mantenerse alejado de su compañía. La muy boba está encantada de que yo esté enfermo, pensaba mientras se comía la tostada y la compota, porque así puede dar rienda suelta a su melosa solicitud. Sin embargo, en aquel momento, ingiriendo aquel sencillo tentempié, experimentó a pesar suyo una dicha inexplicable. Su suegra lo examinaba con ojos ansiosos, a la espera de una manifestación sobrenatural que confirmara la eficacia de su remedio casero. Al cabo de un ratito, como no sucedía nada especial, se retiró humildemente y Prullàs reanudó su lectura y sus cabezadas.

A las dos en punto regresaron los bañistas. Protestaban los niños por haber sido obligados a dejar la playa antes de lo habitual. Papá está enfermo y no le conviene comer a las tantas, les dijo su madre; y el que proteste se queda esta tarde en casa sin salir.

El padre de Martita vino a interesarse por la salud de su

yerno. Iba en mangas de camisa, luciendo unos horribles tirantes elásticos de color carne, y se tocaba con un canotier. Parece usted un indiano de zarzuela, le dijo Prullàs. Su suegro sonrió; luego se puso serio. Quédate unos cuantos días, Carlos; harás feliz a Martita y a los niños les conviene tener cerca a su padre: éste es un mundo de mujeres y yo ya estoy muy atrotinado: aquí vienen faltando unos pantalones. Prullàs hizo un gesto vago de asentimiento. ¿Qué tal va esa obrita de teatro?, le preguntó su suegro. Bien, dijo Prullàs. Estupendo, hombre, estupendo; estoy seguro de que será un éxito, replicó su suegro; y si no lo es, ¿qué más da? Ya harás otra. Eres joven, tienes toda la vida por delante, ¿de qué sirve triunfar antes de hora? Mejor de lo que vives no vas a vivir, ¿eh?, añadió señalando el jardín, la casa y el cielo azul, como si todo aquello formara parte de un patrimonio acumulado para el disfrute exclusivo de Prullàs. Anda, añadió, vamos a la mesa, que hace rato que huelo a chuletas de cordero con patatas. Prullàs se levantó y siguió a su suegro sin entender la causa de aquel discurso extemporáneo.

Al despertar de la siesta vio a Martita dormida a su lado. La contempló un rato, pero no se atrevió a despertarla. Salió con sigilo de la habitación y de la casa, dio un paseo por el jardín, aspirando el olor de las flores. Luego volvió a la gandula bajo los pinos con el propósito de terminar la novela, se sintió invadido de nuevo por la modorra y se dejó deslizar plácidamente hacia un profundo sueño.

*

¡Carlos, despierta! ¡Despierta, tienes visita! No tanto las palabras de Martita como un asomo de angustia en la voz le arrancaron de su letargo. Miró perezosamente a su alrededor y se levantó bruscamente al reconocer al individuo que tenía ante sí. ¡Don Lorenzo Verdugones!, exclamó con la expresión de quien no da crédito a sus ojos, ¡menuda sorpresa!

El jerarca sonreía, halagado por el sobresalto que provocaba su presencia. Lamento interrumpir sus meditaciones, dijo en un tono jovial que contrastaba con la formalidad de su atuendo ciudadano y la aspereza de su fisonomía, pero su encantadora esposa me ha dispensado el honor de tratarme como a un amigo, y yo me he prevalido de este privilegio para importunarle. Martita se mostró desconcertada ante este confuso donaire y Prullàs acudió en su ayuda. Mi esposa ha obrado con toda sinceridad, no lo dude, dijo; sea usted bienvenido.

Por favor, pasen a la terraza, intervino Martita, allí estarán más cómodos; les serviré un refresco... o lo que usted desee. Oh, no quiero ocasionarle ninguna molestia, señora, dijo don Lorenzo Verdugones; en realidad, me encontraba casualmente en esta deliciosa localidad costera y se me ha ocurrido venir a saludarlos y a charlar un ratito con su marido, si no tiene usted inconveniente. Martita captó el sentido de estas palabras. Voy a ver por dónde andan los niños, balbuceó; con su permiso. El jerarca se agachó y recogió del suelo la novela que había resbalado del regazo de Prullàs. ¡*Los asesinatos de la Viuda Roja*!, leyó en voz alta. ¡Ni siquiera en este paraíso terrenal da usted reposo a su sed de sangre, amigo Prullàs!, agregó con sorna. Diga más bien a mi sed de ideas, replicó Prullàs adoptando el mismo tono de jovialidad; cada día me cuesta más inventar situaciones nuevas para mis comedias y debo recurrir al préstamo, cuando no al robo descarado.

Oh, vaya, yo pensaba que todo consistía en dominar una técnica, dijo el jerarca depositando con suavidad la novela en el asiento de la gandula; en ir combinando y repitiendo viejas recetas con pequeñas variantes. Al fin y al cabo, ustedes, los autores de historias de misterio y detección cuentan, a mi modesto entender, con una gran ventaja, a saber, que el asesino, la víctima y el detective están dispuestos de antemano a plegarse a las conveniencias de la trama, a comportarse disciplinadamente, sin el menor egoísmo, a cooperar entre sí y a ser tan inteligentes o tan necios como convenga a la buena marcha del relato. Sonrió cansadamente y añadió: ¡Sabe Dios lo que sucedería si las cosas funcionaran del mismo modo en la realidad! Por suerte para nosotros, los asesinos verdaderos son tipos sórdidos, impetuosos y descuidados; llevan el crimen pintado en el semblante y fácilmente se delatan a sí mismos por torpeza, cuando no por fanfarronería. Porque yo le aseguro que si un criminal actuase con tanta previsión y destreza como en las novelas que usted lee y en las comedias que escribe, sus crímenes quedarían impunes. ¿Le parece que demos un paseo? Prullàs asintió. En el huerto no nos molestará nadie, dijo.

Su esposa es muy gentil, comentó don Lorenzo Verdugones sin venir a cuento, y su suegro también: lo que yo llamo un perfecto caballero. No sabía que mi suegro y usted se conocieran, dijo Prullàs. Por supuesto, nos habíamos visto en varias ocasiones, dijo el jerarca, y ahora he tenido ocasión de saludarlo nuevamente. Me ha mostrado la maqueta de un barco de guerra cuya construcción, por lo visto, le han impuesto sus nietos de manera inexcusable. ¡Un gran hombre, una familia ejemplar, una casa, en suma, donde se respira una serenidad típicamente catalana!, concluyó diciendo.

Despabilados por la humedad del riego, trazaban los caracoles las huellas de sus cachazudas trayectorias en la tapia del huerto, y en el aire cálido iban y venían dos libélulas, una roja y la otra azul. A un costado del huerto corría un muro de piedra; era una construcción más antigua que la casa, tosca en apariencia; un examen más detenido revelaba, sin embargo, una mano experta: las piedras, de tamaños distintos y formas irregulares, habían sido dispuestas con gran habilidad. Ahora encajaba en el paisaje sin intromisión, discretamente. Prullàs, que creía percibir en aquella obra humilde el fruto de una larga tradición y un amor ancestral por la tierra y el trabajo, sentía un cariño especial por aquel muro. ¡Mire por donde pisa, don Lorenzo, no se le vayan a embarrar los zapatos! Bah, no importa, el limpia me los dejará como nuevos, exclamó el jerarca. ¡Ah, qué bien se respira aquí! La brisa del mar, la tierra regada y las hortalizas en sazón, ¡un aroma balsámico! No me extraña que aproveche el menor resquicio en sus ocupaciones para escapar del bullicio ciudadano y recluirse en este remanso de paz. ¿A qué hora salió ayer de Barcelona?

No se lo puedo decir con certeza, respondió Prullàs algo perplejo ante aquella brusca transición; me encontré mal de repente y decidí venir sin fijarme en el reloj. Debían de ser más de las nueve y media; tal vez las diez. Sí recuerdo, en cambio, que tardé mucho en llegar hasta aquí porque mi indisposición me obligaba a circular con extrema prudencia. A mitad de camino me detuve a descansar en un desmonte, cerca de unas barracas. ¿Te vio alguien? Sólo unos niños. ¿Recuerdas sus nombres? ¡No! Eran unas criaturas; ni siquiera me fijé en sus caras. Cuando por fin llegué aquí, todos dormían. Recuerdo haber visto en el reloj del comedor que eran las tres y pico, casi las cuatro: me desnudé a oscuras para no despertar a mi mujer y me quedé dormido al instante. Alguien le vería en Barcelona, antes de salir, insistió el otro. ¿Dónde cenó? En ningún sitio: como le acabo de decir, me sentí repentinamente indispuesto. Según el doctor Mercadal, que me ha visitado esta mañana, sufrí una infección intestinal típicamente veraniega. De todos modos, antes de venir pasé por mi casa. La criada me vio. Tal vez ella recuerde la hora de mi marcha, ¿por qué le interesa tanto saberlo? Por nada, simple curiosidad; me gusta saber cómo viven las personas. Deformación profesional será, digo yo. ¿Qué hizo ayer tarde después del ensayo? Prullàs juzgó preferible no informar a su interlocutor de las horas pasadas en el Hotel Gallardo a la espera de la señorita Lilí Villalba. Anduve por ahí, se limitó a decir, deambulando y mirando escaparates. ¿Varias horas?, ¿con este bochorno y estando indispuesto? Quería estar solo y reflexionar sobre algunos pasajes de la comedia. A veces hago esto después de asistir a un ensayo. Las cosas en el escenario se ven muy distintas a como se ven sobre el papel.

¡Ah, sí, eso es bien verdad! Pero yo había entendido que los ensayos iban viento en popa: usted mismo lo dijo en casa de Brusquets. Bueno, siempre quedan cabos sueltos, pequeños detalles... Cabos sueltos, en efecto, exclamó don Lorenzo Verdugones; nada, sin embargo, que su astucia no pueda corregir... para confusión del ingenuo espectador. Pero ya ve como yo tenía razón: en las novelas, todo el mundo tiene una coartada, incluso el asesino; en cambio, en la prosaica realidad, nadie puede saber lo que hizo usted ayer por la tarde desde que terminó el ensayo, poco después de las siete, hasta que salió de Barcelona, ni entre las nueve y media y las cuatro de la mañana, si verdaderamente llegó a esta hora, pues ni siquiera su esposa le oyó acostarse. ¡Oh, mire qué gordas son aquellas berenjenas!, siguió diciendo sin transición; pasé toda mi infancia en tierras de secano y aún me dejan patitieso los productos de la huerta. Sí señor, sí, nací y viví en un breñal, entre zarzas y matojos, donde no había mariposas y golondrinas, como aquí, sino alacranes, cernícalos y serpientes. Para mí la naturaleza es lucha; ¡lucha y supervivencia del más fuerte! Para ustedes, por el contrario, la naturaleza es una fuente de placer y de sosiego, un verdadero escaparate de productos que parecen decir: ven y cómeme. A pesar de todo, añadió con voz ronca, como si rindiera cuenta de sus cavilaciones ante un ser invisible, no son los demás quienes deben comprenderme, sino yo a los demás: para esto he sido enviado. Sus ojos perdieron un instante su fulgor y su expresión, como si el paso de un cuerpo extraño por la órbita de su pensamiento hubiera eclipsado momentáneamente su cordura; pero de inmediato recobró el dominio de sí, carraspeó y dijo: Disculpe esta digresión. En realidad, mi visita no es casual; he venido con un propósito, pero me cuesta decírselo; por eso estoy divagando. En fin, más vale coger el toro por los cuernos. Amigo Prullàs, le traigo una mala noticia: esta mañana han encontrado muerto en su domicilio a Ignacio Vallsigorri.

4

Prullàs se detuvo en medio del sendero. Junto al pozo roncaba un motor de bencina que bombeaba el agua. Un poco más lejos se veían restos de una antigua noria, con los cangilones rotos y cubiertos de orín. ¿Ignacio Vallsigorri? ¡Imposible!, exclamó, ¡anteanoche estuve con él y...! Luego recapacitó y se apresuró a añadir: Claro, esto no significa nada; disculpe mi estupidez. Oh, no ha de disculparse, repuso el jerarca; todos tendemos a reaccionar con incredulidad ante una noticia inesperada como ésta. Soy yo quien le pide disculpas: mi estilo es poco diplomático, de una llaneza castrense; hablo sin rodeos, sin la menor delicadeza. Hizo una breve pausa y siguió diciendo: Usted es inteligente, no hará falta decirle que el fallecimiento de nuestro pobre amigo no se debió a causas naturales, o no estaría yo aquí. Alguien lo mató, efectivamente. Por supuesto, no sabemos quién ni por qué. Recibió una herida profunda con objeto punzante en el tórax, a la altura del corazón; ésta sería, a primera vista, la causa de su muerte, causa instantánea y terrible; pero nada hay definitivo hasta tanto no recibamos el informe del médico forense. Tampoco podemos saber la hora en que se produjo el hecho: el cuerpo fue hallado esta mañana, poco después de las ocho, en la propia casa del finado, por la mujer de la limpieza. Hizo una larga pausa y luego preguntó: ¿Era usted muy amigo de Ignacio Vallsigorri? No, repuso Prullàs; de hecho sólo lo he visto una vez en mi vida, precisamente en casa de Brusquets. Pero de inmediato hicieron buenas migas, dijo el jerarca; yo los vi conversar en un tono cordial y luego salir juntos. En efecto, el matrimonio Fontcuberta se había ido dejándome sin medio de transporte e Ignacio Vallsigorri se avino muy gentilmente a llevarme a casa en su coche, a pesar de que, como le digo, nos acabábamos de conocer, explicó Prullàs.

Un vencejo se precipitó desde la altura, describió un arco al llegar a pocos centímetros del suelo y volvió a remontar el vuelo sin aminorar su increíble velocidad. Esta exhibición de destreza recordó a Prullàs la estúpida conversación sobre los avances de la aviación y la posibilidad de rebasar la velocidad del sonido y de la luz. Todas estas nimiedades le parecían ahora muy remotas.

Pero no lo llevó directamente a su casa, oyó decir a su lado a don Lorenzo Verdugones. ¿Cómo lo sabe?, preguntó. Bah, no tiene mérito, repuso el otro; un tal Poveda, que los conoce a ambos, que les provee de artículos de contrabando, para ser exactos, los vio en el café La Luna poco antes de la hora del cierre. Usted lo invitó a unos huevos fritos; él mismo me lo contó. El bueno de Poveda conoce a medio Barcelona y yo, naturalmente, conozco al bueno de Poveda, aclaró el jerarca; estar bien informado es mi obligación. ¿Por dónde andábamos? Ah, sí; al cierre del local Ignacio Vallsigorri le propuso seguir la parranda en un local nocturno de baja estofa; usted aceptó la propuesta sin demasiado entusiasmo, siempre según Poveda, cuyo oído es fino y cuyas dotes de observación no son nada despreciables. Ahí les pierdo la pista, así que en algún momento me hará usted un relato pormenorizado de esa francachela. Entiéndame bien, no le estoy pidiendo que responda de sus actos. Éste es un país libre. Pero ha habido un homicidio y es preciso averiguar con exactitud cuáles fueron los últimos contactos de la víctima, sus últimas actividades, con miras a esclarecer el caso y aprehender al culpable. Usted es con certeza una de las últimas personas con quienes Ignacio Vallsigorri mantuvo una conversación. Todo cuanto pueda decirnos reviste la máxima importancia.

Guardó un rato de silencio el jerarca, como si se concediera un respiro a sí mismo o quisiera concedérselo a su interlocutor. Paseó la vista por el extremo del huerto adonde les habían llevado sus pasos y exclamó: Oh, tomates, grandes, rojos y maduros, un verdadero regalo de la madre tierra. ¿Le importa si arranco uno? Haga usted como le plazca, repuso Prullàs, y si gusta, haré que le preparen un cesto de productos del huerto como recuerdo de la visita a ésta su casa. Me encantaría, dijo don Lorenzo; vivo solo, y mi forma de ser no es propicia a la variedad ni al refinamiento; a decir verdad, mi dieta adolece de cierta monotonía. Pero volviendo a nuestro asunto, la cosa es ésta: Por una serie de motivos que más adelante le explicaré, he decidido ocuparme personalmente de este caso. No me refiero a la supervisión de las investigaciones, esto es inherente a mi cargo, algo por así decir preceptivo, sino a llevar la investigación en persona. Por supuesto, cuento con la valiosísima colaboración de la policía, pero soy nuevo en la plaza, si se me permite el símil, y tengo asimismo la impresión de que nos encontramos ante un caso difícil, un caso que se aparta de la tónica general a la que me he referido hace un rato: estamos ante un criminal inteligente, frío y avezado, quizás no en el delito, pero sí en el arte de la ocultación; alguien, en suma, más afín a los personajes de sus comedias que a los hampones de nuestros bajos fondos. Ya ve, amigo Prullàs, por una vez, vida y literatura se unen, y lo hacen, mal que nos pese, para perpetrar un abyecto asesinato. Y esto, continuó diciendo, me lleva directamente al motivo real de mi visita. En dos palabras, vengo a recabar su ayuda.

¡Mi ayuda! ¿Pretende usted que yo le ayude a resolver el caso?, dijo Prullàs, y ante el tácito asentimiento del otro exclamó: ¡Sin duda se trata de una broma! Yo de estos asuntos sé menos que usted, ¿qué digo?, ¡menos que nadie! Escuche, don Lorenzo, yo me dedico a escribir obras de teatro, ya se lo dije la otra noche en casa de Brusquets; escribo farsas inocentes y disparatadas, del todo ajenas a la realidad, y en buena parte plagiadas de comedias inglesas o francesas... ¡Amigo Prullàs, dijo el jerarca extendiendo ambos brazos en un gesto teatral al que los tomates conferían un carácter paródico, no irá usted a negarme su colaboración! No, por supuesto, balbuceó Prullàs; estoy enteramente a su disposición.

Martita los vio regresar desde la terraza. ¡Cielo santo, cómo vienen de acalorados! Son como críos. Y tú, Carlos, habiendo estado malo, exponerte a este bochorno, ¡qué pálido estás! Señora, en este lugar delicioso uno pierde la noción del tiempo y hasta de la temperatura, dijo don Lorenzo Verdugones con galantería. Diga más bien que mi marido es un charlatán empedernido y usted un oyente demasiado amable, repuso Martita. Al contrario, señora, esta vez he sido yo quien ha hablado por los codos y su marido quien me ha escuchado con atención y tolerancia. Pero no tema, no hemos despachado asuntos importantes: hablábamos de mi patria chica, tan distinta a esta hermosa región de ustedes. ¿De dónde es usted, don Lorenzo? De un pueblecito perdido en la vasta geografía española; a buen seguro no lo habrá oído ni nombrar siquiera. Es un paisaje agreste y viril, no desprovisto de encanto. Nada me complacería tanto como podérselo enseñar a ustedes, si se presenta la ocasión. Suspiró para expresar su pesadumbre ante la imposibilidad de realizar inmediatamente aquel deseo y agregó en tono expeditivo: Lamentándolo mucho, he de irme. Con su permiso, me voy a llevar a su marido.

Pero no tema: se lo devolveré sano y salvo. ¿Te vas?, preguntó ella dirigiendo a Prullàs una mirada de consternación; yo creía...

No te preocupes, dijo Prullàs con una naturalidad algo aparatosa; dejé algunos asuntillos pendientes en Barcelona, y como ya me encuentro del todo bien, bajaré a ultimarlos aprovechando el viaje de don Lorenzo. Volveré dentro de un par de días. Despídeme de tus padres y di a los niños que cuando regrese les traeré un juguete a cada uno.

5

Prullàs conducía su Studebaker acompañado de don Lorenzo Verdugones, dos motoristas uniformados los precedían y el coche negro del jerarca los seguía con pertinacia, a tan corta distancia que incluso en la escasa superficie del espejo retrovisor Prullàs podía distinguir la silueta del chófer y, junto a éste, la de un guardia con la gorra de plato ladeada; esta visión lo conturbaba: durante todo el trayecto apenas si acertó a hilvanar media docena de frases. El hermetismo de Prullàs no parecía incomodar a don Lorenzo Verdugones, el cual, dejando de lado su habitual circunspección, se había quitado la americana, arremangado la camisa y aflojado el nudo de la corbata; de esta guisa se dejaba despeinar por el cálido viento mientras contemplaba la superficie centelleante del mar.

Alzando la voz para hacerse oír de Prullàs, el jerarca contó cómo en cierta ocasión memorable, muchos años atrás, siendo él aún estudiante en Valladolid, había visto a Enrique Borrás, de gira por provincias, representar *Tierra Baja*; la interpretación del genial actor le había impresionado de tal modo, añadió, que por largo tiempo creyó que todos los catalanes se asemejaban al personaje atrabiliario del drama de Guimerá. Había sido preciso que el destino lo llevara a Barcelona para descubrir cuán diferente de sus prejuicios era la realidad, concluyó diciendo. Prullàs asentía sin apartar los ojos de la carretera.

Concluido el viaje, Prullàs y don Lorenzo Verdugones se apearon y entraron en el imponente edificio cogidos del brazo. El chófer los seguía llevando la cestita de hortalizas. Los guardias se llevaban respetuosamente la mano a la visera al paso del jerarca, pero lanzaban miradas escrutadoras y amenazantes al de Prullàs. El jerarca respondía a las salutaciones con ademanes secos. Cada vez que entro aquí y veo tanto bigote y tanto ceño se me cae el alma a los pies, murmuró al oído de Prullàs; no sabe cuánto envidio su profesión, siempre rodeado de muchachas alegres y bonitas. Pero tal vez sea mejor así: soy hombre débil y sin duda acabaría sucumbiendo a la tentación. No pretendo insinuar que usted lo haga, Dios me libre; ustedes ya deben de estar acostumbrados; seguro que no se inmutan cuando les pasa por delante de las narices un pimpollo balanceando el tras. Depende, respondió Prullàs con voz tan tenue que hubo de repetir la respuesta para que la oyera su interlocutor, el cual, tras una breve reflexión, dijo: Claro, claro.

En el despacho de don Lorenzo Verdugones había un joven enjuto, de tez pálida, a cuyos ojos unas gafas de gruesas lentes conferían una expresión perpleja y alucinada. Parecía llevar muchas horas de espera en el mismo lugar y en la misma posición, sosteniendo con delicadeza una carpeta abultada. Al ver entrar al jerarca se inclinó hacia delante sin perder la rigidez ni el equilibrio; luego, cuando su jefe se hubo sentado, se deslizó hasta la mesa y abrió la carpeta para mostrar su contenido. El expediente, dijo lacónico. Don Lorenzo Verdugones suspiró con fastidio.

Póngame con el Ministerio, dijo; y usted, agregó fulminando con la mirada al chófer que lo había seguido hasta allí con la cestita, ¿qué diantre hace en mi despacho con un cesto de hortalizas? Lléveselas, hombre, y hágalas desaparecer. ¡Esto no es un zoco, leche! Luego, dirigiéndose a Prullàs, que permanecía indeciso bajo el dintel añadió: Deberá disculparme, señor Prullàs, pero, como ve, otros asuntos importantes reclaman mi atención sin demora; tan pronto acabe me reuniré con usted y seguiremos hablando de nuestros asuntos. Sigüenza, añadió señalando al joven enfermizo a modo de presentación, le acompañará. Sigüenza, acompañe al señor Prullàs.

El solícito funcionario dejó la carpeta sobre la mesa, salió al pasillo e indicó por señas a Prullàs que lo siguiera, cosa que hizo éste con presteza, pensando que tal vez sería conducido a la salida. Sin embargo, Sigüenza se detuvo ante una puerta alta y estrecha, se hizo a un lado y tan pronto Prullàs la hubo cruzado, la cerró desde fuera.

Prullàs se encontró en una sala cuadrada, de techo muy alto, amueblada con un tresillo de piel ennegrecida por el roce, una mesa baja y una lámpara de pie. En las paredes, tapizadas de papel oscuro, colgaban grabados antiguos de tema pastoril. Trató de abrir la puerta que acababa de cerrarse a sus espaldas y lo consiguió sin dificultad; no estaba encerrado, pero el solícito funcionario montaba guardia junto a un perchero. Si precisa ir a los aseos, le dijo, están al fondo del pasillo.

Prullàs declinó el ofrecimiento de Sigüenza y volvió a encerrarse en la sala. Al otro extremo de la pieza había un balcón con barandilla de hierro; de la barandilla sobresalían tres mástiles con sendas banderas de grandes dimensiones. Prullàs salió al balcón y se entretuvo mirando a la gente que deambulaba por la calle con aire pausado. Cerraban las tiendas y compradores y vendedores se reintegraban a sus hogares. Al pasar frente al edificio, algunas personas levantaban los ojos hacia las banderas. Prullàs se retiró al sentirse observado en un lugar tan representativo: por nada del mundo quería llamar la atención.

En la sala no había ningún periódico ni revista para amenizar la espera y el tratar de poner orden en sus pensamientos sólo le sirvió para incrementar su desazón. Al cabo de un rato entraron en la sala dos agentes uniformados; Prullàs dio un respingo, pero los policías pasaron por delante suyo sin dirigirle la palabra ni la mirada, salieron al balcón, arriaron las banderas, las plegaron como si fueran sábanas y abandonaron la sala con el fardo bajo el brazo sin hacerle el menor caso. Prullàs, que había juzgado oportuno seguir aquella breve ceremonia de pie y en actitud respetuosa, volvió a sentarse. Por el recuadro del balcón veía oscurecerse el cielo; pero el ocaso no hizo bajar la temperatura y aumentó en cambio la humedad.

Pasadas las nueve y media el propio don Lorenzo Verdugones, agitado y sudoroso, entró en la sala. Prullàs se levantó de nuevo presa de gran desconcierto: el jerarca llevaba ahora un vistoso uniforme, botas fuertes, correaje y una boina blanca de la que colgaba una borla carmesí. Disculpe la tardanza, dijo; ya sabe lo difícil que resulta a veces establecer una comunicación telefónica eficaz, dijo; tan pronto se corta la línea como se producen a media conversación las interferencias más inopinadas y chocantes. Y para colmo de males, he de asistir dentro de unos minutos a una inauguración, ¡figúrese, a estas horas y con esta temperatura! Me temo que después habrá una cena de gala. ¡Sigüenza! ¿Dónde se habrá metido este inútil? ¡Sigüenza, leche, mis atributos!

El solícito funcionario entró patinando. Con ambas manos sostenía un estuche de madera brillante tapizado de terciopelo. Se lo presentó a su jefe, éste eligió una medalla aparatosa y se la dio a Prullàs. Préndamela en la pechera, Prullàs, hágame este favor. Yo siempre me pongo las insignias torcidas; soy un manazas. Y Sigüenza no digamos, ¿verdad, Sigüenza?

Prullàs hizo lo que le pedía el jerarca y éste dijo: A donde voy no le puedo llevar; pero no se pierde nada: cuatro discursos, cuatro brindis y poca cosa más. Sigüenza lo acompañará a la salida y hará que le devuelvan el coche. Si advierte alguna anomalía en el vehículo no se extrañe: por pura rutina lo habrán registrado. Ya le digo, pura rutina. Más vale hacer de más que de menos, como dicen ustedes los catalanes. Huy, es tardísimo; hace rato que debería estar allí y sin mí no puede dar comienzo el acto. Le pido disculpas una vez más por haberlo retenido para nada. Entre unas cosas y otras se ha hecho casi de noche y usted tendrá ganas de retirarse a descansar. Váyase a casa, cene y acuéstese; mañana nos espera un día muy agitado. Pasaré a recogerle a las nueve y media, si no le va mal: hemos de visitar el lugar de autos o como dicen ustedes los literatos, la escena del crimen. El criminal siempre vuelve a la escena del crimen, ¿no es así? La frase hecha, quiero decir, ¿no es así? ¡La escena del crimen! Curiosa expresión. ¡El crimen como representación escénica, qué idea tan romántica! Suena a drama pasional, ¿verdad, Sigüenza?, a historias turbulentas de rivalidad y celos... Bah, inútiles fantasías: estoy convencido de que la realidad será mucho más prosaica. Bueno, el tiempo lo dirá.

6

¡Por fin llega usted, señorito! La voz de la Sebastiana denotaba honda preocupación; sus ojos, secos y sin brillo, acusaban los efectos del llanto. La autoridad ha estado aquí, susurró como si quisiera evitar que la noticia se extendiera por el vecindario.

¡Maldita sea!, respondió Prullàs con voz entrecortada; buena parte del barrio se había quedado sin electricidad y de resultas de ello había tenido que subir las escaleras a pie, palpando las paredes y contando los escalones. ¿Te han hecho algo? No, señorito, a mí nada, al contrario, han estado muy amables, me han preguntado de dónde era y al yo decírselo pues ha resultado que conocían a uno de mi pueblo. Pero igual he pasado un buen susto, añadió. Por suerte aún no habían quitado la luz cuando vinieron.

Para escenificar su estado de ánimo ponía los ojos en blanco y levantaba los brazos con tosco dramatismo pueblerino, exagerado por la luz temblorosa de las velas. ¿Cómo eran?, preguntó Prullàs, ¿un hombre mayor, bien vestido, con un bigote fino, y otro más joven, de aspecto enfermizo, llamado Sigüenza? Ay, señorito, con los nervios no estaba una para fijarse en estos detalles, replicó la Sebastiana. Lo único que podía decirle era que habían venido dos representantes de la autoridad, uno de los cuales sin duda era el jefe, pues durante la entrevista había llevado siempre la voz cantante, mientras el otro se limitaba a mirar de soslayo y a tomar notas con un lapicero en un bloc de anillas. Cuando se gastó la punta del lapicero, sacó del bolsillo un segundo lapicero idéntico al anterior, pero muy afilado. En este gesto había visto la Sebastiana una muestra inequívoca de profesionalidad.

Prullàs se dirigió a la sala de estar seguido de la Sebastiana, que llevaba el candelabro. Allí se dejó caer en una butaca. ¿Qué te han preguntado? Cosas de usted, dijo la Sebastiana depositando cuidadosamente el candelabro sobre una cómoda y situándose luego en el centro de la sala, con las manos cruzadas sobre el regazo y la cabeza algo ladeada; toda clase de cosas. Las preguntas eran normales, añadió, pero yo de sobra las veía la intención: parecía como si quisieran sacarme algún secreto, mismamente como si usted fuera un criminal.

¿Un criminal?, gritó Prullàs; no sabes lo que dices, eres tonta de capirote. ¡Un criminal! ¿Dijeron algo en este sentido? No dijeron nada, señorito, ni tan siquiera mentaron la palabra: esto lo pongo yo; pero de sobra se les veía la intención en la forma de preguntar y en las miradas que se echaban. Como en las películas de gastres, igual. A pesar de su zozobra, la Sebastiana no había perdido su habitual sentido práctico y a requerimientos de Prullàs, le puso al corriente de lo sucedido en pocas palabras y sin titubeos.

A primera hora de la mañana, dijo, cuando estaba en el cuarto de plancha, habían sonado unos timbrazos enérgicos. Había abierto y se había encontrado en el rellano con dos señores que le mostraron unos carnets; en seguida vio ella que eran representantes de la autoridad gubernativa. En ningún momento manifestaron los policías deseos de registrar la casa: el interrogatorio había tenido lugar en el mismísimo re-

cibidor. Habían empezado preguntándole las cosas más normales: su nombre y apellidos, el lugar de nacimiento, el nombre, edad y profesión del padre y de la madre, cuándo había llegado a Barcelona, en cuántas casas había servido y cuántos años llevaba en su actual empleo, etcétera, etcétera. A renglón seguido, prosiguió la Sebastiana, le habían preguntado por las costumbres del señorito: si solía trabajar en casa, si seguía un horario regular, si se ausentaba a menudo y por mucho rato, si por las noches salía solo o en compañía de su esposa, si recibía visitas. A estas preguntas había respondido la Sebastiana diciendo que, según había podido observar, el señorito trabajaba en casa, donde tenía un despacho sólo para eso, cuando estaba escribiendo una obra de teatro; entonces permanecía encerrado allí largas horas, todos los días, salvo los domingos; por el contrario, cuando estaban ensayando alguna de sus obras, el señorito asistía a los ensayos casi a diario; entonces salía de casa después de comer y no regresaba hasta la hora de cenar o incluso más tarde. Pero esto sólo ocurría en las semanas que precedían al estreno de una obra. Por lo general, el señorito era hombre de hábitos ordenados. El señorito y la señorita salían con regularidad, al teatro, a la revista, a los toros, al Liceo y al cine, y también a cenas y a bailar, o a bodas, bautizos, fiestas y banquetes. Naturalmente, no daban cuenta de sus actividades al servicio, pero tampoco hacían nada para ocultarlas; se hablaba de ello en su presencia y casi siempre, al salir de casa, se despedían diciendo; Adiós, nos vamos al cine, o adiós, nos vamos a tal o cual sitio. Todas estas respuestas habían sido acogidas por los representantes de la autoridad con evidente beneplácito, como si la información contenida en ellas colmara cumplidamente sus esperanzas. A continuación, siguió diciendo la Sebastiana, el jefe le había preguntado por las actividades del señorito en la tarde del día anterior, a lo que ella había contestado ateniéndose a la verdad: El señorito sólo había aportado brevemente por la casa a eso de las nueve, se había aseado y se había vuelto a marchar. ¿Había dicho adónde se dirigía? Sí, señor, a Masnou. ¿Le había dicho si se encontraba indispuesto? En efecto, el señorito había comentado que no se encontraba bien, y para demostrarlo el señorito había echado hasta la primera papilla.

Llegados a este punto, el jefe había interrumpido el interrogatorio para felicitarla por su concisión y había preguntado al otro representante de la autoridad si había anotado to-

das las respuestas tal y como ella las había ido dando. El otro representante de la autoridad había dicho que sí y había releído las notas: ahí estaba todo. La Sebastiana no entendía cómo había podido escribir tantas palabras, dichas de corrido, sin equivocarse ni ponerse nervioso. Daba la impresión de que la visita había concluido y de que los representantes de la autoridad iban a marcharse, cuando el jefe, como si hubiera recordado algo de pronto, había sacado del bolsillo una fotografía y se la había mostrado a la Sebastiana. Dime si te suena esta cara, le había dicho. Era el retrato de un señor al que la Sebastiana no había visto nunca y así mismo se lo dijo al jefe.

¿Qué pinta tenía ese señor?, preguntó Prullàs, y viendo que la Sebastiana se encogía de hombros, agregó: ¿Se parecía a Bing Crosby? Hombre, ahora que lo dice usted, admitió la Sebastiana, y según se mire, pues sí, sí tenía una tirada a Bing Crosby. ¿Y luego? Luego el jefe se había guardado la fotografía en el bolsillo y había sacado otra fotografía del mismo bolsillo. Y a esta chica, ¿la has visto alguna vez? La Sebastiana había reconocido sin dificultad a la señorita Lilí Villalba, pero sin pensarlo, más por instinto que por decisión, había dicho que no. ¿Estás segura, Sebastiana?, había insistido el jefe. Y ella: Sí, señor, bien segura. El jefe había guardado la fotografía de la señorita Lilí Villalba junto con la otra, había mirado la hora y había dicho: Se nos ha hecho tarde, gracias por todo y procura hacer memoria para cuando volvamos. ¿Memoria, señor?, ¿de qué he de hacer memoria? De todo, había respondido el jefe.

Hum, dijo Prullàs, has salido muy bien parada de la prueba, te felicito; pero ¿por qué dijiste que no habías visto nunca a la señorita Lilí Villalba? Porque esa chica es una lagarta, señorito; de ella sólo se pueden esperar líos y compromisos. Yo de letras no sabré, pero hay cosas que a mí no me se escapan. Hace unos días vino esa pájara y hoy mismo, los alguaciles: más claro, el agua. Me parece, dijo Prullàs, que no me vendría mal un Veramón, y un whisky con soda.

7

En vista de que no podía dormir y permanecer en la cama sólo conducía a incrementar su nerviosismo, Gaudet se levantó y empezó a pasear por la casa sin encender ninguna luz:

había nacido en aquel piso vasto y tenebroso y siempre había vivido allí, primero con su madre, luego solo; no necesitaba ver para recordar la disposición de cada objeto, su forma y su volumen. Ahora recorría sin detenerse y sin pensar las habitaciones más recónditas, como si en alguna de ellas fuera a encontrar el sosiego perdido. Todo en vano: allí donde se detenía le asaltaban viejas e insípidas memorias, obsoletos fantasmas; el agua que circulaba por las tuberías desgastadas sugería a sus oídos débiles voces que repetían una letanía ininteligible y lastimera. Al cruzar frente a un balcón se asomó al exterior; todas las luces del vecindario estaban apagadas y de la calle no subía ningún ruido. Gaudet se preguntaba cómo era posible que la gente pudiera dormir, que les bastara meterse en la cama para que acudiera el sueño, noche tras noche con regularidad. Yo mismo gocé hasta hace poco de este privilegio que hoy me parece un milagro, se dijo. Tenía sed pero renunció a beber: sabía que ni una sola gota de agua entraría en su garganta; la sola idea de ingerir algo le produjo náuseas. Se sentía tan débil que decidió tumbarse de nuevo en la cama. Antes alisó las sábanas, enmarañadas en la agitación de las horas precedentes; lo hizo con tan poca maña que siguió notando la molestia de los pliegues en la espalda. Esto y el calor que desprendía la lana del colchón le recordaron una candorosa estampa de San Lorenzo en la parrilla. El tictac del reloj de la sala le crispaba los nervios, pero un temor supersticioso le impedía detener el péndulo. Trató de pensar en algo concreto y no lo consiguió; pensamientos disparatados le asaltaban de la forma más inopinada, su cabeza era un torbellino del que nada podía sustraerle. La desaparición de su madre tras una interminable enfermedad le había llevado a replantearse el sentido de su propia vida una vez desaparecida la justificación de su devoción a la enferma, a cuyo cuidado había venido dedicando los últimos años. El trabajo había dejado de interesarle y ningún aspecto de su vida personal presente o pasada le resultaba grato de evocar. Mire donde mire sólo veo motivos de vergüenza, se dijo. De repente un suceso vino a interrumpir su enloquecido soliloquio: a través de la puerta del dormitorio abierta de par en par vio avanzar con parsimonia una figura extraña, que no podía ser real, pero tampoco pertenecer a un sueño, puesto que no dormía. Con los ojos abiertos Gaudet podía distinguir con precisión todos sus rasgos: era un chino de tez limonada, ojos oblicuos y un bigote lacio que le colgaba hasta la cintura. Iba vestido de mandarín y en la mano movía con languidez un abanico de seda. Gaudet pugnaba por eludir aquella presencia grotesca, pero ni sus miembros ni su entendimiento le obedecían: estaba sometido a la inexorable comparecencia del chino. El sudor le corría por la frente, el cuello y el pecho. Sin dejar de caminar, el chino hizo culebrear el abanico; su mirada y su actitud eran benignas, pero infundían miedo, como si todo su porte estudiado y hierático no tuviesen otro fin que ocultar una amenaza indefinida y terrible. Gaudet oyó de nuevo la voz del agua que le hablaba desde los rincones: Niño malo, niño malo.

Un timbrazo quebró este espejismo; tardó un rato en comprender que sonaba el teléfono. Se levantó y acudió a la llamada molesto por haber sido rescatado de esta agobiante ensoñación. Su vida se había convertido en un infierno, pero que lo arrancaran de él no era tanto un alivio como el exilio de un mundo interior en el que a su pesar se había naturalizado irrevocablemente. Ahora sólo encontraba su razón de ser en aquel calabozo interior de sufrimiento y tristeza. Hola, Pepe, soy yo. Siento despertarte, chico, pero estoy metido en un aprieto y necesito tu ayuda. No, por ahora no me pasa nada grave, no te puedo decir más... No por teléfono, ya me entiendes. Hemos de vernos, ahora mismo. Voy para tu casa. Carlos, ¿no podríamos esperar a mañana? No me encuentro bien y es un poco tarde.

Eso ya lo sé, replicó Prullàs; yo también tengo reloj; y no te molestaría si el asunto no revistiera la máxima importancia. Anda, vístete y baja a abrirme dentro de diez minutos... No, imposible llamar al sereno: nadie debe verme. Si tardo un poco en llegar, no te inquietes: es que alguien me sigue y estoy dando vueltas para despistarlo... Sí, desde luego, sería mejor no ir en mi coche, pero a estas horas y con este calor no puedo confiar en encontrar taxi.

Gaudet cumplió a regañadientes las instrucciones de su amigo y a poco de asomarse a la calle distinguió la silueta inconfundible de Prullàs, que caminaba rozando las paredes y adoptando poses de aparatoso disimulo. Por fortuna no había nadie en las inmediaciones que pudiera presenciar aquella ridícula figurería. He dejado el Studebaker en el chaflán como medida de precaución, susurró. Me parece una actitud muy sabia, respondió el director de escena con una sorna que no hizo mella aparente en su amigo.

Ambos subieron al piso de Gaudet y allí Prullàs se dejó

caer en la desventrada butaca de la sala, encendió un cigarrillo y refirió lo ocurrido en los últimos días. La noticia de la muerte de Ignacio Vallsigorri no pareció impresionar mucho a Gaudet. Cuando Prullàs se lo hizo notar, el otro dijo que el hecho le pillaba por sorpresa, pero que desde hacía un tiempo se había acostumbrado a tomar la muerte como algo natural y previsible.

No te me pongas macabro, Pepe; con estos ánimos no me vas a poder ayudar, replicó Prullàs. Luego dejó vagar la mirada por la sala y abrió los brazos en un ademán de repulsa: ¡No puedes continuar así, hombre! Has de hacer un esfuerzo para sobreponerte a esta melancolía enfermiza. Mira cómo tienes la casa, parece un cubil: sucia, desordenada y apestosa. Y hasta tu propio aspecto raya en lo indecoroso. Hazme caso, búscate una criada; te sobra el dinero y no hay razón para que vivas como un perdulario.

Gaudet protestó: si no tenía servicio no era por cicatería, dijo, Prullàs conocía los hechos: durante muchos años Gaudet había tenido una criada ideal: limpia, trabajadora, honrada y discreta. Pero la edad había acabado por pesarle y finalmente había decidido regresar a su pueblo y pasar allí descansadamente lo que le quedara de vida. Gaudet, que le profesaba sincero afecto y le guardaba una profunda gratitud por los desvelos con que había atendido a su madre durante la penosa enfermedad que había acabado con su vida, le entregó una considerable suma de dinero y la dejó marchar con pena. Tratando de reemplazarla, tuvo un par de experiencias desafortunadas, tras las cuales, si bien no renunció a seguir buscando, permitió que también a este respecto se fuera apoderando de él la apatía. Hacía unas semanas, sin embargo, dijo, Mariquita Pons le había enviado a una muchacha de buen aspecto e inmejorable disposición. Me causó una impresión excelente y quedamos en que podía empezar tan pronto le fuera posible, siguió diciendo, pero han ido pasando los días y la muchacha no ha vuelto a dar señales de vida. Ya sabes lo informal que es esta gente, concluyó diciendo el director de escena. Prullàs emitió un gruñido. Pepe, estoy envuelto en un asesinato y tú me hablas de lo mal que está el servicio. ¡Por el amor de Dios!

Gaudet se echó a reír. Prullàs arrugó el entrecejo, pero al cabo de un instante soltó también la carcajada. El eco de las risotadas invadía los rincones más tétricos de la morada poniendo en fuga el espectro de los pensamientos mórbidos.

185

Realmente, estás metido en un buen embrollo, admitió Gaudet una vez recuperada la seriedad, pero no veo razón para actuar de una manera tan furtiva. Si no lo he entendido mal, lo único que has de hacer es acompañar a ese tal don Facundo en sus investigaciones y si se te ocurre alguna idea, dársela a conocer. Esto no tiene complicación.

¡Ay, Pepe, respondió Prullàs señalando los libros apilados en el suelo, si leyeras menos a Sartre y más a Agatha Christie, no dirías tantas bobadas! No hay que ser un lince para darse cuenta de que don Lorenzo Verdugones no me quiere a su lado para servirse de mis dotes deductivas, sino por una causa mucho más malévola. Antes de ir a buscarme a Masnou, Verdugones y su esbirro, llamado Sigüenza, un tipo que parece sacado del gabinete del doctor Caligari, fueron a mi casa y sometieron a la Sebastiana a un interrogatorio implacable; le mostraron dos fotos que en cierto modo me vinculan con el crimen, le preguntaron por mis hábitos, trataron de sonsacarla, de arrancarle una confesión en toda regla. Y luego esa encerrona en el despacho, incomunicado, con la única finalidad de intimidarme y hacerme perder el aplomo, mientras ellos registraban mi coche, buscando rastros de sangre o qué sé yo... ¡una tortura, Pepe, una auténtica tortura psicológica! Y eso no es todo: mañana pretenden llevarme a la escena del crimen para ver cómo reacciono, o si incurro en alguna contradicción, en suma, para ver si me delato. No hay duda, Pepe, don Lorenzo Verdugones me ha incluido en la lista de sospechosos, y tal vez con el número uno.

¡Estás loco!, exclamó Gaudet, más divertido que alarmado por el relato de su amigo; ¿cómo va a pensar alguien semejante barbaridad? Eres una persona respetable, un ciudadano ejemplar, casi una gloria nacional. ¿Por qué habías de asesinar a un fulano con quien no tienes ninguna relación? ¿Dónde se ha visto un crimen sin móvil?

Pepe, no te lo he contado todo, repuso Prullàs, y no te impondría este tipo de confidencias incómodas si no se tratara de una circunstancia grave. El hecho es, agregó tras un titubeo, que sin proponérmelo ni saber cómo me he liado con la señorita Lilí Villalba. ¡Por favor, no me digas nada! Ya sé lo que estás pensando, pero no es lo que parece... Bueno, tal vez es lo que parece; lo mismo me da. Un día vino a mi casa; estaba preocupada por su rendimiento en los ensayos, sin duda se había dado cuenta de que no satisfacía tu nivel de exigencia; ella te tiene en la más alta estima, Pepe, te lo aseguro, y su vocación por el teatro es auténtica. Sólo te diré que a media conversación, creyendo que yo no la tomaba en serio, se puso a llorar y dijo unas cosas... verdaderamente profundas. Bueno, para abreviar, aquella misma tarde nos vimos en un hotelito. Luego ya no hemos vuelto a vernos fuera del teatro. Es decir, quedamos citados una segunda vez hace un par de días, pero ella no compareció, yo me puse malo y me fui a Masnou. Como ves, mi situación es un poco comprometida. ¿Tú qué piensas?

Dos cosas, dijo Gaudet, la primera, que eres idiota; la segunda, que sigo sin ver ningún motivo para atribuirte la muerte de Ignacio Vallsigorri. Simplemente por haberte beneficiado a la señorita Lilí Villalba...

¡Cómo! ¿No te parece motivo suficiente para cometer un asesinato?, exclamó Prullàs ofendido. ¡Parece mentira que lleves toda la vida dedicado al teatro y sepas tan poco de la naturaleza humana! Hasta la Sebastiana, que es analfabeta, tiene las ideas más claras: silenció la visita de la señorita Lilí Villalba porque intuyó que ahí estaba el quid de la cuestión.

¡Tonterías!, repuso el director de escena con un ademán desdeñoso; la señorita Lilí Villalba no tiene nada que ver con el asunto, y esto don Segismundo, o como se llame, lo sabe de sobra. Mira, Carlos, he conocido docenas de chicas así; van de mano en mano, cambian de protector como tú de camisa; y la señorita Lilí Villalba no es una excepción. Debió de notar que Vallsigorri se estaba aburriendo de ella, vio peligrar su modus vivendi y ni corta ni perezosa se personó en tu casa a ofrecer el producto, y aquí se acaba la historia: ni crímenes ni nada.

¡No es cierto!, gritó Prullàs, ¡no es cierto! Ignacio Vallsigorri no se estaba aburriendo de la señorita Lilí Villalba; al contrario: él mismo me dijo que la consideraba una persona excepcional en todos los sentidos. ¿Acaso no fue a verte para interesarse por los progresos de su protegida? No, no. Tanto Ignacio Vallsigorri como yo tenemos, es decir, teníamos... En fin, que si él hubiera sospechado que la señorita Lilí Villalba lo engañaba con otro, o sea conmigo, a estas horas el asesinado sería yo y él sin duda el asesino. Pero estas cosas tú no las entiendes, Pepe. No entiendes la pasión que puede despertar una mujer ni a qué extremos de violencia y desesperación puede llevar a un hombre, porque tú eres un... un... ¡un marxista! Esto es lo que tú eres.

Gaudet volvió a reírse. ¿En qué puedo serte útil?, preguntó al fin. Entonces, ¿me ayudarás?, dijo Prullàs. Claro, hombre, a ti no puedo negarte nada, dijo el otro en tono de divertida resignación; te ayudaré sólo por esta vez, pero de ahí no pasaré.

Necesito encontrar a la señorita Lilí Villalba cuanto antes, esta misma noche, explicó Prullàs; don Lorenzo Verdugones conoce su relación con Ignacio Vallsigorri y sin duda irá a por ella; la chica es joven y pueden hacerle decir cualquier cosa si se empeñan. Pero es probable que ni la policía ni don Lorenzo Verdugones la hayan interrogado todavía. Si es así, le pediré que no mencione la visita a mi casa y menos aún nuestro encuentro en el hotelito. La conminaré a guardar silencio.

Carlos, esto es una temeridad, dijo Gaudet; tarde o temprano lo vuestro saldrá a la luz y entonces, cuando se descubran tus maniobras, parecerás realmente sospechoso. Ocultar pruebas constituye de por sí un delito; al menos, eso dicen siempre en las películas de juicios.

Yo no pretendo ocultar ninguna prueba, Pepe, arguyó Prullàs; sólo pretendo ocultar un hecho intrascendente, que no afecta en nada a la investigación, como tú mismo has dicho hace un instante, pero que, de hacerse público, me crearía enormes dificultades personales. En otras palabras, intento ocultar un devaneo a los ojos de mi mujer, de mis hijos y de mis suegros. Esto no es un delito, ni lo puede ser: nuestras leyes fundamentales protegen expresamente la familia y lo mismo hago yo. Por lo demás, siguió diciendo, la policía española es eficacísima, una de las mejores del mundo, según tengo entendido: en un par de días darán con el verdadero culpable y entonces ¿qué ha de importar ya lo que hayamos hecho una tarde de verano la señorita Lilí Villalba y yo? Sólo pretendo ganar tiempo, Pepe.

Gaudet dio una palmada resuelta: el aire conspiratorio de la reunión, la discusión y en general la inesperada variación que introducía en su vida aquel suceso absurdo habían disipado sus achaques y levantado su ánimo hipocondriaco y sombrío. ¡Pues no lo perdamos en cháchara inútil!, exclamó, ¿qué quieres de mí? La dirección de la señorita Lilí Villalba, repuso Prullàs.

No la tengo, dijo el director de escena; en todo caso deberías tenerla tú, que estás en tan buenos términos con ella.

Pepe, el existencialismo te ha licuado el seso, dijo Prullàs; la dirección de la señorita Lilí Villalba no la tenemos ni tú ni yo, pero con toda certeza estará en el teatro. Ahora mismo nos vamos allí, tú entras, la buscas y, cuando la encuentres, me la das. Yo te estaré esperando fuera. Si el vigilante me viera entrar a mí a estas horas, sospecharía algo raro. Tú, en cambio, puedes darle mil pretextos: que estabas preparando el ensayo de mañana y has echado en falta unas notas, o algo por el estilo... Cualquier cosa colará: entre el personal tienes fama de chalado.

*

Tres cuartos de hora más tarde, Gaudet salía del teatro con varios pliegos en la mano; entró en el Studebaker y explicó a su amigo que los había cogido para no despertar los recelos del vigilante, el cual, por lo demás, había mostrado más enfado que extrañeza ante la intempestiva aparición del director de escena, a quien confesó haber estado trasegando un cuartito de Valdepeñas y haberse quedado, de resultas de la operación, algo traspuesto.

Pero la dirección de la señorita Lilí Villalba, ¿la tienes, sí o no?, preguntó Prullàs con impaciencia. Claro, ¿me tomas por tonto?, protestó el otro tendiéndole un papel escrito con mano temblorosa; espero que entiendas mi letra, estoy algo destemplado, como te dije, y no tengo el pulso muy firme. Será el canguelo, dijo Prullàs poniendo el coche en marcha. Déjame en casa, Carlos, tengo mucho sueño y no me encuentro bien, de veras, suplicó Gaudet. ¡No me hagas perder más tiempo, hombre!, replicó Prullàs; acompáñame y luego te llevo a casa; hablar con la chica no me llevará más de diez minutos. Fíjate en la dirección. ¿Por dónde caerá eso? En el Barrio Chino, suspiró Gaudet; baja por las Ramblas y yo te guiaré. Vaya, ¿y tú cómo lo sabes?, preguntó Prullàs. Ya te lo contaré otro día, repuso Gaudet.

8

El lugar que buscaban resultó ser un sórdido cul-de-sac que partiendo de una plaza desolada desembocaba, cien metros más allá, en un solar baldío cuyos límites se diluían en la oscuridad de la noche. En una esquina de la plaza podían verse los fustes chamuscados y el muro acribillado de la humilde capillita del Buen Jesús; a pocos metros había una farola de gas de cuatro brazos y una fuente de fundición; el resto de la plaza consistía en un espacio rectangular agregado a la calle a raíz del hundimiento de un bloque de casas. Este suceso había ocurrido años atrás, y ahora las montañas de escombros, que nadie se había molestado en retirar, y los restos de antiguas viviendas, que aún podían distinguirse en la única fachada incólume del bloque, producían un efecto violento y sepulcral. En el ángulo más oscuro de la plaza, allí donde no llegaba la luz mortecina de los mecheros de gas, había asentado sus reales una tribu de gitanos, cuyos miembros, arrebujados en colchas de colores vivos, yacían revueltos en torno a las cenizas de una hoguera extinta; un par de carromatos y unos mulos desalbardados, que dormitaban de pie junto a un montón de fardeles, completaban el mísero retablo. Prullàs detuvo el coche bajo la farola, apagó las luces y el motor y abrió la puerta. Espérame aquí, le dijo a Gaudet; no tardo nada. Gaudet respondió que no quería quedarse solo en aquel lugar, pero Prullàs le señaló la conveniencia de proceder como él decía: de este modo, si no volvía al cabo de un rato, Gaudet podría acudir en busca de ayuda, dijo. ¿Y si soy yo quien necesita ayuda?, ¿cómo te aviso?, preguntó el director de escena con voz insegura. Prullàs le dijo que no hiciera el ridículo. No corría el menor peligro, le aseguró, por allí no pasaba nadie y, en el peor de los casos, podía pedir auxilio a los gitanos. Antes de que Gaudet consiguiera argumentar que era precisamente la presencia de los gitanos lo que le inquietaba, Prullàs cerró la portezuela y se adentró con paso vacilante en el callejón.

A medida que avanzaba y por efecto de la oscuridad creciente, el callejón parecía volverse más angosto, como si un mecanismo imprimiera a las paredes movimientos de tenaza. Llegado frente al número seis, empujó la puerta y ésta cedió rechinando pero sin oponer resistencia alguna, bien porque los habitantes del inmueble considerasen que allí no había nada digno de ser protegido de posibles hurtos, bien porque hubieran decidido confiar la seguridad de sus bienes y personas a medios más disuasorios que una cerradura rota y oxidada como la que aún podía verse colgada de la jamba. Franqueada la puerta, Prullàs se encontró en lo que la llamita de su mechero le reveló ser el arranque de una escalera empinada, de peldaños abruptos. Vaciló la llama y se asustó Prullàs al percibir un olor acre y espeso que tomó al principio por un gas letal, pero que identificó luego con alivio como el tufo inofensivo de varios siglos de orines y fritanga.

Inició el ascenso con paso titubeante y al llegar al segundo piso llamó a la puerta con los nudillos, primero suavemente y al cabo de un poco, viendo que nadie respondía a las llamadas, con más fuerza; dentro oyó ruido de pasos y cuchicheos; luego se abrió la puerta y envuelto en la lívida esfera de luz de un quinqué, surgió un individuo en apariencia desnudo, de cara ancha y nariz hinchada, tan velloso y corpulento como un gorila. Un examen más detenido revelaba, medio oculto por los pliegues de la panza, un andrajo sucio y deshilachado que hacía las veces de calzoncillos. El contraste de esta figura cavernaria con el atildamiento de Prullàs era tan grande que los dos hombres se quedaron un instante mudos e inmóviles, absortos en su mutua contemplación. Finalmente reaccionó el hombrón y fijando en el intempestivo visitante unos ojos enrojecidos por el sueño y la cólera, exclamó: ¿Qué leches? El exabrupto retumbó en la espiral de la escalera y un pichón tiñoso que anidaba en una grieta agitó las alas y emitió un graznido.

Buenas noches, dijo Prullàs en un tono exageradamente pausado y firme; necesito hablar con la señorita Lilí Villalba, si se encuentra aquí. El hombrón se rascó el abdomen con fruición, hundiendo los dedos en la maraña de vello; luego levantó el quinqué y acercó mucho su cara a la de Prullàs; en el fondo de sus ojos vidriosos se percibía un rescoldo de delirio y su aliento era volcánico, pero en su actitud había más curiosidad que malevolencia. Aquí no se encuentra naide, afirmó con rotundidad. Suspiró y sus ojos se velaron como si esta afirmación insensata le hubiera sumido en la melancolía. Al cabo de un instante recobró su torva catadura y dijo: ¿Y usté quién es? No se llama a estas horas a la gente honrá. La gente honrá tié que dormir. Necesita dormir; no como los señoritos, que duermen de día y por la noche salen a gastarse el dinero que otros ganan para ellos mientras duermen... Al llegar a este punto perdió el hilo del discurso y frunció el entrecejo. Maldita sea la mierda, gruñó a modo de conclusión.

Siento haberle despertado; no crea que no me hago cargo, insistió Prullàs, pero es preciso que hable con la señorita Lilí Villalba ahora mismo: es un asunto de vida o muerte. Si ella no está aquí, dígame dónde puedo encontrarla. Yo sabré agradecerle su amabilidad, añadió llevándose la mano al bolsillo interior de su americana de lino. Pero al punto se percató de lo imprudente del gesto y retiró la mano.

Ésta es una casa decente, repuso el hombrón; aquí no hay

señoritas que tengan que ver con hombres a estas horas. Ni señoritas ni ná que se les parezca. Al decir esto se rascaba con creciente frenesí. A la luz del quinqué Prullàs vio brincar pulgas entre el vello de los hombros de su interlocutor y se retiró unos pasos. Dentro de la vivienda rompió a llorar un niño de pecho y volvió a brillar la cólera en los ojos del hombrón. ¿Ve lo que ha conseguío? Ande, váyase, váyase, dijo, y viendo que el otro se resistía a cumplir la orden, agregó: Me paice que le voy a partir la cara de un guantazo, lechuguino.

A esta amenaza reaccionó Prullàs de un modo tan extraño que pilló por sorpresa de igual modo a su contrincante y a sí mismo: Levantó los puños, flexionó las piernas, dio un salto hacia atrás, perdió el equilibrio y habría rodado escaleras abajo si el hombrón no lo hubiera sujetado a tiempo. Arreciaba el llanto del rorro, blasfemaba el hombrón y chillaba Prullàs descontrolado: Suéltame y pelea, cobarde, ¡en guardia!, ¡en guardia! El vecindario, sin duda acostumbrado a estas escenas y temeroso de sus consecuencias, guardaba un recatado silencio. En medio de la confusión dijo una voz: Déjelo estar, padre.

Al punto soltó su presa el hombrón y Prullàs, con gesto torpe, recompuso su maltrecha vestimenta y se alisó el cabello. La señorita Lilí Villalba salió de la oscuridad y dirigió una mirada severa a los contendientes. Perdona esta escandalera, Lilí, pero tenía que hablar contigo a toda costa, dijo Prullàs con la voz trémula de resultas de la excitación y el zarandeo. El hombrón levantó una ceja. ¿Lilí?, preguntó desconcertado. Su hija lo sacó de dudas: Este señor es del teatro, explicó, no *el señor* del teatro, pero también *del teatro*. Las facciones del hombrón se suavizaron. ¡Haber empezao por ahí! Pase, pase usté. Ésta es una casa humilde, sabe usté, no estemos acostumbraos a recibir visitas. Vamos, niña, no te quedes pasmá y ofrécele una silla al señor. ¡No se recibe a la gente de pies, leche! ¿Qué se le pué ofrecer? Aún nos queda un poco salchichón que nos enviaron del pueblo. Gracias, pero nunca como entre horas, respondió Prullàs.

Había entrado en un recibidor diminuto separado del resto de la vivienda por una cortina de arpillera. Detrás de la cortina seguía berreando el lactante y una voz ronca le gritaba con saña: ¡Que te calles ya, malparido! El hombrón buscó un lugar donde dejar el quinqué y, no hallándolo, lo dejó en el suelo. Voy por las sillas del comedor, dijo. Cuando se quedaron a solas, la señorita Lilí Villalba se llevó las manos a la cara y prorrumpió en sollozos. Todo su cuerpo se estremecía bajo los pliegues traslúcidos del camisón, y desde el suelo la potente luz del quinqué agigantaba en la pared la sombra juvenil y sinuosa de sus formas. ¿Qué tienes, Lilí?, ¿por qué lloras?, preguntó Prullàs. Habría preferido morirme mil veces a que me vieras así, dijo ella, en este cuchitril... ¡qué humillación! Ha habido un malentendido con tu padre, pero de eso sólo yo tengo la culpa: realmente éstas no son horas de aporrear la puerta de una casa. Vivimos realquilados, dijo ella sin atender a las palabras del otro ni al tono condescendiente con que habían sido pronunciadas; el que llora es el hijo de la dueña. Mi padre es un zampabollos y esta casa... ¡Dios mío, qué vergüenza! Prullàs la atrajo hacia sí. Todo se arreglará, susurró a su oído; yo me ocuparé de esto y de lo que haga falta; tú no debes preocuparte por nada. Y ahora, escúchame, he de decirte algo muy importante. ¿Ha venido a verte la policía?

El cuerpo de la joven actriz, que recostado contra el de Prullàs parecía haber recobrado el sosiego, se puso rígido. ¿La policía?, exclamó desprendiéndose del abrazo y retrocediendo hasta la pared. Al hacerlo la sombra se redujo como por ensalmo hasta convertirse en un fino trazo que contorneaba la frágil figura. ¿Por qué había de venir la policía? Nosotros no hemos hecho nada malo, añadió en tono inseguro. Era evidente que al decir nosotros no incluía a Prullàs, sino al hombrón. Ya lo sé, cariño, repuso Prullàs, escucha: ha sucedido algo trágico; el señor Ignacio Vallsigorri ha muerto. Ya sé que lo apreciabas sinceramente, y lo lamento de veras. Yo también lo tenía en muy alta estima, aunque lo había tratado poco. Pero lo ocurrido ya no tiene remedio. En cuanto a lo demás, agregó de inmediato, sin dar tiempo a que la joven pudiera calibrar la magnitud del hecho y sus consecuencias, no debes preocuparte; ya te he dicho que yo me ocuparé de todo. Ahora sólo debes atender a esto: la policía vendrá, quizás por la mañana temprano, quizás más tarde, pero en algún momento vendrá y te hará preguntas acerca del señor Ignacio Vallsigorri y también acerca de mí. Lo mejor en estos casos es decir siempre la verdad, pero no es preciso decir toda la verdad. Por ejemplo, no les cuentes lo nuestro: no guarda ninguna relación con el asunto y no haría más que complicar las cosas. ¿Lo has entendido? Carlos, yo no quiero meterme en líos, no puedo *permitirme* líos con la policía. Prullàs volvió a abrazarla de nuevo con fuerza. No temas; no pasará nada, este asunto no os afecta a ti ni a tu padre. Dentro de unos días todo volverá a la normalidad y entonces nada ni nadie podrá separarnos. Nunca olvido un favor, Lilí, y además, no puedo vivir sin ti, pienso en ti constantemente; estoy loco por ti.

La joven pugnaba por desasirse. Suéltame, ¿qué haces? Mi padre va a volver en cualquier momento; no me sobes *aquí*, yo no soy un juguete. ¿Lo ves? Por tu culpa se me ha descosido el camisón, gimió sin atreverse a levantar la voz. Dentro volvió a berrear el mocoso y alguien, exasperado por el alboroto, propinó un puntapié a una palangana. La joven hizo un leve gesto con la cabeza que equivalía a una claudicación y se enjugó una lágrima con el dorso de la mano. Vete ya, mi amor, le suplicó. ¿Cuento pues con tu silencio?, preguntó Prullàs en el rellano, y ante la aquiescencia de ella, añadió: En el teatro hemos de seguir fingiendo que no nos conocemos; sobre todo en el teatro. Sólo Gaudet está al corriente de lo nuestro, nadie más. Pero no te inquietes: pronto volveremos a estar juntos. Esto es *lo único* que me importa, dijo ella.

El beso que depositó en sus labios le hizo olvidar el guirigay proveniente del otro lado de la cortina. Mientras bajaba la escalera a tientas cayó en la cuenta de que no le había preguntado por qué la tarde anterior había faltado a la cita en el Hotel Gallardo, pero no era cosa de volver a subir y decidió postergar la cuestión hasta otro momento. Dentro del coche Gaudet dormía enroscado sobre sí mismo. Al ruido de la portezuela despertó bañado en sudor y presa de una violenta tiritona. Has tardado muchísimo, balbuceó; llévame a casa, por el amor de Dios.

Capítulo V

1

Confío en que haya dormido usted bien, amigo Prullàs, pues nos espera un día plagado de emociones y descubrimientos. Con estas palabras, pronunciadas en un tono animoso no exento de retintín, saludó don Lorenzo Verdugones a Prullàs, el cual, después de las peripecias de la noche precedente, apenas podía tenerse en pie. En la calle, los rayos del sol, todavía oblicuos, quemaban ya como tizones. ¡Hoy va a ser un día de órdago!, comentó el jerarca entrando en el coche y bajando el cristal de la ventanilla. Confío en que la descomposición no esté muy avanzada, añadió; usted, por supuesto, habrá presenciado muchas autopsias. ¡Jamás!, respondió Prullàs con voz desmayada, ¡ni una! La temprana venida del jerarca no le había permitido proceder a su habitual desayuno ni a la pausada lectura de la prensa. Estas privaciones le ocasionaban un malestar físico que acrecentaba su desazón. La perspectiva de tener que presenciar una autopsia acabó de sumirlo en la desolación.

En tal caso, haremos bien en no perdernos ésta, exclamó alegremente don Lorenzo Verdugones; y luego, allí mismo, en el bar del Instituto Anatómico Forense, nos tomaremos unos bocadillos como no los ha comido usted en su vida: ¡pura gloria! Pero eso será más tarde, añadió; antes, como mandan los cánones, nos personaremos en el lugar de autos.

*

El piso de Ignacio Vallsigorri ocupaba la última planta de un elegante edificio en la avenida del Generalísimo, cerca de la calle Aribau. En el portal había un guardia uniformado y en los balcones de los edificios contiguos se agolpaban los curiosos. La llegada del coche oficial precedido de dos motoristas desencadenó una oleada de murmullos; dos mujeres vestidas de luto agitaron sendos pañuelos blancos cuando se apeó el jerarca.

Usted ha estado aquí antes, supongo, dijo don Lorenzo Verdugones mientras subían en el ascensor; y ante la respuesta negativa de Prullàs, agregó contrariado: Vaya, yo esperaba que nos ayudase a descubrir alguna anomalía en la disposición de los objetos domésticos; ya sabe: un cenicero fuera de su sitio o algo por el estilo.

Ante la puerta del piso había otro policía vestido de paisano. Había sacado una silla al rellano y combatía el tedio con la lectura del *Marca*. Al ver salir del ascensor al jerarca, se puso de pie y saludó llevándose el *Marca* a la sien. Sin novedad, exclamó. Sacó del bolsillo un llavín, abrió la puerta del piso y volvió a cerrarla cuando los recién llegados estuvieron dentro. Prullàs percibió un áspero olor a sudor y tabaco frío. El suelo de la vivienda estaba sembrado de colillas.

Muchas personas han pasado por aquí desde que fue descubierto el cuerpo del difunto, comentó don Lorenzo Verdugones al advertir la extrañeza de su acompañante; los del juzgado, la policía, los camilleros... ¡hay que ver cuánta gente vive del crimen! Después de esta plaga no será fácil encontrar pistas, agregó con un ademán de impotencia, pero se hará lo que se pueda. Por fortuna, el salón donde se produjo el hecho está intacto, añadió señalando una puerta acristalada; así lo dejé dicho. ¿Usted cree que el criminal vuelve siempre al lugar del crimen, como dicen? A mí me suena a camelo; si yo cometiera un asesinato procuraría no acercarme a dos leguas del lugar del crimen, aunque ¿quién sabe?, tal vez exista una fascinación morbosa. ¿Ha leído *Crimen y castigo*? Es una novela pesada y con una carga de amoralidad censurable, pero interesante a pesar de todo. Se la recomiendo, aunque sé que no es su estilo.

El salón estaba decorado con muebles de estilo Luis XV y de las paredes, en cuyo papel se repetía una desvaída escena amatoria sobre un fondo verdegay, colgaban cuadros con grandes marcos dorados. El ventanal permanecía cerrado, pero a través de las persianas entreabiertas se colaba una luz oblicua y tamizada. El calor era asfixiante y en el aire flotaba una fragancia melosa y repulsiva, o su aprensión se lo hizo percibir así. El contraste entre el refinamiento decadente del aposento y el sangriento suceso allí ocurrido hizo estremecer a Prullàs.

Nota usted una sensación extraña, ¿verdad?, dijo don Lorenzo Verdugones. Suele suceder: allí donde ha habido una muerte violenta, el ambiente está cargado de electricidad. Dicen que en el momento de cometerse un homicidio, tanto quien muere como quien mata experimentan una tremenda descarga emocional, una emanación de energía, y que esta energía liberada se mantiene en el mismo lugar por largo tiempo, durante años e incluso siglos. Éste sería el origen de las apariciones, la explicación científica de los fantasmas: algunas personas sensibles podrían percibir esta energía en forma de susurros, fosforescencias y otros efectos similares. Vista así, la cosa no parece inverosímil ni contradice el dogma de nuestra religión, ¿no cree?

¿Dónde estaba el cuerpo?, preguntó Prullàs, deseoso de cumplir su cometido con la máxima celeridad y abandonar cuanto antes aquella estancia siniestra. El jerarca señaló un silloncito de brazos. Yo creía que Ignacio Vallsigorri había sido apuñalado, murmuró Prullàs.

Tal parece, a reserva de los resultados de la autopsia, respondió don Lorenzo Verdugones; pero ya entiendo su objeción: si un hombre fue apuñalado en este silloncito, ¿cómo no hay manchas de sangre en la tapicería? Muy sencillo: Ignacio Vallsigorri no murió en este silloncito, sino en un silloncito idéntico a éste, que se han llevado, junto con otras piezas del mobiliario, para hacerlo analizar en el laboratorio. Yo mismo dispuse que se colocara el otro silloncito en este sitio a fin de reconstruir los hechos, si procedía. Siéntese, siéntese, añadió señalando el silloncito; tiene usted mal aspecto.

No es nada, dijo Prullàs; el calor y este salón... Nunca había tenido contacto personal con un caso verídico y estoy un poco, ¿cómo le diría?, un poco alterado. Me gustaría beber un sorbo de agua, si es posible; tengo la boca seca.

Claro, claro, respondió don Lorenzo; me ha parecido advertir que el guardia de la puerta tenía un botijo: al salir le pediremos que nos deje echar un trago. ¿En qué estábamos? Ah, sí, en la sangre, ¿verdad? Pues lo cierto es que no la había en gran cantidad: el cojín empapado y un charco regular en el suelo, pero ni salpicaduras por las paredes, ni nada parecido. Vea usted mismo el papel: como nuevo. Todo indica que la víctima recibió al asesino sin la menor desconfianza, sin sospechar remotamente cuáles eran sus intenciones. El asesino era persona conocida; Ignacio Vallsigorri iba trajeado y encorbatado, en una noche de verano y en su propia casa; es de suponer que se vistió para recibir a la visita, o tal vez se disponía a salir, o acababa de volver de la calle. No sabemos, pues, si esperaba o no una visita, a la cual, por cierto, recibió en el salón reservado a las de compromiso. Hizo una pausa y agregó luego: El ataque debió de producirse de un modo súbito. Ignacio Vallsigorri no tuvo tiempo de reaccionar; ni siquiera pudo hacer el ademán instintivo de cubrirse con los brazos: recibió una puñalada y murió en el acto. Pero esto son sólo conjeturas y es a usted a quien corresponde hacerlas, no a mí. Yo me limitaré a los hechos mondos y lirondos.

Sacó del bolsillo una petaca y ofreció a Prullàs unos cigarros de estampa agreste. Tenga, fúmese un caliqueño, a ver si con las tufaradas ponemos en fuga a los fantasmas. Prullàs no se atrevió a declinar la invitación y ambos fumaron en el lúgubre salón. A Prullàs aquel tabaco tan áspero, en ayunas, le producía náuseas. Don Lorenzo Verdugones, en cambio, se mostraba la mar de satisfecho. Dio varias pipadas a la tosca breva, sacudió la ceniza en el suelo, consultó una cuartilla de papel y dijo: El cuerpo sin vida de Ignacio Vallsigorri fue descubierto en la mañana del día de ayer, miércoles, a las ocho horas y siete minutos, por una tal Sancha García Fernández, de treinta y seis años de edad, casada, natural de Pizarrón del Rey, provincia de Badajoz, en la actualidad vecina de Hospitalet, de profesión sus labores, la cual ha estado desempeñando durante los últimos veinte meses en el domicilio del interfecto funciones de asistenta o de mujer de hacer faenas, como se denomina en Cataluña esta figura. Antes de trabajar para Ignacio Vallsigorri sirvió en otras dos casas; presenta informes impecables. Con anterioridad la casa había estado atendida por dos criadas fijas, una tal Tiberia Cabestro, de cincuenta años de edad, oriunda de la provincia de Burgos, y otra de nombre Araceli Sepelio, de veinte años, natural de un villorrio próximo a Andújar, Jaén. Un buen día, según hemos podido saber, la criada de más edad empezó a toser a todas horas e Ignacio Vallsigorri, temeroso de que la tos pudiera ser un síntoma de tuberculosis, la despidió. Poco tiempo después, la criada joven confesó haber cometido un desliz con el novio de turno; Ignacio Vallsigorri la puso de patitas en la calle sin dilación. Desde entonces una asistenta venía todos los días a limpiar, hacer las camas, etcétera, etcétera; la ropa se daba a lavar y planchar a la tintorería; el interfecto acostumbraba a comer al mediodía con algún amigo o conocido en el Círculo Ecuestre, en el Círculo del Liceo, en el Club de Polo o en el Tenis Barcelona: de todos estos sitios era socio; por las noches cenaba casi siempre solo en un restaurante situado cerca de su casa. Era un arreglo algo incómodo, pero ya sabe usted lo difícil que resulta en estos días encontrar una muchacha limpia, honrada y trabajadora. Por otra parte, como Ignacio Vallsigorri era soltero y rico, esta forma de vida le daba una mayor independencia para entrar y salir a su antojo, y para recibir en su casa a quien quisiera sin temor a las indiscreciones del servicio. Al parecer, era hombre faldero, Dios le haya perdonado, y tal vez tuviera algún asuntillo comprometedor. Ayer tarde, la asistenta abandonó el piso a eso de las cinco, de acuerdo con el horario convenido. El señor, según ella misma ha declarado esta mañana a la policía, estaba en casa a esa hora; había salido a comer, como todos los días, y había regresado alrededor de las cuatro. Minutos antes de salir la asistenta, llamó por teléfono una mujer preguntando por Ignacio Vallsigorri, el cual mantuvo una breve conversación con ella a puerta cerrada. Nada anómalo sucedió ese día, o esto es, en todo caso, lo que ha podido contar la asistenta: es una pobre mujer y está aún bajo los efectos del susto. Probablemente mañana o pasado recordará más cosas. El portero no dejó entrar a nadie que fuera a este piso ni a ningún otro. El portero se retira a las nueve. Este dato permite suponer que el asesino llegó a la casa después de esa hora y que el propio Ignacio Vallsigorri le abrió la puerta. Con todo, es una suposición muy precipitada: caben otras mil posibilidades y hemos de andarnos con prudencia.

Volviendo al inicio del relato, prosiguió el jerarca, la asistenta, Sancha García, entró en el piso en el día de ayer a las ocho horas y cinco minutos. Recuerda la hora con exactitud, agregó consultando sus notas, porque el tranvía en el que viaja a diario había pasado aquella mañana con más retraso de lo habitual y ella temía ser reprendida por su amo. Preguntada si su amo la reprendía a menudo, responde que no, pero «que de cuando en cuando la metía un buen rapapolvo». Abrió la puerta con su propia llave. No recuerda si la puerta estaba cerrada con llave o simplemente de golpe: «Que no reparó en eso.» Sancha García dispone de una llave del piso y otra del portal; ambas le fueron entregadas por el propio Ignacio Vallsigorri al cabo de unos meses de prestar ella sus servicios en la casa, una vez hubo acreditado ser persona de toda confianza. Al principio era el portero quien debía abrirle ambas puertas, pero este arreglo no era del gusto de nadie, ya que a las ocho de la mañana el portero todavía estaba sin afeitar ni peinar, en pijama y pantuflas, y con semejante facha menoscababa la categoría del inmueble.

Nada más entrar en el piso, Sancha García advirtió estar la puerta del salón abierta de par en par. Recuerda haberla dejado cerrada el día anterior «para que no se llenaran tanto los muebles de polvo». Al asomarse vio el cuerpo exánime y ensangrentado de su amo en el silloncito. De inmediato comprendió que estaba muerto «por la cara que le ponía». A sus gritos acudió en primer término el vecino de la planta inferior, un tal Arsenio Cascante, notario en ejercicio: un testigo de excepcional valor. Don Arsenio «corrobora in toto» la declaración de la asistenta. Fue él quien llamó por teléfono a la policía. El salón no presentaba signos de violencia. De hecho, estaba como está ahora, con la salvedad del muerto y del silloncito. La asistenta no ha echado nada en falta. En una gaveta de aquella cómoda, concluyó el jerarca señalando un mueble de madera taraceada, había más de dos mil pesetas en duros de plata. La víctima llevaba puesto un reloj de oro y en este salón hay figuritas, jarrones y otras antigüedades de gran valor. A primera vista, nada ha sido sustraído.

Entiendo, dijo Prullàs, que había seguido atentamente las explicaciones mientras dejaba que se consumiera el charuto motu proprio; el robo no parece haber sido el móvil del crimen.

No se inquiete por ello, rió don Lorenzo Verdugones; no serán móviles lo que nos falte. Tantos hay como repliegues tiene el alma humana: honor, celos, despecho, una rivalidad exacerbada, una antigua venganza... Nuestro desventurado amigo era un hombre de negocios. *Cherchez la femme*, como dicen los franchutes, pero *cherchez* también la cuenta corriente.

¿Y el arma homicida?, preguntó Prullàs. No ha sido encontrada todavía, repuso el otro. Y en tono expeditivo añadió: Continuemos nuestra inspección.

Recorrieron el resto de la casa sin encontrar nada de interés; todo cuanto hubiera podido arrojar alguna luz sobre el caso había sido requisado por los peritos. En la biblioteca se alineaban muchos volúmenes de severa encuadernación, sin duda leídos atenta y provechosamente por alguien que había muerto hacía más de un siglo. Sobre una peana figuraba una pieza de caza disecada: un mono pequeño, de pelo negro y tieso y expresión absorta. Una chapa de latón daba a conocer el lugar y la fecha del evento: Guinea, 19-5-1942. En un paño de pared Prullàs vio unos estantes atiborrados de noveluchas roñosas y desencuadernadas, adquiridas muchas de ellas en librerías de lance. Ignacio Vallsigorri se jactó en mi presencia de poseer una espléndida colección de novelas policiacas, comentó con tristeza; y no exageraba un ápice: aquí la tenemos, tal y como él la describió. Me gustaría saber quién recibirá esta singular herencia y qué destino le dará.

El asunto de la herencia está todavía por aclarar, repuso don Lorenzo Verdugones consultando una vez más sus anotaciones. Ignacio Vallsigorri era soltero, pero seguramente había hecho testamento; es probable que la lectura del testamento nos resulte muy instructiva. Por lo que concierne a las novelas policiacas, ya conoce usted mi opinión: yo haría con todas ellas una pila, la rociaría de gasolina y le aplicaría una antorcha. No voy a erigirme ahora en su abogado defensor, respondió Prullàs; este tipo de libros, y otros similares, no tienen otro valor que el placer que produce su lectura. Con todo, algunos títulos no carecen de mérito literario. No salvaría yo de la hoguera ninguna, así la hubiera escrito el mismísimo Cervantes, respondió el jerarca; en todo caso, de bien poco le sirvió su lectura a Ignacio Vallsigorri: se diría que en vez de agudizar su ingenio, las historietas se lo embotaron, ya que a la postre acabó muriendo como la más inepta de las víctimas. Al menos podría habernos dejado un mensaje cifrado escrito en sangre, un jeroglífico en el parquet u otro acertijo cuya resolución nos permitiera identificar a su asesino, ¿no cree?

La biblioteca comunicaba a través de otra puerta corredera con el dormitorio, una pieza algo más reducida de dimensiones y dominada por una enorme cama de madera labrada. Reinaba allí un calor insoportable; parecía imposible que una persona pudiera dormir en aquellas condiciones, pensaba Prullàs. De inmediato se dio cuenta de lo absurdo de esta reflexión y se irritó consigo mismo: acuciado por la necesidad, hacía esfuerzos denodados por grabar en la memoria todos los detalles y extraer de ellos alguna conclusión, pero este esfuerzo hacía que todo le pareciera superfluo y sus observaciones, carentes de significación.

La cama estaba hecha. Don Lorenzo Verdugones se acercó y presionó sobre ella con las manos: chirrió el somier y quedaron sobre la colcha de raso las huellas de los dedos del jerarca. ¡Plumas!, exclamó recobrando la verticalidad. Ser soltero y dormir en cama de matrimonio es toda una declaración de principios, ¿no le parece? Quizás conservaba la cama de sus padres, dijo Prullàs, a quien molestaba el tono zumbón y desenfadado con que el otro se refería al difunto. En tal caso, sólo conservó una mesilla de noche, señaló don Lorenzo Verdugones; según se puede apreciar por este dato, nuestro amigo tenía por costumbre dormir en el lado derecho de la cama. ¡A saber quién habrá ocupado el izquierdo! Dicen que era un punto filipino. Claro que, siendo hombre y soltero, no hacía mal a nadie, ¿verdad? Verdad, repitió dócilmente Prullàs.

De haber sido casado, otra opinión me habría merecido su conducta, afirmó el jerarca con seriedad; no soy mojigato, pero repruebo el adulterio: simboliza la relajación de las costumbres y socava la institución de la familia, puntal del Estado. Pero esto no se aplica a nuestro difunto amigo: él había elegido la senda de la soltería y lo que hiciera sólo quedaba entre su conciencia y Dios. ¡Ah, si las sábanas hablaran, cuántas picardías podrían contarnos! Y ya que tocamos el tema, prosiguió diciendo don Lorenzo Verdugones como si acabara de pasarle por la cabeza una idea peregrina, he oído decir que Ignacio Vallsigorri tenía, ¿cómo llamarlo?..., ¿un flirt?, con una actriz joven, de piernas bien torneadas y pocos remilgos. También he oído decir que la chica forma parte del elenco de su próxima obra. A usted también le habrán llegado estos rumores, me figuro. Pues no, la verdad, no ha llegado a mis oídos nada de eso, repuso Prullàs.

Oh, vamos, amigo mío, ¿a quién trata de proteger?, replicó don Lorenzo Verdugones; al pobre Ignacio Vallsigorri ya no le alcanzan las murmuraciones, y a la chica en cuestión, muy poco ha de importarle la buena o mala reputación si hacía lo que hacía. Será una de ésas..., ya sabe: loquitas por el cine. Las películas alimentan sus sueños y los hombres los fomentan y les sacan un buen partido. Luego no es fácil hacerlas volver al lugar que les corresponde. Se creen que el mundo entero es Hollywood; ahí es nada, ¡la Meca del cine! Pero España no es Hollywood, amigo Prullàs. Ni Hollywood, ni nada que se le parezca.

Si se refiere a la señorita Lilí Villalba, dijo Prullàs secamente, le diré que la conozco, pero sólo de vista. Por supuesto, en el transcurso de los ensayos he tenido amplia ocasión de fijarme en su figura y en su modo de actuar. Pero no he tenido contacto con ella fuera del teatro e ignoro todo cuanto concierne a su vida privada.

Don Lorenzo Verdugones esbozó una sonrisa mundana. Ya me lo suponía, musitó. Luego, sin aclarar el sentido de su ambiguo comentario, miró el reloj y dijo: Pasan unos minutos de las doce y estamos citados con el médico forense a la una. Hemos despachado la inspección más aprisa de lo que yo calculaba. A decir verdad, yo esperaba que sacara una lupa del bolsillo y se pusiera a mirar por los rincones, que recogiera del suelo un botón y gritara ¡eureka!; en fin, que resolviera el caso en un decir jesús. ¿Qué mira? Nada, repuso Prullàs. Había abierto el cajón de la mesilla de noche y encontró dentro unas hojas mecanografiadas. Le bastó hojearlas para comprender que se trataba de *La náusea*, de Jean-Paul Sartre. Pero don Lorenzo Verdugones no le dio tiempo a seguir husmeando. Vámonos, dijo, y olvídese del botijo; nos da tiempo de tomar una cerveza en el bar de abajo. Usted invita.

*

Mientras se tomaban la cerveza entró en el bar el joven enjuto y pálido a quien Prullàs había conocido la tarde anterior en el despacho de don Lorenzo Verdugones. Pase, pase, Sigüenza, y tómese una cervecita con nosotros, le dijo el jerarca con afabilidad. Muchas gracias, don Lorenzo, pero ya sabe usted que lo tengo prohibido, respondió Sigüenza señalándose el costado con el dedo para indicar la causa de tal prohibición; el mero recordatorio bastó para acentuar su palidez y dibujar una mueca de dolor en sus labios exangües. Disculpen las molestias, pero el agente me dijo que los encontraría aquí, y quería mostrarles, si no les parece mal, las fotos y el inventario. Acaban de llegar, anunció mientras colocaba sobre la barra del bar una cartera de cuero, de cuyo interior sacó un sobre alargado y varias hojas mecanografiadas. Don Lorenzo Verdugones abrió el sobre y contempló las fotografías con evidente satisfacción. Han quedado muy bien, musitó. Luego se las pasó a Prullàs. En todas ellas aparecía Ignacio Vallsigorri recostado en un silloncito Luis XV idéntico al que acababan de ver en el salón. Aunque las fotografías eran de regular calidad y el contraste de luces y sombras era muy acusado, la mancha oscura que cubría la camisa y la americana, la postura dislocada del cuerpo y en especial la mirada congelada del rostro hierático, indiferente a la presencia del fotógrafo y a los fogonazos del flash, dejaban pocas dudas respecto al macabro significado de aquellas imágenes. Prullàs las volvió a dejar boca abajo en el mostrador y apuró de un trago el resto de su cerveza. ¡Qué espanto!, dijo.

¡Ya ve si se parece poco la realidad a esas infames novelitas que a usted le gustan tanto!, dijo don Lorenzo Verdugones en tono desdeñoso; y alargándole una de las hojas mecanografiadas añadió: Esto es el inventario de los objetos personales encontrados en el cuerpo de la víctima o en el salón: aquí está todo consignado: los cordones de los zapatos, las varillas del cuello de la camisa, las ligas, todo sin excepción. La copia ha salido un poco borrosa, porque hasta el papel carbón nos escatiman, pero se puede leer. Prullàs pasó los ojos fugazmente por la lista de adminículos y advirtió que entre ellos figuraba una cartera de piel de becerro. Recordó el robo perpetrado en La Taberna de Mañuel y se preguntó si la presencia de una cartera en el inventario podía tener alguna significación. Tal vez Ignacio Vallsigorri la había recuperado en el intervalo entre la francachela y el asesinato, o tal vez le había mentido y en realidad la cartera nunca le fue sustraída. Lo más probable, sin embargo, era que Ignacio Vallsigorri tuviera varias carteras o que hubiera adquirido otra de inmediato para reemplazar la cartera perdida. El inventario no especificaba el contenido de la cartera hallada en el bolsillo del muerto.

Don Lorenzo Verdugones le sacó de estas reflexiones: Guárdese esa dichosa cuartilla y repásela en su casa. Ahora hemos de darnos prisa: no se hace esperar a un forense.

¿De veras tengo que asistir a la autopsia?, imploró Prullàs mirando de reojo el dorso de las fotografías. El jerarca lanzó una sonora carcajada y se combaron los labios de Sigüenza en una lánguida sonrisa. ¡No, hombre, era una broma! La autopsia se efectuó ayer tarde y el cadáver ha recibido cristiana sepultura esta mañana en el cementerio de Sarriá.

2

Vacaban los tribunales en los tórridos meses del estío y el Palacio de Justicia, privado de su habitual tropel de litigantes, letrados, magistrados, fiscales y funcionarios, estaba sumido en un silencio severo y medroso. En los interminables pasillos, defendidos por estrechos postigos del sol del mediodía, la escasa luz apenas permitía vislumbrar las sombras calladas e indecisas de unas pocas personas que, atrapadas en la maraña de la ley, parecían no tener nada que hacer ni allí ni fuera de allí. Entre estos corros silenciosos cruzaba de cuando en cuando con fingida diligencia un abogado: revestido de flamante toga guarnecida de vuelillos de encaje almidonado en las bocamangas, con el birrete terciado sobre una ceja, el cuerpo inclinado hacia delante y el mentón hundido en el suave terciopelo de la esclavina, trataba en vano de sortear a los desventurados que le cortaban de continuo el paso para interesarse por la marcha de sus asuntos. Se detenía el letrado, echaba un vistazo ceñudo al legajo que acarreaba y envolviendo al encausado en una mirada ecuánime y benévola, respondía entre dientes: Paciencia, paciencia, todo sigue su curso, pero no debemos precipitarnos, el juez ya ha dado auto de providencia y requerido la comparecencia de las partes ¡ipso jure!; obrar de otro modo sería contraproducente para nuestros propios intereses.

Por la amplia escalinata central y por las estrechas y tenebrosas escaleras laterales, debidamente custodiados, subían y bajaban los reos con paso cansino; eran en su mayoría tristes cacos trapaceros sorprendidos in fraganti en su faena; con los ojos bajos o vueltos al cielo en expresión asainetada iban camino del juzgado de guardia, a prestar declaración, o de los calabozos, cumplido ya este trámite, a la espera de ser trasladados a la cárcel, donde habrían de aguardar por tiempo indefinido, olvidados del mundo, la incoación del sumario. Algunos presentaban contusiones y equimosis en la cara y tiras de esparadrapo cochambroso les cubrían la frente y las mejillas, secuelas evidentes de su obstinado empeño en no admitir las culpas imputadas. Así podría verme yo dentro de poco si las cosas van mal dadas, se decía Prullàs.

*

En los despachos asignados al Instituto Anatómico Forense, en la segunda planta del imponente edificio, los atendió un escribiente al que encontraron dormitando sobre la mesa, protegido de la curiosidad ajena por un parapeto de expedientes. Sobre la mesa, un bocadillo iba impregnando de aceite varios pliegos de papel de Estado meticulosamente escritos. Don Lorenzo Verdugones cogió con cuidado el bocadillo y sin decir nada lo arrojó a la papelera. El escribiente levantó la cabeza, parpadeó incrédulo, se levantó en silencio y desapareció a toda prisa por una puerta de cristal esmerilado. El jerarca aprovechó la ocasión para explicar a Prullàs que las autopsias se llevaban a cabo en el Hospital Clínico, pero que los médicos forenses disponían de unas oficinas en el propio Palacio de Justicia, donde se reunían a evacuar consultas con letrados, fiscales y jueces. Esta información alivió a Prullàs, que temía encontrarse con un muestrario de miembros en frascos de formol. Al cabo de unos instantes regresó el escribiente anunciando que el doctor Capdevila los aguardaba en su despacho.

El doctor Capdevila era un hombre cordial y campechano, de mediana edad, cuerpo pequeño y cabeza grande, con el pelo corto, cerdoso, y los labios gruesos. Iba vestido con pulcritud, llevaba corbata de lazo y olía a loción capilar. Saludó con efusiva cortesía a don Lorenzo y éste le presentó a Prullàs, el cual, dijo el jerarca, había interrumpido amablemente su veraneo para echarle una mano en la resolución del caso. Ah, eso es muy meritorio, dijo el doctor Capdevila, muy meritorio; ¿dónde veranea usted, señor Prullàs? ¿En Masnou? ¡Hermoso lugar! Precisamente allí ha alquilado este verano una casa un antiguo conocido y colega mío, el doctor Mercadal; quizás le suene el nombre. Sí, por supuesto, dijo Prullàs, y también he tenido ocasión de conocerlo personalmente. Es un hombre muy agradable y de muy variados intereses.

Siempre fue así, convino el doctor Capdevila; en la facultad, cuando estudiábamos, escribía versos; no muy buenos, pero versos al fin y al cabo. Un hombre muy espiritual y un poco pesimista, lo cual, dicho sea de paso, no le ha impedido casarse con una mujer de bandera. Un verdadero sabio, sí señor, añadió guiñando un ojo el forense, éste es el término que le cuadra: un verdadero sabio. En cuanto a usted, señor Prullàs, debo decir que estoy encantado de conocerle, aunque sea en un lugar tan poco festivo; sus comedias me han hecho pasar momentos inolvidables, verdaderamente inolvidables. Pero mire usted lo que le voy a decir, agregó, aquí vemos a menudo casos que podrían servir de argumento de comedias, ¿qué digo?, ¡de auténticas farsas!, historias que, si se llegaran a representar en un escenario, serían recibidas por el público con la más absoluta incredulidad, y sin embargo, casos verídicos como la vida misma. ¡Ay, si yo tuviera la facilidad que tiene usted para escribir!, acabó diciendo con un suspiro. Se frotó las manos y exclamó: ¡Pero en fin! Se recogió unos instantes y agregó en tono neutro: Ustedes, sin embargo, han venido por un asunto concreto y yo les estoy entreteniendo: vayamos al grano.

El doctor Capdevila se caló unas gafas de media luna, cogió unos papeles de la mesa y leyó entre dientes: En Barcelona, a tantos de tantos de mil novecientos tantos, ante el Sr. Juez e infrascrito Secretario, comparece el médico forense bla, bla, bla, quien en virtud del juramento que tiene prestado de desempeñar bien y fielmente su cargo, etcétera, etcétera, relaciona que en cumplimiento de lo ordenado y bla, bla, bla, se ha practicado la autopsia al cadáver de Ignacio Vallsigorri y Fadrí, el cual, al examen externo no se le han apreciado hematomas ni otros signos de violencia, asimismo, abierta la cavidad craneal no se advierte hemorragia cerebral..., esto no nos interesa... a ver, a ver... ¡ah, ahora viene lo bueno! Se observa agresión física con instrumento punzante (arma blanca), con penetración de cinco centímetros en el quinto espacio intercostal izquierdo a unos ocho centímetros del esternón, que interesa el espacio precordial, así como la aurícula derecha del corazón, con sección del cayado aórtico y la vena cava superior... De un solo golpe y a la primera, comentó levantando la vista del papel, ¡qué potra tienen algunos! Y luego siguió leyendo: Abierta la cavidad abdominal se comprueba que el resto de las vísceras es normal; a la apertura del estómago la mucosa tiene características normales; en dicho órgano se encuentran restos de coliflor al gratén, perdiz a la vinagreta, queso, pan, vino y café. De todo lo cual se deduce que la muerte ha sido debida a la ya citada herida de arma blanca, etcétera, etcétera.

Dejó los papeles sobre la mesa, se quitó las gafas, las guardó en el bolsillo superior de la americana, volvió a frotarse las manos y concluyó diciendo: Si lo desean, puedo darles copia de la relación facultativa, pero lo que acabo de contarles es, en síntesis, lo más interesante. ¿Alguna pregunta? Sí, doctor, ¿a qué hora, según usted, se produjo el hecho?, preguntó don Lorenzo Verdugones. Eso es muy difícil de precisar, pero un cálculo aproximado nos permite situarlo, con el margen de error propio de estos casos, entre las veintiuna horas del martes y las cero horas del miércoles, es decir, entre las nueve y las doce de la noche; tal vez la una o una y media, si tomamos en consideración que la noche del martes al miércoles fue muy calurosa y húmeda. Yo mismo me pasé buena parte de la noche sin pegar ojo, hasta que opté por levantarme, llenar el bidet de agua fresquita y meter los pies.

Don Lorenzo Verdugones tomó de nuevo la palabra para preguntar: ¿Qué clase de persona pudo haber asestado una puñalada como la que nos ha descrito?, ¿se requiere para ello una especial destreza?

El doctor Capdevila carraspeó. Desde el punto de vista físico, dijo, cualquier persona podría haberlo hecho. Quiero decir que no se requiere una especial destreza ni una complexión determinada. Otra cosa sería si la muerte se hubiera producido por estrangulamiento o si con anterioridad hubiera habido forcejeo; en tal caso, siendo el difunto persona atlética, las cosas habrían sido distintas; pero ambas hipótesis han quedado excluidas, según se desprende de los análisis efectuados. En resumen, concluyó, yo diría que el homicida actuó premeditadamente, con intención de producir una herida mortal en la víctima y que la suerte, valga la expresión, lo acompañó en su empresa. Es evidente que el ataque cogió a la víctima por sorpresa. Yo diría que la persona que cometió el homicidio gozaba de la confianza del muerto. Pero eso es sólo una hipótesis. En cualquier caso, dijo don Lorenzo Verdugones echando el cuerpo hacia delante, el crimen tanto pudo ser cometido por un joven como por un anciano. En efecto, dijo el forense, y tanto por un hombre como por una mujer; y lanzando una carcajada seca y un tanto enigmática exclamó: ¡Menudas son ellas!

*

Es una pena, comentó don Lorenzo Verdugones cuando Prullàs y él hubieron abandonado el Palacio de Justicia bajo un sol abrasador y montado de nuevo en el coche, que no hayamos encontrado el arma homicida: eso nos aclararía muchísimas cosas. Por cierto, en su obrita de usted también hay un asesinato, ¿no es así? Claro, claro, tratándose de una historia policiaca no podía faltar este ingrediente... ¿y cuál es el arma homicida?

Un puñal, respondió Prullàs con desaliento; el personaje muere de una puñalada en el corazón, exactamente como el pobre Ignacio Vallsigorri. En efecto, se trata de una desagradable coincidencia, añadió de inmediato; de buena gana cambiaría este detalle, pero no veo cómo hacerlo sin alterar toda la trama. Bah, no creo que nadie relacione una cosa con la otra, dijo el jerarca; habría que ser muy malpensado. Yo que usted no cambiaría nada de la obra: bastante trabajo le habrá costado escribirla. El arma que utilizan en escena, ¿es de verdad?

No, no, de ningún modo, repuso Prullàs; es un puñal de teatro; no un puñal retráctil, de los que esconden la hoja dentro del mango, pero sí un puñal sin filo y con la punta redondeada, para evitar que alguien pueda hacerse daño sin querer. O queriendo, apostilló don Lorenzo Verdugones.

3

Ha llamado la señorita preguntando por el señorito; la he dicho que el señorito no estaba en casa, pero no la he dicho dónde había ido. La señorita me ha preguntado si el señorito estaba bien y si todo iba como Dios manda, y servidora, que sí. Has hecho muy bien, Sebastiana; en realidad no hay razón alguna para inquietarse y menos aún para inquietar a los demás, repuso Prullàs. ¿Hay algo de comer? Preparado nada; como el señorito no acostumbra comer en casa, no he pensado. Pero si quiere le hago algo en un santiamén. Hay una coliflor... No, no, cualquier cosa menos eso. La verdad es que no tengo ni pizca de hambre. ¡Este calor es algo horroroso! Pues póngase fresco y, mientras, le hago una ensalada de patata con atún y huevo duro de primero, de segundo un poco de carne con pimientos fritos, un tomate aliñado, y de postre, fruta y natillas. Ya verá como se lo come sin gana.

La Sebastiana corrió a encerrarse en la cocina y Prullàs, desde su despacho, descolgó el teléfono, marcó el 09 y pidió conferencia con el Casino de Masnou; luego se duchó, se puso ropa limpia y se sentó junto al balcón a leer *La Vanguardia*. La crónica de sucesos informaba del descarrilamiento de un tranvía en Zaragoza. El vehículo se había salido de los rieles al doblar una curva en una calle pina y había seguido rodando sin freno ni control hasta chocar contra la luna de un escaparate. Los daños materiales habían sido cuantiosos, pero por fortuna no había que lamentar desgracias personales. No mencionaba en cambio el asesinato de Ignacio Vallsigorri, aunque su esquela ocupaba media página. Decía que Ignacio Vallsigorri había fallecido cristianamente, «confortado con los santos sacramentos y la bendición apostólica» y que el sepelio se había efectuado en la más estricta intimidad «por deseo expreso del finado»; sus familiares y amigos rogaban una oración por el eterno descanso de su alma, concluía diciendo la esquela, sin especificar quiénes eran estos familiares ni qué grado de parentesco los unía con el muerto. Don Lorenzo Verdugones no había mencionado la existencia de ningún allegado ni ésta se había hecho notar hasta el momento.

El timbre del teléfono interrumpió el hilo de sus pensamientos. Descolgó y oyó al otro extremo de la línea la voz del señor Joaquín. Prullàs se identificó y pidió al señor Joaquín que transmitiera a su esposa recado de que estaba bien. Todo va de perlas, añadió; subiré en cuanto me sea posible. Dígale también que no se moleste en llamarme, dijo; casi no paro en casa. Sí, aquí también tenemos buen tiempo, pero hace un calor de mil demonios. No, yo volveré a llamar cuando tenga un rato. El señor Joaquín repitió el mensaje para demostrar su capacidad de comprensión, y dio garantías de hacérselo llegar sin dilación a su destinataria. Prullàs colgó y, desatendiendo las señas de la Sebastiana, que desde la puerta le invitaba a sentarse a la mesa, marcó el número de Mariquita Pons. A la doncella que respondió le dijo que quería hablar con el señor Fontcuberta. Iré a ver si el señor está en casa, dijo la doncella en tono evasivo.

¡Carlos! ¿Qué te cuentas? Espero no haberte importunado, dijo Prullàs. Nada, nada, precisamente me pillas entre la comida y la siesta, repuso Fontcuberta, y me alegro mucho de que me hayas llamado: tenía ganas de hablar contigo; ya te habrás enterado de lo del pobre Ignacio. Cuando lo supe me quedé de piedra, ¡qué desgracia, chico!, no somos nadie. De eso precisamente quería hablarte, dijo Prullàs; tú tenías relaciones comerciales con Ignacio Vallsigorri, si no lo entendí mal.

Sí y no, repuso Fontcuberta tras una pausa. Prullàs se preguntaba si el otro estaba enterado de las circunstancias en que se había producido la muerte de Ignacio Vallsigorri; nada en sus palabras lo había dado a entender, pero no era probable que las ignorase; más probable era que, de igual modo, Fontcuberta estuviera tratando de sondear lo que sabía Prullàs. Ignacio Vallsigorri y yo fuimos socios hace tiempo, pero luego nuestras andaduras comerciales tomaron rumbos separados. Por supuesto, seguíamos compartiendo muchos intereses económicos de tipo general: a veces hemos unido nuestras fuerzas y a veces, por el contrario, hemos competido lealmente. ¿Por qué lo quieres saber? Bueno, supuse que siendo amigo y socio de Ignacio Vallsigorri podrías aclararme algunos puntos oscuros de su persona. No pienses que me mueve la simple curiosidad... en realidad, como me figuro que ya sabes, Ignacio Vallsigorri no murió de muerte natural. Quiero decir... ¡No sigas, interrumpió el otro en tono de alivio, lo sé todo! Don Lorenzo Verdugones me llamó ayer tarde para ponerme al corriente de lo sucedido y recabar información sobre el pobre Ignacio. ¿De veras?, ¿don Lorenzo Verdugones en persona?, exclamó Prullàs sorprendido; y para sus adentros se decía: ¿Cuándo ha tenido tiempo para hablar con tanta gente este maldito entrometido? ¿Y qué quería saber?, preguntó en voz alta. Carlos, no me violentes; eran asuntos financieros de carácter confidencial. En rigor, no estoy autorizado a revelarte la naturaleza de nuestra conversación, y menos aún por teléfono. Pero tú llamabas para preguntar alguna cosa. Una, no; varias, repuso Prullàs; ¿tenía parientes? Ignacio Vallsigorri, quiero decir. Tenía un hermano mayor, establecido desde hace años en la Argentina, y una hermana, que vive en Madrid y tiene negocios en Fernando Poo, y cuya llegada se espera para hoy mismo. Tanto ésta como aquél están casados y tienen hijos. Además, hay otros parientes de distinto grado de consanguinidad: primos, primos segundos, etcétera, etcétera.

¿Quién heredará la fortuna del difunto?

Quien disponga el testamento, naturalmente, salvedad hecha de la legítima y, por supuesto, de los correspondientes derechos reales. Desconozco el contenido del testamento y también si el testamento ha sido comunicado ya a sus herederos y legatarios. Ni siquiera sé si existe tal testamento, aunque me extrañaría una imprevisión tan grande en un hombre meticuloso como era el pobre Ignacio, que en paz descanse. De todos modos, según deduje a raíz de alguna charla, cuando surgió el tema de manera tangencial, Ignacio Vallsigorri no mantenía relaciones estrechas con su familia, aunque tampoco estaba reñido con ella. Es probable, incluso, que haya legado el grueso de su patrimonio a una institución benéfica. En cierta ocasión le oí decir que iba a dejárselo todo al asilo de San Rafael o al Hospital de San Juan de Dios. Pero no sé si lo decía en serio o si hablaba por hablar, ya sabes cómo era. Y ahora voy a ser yo quien te haga una pregunta: ¿a qué viene tanto interés? Tú apenas lo conocías.

Tu pregunta está muy justificada, Miguel, pero yo también prefiero no contestártela por teléfono. Si quieres, nos vemos más tarde y hablamos con tranquilidad. A la salida del ensayo me dejaré caer por El Oro del Rhin; si te viene bien, nos vemos ahí y te lo cuento todo. Chico, ¡cuánto misterio!, exclamó Fontcuberta; pareces Smith el Silencioso.

*

CECILIA (*Señalando el cadáver de* TODOLIU): ¡Tú y tus malditas ideas! Ya me dirás qué hacemos ahora.

JULIO: No lo sé, déjame pensar. No me atosigues.

CECILIA: Muy bien: tú ve pensando lo que quieras, que yo me las piro.

(CECILIA *va hacia la puerta de la derecha. Cuando se dispone a abrirla, suenan unos golpes en la puerta.* CECILIA *da un paso atrás, presa de pánico. Se vuelve a* JULIO, *que por señas le indica que actúe con naturalidad y que conteste a la llamada.*)

CECILIA (*Con voz almibarada*): ¿Quién es?

ENRIQUE (*Fuera*): Soy yo, cariño, Enrique.

CECILIA: ¡Cielo santo, mi novio!

JULIO: ¿Qué demonios viene a hacer aquí a estas horas?

CECILIA: ¿No lo recuerdas? Tú me dijiste que lo citara a las doce para que viera vivo a Todoliu.

ENRIQUE (*Fuera*): ¿Puedo pasar?

(CECILIA *corre hacia la puerta y echa el cerrojo.*)

CECILIA: ¡No, cielo, no puedes! Estoy a medio vestir... casi desnuda...

ENRIQUE (*Fuera*): ¿En el salón?

CECILIA: Sí..., sí, claro... ¡me acaban de traer un modelito nuevo y no he podido resistir la tentación de probármelo in situ!

ENRIQUE (*Fuera*): Está bien, ya me espero. Aprovecharé el tiempo para hablar con Todoliu. Al parecer, tenía algo importante que decirme.

CECILIA: ¡No! Quiero decir... que es mejor que no veas ahora a Todoliu.

ENRIQUE (*Fuera*): ¿Por qué no puedo verlo?

CECILIA: Es que Todoliu... es que Todoliu...

ENRIQUE (*Fuera*): ¿Le pasa algo a Todoliu?

CECILIA: No, no, al contrario, está divinamente, divinamente. (*Mientras* CECILIA *habla,* JULIO *trata de ocultar el cadáver de Todoliu debajo del sofá, pero siempre sobresale un brazo o una pierna.*) Lo que sucede es que... Todoliu está aquí, conmigo.

ENRIQUE (*Fuera*): ¿Contigo? ¿Mientras te vistes y te desvistes?

CECILIA: Pues... sí..., verás, cuando llegó el paquete de la modista él estaba en el salón y me pareció descortés pedirle que se marchara. Pero no te inquietes, Enriquito: no me ve... Quiero decir que, mientras me desvisto, él hace el crucigrama del *ABC*. ¡Si vieras lo concentrado que está buscando un afluente del Tajo de cinco letras!

¿Qué tal va el ensayo?, preguntó Prullàs.

Ya te lo puedes imaginar, respondió el director de escena; la noticia ha corrido como un reguero de pólvora y los nervios se han disparado. Ya sabes cómo es de supersticiosa la gente de teatro. Y para colmo, alguien ha tenido la ocurrencia de decir que hay un loco escondido en algún rincón del teatro, dispuesto a irse cargando a toda la compañía. Yo les he dicho que no se preocupen por eso, que si el día del estreno la obra sale como en los ensayos, ya se encargará el público de que no quede nadie con vida. Hasta el bueno de Bonifaci anda por los pasillos con un hacha de bombero en la mano, como si fuera un ogro. ¿Y tú? ¿Has cometido alguna nueva tontería desde la última vez que te vi?

He estado en la escena del crimen y luego en la morgue o un sitio por el estilo, refirió Prullàs. No puedes figurarte el mal rato que me han hecho pasar, Pepe. Y el misterio sigue tan tupido como antes: no hay pistas, ni móviles, ni sospechosos. Nada de nada. Este mediodía he investigado el asunto de los herederos, pero todos mis pasos me han llevado a una vía muerta. ¿La chica no te ha comentado nada? ¿Quién?, ¿la señorita Lilí Villalba?, dijo Gaudet; no, al contrario; hoy ha estado más discreta que nunca: ni anda enseñando las entrepiernas al patio de butacas ni le guiña el ojo al ayudante de dirección; una verdadera monja. Algo la ha cambiado; digo yo si no será el amor. No me hacen gracia las cuchufletas, rezongó Prullàs. No lo son, dijo Gaudet con sorna; ella misma me ha dado este billet-doux para que te lo hiciera llegar. Por lo visto, tiene miedo de que la llama de tus ojos le incendie la falda de nylón si se te acerca. Toma, añadió entregándole un papel doblado, y medita con cordura, que es esta noche, don Juan, el espacio que nos dan para buscar sepultura. Sin prestar atención a las chanzas de su amigo, Prullàs desdobló la hoja y leyó: «La policia a benido a interogame no le dicho nada pero nesecito verte con urgencia te amo Lilí.» Volvió a doblar la hoja y se la guardó en el bolsillo. Déjalo de mi cuenta, dijo.

Al concluir el ensayo, se dirigió hacia los camerinos con paso decidido, sin importarle que los tramoyistas lo vieran. Qué caray, pensaba, no tiene nada de particular que un autor cambie impresiones con los miembros de la compañía, y en último término, cualquier cosa es mejor que esta red de cautelas y disimulos que acabarán con nosotros en prisión, si no acabamos antes en el manicomio.

Iba cavilando estas cosas y buscando en la penumbra del corredor el camerino de la señorita Lilí Villalba, cuando oyó un extraño ruido proveniente del camerino de Mariquita Pons. Se acercó a la puerta y oyó de nuevo el ruido, que ahora se le antojó un grito agónico y salvaje, como el grito de un animal herido de muerte. Recordó las palabras de Gaudet acerca del asesino del teatro y, convencido de que la célebre actriz estaba siendo objeto del ataque de un ser vesánico, se precipitó en el camerino.

Tendido en el suelo vio el cuerpo exánime de Mariquita Pons. En vano escudriñó los rincones tratando de localizar al atacante: allí no había nadie. El agresor y su bestial mugido se habían escapado por una puerta secreta, dedujo.. Pero apenas esta idea se había formado en su cabeza, resonó de nuevo, a su lado, el escalofriante grito. Entonces comprendió que era la célebre actriz quien lo emitía. ¡Se ha vuelto loca!, pensó. Se puso en cuclillas, le tocó el hombro y murmuró su nombre con prudencia: Quiqui... Quiqui, querida, ¿estás bien? La célebre actriz levantó la cara del suelo y clavó en él una mirada irracional y torva. ¿Quién te ha dejado entrar?, masculló. Quiqui, por Dios, ¿te encuentras bien?

Con evidente esfuerzo Mariquita Pons recobraba el dominio de sí misma; se incorporó y se ciñó a la cintura el albornoz que se había abierto en la caída. Se dirigió al tocador con paso ebrio y se sentó en el taburete. El espejo reflejó sus facciones desencajadas, los ojos enrojecidos y la boca torcida y convulsa. Con dedos temblorosos introdujo un cigarrillo en la boquilla de nácar, lo encendió y aspiró con avidez el humo del tabaco. Ya pasó, dijo con voz ronca; perdona si te he asustado.

Prullàs también se había puesto de pie y miraba indeciso la imagen de decrepitud y desesperación que le ofrecía el espejo. Cierra la puerta, dijo ella. ¿Quieres que me vaya?, preguntó Prullàs, ¿llamo a la sastra? No, quédate; acerca una silla y hazme compañía mientras me arreglo.

Prullàs hizo lo que ella le decía. Mariquita Pons, mientras tanto, abrió un cajón del tocador, sacó un termo, se sirvió un vaso de un líquido ambarino y lo apuró de un trago. No me mires así, sólo es té frío, dijo con sorna percibiendo la aprensión en la mirada del otro; cada día me traigo de casa un termo lleno. El agua del teatro no se puede beber y el té frío quita la sed y no es tan empalagoso como los refrescos embotellados. Todo esto, siguió contando con naturalidad, como si ya hubiera borrado de su memoria el reciente suceso, se lo había enseñado muchos años atrás Catalina Bárcena cuando Mariquita Pons vivía y trabajaba en Madrid y ambas compartían cabecera del cartel en la reposición de *El collar de estrellas*.

Si quieres contarme algo, me lo puedes contar, dijo Prullàs cuando ella hubo acabado esta digresión, pero si prefieres callar, yo haré de cuentas que no he visto nada.

Mariquita Pons se limpió la cara con agua de tocador. No hay nada que contar, Carlos, dijo en tono impersonal; ha sido una indisposición pasajera. Me da de cuando en cuando; los médicos dicen que no tiene importancia. El calor, los nervios, lo de siempre. Hizo un gesto vago y continuó diciendo en tono fatigado: A veces tengo la sensación de que toda mi vida se derrumba. Tal vez es un momento de flaqueza, tal vez un momento fugaz de lucidez, eso poco importa; luego vuelve todo a la normalidad. Prullàs tuvo la impresión de que no era Mariquita Pons quien le hablaba, sino aquella máscara crispada que habitaba el mundo sin vida del espejo. Los años pasan, siguió diciendo ella, y en vez de añadir algo a nuestras vidas, nos quitan lo poco que tenemos; siempre es lo mismo: deseamos una cosa con todas nuestras fuerzas, durante mucho tiempo, y cuando por fin la conseguimos, es demasiado tarde, o es menos de lo que imaginábamos, o descubrimos que en el fondo no la deseábamos con tanto ardor. Todos nuestros sueños son insignificantes cuando se materializan. En cambio, si perdemos algo, no hay consuelo. Así es la vida. Siempre lo supe, pero lo que no podía sospechar es que además todo ocurriera con tanta rapidez. Miro hacia atrás y no veo nada. Hizo una pausa y agregó: No quiero que vuelvas a escribir para mí ningún papel de dama joven, Carlos, prométeme que no lo harás.

No digas tonterías, replicó Prullàs, eres la dama joven menos vieja del teatro europeo, y la más atractiva. La célebre actriz se puso colorete en las mejillas y rimmel en las pestañas. Tienes razón, murmuró contemplando en el espejo el resultado de su obra con la cabeza ladeada; estoy en baja forma. Ya se me pasará.

Aplastó el cigarrillo, se levantó y fue a ocultarse detrás del biombo. Prullàs se quedó sentado junto al tocador, jugueteando con el lápiz de labios: subiendo y bajando la pestaña que sobresalía de una ranura lateral del tubo de latón, aparecía y desaparecía una barra de carmín untuosa y obscena. ¿Por qué no me llevas al cine?, dijo la célebre actriz desde detrás del biombo, mi marido es un sátrapa que se niega a salir de casa, y tú aún me debes una película. No puedo; precisamente he quedado con el sátrapa de tu marido dentro de poco en El Oro del Rhin, repuso Prullàs. Vaya, exclamó ella, ¿y a qué venías?, ¿a pedirme permiso?

Prullàs no supo cómo responder: no quería revelar que en realidad iba en busca de la señorita Lilí Villalba cuando los aullidos de Mariquita Pons lo habían desviado de su propósito inicial. ¿Quién te dice que no venía a mirar por el ojo de la cerradura? Mariquita Pons sonrió por primera vez. Mientes fatal, pero no dejes de adularme: a partir de cierta edad sólo una vanidad monstruosa nos permite creer que lo que hacemos tiene algún sentido.

Emergió de detrás del biombo; el vestido veraniego le había devuelto el aire grácil. Hizo un mohín coqueto. Mi marido es un monstruo, ¿querrás creer que tiene pensado irse otra vez a Madrid dentro de un par de días? ¡Precisamente ahora, cuando más lo necesito! ¿Desde cuándo necesitas tú a tu marido?, exclamó Prullàs divertido. Mariquita Pons se roció el cuello con el perfume de un pulverizador. Los hombres nunca entenderéis a las mujeres, comentó. Ni las mujeres a los hombres, dijo Prullàs. Claro, porque no hay nada que entender, repuso ella.

4

Ni siquiera para los clientes habituales y rumbosos había mesa libre en la terraza de El Oro del Rhin a aquella hora plácida y tibia. Se desesperaba por esta causa el servicio, incapaz de complacer a quienes habían sabido ganarse su aprecio a fuerza de constancia y generosidad. Circulaba un tráfico algo denso de automóviles y tranvías por la Avenida de José Antonio y por el umbroso bulevar de la Rambla de Cataluña, finalizada la jornada laboral, paseaban oficialas y dependientas cogidas del brazo en formación de a cuatro, dando bandazos y alborotando el aire con la risita estridente y un punto arisca de las jovencitas sin novio. La suntuosa fachada del cine Coliseum estaba parcialmente cubierta por la efigie de Loretta Young y Henry Wilcoxon ataviados con la suntuosa regalía de sus ilustres personajes. Varios mendigos se acercaban a las mesas, procurando eludir la severa vigilancia de los camareros.

En el interior del augusto café los ventiladores repartían

equitativamente por todo el local el humo de los pitillos de picadura, los cigarros y las cachimbas y el lujoso aroma del café-café. Hombres graves y oscuros pontificaban sobre temas banales en largas y adornadas faenas retóricas que remataban con la certera estocada de un dicho sentencioso e irrebatible. Correteaban de mesa en mesa ofreciendo sus servicios tipos pálidos, sinuosos, de hombros escurridos, piel sebosa y mirada turbia, vestidos con sudorosos trajes de rayadillo, zapatos deformados por el uso, sombrero de paja y cartera. A sí mismos gustaban de llamarse falsamente interventores. Trabajaban por las mañanas en el Ayuntamiento o en la Diputación, en la Fiscalía de Tasas, en la Delegación de Hacienda o de Fomento o en otros puestos estratégicos de la administración, o tenían un pariente o un amigo que trabajaba allí, o conocían el sistema de acceder a estos órganos vitales del cuerpo social. Por su mediación se podían conocer de antemano las intenciones de la autoridad u otros datos igualmente indispensables al éxito de una operación, acelerar la tramitación de un expediente, la adjudicación de una licencia, la concesión de un permiso, el ajuste de un escandallo, agilizar la obtención de documentos y cédulas personales, remover los obstáculos a su libramiento y, en general, lubricar el complejo engranaje de la maquinaria oficial propiciando el trato personal con los cargos intermedios. En la cartera siempre llevaban una resma de papel timbrado, sellos y pólizas, y varios ejemplares del Boletín Oficial, cuya letra minúscula leían con ojos estrábicos, asomando la lengua y recorriendo los vericuetos del texto con dedos teñidos de nicotina y uñas largas. No faltaban entre estos personajes los charlatanes inofensivos, a la busca de un efímero instante de imaginario poder, ni los auténticos estafadores, que medraban a costa de los novatos, o de los estúpidos, o de los cegados por la codicia, o de los ahogados por la necesidad. A unos y otros saludaba Miguel Fontcuberta con discreta familiaridad.

*

Resignados a ocupar la única mesa libre, lejos de los ventanales, Prullàs y Fontcuberta se sentaron en un rincón, junto a un individuo de barba cana y gruesos lentes que leía *La Prensa* moviendo los labios y las cejas al compás.

Fontcuberta se hizo cruces cuando Prullàs concluyó el relato de los sucesos recientes. La verdad, chico, dijo bajando la voz, ¡yo lo veo mal! No tengo la menor duda de tu inocencia, por descontado; más aún, estoy dispuesto a defenderla ante quien haga falta. Sin embargo, no tiene nada de particular que la policía o incluso don Lorenzo Verdugones sospechen de ti. Yo en su lugar también lo haría. Eres un advenedizo, casado con una mujer rica, te dedicas a escribir historias de crímenes, llevas una vida bohemia, frecuentas a la gente de teatro, y tienes fama merecida de ser un poco golfo, ¿qué más quieres? Mírame a mí, añadió en tono dolido: soy un hombre de negocios respetado en toda España, me muevo por Madrid como Pedro por su casa y, no obstante, por el mero hecho de estar casado con una actriz, ¡sabe Dios la de cosas que andan diciendo por ahí! Porque sé lo que me digo, te hablo sin ambages. Y luego, las circunstancias: el propio Verdugones te vio hablando con Ignacio Vallsigorri en casa de Brusquets la víspera del asesinato, os vio salir juntos, sabe que estuvisteis de parranda por los bajos fondos. Nadie sabe ni sabrá nunca lo que hablasteis ni lo que hubo entre vosotros; sólo disponemos de tu versión, y eso, claro está, de poco vale. En realidad, a Verdugones sólo le falta un móvil para que todas las piezas del rompecabezas encajen. Y ahora dime la verdad, ¿había algún móvil? Puedes confiar en mí como si se tratara de un hermano.

Hombre..., verás..., un pequeño móvil... tal vez podría haber. No me obligues a revelártelo, pero se trata de un asuntillo de faldas.

¡Huy, huy, huy, las cosas están peor de lo que yo me suponía!, exclamó Fontcuberta bajando aún más la voz; un paso en falso podría tener consecuencias irreparables. Antes que nada, hay que poner el caso en manos de un buen abogado, Carlos; conviene tener prevista cualquier contingencia. Mira, te diré lo que vamos a hacer, añadió a renglón seguido, como si acabara de recibir una inspiración repentina; iremos a ver ahora mismo a don Marcelino Sanjuanete. Es el abogado más prestigioso de Barcelona y en un asunto así no es cuestión de andarse por las ramas.

De prestigio, nada: Sanjuanete tiene fama de chanchullero, dijo Prullàs. ¡Un primera cuota!, replicó Fontcuberta. ¿Tú crees que nos querrá recibir?, preguntó Prullàs dubitativo. Claro, aseguró Fontcuberta, a mí me conoce, y a ti también: el otro día os vi charlando animadamente en casa de Brusquets. Bah, sólo intercambiamos fórmulas de cortesía; dudo de que se acuerde de mí, dijo Prullàs.

Se dirigieron a pie a la esquina del Paseo de Gracia con la calle Diputación, donde el ilustre jurisconsulto tenía su bufete. Después de informar a un portero uniformado e intransigente del destino de sus pasos, subieron hasta el primer piso por una escalinata de mármol y llamaron al timbre de una puerta colosal. Al punto acudió un ordenanza, a quien Fontcuberta entregó su tarjeta de visita tras haber garrapateado unas líneas al dorso, con el ruego de que se la hiciera llegar al señor letrado. El ordenanza los hizo entrar en una salita de indescriptible sordidez, ocupada a la sazón por cinco clientes aletargados tras innumerables horas de espera. ¿Tenían cita convenida?, preguntó el ordenanza a los recién llegados. No, pero nuestro asunto no admite demora, respondió Fontcuberta; a decir verdad, se trata sólo de una breve consulta. Estos señores, añadió en un susurro imperceptible, no tienen tanta prisa como nosotros, ¿entiende usted? Hágaselo saber así al señor letrado y tenga este puro, para que se lo fume el domingo en los toros a nuestra salud.

Gimieron las visitas como almas del purgatorio a la vista de aquella maniobra que había de prolongar el tedio de la antesala, pero ninguna hizo ademán de protesta. Eran personas de modesta condición y habían acudido a un bufete de lujo, donde naturalmente se guardaban ciertas prelaciones jerárquicas; si hubiesen acudido a un bufete menos importante, habrían recibido mejor trato, pero sus posibilidades de éxito habrían sido menores.

El ordenanza regresó de inmediato a la sala de espera y rogó a Fontcuberta y a Prullàs que tuvieran la amabilidad de seguirlo. En pos del ordenanza recorrieron un largo trecho; un pasillo desembocaba en otro pasillo y éste, a su vez, en un tercero. La casa era un laberinto oscuro y tétrico. A estos pasillos consecutivos se abrían de cuando en cuando habitaciones convertidas en despachos desangelados, alumbrados por la luz grisácea de unos tubos fluorescentes suspendidos del techo. Un ejército de pasantes de todas las edades trabajaba en amplias mesas sepultadas bajo rimeros de papel, entre estanterías metálicas atiborradas de cartapacios y archivadores de persiana que los pliegos desparramados impedían cerrar. Algunos habían colgado sus americanas del perchero y llevaban un guardapolvo de color rata; los de más edad aún usaban manguitos negros. Mujeres pálidas, de aspecto apagado, mecanografiaban escritos inacabables en máquinas vetustas con pasmosa lentitud. Los postigos de las ventanas estaban cerrados herméticamente para evitar distracciones: sólo el ruido lejano de los tranvías chirriando en los rieles recordaba la existencia del mundo exterior. Unos ventiladores negros y cochambrosos, empinados en equilibrio precario sobre los mamotretos que coronaban los archivadores, removían el aire.

¡Mi distinguido amigo!, exclamó Sanjuanete acogiendo con amplia sonrisa y ademán apostólico la aparición de Fontcuberta en el vano de la puerta de doble hoja que el ordenanza acababa de abrir de par en par, ¡cuánto honor! ¿Cómo está usted?, ¿y su distinguida y bella esposa? Y usted, señor Pallarés, pase, pase, y sírvase tomar posesión de esta su casa; es para mí un placer recibirlos y serles de alguna utilidad.

Esta prosopopeya contrastaba con el aspecto sucio y dejado del ilustre jurisconsulto: iba en mangas de camisa, con la corbata floja, y al levantarse dejaba ver unos pantalones cubiertos de lamparones e indecorosamente desabotonados. El despacho estaba sumido en la penumbra, lo que no impedía apreciar el desbarajuste reinante: las columnas de legajos apilados sobre las mesas y las sillas se habían ido derrumbando en sucesivas hecatombes, alfombrando el suelo de hojas amontonadas y mezcladas, rotas y pisoteadas; en las estanterías había libros abiertos o desencuadernados, y entre dos analectas jurisprudenciales podía verse una bandeja con un vaso sucio y un sifón vacío. Parecía imposible que en medio de aquel caos algún asunto pudiera sustanciarse con método y cordura. Era voz común en el ambiente judicial de la ciudad que en aquel bufete prestigioso los expedientes se perdían, las escrituras de mayor trascendencia se traspapelaban, los términos y plazos se incumplían, los datos se falseaban y las actuaciones adolecían siempre de los más groseros defectos de forma, a pesar de lo cual, todos los casos se ganaban.

Veamos, pues, de qué se trata, dijo Sanjuanete ocupando de nuevo su asiento, colocando las manos gordezuelas sobre la mesa y dejando que una sonrisa bonachona se extendiera por su rostro, ancho y fláccido como el de un antiguo monarca francés. Prullàs vacilaba. Es algo complicado de explicar, balbuceó. No importa, tómese el tiempo que necesite, dijo el letrado; no tenemos ninguna prisa. He visto que tenía unas visitas en la sala de espera..., aventuró Prullàs. Bah, no les haga caso, repuso el letrado. Pulsó un timbre; acudió el ordenanza. ¿Manda alguna cosa, doctor?, dijo el ordenanza. ¿Quedan visitas?, le preguntó el otro. Sí, doctor, cinco. ¿Las mismas de ayer? Sí, doctor. Pues dígales que vuelvan mañana.

Salió el ordenanza y Prullàs empezó a exponer la situación en que se hallaba. El letrado le interrumpió: No, no, ¡antes, antes!, remóntese a los antecedentes, le dijo, y no me oculte nada. En lo que a mí concierne, así lo haré, dijo Prullàs, pero hay una señorita implicada en el asunto, cuyo nombre y circunstancias no querría ver comprometidas. ¡Oh, comprometa, comprometa, sin ningún miedo!, insistió Sanjuanete; no saldrá de aquí, y nunca se sabe lo que puede resultar de provecho en un momento dado. Pues se trata de una señorita, dijo Prullàs, con quien el difunto mantenía asiduo trato y a quien yo... recientemente... también he hecho objeto de mis atenciones.

Fontcuberta interrumpió el relato para preguntar: ¿La conozco? No, dijo Prullàs secamente; y de esto, a tu mujer, ni una palabra. ¿El difunto Ignacio Vallsigorri y usted simultaneaban estas atenciones?, preguntó Sanjuanete. Me temo que sí. Hum. ¿Hay algún testigo presencial de sus... expansiones?, aparte de la ya citada señorita. Creo que no, dijo Prullàs. En tal caso, sentenció el letrado, las tendremos por no habidas; continúe.

Prullàs completó el relato tan ordenadamente como le fue posible. Al acabar de hablar, el letrado se reclinó en la silla, cruzó los dedos rollizos sobre la barriga, entornó los párpados y se quedó traspuesto. Al cabo de unos instantes volvió a abrir los ojos, pero tampoco dijo nada. ¿Y bien?, exclamó finalmente Prullàs, ¿cómo ve usted el caso? ¿Yo?, dijo el ilustre jurisconsulto en tono de sorpresa, como si aquella pregunta le hubiera pillado desprevenido; mal, yo lo veo mal. ¡Explíquese, por favor!

El ilustre jurisconsulto se encogió de hombros. Bueno, yo creo que lo consideran a usted culpable, dijo; esto parece claro. Y contra la opinión de los demás bien poco se puede hacer. Lo meterán en la cárcel, amigo Pallarés, mire lo que le digo: en la cárcel. ¡No puede ser!, gritó Prullàs, ¡yo no he hecho nada! Ah, sí, esto van gritando todos camino de la Modelo, rió Sanjuanete, ¡incluso camino del cadalso! Mala táctica, créame, mala táctica; no vuelva a proclamar a gritos su inocencia: es un grave error y, desde el punto de vista conceptual, carece de validez jurídica.

Prullàs guardó un minuto de hosco silencio. Luego dijo: ¿Y la investigación? Algún resultado ha de dar. La policía está en ello; por fuerza llegarán a un resultado que me exonere de toda culpabilidad. El letrado sonrió con beatitud. Es posible, convino, aunque debo decirle que en toda mi vida profesional nunca he visto a nadie llegar a una conclusión que no confirmara sus prejuicios. Tampoco he conocido a nadie que no creyera tener toda la razón. Por eso he optado por ceñirme escrupulosamente al texto de la ley. Vale más atenerse al procedimiento que confiar en la razón y en la justicia. La subjetividad es una infamia, amigo Pallarés.

Hizo una larga pausa el ilustre jurisconsulto, al término de la cual siguió hablando en estos términos: Ese tal Ignacio Vallsigorri, por lo que tengo entendido, era un buen muchacho, cabal y trabajador, pero un poco tarambana, ¿no? Siempre de alterne en el club y en la barra de algún bar. Buen chico, a pesar de eso: todo el mundo lo quería bien, pobre muchacho; al menos todo el mundo hablaba bien de él. Cliente mío no lo fue nunca, pero lo traté en una ocasión, con motivo de un lío de enfiteusis, ya ni me acuerdo... No hubo pegas a la hora de entenderse, eso sí lo recuerdo. Aficionado a las faldas, dicen. Malo para la salud, para el bolsillo y para la tranquilidad espiritual. Entre las mujeres hay de todo: unas son buenas y otras, unas pindongas; y no hay manera de diferenciarlas a simple vista. En fin, de poco sirve darle consejos a un muerto: en este sentido ya hemos hecho tarde. En cuanto a usted, amigo Pallarés, agregó sin dirigir la mirada a su interlocutor, dice afirmar que no lo mató. Lo daremos por bueno. Pero las circunstancias que concurren no le son favorables. Usted es un personaje... ¿cómo diría?, poco convencional: el teatro y todo eso..., usted ya me entiende.

Eso mismo le decía yo justamente hace un rato al amigo Prullàs, terció Fontcuberta; y le citaba mi propio caso. Fíjese usted: llevo un montón de años casado con una de las actrices más serias y prestigiosas de nuestro teatro; somos un matrimonio modélico en todos los sentidos y, sin embargo, sabe Dios lo que las malas lenguas andan propagando por esos mundos. Oh, por favor, querido Fontcuberta, su esposa es una gran dama y sólo se dicen de ella palabras de encomio, protestó el letrado, ¡de encomio! Y volviendo a su caso, amigo Pallarés, yo opino modestamente que lo mejor sería evitar el auto de procesamiento. Un auto de procesamiento le traería graves consecuencias, en su profesión, en su círculo social, frente a las autoridades; estaría usted perpetuamente bajo sospecha. Pasarían años antes de que se convocara la vista y entretanto, ¿cómo viviría usted? Según entiendo, usted escribe comedias; si está procesado, no le autorizarán a estrenar ninguna, nunca más. Incluso librándose de ir a prisión preventiva... y al final, en el mejor de los casos, una sentencia absolutoria. Demasiado tarde: el mal ya estaría hecho. Todo el mundo se entera de los procesamientos, la noticia se extiende como un reguero de pólvora; pero luego, ¿quién hace caso de las sentencias?

El ilustre jurisconsulto hizo un gesto de impotencia y añadió en tono plañidero: Por desgracia, yo no puedo hacer nada para evitar el procesamiento. Deberá trabajárselo usted mismo. Mi intervención más bien sería contraproducente. Si yo interviniera, todo el mundo lo consideraría culpable sin más ni más. Dirían: Mira éste, con el dinero de su suegro ya se ha buscado quien lo saque de la cárcel.

Pero si usted no puede hacer nada, ¿qué puedo hacer yo?, dijo Prullàs. Oh, usted sin duda tendrá amigos influyentes, repuso el letrado, ciudadanos de intachable reputación. Hable con ellos. A veces una gestión personal vale más que mil diligencias judiciales. Los malos abogados siempre quieren llevar las cosas a los tribunales. Como si les gustara ponerse la toga y echar peroratas. ¡Vanidad y ganas de lucir! Un buen abogado prefiere arreglar las cosas sin tanto ruido, entre personas civilizadas. Hablando se entiende la gente, y si para llegar a este entendimiento hay que soltar algún dinero, ¡pues se suelta, y a otra cosa! La paz bien vale unas pesetillas. Ojo, no estoy hablando de torcer la acción de la justicia. Eso no. Ahora bien, si, como dice, usted no tiene nada que ver con el asunto, tan pronto como la investigación aclare las cosas, no habrá que preocuparse de nada; y, en el supuesto teórico de que realmente fuera culpable, nos conviene ganar tiempo. Por supuesto, este pequeño consejo no se lo doy a título profesional, sino como amigo. Si no desea ponerlo en práctica, no lo ponga, y si lo pone y no da el resultado apetecido, véngame a ver y nos replantearemos la estrategia. Disculpen que no los acompañe a la puerta, agregó levantándose, pero he de mirarme una demanda que lleva varias semanas pendiente de contestación. Adiós amigo Pallarés. Y usted, querido Fontcuberta, no olvide transmitir mi rendido homenaje a su esposa: ¡gran señora!

*

Después de aquella breve pero intensa inmersión en el despacho de Sanjuanete, el reencuentro con la arboleda frondosa del Paseo de Gracia y el bullicio cotidiano de vehículos y peatones le produjo una sensación de alivio que no bastó, sin embargo, para disipar su enojo. ¡Este tipo es un un fantoche engolado y sin escrúpulos!, exclamó. Lo que a mí me suceda le trae por completo sin cuidado.

No digas esto, le recriminó Fontcuberta; Sanjuanete es un tipo singular, un verdadero genio, con su correspondiente dosis de excentricidad. Al fin y al cabo, siguió diciendo, los abogados son como los médicos: detrás de cada enredo judicial, de cada circunvolución legal se oculta por lo general un doloroso drama humano. Si los abogados tuvieran que asumir los padecimientos de cada uno de sus clientes, la vida les resultaría insoportable; para ser útiles a los demás han de mantener la cabeza fría. Tú buscabas solidaridad, y él te ha ofrecido soluciones prácticas: habrás de conformarte con eso. Pero no eches sus consejos en saco roto: tal vez ahí esté la solución del asunto.

¿En qué?, ¿en buscar a alguien que salga garante de mi inocencia? No sé de qué me servirá eso; don Lorenzo Verdugones no soltará la presa así como así. Depende de quién se lo pida, repuso Fontcuberta. Habría que buscar una figura de verdadero peso moral: un militar de alta graduación sería ideal. ¿Conoces a alguno?

No, respondió Prullàs, ni militar ni nada por el estilo. Pensándolo bien, la persona más influyente que conozco es mi propio suegro, pero eso significaría meter a la familia en el ajo; y después de mi suegro, ya vienes tú.

Hombre, dijo Fontcuberta tras unos instantes de vacilación, ya te he dicho antes que puedes contar conmigo para lo que sea; pero todo el mundo sabe que somos amigos: mi palabra no tendría ningún valor.

Tienes razón, pero si el aval de los amigos no vale, ¿a quién se lo voy a pedir?

No sé, habrá que seguir dándole vueltas. Ahora, en mitad de la calle, rodeados de chicas guapas, no se nos va a ocurrir. Por cierto, agregó señalando un grupo de muchachas que paseaban por la acera opuesta seguidas de un par de caloyos, ¿te has fijado en aquel bombón? ¡Qué meneo! Claro que tú, según parece, ya tienes este flanco bien cubierto, pillín.

5

Me alegro de verlo tan despierto y animoso, exclamó el jerarca; a fuer de sincero, temí encontrarlo todavía en pijama.

Olvidaba que además de artista, es usted catalán: pueblo laborioso donde los haya. ¿Cómo va nuestro caso?, ¿ha hecho algún descubrimiento interesante?, ¿alguna deducción? Oh, no, dijo Prullàs, cuanto más tiempo pasa más confusas tengo las ideas. En tal caso, replicó don Lorenzo Verdugones, habremos de ir en busca de nuevos datos; como dicen en mi pueblo, quien no tiene cabeza, ha de tener piernas, o algo por el estilo: viene a decir que si las ideas no le vienen a uno, uno ha de irlas a buscar allí donde se escondan, las puñeteras. Pero no se desanime: el sitio a donde vamos hoy será muy de su agrado, ya lo verá.

En el coche de don Lorenzo Verdugones bajaron por la calle Muntaner, sortearon un atasco de tranvías y recorrieron un tramo de la ronda de San Antonio; a la altura de la calle Floridablanca se detuvo el coche y don Lorenzo invitó a Prullàs a bajar. Aquí es, dijo el jerarca señalando la puerta acristalada de un lujoso establecimiento.

¡Pero si esto es un instituto de belleza!, dijo Prullàs.

Esto es exactamente, sí señor, dijo Verdugones; ya le advertí que el lugar le complacería. Pero no se deje engañar por el aspecto frívolo del negocio; en este edificio se encuentran los laboratorios químicos más modernos de España. Advierta sin embargo, añadió en tono dolido, cuán denigrante resulta para un cuerpo del Estado el haber de recurrir a estos centros a fin de efectuar unos tristes análisis. La penuria material con que se trabaja en nuestro país es algo que clama al cielo. Y luego en el extranjero, los que hablan al dictado de intereses bastardos, no vacilan en tacharnos de estado policía. ¡Vea, vea usted mismo de qué medios ha de valerse nuestra policía para poder cumplir con eficacia su meritoria labor!

Diligente y minucioso, Sigüenza salió a su encuentro provisto de bloc y lápiz. En el vestíbulo reinaba un silencio sedante. Ya he avisado a la directora, dijo Sigüenza en un susurro como si temiera perturbar con su viril acento la femenina liviandad de la atmósfera. ¡Como me dé un plantón, se va a enterar, la muy zorra!, masculló el jerarca. Pero antes de concluir la amenaza, ya resonaban en el pavimento los afilados tacones de una mujer esbelta y pizpireta, enfundada en una bata de deslumbrante blancura.

Buenos días, don Lorenzo, dijo con dulzura; y dirigiéndose a Prullàs y sonriendo con una doble hilera de dientes perfectos, añadió: Soy la doctora Maribel. Hagan el favor de acompañarme a mi despacho.

El corredor estaba pintado de color blanco merengue y flanqueado por puertas cerradas tras las cuales se oía amortiguado el zumbar de las máquinas y el correr del agua. El aire estaba impregnado de aroma de cosméticos, al que se unía de cuando en cuando el acre olor de vello chamuscado. Tengan la bondad de esperar aquí unos instantes mientras voy por el informe del laboratorio, dijo la doctora Maribel haciéndolos pasar a un despachito reducido, austero y muy bien iluminado. Los tres hombres se quedaron de pie, algo cohibidos en un ambiente en el que se sentían intrusos.

Oigan esto, dijo Prullàs leyendo un folleto propagandístico: ¡Belleza inmarcesible que perdura a través del tiempo y personalidad atrayente y sugestiva, son sueños de mujer convertidos en realidad! Anda la leche, rió don Lorenzo Verdugones, aquí entra un adefesio y sale convertido en Lana Turner, ¿verdad, Sigüenza? Sigüenza coroboró este aserto con gran seriedad, como si hubiera comprobado el fenómeno con sus propios ojos.

Entró nuevamente la doctora Maribel llevando en las manos una carpeta, se sentó a su mesa, se colocó un cigarrillo entre los labios de cereza, esperó a que Prullàs se lo encendiera, agradeció la gentileza con aleteo de pestañas y dijo: Los análisis efectuados en nuestro laboratorio confirman, como ya suponíamos, que tanto las muestras de sangre en la ropa del difunto como en la tapicería del sillón coinciden con el tipo de sangre del propio difunto. En cambio, el cabello adherido a la solapa de la americana es sin duda un cabello de mujer, largo, ligeramente ondulado y teñido con un tinte común de color castaño oscuro. Este dato no nos llevará muy lejos: la mayoría de las mujeres, por no decir todas, nos teñimos el cabello, bien para disimular la aparición de alguna cana indiscreta, bien para darle una tonalidad más acorde con nuestro cutis o rasgos faciales. Llámenlo coquetería, capricho o vanidad; yo prefiero llamarlo un natural deseo femenino de ofrecer al hombre amado una imagen siempre renovada y seductora. Carraspeó la doctora después de esta reflexión y agregó: La presencia de este cabello en la solapa, como venía diciendo, puede tener algo que ver con el asesinato o puede no tener nada que ver. Tal vez el susodicho cabello llevara varias horas o días enteros adherido a la prenda en cuestión. Algunos cabellos son muy pertinaces y sólo se desprenden mediante un enérgico cepillado, como bien sabe toda hacendosa ama de casa. Hemos buscado en las solapas y zonas limítrofes restos de lápiz labial y otros productos afines, por si la presencia del cabello fuera resultado de un tierno abrazo, aunque un cabello puede adherirse a la tela en una aglomeración, en un transporte o local público o en mil otras circunstancias de la vida cotidiana que nada tienen de romántico. Sea como fuere, las solapas de la americana estaban impregnadas de diversas sustancias cosméticas: polvos, lápiz de ojos, carmín, en resumen, maquillaje. También es posible percibir la huella olfativa de un perfume. Ahora estamos tratando de separar las sustancias, identificarlas y, de ser posible, determinar a qué marca pertenece cada producto individualizado. El proceso es largo, ya que sólo puede llevarse a cabo contrastando cada producto con los demás productos análogos existentes en el mercado; nos llevará horas, días o semanas, según nos sonría o no la suerte. Dada la categoría social del difunto, he dispuesto que empezaran el cotejo con los productos más caros y de mejor calidad, pero no debemos descartar la posibilidad de que el difunto tuviera trato íntimo con mujeres de rango social inferior, por así decir.

Pero, de momento, dijo don Lorenzo Verdugones, sí podemos afirmar que la víctima abrazó o fue abrazado por una mujer poco antes de morir. Si por la expresión «poco antes» entendemos un período de dos o tres horas, sí señor, convino la doctora Maribel; y Sigüenza tomó nota de ello en su bloc. Ni en la alfombra, siguió diciendo la doctora Maribel, ni en la tapicería del otro silloncito ha sido hallado ningún rastro reciente de presencia humana. En las sábanas había adheridos pelos corporales provenientes de la zona torácica y pélvica anterior y posterior, así como de las extremidades superiores e inferiores; analizados y confrontados con los suministrados por el Instituto Anatómico Forense a este laboratorio, se ha constatado que todos procedían de las ya citadas partes del difunto, pudiendo deberse el hecho de figurar los ya citados pelos en las sábanas al haber efectuado aquél algún rascamiento o al simple roce de la tela. De ello cabe inferir que nadie había compartido el lecho con el difunto, valga la expresión, en los últimos tres días con sus noches, toda vez que la ropa de la cama fue cambiada el lunes, según consta en la declaración de la asistenta Sancha García. Por ahora, no puedo decirles nada más, señores.

En tal caso, esto será todo por hoy, doctora Maribel, dijo el jerarca; tan pronto obtenga algún resultado concreto con lo de los productos, no deje de avisarme.

Descuide usted, don Lorenzo, dijo la doctora: ya sabe que es un orgullo y una satisfacción para mí y para el instituto poder servirle. ¿Es usted casado, señor Prullàs?, añadió dirigiéndose a éste; y ante el gesto afirmativo, agregó sacando de un cajón varios folletos: Tenga, déselos de mi parte a su esposa; tal vez a ella le interesen nuestros tratamientos. La piel requiere cuidado continuo, pero muy especialmente durante la temporada estival. El sol es traicionero: un cutis bronceado es una epidermis maltratada. De momento, llévele esta muestra de leche de pepino y dígale que me llame para concertar una primera cita: aquí tiene mi tarjeta. Me encontrará todos los días en el instituto, a cualquier hora.

6

El edificio donde el reverendo padre Emilio Porras S.J. residía y trabajaba, ejerciendo en el recogimiento de los sabios y los santos su imprecisa labor, y adonde acudió Prullàs a la hora convenida en cumplimiento de la cita concertada la víspera por Miguel Fontcuberta, ocupaba el chaflán septentrional del cruce de las calles Rosellón y Balmes; era una construcción austera, de piedra gris, desprovista de todo indicio de ostentación, salvo el que pudiera suponer un portal de colosales dimensiones, indicativo de la universal vocación de magisterio de aquella institución, concebida para ejercer su benéfico influjo sobre los más amplios sectores de la sociedad. Ahora, sin embargo, como hecho a propósito para representar la dolorosa contradicción entre los ideales del espíritu y las necesidades prácticas de la realidad, este ecuménico portal estaba enteramente cerrado al exterior por una enorme puerta de varias hojas, destinada a ser abierta tan sólo en ocasiones señaladas, pero de la cual por el momento sólo un panel estrecho y bajo daba paso al visitante cuya identidad hubiera sido previamente verificada a través de una estrecha mirilla. De este modo selectivo y después de haber pasado el prolongado examen de una suerte de tornero seglar corto de talla, de vista y de luces, obtuvo Prullàs su ingreso en un vestíbulo oscuro, presidido por una gigantesca cruz de Constantino tallada en madera. En el aire flotaba un virtuoso aroma conventual compuesto de incienso, sosa cáustica y puchero. El tornero le indicó cómo llegar al despacho del reverendo padre Emilio Porras S.J. y se retiró escurridizo a su garita.

Perdona que te reciba en mi despacho, en medio de este pandemónium de papeles y librotes, dijo el reverendo padre Emilio Porras S.J., adoptando ab initio un amistoso tuteo, pero estas semanas son las más propicias para el estudio. Nuestros chicos se han ido de campamentos, alabado sea Dios, y esto nos libera temporalmente de las tareas pastorales. ¿Has visto la calma paradisíaca que reina en la casa?, ¡pues si volvieras una vez iniciado el curso no darías crédito a tus ojos!, ¡ni a tus oídos! En tal caso, me siento doblemente culpable, padre, dijo Prullàs, pues a la intromisión se une la inoportunidad. En realidad, fue nuestro común amigo Miguel Fontcuberta quien insistió en concertar esta entrevista con usted.

Oh, no debes disculparte y, por favor, apea el tratamiento; después de todo, somos colegas: la pluma nos hermana, al margen de otros vínculos espirituales de orden general. Yo siempre he sostenido que vosotros, los creadores, aunque tratéis temas profanos, estáis más cerca de Dios, sin saberlo, que nosotros, los que extraemos nuestros conocimientos del estudio. Lo que nace del espíritu es espíritu, dice el Evangelio de San Juan; pero San Lucas nos recuerda en el suyo que a quien mucho se le da, mucho se le reclamará.

No sé si Miguel Fontcuberta, dijo Prullàs tras el breve silencio que siguió a esta cita, te habrá contado por encima la naturaleza de mi problema. Sólo me dijo que vendrías a verme y me expondrías tu caso, dijo el jesuita; tanto mejor: siempre es preferible oír al propio interesado dar su versión de los hechos sin tener ideas preconcebidas. ¿Tú fumas?, agregó sacando del bolsillo de la sotana una petaca de cuero y un librillo de papel. Prullàs declinó el ofrecimiento y, reprimiendo su impaciencia ante la afectada cordialidad y las reiteradas muestras de positivismo de aquel individuo, que parecía dispuesto a encontrarle a todo el lado bueno, procedió a referir su caso del modo más sucinto, sin omitir a modo de colofón el ruego de que interviniera a su favor ante don Lorenzo Verdugones o ante quien tuviera ascendiente sobre él.

El reverendo padre Emilio Porras S.J., que había escuchado el relato con suma atención, sin dejar de sonreír débilmente y de asentir de cuando en cuando con la cabeza, dando con ello a entender que los sucesos referidos formaban un conjunto armónico y de todo punto coherente con su percepción del mundo, aplastó la colilla del cigarrillo en un cenicero de baquelita y se restregó las manos vivamente, como si estuviera dando cuerda a un mecanismo interior. Carlos, la historia que acabas de contarme, dijo al fin, pese a su aparente sencillez, nos proporciona una valiosa enseñanza. Pero tú no has venido aquí en busca de consejos, sino de ayuda, con lo que te ahorraré el sermón. En pocas palabras y sin rodeos, querido amigo, yo bien poco puedo hacer por ti, y en todo caso, no lo que tú me pides. Te lo explicaré y lo entenderás en seguida. Verás, como sacerdote, tengo la potestad de administrar el sacramento de la penitencia, instituido por Nuestro Señor Jesucristo para la salvación de nuestras almas. En contrapartida, tengo el deber inquebrantable, fíjate bien ¡inquebrantable!, de guardar celoso secreto de cuanto oiga en confesión, aun a costa de mi propia vida. Si me cuentas algo bajo secreto de confesión, incluso el crimen más espeluznante, nada saldrá de mis labios. Ahora bien, tú no me estás pidiendo esto, sino lo opuesto, a saber, que escuche tu declaración de inocencia y la haga pública. Tal cosa sería contraria a mi deber sacerdotal; esto cae por su propio peso. Pero aun cuando yo actuara de este modo, mi intervención carecería de toda eficacia, pues sería actuar al margen de mis prerrogativas. Al César lo que es del César, dijo el propio Cristo. Si es éste el tipo de ayuda que tú buscas, deberías acudir a un buen abogado. El reverendo padre Emilio Porras S.J. consultó de soslayo su reloj de pulsera y añadió: Esto no significa, sin embargo, que yo no pueda o no quiera ayudarte. Antes al contrario: has venido en busca de ayuda y ayuda te daré, pero a mi modo. Carlos, has cometido, según tú mismo acabas de admitir, varios hechos reprobables: has pecado, has inducido a otros a pecar y has creado ocasiones claras y reiteradas de escándalo. ¡Ay de aquel por quien viniere el escándalo! Más le valiera que le colgasen al cuello una piedra de molino de asno y lo arrojaran al fondo del mar. Estás corrompido y lo que es peor: has corrompido a otros. Matar es un horrible crimen, pero más horrible aún es causar la eterna condenación de un alma. Esto debería preocuparte verdaderamente y no lo otro. ¿De qué te sirve librarte de la cárcel terrenal si en definitiva acabas en la cárcel del infierno, donde no hay amnistía ni remisión de las penas? Eres un criminal, Carlos, dentro o fuera de la ley de los hombres, eres un criminal. ¿Cómo te extraña, pues, que sobre ti recaigan las sospechas? Quien es capaz de conculcar un mandamiento de la ley de Dios, ¿no ha de ser capaz de conculcar también los otros nueve? Pero no voy a insistir sobre este punto. Dios escribe recto con trazos torcidos: tal vez este embrollo, la angustiosa situación en que te encuentras, sean otras tantas ocasiones que Él te brinda para poner en orden tu conciencia. No desoigas su voz. Él mismo nos lo advirtió: Velad y orad, pues no sabéis el día ni la hora. Tú me dirás, ¿a qué viene ahora esta prédica? Pensarás: otros asuntos más urgentes me apremian, ya habrá tiempo luego para ocuparse de las cosas del alma. No es verdad. No podemos construir una casa sobre suelo de arena ni sacar brillo a un arca sin limpiar antes de carroña su interior. Hazme caso: límpiate por dentro, confiésate y regresa, en suma, a la angosta senda que lleva a la vida eterna. Sólo entonces resplandecerá tu inocencia, y yo mismo estaré dispuesto a dar testimonio del cambio que se ha operado en ti. Está escrito: pedid y se os dará; buscad y hallaréis; llamad y se os abrirá; porque quien pide recibe, y quien busca halla, y al que llama se le abre.

Calló el reverendo padre Emilio Porras S.J. y Prullàs se levantó de la silla y empezó a dar cortos paseos por el despacho para calmar su nerviosismo. De buena gana habría abofeteado las mejillas mates del jesuita o, al menos, habría respondido en forma airada a sus palabras, pero se reprimía comprendiendo que este proceder acentuaría aún más la desconfianza que su persona parecía inspirar a cuantos lo trataban. Nunca antes le había ocurrido una cosa así, iba pensando; nunca había imaginado que pudiera ser tenido por un monstruo. Ahora, sin embargo, todos parecían convencidos de su culpabilidad. ¿Qué he hecho mal?, se preguntaba, ¡si siempre me he comportado como un caballero!

¿Y bien?, dijo el reverendo padre Emilio Porras S.J. Tienes toda la razón, respondió Prullàs volviendo a la realidad, interrumpiendo sus paseos y adoptando una actitud circunspecta; nunca te agradeceré bastante el haberme hablado con tanta sinceridad. Tus palabras me han conmovido y tus consejos no caerán en saco roto, puedes estar bien seguro. Pero en este momento no me siento todavía preparado para afrontar el cambio que me pides. Necesito tiempo para reflexionar. El camino del arrepentimiento es largo y debo andarlo por mi propio pie.

No pienses, dijo el reverendo padre Emilio Porras S.J., que no te comprendo. Yo en tiempos fui también como tú. No, ¿qué digo como tú?, ¡peor!, ¡mucho peor! Pero una noche, estando en la cárcel, tuve un sueño o, si lo prefieres, una iluminación. Vi ante mí una imagen turbadora, bellísima, un ser que desprendía una luz cegadora. Comprendí que estaba en presencia de la Virgen Santísima y a partir de ese momento, mi vida cambió por completo. A ti también te puede pasar. Se levantó, dando con ello fin a la entrevista, y agregó en tono expeditivo: Ya sabes dónde me encontrarás, de día y de noche. Las puertas del perdón están siempre abiertas ¿Qué mujer que tenga diez dracmas, si pierde una, no enciende la luz, barre la casa y busca cuidadosamente hasta hallarla? Y una vez hallada convoca a las amigas y vecinas, diciendo: Alegraos conmigo porque he hallado la dracma que había perdido. Pues del mismo modo, mayor es en el cielo la alegría por un pecador que se arrepiente que por noventa y nueve justos que no necesitan de penitencia.

7

Era la hora de comer cuando Prullàs salió de su infructuosa entrevista con el reverendo padre Emilio Porras S.J.; las tiendas estaban cerradas y las calles ofrecían un aspecto desolado bajo el sol del mediodía. En la acera, indiferente al calor, un niño harapiento y trasquilado, con las sandalias rotas, lanzaba y recogía una pelota pequeña sujeta a su muñeca por una banda elástica, indiferente al calor y a la voz estentórea que lo reclamaba desde la oscuridad de una portería: ¡Antonio, entra, tu madre te llama! Pasó un tranvía con un solo ocupante y un coche hizo sonar el claxon sin motivo. A la luz cegadora del sol el niño era sólo un esbozo. Prullàs se restañó el sudor de la frente con el pañuelo y maldijo su suerte. No aguanto más, pensó; de buena gana me metía en un barco y emigraba a América. Pero una vez allí, siguió pensando, ¿qué haría?

Al llegar a casa llamó a Fontcuberta. Ah, Carlos, ¿cómo te ha ido con nuestro buen amigo el jesuita? ¡Fatal, chico!, le he expuesto mi caso y me ha contestado que sí, que me ayudará, pero sólo si me avengo a pasar por el aro, ya sabes: confesión, comunión, procesión y cirio. Los curas no dan nada gratis. ¡Y no veas cómo me ha puesto! Al salir me he mirado en la luna de un escaparate para ver si tenía cuernos y rabo. Pero ¡quia!, agregó levantando la voz, son ellos; ellos son los verdaderamente mefistofélicos ¿Acaso no han intentado comprar mi alma a cambio de favores? Cualquiera diría que ésta es una ciudad de santos y yo, el único réprobo. ¡Hipocresía, Miguel!,

¡hipocresía, petulancia y nada más! Y lo peor es que encima de no conseguir nada, me voy poniendo en evidencia por todas partes, contando lo de esa señorita. Por supuesto, no he dado nombres...

Se hizo un silencio. Fontcuberta reflexionaba. Al final dijo: No te desanimes tan pronto. No se tomó Zamora en una hora. Mira, se me acaba de ocurrir otra idea: ¿Por qué no acudes a los escritores? Ya sabes a quiénes me refiero: a los que se reunían antes en el Ateneo; ahora, si no me han informado mal, tienen una tertulia un día a la semana no sé dónde. No, Miguel, ni hablar, repuso Prullàs; no estamos en buenas relaciones. Ellos me consideran, en el mejor de los casos, un vendido, y en el peor, un confidente de la policía. Son gente muy suspicaz.

No desconfíes del *esprit de corps*, replicó Fontcuberta, ni del tradicional gremialismo de los catalanes. Cuando vienen mal dadas, todos cierran filas. Busca quien te avale. En casa de Brusquets te vi hablando con José Felipe Clasiciano. Él te aprecia y tiene entrada en todas partes. Si aún está en Barcelona, te ayudará. Llámale, dile que estás en un apuro, dile lo que se te ocurra sin comprometerme a mí ni a nadie. Si crees que con dinero se le puede ganar para la causa, ofrécele el oro y el moro; aunque no creo que haga falta. Prullàs vacilaba. ¿Y eso serviría para algo? ¡Por supuesto! De un tiempo a esta parte las autoridades están llevando una política de ten con ten con esa gente; si ellos te respaldan, Verdugones no se hará el sordo, tenlo por seguro. Todo es intentarlo; al fin y al cabo, el no ya lo tienes.

Prullàs colgó, encendió un cigarrillo, caminó nervioso por el profundo corredor. La Sebastiana asomaba la cabeza por la puerta de la cocina, se santiguaba, murmuraba ¡ay, madre!, y se volvía a esconder como si por la casa rondara una fiera. Repiqueteó el timbre del teléfono, Prullàs lo cogió al vuelo. ¿Diga?, preguntó. Al otro lado del hilo le respondió la voz de Marichuli Mercadal. Carlos, ¿estás bien? Ah, eres tú. ¿Te molesta? No, ¿desde dónde me llamas? Desde un bar de la calle Provenza. ¿Otra vez el dentista? No, hoy he puesto a la modista por excusa; sólo dispongo de un par de horas; les he prometido estar de vuelta antes de cenar. ¿Dónde podemos vernos? ¡En ninguna parte!, exclamó Prullàs; no tengo tiempo para efusiones. No he venido para eso, repuso ella con serenidad; sé que andas metido en líos y quiero ayudarte, eso es todo. ¿Líos?, dijo Prullàs, ¿de dónde has sacado tú semejante idea? De tu llamada, dijo Marichuli Mercadal; ayer tarde estaba cotilleando con Martita en vuestra casa, como de costumbre, cuando vino el señor Joaquín a traer tu mensaje de optimismo y normalidad; deduje al instante que algo andaba requetemal y a juzgar por tu tono, no iba desencaminada.

Hum, dijo él, ¿y Martita?, ¿también sospecha algo? Ca, Martita está tan acostumbrada a tus trolas que se creería cualquier cosa. Pero yo te conozco mejor, añadió; cuéntamelo todo. Está bien, dijo Prullàs al cabo de un instante, pero no por teléfono, ni en una casa ni en un lugar público; es posible que me vigilen. Mira, haz lo que te voy a decir: coge un taxi y espérame en la esquina de mi casa sin salir del coche; es preciso que no te vea nadie; yo bajaré dentro de diez minutos. ¿Lo has entendido? ¡Pues claro!, repuso ella.

*

Marichuli Mercadal puso el grito en el cielo al verse media hora más tarde ante la puerta giratoria del Hotel Gallardo. ¡Carlos, me has traído a una casa de citas! ¿No te da vergüenza? No, mujer, es un hotelito sencillo y recogido, donde podremos hablar sin ser molestados y sin que nadie nos pida la documentación. En nuestras circunstancias, no pretenderás ir al Ritz, y en definitiva ¿qué más te da? Aquí nadie te conoce, argumentó Prullàs mientras pagaba al taxista. No es por los demás, Carlos; es por mí, por mi propia dignidad. Soy una mujer honrada; pecadora, pero honrada; y las mujeres honradas no pisan estos hoteluchos. Te quedarías de piedra si supieras cuántas mujeres decentes han cruzado este umbral, repuso él; pero eso nunca lo sabrás, porque la empresa es de una discreción a toda prueba. De todos modos, si no quieres entrar, nadie te obliga: puedes coger otra vez el autocar de línea y en un abrir y cerrar de ojos estarás en tu casa, con la dignidad a salvo. Marichuli Mercadal suspiró. Está bien, por esta vez, entremos; pero me has de prometer que no me tratarás como si fuera una perdida. Te doy mi palabra de honor, dijo Prullàs.

Marichuli Mercadal se dejó conducir dócilmente a la habitación. Sin embargo, una vez allí, tan pronto como el recepcionista de la gardenia en la solapa se hubo retirado haciendo zalemas, se sentó en el borde de la cama y reanudó las lamentaciones. ¡Qué horror, Dios mío, qué horror! Sábanas de color y grabados indecentes en las paredes, ¿cómo se lo voy a contar luego a mi confesor? ¡Virgen de los Desamparados, haz que mi hija nunca se entere de lo que fue su madre!

Prullàs aguardaba el final de estos desahogos mirando por la ventana: en la casa de enfrente seguía penando su cautiverio el ruiseñor y el viejo de la gorrilla seguía dormido en su mecedora con la cara vuelta hacia el techo y la boca abierta de par en par. A través del tabique se oía un murmullo apagado de voces proveniente de la habitación contigua; luego cesó el murmullo y alguien se puso a silbar alegremente una tonada popular. Marichuli Mercadal recobró la serenidad y Prullàs, sin abandonar su puesto de observación, la puso al corriente de lo sucedido. Marichuli Mercadal lo escuchaba con una atención tan extremada, tan prendida de sus palabras, que Prullàs dudó de que realmente lo estuviera escuchando. ¿Has entendido algo?, le preguntó al concluir el relato. A medias, respondió ella; he entendido lo que me contabas, pero no veo la razón por la cual alguien pueda sospechar de ti: no pareces un mal hombre. Prullàs sonrió con benevolencia. Hay algunos detalles que no te he contado por delicadeza, aclaró. No seas ridículo, Carlos; ¿me traes aquí y no voy a saber a qué detalles te refieres? Habrás tenido algún lío con una pájara, a medias con ese tal Ignacio Vallsigorri, o algo por el estilo. Pero eso no es motivo para matar a nadie; al menos no es motivo para ti; ni esto ni nada parecido: tú eres incapaz de matar, y eso el señor Lechugones lo debe de saber bien. No, Carlos, añadió luego en un tono de gravedad que sorprendió a Prullàs, aquí ha de haber algo más.

¿Algo más?, dijo él, ¿como qué? No lo sé, amor mío, pero te diré lo que pienso: alguien está dirigiendo la investigación hacia ti; alguien está interesado en que recaiga sobre ti la responsabilidad del caso; y aún te diré más: es alguien a quien tú conoces y en quien tú confías. Una vez vi una película donde pasaba algo parecido: la hacían Ray Milland y una chica morena que no recuerdo el nombre, acabó alegando a modo de prueba.

Prullàs hizo un gesto evasivo: en el fondo tenía a Marichuli Mercadal por una persona de poco juicio, incluso al borde de la insania, como el propio doctor Mercadal le había dado a entender en más de una ocasión; para él las reflexiones de ella carecían de valor. Como si pudiera leer estos pensamientos, Marichuli Mercadal suspiró y dijo: Ya veo que no me haces caso; te parezco indigna de atención, y tal vez yo tenga la culpa de que sea así: contigo me he comportado siempre como una idiota. Pero no lo soy; lo es mi pasión: una pasión idiota, a la que no puedo ni quiero oponer resistencia. ¿Cómo vas a tomarme en serio si cedo una y otra vez a mis impulsos y a tus caprichos? ¿Quién puede respetar a una mujer casada, madre de familia y practicante, que se deja arrastrar de buen grado a una casa de tolerancia? Pero no te dejes influir por las apariencias: lo que te digo es cierto: alguien próximo a ti te quiere perder. Yo no puedo hacer más que advertirte. Advertirte y rezar por ti. Toma, te he traído algo.

Abrió el bolso, rebuscó en su interior y sacó al fin una cartulina rectangular. ¿Vas a darme una foto tuya?, preguntó Prullàs. No te vendría mal, repuso Marichuli Mercadal. Pero no era una foto, sino una estampa coloreada de la Virgen de Fátima, la misma que había hecho por España y Francia su periplo milagrero antes de llegar a Maastricht, donde la esperaba Su Santidad Pío XII. Ella te protegerá, murmuró bajando los ojos; aunque tú te rías. Prullàs salvó la distancia que los separaba y cogió la estampa. Marichuli Mercadal se puso en pie. Por favor, llévame a la parada del autocar, suplicó. Sin decir nada, Prullàs salió de la habitación y volvió al cabo de unos instantes. Han ido a llamar un taxi, dijo; nos avisarán en cuanto llegue.

Ahora era ella quien se había aproximado con mucha cautela a la ventana y desde allí observaba el cielo. Prullàs experimentó una oleada de ternura por aquella mujer bella, infeliz y atolondrada. Antes de separarnos, dijo, quisiera preguntarte una cosa. Marichuli Mercadal se pasó el dorso de la mano por los ojos y luego se volvió. ¿Qué cosa? Prullàs carraspeó. ¿Tú te tiñes el pelo?, dijo finalmente, y ante el asombro de ella, se apresuró a añadir: No creas que te lo pregunto por frivolidad; al analizar la ropa del muerto encontraron un cabello teñido. El día en que nos conocimos me dijiste que éste era el color natural de tu pelo; ahora quiero saber la verdad.

Bueno, yo no lo maté, si es lo que me estás preguntando, dijo Marichuli Mercadal, y en cuanto a lo otro, no te mentí aquella noche aciaga; ni entonces ni nunca te he mentido; no podría mentirte aunque quisiera. Soy pelirroja de natural. No obstante, has de saber que, unas más y otras menos, todas las mujeres nos tratamos el pelo: las jóvenes y las viejas, las guapas y las feas, las honestas y las casquivanas; hasta Martita se da unos reflejos, a pesar de que tú no te fijes. La policía por fuerza debe de saber estas cosas.

La policía no tiene nada que ver en esto; los análisis se hacen en el instituto de belleza de una tal doctora Maribel, ¿lo conoces? Claro, y sobre todo conozco de oídas a la doctora Maribel: es una auténtica celebridad en Barcelona. Tiene un consultorio radiofónico, todas las mañanas; da consejos personales y también de belleza, y recetas de cocina y trucos para evitar que se enmohezcan los zapatos en el armario o cosas parecidas. Yo lo escucho cuando estoy en casa sin nada que hacer, es decir, casi siempre. Tiene un tono de voz muy agradable y lo que dice está cargado de sensatez. Tal vez deberías confiar en ella ya que no confías en mí. Pero no la traigas a este sitio. Se lo propondré y veremos si es tan sensata como tú supones, bromeó Prullàs. En aquel momento el recepcionista de la gardenia en la solapa entró a decir que el taxi estaba en la puerta.

8

José Felipe Clasiciano, el melifluo poeta modernista, solía hospedarse en un sencillo hotel situado en las inmediaciones de la Puerta del Ángel y frecuentado por subalternos de la fiesta brava: picadores, banderilleros, mozos de estoques y monosabios, a la sombra de los cuales brujuleaban maletillas buscando arrimo. En las paredes del hall campeaban fotos dedicadas de diestros famosos y en el bar, sobre el espejo apaisado, la cabezota disecada de un astado. Por la radio cantaba Lola Flores *La zarzamora* mientras el melifluo poeta departía en la barra con un efebo lampiño. ¡Qué gusto verte, Carlitos, pero qué gusto! Recibió a Prullàs con un abrazo aparatoso y aventó al efebo. Ándate nomás, morochito; alueguito te busco. El interpelado se alejó marcándose unas chicuelinas. Ay, Carlitos, suspiró el poeta, me encanta picotear con estos galopines, ¡me encanta! ¡Son tan tiernos! Todito se lo creen y por cualquier cosa se entusiasman. Lo que su fantasía les pinta, eso ven. Este angelote lo mismo se ha pensado que yo era un empresario taurino de allende la mar océana, ¿y yo?, ¡pues dejarme querer, Carlitos, dejarme querer! Eso nunca viene mal. ¡Lindo potrillo! Bien distinto a nosotros, figúrate, tan de vueltita de todo y tan *blasés*. ¿Y tú?, ¿qué me cuentas?, ¿qué vaina es esa que me platicaste por el telefón?

Ya sabes que con ese grupo tengo una relación un poco ambigua, José Felipe, dijo Prullàs.

El poeta hizo un gesto magnánimo. Feliz de poder servirte, Carlitos. ¡Para eso estamos los amigos, carajo! Y al mozo del bar: ¡*Sommelier*, dos finos! Luego, bajando la voz: He citado a Montcusí dentro media hora en el Central. Me permití convidarlo a almorzar en tu nombre y aceptó encantado. La comida de ese bodegón no es muy allá, pero ahí es donde se reúne todos los jueves la tertulia ateneísta y supuse que, siendo aquél su territorio, se sentiría menos cohibido.

Tus arreglos me parecen de perlas, José Felipe, y te los agradezco de corazón, pero en todo caso soy yo y no él quien debería sentirse cohibido, repuso Prullàs. No hay causa de que así sea, replicó Clasiciano; lo quieras o no, tú tienes la vara alta, Carlitos. Por eso, aunque no haya entre tú y ellos animadversión personal, os separa una brecha insalvable. Es doloroso para nosotros, españoles de ultramar, que tanto amamos este país y esta cultura, constatar a qué triste situación se ha llegado acá por la mera fuerza de las cosas.

Es cierto, admitió Prullàs; hubo un tiempo, años atrás, en que unos y otros habríamos podido sentarnos alrededor de una mesa y mirarnos a los ojos. Pero se desaprovechó la oportunidad, si realmente existió, y ahora es demasiado tarde. Sin diferir en cuestiones de principio, mi persona les provoca rencor y desconfianza.

No los juzgues con dureza, Carlitos, dijo Clasiciano; piensa en lo mal que los trató la vida. Verse de golpe arrancados de la seguridad de sus trabajos y de sus hogares, arrojados a un exilio sembrado de sobresaltos, penurias y humillaciones, obligados en muchos casos a apelar a la compasión ajena para sobrevivir, ¡eso es terrible, carajo! Y luego, por los mismos avatares, obligados a regresar para salvar la piel.

Aquí nadie los molesta, dijo Prullàs. Claro, replicó Clasiciano; porque ya no constituyen peligro alguno. Pero aun así, siguen ausentes, Carlitos, con la mirada y el pensamiento puestos en un lugar lejano, en una patria que para ellos dejó de existir.

No dramatices, José Felipe; pronto volverá a ser como antes. El melifluo poeta dejó vagar una sonrisa por su enigmático rostro de cuarterón. Así viven algunos, asintió, convencidos de que todo se resolverá felizmente en un futuro no lejano; entonces, piensan ellos, les serán reconocidos sus méritos de antaño y, por añadidura, los padecimientos sufridos durante este largo período de opresión y agobio. Mientras tanto viven pendientes de cualquier noticia que parezca confirmar sus esperanzas, crédulos a cualquier rumor, a todas las exageraciones, incluso las más burdas y fantasiosas. Otros, añadió, se han resignado, al menos en su fuero interno, a vivir siempre más en este estado de postración. Unos y otros, en cualquier caso, están sentenciados: la Historia los dejó atrás, y eso ya no tiene arreglo. En definitiva, Carlitos, todos somos meros juguetes del azar: no hay razón para que tú te sientas cohibido. ¿Pero me ayudarán?, preguntó Prullàs. Eso está por ver, carajo, repuso Clasiciano.

Abonaron la cuenta del bar y salieron a la calle. En la calzada los maletillas practicaban toreo de salón.

*

El maître los acompañó a la mesa donde ya los esperaba Montcusí. ¿Nos retrasamos?, gimió el melifluo poeta. No, no, de ningún modo, repuso el otro; yo me he adelantado en la esperanza de encontrarme con Santamans; al parecer me anda buscando. Quien así hablaba era un hombre alto, fuerte, con una cabeza enorme y rasgos duros, como tallados en piedra. A sus espaldas se decía que su carácter se correspondía con su aspecto y se contaba que en cierta ocasión, cuando su vida atravesaba un período particularmente arduo, bien cegado por la desesperación, bien por otros motivos, había disparado un revólver contra su mujer, ocasionándole heridas de cierta gravedad. Había viajado por todo el mundo, y poseía una extensa cultura. En particular era muy versado en filosofía alemana y, al parecer, había asistido a las clases de Heidegger en Friburgo. También se decía que había heredado, tiempo atrás, un considerable patrimonio, que había despilfarrado en poco tiempo. El amigo Prullàs, terció el melifluo poeta, desearía exponer sus cuitas y recabar, en la medida de lo posible, el apoyo de la profesión. Ha sido usted muy amable al aceptar nuestra invitación, añadió Prullàs. Soy yo quien celebra la ocasión de volver a encontrarnos, respondió Montcusí; no nos habíamos visto desde hace mucho; quizás, añadió en tono reflexivo, desde el estreno de *La náusea*, la temporada pasada. Debidamente expurgada, esta obra, que desde hacía un tiempo cosechaba en París un éxito arrollador, había recibido autorización gubernativa para ser representada en Barcelona por una compañía amateur, en un pequeño teatro y durante una sola noche. A esta representación, que había causado una profunda impresión entre los asistentes, Prullàs se había guardado mucho de asistir, por lo que prefirió dejar al otro en su error y se limitó a hacer un gesto vago.

Acudió el maître y la conversación giró luego en torno a temas de carácter general. Montcusí, que era un buen conversador y poseía un caudal inagotable de anécdotas chispeantes, relató cómo unos meses antes, hallándose él en Nueva York invitado por una universidad, había asistido a un banquete sin saber muy bien cómo ni por qué y sin conocer a ninguno de los comensales y en grave inferioridad de condiciones, pues no sabía una palabra de inglés. Cuál no sería su sorpresa, continuó refiriendo, cuando se encontró sentado a la mesa al lado de Marlene Dietrich, con quien mantuvo una animada charla en francés durante toda la velada, en el transcurso de la cual la celebérrima estrella mostró un gran interés por la Historia de Cataluña y por las peculiaridades de su lengua y su cultura.

Consciente de sus funciones de mediador, Clasiciano recondujo la conversación al tema que había motivado aquel encuentro antes de atacar el panaché de jamón. El amigo Prullàs tenía muchas ganas de hablar contigo, dijo; pero será mejor que él mismo te ponga al corriente de lo sucedido. Prullàs carraspeó. En realidad, farfulló confuso, se trata de algo simbólico. Últimamente he tenido un pequeño roce con la autoridad, las consecuencias del cual todavía son inciertas, y yo he pensado que si pudiera contar con el respaldo moral de algunos intelectuales de prestigio, tal vez lograría disuadir a esa misma autoridad de adoptar determinadas disposiciones de carácter legal, por así decir, concernientes a mi persona. Al llegar a este punto de su disertación se quedó atorado. La gestión que estaba iniciando le parecía ahora un craso error. Era evidente que su interlocutor estaba informado de la muerte de Vallsigorri y de la implicación de Prullàs en el caso, pero el hecho mismo de que colaborase con don Lorenzo Verdugones lo colocaba en una delicada posición. En los ojos de Montcusí leyó la pregunta que aquél se estaba haciendo: ¿De qué lado estaba Prullàs?

La embarazosa situación se vio resuelta por la llegada de un individuo menudo, de aspecto frágil y cara de liebre. ¡Hombre, Santamans!, me han dicho que me buscabas. El recién llegado venía con la frente perlada de sudor y muy excitado por la noticia que se disponía a dar. *El pobre Arnalot és mort*, anunció con voz jadeante, *a Mèxic!* Iba a añadir algo más cuando advirtió la presencia de Prullàs y se apresuró a agregar: Oh, le pido me disculpe, no le había visto... No importa, no importa, repuso Prullàs; continúe, por favor; lo entiendo perfectamente. Pero el recién llegado guardó un escrupuloso silencio. Siéntate con nosotros, Santamans, dijo Montcusí para aliviar la tensión; todavía estás a tiempo de acompañarnos; como ves, acabamos de empezar. Sí, por favor, únase a nosotros, dijo Prullàs.

Santamans dio las gracias pero rechazó la invitación. Padecía una extraña enfermedad de la sangre que le obligaba a seguir una dieta rigurosísima y a guardar un reposo casi absoluto. Permanecía encerrado en su casa, entregado a la traducción de textos clásicos, y sólo salía una vez a la semana para acudir a la tertulia o ir al cine, explicó con voz entrecortada. No nos hagas un feo, Santamans, insistió Montcusí; siéntate aunque no comas, y participa del conciliábulo. Santamans ocupó la cuarta silla después de hacer una servil salutación y pidió un vaso de agua y un poco de bicarbonato. Prullàs que lo conocía escasamente y nunca había cruzado con él más de dos frases, no supo qué decir. Santamans era famoso por su invencible timidez y apocamiento, pero no por su falta de valor; enfrentado a un peligro cierto, como de hecho había sucedido más de una vez durante los años terribles, se deshacía en ayes y gimoteos, pero acababa comportándose con una entereza muy superior a la de quienes en momentos similares adoptaban una pose gallarda y actuaban del modo más indigno y desleal. Muchos aseguraban que en su callado heroísmo radicaba el origen de su aniquiladora enfermedad. Ahora su presencia en la mesa, como testimonio vivo de la luctuosa noticia de que era portador, hacía más difícil la comunicación y más tenso el silencio. Lamento lo ocurrido, susurró Prullàs. Montcusí hizo un gesto poco expresivo. Era patente que el fallecimiento del amigo en tierras lejanas le había sumido en una gran consternación; Prullàs comprendió, sin embargo, que jamás la exteriorizaría mientras él se hallara presente. En alguna ocasión Prullàs se había referido públicamente al difunto, cuyos escritos se caracterizaban por una notable erudición y una insoportable pesadez, en términos sardónicos. Ahora aquellos epigramas revoloteaban por el aire espeso del local. El amigo Prullàs se encuentra en dificultades y solicita nuestra cooperación, dijo Montcusí.

Santamans dejó de revolver el bicarbonato y miró a Prullàs con fingida inocencia. Por descontado, por descontado, exclamó con un deje de ironía apenas perceptible; siempre estamos dispuestos a romper una lanza en favor de la república. ¡Ep, de la república de las letras, se entiende! Esta salida de tono mereció el mudo reproche de Montcusí. Apenas hacía un mes que otro habitual de la tertulia ateneísta, por haber compuesto un poema satírico a las supuestas exequias de cierta personalidad pública y haberlo leído en el curso de una cena íntima, había sido detenido y procesado por desacato. Gracias a la intercesión de personas influyentes se sobreseyó el sumario y la cosa no pasó de un susto, pero el incidente puso de manifiesto que incluso en un grupo tan reducido y en apariencia tan solidario, había un delator. De resultas de esta constatación había menguado mucho la mordacidad de las intervenciones y el tono bufo habitual de la tertulia ateneísta.

Dejémonos de bromas, amigo Prullàs, dijo Montcusí; el asunto sin duda reviste gravedad y nosotros, por nuestra parte, de buena gana le ayudaríamos. Ahora bien, ¿qué ayuda podemos prestar a nadie si precisamente somos nosotros los más necesitados? Por otra parte, agregó, las cosas van mejorando poco a poco; en los últimos tiempos se han conseguido algunos permisos... lo que antes comentábamos de *La náusea* es un ejemplo. Hay señales leves de apertura, la presión afloja, ¡algo es algo! No obstante, seguimos estando muy vigilados. El amigo Clasiciano, que ve el panorama con imparcialidad, me corregirá si miento.

Con imparcialidad, sí, pero también con un gran cariño, corroboró el melifluo poeta; y en un súbito cambio de actitud, añadió: Y hasta puede que una acción desatinada resultase contraproducente, carajo.

Santamans prendió la pipa que había estado rellenando con pausada ceremonia y murmuró tras la cortina de humo: Usted mejor que nadie puede dar testimonio de nuestra congoja. En su voz detectó Prullàs un timbre de ironía. Ninguno de los presentes ignoraba que el melifluo poeta era un hipócrita que medraba con el favor de las instituciones oficiales, ante las cuales hacía las más rastreras profesiones de amor a la madre patria y de admiración y lealtad hacia quienes regían sus destinos. Pero era tolerado en aquella tertulia y en otras similares a pesar de su duplicidad porque disponía de un pasaporte que le permitía viajar sin cortapisas por Europa y Norteamérica, cosa que hacía de continuo, dejando siempre tras de sí un reguero de deudas y cuentas sin pagar, y aportar en sus frecuentes visitas a la ciudad, libros, revistas y noticias del exterior, con las que saciaban momentáneamente su sed de cosmopolitismo los ateneístas.

Clasiciano agradeció el elogio y exclamó: Es prerrogativa de los apátridas y los desarraigados como este humilde servidor, convertirse en depositarios de tanta tribulación y tanta vaina como hay por el mundo. Fíjense que recién nomás estuve en Viena, adonde nunca antes me habían llevado mis errantes pasos. Pues bien, quedéme patitieso al ver esa ciudad, que siempre me había representado, después de tantas lecturas y de tanta y tantísima música *exquise*, como el novamás de la elegancia y la cultura, al comprobar cuán alejada estaba mi fantasía de la cruda realidad: la mayor parte de los edificios son todavía meras ruinas, y la ópera nomás un montón de cascotes; no hay luz ni gas, y apenas agua, la comida escasea y los artículos más necesarios sólo se consiguen en el mercado negro, a precios exorbitantes y con mil triquiñuelas. Las calles dan miedo, especialmente después de ponerse el sol: bandas de pilletes asaltan a los transeúntes, las mujeres honestas han de sufrir los ultrajes de una soldadesca ebria y descontrolada, y cada noche son secuestradas personas de las que no se vuelve a saber nunca más nada. En esta Viena andrajosa y destripada asistí a una velada artística, que luego resultó ser una trampa para turistas. En un palacio infestado de ratas, unos lacayos con casacas zurcidas y tomates en las medias nos sirvieron un piscolabis de pan de centeno, queso y cebolla. Mientras mascábamos aquel condumio imposible, la dueña de la casa nos cantó unos Lieder de Schubert: *Auf dem Wasser zu singen* y otras vainas por el estilo. Acabado el interludio musical, cuando aún resonaban los últimos acordes del pianoforte en el viejo salón, la dama nos vino a sablear con todo descaro. Me contó que su marido se encontraba aún en paradero desconocido y que todo su patrimonio había quedado al otro lado de la frontera húngara. Era una vergüenza lo que estaba ocurriendo en Hungría ante los ojos impávidos del mundo, me dijo, ¡una vergüenza! Con voz plañidera pintó los atropellos cometidos por el ejército de ocupación, los inimaginables abusos del régimen bolchevique y la heroica resistencia del cardenal Mindszenty. ¡Hagan algo, por Dios, ustedes que gozan de libertad de acción y de palabra, hagan algo!, imploró. *Et elle avait des mamelles grosses comme ça!*

Fue acogido por los presentes con murmullos este relato, probablemente apócrifo. Prullàs detestaba este tipo de anécdotas, cuyo único fin consistía en convertir las desgracias y las debilidades ajenas en objeto de entretenimiento, cuando no de irrisión. Yo nunca haría una cosa así, pensó. Pero, prosiguió diciendo Montcusí, no debemos desviarnos del tema principal de esta reunión, es decir, el ruego del amigo Prullàs. No queda nada por añadir, dijo el aludido; hablen con los demás, sopesen ustedes cuidadosamente los pros y los contras y obren luego en consecuencia. Quiero que sepan, añadió a renglón seguido, que sea cual sea su decisión final, yo les agradezco de antemano su interés y espero poder corresponder algún día a su atención en la medida de mis posibilidades.

¡Ah, no, nosotros no tenemos dos caras!, exclamó Montcusí dando un puñetazo en la mesa; todo cuanto hayamos de deliberar lo puede usted oír, ¡no faltaría más! No lo decía con intención de ofender, se apresuró a decir Prullàs; y pensó: Las cosas se ponen cada vez peor. Por fortuna, en aquel preciso instante una voz conocida acaparó la atención de todos. ¡Vaya sorpresa! ¡Los señores Montcusí y Santamans con don Carlos Prullàs y don José Felipe Clasiciano! ¡La Osa Mayor, la Estrella Polar y la Cruz del Sur!

¡Poveda!, exclamó Prullàs. El estraperlista desplegó un surtido de serviles contorsiones. ¡Siempre al servicio de la ilustre compañía! Fue estrechando la mano de todos, salvo la del melifluo poeta, a quien con gesto rápido y furtivo, se la besó. Siempre guardaré en la memoria este momento, susurró. Luego se restañó el sudor de la frente con el pañuelo, hizo sitio en la mesa, colocó allí su abultada cartera y fue sacando sin disimulo cartones de tabaco americano. Deje para luego sus cambalaches y pida algo de comer, Poveda, le dijo Prullàs; yo invito.

El estraperlista cerró la cartera y enderezó la espalda. No, don Carlos, no es por hacerle un desprecio, pero no tengo hambre, con su permiso. A decir verdad, ya he comido; vivo con mi anciana madre y comemos muy temprano; en este sentido somos muy mojigatos. Mientras murmuraba estas frases atropelladas cobró el tabaco y luego abandonó el local, dejándolo impregnado de su fragancia. ¡Qué raro!, comentó Montcusí, a quien la interrupción parecía haber devuelto la serenidad; Poveda siempre se queda un rato, haciendo gansadas y recitando sus aleluyas licenciosas. Algo le debe de pasar hoy. Prullàs, comprendiendo que era él quien había provocado con su presencia la huida del estraperlista, cayó en estado del profundo abatimiento y durante el resto de la comida se limitó a intervenir en la conversación con escuetos monosílabos.

9

Al día siguiente, sonó el teléfono cuando Prullàs acababa de desayunar y estaba agradablemente sumido en la lectura de *La Vanguardia*. Por segunda vez en aquel mes, un platillo volante había hecho acto de presencia en un pequeño pueblo de Arkansas. En esta ocasión numerosos testigos daban fe del hecho, al igual que el enorme ruedo de chamusquina dejado por las turbinas de la nave. Por su parte, el Jefe del Estado se había ido a descansar al Pazo de Meirás; allí entretenía sus ocios pescando, pintando paisajes o paseando por el jardín en compañía de su nieta Carmencita, de todo lo cual dejaban constancia unas fotos bastante borrosas. En el juicio contra Alfried Krupp la rutina procesal se había visto dramáticamente alterada por la comparecencia de la madre del reo en el estrado. Doña Bertha Krupp era una señora de avanzada edad, pero todavía vigorosa e imponente. En los primeros años del siglo, a raíz de la trágica muerte de su padre, a quien una insidiosa campaña de prensa en la que se le acusaba de mantener relaciones ilícitas con su mayordomo había empujado al suicidio, la joven Bertha se había hecho cargo del negocio familiar. Poco más tarde, su marido, el barón Gustav von Bohlen, que al contraer matrimonio con Bertha había asumido la dirección de la empresa y el ilustre nombre de los Krupp, bautizó con el de su esposa un portentoso cañón móvil de 420 milímetros de calibre que pesaba 100 toneladas, lanzaba proyectiles de un metro de longitud y 80 kilos de peso y requería una dotación de 200 hombres. Con este artefacto inusitado, verdadera proeza de la ingeniería bélica, conocido con el apelativo de «La Gran Bertha», el ejército del káiser había bombardeado con éxito Inglaterra desde las costas de Francia en la guerra del catorce. Ahora esta ilustre dama, cuyo nombre había de quedar grabado para siempre en los anales de la artillería, comparecía ante los jueces en su doble condición de esposa y madre, con el corazón desgarrado por la pena, para defender el honor de su estirpe e implorar clemencia por su hijo.

¿Señor Prullàs? Al aparato, ¿quién le habla? Sigüenza, para servirle; don Lorenzo Verdugones desea hablar con usted. No se retire, por favor, se lo paso al instante.

Prullàs esperó un largo rato. Cuando finalmente oyó la voz del jerarca al otro extremo del hilo tenía el auricular pegado a la oreja por efecto del calor. ¡Hola, Prullàs!, ¿cómo va todo? Como siempre, don Lorenzo, ni para alante ni para atrás. ¡No se me desanime, hombre! Recuerde la fábula de Samaniego: Subió una mona a un nogal... ¿Qué planes tiene para este fin de semana? Ninguno, repuso Prullàs; pero me gustaría irme a Masnou, si usted lo autoriza, naturalmente. Si no voy, mi familia se inquietará. Yo no tengo que autorizarle nada, Prullàs; usted es un ciudadano libre en un país libre: puede ir a donde se le antoje. Por desgracia, yo no puedo decir lo mismo: esta tarde he de clausurar el Congreso Internacional de Apologética que se ha celebrado esta semana en Vich con motivo del Centenario Balmesiano, y mañana he de presidir en Reus una corrida de beneficencia con Pepe Calabuch. Precisamente le llamaba para proponerle que me acompañara a Reus. Primero nos íbamos a tomar una mariscada y luego, ¡a los toros! Pero la familia es lo primero, añadió a renglón seguido en el mismo tono de jovial camaradería. Vaya a Masnou, vaya; reponga fuerzas, aproveche para reflexionar y no deje de saludar a su suegro de parte mía y de ponerme rendidamente a los pies de su encantadora esposa. Cuando hubo colgado Prullàs se sintió como un niño en día de asueto.

Llamó a Mariquita Pons. Me voy a Masnou, le dijo; no puedo dejar tirada a la familia tanto tiempo y, además, me tengo merecido un descanso: no te puedes imaginar el jaleo que me traigo estos días, con la investigación del crimen y toda la pesca. Ya veo que lo estás pasando muy bien, rió la célebre actriz al otro lado del hilo. Ni hablar, esto va en serio, repuso Prullàs; si no me crees, pregúntaselo a tu marido: él ve las cosas muy negras. Bah, mi marido ha vuelto a hacer el petate y se ha largado a Madrid, dijo ella en un tono desenfadado que no ocultaba un fondo de amargura; algún lío de faldas tendrá por allí. No seas malpensada, dijo Prullàs. No soy malpensada, Carlos, dijo Mariquita Pons, pero estoy rabiosa; todos vais de aquí para allá, corriendo aventuras, pendoneando y dándoos la gran vida, y yo, como soy una esposa fiel y una pobre asalariada, me he de pasar el verano metida en casa o en un teatrucho oscuro y malsano, muerta de asco y más pálida que santa Teresa de Jesús. ¿Santa Teresa de Jesús no iba nunca a la playa?, dijo Prullàs. Sólo fue una vez y le robaron la toalla mientras levitaba, dijo Mariquita Pons. Cuando vuelva te saco a cenar y al cine, prometido, dijo Prullàs; ¿has sabido algo de Poveda últimamente? No. Me interesaría verlo y hacerle un par de preguntas; si tienes ocasión, dile que me llame. Descuide, jefe, repuso la célebre actriz.

¡Cómo son las mujeres!, pensó Prullàs después de finalizada la conversación con Mariquita Pons, están convencidas de que son unas víctimas y de que los hombres, por el mero hecho de serlo, lo tenemos todo fácil. ¡Pues vaya! Es verdad que los hombres somos un poco golfos si tenemos la ocasión, pero, ¿no ponen ellas el máximo interés en que así sea?, ¿no se visten y se acicalan, no hacen dietas y gimnasias y se someten a verdaderos tormentos chinos con tal de volvernos tarumbas? ¡Que se lo pregunten si no a la doctora Maribel y a esa especie de checa voluntaria que tiene montada! Y en cuanto a honestidad, habría que ver las estadísticas: los hombres no somos unos santos, pero también ellas son de miedo; la única diferencia estriba en que ellas disimulan mejor.

Animado por estas reflexiones, consideró por un momento la posibilidad de ir en busca de la señorita Lilí Villalba. Todavía era pronto: podía pasar un par de horas con ella en el Hotel Gallardo y llegar a cenar a Masnou. Pero recordó que durante el día ella trabajaba en una fábrica de embalajes, por lo que hubo de abandonar aquel atractivo plan.

Bajó a la calle y le pidió al portero que le limpiara las ventanillas del Studebaker estacionado frente a la casa; luego se dirigió a la papelería de la esquina, compró *Triunfo* y *El Hogar y la Moda* para Martita y su suegra y varios sobres sorpresa para sus hijos; en la librería, una novela de S. S. van Dine para sí mismo, con la esperanza de no haberla leído ya. La librera estaba leyendo una novela de Concha Linares Becerra. ¿Qué tal?, le preguntó. No vale nada, respondió ella con modestia; en cambio ayer leí *Posada Jamaica*, de Daphne du Maurier y me gustó bastante; lléveselo a su esposa. ¿Cómo sigue su marido? La pobre mujer se encogió de hombros. *Malament*, dijo señalándose el costado, *el fetge*. Prullàs regresó a casa, se cambió de ropa, informó de su marcha a la Sebastiana y volvió a salir. Antes de entrar en el coche le cortó el paso una mujer joven, de aspecto fiero. Anda, moreno, dame unas perrillas, que tú tiés mucho y otros no tién ná, le dijo.

El sol declinaba cuando emprendió viaje; el humo negro de las fábricas de Badalona se fundía con el cielo cárdeno, dando un aire tétrico al atardecer. Poco después, ya en la carretera, pasó por su lado un tren cargado hasta los topes de viajeros; retumbó el suelo como si se hubiera producido un terremoto y el desplazamiento del aire hizo tambalear el coche. Cuando el tren se hubo alejado, quedó vibrando el traqueteo de los vagones en la vía y el silbato penetrante de la locomotora.

Al cabo de unos minutos, sin embargo, al rebasar el promontorio de Montgat y dejar atrás el sabor acre de las emanaciones sulfúricas, cambió por completo el panorama. Por el lado de poniente se perfilaban los pinos negros contra los arreboles del crepúsculo, el aire limpio y fresco traía olor a hojas quemadas, y el mar sereno y azul tenía una serenidad antigua y majestuosa. Es como si estuviera cruzando el umbral de un mundo distinto, pensó Prullàs. No obstante, la recepción de que fue objeto lo defraudó. Para su familia, mecida por el ritmo monótono y placentero de las jornadas estivales, el tiempo había transcurrido de prisa y sin huella. A él, en cambio, aquella semana de ajetreo y sobresaltos se le antojaba una eternidad. Le parecía regresar al hogar después de un viaje peligroso o de una guerra, y descubría con pesar y enojo que nadie parecía haberse percatado de su ausencia. Mientras yo pasaba la pena negra, nadie me echaba de menos, se dijo. Al cabo de muy poco, sin embargo, la paz de aquel mundo cerrado, inexpugnable, a salvo de todo cuanto no fuera el bienestar y la intimidad, acabó ganándole el ánimo; recobró el buen humor, cenó con apetito y después, cuando sus hijos y sus suegros se hubieron retirado, propuso a Martita ir a dar una vuelta. ¿No estás cansado?, preguntó ella; al llegar parecías un perro apaleado.

Aún traía puesto el bochorno de Barcelona, dijo él, y los nervios del trabajo; pero ahora me siento como si me hubiera quitado una losa de encima. Vamos hasta el Casino: un paseo y una copita de coñac me acabarán de relajar.

Martita asintió sin entusiasmo. Iré a arreglarme un poco, dijo, voy hecha un desastre. Era evidente que habría preferido quedarse en casa. Prullàs no se molestó ante esta nueva manifestación de desapego: en Masnou Martita vivía inmersa en un ambiente en el cual él era ahora un intruso; sin menoscabo de su amor conyugal, la presencia de su marido constituía una engorrosa alteración de su vida, a la que el recién llegado debía adaptarse paulatinamente. Prullàs se recostó en una gandula y aspiró el perfume de la noche. A través de las hojas de una magnolia vio la luna menguante. Fumar lo mantuvo despierto hasta que regresó Martita peinada, perfumada y enfundada en un vestido rojo, ligero y casi sin mangas.

Prullàs se levantó y ella se le colgó del brazo. Debo de estar loco para andar metiéndome en líos cuando aquí tengo todo lo que un hombre puede desear y más, pensó Prullàs. En cuanto resuelva este maldito caso, mando al diablo al teatro y me llevo a Martita de viaje. Nunca hemos estado en Venecia. Dicen que en verano los canales huelen a demonios, pero no será tanto. Eso es, siguió pensando, iremos a Venecia; allí podría inspirarme para escribir otra comedia. Entre unas cosas y otras, llevo mucho tiempo sin escribir una línea. En Venecia, por la noche, en un café o en el hotel, tomaré notas. Luego, al regreso, escribiré la obra y la estrenaré para el sábado de gloria. Pero esta vez será distinta, una cosa nueva: nada de crímenes chistosos ni de cadáveres que salen de los armarios; nada de tartamudos ni de retruécanos ni de característicos en calzoncillos. Una comedia romántica, un poco lacrimógena a ratos, pero con un final feliz. ¡Una bella historia de amor! ¿Hablas solo?, rió Martita. Puede ser, ¿he dicho algo? No; movías los labios y las cejas como si estuvieras haciendo un alegato muy sentido, respondió ella. En realidad, estaba pensando en nosotros, dijo Prullàs, en ti y en mí y en Venecia. ¿Y por qué en voz baja? No lo sé; en Barcelona he perdido la costumbre de hablar, dijo él. ¿Adónde vas?

Habían salido a la calle y Martita, sin soltar el brazo de su marido, se dirigía calle arriba, en dirección opuesta al Casino. Al Casino, repuso, pero dando un rodeo. Has dicho que te apetecía andar; y así, de camino, pasamos por la casa de los Mercadal, y si hay luz, podemos llamarles. ¿Es preciso?, preguntó Prullàs, a quien no hacía feliz la perspectiva de un reencuentro con Marichuli Mercadal en aquel momento. Si no te importa, dijo Martita con expresión suplicante; y en tono confidencial añadió acto seguido: Ella está mal; no sé si de salud, pero su estado general es preocupante: no come, no duerme, está abatida. Su marido no se atreve a dejarla sola.

Prullàs se golpeó la sien con el dedo índice. Será de aquí, apuntó. Muchas enfermedades son de aquí, convino Martita, pero son enfermedades como las otras, sólo que más difíciles de curar. La otra tarde, siguió diciendo en un susurro, para no ser oída por las mujeres del pueblo que tomaban el fresco a la puerta de sus casas en sillitas de anea, vestidas de negro de pies a cabeza, Marichuli Mercadal vino a verme; estuvimos un par de horas charlando de tonterías y de repente, sin ton ni son, se puso a llorar con un desconsuelo tremendo; no había forma de calmarla, tuve que darle tila y agua del Carmen.

Cuando se hubo serenado le pregunté la causa de aquel arrebato y no me la supo explicar. Pero me contó, con medias palabras, algunas cosas de su vida. La pobre ha tenido muy mala suerte. No, mala suerte no es el término justo: su vida ha sido una verdadera tragedia.

Habían llegado frente a la casa y miraron a través de la verja: al fondo del jardín el remate puntiagudo del tejado, con su pararrayos, asomaba por encima de los árboles y se superponía al cielo negro; pero las ventanas no se veían, quedaban ocultas por la vegetación. Como Martita no se decidía a entrar ni tampoco a marcharse, Prullàs y ella se sentaron en el bordillo de la acera dispuestos a esperar sin saber qué. Aunque no circulaba nadie y sólo turbaba el silencio el canto de los grillos, Martita refirió en voz muy baja lo que le había contado su amiga. Al parecer, los padres de Marichuli Mercadal habían muerto en circunstancias terribles; su muerte fue un suceso infausto y muy sonado. Esto había ocurrido muchos años atrás, cuando Marichuli era todavía una niña muy pequeña. Esta circunstancia había resultado fatal para ella, no sólo por la terrible repercusión de un hecho de esta envergadura en un alma infantil y la súbita orfandad con todas sus secuelas, sino también porque entonces nadie había querido, sin duda con muy buen criterio, revelarle la verdad de lo sucedido, de resultas de lo cual, la muerte de sus padres se había visto rodeada siempre de un misterio insoluble, pues más tarde, cuando ella quiso averiguar la verdad, ya no encontró memoria fidedigna de unos hechos ya confusos en el momento de producirse, y deformados luego por el paso del tiempo, el secreto y la murmuración. Todas las pesquisas para determinar las circunstancias reales de la muerte de aquellas dos personas, le había dicho a Martita la propia interesada, habían naufragado en las turbias aguas de la ignorancia, la conmiseración y la maledicencia. Finalmente, había renunciado a saber. Pero esta misma renuncia llevaba implícito un juicio terrible: a los ojos de Marichuli Mercadal, el motivo que llevó a sus padres a su triste fin nunca podría justificar el abandono de que ella fue víctima. Lo único cierto y claro, acabó pensando, era que no la habían querido lo suficiente, le confió a Martita, dijo ésta al término de su relato.

El silbido de un tren le puso un lastimero colofón. Debía de ser un mercancías, largo y lento. Cuando el silencio volvió a caer sobre la calle, Martita se estremeció. Vámonos, dijo levantándose, he cogido frío; es la humedad. Prullàs no dijo nada. En su primer encuentro, el doctor Mercadal le había dado a entender, con medias palabras, algo similar a la historia que ahora acababa de contarle Martita. Pero en aquella ocasión, recordó, el doctor había mencionado explícitamente la palabra suicidio.

*

Caminando a buen paso llegaron en seguida al Casino. La sala estaba casi vacía y escasamente iluminada. Tres hombres jugaban al billar en mangas de camisa y en el mostrador del bar el doctor Mercadal daba conversación al señor Joaquín. De común acuerdo, Martita y Prullàs se detuvieron en la entrada con intención de dar media vuelta y regresar a casa, pero el señor Joaquín los descubrió al instante y viendo en aquella providencial aparición la posibilidad de librarse de la cháchara del médico, los saludó con una efusión exagerada. Una vez descubiertos, no tuvieron más remedio que entrar y unirse al doctor Mercadal.

El eminente cirujano había bebido bastante: tenía los ojos enrojecidos y hablaba con la lengua pastosa y el labio inferior un poco descolgado. Prullàs se interesó por la salud de su esposa. Me ha dicho Martita que tenemos a Marichuli algo pocha, dijo. El doctor Mercadal tardó un rato en comprender el sentido de esta frase; luego se encogió de hombros. Iba mal afeitado, con la ropa arrugada; su aspecto general era de dejadez. La característica principal de la mente humana, dijo, es precisamente su constante modificación, como comentaba con el señor Joaquín cuando habéis llegado: todo cambia a cada instante según la experiencia; cada experiencia nueva se suma al conjunto general de nuestras experiencias y nos obliga a redistribuir todos los elementos del sistema. Esta redistribución, como le decía hace un momento al señor Joaquín, es mayor o menor según la magnitud o la importancia de la experiencia nueva, pero cada experiencia nueva, por nimia que sea, produce un cambio en la totalidad del sistema.

El señor Joaquín dirigió un gesto a Prullàs dándole a entender que él no hacía suya aquella teoría y declinaba, por consiguiente, cualquier responsabilidad derivada de ella.

Del mismo modo, siguió diciendo el eminente cirujano, la desintegración de un solo átomo provoca una reacción en cadena y una verdadera hecatombe: ¡una hecatombe nuclear! ¡Barrabum bum bum! Para reforzar esta afirmación con un gesto categórico, retiró los codos del mostrador, extendió enfáticamente los brazos y se habría ido de bruces al suelo si no hubiera encontrado en su caída el cuerpo de Martita, a la que estuvo a punto de arrastrar consigo. Se produjo un momento de desequilibrio y confusión aparatosa, que atrajo la atención de los jugadores de billar. Cesó el chasquido de las bolas y reinó un silencio incómodo en la sala del Casino.

¡Yo me voy!, masculló Martita. Uno de los tirantes del vestido se había descosido en la refriega. Perdóname, mona, farfulló el doctor Mercadal.

Prullàs sostuvo al médico por las axilas y lo volvió a colocar en posición estable. El señor Joaquín hizo ademanes de impotencia. ¡Esto es una vergüenza y usted no debería haberlo permitido!, le espetó Martita. Por ganar cuatro miserables pesetas permite usted espectáculos bochornosos como éste en su local. Vámonos ahora mismo, Carlos, añadió dirigiéndose a su marido. Señora, yo tengo un negocio y estoy aquí para servir a la clientela, respondió el señor Joaquín.

Prullàs ponderó la situación. Vamos a llevarlo a casa, dijo; no lo podemos dejar así. Ya se apañará, dijo Martita; es mayor de edad y debería saber lo que se hace; o apechugar con las consecuencias. Ahora, si te quieres ir con él de bracete cantando *Asturias patria querida*, es asunto tuyo. Yo te espero en casa.

Prullàs perdió la paciencia. Tú te callas y haces lo que yo te diga, masculló sin levantar la voz, pero en un tono que no admitía réplica.

Con menos dificultad de la previsible consiguieron separar al doctor Mercadal del mostrador y hacerlo caminar despacio pero sin tropiezo. Bajo la mirada divertida de los jugadores de billar salieron los tres del Casino. Sois muy buenos, dijo el doctor Mercadal; mis mejores amigos, ¡y os quiero mucho a los dos! Nunca he tenido amigos tan buenos como vosotros. Mientras hablaba hacía grandes esfuerzos por caminar con paso firme y mesurado. Lo malo es la imposibilidad de englobar los afectos en la concepción científica del mundo, añadió. ¡Qué asco!, exclamó Martita separándose unos metros y manteniéndose a una distancia significativa de los dos hombres.

Al llegar a su destino, Prullàs dejó al doctor Mercadal apoyado contra el muro y trató de abrir la cancela. Por suerte sólo estaba sujeta por una falleba y en un instante Prullàs y el beodo franquearon la entrada, recorrieron luego el sendero de grava y llegaron a la puerta de la casa. Allí recobró un destello de serenidad el beodo. No llames, dijo; tengo llave y no hace falta despertar a nadie.

Prullàs esperó pacientemente a que el otro encontrara el llavero, seleccionara la llave, la metiera en el ojo de la cerradura tras varios intentos infructuosos y finalmente acertara a abrir. Antes de desaparecer en la negror del vestíbulo, el eminente cirujano sacó la cabeza por una rendija de la puerta y susurró: Gracias, Carlitos...; lamento lo sucedido, pero, francamente, la fisión del átomo es una indignidad. La naturaleza no debería habernos hecho esto. Luego cerró y el rumor de sus pasos inciertos, con el acompañamiento ocasional de algún topetazo, se fue apagando en el interior de la mansión.

Prullàs tomó el camino de regreso. Antes de doblar el primer recodo del sendero se dio media vuelta y escudriñó el edificio; luego, no advirtiendo luz en ninguna ventana, prosiguió su marcha. Todo cuanto se podía hacer, hecho estaba, se dijo. Martita lo esperaba furiosa, Prullàs trató de apaciguarla. Es un hombre sensible, sometido a una fuerte presión; tú misma me has contado cómo está Marichuli Mercadal, esto a él le tiene que afectar mucho, por no hablar de lo de la niña. Y luego está su trabajo, no lo olvides. Cirujano, ¡menuda profesión! Cada día con la vida o la muerte de un ser humano en el fiel de la balanza.

¡Déjate de pamplinas!, dijo Martita; la conducta de este fulano es degradante, y la nuestra también. ¿Qué pensarán los que nos han visto? Me da igual, respondió Prullàs con irritación creciente, ¡que piensen lo que les salga de las narices! Martita se puso a llorar.

*

A mediodía del domingo, a poco de regresar toda la familia de misa y en plenos preparativos para ir a la playa, compareció la doncella de los Mercadal con una enorme caja de bombones para Martita de parte del doctor. Martita ni siquiera se dignó leer la tarjeta que acompañaba el obsequio; en tono tajante despidió a la doncella, diciéndole de paso que se volviera a llevar los bombones. Váyase por donde ha venido, le dijo. El rostro de la doncella se puso rojo como la grana; la pobre vestía uniforme negro, con la cofia, el cuello y los puños almidonados, un atuendo poco adecuado para andar correteando por Masnou bajo el sol del mediodía. Parecía al borde del colapso.

Prullàs intercedió cuando la doncella se hubo ido. Después de todo, que un hombre beba no es tan grave, dijo. Un hombre no lo sé, replicó Martita, pero él es un doctor: debería dar ejemplo, en lugar de ponerse en ridículo delante de un camarero.

Por la tarde se presentó en la casa Marichuli Mercadal cargando con la misma caja de bombones. Martita la recibió con frialdad, pero se avino a escuchar sus razones. Las dos mujeres hablaron largo rato a solas en el jardín, bajo la magnolia. Finalmente Martita cedió a los ruegos de su amiga, aceptó los bombones y leyó la tarjeta. A continuación Marichuli Mercadal volvió a llorar y Martita no pudo por menos de hacer pucheros.

Prullàs pasaba de cuando en cuando por las inmediaciones, haciéndose el distraído, como si aquel conciliábulo de mujeres no fuera con él. Temía que Marichuli Mercadal, llevada por el deseo de vivir experiencias dramáticas que parecía haberse posesionado de ella, confesara a Martita su aventura extramarital. En varias ocasiones estuvo tentado de interrumpir la charla, pero no se atrevió: una intervención de este tipo habría resultado chocante y, por otra parte, la expresión de Martita revelaba comprensión, no enojo.

Cuando Marichuli Mercadal se despidió, poco antes de la hora de cenar, Prullàs aprovechó la oportunidad para acercarse a ella. Casi no nos hemos visto este fin de semana, dijo inclinándose a besarle la mano; Martita te tiene secuestrada. ¡Cómo sois los hombres!, respondió ella en tono ligero, dirigiendo a su amiga un guiño de camaradería; no tenéis el menor reparo en dejarnos solas toda la semana y luego queréis que estemos pendientes sólo de vosotros. Os hemos de aguantar cuando sois pequeños, cuando sois viejos y cuando estáis enfermos; en cambio, cuando estáis en forma, nada más tenéis tiempo para el trabajo, los amigotes y vaya usted a saber qué más.

¿No quieres quedarte a cenar?, dijo Martita. No, gracias, repuso Marichuli Mercadal; llevo toda la tarde fuera de casa. Te acompaño a la puerta, dijo Prullàs. ¿Sólo hasta la puerta?, rió Martita; el primer día la acompañaste hasta su casa como un auténtico caballero y ahora... ¡Ay, Señor, para esto sirve la confianza! Marichuli tiene toda la razón: los hombres sois imposibles.

Junto a la cancela Prullàs y Marichuli Mercadal estuvieron un rato en silencio. El sol se había puesto detrás de las colinas, pero el cielo todavía estaba azul y la tarde era clara y calurosa. Por lo visto, las cosas no os están yendo bien, dijo Prullàs al cabo de un rato. Así es, admitió ella; mi marido está desquiciado, yo estoy loca, y la niña, sin tener culpa ninguna, paga los platos rotos. Suerte tengo de Martita; sólo me alivia hablar con ella: es una santa. No le habrás contado lo nuestro, dijo Prullàs. No tengas miedo, puedo ser una loca, pero no una liosa, ya te lo dije una vez y te lo repito ahora. ¿Te vas a quedar unos días? No puedo; me iré esta noche o mañana por la mañana; en Barcelona me reclama el asunto que ya conoces y, por otra parte, es mejor que me vaya, ¿no crees?

Marichuli Mercadal lanzó un suspiro doloroso. Por mí, haz lo que quieras, dijo; yo sufro si te veo y sufro si no te veo, pero de los dos sufrimientos, el de no verte es peor.

Calló un instante, abrumada por el peso de su padecimiento, pero de inmediato se rehízo, acercó el rostro al de Prullàs y le susurró vivamente: Algo extraño está ocurriendo. ¿En qué sentido?, preguntó él. No lo sé, repuso Marichuli Mercadal; el jueves, sin haber anunciado previamente su visita, apareció por casa un neurólogo de Valencia, amigo o conocido de mi marido. Algo urgente e importante se traía entre manos. Mi marido y él estuvieron paseando por el jardín, cuchicheando con las cabezas bajas y haciendo muchos ademanes. Luego el otro se fue con tanta precipitación como había venido y mi marido se quedó pensativo y silencioso. Más tarde, cuando el servicio se retiró y Alicia se fue a dormir y él se hubo tomado varios whiskies, se le soltó un poco la lengua. Hablaba con más locuacidad que coherencia, pero pude entender que ese día o la víspera la Guardia Civil había registrado varios yates.

¿Yates?, repitió Prullàs. Así lo dijo el borrachón de mi marido, afirmó ella. Y eso, ¿qué tiene que ver con mi caso? Ya te lo he dicho al principio: no lo sé, susurró Marichuli Mercadal; a lo mejor no hay ninguna relación y estoy metiendo la pata; pero, por si acaso, averigua si tu muerto tenía yate y qué anda buscando la Guardia Civil. Un yate es un yate, y no se tomarían medidas de tanta trascendencia si no lo hubiera dispuesto don Lorenzo Lechugones o incluso alguien de más arriba, concluyó señalando con el dedo índice al lívido cielo del ocaso.

Capítulo VI

1

El lunes se levantó tarde, se desayunó y leyó *La Vanguardia* reposadamente. Dejando tras de sí una estela de serpentinas y música de jazz, el *Queen Mary* había zarpado del puerto de Nueva York con rumbo a Europa, llevando a bordo a la célebre actriz Ingrid Bergman y a nuestro ilustre filósofo don José Ortega y Gasset, el cual regresaba de dar un ciclo de conferencias en varias universidades americanas sobre temas de su especialidad. Por su parte, la famosa estrella cinematográfica de origen sueco se dirigía a Italia para protagonizar un film a las órdenes del prestigioso director Roberto Rosellini. Tanto el filósofo como la actriz se proponían disfrutar, cada uno a su manera, de la travesía en el suntuoso transatlántico. El juicio contra Alfried Krupp había quedado visto para sentencia. El día anterior el ministerio fiscal había elevado a definitivas sus conclusiones provisionales y la defensa había pedido de nuevo la absolución del acusado con un encendido alegato, en el que había recordado al tribunal, cuya competencia por otra parte recusaba, que no se estaba juzgando la actitud colectiva de un determinado estamento social, del cual el reo era sin duda un ejemplo acabado, sino los actos de un individuo concreto, cuya conducta se había basado en todo momento en las consideraciones de orden práctico inherentes al buen funcionamiento de su empresa y en el cumplimiento estricto de sus obligaciones mercantiles, sin haber conculcado en ningún momento norma alguna de la legislación vigente. Era cierto, había reconocido la defensa, que el acusado había expresado en su día simpatías manifiestas por un partido político, en particular por el partido nacional-socialista, al cual había llegado incluso a afiliarse; pero lo había hecho cuando dicho partido contaba con la legitimación del régimen constitucional de la llamada República de Weimar. De hecho, había recordado la defensa, una vez en el poder el partido nacional-socialista, Alemania había seguido siendo miembro de pleno derecho de la Sociedad de las Naciones y hasta el inicio de las hostilidades, ocurrido en septiembre de 1939, todos los estados, y muy especialmente los estados a los que pertenecían los jueces de aquel tribunal, habían mantenido con el estado alemán relaciones oficiales en todos los ámbitos. Lo que en realidad se estaba juzgando allí, había aducido acto seguido la defensa, no era, pues, una conducta criminal, sino la significación de un hecho histórico, fácil de valorar a posteriori, una vez conocidos sus resultados, pero imposible de valorar a priori, con anterioridad a su completo desarrollo. Por supuesto, si hubiera figurado entre las facultades del acusado el don de conocer el futuro, no sólo habría obrado aquél de un modo distinto a como lo hizo, sino que de fijo habría puesto su extraordinario prestigio personal y sus ingentes medios materiales al servicio de otra causa; pero no poseyendo el acusado, ni ningún otro ser humano, el don de la profecía, cuando se vio enfrentado a un dilema histórico, hizo, al igual que la inmensa mayoría de sus compatriotas, una elección arriesgada, pero no carente de sentido y en modo alguno criminal o culposa. Si Hitler hubiera cumplido su promesa de crear un estado próspero y justo, paladín y faro de una nueva Europa sin fronteras ni rencillas heredadas del pasado, entonces la participación de Alfried Krupp en esta noble empresa habría sido merecedora del aplauso unánime de los pueblos. Como las cosas habían sido de otro modo, Alfried Krupp se veía sometido a un juicio inicuo, como si se tratara de un empedernido malhechor. ¿Era aquello justicia?, se preguntaba la defensa, ¿o estábamos más bien asistiendo al arbitrario resultado de un juego de azar de dimensiones globales y efectos incalculables para el futuro de la Humanidad?

Prullàs se duchó, se afeitó, llamó a Gaudet y lo invitó a comer. Preferiría quedarme en casa trabajando, respondió el director de escena; tenía pensado picar cualquier cosa más tarde, camino del teatro; podemos vernos allí, después del ensayo. ¡Ni hablar!, replicó Prullàs; yo he de contarte las cosas que me han pasado estos últimos días y tú has de cuidarte. Te espero a las dos y media en El Suizo.

Yo sé cuidarme solo, dijo Gaudet secamente, y en cuanto a eso que tienes que contarme, ¿no me lo puedes contar por teléfono?

Prullàs se quedó un poco cortado. Preferiría hacerlo cara a cara, pero si insistes... Y a renglón seguido le refirió de un modo sucinto las entrevistas mantenidas hasta aquel momento.

Al finalizar su relato, el director de escena exclamó en tono desdeñoso: Te está bien empleado por acudir a esa gentuza. Los abogados son todos unos trapisondistas y unos sacacuartos, y de los curas, ¿qué otra cosa podías esperar? ¿Nunca querrás enterarte de cómo son en realidad, de qué maldad se oculta debajo de sus buenas maneras y de sus frases rimbombantes? ¿O ya no te acuerdas de cuando íbamos al colegio?

Pepe, de eso hace un siglo, ¿es preciso sacarlo otra vez a colación?, dijo Prullàs. Pero Gaudet no le escuchaba. ¿Ya no te acuerdas de aquellos alumnos grandullones que se divertían pegando a los débiles y a los pusilánimes, de los que imponían sobre los demás su dominio tiránico por medio del miedo y la violencia? ¿Y crees tú acaso que los curas no se daban cuenta? ¡Por supuesto! Cualquiera se habría dado cuenta, y ellos más que nadie. Entonces, ¿por qué no lo impedían? Pues porque aquella barbarie formaba parte de su plan, la barbarie era la esencia misma de su pedagogía: el poder para los fuertes, la justicia, al servicio del poder, y para los débiles, impotencia y sumisión. Así nos formaron, Carlos, ésta fue la educación que nos dieron. Y de resultas de esta educación, los débiles, para defendernos, simplemente para sobrevivir de día en día, tuvimos que echar mano de lo peor de nosotros mismos: el halago, el disimulo, el silencio y la abyección, los eternos males de España. ¿Quién tiene la culpa de todo, Carlos? ¡Los curas! Los curas nos han hecho como somos y, en consecuencia, han hecho de este país lo que ha sido, lo que es y lo que seguirá siendo mientras no metamos a todos los curas en un saco, lo llenemos de piedras y lo arrojemos al mar.

Pepe, te noto un poco excitado, dijo Prullàs cuando el otro puso punto final a su desahogo; ¿no sería mejor que todo esto lo habláramos tranquilamente como yo te había propuesto?

Se acabó de vestir y se fue a la peluquería. Mientras el limpiabotas le lustraba los zapatos y la manicura le hacía las uñas, el peluquero le hizo la barba y el cabello y antes de que Prullàs pudiera impedírselo le dio una fricción de quina. Entre todos le contaron varios chistes y hubo un acalorado debate taurino en el que participaron otros clientes del establecimiento. Unos eran partidarios de Luis Miguel Dominguín y otros del Litri, y no faltó quien dijera que uno y otro no eran nada al lado de don Juan Belmonte.

*

Gaudet entró en el restaurante dando un traspié, se disculpó por la tardanza y se sentó a la mesa que ocupaba Prullàs. En las restantes mesas hombres solos comían con gestos mecánicos repartiendo su interés entre el plato y el periódico. Me he permitido encargar mi comida y la tuya, dijo éste; un menú ligero, veraniego. Está bien, dijo Gaudet, y luego, recobrado el aliento, añadió: Tienes muy buen aspecto, y atafagas. Ah, sí, rió Prullàs, ha sido el barbero; también me ha sentado de maravilla irme un par de días a Masnou, después del tute de la semana. A ti tampoco te vendría mal un descanso, añadió, a juzgar por la facha que traes. Gaudet emitió un sonido nasal. Esta noche tampoco he pegado ojo, se lamentó; me muero de cansancio, pero el sueño se niega a venir. El farmacéutico me vendió un somnífero que según él era mano de santo, lo probé y me dio unos retortijones que no veas, pero de dormir, nada de nada; hasta he probado de contar ovejas, figúrate si estaré desesperado. Son estos calores, dijo Prullàs; en cuanto refresque un poco volverás a dormir como un angelito. Dios te oiga, Carlos, murmuró el otro.

Bueno, atajó Prullàs con impaciencia, ya nos ocuparemos de tu mala salud en otra ocasión. Ahora tenemos entre manos una cuestión más apremiante. Mi asunto pinta mal: como te decía antes, las sospechas recaen sobre mí, las pruebas parecen acusarme y allí donde voy en busca de ayuda me dan con la puerta en las narices. Ya empiezo a desconfiar de salir con bien de ésta. No nos queda otra salida que seguir con la investigación por nuestra propia cuenta, Pepe. Hemos de averiguar quién demonios mató a Ignacio Vallsigorri. Sólo así me veré libre de la detención y quién sabe si de pasar el resto de mis días en la cárcel. Verás, he estado pensando mucho estos últimos días y tengo un plan. A ti te he reservado una parte poco arriesgada pero muy lucida. ¿Recuerdas a Franchot Tone en...?

Carlos, dijo Gaudet interrumpiendo en este punto a su amigo con un gesto, he de decirte algo importante. El tono de gravedad y la expresión casi desesperada del director de escena desconcertaron a Prullàs. Gaudet vacilaba; claramente se veía el penoso esfuerzo que debía hacer para pronunciar cada sílaba de su discurso. Quería decirte, prosiguió al fin, que en lo concerniente a este asunto, al caso Ignacio Vallsigorri y a todo lo que se refiere a él..., bueno, pues que no cuentes conmigo. No me interrumpas: primero hablaré yo y luego podrás decir lo que se te antoje. Después de hablar contigo por teléfono he estado reflexionando, siguió diciendo con los ojos fijos en la mesa, y he llegado a la conclusión de que este asunto es un avispero; y yo no pienso meter ahí la mano. Sé que al obrar así, añadió atropelladamente, cometo una traición imperdonable, pero no me queda otra alternativa. En última instancia, continuó en el mismo tono soterrado y quejumbroso, como si en realidad fuera él la víctima de la traición, a ti no te pasará nada, tienes buenos padrinos, perteneces al círculo de los intocables; te darán un poco la lata y luego te dejarán en paz; yo, por el contrario... ya sabes hasta qué punto mi posición es vulnerable.

Mientras Gaudet hablaba, Prullàs había apurado el tazón de gazpacho; se limpió los labios con la servilleta y bebió un sorbo de vino antes de responder. No entiendo nada, Pepe, estoy perplejo, exclamó al fin; para mí que los somníferos del farmacéutico te han desarreglado el intestino y, de paso, el cerebro. Tu razonamiento es incoherente y tu actitud, ridícula. ¿A qué vienen estos temores repentinos? ¿Ha ocurrido algo nuevo?, ¿hay algo que sabes y no me quieres contar?, ¿o has vuelto a tener sueños agoreros? Dime la verdad... ¡y tómate el gazpacho, diantre! Si encima de no dormir no te alimentas, acabarás criando malvas: de esto deberías preocuparte y no de tus fantasías nocturnas.

No me quieres escuchar o no me quieres entender, respondió Gaudet; cuando se investiga un asunto de esta naturaleza, salen a relucir cosas que mejor están guardadas bajo siete llaves: eso no es difícil de entender. Cuáles son estos secretos, yo no lo sé. Sólo sé que cuando alguien levante la tapa, yo no quiero estar cerca. Por eso te pido que me mantengas al margen de todo: no quiero saber lo que haces, ni a dónde vas, ni con quién hablas. Nada. Y no me apetece el gazpacho: lleva ajo, pepino y vinagre, sólo de pensarlo me vienen ganas de vomitar. ¡Camarero, llévese esta taza de aquí inmediatamente!

Esto es fácil de decir cuando el asunto no va contigo, dijo Prullàs tan pronto como el camarero hubo retirado las tazas, pero yo no puedo coger el sombrero y adiós muy buenas. Pepe, tú eres mi mejor amigo; hace poco tú mismo me recordabas aquellos tiempos del colegio, cuando todos te atacaban y yo te defendía. Tantos años de amistad, ¿no cuentan para nada?

El camarero les sirvió el primer plato. A la hora de la verdad, dijo Gaudet, todo el mundo procura salvar el pellejo, a toda costa, y si para ello es preciso hundir al vecino, a nadie le frena la mano la conciencia: ni el menor escrúpulo. ¿Tú también?, preguntó Prullàs mirándolo fijamente; eres mi mejor amigo, ¿te salvarías a mi costa tú también?, ¿tampoco tú tendrías escrúpulos?

Yo, respondió el director de escena mientras pinchaba con el tenedor el hojaldre del vol-au-vent, estoy atado de pies y manos. Tú lo sabes bien, Carlos, ¡me tienen cogido! Mientras me dedique a entretener a un público burgués con comedias de enredo, me dejarán hacer, pero ¡ay de mí si me salgo de mi papel! ¡Maldita sea mi suerte! Yo no he hecho nada para ganarme esta inquina. Sin embargo, añadió de inmediato, ya que has invocado nuestra vieja amistad, voy decirte algo: ha llegado la hora de que tú y yo sigamos caminos distintos. No se trata de renunciar a la amistad, no hablo del afecto: yo siempre te he querido y siempre te querré, Carlos, posiblemente más de lo que te haya querido nunca nadie; sólo me refería a seguir caminos distintos en el terreno profesional. Hemos llegado al final de una etapa.

Mientras Prullàs daba buena cuenta del vol-au-vent, el director de escena dejó vagar la mirada por el techo del local, y luego dijo: Empezamos juntos la aventura del teatro cuando éramos estudiantes, casi unos niños, como un juego. Nos fue bien y el éxito nos cegó. Ahora hemos de hacer un alto, recapitular cuando aún es tiempo, e imprimir un sesgo nuevo a nuestras vidas.

¿En este momento?, dijo Prullàs, ¿cuando la policía me acusa de asesinato? Gaudet sonrió. Nadie te acusa de nada, Carlos, dijo con paciencia; ya te lo he dicho antes: a ti nadie te tocará un pelo. Pero precisamente ahora, cuando todo parece haberse puesto patas arriba, cuando nada parece tener sentido, es cuando hay que afrontar el cambio; antes de que todo vuelva a la normalidad y la inercia y la monotonía nos paralicen.

Ya veo adónde vas a parar, Pepe, exclamó Prullàs; quieres aprovechar este momento de debilidad para llevarme a tu terreno. Pero conmigo no cuentes. Pepe, yo no quiero parecerme a Sartre: es bajo, es bizco y su mujer da miedo.

No esperaba convencerte, dijo Gaudet, pero lo había de intentar. Hace un momento, añadió de inmediato, has mencionado el colegio. No lo he olvidado, Carlos, aunque quisiera no podría olvidar aquellos años de oprobio. ¿Recuerdas cuando me cogieron entre varios de quinto y me echaron de cabeza en la letrina? Tú entonces me decías: hazles frente, Pepe, no te dejes avasallar. Yo comprendía que tenías razón y que, en definitiva, dada mi situación, rebelándome nada podía perder. Pero no me rebelé; no podía hacerlo, estaba atado por mi madre, por la falsa, vana y pretenciosa imaginación de mi madre, que al mandarme a aquel maldito colegio creía estarme solucionado la existencia. Pues bien, Carlos, ahora soy yo quien te lo dice: no te dejes avasallar; deja atrás las fantasías que pesan sobre ti; no estás obligado a satisfacer ninguna expectativa; arriésgate a ser lo que puedes ser.

Baja de las nubes, Pepe, repuso Prullàs; todo esto no es más que psicoanálisis barato y encima improcedente. Dime de una vez qué piensas hacer y zanjemos el asunto.

Gaudet vaciló unos segundos. Yo había pensado, dijo luego con deliberada lentitud, después del estreno de ¡Arrivederci, pollo!... irme a la Argentina. Allí se trabaja en un ambiente más abierto, pese a todo allí hay más libertad, y una vida teatral más dinámica en muchos sentidos. Otros lo han hecho y les ha ido bien. No me costará demasiado hacerme un hueco, estoy seguro. Incluso es posible que alguien se acuerde todavía de mi madre...

¡Tu madre!, gritó Prullàs, ¿crees que alguien puede acordarse de tu madre a estas alturas? Desvarías, Pepe. Tu madre nunca fue una actriz célebre; es posible que ni siquiera llegara a actuar, que nunca hubiera puesto los pies en un teatro; es posible que en América se ganara la vida de camarera en un restaurante, o de chacha en alguna casa rica, o incluso, sin ánimo de ofender, que hiciera las aceras en La Habana, ¡vete tú a saber! Lo que nos contaba eran patrañas, Pepe; inocentes patrañas, pero patrañas al fin y al cabo.

Tal vez, repuso Gaudet; pero a ella le sirvieron y a mí también me servirán. ¿O crees que no es también una patraña el mundo que nos hemos fabricado? Mira, anoche, revolviendo los papeles de mi madre, encontré esta foto, agregó el director de escena sacando del bolsillo interior de la americana una vieja foto de color sepia con los cantos dorados. Se la tendió a Prullàs y éste, un tanto sorprendido, contempló el retrato de un vetusto militar con uniforme de gala, correaje y quepis; un sable le colgaba del tahalí y la guerrera era un muestrario de medallas, cruces, rosetas y otras insignias acreditativas de su coraje. Es mi bisabuelo materno, aclaró Gaudet; fue coronel de infantería, luchó en la batalla de Tetuán a las órdenes de Prim, estuvo en Cuba con Weyler y en Filipinas con Polavieja; dos veces se batió en duelo por defender su honra o la de una dama, lo mismo da: en todo caso fue un hombre de honor, un valiente y un patriota.

Calló Gaudet tan de improviso como había empezado a hablar y se quedó mirando a su amigo en actitud desafiante. Al cabo de unos segundos reaccionó Prullàs arrojando la foto sobre la mesa. ¡Me estás sacando de tino, Pepe!, exclamó; hasta ahora he aguantado tus majaderías porque veo que no estás bien de la cabeza, pero esto de la foto ya pasa de castaño oscuro. ¡A mí qué más me da que este fantoche sea tu bisabuelo! ¡Una foto! ¿Quién me asegura que no acabas de comprarla en un tenderete del mercado de San Antonio? Y en definitiva, ¿a cuento de qué tus antepasados? Por mí, como si eres hijo de Gunga Din. Pepe, lo único que me importa es que te portes conmigo como un cobarde.

Gaudet levantó los brazos y luego los dejó caer a los costados con el gesto vehemente y desesperanzado de quien advierte la inutilidad de sus esfuerzos. No me has entendido, Carlos, exclamó. Lo que trataba de mostrarte es que antes se podía ser valiente con mucha más facilidad. Se levantó y abandonó el local sin molestarse en recuperar la foto de su antepasado. Prullàs se encogió de hombros, farfulló algo para sí, se guardó la foto en el bolsillo y pidió el segundo plato al camarero con afectada indiferencia. Pero la inesperada conducta de Gaudet, la defección de su amigo en aquellas circunstancias difíciles, lo había sumido en la consternación y el desaliento. Comió sin ganas el filete de ternera y el helado de vainilla que completaban su refrigerio, y emprendió enojado y taciturno el camino de regreso a su casa.

2

Tenga, Bonifaci, cuando venía hacía aquí he entrado en dos quincallerías y en ninguna tenían una palmatoria: por lo visto, con tanto apagón hay mucha demanda de palmatorias. Al final he comprado esta linterna sorda; yo creo que llegada la ocasión le hará el mismo servicio. El conserje desenvolvió el paquete y admiró el artilugio. No debía haberlo hecho, don

Carlos, es una maravilla, pero le habrá costado un dineral. Un poco cara sí es, como todo lo de importación, dijo Prullàs con fingida seriedad, pero la seguridad y la eficiencia bien merecen el desembolso. ¡Figúrese usted!, convino Bonifaci; y guardándose la linterna en la faltriquera del guardapolvo agregó: La usaré sólo en casos de extrema necesidad.

Antes de desembocar en el escenario, el portero se detuvo y tiró de la manga de Prullàs; cuando éste acercó el oído a sus labios, murmuró aquél: Doña Mariquita me ha dado una nota para usted; me pidió que se la diera nada más verle, pero con el asunto de la linterna me había distraído. Al decir esto le ofreció un papel doblado. Prullàs lo cogió, lo desdobló y leyó: «He de hablar contigo hoy sin falta. Ven a mi camerino al acabar el ensayo, y procura que no te vea nadie. Sobre todo, que no te vea Gaudet.» El mensaje no llevaba firma, pero a Prullàs no le costó reconocer la letra de la célebre actriz. Prullàs hizo un ademán de asentimiento a Bonifaci y éste, cumplida su misión, le soltó la manga, hizo una inclinación solemne y se retiró por el oscuro corredor andando hacia atrás.

ENRIQUE: Cecilia, tu conducta me parece sumamente rara. Por última vez te lo digo: déjame ver lo que hay en este armario.

CECILIA (*Poniéndose delante del armario*):   No insistas, Enrique; he dicho que no y es que no. Lo que hay en este armario tú no lo puedes ver.

ENRIQUE: ¿Por qué?

CECILIA: Porque contiene... ¡secretos de familia!

ENRIQUE: Me da igual. Soy tu novio, Cecilia, pero antes que novio soy inspector de policía, y voy a descubrir lo que contiene este dichoso armario aunque para ello deba hacer uso de mi arma reglamentaria.

(ENRIQUE *se dirige al armario con actitud decidida, pero antes de que pueda abrir la puerta* CECILIA *se le cuelga del brazo.*)

CECILIA: Enrique, amor mío, escúchame. Lo que vas a ver cuando abras este armario seguramente te sorprenderá. La culpa fue de Julio, pero yo también soy cómplice, no lo puedo negar. Todos lo somos. Es un asunto de familia y tú... bueno, tú casi eres parte de la familia. ¡Trata de comprenderlo! La situación había llegado a un extremo insostenible... los acreedores, las deudas, el deshonor, los langostinos..., hazte cargo... Ésta nos pareció la única salida posible, aunque quizás no la más honorable. ¡Enrique, pichoncito, por lo que más quieras, sé comprensivo!

(ENRIQUE *vacila al oír esta súplica, pero al final se impone su sentido del deber, empuña la pistola y abre el armario de golpe.*)

ENRIQUE: ¡Cielo santo, qué ven mis ojos!

CECILIA (*Tapándose la cara con las manos*): ¡Perdónanos, Enrique! ¡Yo no quería!

(*Salen del armario muy asustados* LUISITO *y la* DONCELLA *en paños menores y con las manos en alto.*)

LUISITO: No titi... no titi... no ti...tire...

Gaudet levantó el brazo y gritó: ¡Está bien por hoy, gracias! Con estas palabras dio por finalizado el ensayo y Prullàs, que había permanecido oculto entre bastidores, aprovechó el momento en que se apagaban los reflectores y los actores se adelantaban al proscenio a escuchar los comentarios del director para cruzar el escenario por detrás del telón de fondo y ocultarse de nuevo en la oscuridad del corredor que conducía a los camerinos. Allí, entre trastos despintados y polvorientos de antiguas funciones, vio pasar, fatigados y silenciosos, a todos los miembros de la compañía. Ninguno reparó en su presencia. Como un auténtico proscrito he de esconderme de mi propia gente, pensó. La desazón producida por esta idea se exacerbó al ver a la señorita Lilí Villalba; ajena por completo a su presencia, se iba abotonando el vestido que se había quitado para representar la escena bufa del armario. A pesar de que, en cumplimiento de las normas vigentes en materia de moral, la combinación utilizada en esta escena más parecía una saya que una pieza de lencería y de que la prenda cumplía un propósito hilarante, la visión lo había turbado. Constantemente ardía en deseos de volver a estar a solas con ella, pero otros asuntos más apremiantes reclamaban por el momento su atención. Tanto por su bien como por el mío debo evitar a toda costa que alguien pueda relacionarnos, se dijo; ahora bien, en cuanto acabe esta pesadilla, me la llevaré unos días a Palma de Mallorca y arderá Troya.

Cuando los actores hubieron desaparecido en sus respectivos camerinos y los tramoyistas se hubieron retirado, salió de su escondite, se dirigió al camerino de Mariquita Pons; tocó con suavidad. ¿Quién va?, preguntó ella desde el interior; y habiendo obtenido respuesta, agregó: Pasa y cierra la puerta.

La célebre actriz se desvestía detrás de un biombo. Prullàs acercó una silla al tocador y se sentó. La célebre actriz no tardó en salir de detrás del biombo cubierta con un peinador de organdí y frondosas blondas. Haciendo caso omiso de Prullàs se sentó frente al espejo del tocador, destapó un tarro de porcelana y empezó a embadurnarse la cara con una espesa crema blanca. Bonifaci me ha dado tu recado y aquí estoy, dijo él.

Bonifaci es una joya, dijo Mariquita Pons, y concluyó la operación con gestos medidos y parsimoniosos. Te he pedido que vinieras sin ser visto porque prefiero que lo que hablemos quede entre nosotros. ¿De qué se trata?, preguntó Prullàs. De Gaudet, respondió ella. Preferiría que habláramos de otra cosa, dijo Prullàs.

La célebre actriz dio media vuelta al taburete y avanzó hacia Prullàs un rostro estatuario en el que sólo los ojos inquietos parecían tener vida. Enciéndeme un cigarrillo, dijo. Su boca era un corte horizontal en la parte inferior de la máscara. Prullàs insertó un cigarrillo en la boquilla de nácar, la puso en aquella hendidura y encendió el cigarrillo. Ya sé que ayer tuvisteis una entrevista dolorosa en El Suizo, siguió diciendo ella. Ante el hosco silencio de su interlocutor proyectó una saeta de humo en dirección al techo del camerino y agregó: Anteanoche la policía fue a buscarlo a su casa. Él ya estaba acostado; no le dejaron vestirse: en pijama y a empellones lo llevaron a la vía Layetana y lo estuvieron interrogando más de dos horas, con suavidad, pero sin andarse por las ramas; luego lo dejaron ir. Tuvo que deambular un buen rato en pijama hasta dar con un taxista que se aviniera a cogerlo con aquella pinta. Al llegar a casa despertó al portero y le pidió dinero para pagar el taxi. Tampoco tenía las llaves de casa, pero por fortuna el portero disponía de un duplicado.

Y esta peripecia, ¿no me la podía haber contado él mismo en vez de enseñarme la foto de un matachín apolillado?, exclamó Prullàs.

Mariquita Pons acercó más su rostro inmóvil al de Prullàs y lo miró con unos ojos redondos y fijos como los de una serpiente. No te ha dicho nada para no inquietarte, dijo; tiene miedo, por él y por ti; ve una desgracia cernirse sobre tu cabeza. He tratado de disuadirle, pero ha sido inútil. Pensando en ti no come ni duerme: ya sabes cómo te quiere. Cuéntame cómo fue el interrogatorio, dijo Prullàs.

Mariquita Pons dio media vuelta y empezó a quitarse la crema de la cara con una toalla de manos. No pasó nada, respondió en tono indiferente, como si aquella historia hubiera dejado de interesarle. Ya te lo he dicho; le hicieron mil preguntas sobre ti, tus costumbres, tus amistades, tus aficiones, tus vicios..., esas cosas. Por supuesto, trató de hacerse el sueco y respondió con vaguedades.

Lo mismo da, dijo Prullàs, todo lo que pudiera haberles contado ya lo deben de saber. Lo único importante es el porqué de esta comedia. Pretenden asustarme, pero eso ¿con qué objeto? Mariquita Pons se encogió de hombros. De todas formas, agregó él, te agradezco la información; y acto seguido, sin relación aparente con lo hablado, preguntó: ¿Por qué te maquillas tanto para un simple ensayo?

Mariquita Pons sonrió tristemente a su propio reflejo. Carlitos, querido, a mi edad, si no me maquillara, parecería una castañera, respondió; por eso me maquillo, me pongo estos perifollos y me paso media vida en la peluquería. También lo hago para que tu amiguito Gaudet se haga una idea aproximada de cómo se me verá cuando estrenemos: al fin y al cabo, todavía soy la protagonista de la obra.

¿Todavía?, preguntó él, ¿qué quieres decir?, ¿has recibido una oferta mejor? No, ni la espero, repuso ella, pero en este mundo no hay nada seguro: Gaudet podría liar el petate y tú, ingresar en la cárcel. Cada día eres más simpática, Quiqui, dijo Prullàs; en mi próxima obra te haré salir bizca y con bigote: así no te hará falta el maquillaje.

3

Inquieto por el cariz cada vez más confuso de los acontecimientos, pero aliviado por las revelaciones de la célebre actriz acerca de los verdaderos motivos de la defección de Gaudet, regresaba Prullàs a su casa con ánimo de descansar de las fatigas del día, cuando inesperadamente salió a su encuentro en la penumbra de la portería el hombrón con quien había estado a punto de llegar a las manos dos noches antes en el domicilio de la señorita Lilí Villalba, y de quien sólo sabía que era un individuo rudo, pendenciero, borrachín y, según todos los indicios, padre del objeto de sus ardientes deseos. Este último atributo, no obstante, no bastaba para inspirarle simpatía ni confianza. ¿Qué hace usted aquí, le preguntó secamente, y quién le ha proporcionado mis señas?

El hombrón vestía un tosco pantalón de pana y una inmunda camisa por cuyos descosidos asomaba su rústica pelambre. Naide me las ha dao, descuide usté, respondió; y menos que naide, la niña, de la niña no tié usté que malpensar: ella es mú mirá pa estas cosas, mú mirá. Y yo, añadió con un suspiro vinoso, pues cómo decir, hai venío a presentale mis respetos y a rogale me perdone las confianzas de la otra noche. Muy bien, dijo Prullàs, pues ahora ya lo ha hecho y ya se puede ir; y confío en que ésta sea la última vez que pone usted los pies en mi casa. El hombrón tardó un rato en recobrar la entereza. No se lo tome usté asín, cagüen en mi madre, que menda no ha hecho ná pa ofendele, dijo en tono dolido.

Señor, atajó Prullàs con voz firme, el que yo tenga tratos con su hija por razones estrictamente profesionales y no de otro orden, no le confiere a usted ningún derecho. ¡Ninguno!, ¿me ha entendido? En cuanto a la señorita Lilí Villalba, ella sabe dónde y cuándo me puede localizar si desea hablar conmigo de algún asunto relativo a su trabajo. Con esto quiero darle a entender, por si aún no ha quedado claro, que usted aquí no pinta nada; de modo que ya se está largando de esta casa si no quiere que avise a la policía.

Vamos, señó Pruyà, dijo Villalba sin arredrarse ante esta amenaza, me sea usté compresivo, que endespués de tó, un servidor no tié modales ni sabe cómo tié que comportase con la gente de paquete como usté; mire, antes de venir a verle estaba tan nervioso y tan asorao que me metí en la tasca y me tomé una copichuela pa darme ánimo; una copichuela o pué que tres, ya ni me enrecuerdo; ya ve usté si me doy cuenta de mis defeciencias. Pero ni mis mejores intenciones han valío pa ná, cagüen mis huesos. Así que a lo dicho, llame usté a la policía, llámela, que me lo tengo merecío; y endespués de tó, a mí poco se me da la policía; la policía y yo semos viejos amigos. No tuve padre ni maestro ni siquiera un jodío cura que me enseñara el cantecismo, pero nunca me ha faltao un poli dispuesto a velar por mí sin que yo se lo pidiera. Hoy mesmo, sin necesidá de ir más lejos, nos haimos pasao el día en Jefatura la niña y aquí mi menda, sin culpa ni merecelo. Tanto nos han retenío que por poco la niña no se pierde el ensayo, pobrecita mía, que es lo que más la habría dolío: no las cosas que ha tenío que oír, ni ver cómo la ponían la mano encima; y tó pa protegele a usté, que tié un corazón de oro mi niña. Y ella tó el tiempo: ¡Ay Dios, que me pierdo el ensayo! ¡Ay Dios, que me pierdo el ensayo! Ya ve usté si tié la cosa bien adentro metía. ¿La policía los ha interrogado?, dijo Prullàs cuando el hombrón acabó su hiperbólico relato. ¿Interrogao?, rió éste, ¡la güerta nos han dao al celebro como si fuera un jodío carcetín!

Prullàs miró a su alrededor con inquietud. Por fortuna a aquella hora el portero había finalizado su jornada y no pasaba por allí ningún vecino. Subamos a casa, dijo; allí podremos conversar con más tranquilidad. Pero procure no hablar alto y no decir palabrotas: aquí sólo vive gente bien. Eso se endeduce con sólo ver el mueblé, corroboró el otro lanzando una mirada apreciativa a los apliques dorados y al mostrador de caoba.

Una vez en el recibidor, Prullàs señaló una silla frailuna a su acompañante. Éste entendió que aquélla era toda la intimidad que le sería permitido hollar y se sentó, no sin antes examinar con detenimiento la pieza y dirigir a cada rincón una suerte de reverencia servil como muestra de respeto. Prullàs observaba aquellas bufonadas con una mezcla de repugnancia, desasosiego y curiosidad. Cuénteme usted cómo fue ese interrogatorio, dijo cuando el hombrón hubo finalizado la ceremonia.

Pues ya se lo pué usté afegurar, respondió aquél, de buena mañana nos sacaron de casa como quien dice a hostia limpia y pallá se nos llevaron, ¡lo habitual!, sin darnos ninguna esplicación y sin tener en cuenta nuestras obligaciones laborales; esto a mí no me importó porque en estos momentos estoy en situación de cese, es un decir, pero a la niña por medio me la jodieron, que no pudo ir a ese trabajo que tié en lo de los embalajes; ni avisar la dejaron, los jodíos, ¡y ojo con protestar! Una vez, sabe usté, vi una película de Humpery Bogar que detenían a un chorbo y se ponía el tío aquél: ¡Sólo hablaré en prescencia de mi abogao! Bueno, pues lo que es aquí, más valdría decir: Sólo hablaré en prescencia de mi dentista, que el que se pone torero hasta las muelas se traga del primer hostión. Ya ve usté si es distinto ser americano en las películas y ser un pernales en este país de Dios y María Santísima. El hombrón movió la cabeza con desaliento, como si lo que acababa de describir representara el fracaso de una vida entera consagrada al progreso de la humanidad. Pero me estoy yendo por las ubres y usté quería saber lo que nos habían preguntao. En dos palabras le hago el pespunte: A la niña, que si conocía a un tal Peliforri, y ella que sí; que si ese tal se la beneficiaba, y ella que alguna que otra vez, en ocasión mú señalá, y sólo pa corresponder a las amabilidades; que si usté también se la había beneficiao, y ella que nones (aquí la dieron un mojicón y la dijeron de tó, pero ella no soltó prenda); que si los había visto juntos alguna vez a usté y a Peliforri, y ella que no; que si Peliforri la había hablao a ella de usté; que si usté la había hablao a ella de Peliforri, y así tó el tiempo. Y también si ella estaba con usté la noche del crimen; y ella que tampoco.

Prullàs trataba de calibrar el sentido de aquel relato. Y mientras tanto a usted, ¿qué le preguntaban? ¿A mi menda? Ná, ¿qué me habían de preguntar, si yo no soy de esta guerra? Ni siquiera sé pa qué me hicieron ir... si no es pa ver lo que contaba la niña.

Prullàs percibió un destello de malicia en los ojos del hombrón: era evidente que al implicar a Villalba padre en el asunto don Lorenzo Verdugones había obrado con algún propósito y que aquél se había percatado de la maniobra. Está bien, dijo procurando aparentar indiferencia, le agradezco esta reseña de los hechos, pero le reitero que yo no tengo nada que ver ni con este caso, ni con su hija, ni mucho menos con usted. Y ahora, si no se le ofrece nada más, le ruego que se vaya y que en lo sucesivo se abstenga de ponerse en contacto conmigo aquí, en el teatro, en la calle o en cualquier otro lugar y circunstancia. Buenas noches.

El hombrón se levantó de su asiento con pesadez y se tambaleó un rato hasta afirmarse sobre sus zapatones amorfos y desmochados. Ya me voy, dijo en tono resignado; se echa de ver que mi prescencia no es bien recibía en esta casa. Y no piense usté que no lo entiendo; la prescencia de un tipo como mi menda en esta vecindá tié que ser un escándalo. Y usté no quié un escándalo, ¿verdá, señó Pruyà? Yo el escándalo, como se pué figurar, me lo restriego por las mismísimas partes. Yo soy un escándalo ambulante ende que me echaron al mundo; pero usté tié una reputación que cuidar, por usté y por su señá esposa y por sus dos hijos y por su señó suegro, que es un chorbo mu rico y mu respetao en la suciedá. Y por si eso no fuera poco, ahora tié que cuidar también la reputación de aquella pelirroja tan señorona, es un suponer, con la que se pasó la tarde del viernes en el Hotel Gallardo.

Dicho esto, el hombrón se puso a mirar con indiferencia las molduras del techo y a silbar por lo bajo. Está bien, dijo Prullàs procurando dominar su indignación, ¿qué quiere?

¿Menda?, ¡ná de ná!, respondió el mangante. ¡Faltaría más! ¡Aquí semos tós compadres! Menda sólo ha venío a decirle que no se ha de preocupar usté por sus secretos, que con menda están tan seguros como en las arcas del Banco España. Ya, ¿y cuánto cuesta el alquiler del arca?, preguntó

Prullàs. Mu poca cosa, señó Pruyà, mu poca cosa: la voluntá. Y si no le doy ni un céntimo, ¿qué hará?, dijo Prullàs.

El hombrón sonrió con indulgencia. Pues no lo sé, admitió, es un suponer que no he pensao; y no me haga pensar, que no es lo mío, cagüen la memoria de mi padre. Si mi menda sabría pensar estas cosas, pues se iría al arradio y ganaría tós los concursos. Ande, señó Pruyà, no me lo ponga difícil: yo sólo trato de ser útil; mi menda no es un soplón, tó lo contrario; con sólo de pensar que su señá esposa o su señó suegro o el señó marío de la pelirroja, es un suponer, pudieran enojase con usté por una tontería me da espanto. ¡Espanto me da imaginámelo, señó Pruyà! No tiene pruebas, dijo Prullàs; sus amenazas sólo son un farol.

El hombrón volvió a sonreír abiertamente. Me cae usté bien, coño, me cae usté mu rebién: tié lo que hay que tener, y eso se valora, leche. Y bien pensao, pué que lleve la razón: no tengo pruebas, ni afotos, ni testigos, ni ná de ná; sólo mi palabra, que no vale un erusto. Pero si yo voy y digo: menda es un chantajista y un degraciao, pero ha visto a fulanito con menganita en tal hotel a tal hora, y usté se pone: que no, que este chorbo se lo está inventando tó, ¿a quién creerá la gente? Más vale no hacer la prueba, ¿verdá usté?, que la gente es mu mal pensá, sobre tó la gente bien, porque no tié ná mejor que hacer.

Esta vez fue Prullàs el que sonrió, aun a su pesar. ¿Y la señorita Lilí Villalba?, preguntó después de una pausa; muerto el señor Ignacio Vallsigorri, ella sólo me tiene a mí para protegerla y ayudarla. Si a mí me ocure algo, si un escándalo echa por tierra mi reputación, ¿qué será de la carrera teatral de ella?

El hombrón movió la cabeza de lado a lado como un cabestro. Ná, dijo al fin como resumen de sus pensamientos; usté no le haría una cosa así a la niña; a usté la niña le gusta, eso no me lo pué negar, que se lo leí yo la otra noche en los ojillos, cuando vino a mi casa; en los pisos de los pobres los tabiques son más finos que el papel de fumar y tó se oye, hasta la respiración del vecino, y no digamos los cuchicheos y los requiebros a media voz. Va, dejemos a la niña fuera de este negocio, señó Pruyà, y vayamos a lo nuestro, que es lo que se dice un trasto entre caballeros. Ella, por no saber, no sabe ni que he venío; la daría vergüenza si lo sabría, que es mu romántica la niña, como toas a su edá, y está coladita por usté. Un disgusto de muerte se llevaba si sabría lo de la pelirroja;

más vale dejala en la isnorancia: usté no la dice ná y menda tampoco. A mi menda lo que haga usté la trae sin cuidao; ná que decir, ná que resprochar. Yo en su lugar hacía lo mesmo, sobre tó con la pelirroja, que es un bombonazo. Pero como los bombonazos no están hechos pa mí, pues los he de sacar tajada por otro lao, es un decir. Y lo mesmo de la niña, que se ha puesto más buena que el pan bendito, cagüen mis difuntos, que hasta a mí, que la he criao a mis pechos, cuando la veo el culín y los meloncitos se me pone la chorra como una pieza de artillería. ¡Es usted un canalla!, rugió Prullàs.

El hombrón se echó a reír a grandes carcajadas. ¡Ésta sí que es buena!, dijo palméandose el abdomen. Tié usté una esposa joven y rica, la hace el salto con la pelirroja, se cepilla a mi hija y yo soy un canalla. ¿En qué escuela le enseñaron este cantecismo, señó Pruyà?

Está bien, no se ponga así, dijo Prullàs alarmado por las voces del mangante. ¡Yo no me pongo asín, leches, es usté el que me pone asín! ¿Qué se afigura?, ¿que los demás estemos ahí pa que usté nos pise?, ¿que tó lo que se lantoje le tié que salir gratis? Claro, pa qué está la hija de un pobre si no pa que se diviertan con ella los señoritos, ¿verdá usté? ¡Pues deso ná, cagüen el bautismo, que aquí tós semos iguales! Si mi menda va al mercao a comprar un kilo patatas, bien ha de pagar lo que valen, ¿verdá usté? Pues si al señó le gusta esta patatita, pague su precio y calle. Y si no quié pagar, apechugue con el escándalo. Más escándalo es nuestra situación y naide mueve un dedo pa resmediala. Ocho semos en mi casa, tos hacinaos en un cuartucho sin ventanas, lo mesmo que las ratas, enfermos, sin comida, sin tabaco, sin parneses y sin ná. ¿Y encima que vivimos en estas condiciones suciales quié usté que seamos honraos? Cagüen mi alma, si de tó lo que semos tié la culpa la suciedá. Y esto lo dice mi menda aquí y adonde haiga falta así me caigan ventiaños, que a un hombre se le pué quitar tó, menos el derecho a poner los puntos sobre las ises. ¡Abajo el régimen y viva la revolución! ¡Calle, calle, por Dios!, rogó Prullàs; ¡sólo me faltaría esto!

Se aplacó el hombrón y reinó un silencio tenso en el recibidor. ¿Cuánto?, preguntó Prullàs. Mil duros, respondió el otro. ¡Usted no está en sus cabales!, exclamó Prullàs. Iba a replicar el mangante cuando les interrumpió el repiqueteo del teléfono. ¿Quién será a estas horas?, pensó Prullàs.

Al otro lado de la espesa cortina se oyó un precipitado rumor de pasos: era la Sebastiana que acudía a la llamada telefónica. ¿Habría oído la fiel criada su denigrante plática con el chantajista?, se preguntaba Prullàs. Y en voz alta: ¡Déjalo, Sebastiana, yo lo cogeré en mi despacho! Luego, señalando la silla frailuna al hombrón: Usted quédese ahí, quieto y callado, lo conminó.

Corrió al despacho, cerró la puerta corredera, echó la falleba y levantó el auricular: Dígame. ¿El señor Prullàs?, preguntó una voz femenina. El mismo, ¿quién le llama? Soy la doctora Maribel, dijo la voz, no sé si me recordará: nos conocimos ayer por la mañana en el Instituto de Belleza.

La recuerdo perfectamente, doctora, dijo Prullàs, y además me he enterado de que es usted una celebridad radiofónica. Al otro extremo del hilo percibió un leve suspiro dubitativo. No haga caso..., dijo ella, y disculpe si le llamo a una hora tan intempestiva. No lo es en absoluto, repuso Prullàs; precisamente estaba despidiendo a una visita engorrosa. ¿En qué puedo servirla?

Nuevamente se produjo una pausa; luego, con voz firme, dijo la doctora Maribel: Hace un ratito me han traído del laboratorio los resultados de los análisis. Mañana a primera hora se los remitiré a la policía..., pero se me ha ocurrido que tal vez a usted le interesaría conocerlos antes. ¿Interesarme?, ¿a mí?, sí, por supuesto, repuso Prullàs algo sorprendido por el insólito ofrecimiento. En tal caso, y si no tiene compromiso, pásese a recoger por la puerta del Instituto dentro de media hora. Le estaré esperando.

Colgó, abrió la puerta del despacho y llamó a gritos a la Sebastiana. Cuando ésta acudió con gran sofoco, como si acabara de recorrer una larga distancia, le ordenó que planchara la americana blanca sin demora. ¿A estas horas va a salir?, rezongó la criada. ¿Y a ti qué más te da? Haz lo que te digo y calla, que en boca cerrada no entran moscas. Eso, replicó la Sebastiana; pero cuando se vaya, llévese al méndigo que está sentado en el recibidor. ¡Vaya con la bachillera!, se dijo Prullàs.

Salió al balcón, encendió un cigarrillo y fumó mirando las estrellas. Luego entró, aplastó la colilla en el cenicero, abrió la caja de caudales, sacó un fajo de billetes, se lo echó al bolsillo y se dirigió al recibidor.

¡Ha tardao mucho!, protestó el hombrón; la espera parecía haber menoscabado un tanto su intrepidez.

Claro, para eso estoy en mi casa, repuso Prullàs en tono desdeñoso; además, agregó, me ha surgido un compromiso,

274

de modo que vamos a zanjar nuestro asunto en un santiamén, y lo haremos de esta manera: la cantidad que usted pide no se la voy a dar por varias razones: la primera, porque no dispongo de ella ni puedo conseguirla en breve sin despertar recelos; la segunda, porque si se la diera, usted, en vez de administrarla con prudencia, se la patearía en vino, mujeres y otras estupideces, y al cabo de unos días vendría a por más; y la tercera y principal, porque no me da la gana. En cambio le daré trescientas pesetas al mes, como si fuera un sueldo. Cada mes, sesenta duretes. Pero no se engañe: con este dinero no compro su silencio; lo compro a usted. De ahora en adelante trabaja para mí; no es un trabajo cansado, no habrá de hacer casi nada, pero de cuando en cuando le pediré un favor y usted habrá de cumplir con diligencia. ¿Lo toma o lo deja?

Mientras el hombrón se miraba con ahínco la punta de su nariz de boniato en un tosco trasunto de meditación, Prullàs sacó del bolsillo el fajo de billetes y empezó a contarlos con lentitud. La visión del dinero derribó las últimas defensas de Villalba padre; dejó de fingir, se encogió de hombros y exclamó: Lo que usté me hace es una destorsión, pero el pobre nunca pué eslegir: ¡vengan esos pápiros!

Ha hecho una elección juiciosa, dijo Prullàs entregándole unos billetes. Dentro de un mes le daré otro tanto, pero no venga a buscarlos: desde este mismo instante tiene prohibido acercarse a mi casa; a ninguna hora y por ningún motivo, esto es esencial. Yo le haré llegar cada mes sus emolumentos a su casa por mediación de un propio.

El hombrón carraspeó. Hay una tasca al lao de mi casa que la dicen la tasca del tío Ciruelo; allí se me pué encontrar día sí, día también. Si a usté no le hace ná, prefiero que me mande allí los parneses; no por ná, pero si la familia me los descubre... usté ya me entiende.

Se hará como dice, convino Prullàs; y cuando precise de sus servicios, yo mismo me pondré en contacto con usted. El resto del tiempo prefiero no ver su inmunda jeta. Y recuerde: si comete la más mínima indiscreción o trata de engañarme, si a mí me sucede algo malo por cualquier causa, a usted se le acaba el momio y la niña no vuelve a pisar un escenario en toda su vida. ¿Está claro?

El hombrón emitió varios gruñidos de aquiescencia mientras contaba los billetes y se los iba guardando de uno en uno en el bolsillo del pantalón; con los dos últimos billetes hizo varios pliegues y los ocultó en los calcetines. Usted y yo, dijo Prullàs antes de verlo desaparecer por la escalera, no nos conocemos, ¿entiende?, no nos hemos visto jamás.

4

Al detener el coche junto a la acera vio la esbelta silueta de la doctora Maribel apostada tras la puerta vidriera del Instituto de Belleza. El guarda se quitó la gorra de plato y sujetó la puerta para dejarla salir mientras Prullàs se apeaba, rodeaba el coche y abría la portezuela. Espero no haberla hecho esperar, dijo.

No, no, respondió la doctora Maribel ocupando su asiento y alisándose el sencillo vestido veraniego azul y blanco, con grandes bolsillos, que reemplazaba la bata blanca; acabo de bajar en este mismo instante. Entre el Instituto y el consultorio radiofónico mis jornadas no parecen tener fin: podría empalmar un día con el siguiente sin dormir ni comer. Hablaba atropelladamente y a pesar de su aparente aplomo no podía evitar lanzar miradas furtivas en todas direcciones, como si temiera ser sorprendida en un acto censurable.

Prullàs puso el coche el marcha. Deduzco de sus palabras que aún no ha cenado, dijo. No se preocupe por eso, respondió ella; suelo tomar algo de fruta antes de acostarme. Yo tampoco he cenado, dijo Prullàs, así que la obligaré a alterar su dieta, si no tiene inconveniente. No, respondió ella; lléveme a donde usted quiera.

*

El jardín de La Rosaleda estaba iluminado por centenares de bombillas tendidas entre las ramas de los árboles. Al fondo del jardín, sobre un estrado y bajo una glorieta engalanada con una guirnalda de bombillas rojas y amarillas una orquesta de ocho músicos vestidos con camisas floreadas y una vocalista interpretaban un fox-trot. El maître llegó contoneándose entre las mesas colocadas al tresbolillo. Después de doblar varias veces el espinazo y de disculparse por no poderlos acomodar más cerca de la orquesta, los condujo a un extremo del jardín, donde unos camareros se apresuraban a disponer una mesa que habían traído en volandas. Era muy fuerte allí el aroma de los jazmines que tapizaban la tapia. Esta noche, dijo el maître, no damos abasto. No se preocupe, es un sitio estupendo, dio Prullàs deslizando con disimulo un billete en la mano del maître; aquí estaremos muy bien.

Vaya, dijo la doctora Maribel cuando se retiraron los camareros y pudieron sentarse a la mesa, si hubiera sabido que íbamos a venir aquí me habría puesto otra ropa. No se preocupe, dijo él, este vestido está muy bien y le sienta estupendamente. Gracias, ¿es usted cliente habitual? He visto que lo trataban con mucha obsequiosidad. Vengo de vez en cuando, dijo Prullàs; en las noches de verano me gusta más que el entoldado del Cortijo. Confío en que le guste a usted también. Oh, sí, ya lo creo, respondió ella con genuina animación; es un sitio precioso; había oído hablar de él, pero no había estado nunca... ¿Tanto dinero da el teatro? Prullàs sonrió ante aquella pregunta extemporánea e impulsiva. No, respondió, ni muchísimo menos; mi mujer es rica, yo no. La doctora Maribel enrojeció. Perdone, murmuró; le he hecho una pregunta muy indiscreta. En absoluto, dijo él; me gusta su franqueza. Puede preguntarme lo que guste si a cambio me deja que yo le pregunte lo que me intriga de usted. ¿De mí?, exclamó ella en voz baja.

El maître acudió a preguntarles si deseaban cenar; la cocina estaba a punto de cerrar debido a lo avanzado de la hora, informó. Prullàs echó un vistazo a la carta. ¿Le apetece algo en particular?, preguntó. No, elija usted, respondió ella. Prullàs eligió ensalada de espárragos y lenguado al vino blanco y el maître se retiró. Aún tardarán un rato en servirnos la cena, dijo Prullàs, ¿bailamos? Hace años que no bailo, dijo ella; no sé si me acordaré. Eso no se olvida, ¿no le apetece? Sí, pero tengo la sensación de que todo el mundo nos mira, susurró la doctora Maribel. Es natural, aquí la gente viene a mirar y a ser mirada; no hay nada malo en ello; no me diga que le asusta el qué dirán.

Salieron a la pista. Al principio la doctora Maribel bailaba muy envarada, con la cabeza agachada y los brazos rígidos; su propia inseguridad la hacía trastabillar y perdía el ritmo continuamente. Luego se fue tranquilizando, sus movimientos se hicieron más espontáneos y se suavizaron sus miembros. ¿Ve como baila muy bien?, le dijo Prullàs.

Ella levantó la cara, sonrió y la volvió a bajar. Todas las mujeres van tan bien vestidas, murmuró. No diga disparates: dirige usted una empresa próspera, lleva un programa radiofónico de gran popularidad y además es una mujer sumamente atractiva; todas estas mujeres tan encopetadas y presuntuosas se fundirían aquí mismo si se supieran observadas por la famosa doctora Maribel, y, a pesar de todo esto, actúa usted como una colegiala. ¿Qué la cohíbe? No se burle de mí, señor Prullàs. No me burlo; simplemente, estoy desconcertado; es usted muy distinta fuera del Instituto; ayer, en su despacho, casi me dio miedo. Sería el lugar, dijo ella riendo, o la bata blanca. O la actitud de usted, apuntó Prullàs. ¿La actitud? No me diga que cuando voy de doctora parezco un sargento. Un sargento no; más bien una de esas profesoras que salen en las películas de ciencia ficción, frías y distantes, pendientes sólo de su microscopio, hasta que las ataca de improviso un marciano viscoso y malintencionado y descubren la futilidad de sus esfuerzos. En todo caso, añadió recobrando la seriedad, fuera de su despacho es usted mejor. No puede haber mucha diferencia, dijo la doctora Maribel; dentro y fuera soy como soy: no sigo ninguno de los tratamientos que recomiendo ni de los consejos que doy; pero no se lo cuente a nadie.

Acabó la pieza y los bailarines se detuvieron y aplaudieron con moderada desgana. ¿Quiere que volvamos a la mesa?, preguntó Prullàs. Me gustaría bailar otra pieza, respondió ella inesperadamente, y advirtiendo la mirada curiosa de Prullàs añadió a modo de justificación: Llevo siglos encerrada a piedra y lodo en el dichoso Instituto.

Bailaron en silencio y cuando regresaron a la mesa ya estaba servido el primer plato. En un cubo de estaño lleno de hielo había una botella de champán que el maître se precipitó a descorchar con festiva estampida; envolvió la botella en un paño blanco, llenó las copas, devolvió la botella al cubo y se retiró. No le oí pedir champán, dijo la doctora. No lo pedí, dijo Prullàs; el maître la vio a usted e hizo una acertada deducción. La doctora Maribel volvió a enrojecer. Pero yo no puedo consentir que incurra usted en tanto gasto por mi causa, protestó ella. No se atormente, replicó Prullàs, como ya le dije, gozo de una posición desahogada, y en definitiva es asunto mío. ¿Tan ahorrativa es? A la fuerza, repuso en tono seco la doctora Maribel; gano bastante, pero tengo muchísimos gastos. Bebió un sorbo de champán, se recostó en el respaldo de la silla, cerró los ojos y se dejó invadir por una sensación placentera.

Al cabo de un rato abrió los ojos, echó el cuerpo hacia delante, dirigió a su acompañante una mirada resuelta y dijo:

Será mejor que se lo cuente todo: tengo a mi marido en el penal de Burgos desde hace nueve años; no sé cuándo saldrá, ni siquiera sé si saldrá algún día. Para que no pase hambre ni frío y reciba un mínimo de atenciones he de enviar continuas remesas de ropa, comida y dinero. También estoy gestionando en Madrid la revisión de su caso por medio de abogados y de personas influyentes: todo eso me cuesta una fortuna; de ahí mi aversión al despilfarro. Pero esto no lleva implícito ningún reproche, ningún juicio acerca de su forma de gastar, todo lo contrario: le agradezco mucho su gentileza y su esplendidez.

Se calló tan bruscamente como había empezado a hablar y observó con fijeza a Prullàs, tratando de averiguar el efecto producido por su revelación. Coma, dijo Prullàs; si usted no empieza yo no puedo empezar y me muero de hambre.

La doctora Maribel ensartó una hojita de lechuga y se la llevó distraídamente a la boca mientras sus ojos se empañaban. Prullàs atacó la ensalada sin ambages. ¿Por qué se especializó en belleza femenina?, preguntó al cabo de un rato, con el propósito de imprimir un sesgo menos doloroso a la conversación; ¿es una rama de la medicina, como la cardiología o la puericultura?

La doctora Maribel se frotó los ojos y sonrió. No, dijo, no lo es y yo ni siquiera soy médico; en realidad uso el título de doctora de manera fraudulenta. Le confesaré un gran secreto si me promete no divulgarlo: estudié para veterinaria; me gustan mucho los animales, de pequeña soñaba con tener una granja. Luego me casé y dejé los estudios. La familia de mi marido tenía una farmacia y me coloqué allí. Al cabo de unos años mi suegro, al hacerse mayor y perder a su hijo, a quien había pensado legar el negocio, traspasó la farmacia. Con ese dinero abrí el Instituto. Como ve, yo también vivo del dinero ajeno.

No es lo mismo, replicó Prullàs, usted trabaja y yo soy un zascandil. Pero siga contándome cómo hizo para triunfar; ya le dije que era usted una mujer muy atractiva; ahora me parece además una persona muy interesante. Gracias, dijo ella ruborizándose levemente, como si le hubiera afectado más este halago que el piropo dirigido a sus encantos físicos, en realidad, mi éxito se lo debo más a la suerte que a mis propios méritos. Tenía usted razón, añadió, la belleza femenina es casi una rama de la medicina: algo complicado y plagado de riesgos; cuando me adentré en ese terreno sin los conocimientos necesarios, incurrí en una grave irresponsabilidad; pero la providencia se compadeció de mí y me envió al doctor

Schumann: él lleva de hecho el Instituto; yo me limito a dar la cara. Es un hombre extraordinario, un verdadero pozo de ciencia, un investigador y un trabajador infatigable; y por si eso no fuera suficiente, lleva monóculo. ¿El doctor Schumann?, ¿y con monóculo?, rió Prullàs, ¿de dónde lo ha sacado?, ¿de una película de Erich von Stroheim?, ¿o es un refugiado nazi? No, por Dios, es un judío, replicó la doctora Maribel, y sin que mediara comentario alguno por parte de su interlocutor, agregó en un tono casi desafiante: ¿Tiene algo contra los judíos? No, respondió Prullàs, ni contra los nazis tampoco. Desarmada por esta respuesta imprevista, ella depuso su actitud combativa. El camarero retiró los platos vacíos, escanció champán y sirvió el lenguado.

¿Todo le da igual, señor Prullàs?, preguntó la doctora Maribel cuando volvieron a quedarse solos. En cierto modo, sí, repuso Prullàs después de probar el lenguado, limpiarse los labios y beber un sorbo de champán; pero no como usted se lo está imaginando. Mire, ya sé que ahora está de moda en todos los países civilizados poner a los nazis de vuelta y media. Desde luego, si lo que cuentan de ellos es cierto, hicieron cosas horribles, imperdonables. Pero no las hicieron por nazis, sino por bestias. A eso me refería: estoy en contra de las barbaridades que cometieron, pero no en contra de los nazis. Tampoco estoy en contra de los cristianos, aunque sé que en su día quemaron en la hoguera a varios miles de desgraciados acusados de hechicería y otros crímenes igualmente improbables. Es más, si la Inquisición hubiera dispuesto entonces de los adelantos técnicos de ahora, habría matado a tanta gente como según dicen han matado los nazis. Las personas son relativamente buenas; los pueblos, en cambio, son violentos y sanguinarios; todos sin excepción. Para poder dar rienda suelta a sus instintos criminales y para tranquilizar al mismo tiempo su conciencia, recurren a una ideología grandilocuente, un simulacro pedestre e inverosímil, adornado con discursos, himnos y banderas. ¿Qué le vamos a hacer? La estupidez y la brutalidad forman parte de la naturaleza humana, y como tal las acepto. Al fin y al cabo, yo no me inventé la naturaleza humana. Simplemente, aborrezco las teorías. Las personas me interesan; las ideologías, en cambio, me parecen todas lo mismo. Al pensar así, ¿cometo un gran pecado? Y si lo cometo, ¿quién está autorizado a condenarme o a absolverme?

Por los ojos de la doctora Maribel pasó un destello de curiosidad. No sé si me está tomando el pelo, señor Prullàs, dijo al fin; usted es un profesional de la parodia y el juego de ingenio, pero yo prefiero tomármelo en serio, y en consecuencia, me arriesgaré a decirle lo que pienso: Su postura no me parecería del todo mal si fuera factible; pero en el mundo en que vivimos no se la dejarán mantener. Nadie se puede pasar la vida nadando entre dos aguas, ni siquiera usted. No digo que le obliguen a cambiar por la fuerza, pero le pondrán las cosas de tal modo que usted mismo se verá obligado a elegir entre una ideología u otra. Está equivocado si cree ser sólo un individuo; nadie lo es. Sólo somos lo que representamos, lo que el pasado ha hecho de nosotros. Lo queramos o no somos herederos del odio y de la injusticia, herederos de una Historia que nosotros no hemos hecho, pero cuyos frutos igualmente habremos de coger. Hizo una pausa, aspiró a fondo el aroma de los jazmines y sonrió. Discúlpeme, dijo, me he embalado sin darme cuenta; nunca bebo champán. No se preocupe, repuso Prullàs, no ha dicho ninguna tontería; ¿pero de veras piensa que no se puede vivir sin abrazar alguna ideología, aunque no se crea en ninguna? Sí, señor Prullàs, eso pienso, dijo ella. ¿La suya le prohíbe llamarme Carlos?, preguntó él. No, pero mi experiencia me lo desaconseja, respondió ella.

Viendo vacíos los platos, el camarero los retiró y acudió el maître a preguntar si deseaban algún postre los señores. Prullàs pidió un helado y la doctora Maribel una rodaja de piña americana con nata. Mientras nos traen el postre, sáqueme a bailar otra vez, dijo ella acto seguido; está mal que yo se lo pida, pero me muero de ganas de bailar. Y ya en la pista, sin causa ni ilación, como si de repente y sin pensar articulara un callado soliloquio, agregó: No se puede vivir eternamente con las heridas abiertas. Hizo una pausa y preguntó: ¿Cree que hago mal? No lo sé, dijo Prullàs, yo no tengo un consultorio. A mí todo lo que usted hace me parece bien, pero yo soy un pésimo juez, como ya ha tenido ocasión de comprobar. Mi consultorio no es un tribunal, replicó ella; yo tampoco juzgo a las personas que me piden consejo, sólo trato de comprenderlas. Es lo mismo, repuso Prullàs; comprender y juzgar, ¿dónde está la diferencia? Y cambiando de tono, preguntó: ¿Cómo se le ocurrió lo del consultorio radiofónico?

La propia emisora de radio me lo propuso. Buscaban a alguien para hacer la competencia a un programa similar de otra emisora y por alguna vía mi nombre llegó a sus oídos.

Ahora los dos programas conviven en santa paz: el mío es matutino y el otro, a las siete de la tarde. Por supuesto, continuó diciendo, acepté por el dinero, pero debo añadir que a estas alturas estoy bastante orgullosa de mi labor. Lo digo sin jactancia y sin falsa modestia. Con mis consejos no creo haber proporcionado a nadie la felicidad, pero sí haber ahorrado a mis oyentes algunas desdichas. A menudo he podido resolver problemas nimios capaces de provocar tremendos sinsabores. En una ocasión una oyente me escribió contándome que gracias a mis trucos para hacer una salsa bechamel sin grumos, había resuelto una verdadera crisis matrimonial del modo más satisfactorio; la receta, me decía, había salvado una relación matrimonial a punto de irse a pique. Veo que me mira con escepticismo. ¿No me cree?

No, admitió Prullàs con franqueza; no la creo a usted ni a esa oyente agradecida. Por desgracia, las cosas son más complicadas de como usted las pinta. Ni siquiera una persona tan superficial como yo haría depender su estabilidad sentimental de una salsa. Aprovecharía una salsa mal ligada para dar rienda suelta a mi descontento y a mi mal humor, pero si alguien lograra subsanar el defecto, me buscaría otra excusa igual de baladí. A la larga, el resultado sería el mismo. Si como acaba de decirme hace unos instantes mi actitud le parecía frívola, la suya ahora me parece frívola y autocomplaciente. Disculpe mi falta de tacto, pero la considero demasiado inteligente para caer en estas trampas. La justificación del dinero era menos bonita, pero más veraz.

La doctora Maribel ocultó la cara en el hombro de su pareja. Prullàs temió al principio haberla ofendido con su rudeza, pero como no parecía haber nada esquivo en aquella languidez, optó por seguir bailando en silencio.

Al cabo de un rato, de modo repentino, la doctora Maribel se apretó más contra Prullàs, levantó la cara y acercando los labios a su oído susurró: ¿De veras mató usted a ese tal Ignacio Vallsigorri? Esta pregunta lo dejó atónito. Ella se echó a reír. ¿Había olvidado la verdadera finalidad de nuestra cita? Me gustaba más el giro que le habíamos dado, dijo Prullàs; es usted muy vengativa. Nunca dije que fuera una santa, replicó ella, y no ha contestado a mi pregunta. No me la he tomado en serio, dijo él; usted no sería capaz de estar bailando con un asesino. Tal vez no o tal vez sí, dijo la doctora Maribel. ¿Sabe cuáles son mis actores favoritos? Basil Rathbone y Dan Duryea. Doctora Maribel, dijo Prullàs, están en juego mi libertad, mi honor, la posibilidad de seguir trabajando, quizás mi propia vida, y también el bienestar o la ruina de mi familia y de otras personas que dependen de mí en mayor o menor grado; me niego a pensar que en una situación tan penosa usted sólo ve un estímulo a sus fantasías y en definitiva un mero pasatiempo; ¿es así como trata a sus pobres oyentes? La doctora Maribel se separó bruscamente, divertida y un poco avergonzada. Volvamos a la mesa y hagamos las paces, dijo. Había recobrado en un instante su desenvoltura: era de nuevo la mujer práctica e independiente; pero se había roto el pacto secreto establecido entre ambos al conjuro de la música, el champán y el aroma de las flores.

Sea como sea, poco importa lo que yo pueda creer, empezó diciendo la doctora Maribel cuando se hubieron sentado; yo no tengo autoridad. Don Lorenzo Verdugones en cambio sí la tiene, y mucha, y él está convencido de su culpabilidad. Esto al menos me dijo su ayudante, un joven mustio llamado Sigüenza. Es un muchacho apocado, soltero y taciturno; su vida sentimental debe de ser algo insípida. Viene a menudo al Instituto de Belleza con cualquier pretexto oficial y se queda un rato fisgando, por si el azar le depara la visión de alguna clienta ligera de ropa. Nunca consigue ver nada, pero él no desiste. El otro día vino temprano, como suele hacer, y mientras esperaba a su jefe y a usted, para darse importancia o para matar el tiempo, nos puso a todos al corriente de los hechos. Al parecer, hay indicios de que usted mató a Ignacio Vallsigorri. No constituyen una prueba suficiente para condenarlo, pero sí para persuadir a don Lorenzo Verdugones de su culpabilidad. Como yo no lo conocía a usted cuando Sigüenza me contó estas cosas, no presté demasiada atención a sus palabras ni traté de sonsacarle más datos. No sé de qué prueba se trata: quizás de un testigo ocular, quizás de una carta o de un documento comprometedor; en todo caso, de un indicio fehaciente.

¡Oh, vamos, doctora Maribel, atajó Prullàs, usted bromea! En primer lugar, esa prueba no puede existir, porque yo no he matado a nadie; no tengo ningún motivo para hacerlo, ni lo haría tampoco si lo tuviera. En segundo lugar, si don Lorenzo Verdugones tiene esa supuesta prueba, ¿por qué no me ha hecho detener?

La doctora Maribel saboreaba al mismo tiempo la rodaja de piña con nata y el evidente desasosiego de su acompañante. No lo sé, respondió, pero se me ocurren varias explicaciones lógicas. En primer lugar, usted es persona popular y bien relacionada, su detención causaría un verdadero trastorno, y la función primordial de don Lorenzo Verdugones en Barcelona es mantener la tranquilidad y la concordia social. Hasta tanto no reúna pruebas verdaderamente irrecusables, no dará el paso decisivo; y mientras espera, con la excusa de la colaboración, lo tiene a usted cerca, controlado a todas horas. Es un buen plan. Sin embargo, yo creo que antes de pensar en todo esto, haría usted bien en preguntarse por qué don Lorenzo Verdugones se ha hecho cargo personalmente de un simple caso de homicidio que podía haber dejado en manos de la brigada criminal. Ignacio Vallsigorri no era tan importante, y usted, sin ánimo de ofenderle, tampoco.

Continúe, dijo Prullàs. No sé más, repuso ella; pero no necesito echar mano de la sabiduría radiofónica de la doctora Maribel para intuir que don Lorenzo Verdugones sospecha que el asesinato de Vallsigorri forma parte de una trama más compleja, en la que están involucradas más personas que el simple ejecutor del hecho; tal vez personas importantes de la vida barcelonesa; un asunto con muchas ramificaciones, incluso una auténtica conjura. Ya sabe cómo piensan los altos cargos con respecto de los catalanes; apenas llegados de provincias, chocan con nuestra proverbial cerrazón y la interpretan como el síntoma de una conspiración especialmente urdida en contra suya o en contra de lo que ellos creen representar e incluso encarnar: el sistema político, la patria, un ideal, cualquier cosa.

¡Esto es el colmo, exclamó Prullàs, ahora resulta que soy el representante de la perfidia catalana! ¡Precisamente yo! No se exalte, dijo ella; a fin de cuentas, ni siquiera sé si cuanto acabo de contarle es cierto o no. De hecho, sólo son conjeturas mías basadas en otras conjeturas de Sigüenza, que sólo ha oído rumores y de cuya inteligencia no tenemos garantía ninguna. Ahora bien, si cuanto acabo de decirle es cierto y no un mero error de apreciación, entonces está usted en una situación delicada, por no decir otra cosa.

Habiendo dado buena cuenta de la piña, dejó los cubiertos sobre el plato, se limpió los labios con la servilleta y estiró luego el brazo sobre el mantel para alcanzar la cajetilla y el encendedor de Prullàs, pero en el último instante desvió la mano y la colocó sobre la de éste. No se enoje conmigo, murmuró desviando la mirada hacia el jardín como si quisiera desentenderse de aquel gesto o de atribuirlo a sus miembros y no a su voluntad; me gustaría ayudarle, pero no puedo. Mi posición es tan endeble como la suya, si no más. Al llamarle esta noche, al venir aquí con usted he comprometido gravemente el futuro de mi marido y el mío propio. Los hombres como don Lorenzo Verdugones no pueden soportar que una mujer en mis circunstancias consiga salir a flote e incluso prosperar un poco sin envilecerse. Él me odia y no desaprovechará una oportunidad para forzar mi expulsión de la radio o para cerrar el Instituto de Belleza. Al decir esto, añadió apresuradamente, no pretendo recabar su gratitud; la iniciativa de llamarle partió de mí; vine aquí sin coacción y en el fondo soy yo quien le está agradecida: esta velada me ha proporcionado los únicos momentos de alegría y placer que he tenido en muchos años. Retiró la mano, abrió el bolso, sacó el pintalabios y restituyó a su boca fruncida el carmín que había dejado en la servilleta a lo largo de la cena. Es muy tarde, añadió luego, vámonos.

Prullàs pidió la cuenta, pagó, y abandonaron el local seguidos de las miradas reticentes de los comensales. La doctora Maribel vivía en un edificio moderno en la calle Floridablanca, no lejos del Instituto de Belleza. Hicieron en silencio el largo trayecto, pero, en contra de lo previsible, al detener el coche ante la puerta, ella no mostró la menor prisa por apearse. Prullàs apagó los faros y el motor y encendió un cigarrillo. Sonaron las dos en el reloj de la parroquia de Nuestra Señora del Carmen. No circulaba nadie por las calles y el sonido de las campanas quedó vibrando durante un rato entre los muros de las casas.

La policía, dijo ella de repente, ha localizado el restaurante donde cenó Vallsigorri la noche del crimen. Fue solo y abandonó el local poco antes de las diez. Por nuestra parte, todavía no hemos identificado la mayor parte de los residuos encontrados en la ropa del muerto, pero el aroma que la impregnaba provenía de un perfume francés llamado *Arpège*. Encuentre a la propietaria del perfume y habrá dado un paso hacia la resolución del misterio. No sabría darle la razón, pero así lo intuyo. ¿Cree que a Ignacio Vallsigorri lo mató una mujer?, preguntó Prullàs. Podría ser, respondió ella; yo no soy detective, mis casos son de menor calibre; pero si quiere saber mi opinión, lo dudo. ¿Por qué?, volvió a preguntar Prullàs. Porque ese tipo era un donjuán y a los donjuanes sólo les hacen caso las mujeres bobas. Éstas no matan, dijo la doctora Maribel en voz muy baja pero con convencimiento. ¿Usted cree que una mujer de carácter no puede enamorarse de un donjuán, doctora Maribel?, preguntó Prullàs.

Prefiero suponerlo, señor Prullàs, repuso ella; odio a los donjuanes. Como puede imaginar, en mi estado he tenido que sufrir su acoso en muchas ocasiones; los conozco bien: son seres ruines. Nada más les interesa la conquista en el sentido militar del término. Para ellos una mujer es el enemigo al que hay que derrotar, por la maña, por la fuerza o como sea. Sólo buscan humillar y denigrar a las mujeres, éste es su único objetivo. Si lo logran, se jactan de ello públicamente; pero si no lo logran, callan y procuran vengarse por los medios más rastreros y crueles. Al principio, añadió tras una pausa y con evidente esfuerzo, pensé que usted también sería un donjuán. Me equivoqué y me veo en la obligación de decírselo.

A lo lejos se oyó al sereno golpear el pavimento con su chuzo; la doctora Maribel se interrumpió y agachó instintivamente la cabeza. Luego dirigió a Prullàs una sonrisa triste. No salga del coche, por favor, musitó, no quiero que me vea nadie a estas horas en compañía de un hombre. Bajó del coche, corrió hacia el portal, abrió con gestos rápidos y precisos y desapareció en el oscuro zaguán.

Prullàs acabó el cigarrillo ante la puerta cerrada y luego, comprendiendo que ésta no se volvería a abrir, puso el coche en marcha y regresó a su casa. Allí se dedicó a buscar por todas partes el frasco de *Arpège* que en su día le había vendido Poveda, pero por más que registró cajones, armarios y bolsillos, no pudo dar con él. Recordaba habérselo comprado al estraperlista por un precio exorbitante y habérselo llevado consigo a Masnou con la intención de regalárselo a Martita; también recordaba cómo lo había perdido la noche misma de su llegada a Masnou en el jardín de Marichuli Mercadal: veleidades insignificantes que ahora le parecían remotas e inocentes. ¿Y luego? Ella lo había encontrado y se lo había devuelto al día siguiente; él había intentado regalárselo y ella lo había rechazado, pero ¿se lo había devuelto efectivamente o había acabado por quedárselo? No recordaba los hechos con precisión. Lo más probable, con todo, es que hubiera recobrado el frasco de perfume; sin embargo, no recordaba habérselo dado a Martita después de aquel incidente, quizás movido por un leve sentimiento de culpa. ¿Y si se lo hubiera regalado a la señorita Lilí Villalba en su primer y único encuentro en el Hotel Gallardo? El recuerdo del episodio aún lo conturbaba: le era imposible examinar con frialdad las horas consumidas entre los brazos de aquella muchacha atrevida y complaciente.

Clareaba cuando desistió de seguir indagando: el frasco de perfume no aparecía por ninguna parte y de resultas de la fatiga, sus pensamientos se volvían confusos. Se acostó, pero no pudo conciliar el sueño: se vio inmerso en una vorágine de ideas extrañas. En estado de vigilia tuvo pesadillas agobiantes. Por fin se levantó con esfuerzo, se dirigió tambaleándose al cuarto de baño, metió la cabeza bajo el grifo del lavabo y dejó que le corriera el agua por el pelo, la cara, el cuello y la espalda; luego, todavía chorreando, salió al balcón. Sobre los terrados avanzaba la palidez del alba, del empedrado húmedo se elevaba una tenue humareda y los primeros vencejos describían arcos en el aire ligero. Calzado con alpargatas iba sigiloso un farolero de farol en farol cerrando las espitas de gas. Volvió a la cama con poca esperanza de encontrar allí el descanso, pero de inmediato, sin advertirlo, se quedó dormido.

5

Despertó entrada la tarde. La Sebastiana no había querido molestarlo. Anoche le oí trajinar y dar vueltas y he pensado que le convenía descansar; si quiere le preparo el desayuno, la comida o la merienda, dijo.

No quiero nada, dijo Prullàs. ¡Eso ni por pienso! Ahora mismo se toma usted unas rebanadas de pan con tomate y jamón, y luego hablamos, repuso la criada, y dando un suspiro añadió: Ay señorito, que cuando usted no tiene gana es muy mala señal. Para mí que trabaja demasiado ¡y con esta calor! ¿Por qué no se va a pasar un par de semanas al campo con la señorita y los niños, que estarán deseando de verle?

Prullàs atajó con un ademán la bienintencionada verborrea de la sirvienta. ¿Han llamado a la puerta o al teléfono mientras dormía?, preguntó. En sueños me ha parecido oír unos timbrazos. ¡Toma, como que no han parado de sonar los trimbres en toda la mañana! Primeramente ha llamado un hombre preguntando por el señorito. Le he dicho que no estaba y él venga a insistir. Por lo menos tres veces ha llamado. ¿Dijo quién era y qué quería? No, señorito; yo ya se lo pregunté, como usted me tiene mandado, pero él, que sólo quería hablar con el señorito; ná más que eso. ¿No sería Poveda? Eso no se lo puedo decir yo, señorito; si lo era, no lo parecía;

para mí que era alguien que se disimulaba la voz tapando el teléfono con un pañuelo. Ya estamos con las dichosas películas, refunfuñó Prullàs; ¿ha habido algo más?

Han traído un paquete para usted, dijo la Sebastiana; ahora mismo voy a por él.

A poco reapareció con un paquete pequeño. Un propio lo había traído a eso de las once, dijo. Prullàs se lo llevó al despacho, se encerró allí y deshizo el envoltorio con viveza, pensando que tal vez contuviera algún elemento esclarecedor del caso. Los detectives de las novelas recibían a menudo envíos anónimos que les resultaban de gran utilidad; aportaciones de testigos timoratos, que optaban por la vía de la ocultación para evitar represalias. Hasta ahora todos se habían vuelto contra él, pensó, ya le tocaba recibir un poco de ayuda. Pero el paquete resultó contener un ejemplar usado de *El divino impaciente*, de José María Pemán, y una nota redactada en los siguientes términos: «Como prolongación de nuestra agradable y fructífera charla de ayer por la mañana, me permito obsequiarte con esta obra de nuestro gran poeta y dramaturgo, por si no la conoces, a fin de que su lectura te lleve a considerar el tipo de teatro al que tú podrías, y quizás deberías, dedicar tanta imaginación e ingenio como te ha concedido Dios, ante Quien, más tarde o más temprano, habrás de rendir cuentas. Tuyo affmo. en Cristo, Emilio Porras S.J.»

Guardó el libro en un cajón, escribió una frase de agradecimiento al reverendo padre Emilio Porras S.J. en una tarjeta de visita, la metió en un sobre, le puso un sello de correos y se la echó al bolsillo de la americana. A la Sebastiana le dijo que le preparara un café con leche y unas rebanadas de pan tostado con mantequilla y mermelada. Voy a salir, le dijo; si vuelve a llamar el individuo este, le dices que estaré de vuelta a última hora de la tarde. También le puedes decir de mi parte que quien se niega a revelar su nombre es un imbécil o un canalla o ambas cosas a la vez.

Luego llamó por teléfono a Mariquita Pons. Quiqui, ¿me has averiguado las señas de Poveda como te pedí?, le preguntó. He hecho algunas averiguaciones, pero sin ningún éxito. Como siempre llama él o se presenta en las casas sin previo aviso, nadie se ha preocupado de saber dónde vive ni si tiene teléfono. Casi todas las tardes hace la ronda de los cafés: la Granja Royal, El Salón Rosa, el Gambrinus, ya sabes; allí puedes encontrarlo. ¡Quiqui, eso es buscar una aguja en un pajar!, exclamó Prullàs.

Después de colgar se quedó un rato pensando; finalmente marcó otro número. Sigüenza cogió el teléfono. Don Lorenzo ha salido y no ha dicho cuándo volverá; ¿puedo servirle en algo, señor Prullàs? Pues sí; en realidad sólo preciso un dato y usted mismo me lo puede proporcionar. Titubeó el solícito funcionario antes de responder: Siempre a sus gratas órdenes, señor Prullàs. Quisiera ponerme en contacto con Poveda a la mayor brevedad. ¿El estraperlista?, preguntó Sigüenza. ¿Hay otro?, repuso Prullàs. No se retire, voy a ver si por un casual...

*

Le costó bastante llegar en coche al domicilio de Poveda, situado en el tramo inferior de la calle Aragón, porque había obras en aquel sector y estaba levantado el pavimento de la calzada en varios tramos. El Ayuntamiento solía emprender las obras públicas aprovechando los meses de verano, cuando el tráfico rodado era escaso, para minimizar las molestias; luego, sin embargo, las obras se acababan prolongando durante el otoño, y hasta bien entrados los meses húmedos y desapacibles del invierno. Viendo trabajar a los peones era fácil entender la causa de tanta demora: mientras uno se ataba la alpargata, otro liaba un cigarrillo sentado en una carretilla de cemento y un tercero engullía un trozo enorme de pan a la sombra de la caseta. Como el objetivo verdadero de aquellas obras era proporcionar empleo a los obreros en paro y los jornales eran irrisorios, nadie se molestaba en meterles prisa. De este modo el vecindario entero quedaba abandonado a su suerte, convertido durante un año entero en una encrucijada de desmontes impracticables para vehículos y peatones, y a merced de las variaciones climáticas: si llovía, el suelo se volvía un barrizal, si caían cuatro gotas, salían hierbajos entre los cascotes, y si el tiempo era seco, el viento levantaba polvaredas que se metían por las ventanas y los balcones, para desesperación de las amas de casa.

Poveda vivía en un edificio antiguo, de balcones estrechos, con la fachada cubierta de hollín. En la garita de la portera dormía un gato tiñoso sobre la silla vacía. Prullàs subió a pie y tocó el timbre. Dentro se oyó una voz conocida: ¡Ya voy yo, mama!

La puerta se abrió una rendija y Poveda dio un respingo. ¡Don Carlos! Poveda, he de hablar con usted y no sabía cómo localizarlo, dijo Prullàs, ¿puedo pasar? Por el pasillo venía una mujer diminuta tanteando las paredes con los brazos extendidos. ¿Hijo, quién llamaba? Un amigo, mama, no se preocupe, respondió Poveda con voz temblona. La mujer había llegado al recibidor y palpaba el aire buscando a su hijo. ¿Que no le dices de pasar? Sí, mama, ahora mismo se lo estaba diciendo, repuso Poveda; y a Prullàs, en tono de disculpa: Como usted bien sabe, mi madre adolece de una leve ceguera total. Lo siento, dijo Prullàs. Oh, no sabe usted lo bien que se espabila, ¿oi, mama? Mi hijo nunca trae amigos en casa, repuso la ciega en tono lamentoso; se conoce que le hace vergüenza tener una madre inválida. ¡Mama, por Dios, qué cosas de decir!, murmuró Poveda con más dolor que enfado.

Prullàs, habituado a la oscuridad reinante en el rellano y el recibidor, advirtió que Poveda llevaba un pijama a rayas. Este atuendo le daba un cómico aspecto de presidiario de tebeo. Su hijo siempre me habla de usted con mucho cariño, dijo a la ciega. En los ojos de Poveda brilló una chispa de gratitud. Pase, don Carlos, y perdone la falta de circunspección; mi madre lleva razón, nunca recibimos. Por aquí, tenga la amabilidad.

En el interior de la vivienda el aire parecía estancado. Un repugnante olor a vinagre lo impregnaba todo. Al fondo de un pasillo largo y angosto había un comedor igualmente sumido en las tinieblas. Poveda accionó un interruptor y se encendió una bombilla mortecina de la lámpara del techo. Tenemos bajada la persiana durante el día porque el sol da de lleno en esta parte de la casa; yo estoy siempre en mi cuarto y mi madre, la pobre, de la luz no hace nada, explicó Poveda. De un cajón del aparador sacó otra bombilla y la enroscó en un casquillo vacío. Si no hay visitas la quito para evitar los excesos de consumo, dijo; hay que ajustarse a los apremios de la mediocridad.

Prullàs examinaba las paredes desconchadas y los muebles toscos: mesa de pino, aparador y trinchante, y en un búcaro de barro, unas rosas de papel. Presidía el lúgubre aposento desde una consola la foto enmarcada del Jefe del Estado vestido de Almirante de la Armada. Sí, dijo Poveda hinchando el pecho, hace unos años tuve la osadía de enviar al Pardo unos versos muy sentidos y él, como prueba de afecto, me hizo llegar este retrato. Pero tome asiento, don Carlos; está usted en ésta es su casa.

Prullàs se sentó en una silla medio desencolada. Por los precios que nos cobra, yo le hacía a usted forrado, Poveda, comentó. El estraperlista hizo un gesto dramático. ¡Ay, don Carlos, eso lo dice por desconocimiento de las perplejidades del mercado! Se quedaría usted de piedra si supiera cuánto me cuesta la materia prima; he de hacer un cuantioso desembolso para obtener un modestísimo vilipendio; trabajo con márgenes ridículos y sin ninguna garantía de poder colocar todo el producto. ¡La ruina, don Carlos!

Prullàs asintió y dijo: Además habrá que dar un pellizco de cuando en cuando a las autoridades para que hagan la vista gorda. ¡De ninguna manera, don Carlos!, se apresuró a replicar el otro, ¡las autoridades de la nueva España son de una honradez acristalada! ¿También don Lorenzo Verdugones? Toda la sangre huyó del rostro del estraperlista. Yo trabajo en muy pequeña escala y don Lorenzo ejerce conmigo una virtuosa condescendencia, susurró. A la que usted corresponde con creces, Poveda, dijo Prullàs elevando la voz; no me mienta.

Disculpe un segundo, don Carlos, murmuró aquél; y dirigiéndose en voz alta a su madre, que seguía arrobada este diálogo desde el umbral de la pieza, dijo: Mama, ¿por qué no se va a la cocina y empieza a lavar los platos? Yo iré luego a colocarlos en los plastachos. Esto último le resulta algo difícil por razón de su impedimento, aclaró dirigiéndose de nuevo a Prullàs.

La ciega se fue caminando a tientas por el pasillo y Poveda encendió la radio. Cuando se hubieron calentado las lámparas empezó a oírse una rancia melodía mezclada con todo tipo de parásitos. Prefiero que mi santa madre no oiga lo que hablamos, dijo sentándose a la mesa, y conque los ciegos tienen un oído tan fino... Usted dirá, don Carlos.

Prullàs no sabía cómo avasallar a un personaje por quien sentía piedad y desprecio, pero no animadversión. Usted tiene entrada en todas las casas, dijo al fin con fingido enojo; frecuenta todas las tertulias, y luego informa a don Lorenzo Verdugones, ¿no es cierto? Poveda lloriqueaba; era presa fácil. Don Carlos, yo nunca he hecho mal a nadie, y menos a usted, ¡usted es como un padre para mí! La cólera de Prullàs se esfumó ante la fragilidad del mísero estraperlista. Dejemos eso, Poveda, dijo; yo no le reprocho nada: todos hemos de vivir. Sólo quiero saber qué anda buscando don Lorenzo Verdugones estos días.

El estraperlista se retorcía las manos; el sudor diluía la estricta línea de su bigote postizo. A mí no me explica nada, don Carlos, como bien puede suponer; yo soy únicamente un humilde peón. Este fin de semana la Guardia Civil ha estado haciendo registros en la Costa Brava, Poveda, ¿qué iban buscando? No lo sé, don Carlos, a mí nadie me rinde cuentas; yo sólo repito lo que escucho y luego don Lorenzo de lo mío extrae sus conclusiones. ¡Soy un simple peón de este jaquemate!

¡Poveda, no me agote la paciencia!

El estraperlista reculó con silla y todo. No se enfade conmigo, gimió; yo sólo oigo cabos sin atar o, por mejor decir, sueltos. La visión de conjunto me es incomposible, don Carlos. Pero..., añadió precipitadamente al ver que Prullàs hacía amago de levantarse, me ha llegado el rumor de que anda en pie una conjura. ¿Una conjura?, dijo Prullàs. Sólo son rumores, como le digo, rumores y murmuraciones; pero algo de cierto puede haber, cuando el río que suena agua lleva. ¡Una conjura!, repitió Prullàs; ¡Poveda, eso son palabras mayores! ¡Ay, don Carlos, la gente es ingrata y pronto olvida cuánto le debemos!, dijo Poveda señalando la imagen cesárea enmarcada sobre la consola. ¿Qué tipo de conjura?

Los silbidos y estridencias de la radio se mezclaban con los trémulos bisbiseos del estraperlista. Prullàs se levantó y trató en vano de ajustar la sintonía. ¡Mierda de aparato!, gritó exasperado; hace unos meses usted mismo me quería vender una Marconi estupenda, ¿no podía habérsela quedado? ¡Al menos por su madre! ¡Un aparato que funcione no es demasiado pedir para una pobre ciega!

¡Don Carlos, baje la voz, se lo suplico! ¿Qué tipo de conjura, Poveda? A principios del verano elementos monárquicos y socialistas se reunieron en San Juan de Luz, dijo Poveda poniendo los ojos en blanco y llevándose las manos a la cara; figúrese usted, ¡a dos pasos de donde vacaciona el Gobierno de España! ¿Con qué finalidad, Poveda? Suspiró el estraperlista. Los detalles desbordan mi incompetencia, pero dicen que hay militares de alto grado en concomitancia con el Estoril. ¡Don Carlos, nos quieren meter otra vez el diablo en casa!

De la cocina llegó un estrépito de platos rotos. ¿Qué pasa, mama? ¡Nada, hijo; se me ha escantonado una bandeja de servir! ¡No importa, mama; ponga cuidado no se vaya a cortar!

Poveda, ayúdeme y le compro una vajilla completa de plexiglás, dijo Prullàs; hágalo por ella. No me obligue, don Carlos; el busilis es grave: ¡rodarán cabezas! Pero no la suya, Poveda; lo nuestro no saldrá de estas cuatro paredes; y un poco de dinero no le hace mal a nadie. El estraperlista pareció avenirse al nuevo sesgo de la conversación. Usted dirá, don Carlos. La muerte de Vallsigorri, ¿tiene algo que ver con el asunto?, ¿estaba implicado en la conjura?, ¿lo mataron para silenciarlo?

Poveda se levantó y empezó a pasear por la habitación. Sólo son rumores, don Carlos, rumores y murmuraciones; pero hay mucha gente implicada. ¿Además de los militares? Gente de prosapia, don Carlos. ¿Banqueros?, ¿industriales? Ésos y más. ¿Los curas? Don Carlos, donde hay especulación nunca fallan las sotanas. ¡Poveda, quiero nombres y apellidos!

El estraperlista interrumpió sus paseos y abrió los brazos. ¡Eso es pedir demasiado! ¡Poveda, no me deje en la estacada! ¡Sólo son rumores y murmuraciones! ¡Poveda, que le parto los dientes!

Al oír esta amenaza el estraperlista se abalanzó sobre el aparador, abrió el cajón, sacó una pistola y se la llevó a la sien. ¡Don Carlos, usted me empuja a una acción fatal!, gritó mirando fijamente a su interlocutor.

¡Poveda, deje ahora mismo ese chisme en su sitio y vuelva a sentarse!, le increpó Prullàs; ¿a quién pretende impresionar? ¡Si se ve a la legua que es una pistola de juguete! ¡No lo es, don Carlos! Es una Star de nueve milímetros fabricada en Eibar y está cargada. ¡Pues razón de más para no hacer imprudencias, Poveda! No son imprudencias, don Carlos, replicó el estraperlista, cuyo rostro, que había conservado hasta entonces la palidez adquirida al inicio de la conversación, se había puesto encarnado como la grana. Yo no sabré luchar, pero a la hora suprema no ha de temblarme el pulso, declamó; ¡soy un poeta, don Carlos, y no me importa acabar como don José María de Espronceda!

Déjese de sandeces, replicó Prullàs; usted no es un poeta ni nada parecido; usted es un contrabandista de poca monta, un confidente de la policía y en resumidas cuentas un mequetrefe. Y deje en paz esa pistola, que las armas las carga el diablo. Si ocurre un accidente, su madre se va de cabeza al asilo, y yo me quedo sin tabaco rubio. Y el que se suicidó fue Larra, no Espronceda.

Poveda metió la pistola en el cajón, lo cerró y se enjugó el sudor de la cara y del cuello con un pañuelo amarillento. ¿Qué pasa, hijo?, preguntó su madre desde la puerta del comedor. Nadie la había oído acercarse. No pasa nada, señora, dijo Prullàs; su hijo y yo hemos tenido una amistosa discrepancia; cosas de todos los días. Se levantó, cogió a la ciega por el brazo y la condujo hasta la silla que acababa de abandonar. Siéntese, dijo; yo ya me iba.

En el rellano dijo Poveda: Ni una palabra de esto a nadie, don Carlos; en ello nos va la vida. Se había serenado y hablaba en el tono distendido de quien sabe definitivamente conjurado el peligro. Prullàs comprendió que había perdido la partida. Pierda cuidado, dijo.

*

El acaloramiento de la entrevista le había abierto el apetito. Detuvo el coche delante de La Puñalada, se sentó a una mesa de la terraza, casi vacía a aquella hora, y pidió arroz a la milanesa, rosbif y una jarra de vino blanco bien frío. Hecho esto, entró en el local y llamó por teléfono a Mariquita Pons. La célebre actriz acudió de inmediato como si hubiera estado esperando aquella llamada con ansiedad. ¡Carlos, por fin llamas! Llevo horas, ¿dónde te habías metido? En casa de Poveda, repuso él, ¿ha pasado algo? ¡Ya lo creo! Pero no te lo puedo contar por teléfono; ven a casa de inmediato. Está bien, dijo Prullàs; acabo de pedir un tentempié; lo liquido en un santiamén y me planto ahí.

Al volver a la mesa tenía el primer plato servido; el camarero montaba guardia junto a la mesa, mientras un mendigo contemplaba encandilado el arroz desde los límites de la terraza. Prullàs entregó unas monedas al camarero para que se las diera al mendigo, éste se fue y Prullàs, liberado de su indiscreta presencia, desplegó la servilleta, enarboló los cubiertos y comió con fruición a la sombra amorosa de los árboles.

*

En casa de Mariquita Pons se respiraba una atmósfera de nerviosismo. Prullàs fue conducido a toda prisa al salón, donde lo aguardaba la célebre actriz. ¿Le sirvo un café, señora? No, Carmen, muchas gracias. ¿Un té? Que no, Carmen. ¿Un refresco, señora? Finalmente Mariquita Pons despachó a la doncella con cajas destempladas. ¡Anda, vete ya, atontada; aquí no se te ha perdido maldita la cosa! Esta infeliz, aclaró cuando la pobre doncella hubo salido, se muere por tus huesos desde el primer momento en que te vio y cada vez que pisas esta casa le da un pasmo. Me siento muy halagado, dijo Prullàs, pero ya hablaremos de eso en otra ocasión; ahora cuéntame qué ha sucedido.

Mariquita Pons se aseguró de que todas las puertas del salón estaban cerradas. Esta mañana, dijo luego, de sopetón, se ha presentado aquí don Lorenzo Verdugones. ¿A qué hacer?, dijo Prullàs; no esperaría encontrarme en tu casa; precisamente esta mañana he hablado con Sigüenza y le he puesto al corriente de mis planes. Mariquita Pons interrumpió la explicación: No seas engreído: no venía por ti, sino por mi marido. Y no sabes cómo se puso cuando le dije que se había ido a Madrid. ¡Vaya, por lo visto se amplía el círculo de los sospechosos!, rió Prullàs. No te lo tomes a broma, le reconvino la célebre actriz. No me lo tomo a broma, Quiqui; conozco la situación y no tiene nada de divertido; pero no puedo evitar el placer ruin de ver en apuros a quien hace una semana me daba buenos consejos. ¿Don Lorenzo Verdugones dijo algo que sustanciara sus sospechas?

Mariquita Pons suspiró. No, nada; simplemente montó en cólera y dio instrucciones a su ayudante para establecer contacto con la Dirección General de Seguridad; según parece, se dispone a movilizar a toda la policía de España para capturar al pobre Miguel. Yo le dije que sería más sencillo localizarlo en el hotel: siempre se hospeda en el Palace. Pero don Lorenzo Verdugones actuaba como si estuviera tras las huellas del enemigo público número uno. No le hagas caso; sólo trataba de impresionarte, dijo Prullàs. Pues lo consiguió, dijo Mariquita Pons.

¿Tú sabes si Miguel está metido en política?, preguntó Prullàs. No, repuso ella. ¿No está metido o no lo sabes? Las dos cosas; quiero decir que nunca le he oído decir nada en este sentido. Quiqui, no quiero inmiscuirme en vuestra intimidad, pero si Miguel estuviera metido en un asunto peligroso, ¿te lo contaría?

La célebre actriz adoptó una actitud reflexiva. Supongo que no, acabó afirmando. Bueno, es natural que quiera evitarte preocupaciones, apuntó Prullàs con gentileza. Será más bien que no cuenta conmigo para nada, replicó ella. Encendió un cigarrillo y fumó lánguidamente con la vista fija en el artesonado del techo. No se lo reprocho, agregó al cabo de un rato; yo siempre me he esforzado por dejar clara mi independencia y él probablemente ha interpretado esta distancia como indiferencia hacia su persona. Las actrices somos egocéntricas por naturaleza, y algunas además un poquito desalmadas. ¡Vamos, Quiqui, tú no eres así!, exclamó Prullàs.

Ella aceptó esta manifestación con frío silencio. ¿A qué venía esa pregunta sobre las presuntas actividades políticas del pobre Miguel? ¿De veras crees que mi marido es un elemento subversivo?, dijo. Prullàs se echó a reír. No de los que se echan al monte con una carabina y dos cananas como Pedro Armendáriz, dijo. ¿De cuáles entonces?, preguntó Mariquita Pons. Querida Quiqui, ya tienes edad de saber estas cosas: en España hay gente contraria al régimen, explicó Prullàs; gente que preferiría ver restablecida la monarquía... u otro sistema menos circunstancial que el nuestro. Si todos los países del mundo están de acuerdo en no admitirnos en la ONU, por algo será. Pues yo te puedo asegurar que a Miguel la ONU le trae sin cuidado, aseguró Mariquita Pons. Querida, Miguel se pasa la vida yendo y viniendo de Madrid, prosiguió Prullàs pacientemente; quizás no sólo lo llevan a la capital asuntos comerciales, ni de faldas, como tú insinuabas el otro día; quizás ha estado haciendo de enlace sin nosotros saberlo. ¿Enlace?, repitió Mariquita Pons como si oyera por primera vez aquella palabra.

Prullàs decidió cambiar de táctica. ¿Cómo eran las relaciones de tu marido con Ignacio Vallsigorri? Buenas, repuso ella. Miguel y Vallsigorri habían hecho negocios juntos hace unos años. Ignoro qué tipo de negocios; sólo recuerdo haber oído fragmentos de conversaciones y no les presté atención. En aquella época Vallsigorri venía a menudo a casa, pero se encerraba en el despacho con Miguel y ellos dos hablaban de sus cosas durante horas. En alguna ocasión oí voces, pero nunca tuve sensación de violencia; a lo sumo, de un desacuerdo, normal cuando hay en juego decisiones, riesgos y, en definitiva, dinero. Hará cosa de un año o poco menos la relación comercial entre ambos, sin peleas ni rencores, cesó del todo. Miguel nunca mencionó lo sucedido ni yo se lo pregunté. Vallsigorri dejó de venir a casa. A decir verdad, nunca habían sido amigos en el sentido de ir juntos a los toros o al fútbol, o de frecuentar las mismas tertulias. Pero no se llevaban mal, sino todo lo contrario; incluso después de la separación, si coincidían en algún acto social se saludaban con mucha cordialidad, como viejos camaradas, y charlaban y se reían. Personalmente nunca traté a fondo a Vallsigorri, a pesar de su desinteresado interés por el teatro y por las jóvenes actrices. ¿Le contaste esto mismo a don Lorenzo Verdugones? A grandes rasgos, repuso ella. ¿Cuándo tiene previsto tu marido volver de Madrid?, preguntó Prullàs. A mediados de semana, si no lo trae antes la Guardia Civil en una cuerda de presos. Pierde cuidado, Quiqui, dijo Prullàs para tranquilizarla; al final no será nada: humo de pajas. De todos modos, hablaré con don Lorenzo Verdugones y trataré de averiguar sus intenciones. En cuanto sepa algo, te llamo.

Mariquita Pons acompañó a Prullàs hasta la puerta. Él tenía prisa por ir a cumplir su cometido, pero ella lo retuvo en el recibidor sin propósito aparente, como si deseara decir algo ajeno al asunto que en aquel momento los ocupaba pero se abstuviera de hacerlo por razones de oportunidad o conveniencia. Prullàs, que en varias ocasiones había observado esta misma indecisión en la célebre actriz, esperó un rato y al final, viendo que la situación podía prolongarse indefinidamente, dijo: Se hace tarde, Quiqui, he de irme. Gracias por todo, Carlos, susurró ella. De nada. ¿Quién te ha contado todas estas cosas? Lo de la conjura y la ONU y todo eso. Poveda, dijo Prullàs.

Mariquita Pons se miró las manos con interés. No le hagas el menor caso, dijo; hace quince días me vendió una crema milagrosa para eliminar las manchas de la piel, me la puse en las manos y me salieron más manchas de las que ya tenía. Si me la hubiera seguido aplicando parecería un leopardo. Poveda es un embustero. Y recuerda que me tienes prometido llevarme al cine, añadió luego en tono alegre; estaré en casa después del ensayo. No he olvidado la promesa y la cumpliré, dijo Prullàs; pero no hoy.

6

Se apeó frente al imponente edificio en el momento mismo en que dos guardias arriaban las banderas del balcón. En la entrada hubo de dar muchas explicaciones y mostrar varias cédulas para obtener el paso franco. Finalmente fue conducido al antedespacho de don Lorenzo Verdugones, donde Sigüenza lo acogió con su invariable e improductiva amabilidad.

Don Lorenzo no puede atenderle en estos instantes, pero si tiene la bondad de aguardar, le avisaré tan pronto acabe lo que está haciendo. Eso sí, no puedo saber cuándo. Lo mismo puede tardar unos minutos que dos horas, incluso más.

Prullàs manifestó su consentimiento. Esperaré tanto tiempo como haga falta. En tal caso, le acompañaré a la sala de espera, dijo Sigüenza. No, gracias, esperaré aquí mismo, repuso Prullàs con firmeza; y se sentó en una silla muy incómoda, de respaldo rígido. Usted siga trabajando, Sigüenza, y no se preocupe por mí.

El solícito funcionario se devanaba los sesos buscando la manera de deshacerse de Prullàs sin menoscabo de su obsequiosidad; como no la encontró, hubo de aceptar la presencia del otro con evidente embarazo. A través de la puerta que comunicaba con el despacho del jerarca se oía de cuando en cuando la voz fuerte de aquél, seguida de períodos de silencio. ¿Hace mucho que ha entrado la visita?, preguntó Prullàs. No lo sé, respondió Sigüenza; me he ausentado en varias oportunidades y no he visto entrar a nadie; cabe incluso que no haya ninguna visita. ¿Don Lorenzo Verdugones tiene la costumbre de hablar solo dando voces?, preguntó Prullàs. El solícito funcionario movió la cabeza. Por razones de su cargo, explicó, don Lorenzo debe pronunciar muchos discursos; don Lorenzo aborrece la retórica hueca y procura dar a todas sus intervenciones públicas un sólido contenido dogmático; eso le obliga a una constante y ardua preparación. Ya entiendo, dijo Prullàs; y ahora es uno de estos casos. No lo sé, repuso el otro; puede que esté con una visita.

Los últimos rayos del sol poniente invadieron la pieza confiriendo un leve hálito de vida a la cenicienta languidez del mobiliario. Cuando cesaban los ruidos de la calle podía oírse el obstinado rasguear de la plumilla de Sigüenza sobre el papel. Así transcurrió una hora, al cabo de la cual el solícito funcionario dejó la pluma en el tintero, se levantó y musitó: Con su permiso. Se dirigió a un armario, sacó una botella llena de agua, la destapó y vació en su interior los polvos de un sobrecito. Al instante el agua se puso a rebullir. Sigüenza tapó de nuevo la botella y la agitó para potenciar la efervescencia. Concluida la operación sacó del mismo armario un vaso de excursionista y lo llenó de agua carbonada. ¿Usted gusta? Prullàs declinó el ofrecimiento con un gesto cortés y el solícito funcionario se bebió el contenido del vaso de un trago. Experimentó varias convulsiones, sus facciones se crisparon y un callado meteorismo puso punto final a aquella humilde transfiguración.

Don Lorenzo no puede tardar mucho, comentó cuando regresaba a su mesa; y de inmediato, alarmado de su propia temeridad, agregó: O quizás sí. Y sin aventurar más augurios ocupó su asiento, encendió la lámpara y se sumergió de nuevo en sus quehaceres.

Prullàs afectaba aires de tranquilidad, pero por dentro le iba ganando el desaliento. Si se me acaba la cuerda y he de irme sin haber sido recibido, perderé el último vestigio de dignidad a los ojos de estos cernícalos, pensaba; pero si esta espera se prolonga mucho más, me dará un ataque. Trataba de aprovechar el tiempo para reflexionar sobre los últimos acontecimientos y poner en orden sus ideas, pero la invencible sensación de rutina y aburrimiento que producía aquel despacho a la triste luz del crepúsculo, lejos de facilitar la concentración le sumía en un torpor exasperante y estéril.

Estaba por admitir su derrota cuando se abrió la puerta y un caballero salió del despacho del jerarca caminando hacia atrás y doblando repetidamente el espinazo. Antes de que se diera la vuelta, la repentina tos de Sigüenza le advirtió de la presencia de extraños. Muy azorado, el caballero se cubrió la cara con el sombrero en un grotesco empeño por no ser reconocido y cruzó la pieza como una exhalación. La voz de Sigüenza sacó a Prullàs de su estupefacción: Don Lorenzo lo recibirá sin demora.

Don Lorenzo Verdugones iba en mangas de camisa y estaba de un humor de perros. ¡Un pelmazo, amigo Prullàs, un auténtico pelmazo!, exclamó al ver entrar a Prullàs; y a continuación, acompañando la voz de un gesto magnánimo, agregó: Naturalmente, no va por usted. Usted me cae bien, ya se lo he dicho en otras ocasiones, y yo no hablo por hablar. No lo olvide: ¡mi palabra va a misa! Me refería al punto que acaba de salir. ¡Un pelmazo de tomo y lomo! Y mientras, usted haciendo antesala, ¡inconcebible! Una gloria de la escena española esperando el santo advenimiento ¡inconcebible! Sigüenza, esto no ha de ocurrir nunca más, ¿me ha entendido?

El solícito funcionario hizo un gesto de sumisión y su jefe, tomando de la mesa un librillo de papel de fumar y una petaca, empezó a liar un cigarrillo de picadura, pero la operación resultó muy poco satisfactoria: el papel se despegó y varias hebras de tabaco quedaron adheridas a los labios del jerarca. Con un gruñido deshizo éste el cigarrillo entre los dedos y arrojó los restos al suelo. Prullàs le ofreció uno de sus cigarrillos americanos. Don Lorenzo Verdugones torció el gesto, pero aceptó el ofrecimiento e incluso hizo una seña a Sigüenza indicándole que podía hacer otro tanto sin escrúpulos. Los tres hombres fumaron un rato en silencio, saboreando el delicioso aroma del contrabando.

Prullàs dejó sobre la mesa la cajetilla y luego dijo: Ese pelmazo...

¿Se conocían?, preguntó don Lorenzo Verdugones. Pues no lo sé; algo en él me resultaba familiar, pero no he podido verle las facciones, confesó Prullàs; se las cubría como si le fuera la vida en el anonimato. El jerarca sonrió con desprecio. Nadie quiere ser visto entrando y saliendo de este despacho, como si fuera un desdoro, dijo; sin embargo, se asombraría si supiera cuánto barcelonés de pro ha calentado este asiento con sus distinguidos glúteos. ¡Un desfile de modelos que para sí lo querría esa tal Cristián Dior! ¿Verdad, Sigüenza? Usted, naturalmente, es la excepción, agregó sin alterar la expresión de su rostro, ¿qué le trae por estos lares?

Prullàs carraspeó. De resultas de la larga espera, había olvidado casi por completo el motivo de la visita. Don Lorenzo, dijo finalmente, he venido a interceder por Miguel Fontcuberta, a quien, según me han dicho, ha ordenado usted buscar. Naturalmente, añadió, ignoro sus motivos, pero conozco a Miguel Fontcuberta desde hace muchos años y estoy convencido de que es un perfecto caballero, incapaz de cometer un asesinato.

El jerarca descargó la palma de la mano sobre la mesa; brincó la escribanía y osciló el secante. ¡Fontcuberta!, exclamó, ¡jodido pernales! ¿Ha venido a decirme dónde lo podemos trincar? Según tengo entendido, está en Madrid, repuso Prullàs; en el Hotel Palace le darán razón: siempre se aloja allí. ¡No diga bobadas!, replicó don Lorenzo Verdugones; hace más de un año que Fontcuberta no pisa el Palace; ni ningún otro hotel de Madrid, al menos con su verdadero nombre; si lo hace con documentación falsa no lo sabemos todavía, pero estamos sobre la pista. A decir verdad, ni siquiera sabemos si va a Madrid, sólo sabemos que dice ir a Madrid y que a la vuelta trae caramelos de La Pajarita. ¡Jodido pernales! ¿Cuándo se enteró de su marcha? Hace unos días, admitió Prullàs, sorprendido por aquella información inesperada. Debería habérmelo comunicado de inmediato, dijo don Lorenzo Verdugones; ¿no le dije que me tuviera al corriente de todo? ¡Valiente detective está usted hecho! Pero yo no podía sospechar que Fontcuberta fuera sospechoso, ni siquiera sabía que Fontcuberta fuera objeto de vigilancia, musitó Prullàs. ¡Mientras no tengamos al culpable entre rejas, todo el mundo es objeto de vigilancia, gritó el otro, ¡hasta mi propio padre!

Prullàs se quedó callado. El aire del despacho era irrespirable. ¡Sigüenza, llévese de aquí este cenicero!, volvió a gritar el jerarca; si hay algo insoportable es el olor de una colilla de puro. El solícito funcionario hizo mutis con el cenicero. Al pasar frente al ventilador desapareció su cabeza en una tolvanera. Prullàs se atrevió a preguntar: Pero ¿cuál puede ser la relación de Fontcuberta con el asesinato de Vallsigorri?

¿El asesinato?, dijo don Lorenzo Verdugones, ¿quién ha hablado de asesinatos? Ah, entonces ¿no busca a Fontcuberta por el asesinato de Vallsigorri?, exclamó Prullàs. ¡No, hombre, de ese dichoso asesinato ya se ocupa usted! Yo voy detrás de un asunto de más envergadura. El timbre del teléfono interrumpió al jerarca. Se oyó la voz de Sigüenza en el antedespacho. ¿Dígame? ¡A sus órdenes, mi teniente coronel! ¡Ahora mismo le aviso, mi teniente coronel! Asomó la cabeza el solícito funcionario: Don Lorenzo, le llama el teniente coronel Vergara.

Don Lorenzo Verdugones cogió el auricular del teléfono supletorio con presteza. ¿Vergara? ¡Vergara, coño, siempre a tus órdenes! ¡No, coño, no; yo a las tuyas! ¿Qué? Sí, yo te oigo muy bien; sí, coño, como si estuvieras en la habitación de al lado. ¡Que sí, que te oigo divinamente, coño! ¿Qué me cuentas? ¿La familia bien? ¡Eso es bueno, coño! ¿Y la chiquilla? Ya debe de estar hecha un pimpollo. ¡No, coño, un pimpollo! ¡Un pimpollo! ¿Cómo? ¿Para enero? ¡Pues que sea enhorabuena, coño! Sí, Vergara, sí, ellos para arriba y nosotros para abajo, coño, qué le vamos a hacer. ¡Es ley de vida! ¿Cómo? Ja, ja, ja, eso mismo digo yo: el arma siempre engrasada, Vergara, eso es lo primordial. ¡Tú siempre igual, Vergara! Pues por aquí, ya ves: lidiando con los problemillas de cada día. ¡No me hables, coño, no me hables! Ya sabes lo que decía aquél: Todos los comerciantes son unos sinvergüenzas, todos los catalanes son comerciantes, y aquí tiene usted servido el silogismo. ¿Sí?, ¿de veras? ¡Coño, coño, coño! ¿Quién? No, ése no. Sí, chico, la tenaz campaña. Pues ya ves. Sí, claro, la lista completa. No, nada: cuatro maricones y un par de banqueros. No, me lo ha dicho un abogado. Sí, ahora mismo acabo de despedirlo. Sí, claro, el que algo quiere, algo le cuesta. Sí, coño, en cuanto le ven las orejas al lobo cantan *La Parrala* si hace falta. No, por ahora no. ¿Cómo dices? No te oigo bien, coño. Una interferencia, sí. ¿Sentencias? No te sabría decir. ¿Penas de muerte?

No, coño, no hará falta. De todos modos, estoy a la espera de lo que digan de Madrid. Sí, claro. ¿Cómo? ¡No me digas! ¡Coño, coño, coño! Ajajá..., ajajá..., ya veo, ya..., ajajá..., ajajá. ¡Coño, coño, coño! Pues sí. Pues sí. Pues sí. Claro, coño. No, coño. Pues sí. Ajajá, ajajá. No, por ahora eso es todo. Sí, te tendré al corriente. Gracias, Vergara, reitero lo dicho y quedamos a la recíproca. Besos de mi parte a la niña y vete preparando para ser abuelo, coño. Adiós, adiós. ¡Un abrazo muy fuerte, Vergara!

Colgó y todavía con la sonrisa en los labios aclaró: Era el teniente coronel Vergara; un camarada de los viejos tiempos: hombre de una pieza, fino y culto ¡Gran muchacho! Sigüenza, ¿le he contado alguna vez lo que pasó aquella vez que Vergara y yo fuimos a entrevistarnos con el general Mola? Sí, don Lorenzo, me lo ha contado usted varias veces, pero la historia es tan jugosa y usted la cuenta con tanta gracia, que no me canso de oírla, repuso Sigüenza. Está bien, dijo el jerarca secamente; pues volviendo a lo nuestro, acaba de decirme Vergara que Fontcuberta ha sido visto en Sevilla bajando de un calesín. Por lo visto ahora se dedica a hacer turismo. Sigüenza, una instancia al Gobernador Civil de Sevilla, y a la Jefatura Superior de Policía. Por teléfono no; primero por telégrafo y luego por la vía reglamentaria. A ver si para variar hacemos las cosas bien, leche. A sus órdenes, don Lorenzo.

El solícito funcionario garrapateó en su bloc de anillas y luego salió a cumplir las instrucciones recibidas. Prullàs y el jerarca se quedaron de nuevo a solas. Oscilaron las bombillas como si fueran a apagarse; luego recobró el fluido su estabilidad. Cuando empiezan así, mala señal; al final tendremos apagón, comentó don Lorenzo Verdugones. ¡Sigüenza, deje lo que está haciendo y vaya a por un quinqué! Disponemos de un grupo autógeno, pero tarda un rato en funcionar. Al acabar de decir esto se fue la luz definitivamente. En la ventana se recortaba todavía un recuadro de cielo azul marino. Las farolas eléctricas de la calle también se habían apagado y los cláxones de los coches empezaron a sonar.

El jerarca se recostó en su sillón y en la penumbra se fundió su forma con el respaldo de cuero. Sólo su voz grave y el débil resplandor del cigarrillo daban testimonio de su presencia. A principios de este año, empezó diciendo, como prueba de los lazos de hermandad que unen a nuestros dos países y del afecto que nos profesa su presidente, llegó de la Argentina un barco cargado de trigo, féculas y otras materias primas destinadas a paliar el serio problema de abastos que sufre nuestro país de resultas del injusto bloqueo impuesto por los enemigos de España. Eran, como le digo, productos de primerísima necesidad para el sustento de los trabajadores. ¡El pan de la patria! Unos meses más tarde, la propia esposa del general Perón, esa dama sin par, honró nuestro suelo con su visita. Con tal motivo me desplacé a Madrid. Cuál no sería mi asombro y mi vergüenza, ¡vergüenza de ser español!, al ver venir a mi encuentro al excelentísimo señor embajador de la Argentina en persona para comunicarme que, según sabía de buena tinta, unos comerciantes catalanes, en connivencia con altos funcionarios del Consorcio Harinero de Madrid, habían desviado varias toneladas de trigo y a espaldas de sus compatriotas las habían vendido aquí, en Barcelona, al gremio de pasteleros, para hacer monas de Pascua y cocas de San Juan. ¡El pan de la patria, Prullàs! ¡Vergüenza tuve de ser español!

Volvieron a encenderse las lámparas en el momento en que el jerarca pronunciaba esta frase y entraba Sigüenza con un quinqué encendido en la mano. ¡A buenas horas mangas verdes!, exclamó don Lorenzo Verdugones, con irritación, como si la luz lo hubiera sorprendido desnudando sus más recónditos sentimientos. Salió Sigüenza llevándose el quinqué y Prullàs preguntó: ¿Fontcuberta era uno de ellos? Por supuesto, dijo el otro. ¿Y Vallsigorri? No nos consta, pero no me extrañaría; ¿sabía usted que Fontcuberta es francmasón? No, no tenía la menor idea, admitió Prullàs. Pues lo es, y su compinche Vallsigorri, también. Ambos estuvieron asociados durante un tiempo para cometer varias estafas; luego se separaron, pero mantenían contactos, quizás a través de la logia. Yo creía que ya no quedaban masones, dijo Prullàs. Usted es tonto de capirote, repuso el jerarca; los masones no desaparecen nunca; cuando parecen definitivamente exterminados, vuelven a salir, como las sabandijas.

Prullàs reflexionó unos instantes. Si tanto Fontcuberta como Vallsigorri eran francmasones, dijo al fin, habría que excluir a Fontcuberta de la lista de sospechoso de asesinato. ¿Por qué?, preguntó don Lorenzo Verdugones. Los masones no se matan entre sí; más bien se ayudan, dijo Prullàs. Los masones tienen el alma negra como el betún, replicó don Lorenzo Verdugones. ¿Y Mariquita Pons?, volvió a preguntar Prullàs, ¿también ella pertenece a la masonería? No sea zoquete, Prullàs; los masones no admiten mujeres en su maldita organización. A ésas ni el mismo diablo las quiere.

Sigüenza asomó la cabeza. Con su permiso, don Lorenzo; acaban de llamar de Jefatura de Sevilla. Un individuo cuyas señas coinciden con las de don Miguel Fontcuberta se registró ayer en el Hotel Alfonso XII bajo el nombre de Miguel de Casabona, marqués del Ampurdán; con él viaja una señorita que dice ser su secretaria particular, se aloja en la habitación contigua a la del señor marqués y responde al nombre de Charito; ¿debo dar alguna respuesta? Por ahora no, Sigüenza; luego tomaremos las disposiciones del caso; es tarde y hemos entretenido mucho al señor Prullàs. Acompáñelo a la salida y luego venga, que le voy a dictar una soflama.

7

Llegó a casa extenuado. Prepárame el baño, dijo a la Sebastiana, y luego hazme cualquier cosa de cenar. ¿Le parece una tortilla a la paisana y de segundo unas croquetas? Sí, muy bien, ¿ha llamado alguien? Sólo aquel señor con voz de grajo, dijo la Sebastiana; le dije lo que usted me mandó decirle pero él, ni caso; para mí que es un mochales. ¿Dijo si volvería a llamar?, preguntó Prullàs. Decirlo no lo dijo, pero téngalo usted por seguro, repuso la criada.

En aquel instante se puso a sonar el teléfono. ¿Ve como ya se lo decía yo, señorito?, dijo la Sebastiana corriendo hacia el aparato. Prullàs la detuvo antes de que descolgara. Yo contestaré, dijo, y levantando el auricular bramó: ¡Dígame! Vaya manera de empezar una conversación, Carlos, respondió una voz risueña. ¿Con quién hablo? Soy el doctor Mercadal. Ah, perdona el tono brusco, chico, no te había reconocido, se disculpó Prullàs; hay un desaprensivo que no para de llamar y pensé que era él; ¿cómo va todo? Tan bien como permiten las circunstancias, repuso el eminente cirujano; en realidad te llamaba porque estoy en Barcelona y no me apetece cenar sólo; si no tienes otro plan, te recojo dentro de media hora y te invito a tomar una bullabesa en Can Solé. En vez de media hora, dame tres cuartos, y déjame invitar a mí, repuso Prullàs. Con lo primero, conforme, de lo segundo, ni hablar, repuso el eminente cirujano.

Prullàs llamó a la Sebastiana. No era el loco, le dijo; y no me prepares el baño ni la cena. Voy a salir; mientras me ducho sácame ropa limpia. Al cabo de un rato Prullàs contemplaba en el espejo la buena caída de su traje de alpaca inglesa; al fondo del espejo, en la opacidad del pasillo, la rolliza forma de la Sebastiana lo miraba en actitud reverente.

*

El formidable contorno de un buque de carga atracado en la dársena se recortaba contra la luz del crepúsculo. Un oficial fumaba en pipa acodado en la barandilla del puente de mando, del sollado llegaban ruidos metálicos apagados y en los instantes en que cesaba el murmullo de las olas rompiendo en la escollera podían oírse remotos y entrecortados los acordes melancólicos de un acordeón. En una mesa junto a la ventana del restaurante Prullàs y el doctor Mercadal picaban berberechos y cañaíllas y bebían cerveza negra mientras esperaban la cena. El eminente cirujano tenía la mirada perdida en el infinito. Pitó el tren de vía estrecha que recorría los docks. Mudó aquél de expresión, como si el silbato hubiera puesto en marcha un mecanismo interior, y dijo: Me había prometido no amargarte la cena contándote mis preocupaciones, pero te considero un buen amigo y no me parecería honrado fingir ante ti un estado de ánimo que no se corresponde con la realidad.

Prullàs se limpió los labios con la servilleta, bebió un sorbo de cerveza y dijo: Soy todo oídos. El doctor Mercadal hizo lo propio. Se trata una vez más de Marichuli, empezó diciendo; cada día está peor; vive obsesionada con la idea de la muerte. Día y noche no piensa en otra cosa. Con sus antecedentes familiares y con la disposición de la pobre Alicia, esta obsesión es lógica, lo admito, ¡pero no se puede vivir así! Todos nos hemos de morir y por lo tanto, ¿tiene sentido desperdiciar los años de vida que nos correspondan por temor a una cosa que nada puede impedir, que inevitablemente ha de suceder? Yo le digo: vive ahora, y deja la obsesión de la muerte para cuando te hayas muerto. ¿No es razonable? La muerte, en definitiva, no es nada: un buen día dejamos de comer bullabesa y nos convertimos en la bullabesa de los gusanos. Eso es todo. Se lo digo y se lo repito, pero ella, como si nada: en esta filosofía no encuentra consuelo.

¿Y eso es malo?, preguntó Prullàs. Lo es negar la evidencia, repuso el cirujano. Un mozo colocó la aparatosa sopera en mitad de la mesa y fue llenando los platos hasta el borde con el cucharón. Buen provecho, dijo al acabar la operación. Cuando se hubo ido, el doctor Mercadal continuó: En los últimos tiempos la situación ha empeorado. Ahora ya no se trata sólo de esta visión pesimista de la vida, sino de auténticos síntomas de deterioro mental.

¡No me digas!, exclamó Prullàs, ¡esto es terrible! La noticia, sin embargo, no le sorprendía: en su fuero interno siempre había tenido a Marichuli Mercadal por una loca, y el bochornoso episodio del trance hipnótico había constituido para él la prueba irrefutable de su inestabilidad psíquica. ¿Y cómo son estos síntomas?, preguntó. El doctor Mercadal sopló la cuchara antes de probar la sopa. Sufre olvidos, dijo, se despista. No como tú o como yo, sino de un modo rayano en lo patológico, casi en la amnesia. Y luego empieza a manifestar alucinaciones. Sólo te diré que en mitad de la noche grita tu nombre con gran desconsuelo; lo ha hecho varias veces y según he podido verificar, sumida en el más profundo de los sueños. Al despertar no recuerda haber hablado, ni siquiera recuerda haber soñado.

Hum, y aparte de mi nombre, ¿dice algo más?, preguntó Prullàs. Sí, muchas cosas, no siempre inteligibles, contestó el otro; frases sueltas como «no me abandones» y otras por el estilo; en general, parece atribuirte la causa de todas sus desgracias de un modo directo o indirecto. Es absurdo, ya lo sé, pero sucede tal y como te lo cuento. He consultado a un antiguo compañero de carrera que hizo la especialidad en psiquiatría, un chico que vale mucho, y me ha dado una explicación de las que suelen dar los psiquiatras. Según dice, es frecuente reemplazar en sueños con una figura próxima e inocua, la de otra persona remota, perdida u olvidada, respecto de la cual albergamos sentimientos conflictivos; en este caso, esa figura sería, naturalmente, el propio padre de Marichuli, el cual, como sabes, murió siendo ella muy niña; la abandonó, por así decir, cuando más necesitada estaba de su cariño y de su protección. Ahora en su subconsciente luchan dos sentimientos contrapuestos: uno hostil al padre que la abandonó y otro de amor y admiración. Todos hemos idealizado a nuestro padre de niños y luego lo hemos desmitificado al hacernos mayores. Ella, en cambio, al haberlo perdido en la infancia, no ha tenido ocasión de contemplarlo con ojos más lúcidos. Ahora lo invoca, en tiempos de tribulación, convencida de que si él volviera, solucionaría todos los problemas por arte de birlibirloque.

Ya entiendo, dijo Prullàs; y este hombre maravilloso, en sueños, tiene mis facciones. Así parece ser, repuso el eminente cirujano; como marido fiel de Martita, a quien profesa un gran afecto, tú eres para Marichuli la típica figura paternal.

Ah, pues a mí me parece un diagnóstico muy acertado el de tu amigo, dijo Prullàs, aliviado ante el sesgo que había tomado la conversación. Pues a mí no, contestó el doctor Mercadal; yo soy un hombre de ciencia y desconfío del psicoanálisis freudiano. Tal vez en algunos casos puede haber aliviado determinadas afecciones anímicas, al menos momentáneamente, pero en términos generales, me parece un camelo. El psicoanálisis incurre en el grave error de reducir la conducta humana y sus desórdenes a la evolución de la sexualidad infantil. Simplezas. Los avances de la neurología desmienten esta proposición de un modo incontestable. La vida anímica radica enteramente en el cerebro, en sus complicadísimas circunvoluciones. El cerebro, por decirlo en términos sencillos, sería como el panel de control de una extensa red eléctrica, que es el sistema nervioso. Por esta red corren los impulsos sensoriales, arriba y abajo, arriba y abajo, de la epidermis al cerebro y vuelta, pim pam, pim pam. Acción y reacción, acción y reacción, cataplín cataplón. ¿Lo entiendes? Sí, dijo Prullàs. Pues esto son los sentimientos, dijo el otro a modo de conclusión; el amor, el deseo, la memoria, la afición a los toros y la devoción al Santísimo. Nos guste o no nos guste, no hay nada más, Carlos. Nada más.

Prullàs hizo un gesto de asentimiento sin dejar de comer. El aspecto científico del tema le traía sin cuidado y, por otra parte, estaba convencido de que su interlocutor sólo esperaba de él un silencio cortés y una actitud atenta y comprensiva.

El mozo se acercó a la mesa y preguntó: ¿Qué, está buena la sopa? Excelente, contestó el doctor Mercadal; un poco fuerte para mi gusto, pero excelente con todo y eso. En cualquier caso, nos hallamos en presencia de un cuadro polineurítico, de un trastorno grave. Oiga, ¿de qué hablan?, preguntó el mozo. ¿Y a ti qué te importa?, replicó Prullàs. A mí nada, pero pensaba que se referían a la sopa y no entendía. Pues no señor; hablábamos del sistema neurovegetativo. ¡Ah, eso a mí me la trae floja!, dijo el mozo. Cuando se hubo ido, dijo Prullàs: Sin ánimo de llevarte la contraria, yo no veo un síntoma de locura en confundirme con otra persona, sobre todo en sueños. Si lo hiciera en estado de vigilia sería preocupante, pero cuando uno duerme no es responsable de sus palabras, ni de sus sueños, ni de nada.

¿Ah, no?, replicó el eminente cirujano, ¿tú te meas en la cama? No, ¿verdad? Yo tampoco, y ese mozo, pese a su evidente falta de instrucción, seguramente tampoco. ¿Por qué?

Porque un centinela interior, por llamarlo de algún modo, se encarga de despertarnos en el momento crítico. No, Carlos, ni siquiera en sueños somos irresponsables de nuestros pensamientos ni de nuestras emociones. No me refiero al aspecto moral: yo en eso no me meto. Pero por mucho que nos duela, Marichuli es una enferma y tarde o temprano me veré obligado a tomar una decisión drástica. La idea me repugna, pero no le veo otra salida. ¿El manicomio?, exclamó Prullàs. No hace falta exagerar, dijo el doctor Mercadal; hay otros procedimientos.

Comió un rato en silencio, apuró el vaso de vino y agregó: ¿Has oído hablar de la psicosis de Korsakov? Si la memoria no me falla, Korsakov es un músico ruso, dijo Prullàs, pero no sabía que tuviera una psicosis. ¡No hombre!, rió el cirujano dejando caer la cuchara en el plato y salpicándose de sopa la corbata; Korsakov era un médico ruso de nombre similar al del autor de *Scherazade*. Este Korsakov que digo, el médico, descubrió a finales del siglo pasado el trastorno mental que lleva su nombre. Los enfermos que lo padecen sufren olvidos y desorientaciones frecuentes y suplen con su fantasía los sucesos olvidados. Te pondré un ejemplo para que lo entiendas: Supón que has ido a ver precisamente *Scherazade*. Me refiero, naturalmente, a la película en technicolor. Pues bien, al día siguiente o incluso antes, en el momento mismo de salir del cine, lo has olvidado todo: el Kursaal, el argumento de la película, los actores, las imágenes, todo. Sólo perdura en un rincón de tu memoria la buena impresión que te causó Yvonne de Carlo. Entonces, para suplir el olvido, la fantasía te ofrece una historia falsa, pero satisfactoria: anoche saliste con Yvonne de Carlo, la invitaste a tomar una bullabesa en Can Solé, estuvisteis charlando y al despediros quedasteis en continuar vuestra amistad por carta. A partir de ese día empiezas a decir: Hace mucho que no me escribe Yvonne de Carlo, ¡a ver si le habrá pasado algo!

Ya entiendo, dijo Prullàs. ¿Y esta enfermedad se cura con una medicación? No, no con una medicación, repuso el cirujano, pero sí con una lobotomía. Es una intervención indolora y muy poco agresiva. Y deja a los pacientes la mar de bien.

*

En una isla diminuta y agreste del archipiélago de las Azores, fuerzas de infantería de marina de los Estados Unidos habían capturado, tras varias horas de asedio, a un suboficial del ejército japonés que, ignorante de que la guerra se había acabado con la rendición incondicional de su país, continuaba defendiendo él solo, en nombre del Emperador, a quien consideraba un verdadero dios, aquel baluarte inexistente. La operación de captura se había podido saldar satisfactoriamente mediante el uso de gases asfixiantes, que habían puesto fuera de combate al obstinado suboficial sin que éste, antes de deponer las armas, las pudiera volver contra sí y hacerse el famoso hara-kiri. Al recobrar el conocimiento, el valiente soldado, que olía de un modo insoportable, pues, según él mismo reconoció por medio de un intérprete, no se había bañado desde la primavera de 1942, expresó su incredulidad al enterarse de que ahora el Japón y los Estados Unidos ya no eran países beligerantes, sino aliados y amigos. La crónica de este curioso suceso no aclaraba cómo había llegado un suboficial japonés a las Azores, aunque todo llevaba a pensar que se trataba simplemente de un error en la transcripción del despacho de agencia. En Nuremberg, el tribunal seguía deliberando a puerta cerrada y el acusado permanecía incomunicado en su celda hasta tanto no se diera a conocer el veredicto. Por primera vez en varias semanas, aquella mañana el mundo entero se había quedado sin noticias de Krupp.

Prullàs dobló *La Vanguardia* y llamó a la Sebastiana. Sebastiana, si yo te dijera que anoche estuve cenando con Yvonne de Carlo, ¿me tomarías por loco?, le preguntó. Sí, señorito, como una cabra. ¿Y si te dijera que alguien puede cometer un asesinato y luego olvidarlo completamente y creer que ha estado en otro lugar, haciendo otra cosa?, ¿lo creerías? No, señorito; en este caso pensaría que me estaba tomando el pelo. Pero de mí no ha de hacer ningún caso, añadió precipitadamente; yo sólo soy una pobre esnoriante. Y por favor, no me hable más de crímenes, que me lo tomo todo muy a los pechos y luego me paso las noches en velas y sin dormir.

Capítulo VII

1

ENRIQUE: Cecilia, siéntate, tengo que decirte algo de suma gravedad. Ha ocurrido una cosa espantosa, algo verdaderamente horrible...

CECILIA: Ay, por Dios, Enriquito de mi alma, no me asustes, ¡ya será menos!

ENRIQUE: No, amor mío, no es menos. Verás, es algo relacionado con Todoliu.

CECILIA (*Inquieta*):   ¿Con Todoliu?

ENRIQUE: Sí, con Todoliu. Con vuestro pariente Todoliu.

CECILIA: ¡Huy, Todoliu!, pues ¿qué puede haberle sucedido? Si precisamente esta mañana se ha ido de viaje, feliz y contento, después de haber pasado unos días tan agradables en esta casa, con sus queridos sobrinos...

ENRIQUE: Pues ahí está: que no se ha ido de viaje como tú te crees.

CECILIA (*Cada vez más inquieta*):   ¿Que... que no se ha ido?

ENRIQUE: Sí, se ha ido; es decir, no se ha ido. ¡Vamos, que se ha ido, pero no se ha ido! Quiero decir que tu pariente Todoliu se ha ido, pero no de viaje, sino al otro mundo. En fin, que se ha muerto.

CECILIA (*Fingiendo sorpresa*):   ¡Muerto! ¡Ésta sí que no me la esperaba! ¡Pobre Todoliu! Es increíble. Porque esta mañana, cuando se ha despedido de nosotros, estaba más sano que un florero.

ENRIQUE: No se trata de un problema de salud, cariño. Todoliu ha sido asesinado.

CECILIA (*Fingiendo más sorpresa*):   ¡Asesinado! ¡Imposible! ¿Cómo iba a asesinar alguien al pobrecito Todoliu? ¡Si todo el mundo lo adoraba! Sin duda se trata de un error.

ENRIQUE: No hay error, Cecilia. Por más que te duela, debes hacerte a la idea: Todoliu ha sido asesinado. (*Pausa.*) Pero aún hay algo más que debo decirte.

CECILIA: ¿Algo... algo más?

ENRIQUE: En efecto. Todoliu fue asesinado... hace un mes.

CECILIA (*Ahora verdaderamente sorprendida*): ¡Como! ¿Un mes? ¡No puede ser, Enrique, no puede ser! (*Mirando de reojo al armario.*) Porque si, como dices, Todoliu murió hace un mes a quién... nosotros... Quiero decir...

ENRIQUE: Sí, cielo, entiendo lo que quieres decir. Y tienes toda la razón: la persona que ha estado pasando unos días en esta casa... no era Todoliu, sino ¡el asesino de Todoliu!

CECILIA: ¡Me desmayo! (*Se desmaya.*)

La célebre actriz dio un respingo al entrar en el camerino y encontrar dentro a Prullàs. He venido a escondidas y tu ayudanta me ha abierto, explicó él. Mariquita Pons despidió a la ayudanta. No te esperaba hoy, dijo sentándose frente al espejo del tocador. Entre los tarros de maquillaje Prullàs vio una palmatoria con un cabo de vela. Oye, ¿no era ésa la palmatoria de Bonifaci?, preguntó Prullàs. No tengo la menor idea, respondió la actriz; la sastra la trajo el último día que se fue la luz y la dejó aquí para futuras eventualidades. Por lo visto con estos calores los ventiladores, las neveras eléctricas y las refrigeraciones funcionan a todo trapo y las líneas van sobrecargadas. Cada dos por tres saltan los fusibles o explota un condensador o el diablo mete el rabo en un pantano y lo envía todo a freír espárragos. Lo mismo da; es todo cuanto te puedo decir acerca de esta palmatoria. ¿Estás inventariando el activo del teatro?

No, dijo Prullàs; investigo asesinatos y en mis ratos libres, hurtos, latrocinios y otros delitos de menor cuantía.

Mariquita Pons jugueteó con un tarro, indecisa. Su rostro reflejaba la fatiga producida por la impía alianza de la preocupación y el insomnio. Prullàs también vacilaba antes de iniciar su relato. Ayer tarde, como te prometí, fui a ver a don Lorenzo Verdugones, empezó diciendo. Mariquita Pons revoloteó las manos. Te lo agradezco, pero podías haberte ahorrado la molestia, dijo alegremente; anoche me llamó Miguel por teléfono desde Madrid; no había encontrado habitación en el Palace y se alojaba en otro hotel, no recuerdo cuál. Le informé de la visita de don Lorenzo Verdugones y se rió como un loco; luego dijo que esta misma mañana iría a la Dirección General de Seguridad, donde conoce a un montón de gente, y desharía todos los malentendidos. ¿Te dijo también cuándo tenía pensado volver?, preguntó Prullàs. Aún no lo sabía, repuso la célebre actriz; incluso cabía la posibilidad de que hiciera un viaje relámpago a Sevilla para resolver algunos asuntos. En tal caso, me dijo, aprovecharía para ir a los toros; estaba ilusionado como un crío ante la perspectiva de ver una buena corrida en La Maestranza.

Prullàs guardó silencio. Luego dijo: Me lo figuro; ¿cómo van los ensayos? La célebre actriz acabó de quitarse el maquillaje con una toalla húmeda y se untó la frente y las mejillas con crema hidratante. Su buen humor se disipó momentáneamente. De mal en peor, dijo; Gaudet está pasando por un verdadero bache; casi me atrevería a llamarlo un verdadero socavón. No oye nada, no ve nada, se olvida de todo, confunde a los actores con los personajes de la obra y de vez en cuando también confunde la obra con otras obras del mismo género, cosa imperdonable teniendo en cuenta la originalidad de ¡Arrivederci, pollo! Bah, estás furiosa porque el público se reirá más con el tartamudo que con tus frases, dijo Prullàs; debería darte vergüenza aprovechar la desgracia de un amigo para meterte con mi pobre comedia; ¿tan mal lo ves? Ella se encogió de hombros. No tengo ni idea; a lo mejor sólo son los nervios y este maldito calor; nada funciona como debería: los electricistas se quejan de los apagones, los figurinistas van muy atrasados y algún miembro de la compañía no consigue memorizar su papel, agregó señalando el tabique del camerino. Pero si no es esto, agregó en tono más sombrío; tanto si Gaudet está enfermo como si atraviesa una crisis personal, convendría ir pensando en sustituirlo por otro director. ¿Sustituir a Pepe?, exclamó Prullàs, ¡no lo dirás en serio!

La célebre actriz se aplicaba a la cara una base de polvos. Sería una crueldad, dijo, pero más cruel es imponerle una tarea superior a sus fuerzas. En tal caso, no estrenaremos la obra, afirmó Prullàs; ¡sin Gaudet no hay ¡Arrivederci, pollo!! Tu fidelidad te honra, repuso ella, pero esta decisión no depende de ti. Ya lo veremos, replicó él; ¡escribiré a la Sociedad de Autores!

Tal vez no haga falta, dijo Mariquita Pons; después de la muerte de Vallsigorri no sé cómo ha quedado la financiación de la obra. Bah, su aportación no debía de ser muy elevada, repuso Prullàs algo inquieto, y sea cual fuere, el desembolso ya estará hecho.

Mariquita Pons dejó escapar de nuevo su alegre risa. No seas tan optimista; dijo, quizás se limitó a aceptar unas letras, en cuyo caso el pago quedaría pendiente de la herencia. Hum, no había pensado en eso, admitió Prullàs; ¿tú sabes si había puesto mucho dinero? Lo suficiente como para imponer condiciones a Gaudet, dijo la célebre actriz. ¿Y a ti quién te ha contado este cuento?, preguntó Prullàs. ¡Uf, las paredes oyen y las personas hablan por los codos!, exclamó ella sin perder un ápice de su buen humor. ¿Me vas a llevar al cine esta noche o me vas a dar calabazas otra vez?

Prullàs miró el reloj. Te pasaré a recoger por casa a las nueve y media, dijo; antes me gustaría tener una pequeña charla con mi querido amigo Gaudet. Ve eligiendo una película y procura que sea de indios. ¡Jau!, repuso ella; y luego, recobrando la seriedad, agregó: Sé prudente cuando hables con Gaudet; si algo malo ha hecho en los últimos tiempos, atribúyelo a la muerte de su madre, o a la mala salud, o a la edad, pero no a otras causas. Mientras decía esto había sacado del bolso una llavecita y abierto un cajón del tocador. De allí sacó un frasco de perfume y con el tapón de cristal se dio unos toques detrás de las orejas y en los pulsos. La marca del perfume no pasó inadvertida a Prullàs. ¿De dónde has sacado este frasco de *Arpège*?, preguntó. ¡A ver si lo adivinas! Me lo vendió Poveda hace un tiempo. Me juró que sólo había un frasco en todo Barcelona, razón por la cual, según él, no podía ni dejar de comprárselo ni regatear el precio. Naturalmente, regateé como una tigresa y acabó dejándomelo por la mitad del precio inicial. ¿Y por qué lo guardas bajo llave? Porque el primero que le compré me desapareció. Lo traje aquí y en mi ausencia algún espabilado entró en el camerino y me lo birló. Algún espabilado o alguna espabilada, añadió con jovial despreocupación.

Saliendo del camerino de la célebre actriz y después de asegurarse de que nadie lo veía, Prullàs se dirigió al de la señorita Lilí Villalba, dispuesto a aclarar las cosas de una vez por todas. Entró sin llamar y chocó violentamente con la joven actriz, que en aquel mismo instante se disponía a salir. Para no dar en tierra ejecutaron el breve y torpe remedo de un apareamiento. La señorita Lilí Villalba reaccionó con una cólera inusitada. ¿Por quién me tomas? Llevas *semanas* sin dirigirme la palabra y ahora te abalanzas sobre mí sin avisar siquiera. ¡Yo no soy un bibelot!

No pretendía agredirte; he entrado con cierta prisa para que nadie me viera, se disculpó él. En el camerino de al lado entras y sales como Pedro por su casa, adujo ella mientras se ajustaba las tirillas de la sandalia; ¿soy yo menos? Es distinto, mujer: de mi relación con Quiqui nadie pensaría mal. Con el parpadear de las bombillas se encendían y apagaban los ojos torvos de la niña: De la nuestra, en cambio, sí han de malpensar, porque yo sólo sirvo *para una cosa*, masculló.

Prullàs se acercó al tocador, cogió un peine y se recompuso el cabello. No exageres. Eres una mujer joven y muy atractiva, y esto tiene grandes inconvenientes, pero también grandes ventajas. ¿Preferirías ser fea y contrahecha?

No, repuso ella algo más tranquila; de todas formas, el mundo es injusto y los hombres, más injustos aún. ¿Para qué has venido? Para invitarte a cenar si no tienes ya un compromiso, dijo Prullàs sin dejar de mirarse al espejo. Al diablo Gaudet, se dijo, al diablo el maldito perfume y al diablo Quiqui y sus dichosas películas; ya la llamaré para cancelar nuestra cita con cualquier excusa.

La joven actriz lo miraba con incredulidad. ¿De veras harías eso por mí? ¿Llevarme a un lugar *público*...? Ah, no, es imposible... Además, no tengo ropa que ponerme, murmuró. Así mismo estás muy bien, dijo él dándose la vuelta y examinándola atentamente.

Se fue la luz y volvió en seguida, avivando la llama de sus pupilas. Calla, loco, susurró la señorita Lilí Villalba azorada. Luego se rió sin motivo aparente. ¡Espera! Una vecina me puede prestar un vestido; es un poco más gruesa que yo, más rellenita *de aquí* y *de aquí*; pero un vestido de verano se arregla con dos puntadas. Soy muy mañosa, no te pienses: dame un par de horas y cuando me veas no me reconocerás.

De acuerdo, dijo Prullàs; ahora son las siete; a las nueve te recogeré en la plazuela junto a tu casa: sé puntual.

*

Sonaba el teléfono en el momento de entrar Prullàs a su casa. Ay, señorito, cójalo usted, por favor, que si es otra vez el de la voz de grajo a mí me va a dar algo, dijo la Sebastiana. Prullàs cerró las puertas del despacho, se sentó sin prisa, tomó papel y lápiz y descolgó.

Por fin doy con usted, dijo al otro extremo de la línea una voz extraña; se hace usted el desencontradizo, como si no le fuera nada en este perendengue. ¿Con quién hablo? Con alguien que le puede ofrecer una cosa interesante, repuso la voz de grajo, siempre y cuando esté dispuesto a pagar por ella. Ni a pagar ni a seguir escuchándole si no se identifica ahora mismo, exclamó Prullàs; ¿quién demonios es usted? Un amigo verdadero; y no se me sulfure, señor Prullàs; si me insulta, le cuelgo, no le vuelvo a llamar y salimos todos perdiendo: usted el principal.

No perdamos el tiempo en circunloquios, dijo Prullàs; veamos de qué se trata. Por teléfono no, repuso el de la voz de grajo; cara a cara y a solas usted y yo; como dicen los franceses: te taté. ¿Y quién me asegura que no es usted un loco o un bromista? ¿Bromas yo? ¡Quia! Mire, le voy a dar una muestra para cerciorarlo de mi seriedad: ¿recuerda la otra noche? Usted estuvo en una tasca con otro caballero, y este otro caballero perdió accidentalmente la cartera. La tasca lleva por nombre La Taberna de Mañuel ¿Es así como le digo o no es así como le digo? Está en lo cierto, hubo de admitir Prullàs; así sucedió.

¿Y no le interesaría recobrarla? ¿La cartera? El contenido de la cartera, dijo el otro bajando la voz de grajo; un documento comprometedor que desviaría los ojillos de la poli en otra dirección y dejaría libres de sospechas a ciertas personas, usted ya me entiende... Si le interesa, reúnase conmigo esta misma noche y traiga un poco de dinero.

¿Cuánto?, preguntó. Bastará con diez mil pesetonas, dijo el desconocido. ¡Diez mil pesetas!, exclamó Prullàs; ¡ni aunque me interesara el trato podría disponer de tanto dinero en tan poco tiempo!

Inténtelo, señor Prullàs, el documento bien lo vale. Algunas personas que usted conoce estarían dispuestas a pagar mucho más para hacerse con él y evitar que lo leyera el excelentísimo señor don Lorenzo Verdugones. Pero, al fin y al cabo, es su dinero: si le parece caro, no venga.

¡Espere! Trataré de conseguir ese dinero, pero no le prometo pagar; en todo caso, antes de soltar la pasta exijo ver el documento.

No faltaría más: éste es un comercio honrado. Y ahora escuche: vuelva a La Taberna de Mañuel, esta noche, a las nueve en punto, ni un minuto antes ni un minuto después; quédese en la barra, no hable con nadie: yo me reuniré con usted y le daré el santo y seña. Y venga solo: peligro no corre ninguno, pero si se le ocurre avisar a la bofia, despídase del documento.

2

Impasible ante los envites de la mala suerte, insensible al paso inexorable de los años, inmune al desaliento, la Fresca todavía abrigaba la esperanza de triunfar en el mundo de la copla y el fandango. Ahora, como cada noche, se preparaba para poner toda el alma en la actuación cuando las voces del público reclamaran su presencia en el tablado. Previamente había lavado los platos y los vasos, barrido el suelo, colocado en su sitio las mesas y las sillas, desatascado y baldeado el retrete, rellenado las garrafas y afinado las guitarras en La Taberna de Mañuel. En el reloj de Nuestra Señora del Pino sonaban las nueve cuando Prullàs hizo su entrada en el local. No viendo allí a nadie más salvo a la Fresca, ocultó su desconcierto tras una expresión de forzada afabilidad y se acodó en el mostrador, donde la tarasca, con la mirada abismada en el mejunje viscoso de una copa de Chinchón, reponía fuerzas mojando un mendrugo de pan negro en un tazón de café de higos.

La Fresca frunció la boquita carmesí. Caramba, sonrisitas, qué prontito vienes, exclamó con sorna. Traigo el dinero, respondió Prullàs en tono expeditivo; pero antes quiero inspeccionar la mercancía. Y le advierto que sólo he podido reunir cuatro mil pesetas. ¿Cuatro mil?, exclamó la Fresca levantando las cejas hasta cuartear la espesa capa de maquillaje con que cubría las arrugas de su frente; josú, sonrisitas, no hace farta esagerá; yo por veinte duros te enseño la mercancía y de paso te hago un hombre nuevo.

Prullàs sopesó esta respuesta. Oiga, ¿no hemos hablado hace un momento por teléfono usted y yo?

No.

Prullàs lanzó una carcajada. Olvide mis palabras, dijo luego; ha habido una confusión; no era mi intención ofenderle. Tómese otra ronda a mi salud: yo invito. Gracias, dijo la Fresca, y no me has ofendío, cariño: tié una el cutis mu curtío. Pero si el asunto que te trae por aquí es del montante que has dicho, será mejor que avise al dueño. Y sin dar tiempo al otro a protestar, gritó dirigiéndose al fondo del local: ¡Ven en seguida, Mañuel, que te reclaman!

El interpelado apareció al cabo de un rato abotonándose la bragueta y farfullando: ¿Quién me busca? En aquel hosco individuo reconoció Prullàs al tabernero que en la noche de autos los había atendido primero y más tarde expulsado con cajas destempladas del establecimiento. Atrincherado al otro lado del mostrador, como si quisiera proteger las bebidas allí expuestas de las manos del intruso, preguntó con desabrimiento el tabernero: ¿Qué me quiere?

¿Se acuerda de mí?, preguntó Prullàs. Estuve en este mismo local hace unos días, en compañía de un caballero que se parecía a Bing Crosby.

El tabernero hizo un gesto de aversión y con malos modos respondió que la policía ya le había interrogado al respecto; ya había respondido a todas las preguntas y no tenía nada más que añadir, añadió. Éste es un negocio en regla, concluyó diciendo. Váyase de aquí y no me arme más líos.

No pongo en duda su honradez, dijo Prullàs, ni he venido a comprometerle. Yo con la policía no tengo ninguna relación; soy autor teatral, escribo comedias policiacas; tal vez le suene mi nombre: Carlos Prullàs. En cuanto a mi situación, es similar a la suya: yo también me he visto envuelto en este asunto sin comerlo ni beberlo.

Anda, Mañuel, sé amable con el señor, terció la Fresca, a quien este diálogo parecía haber sacado de su letargo; ya ves que él tampoco tié curpa de ná. ¡Y una ñorda!, replicó Mañuel; toda la culpa de lo que me pasa es suya. ¿Quién les mandaba venir? ¡Haber ido al Rigat! Aquí, ¿a qué venían?, ¿a reírse de nosotros?, ¿eh?, ¿a ver si comíamos con los dedos y nos rascábamos el culo con el tenedor? ¡Qué más les dará! En fin de cuentas, aquí semos como semos y sanseacabó. Pero asoman la nariz los señoritos y basta su presencia para volvernos a todos canallas. ¡Lárguese!

No le hagas caso, sonrisitas, dijo la Fresca poniendo una mano rolliza y sudorosa sobre la manga de Prullàs; ¿de veras eres autor de teatro? Ya lo he dicho: escribo comedias, dijo Prullàs. Retiró el brazo, se alisó la manga y agregó secamente: Pero no tengo ningún contacto con el teatro de variedades.

Podrías escribirme un papeliyo en una obra tuya, propuso la Fresca sin parar mientes en el gesto ni en las palabras del otro; un papel cortito, pero mú resalao: yo salgo, canto y bailo; esto siempre gusta y de ahí, ¿quién sabe?, alguien me pué descubrir... ¿Cómo has dicho que te llamas? Prullàs, dijo éste de mala gana.

Mira, Prullàs, yo soy artista, prosiguió la tarasca; si me has visto aztuar te habrás dao cuenta; lo que pasa es que no he tenío buenos maestros, eso me ha fartao a mí: lo que sé, por mi cuenta lo he aprendío; canto y bailo con mucho corasón, pero con muy poca téznica. Entre las compañeras nos corregimos los defeztos y nos damos consejos, pero yo de la opinión de las otras no hago caso: no llevan el cante y el baile en la sangre, como yo. Tienen alma de verduleras. Yo soy otra cosa: nací artista. Anda, Prullàs, pedasito de sielo, dame una oportuniá.

¡Cállate ya, estantigua, y vuelve a tus ocupaciones!, interrumpió Mañuel; toda la energía se te va en dar jarabe de pico a la parroquia, pero a la hora de currar, mira estos vasos. ¿A esto le llamas tú lavar? ¡Ni un cerdo bebería en ellos!

La Fresca se puso a limpiar los vasos con un trapo increíblemente sucio. Mientras efectuaba esta operación, en la que no intervenían ni el agua ni el jabón, siguió diciendo la tarasca: Ay, sonrisitas, éste es un país de miseria. Yo si podía, hoy mesmo me alargaba, manque fuese a la China. Pero ahí, ¿de qué iba a vivir una? En la China no se aprecia la copla, dime tú. Miró un vaso al trasluz, escupió en el interior, lo enjuagó con el trapo y siguió diciendo: Pero aquí, ná de ná. Si algún día tenía yo parneses, si me tocaría una quiniela, vamos a suponer, ¿sabes tú lo primero que yo hacía? No, dijo Prullàs. Pues lo primero que yo hacía, sonrisitas, era coger el espreso de Madrid y en la Puerta el Sol echaba yo un sipiajo en el kilómetro cero. Hala, justo en mitá España echaba yo un lapo má grande que una boina. ¡Vaya, hombre, exclamó de pronto interrumpiendo su discurso, el que fartaba pal duro! ¿Qué mala idea te trae por aquí, Cosa Bonita?

La muleta del vendedor de lotería daba golpes de aldabón contra el entarimado. Jadeando se recostó contra el mostrador, apoyó la muleta en la barra y se restañó el sudor de la frente con la manga. Ponme una cervecita, Mañuel, susurró, que vengo echando el bofe.

El tabernero se quedó mirando al tullido con el ceño arrugado. Vamos, sírvale una cervecita a este compadre, dijo Prullàs; yo pago. No tengas contemplaciones con este asqueroso, sonrisitas, terció la Fresca; aquí donde le ves, es un mal bicho.

No le haga caso, señor Prullàs; de sobra se ve que es usted de buena pasta, dijo el tullido clavando en la tarasca su ojo sano con manifiesto rencor; y no como otros que yo me sé. ¿Cómo sabe mi nombre?, preguntó Prullàs. Yo soy quien lo ha citado, dijo Cosa Bonita; si me he retrasado ha sido por culpa de los malditos tranvías; el transporte urbano está cada día peor; si el excelentísimo señor Gobernador Civil no nos lo arregla pronto, el día menos pensado aquí se va a armar un verdadero zafarrancho.

A Prullàs lo dejó estupefacto el que un lisiado como Cosa Bonita pudiera subir y bajar de un tranvía sin partirse la crisma, pero no hizo ningún comentario. Ni cervecita ni nada, dijo

Mañuel; están a punto de llegar los clientes y no te quiero en mi casa. Y a usted tampoco, señor como se llame. Ahuequen.

Está bien, ya nos vamos, dijo el tullido colocándose la muleta bajo el único brazo y abandonando el apoyo del mostrador. No, espere un momento, dijo Prullàs; yo tengo el dinero, si usted trae el documento, podemos cerrar el trato aquí mismo. Al señor Mañuel no le viene de un minuto. ¡Ah, pero yo no llevo encima el documento, señor Prullàs!, respondió Cosa Bonita; soy un pobre inválido, no puedo defenderme y no debo correr riesgos. Además, el documento lo tiene otra persona; yo sólo soy un intermediario. Si quiere el documento, tendrá que acompañarme. No está lejos.

La Fresca volvió a aferrarse al brazo de Prullàs. Por Dios, carita de ángel, suplicó, no te vayas sin haberme dao tus señas. Nunca he tenío una ocasión como ésta y nunca la vorveré a tené. Tú pués haser mucho por mí, te lo leo en los ojitos. Anda, sé bueno. No pío un contrato, no pío ná; sólo una prueba. Si no valgo, ná se pierde, y si valgo, tú habrás sío mi descubridor.

Prullàs reflexionó un instante. El tullido había llegado no sin trabajos a la puerta del local y desde allí le hacía señas imperiosas. Impulsivamente sacó de la cartera una tarjeta de visita y garrapateó en el dorso un nombre y una dirección. Luego le tendió la tarjeta a la Fresca. Ve mañana por la mañana a esta dirección y pregunta por José Gaudet. Seguramente te abrirá la puerta él mismo; tú le dices que vas de mi parte y allí mismo, sin darle tiempo a reaccionar, le cantas y le bailas como te vi hacer la otra noche. Puede que al principio se sorprenda un poco, pero es director de escena y está acostumbrado a los arranques de genio. También sabe detectar el talento donde lo hay. Es todo cuanto puedo hacer por ti; el resto habrás de ponerlo tú... y el señor Gaudet.

La Fresca miraba la tarjeta de visita como si no diera crédito a lo que veía. Una lágrima incipiente hizo reverberar la escasa luz del local en sus pupilas. Dios te lo pague, Prullàs, murmuró con voz insegura; nunca orvidaré este gesto ni tú tendrás motivo pa arrepentirte. Nunca se me subirá el ésito a la cabeza; seguiré siendo la que siempre he sío: ¡la Fresca! Me pusieron asín por mote cariñoso porque siempre estoy alegre... y porque nunca tengo un no para un buen mozo.

Cogió entre las suyas la mano de Prullàs y estampó en ella el encarnado pringue de su boca. Apoyado en el quicio graznaba el tullido. ¡Déjalo ya, bardaje!, ¿no ves que éste no es de tu cuerda? ¡Anda y fúmate un cagarro a mi salud!, respondió la Fresca con remeneo de faldas. Y bajando la voz para no ser oída sino de Prullàs, añadió: No te fíes un pelo de Cosa Bonita: es capaz de cualquier malicia.

Pero Prullàs no escuchó la advertencia.

3

¡Ah, exclamó el tullido aspirando a pleno pulmón la brisa húmeda y pestilente que circulaba por los callejones, no hay en el mundo cosa tan bella como el mar; nada en verdad tan bello! Yo soy de tierra adentro, de muy lejos, de más allá de Barbastro, por decir algo. Hasta los veinte años cumplidos no vi el mar, ¡figúrese la impresión! Tanto me impresionó que decidí vivir siempre en una ciudad marinera, con puerto y playa. ¡Me encanta la playa! En cuanto puedo, me escapo a Sitges, porque las playas de la Barceloneta, la verdad sea dicha, están llenas de purria. No digo los baños, ¡ésos no!, pero allí un apunte como yo..., hágase cargo...

Me lo figuro, convino Prullàs, a quien esta plática amistosa no acababa de tranquilizar. Trataba de memorizar el camino, para poder desandarlo solo en caso de necesidad, pero pronto hubo de renunciar a su propósito: en cada esquina, sin excepción, el tullido torcía a la derecha; sin embargo, en lugar de describir círculos, por este sistema se iban adentrando progresivamente en un territorio extraño, donde las calles eran cada vez más lóbregas y angostas. Todos los locales comerciales tenían echado el cierre, las casas parecían deshabitadas, en las ventanas no se vislumbraba una sola luz. Sólo de cuando en cuando, en el recinto improvisado de una plazuela o de un solar abierto desparramaba su feria la versión más cruda del mercado negro. Alimentos, medicinas, recambios de automóvil, radios, gramófonos de trompa y manivela, cazos eléctricos, artículos de tocador, loza y cubiertos, carbón y tabaco eran ofrecidos a precios variables. También se vendían cédulas personales, certificados de buena conducta y cartillas de racionamiento falsificadas con más o menos traza. Pero ni los que compraban ni los que vendían dirigieron una mirada a la incoherente pareja formada por Prullàs y Cosa Bonita, a la cual en breve engullía de nuevo la oscuridad del barrio. En los rincones gatos tiñosos se disputaban ferozmente el pillaje de las basuras. ¿No le da miedo andar solo por estos parajes tan desangelados?, preguntó Prullàs a su acompañante.

Cosa Bonita emitió una risa corta y desabrida. ¿Qué me puede pasar?, dijo; no tengo nada que perder, salvo la muleta, y aun esa contingencia no es tan grave. En varias ocasiones la he perdido ya, y aquí sigo, tan campante, añadió; una vez me la robaron unos mozalbetes por broma; otra, un borracho malintencionado, y otra, un pendenciero que por no tener mejor cosa a mano, me la arrebató para romperla en las costillas de su contrincante.

¿Y qué hizo usted en esos casos?, preguntó Prullàs. ¿Pues qué había de hacer? ¡Marcharme a la pata coja!, repuso el tullido. Pero no todo eran desventajas en su caso, explicó a continuación; con aquella facha no le resultaba difícil conmover a la gente y vendiendo cupones sacaba lo suficiente para mantener el alma pegada al cuerpo, lo que no era poco en los tiempos que corrían. Se había conseguido en un trapero una medalla vieja, añadió, que a menudo se prendía en la solapa; entonces, y aunque en realidad sus numerosas taras se debían a enfermedades y accidentes sobrevenidos en su infancia y primera juventud, los demás lo tomaban por un glorioso caballero mutilado y lo dejaban viajar sin billete en el metro y el tranvía, e incluso entrar gratis en algunos cines. Iba mucho al cine, dijo, sobre todo en los días lluviosos y fríos; si una película le gustaba, iba a verla una infinidad de veces; de estas películas, dijo podía recitar los diálogos de corrido, sin saltarse una sílaba. Con esto se daba por satisfecho, agregó; una comida al día, un poco de sol para calentarse los huesos y de cuando en cuando una película, a poder ser de Hedy Lamarr. No le pedía más a la vida. A estas alturas, afirmó a modo de conclusión, ya todo me da igual. Si de repente, es un suponer, bajara Dios y me preguntara: Cosa Bonita ¿quieres recuperar la pierna, el brazo, el ojo o la oreja que te faltan?, seguramente le diría: Gracias, Dios, pero no los necesito, ahórrate la molestia. Pues siendo tan senequista, dijo Prullàs, no entiendo cómo se mete en líos por dinero.

¡Ah, señor, todo hombre tiene sus flaquezas!, respondió Cosa Bonita haciendo una mueca horrible con la boca. Cerró el ojo sano remedando lo que Prullàs supuso que sería un guiño y agregó: Cuando junto cuatro chavos, me busco una gitanita que se encuere y me baile unas seguidillas. Donde haya una niña en porras, que se quite todo lo demás, ¿no le parece? No lo sé, dijo Prullàs; ¿falta mucho para el sitio adonde vamos?

Qué va, es aquí mismo, ya le dije. En realidad no estamos

lejos de La Taberna de Mañuel. Hemos venido dando un rodeo larguísimo para despistarlo a usted y hacer más meritorio mi trabajo, rió el tullido. Pues yo no doy un paso más, dijo Prullàs. Entonces, dijo el tullido, no podrá regresar: este barrio es un laberinto para quien no lo conoce; pero no se inquiete, señor Prullàs, ya hemos llegado, ¿no oye la jarana?

*

Prullàs se detuvo: cerca de allí se oían voces lejanas y el berrido ramplón de una gramola. Alcanzó al lisiado y ambos siguieron caminando un rato en silencio.

Finalmente desembocaron en una calle corta, alumbrada por rótulos de neón de colores rabiosos. A mano derecha, según entraron, una tapia de unos tres metros de altura separaba la calle de un baldío; contra esta tapia, cubierta de pasquines rotos y descoloridos, orinaban con despreocupación varios individuos. ¡Ea, señores, a mear de gusto!, graznó el tullido. ¡Y al terminar, sacudirse bien la minga!

Al otro lado de la calle, bajo los arcos de neón, abrían sus puertas diez o doce tugurios. Brillaban luces rojas tras los visillos en las ventanas de los pisos altos. En mitad de la calzada, a igual distancia de la tapia y los tugurios se congregaba una verdadera muchedumbre de hombres silenciosos entre los que no faltaban los imbéciles, los consumidos por algún vicio malsano, los aquejados de horribles deformidades congénitas o enfermedades devastadoras. De cuando en cuando furcias viejas y greñudas como engendros de un mal sueño asomaban los pescuezos descarnados por las puertas de los burdeles y voceaban invitaciones procaces y burlonas. Un enjambre de mendigos interrumpió su marcha. Prullàs no comprendía la presencia de aquellos miserables en un barrio tan miserable. ¿Por qué no se van a pedir a la Diagonal?, preguntó. No lo sé, señor; tal vez aquí la gente es más misericordiosa, rió el tullido.

Poco después, Cosa Bonita se detuvo repentinamente ante una casa de camas. Prullàs se cuadró. ¡No pretenderá hacerme entrar en semejante pocilga!, exclamó. Será sólo un momentito, señor Prullàs. La persona que buscamos está aquí.

A regañadientes entró Prullàs detrás del tullido en un cuartucho alargado, de paredes desconchadas y techo de vigas carcomidas, del fondo del cual arrancaba un pasillo oculto por una cortina de rafia. Sentadas en el borde de unas sillas de anea cuatro furcias sudorosas y repintadas se reían a mandíbula batiente de las ocurrencias y evoluciones de un viejo cadavérico vestido de negro, que se había remangado los pantalones sobre la rodilla para dejar al descubierto unas pantorrillas blancas y lampiñas, ceñida al talle la americana de luto, y colocado en la oreja, bajo la boina, un clavel reventón. ¡Hala que hala!, gritó el vejete. No le haga caso, murmuró Cosa Bonita al oído de Prullàs; es don Eduvigis: viene todas las noches a divertir a la tropa para ver si así le cae un polvete de balde.

El carcamal lanzaba los dedos juanetudos hacia la bombilla lívida que colgaba del techo. Con el vaivén de la bombilla se agrandaron y achicaron las sombras. ¡Pero qué asaúra tié este gachó!, rieron las furcias. ¡Pero qué asaúra! Sin dejar de reír se levantaban las enaguas y se espantaban las moscas de la entrepierna con un paipai. En honor de los recién llegados las risotadas se volvieron melifluas carantoñas. ¿Y este pimpollo que te has mercado, Cosa Bonita?

¡No es plato para tu mesa, so guarra!, repuso el tullido con voz y jeribeques de dignatario. ¡A saber!, replicó la guarra. Como dice el cantar, cuando las ganas de joder aprietan, ni las tumbas de los muertos se respetan.

Contrariado por la intromisión, don Eduvigis redobló sus esfuerzos para no perder protagonismo. ¡Hala que hala! Cosa Bonita escupió en el suelo. ¡Vuelve al hospicio, picha seca! ¡Pa tu culo la quisieras, julandra!, replicó el vejete.

Las furcias celebraron el floreo. ¡Pero qué jeta tié este tullío! ¡Ay la que te parió!

Derrotado don Eduvigis se retiró muy digno. Las furcias recobraban lentamente la serenidad: se remetieron las mollas, se subieron las cintillas de la enagua, se sujetaron con horquillas el moño descompuesto por las convulsiones de la francachela. ¿No está Antoñita la Espatarrá?, preguntó Cosa Bonita. En el cuarto del fondo, le respondieron. ¿Sola? Ca. El Niño de la Doctrina está con ella. Y de malas. ¡Ay la hostia!

Prullàs se mantenía junto a la puerta, listo para emprender la fuga; con disimulo se llevaba de cuando en cuando a la nariz el pañuelo perfumado para combatir la hediondez de aquella atmósfera pútrida. ¿Algún imprevisto, Cosa Bonita?, preguntó. No, no. Venga, señor Prullàs, está usted en su casa.

*

A cada lado del pasillo se abrían cuartuchos estrechos, lóbregos, sin ventana, separados los unos de los otros por una endeble mampara. Un lienzo andrajoso, colgado de una barra bajo el dintel, permitía establecer una precaria intimidad llegado el caso. A aquella hora, sin embargo, los cuartuchos estaban vacíos y los lienzos descorridos; podía verse en cada cuartucho una cama endeble, de muelles hundidos, un lebrillo de agua turbia donde flotaba una esponja negruzca, y una silla para depositar la ropa. En uno de los cuartuchos sorprendieron una escena tierna: sentada en el borde del catre, bajo el cono de luz que esparcía una tulipa, una mujer todavía joven, pero con síntomas de emaciación, amamantaba un niño escuálido; otra criatura de aspecto escrofuloso mascaba un tallo de regaliz aferrada a los faldones de su madre. Prullàs se detuvo a mirar y al advertirlo la madre le dirigió una sonrisa abatida. ¡Una limosnita para mis churumbeles, los pobrecitos!

Cosa Bonita giró sobre su pierna y lanzó un graznido. ¡No haberlos parido! Me preñaron sin pedir permiso, se justificó la mujer. Pues haberlos ahogado en el lavadero, como hacen todas. ¡A ti deberían ahogarte en un barreño de esputos, sabandija! Y dirigiéndose a Prullàs, agregó en tono de disculpa: Les tienes al buen tuntún, pero aluego les coges cariño.

En la voz de la mujer había más resignación que enfado. Prullàs sacó del bolsillo unas monedas. El lisiado le sujetó el brazo. No fomente la mendicidad, dijo. ¡Oiga, yo hago lo que me da la gana con mi dinero!, replicó Prullàs. Aquí no. Dé en su parroquia. ¿Por qué tiene tanta ojeriza a esta pobre mujer? Ella se lo ha buscado, dijo el tullido; y de todos modos a estos niños no les queda mucha cuerda ¡Mire qué pintas! ¡Si son muertos en miniatura! No malgaste el dinero en ellos.

Al fondo del pasillo se oían gritos y trompicones. Es el Niño de la Doctrina y esa golfa, dijo el tullido. ¿Es él quien tiene los documentos?, preguntó Prullàs ¿Él? No. Los tiene Antoñita la Espatarrá. ¿Fue Antoñita la Espatarrá quien robó la cartera?, volvió a preguntar. ¡No, hombre! Robar es una mala acción y aquí nadie comete malas acciones. Pero las cosas, ya se sabe, cambian de mano.

Y el Niño de la Doctrina, ¿quién es? El macarra de Antoñita la Espatarrá, dijo el tullido. Se habrá enterado del negocio y, como es natural, quiere su parte. Ahora mismo deben de estar cerrando el trato. ¿No oye las cachetadas? Ah, ¿él la pega? Nada más cuando está sereno. Pero cuando bebe, se vuelve un mal tipo. Por cualquier cosa se sale de sus casillas y si tiene un arma a mano, él sólo se labra la ruina. Dos veces ha estado en el talego, pero por poco tiempo: ellas eran unas pindongas y los jueces apreciaron la atenuante. Si no es por eso, le da el Día del Juicio entre rejas.

Al llegar ante el lienzo corrido del último cuartucho cesó el ruido. Aquel silencio era peor que la ristra de juramentos y sopapos que lo había precedido. Prullàs giró sobre sus talones. Vámonos, dijo; con una muerte sobre mis espaldas tengo suficiente. No exagere. Esto no es nada. ¿Usted a su mujer no la arrima candela de cuando en cuando? ¡Jamás! ¡Pues a saber qué métodos empleará para hacerse respetar!, dijo Cosa Bonita; llamemos.

El tullido acercó la cara al lienzo. ¿Dan ustedes su permiso? Respondió una voz de mujer. ¿Eres tú, Cosa Bonita? Y acompañante.

¡Pasai!

La tulipa estaba rota y proyectaba una luz hiriente y sesgada sobre un segmento del cuchitril. Recostada en la piltra, Antoñita la Espatarrá se cubría con los bajos de la saya los muslos repolludos, cubiertos de varices y magulladuras. En el ángulo en sombra había un hombre pálido y enjuto, con el pelo planchado, los labios prietos, el bigote afilado y el mentón retraído.

No queremos molestar, dijo el tullido. No es molestia. Sólo estábamos metiendo fajina, dijo el macarra. Comentó el tullido: Y algún tiento, según se dejaba oír.

El Niño de la Doctrina encendió un cigarrillo rascando el fósforo en la suela del zapato. Mamolas de tortolitos, susurró. La furcia torció la cara. ¡Un buen sobo! ¡Con razón!, replicó el macarra.

Prullàs se sentía cada vez más incómodo. Evacuemos nuestro asunto, dijo. De usted depende. ¿Trae la pasta? He traído cuatro mil pesetas. La cosa vale el triple. Cada cosa vale lo que alguien está dispuesto a pagar por ella, dijo Prullàs; mi oferta es la que le acabo de decir. Si no le basta, busque a otro que dé más.

El Niño de la Doctrina lanzó una mirada furtiva a su interlocutor y sonrió mostrando una hilera de dientes rotos. No es el estilo del Niño de la Doctrina discutir por asunto de parneses, dijo. Vengan esas cuatro mil.

Primero el documento.

Antoñita, enséñale al señor eso que vendes.

En casa le tengo, pa no estraviarlo.

Pero bueno, exclamó Prullàs, ¿a cuántos sitios habré de ir para conseguir este dichoso documento?

Es aquí al lado, dijo el tullido conciliador; a la vuelta la esquina.

Antoñita la Espatarrá empezó a ponerse unas medias mugrientas. Prullàs se cruzó de brazos. Yo no voy a ninguna parte, dijo con firmeza. Si tan cerca está, que vaya ella por el documento y lo traiga.

El Niño de la Doctrina entornó los ojos. Mire usted, compadre, masculló; sin ánimo de ofender le voy a decir algo: aquí no es el Ris; aquí es un sitio sencillo y sin pretensiones adonde viene la gente honrá a mojar la almeja; si alguien solicita algo especial, pagando se le complace. Pero ahora bien, fuera de eso y en todo lo que concierne a los demás respectos, aquí las órdenes las da este cura, ¿me expreso? ¡Pues andando! ¡Y tú, golfa, deja de espulgarte el pimiento y rompe marcha!

Son ladillas, que me pega la clientela, repuso Antoñita la Espatarrá. ¡Escaldao tengo el beo de tanto echarle flit!

El macarra arrojó el cigarrillo al suelo y lo aplastó con la suela del zapato de charol. El tullido se reía sin ruido, abriendo y cerrando la bocaza desdentada. ¡Vaya con la sibarita! Por lo visto ésta no quiere quilar si no es con Charles Boyer.

Suspiró el macarra: ¡Mucho relajo! Suerte hay que aquí está mi menda pa menear el bálago si se hace de menester.

Antoñita la Espatarrá acabó de abotonarse la bata estampada y se colgó del brazo del macarra. ¡Ay, por qué te querré yo tanto, malaje!

¡Cierra el pico, golfa! ¡Y pase usted primero, jefe, añadió apartando el lienzo del dintel, que a modales no hay quien le sorba los mocos al Niño de la Doctrina!

4

Deshizo el camino la singular comitiva, cruzó sin mediar saludo el desvaído zaguán y salió a la calle. Los noctámbulos los miraban con sorna para olvidarlos al punto. Si alguien propusiera lincharme, todos se apuntarían, iba pensando Prullàs, impresionado por la innoble jeta de aquella chusma, pero si me vieran en peligro, nadie movería un dedo para socorrerme. Verdaderamente, se dijo, la solidaridad humana es un bluff. Ahora se daba cuenta de su imprudencia al haber traído consigo el dinero, convencido de que sólo habría de vérselas con una persona y en La Taberna de Mañuel. Todo esto me sucede por culpa de Gaudet, se decía sin demasiada lógica; él me habría ayudado a resolver este asunto con más inteligencia. Nunca le perdonaré su defección. Mientras cavilaba estas cosas y otras parecidas, habían dejado atrás la zona de horda y bulla y se adentraban nuevamente en oscuros callejones. Pronto oyeron solamente el eco de sus propios pasos rebotar en los biseles y circunvoluciones del inicuo distrito. Caminaban los tres ligeramente y los seguía el tullido con paso arduo. ¿Falta mucho?, preguntó.

El Niño de la Doctrina se detuvo en seco, escudriñó el lugar y respondió diciendo que ya habían llegado. Prullàs miró en torno sorprendido. ¿Aquí? Este sitio es tan bueno como cualquier otro, respondió el macarra sacando del bolsillo del pantalón una navaja de muelles. ¿Qué miras, atontao? ¿Nunca habías visto un baldeo? ¡Pues ya no lo podrás decir más! ¡Y vete aflojando la mosca si no quieres que te ventile las mantecas!

¡Cómo! ¿Un atraco?, exclamó Prullàs. ¡A ver!, respondió el macarra con risa de chacal. ¡Pero no hace falta que levantes las manos, so gilí, que no vamos a bailar una sardana!

¿Cosa Bonita, qué es esto?, ¿qué está pasando aquí?, preguntó Prullàs dirigiéndose al tullido, que acababa de unirse al grupo jadeando y echando maldiciones. ¡Me cago en tus muertos, Niño! ¿No podrías tener consideración de un pobre cojo?, rezongó. ¡Cómprate un patinete!, replicó el otro; y dile a tu socio que se retrate si le tié aprecio al pelé.

No te sulfures, Niño, y ten cuidado con la herramienta, dijo el tullido esquivando los molinetes que el jaque imprimía a la navaja al gesticular. Y usted, señor Prullàs, ya lo ha oído.

Pero ¿y la cartera que me iban a entregar?, ¿y el documento?

¿De qué cartera y de qué documento estás tú hablando?, bramó el Niño de la Doctrina; aquí se paga no más pol gusto de la compañía, y si no te das prisa, a lo pronto te corto las orejas con esta cheira y después la longaniza, ¿hablo claro?

¡Calma, calma, por Dios!, dijo Prullàs con un hilo de voz. Yo les daré el dinero y los objetos de valor que llevo encima, pero no me hagan daño.

¡Nos dará!, ¡nos dará!, ¿no te jo? Tú no nos vas a dar nada, prenda: nosotros te vamos a quitar hasta los pantalones, ¡a ver si de una vez te enteras! ¡Antoñita, vacíale los bolsillos a este jibia; y no le tengas reparo, que según se echa de ver, tié más jindama que vergüenza!

La golfa obedeció la orden con dedos temblorosos; sus manos rollizas palpaban la entrepierna de Prullàs a través del forro de los pantalones.

¿Te vas a pasar toda la noche sobándole los buñuelos?, farfulló Cosa Bonita. ¡Date prisa, golfa! Con gesto torpe Antoñita la Espatarrá fue sacando uno a uno los objetos que había en los bolsillos de Prullàs y entregándoselos a su chulo, que peritaba la mercancía con petulancia de experto: ¡Un pañuelo de batista pa los mocos del señorito! Esto no vale una mierda. A ver lo siguiente: ¡Una pluma estilográfica Parker con capuchón de oro! Tirando por lo bajo, valdrá cien duros. ¿Y esto? ¡Un reló de la marca Omega chapado en oro con correa de cocodrilo y pitillera del susodicho animal, usiase un saurio, con diez pitos de la marca Lucky Estrai! ¡Juguetes! ¿Dónde está el dinero? Calma, Niño, ya sale, dijo Antoñita la Espatarrá.

El macarra cogió los billetes con la mano libre, los desplegó en abanico como si fueran naipes y emitió un prolongado silbido. ¡La hostia confitada! ¡Siete pápiros! ¿Has visto tú eso, Cosa Bonita? ¿Pues no ha dicho que traía sólo cuatro mil del ala? No, si encima hasta me quería engañar. ¡A mí! ¡Al Niño de la Doctrina!

Crecían las ínfulas del matón al verse en posesión de aquella pequeña fortuna; se creía el amo del mundo. Ya no hay nada más, Niño, anunció Antoñita la Espatarrá mostrando las dos manos abiertas; guarda la guita ¡y a tomar soleta!

El Niño de la Doctrina se disponía a seguir este atinado consejo cuando graznó el tullido señalando a Prullàs: ¿Y ése? El Niño de la Doctrina se encogió de hombros. No tié nada más, respondió; como no quieras comértelo a besos... ¿Qué piensas hacer con él?, replicó el tullido, ¿dejarlo aquí para que vaya a la poli y haga una deposición? ¡Niño, tú no estás en tus cabales! ¿Pues qué solución propones, Cosa Bonita? La única que hay: matarlo. ¡Oiga, no hablará usted en serio!, gritó Prullàs.

El Niño de la Doctrina reflexionaba con el ceño arrugado y la barbilla clavada en el esternón. Sus ojillos brincaban del dinero al arma y del arma al dinero, como si tratara de vislumbrar en aquellos objetos inanimados el sentido de sus actos. ¿Qué te pasa, Niño?, ¿te ha entrado el canguelis?, graznó el tullido.

Cosa Bonita, eso no entraba en el trato. ¡El coño de santa

Engracia! Una cosa es aligerar a un manús y otra distinta darle mulé.

Eh, eh, intervino Antoñita la Espatarrá; si ha de haber violencia, una servidora se las pira. ¡Tú te quedas ande estás o te rajo a ti primero que a naide!, la amenazó el chulo.

Sí, sí, dijo Prullàs, quédese usted y convenza a estos individuos de que no tienen ningún motivo para desconfiar de mí: justamente no tengo la más mínima intención de denunciar el hecho.

Hablaba con aparente ligereza, convencido de que todo aquel despliegue verbal sólo era una farsa orquestada para hacerle desistir de un posible conato de resistencia, pero las piernas le flaqueaban y la transpiración le pegaba la camisa al cuerpo. El Niño de la Doctrina calibraba los pros y los contras de aquella decisión terrible; su mente embrutecida conjuraba imágenes de horror y sangre. Al advertir sus dudas lo azuzaba el tullido con susurros de serpiente: Vamos, Niño, mátalo ya, que éste no sirve pa un cuerno, ¿no lo ves?, ¡si es un litri!

¡Rediós, Cosa Bonita, es que asín, a sangre fría...!

Malgastaban su tiempo los dos rufianes, enzarzados en un interminable debate sazonado de plantes y donaires. No hablan en serio, ¿verdad?, volvió a preguntar Prullàs en un aparte a Antoñita la Espatarrá, aprovechando el respiro; lo de matarme, digo, no lo dirán en serio.

No tengas miedo, dijo Antoñita la Espatarrá; el Niño no te hará daño: paice un trigre, pero to se le va en reniegos. En el fondo es un corderín. Cosa Bonita ya es otro cantar: ése tié mu mala entraña. Si no estaría impedío, con sus propias manos te sacaba los ojos, te arrancaba de cuajo el cimbel y ende luego te retorcía el pescuezo. ¿Y todo por siete mil pesetas?, preguntó Prullàs. Cosa Bonita odia a to bicho viviente, le informó Antoñita la Espatarrá; y más que a naide, a los ricos. Es un auténtico borseviche, añadió bajando la voz. Luego suspiró y dijo como para sí: El Niño, en cambio, sólo quié el dinero pa gastáselo en morapio y pindongas.

¿Y tú?, preguntó Prullàs, habiendo detectado un deje de amargura en la voz de la golfa, ¿qué vas a sacar tú de esta aventura insensata? Psé, contestó ella mostrando de nuevo las palmas de las manos en un ademán casi mendicante, algo me tocará ¡y buena falta me hace! Tengo una niña interna en las Mercedarias: eso cuesta un riñón.

Escucha, Antoñita, se apresuró a decir Prullàs acercando

la boca al oído de la golfa, no te dejes deslumbrar por el dinero que acabas de ver. Esta suma para ti es mucho, pero para mí no es nada: yo tengo muchísimo más. Ayúdame a escapar; si salgo de aquí ileso, te retiro. Palabra de honor que te saco de la calle. Piso y pensión, Antoñita, piso y pensión. Piensa en tu hija y no eches a perder su vida y la tuya por una miseria. ¡Antoñita, ayúdame a escapar!

¡Cómo! ¿Y traicionar a mi hombre?, exclamó la golfa poniendo los brazos en jarras y levantando la cara como si se dispusiera a cantar una jota. ¡Eso jamás de los jamases! Y volviéndose hacia la pareja de rufianes que proseguía el duelo verbal ajena a las maquinaciones de su víctima, gritó: ¡Eh, vosotros, dejai la brega y vigilai, que aquí el artista pretende darnos bola!

*

Alertados por las voces de su cómplice, pusieron fin de inmediato a la trifulca el Niño de la Doctrina y Cosa Bonita. Volviendo al asunto pendiente trazaba el primero figuras de tango con su acero y lo jaleaba el segundo con diabólico graznido. ¡Córtale el cuello, rájale el hígado! ¡Que no diga nadie que a la hora de la verdad se arrugó el Niño de la Doctrina!

Prullàs se abrazó a Antoñita la Espatarrá buscando la protección de sus fláccidas carnes. ¡Auxilio, Antoñita, imploró, no le dejes que me toque! ¡Dile lo que tú ya sabes: que por cuatro cochinas pesetas se juega el garrote vil! ¡Antoñita, si de verdad le quieres, impídele cometer esta locura!

El macarra se acercó rugiendo y blandiendo la cheira. ¡Antoñita, aparta y déjame hacer! ¡Ahora vas tú a ver cómo despacha un morlaco el Niño de la Doctrina!

¡Antoñita, yo también soy padre!, chilló Prullàs, ¡piensa en tu hija! ¡Yo podría darle una carrera! ¡Tengo amigos en el claustro de la Universidad!

La interposición de la golfa exasperaba al macarra y en pleno frenesí giraba el tullido como una peonza sobre su pierna sana, sin dejar de emitir su chirrido de grajo. ¡Mátalo! ¡Mátalo! ¡Salte del medio, puerca!, bramó el macarra.

Pugnó la golfa por liberarse del abrazo de Prullàs y éste, cuyos miembros habían dejado de obedecer los dictados del cerebro, cayó de hinojos en el empedrado, donde prorrumpió en llanto. ¡Por favor, no me hagan nada!, gimoteó. ¡Déjenme vivir y yo les juro que no tendrán motivos de queja! ¡Les daré dinero! ¡Más dinero! ¡Todo el dinero que ustedes quieran! ¡Pongan ustedes mismos la cantidad, que yo no les regatearé ni un céntimo! ¡Pero no me maten, por el amor de Dios! Escuchen, tengo influencias. Puedo conseguirles un indulto; empezarían una nueva vida, limpios de culpa... y yo les pasaría un jornal, para que no tuvieran que trabajar. Haré lo que quieran, lo que quieran, si me dejan vivir. Mírenme, mírenme, ¡de rodillas estoy! Cosa Bonita tiene razón: no valgo para nada, soy un inútil, no merezco ni siquiera el esfuerzo de matarme, no digamos el riesgo... ¡Piedad!

Poca mella hicieron en el ánimo de los dos rufianes aquellos ruegos y promesas, apenas inteligibles por el temblor y los sollozos. Centelleó en el filo de la navaja la opaca luz de una farola al describir aquélla un mortal semicírculo en el aire. Prullàs cerró los ojos. Hubo un confuso tumulto, corrió la sangre. En una fracción de segundo que le pareció eterna recibió en el esternón un impacto doloroso, sintió un fluido tibio humedecerle las extremidades inferiores, se desplomó hacia delante. Antes de chocar con los adoquines su cabeza golpeó un cuerpo blando. Oyó una blasfemia y un gemido agónico. Abrió los ojos, vio la pechera de la camisa teñida de sangre, pensó: Estoy malherido, pero no muerto; si me condujeran con rapidez al Clínico tal vez podría salvar mi vida in extremis; necesito urgentemente una transfusión; de lo contrario, acabaré como el pobre Vallsigorri, ¡qué triste paradoja!

¡Anda la órdiga!, oyó graznar al tullido. ¡Por chambón te has cargado a tu hembra, Niño!

¡Pedos de Cristo! ¿Cómo podía yo imaginar que se pondría en medio pa proteger a este sarasa?

En fin, poco se ha perdido, suspiró Cosa Bonita; era una boba. No digas eso, replicó el macarra. ¡Pobre Antoñita! ¡Toa la vida machucándose el bacalao pa sufragar mis gastos, y ahora la mato! Fue un descuido. ¡Pobre Antoñita! Éstas no son horas de ponerse sentimental, Niño, le instó el tullido. Remata la faena y salgamos de naja. Fue sin querer, Cosa Bonita, tú me eres testigo. ¡Ella sola se buscó el kirieleisón! Apiolar es cosa de hombres. ¿Quién la mandaba entremeterse?

Eso al juez tanto le da, Niño, dijo el tullido; si la poli te trinca ni san Dios te libra del garrote. Pues, ¿qué hacer?, dijo el macarra. Por de pronto, eliminar al testigo y luego, tocar el pirandó.

De esta plática dedujo Prullàs lo sucedido: bien por salvar su vida, bien por impedir que el chulo cometiera un acto irreparable, Antoñita la Espatarrá se había atravesado en el camino del arma y recibido la cuchillada que le venía destinada. Ahora la abnegada golfa yacía exánime ante sus ojos. De ella era la sangre que empapaba su ropa y sus manos y también la mullida masa donde recostaba la cabeza. Breve consuelo: ya el Niño de la Doctrina se disponía a obedecer las exhortaciones del tullido y blandía la navaja ensangrentada para hacerle cumplir de nuevo su fatídica misión.

5

En aquel mismo momento, no lejos de allí, en La Tasca del Tío Ciruelo, a la luz mortecina de un candil, dos hombres de mediana edad y turbia catadura, uno gitano y otro payo, entretenían sus ocios trasegando aguardiente y jugándose a la perejila su magro capital.

Seis reales, envidó el gitano. ¿Seis reales? ¡Peccata minuta!, cacareó el otro. ¡Ahí van dos duros pa ir haciendo boca!

El gitano brujuleó las cartas y se acarició el mentón con los dedos sarmentosos, cubiertos de sortijas. Muy canario te veo últimamente, compadre, masculló; me recelo que has vuelto a colocar la niña con algún ricacho.

Antes de responder, el hombrón se rascó el ombligo a través de un roto de la camiseta y contempló con aire mustio la uña ennegrecida de resultas de esta operación. ¿Qué remedio a veces?, suspiró luego. ¡No alimenta el aire! Pero no es de hombres mercadear coñitos, y menos de la propia prole. No, amigo mío, este dinero que ves aquí con su caletre se lo ha ganao mi menda. ¡La puerca que me parió! Pa el que tié pesquis y ganas de currelar, pa ése no hay barreras. ¡La puerca que me parió! Éste es un país de holgazanes, amigo mío. ¡Desceplina y cultura nos vienen faltando!

Enardecido por sus propias palabras, apuró de un trago el vaso de aguardiente y coronó la ardorosa ingestión con suculentos borborigmos. El gitano se cubrió la cara. ¡Compadre, avienta hacia otra parte los regüeldos, no vayan a provocar un incendio con la candela!

Una figura estrambótica cubrió con su volumen la puerta del figón; vaciló un instante y se vino luego derechamente hacia los dos hombres: no había sido difícil la elección, siendo éstos los únicos presentes. Tú eres Villalba, susurró.

El hombrón miró de hito en hito a aquel extraño ser que

se inclinaba para no desmocharse la peineta con el cielo raso. Por instinto el gitano se llevó la mano a la cintura: era hombre enjuto, de piel cetrina, esquilador de perros y por ende muy hábil en el manejo de unas tijeras enormes que llevaba siempre en la faja. Villalba lo detuvo con un gesto. Aquí no hay ná que cortar, dijo con sorna. La lengua si hace al caso, respondió el gitano.

Dejar la guapezas, que no hay tiempo pa diversiones, terció la tarasca sacudiéndose las cucarachas que se le subían por la bata de cola. En cinco minutos he de salir a escena. Si farto, me rescinden la contrata y a ver de qué como: la vida del cante está mu achuchá.

Sin más preámbulos susurró unas frases al oído del hombrón y éste al oírlas descargó el puño en la mesa. Luego se levantó derribando la silla y conminó al gitano con aspavientos de capitoste: ¡En marcha!

Irrumpieron las tres figuras en el callejón cuando Prullàs se disponía a recibir el golpe de gracia. No sin alivio quebró la suerte el Niño de la Doctrina en el último instante. El tullido se irritó. ¿Qué pasa?, ¿por qué no lo acabas?

¡Retirada, Cosa Bonita! ¡Vienen fuerzas superiores! Salió corriendo el macarra y se perdió en la negrura de los callejones. ¡Al menos podrías esperarme, so gallina!, vociferó el tullido.

Perseguido de cerca por los tijeretazos del gitano, Cosa Bonita se esfumó al doblar la primera esquina: conocía al dedillo todos los quicios de aquellos andurriales y a pesar de ser un lisiado no era enemigo desdeñable en su terreno; abandonó el gitano la persecución y se unió a la cuadrilla congregada en torno a la difunta. Lloraba e hipaba Prullàs sin compostura con la cara hundida en las opulentas mamellas de la Fresca. ¡Ha sido horrible! ¡Horrible!

Calma, sonrisitas, ya pasó todo. El gitano se guardó las tijeras en la faja y puso la nota sobria a la ocasión. Hay que ahuecar, dijo; en cualquier momento puede aparecer la poli y si nos encuentra velando este bulto tendremos lío. Es cierto, convino Prullàs. ¡Pobre Antoñita, salvarme la vida le costó la suya!

¡Y una polla en vinagreta!, exclamó desde el suelo Antoñita la Espatarrá, ¡entavía no estoy muerta! Pero lo estaré dentro de ná si no me llevai corriendo al espital. ¡Ni soñarlo!, atajó Villalba; aquí el amigo tié razón: vámonos yendo. ¡Pero bueno, dijo Prullàs, no pensarán dejar tirada a esta pobre mujer para que se desangre en el asfalto!

¡Qué remedio!, respondió el hombrón. No podemos apersonarnos en un espital llevando a una ordalisca con el mondongo al aire. Si usté lo quié hacer, allá películas, pero aquí mi menda y este amigo, por hoy, haimos cumplío.

Lleva razón, sonrisitas, terció la Fresca; ya pasará alguien que la socorra; si esta noche no, mañana a la mañana. Y no te preocupes: éstas tienen siete vías, como los gatos.

Antoñita la Espatarrá se le agarró al tobillo. ¡No se vayai, por la Virgen, no se vayai! ¡Voy a morisme y tengo una hija interna en las Mercedarias!

*

Se alejaron los cuatro por las callejuelas y pronto dejaron de oír las súplicas y lamentos de la golfa. Prullàs estaba muy débil y habían de llevarlo poco menos que en volandas. Villalba proponía llevarlo a casa, pero Prullàs se opuso: no quería ser visto a aquellas horas, en semejante compañía, con la ropa sucia y ensangrentada. Siguieron caminando un rato en silencio sin saber a dónde ir, hasta que Prullàs, al avistar las farolas de las Ramblas al final de un callejón, tuvo una idea. No debemos de estar lejos del Hotel Gallardo, dijo; es un sitio discreto y me conocen de sobra; allí pueden dejarme mientras me consiguen ropa limpia. Pero habrán de adelantarme el dinero, agregó, porque esos maleantes me han despojado de todo lo que tenía. Tié crédito, respondió Villalba con magnanimidad.

De camino al hotel, relató la Fresca cómo al ver salir a Prullàs de La Taberna de Mañuel en compañía de Cosa Bonita y sabiendo que llevaba encima una suma importante, había decidido hacerlo seguir por un raterillo, el cual regresó al cabo de un rato para informar de cuanto había observado: la Fresca comprendió que Prullàs corría serio peligro, abandonó el trabajo y empezó a indagar por el barrio dónde conseguir ayuda. No le fue difícil dar con Villalba, quien se había estado jactando en los últimos tiempos de su lucrativa asociación con un señor de posibles. Concluido su relato, volvió la Fresca corriendo a su trabajo, del que ya llevaba ausente demasiado rato.

*

El recepcionista de la gardenia en la solapa torció el gesto al ver entrar a Prullàs y su cuadrilla. Parecía muy asustado y se movía como si dudara entre ocultarse tras el mostrador o echar a correr escaleras arriba. Prullàs lo tranquilizó: Estos amigos se irán ahora mismo y yo sólo quiero descansar un rato, dijo. El recepcionista le entregó la llave con mano temblorosa. Apenas Villalba y el gitano dejaron a Prullàs en la habitación y se fueron por la ropa, Prullàs se quitó los pantalones y los arrojó con rabia al otro extremo del cuarto: en la amplia mancha oscura y el penetrante olor permanecía la huella de su poca hombría. La americana, la camisa y la corbata ensangrentadas siguieron la misma suerte. Sin ánimos para lavarse se dejó caer en la cama y se quedó mirando al techo hasta que sonaron unos golpes en la puerta. Adelante, dijo.

La señorita Lilí Villalba entró en la habitación llevando un envoltorio. Mi padre me ha dicho que necesitabas ropa limpia y yo he supuesto que también me necesitarías *a mí*, dijo. ¡Oh, Lilí, preferiría que no hubieras venido!, exclamó Prullàs; me da vergüenza que me veas en este estado.

La señorita Lilí Villalba deshizo el envoltorio y fue extendiendo la ropa a los pies de la cama; luego fue envolviendo en el mismo fardo la ropa sucia. Al ver los pantalones se echó a reír. No te dé vergüenza, dijo con ternura; mi padre me ha contando lo ocurrido. Tu reacción es natural: nadie te obliga a ser un héroe. Estas cosas le pasan *a todo el mundo*. Quizás en tu ambiente no, pero sí en el mío. En todo caso, nadie tiene por qué enterarse: será nuestro secreto; *uno más*. Mira, he traído una toalla limpia. Tú relájate y déjame hacer. Si hubieras venido a buscarme como prometiste ahora no estarías así ni habrías pasado tanto susto. *Al menos* podrías disculparte. Mira, todavía llevo puesto el vestido aquel que te dije, ¿te gusta?

Y entretanto en la calle, bajo la ventana, amenizaba la guardia cantando una vieja copla el esquilador:

> *El arma le diera a Dios*
> *y er corasón a Undebé*
> *sólo por saber de sierto*
> *si es fingío tu queré.*

Capítulo VIII

1

Ante la Sebastiana justificó la ropa de baratillo que traía puesta y el fardo de ropa sucia con una explicación confusa y prolija que la fiel criada fingió aceptar sin reservas. Voy a darme una ducha, dijo luego; prepárame ropa limpia y tira a la basura estos pingajos. Y mi ropa sucia también; no la mandes a la tintorería: por nada del mundo me la volvería a poner. ¿Ha llamado alguien en mi ausencia? La Sebastiana respondió que no. Pero esta misma mañana, agregó de inmediato, poco antes de llegar usted, un chico trajo un paquete. No dijo de parte de quién. Me le dio y salió corriendo.

Una hora más tarde, después de desayunar y resolver el crucigrama de *La Vanguardia*, reconfortado por la higiene personal y la sensación de seguridad que le proporcionaba su hogar, recordó el paquete mencionado por la Sebastiana. Lo encontró en la consola del recibidor, apoyado en uno de los candelabros: era un paquete pequeño, meticulosamente envuelto en papel ordinario, atado con un cordel; en ninguna parte aparecía el nombre del remitente. Se encerró en el despacho y lo abrió: al punto reconoció el objeto que contenía pese a no haberlo visto nunca. Un escalofrío le recorrió la espalda. ¿Cómo puede haber llegado esto finalmente a mis manos?, se preguntó. Con dedos temblorosos abrió la cartera de Vallsigorri, cuya hipotética recuperación había estado en tris de costarle la vida. Varias tarjetas de visita, una fotografía de su antiguo dueño y el décimo de lotería que habían comprado juntos en La Taberna de Mañuel legitimaban su autenticidad. En un compartimiento destinado a billetes de banco había una hoja de papel doblada en cuatro. Prullàs la desdobló y leyó su contenido. Cuando lo hubo leído tres veces y calibrado las consecuencias de aquella revelación, volvió a doblar el papel, lo guardó de nuevo en la cartera, se la echó al bolsillo y salió de casa.

*

Por esto lo hiciste, ¿verdad?, exclamó tras haber leído la carta en alta voz. Gaudet se encogió de hombros y abrió los brazos, dando a entender que no evadía la respuesta, sino la justificación. Prullàs volvió a guardar el papel en la cartera y ésta en el bolsillo; miró a su interlocutor con rostro airado. ¡Tú lo sabías!, gritó.

Sí, respondió el director de escena; de la existencia de esta carta, sin embargo, me enteré hace muy poco. ¿Cómo ha llegado a tus manos? No tengo la menor idea, dijo Prullàs, ni me importa saberlo. Ay, Pepe, exclamó con más tristeza que cólera, ¿cómo has podido hacerme una cosa así?

Cruzó el salón y descorrió las cortinas. La despiadada luz del mediodía invadió la estancia poniendo al descubierto las paredes desconchadas, los muebles desvencijados y polvorientos, el suelo cubierto de libros, periódicos y manuscritos, el pijama sucio, descolorido, salpicado de turbios coágulos, la cara mate, la expresión consumida y acorralada del director de escena. No tienes derecho a ponerme en evidencia, dijo Gaudet; vuelve a correr las cortinas.

Prullàs sintió pena de su amigo e hizo lo que éste le pedía. Quedó la estancia sumida en la penumbra. Prullàs volvió a sentarse. Los dos amigos guardaron silencio. Luego Gaudet dijo: Miguel Fontcuberta fue siempre un majadero. Se casó por capricho con Quiqui; no pensó en las consecuencias de aquella unión, en el sacrificio que reclamaba de una persona que hasta entonces sólo había vivido para su arte. Tal vez ella debería haberlo entendido así; tal vez debería haber rehusado. Pero eran tiempos difíciles para todo el mundo. El muy idiota se cansó pronto de la novedad. Quiqui sospechaba que su marido tenía un lío de faldas en Madrid; probablemente era cierto: Chicote, Pasapoga, El Biombo Chino. Pero no hacía falta ir tan lejos: en Barcelona ha tenido por lo menos dos mantenidas y varias aventuras breves, sin contar las ocasiones en que ha sido visto visitando algún burdel. Más de una vez ha contagiado a su esposa una infección repulsiva y vergonzosa. Y luego, ya sabes, la maledicencia es la diversión favorita de los barceloneses. Yo nunca oí decir nada, interrumpió Prullàs. Tú nunca escuchas; sólo estás pendiente de ti mismo, contestó el director de escena. Y sin aguardar respuesta, prosiguió diciendo: Seguramente Vallsigorri no era mejor que Miguel Fontcuberta, pero al menos la trataba bien y engañando con él a su marido, Quiqui creía resarcirse de su humillación. Las mujeres, sin embargo, no saben obrar por frío cálculo, y menos una artista tan temperamental. ¿Cuándo te enteraste?, quiso saber Prullàs. Oh, hace muy poco, dijo el director de escena; cuando Vallsigorri vino a verme al teatro no me vi con ánimos de ocultárselo a Quiqui; entonces ella me lo contó todo. Estaba desesperada. Los años empiezan a pesarle y los papeles de tontiloca que tú le sigues escribiendo sin la menor piedad y que ella se ve obligada a representar tarde y noche, día tras día por los escenarios de España... Tú no sabes lo malévolos que llegan a ser los críticos de provincias. Cada pulla en la prensa hacía más patente a sus propios ojos la pérdida inexorable de los encantos y los privilegios de la juventud.

¡No, si aún tendré yo la culpa de todo!, exclamó Prullàs.

La pobre Quiqui, siguió diciendo Gaudet, no encontraba reposo ni consuelo. Con el pretexto de cuidar de mi quebrantada salud y de poner orden en mi caótica vida de solterón, venía a menudo a esta casa y desahogaba sus penas y sus rencores. Muy a mi pesar me convertí en su confidente. De este modo pude calibrar la magnitud de su drama. Cuando finalmente se produjo el asesinato de Vallsigorri me negué a formular ninguna hipótesis, ni siquiera para mis adentros. Mi fidelidad a una amiga me obligaba a confiar en que se descubriera que, a fin de cuentas, aquel acto terrible había sido obra de un tercero.

¿Como yo, por ejemplo?, dijo Prullàs. En su voz no había enojo. El director de escena respondió que él nunca había dudado de la inocencia de Prullàs. Pero dejaste de ayudarme, repuso Prullàs, precisamente cuando más falta me hacías, cuando más se estrechaba a mi alrededor el círculo de la sospecha.

No tuve más remedio, respondió Gaudet con visible abatimiento. Después del interrogatorio a que nos sometió don Lorenzo Verdugones, Quiqui me reveló la existencia de la carta. Ella la había escrito en un momento de obcecación y había aprovechado la velada en casa de Brusquets para dársela a Vallsigorri sin que nadie lo advirtiera. Me encontré entre dos fuegos: ni podía seguir ayudándote sin incriminar a Quiqui, ni podía seguir fingiendo que te ayudaba y ocultarte un dato tan importante. Opté por mantenerme al margen, en la esperanza de que tus investigaciones resultaran infructuosas y de que el asunto se fuera relegando poco a poco al olvido. Al revés de lo que dicen las películas, muchos crímenes quedan impunes. Hizo una larga pausa, miró a su amigo de hito en hito y añadió recalcando cada una de sus palabras: Todavía confío en que con éste suceda otro tanto.

¿Qué quieres decir?, preguntó Prullàs.

Gaudet se recostó en el butacón y miró al techo. No sabemos a ciencia cierta quién mató a Vallsigorri, dijo con calma. Hay una carta comprometedora, es cierto, pero esa carta obra ahora mismo en tu poder. Don Lorenzo Verdugones no la conoce o ya habría puesto a Quiqui a disposición del juez. En realidad, don Lorenzo Verdugones no sabe nada de nada: depende de ti para resolver el misterio. Ahora bien, si tú no te dejas amedrentar por sus bravatas, las cosas se detendrán en este punto, las aguas volverán a su cauce... ¡Pero Vallsigorri ha sido asesinado!, interrumpió Prullàs. Por desgracia eso ya no tiene arreglo, replicó Gaudet. ¿Quieres derramar más sangre? No serviría de nada. Tú sabes que la persona que lo mató actuó sin duda irreflexivamente, en un momento de ceguera, sin ánimo criminal. Y no hay razón alguna para pensar que pueda volver a cometer otro delito, ya que las circunstancias que motivaron su arrebato nunca más se volverán a repetir.

Sí, pero, ¿y la justicia, Pepe? ¿Qué justicia?, exclamó Gaudet arrebolado, levantándose del sillón como impelido por los muelles que asomaban por los sietes de la tapicería. ¿Qué justicia? ¿La que perdona y celebra el libertinaje de los hombres mientras condena sin remisión a las pobres mujeres que cometen un desliz obnubiladas por el sentimiento?

Pepe, por favor, ¡para ya!, gritó Prullàs. Estás hablando como un serial radiofónico. ¡Y un asesinato no es un desliz, diantre!

Perdona, chico, es que estas cosas me ponen malo, respondió el director de escena.

2

La célebre actriz le hizo decir por la doncella que tuviera la bondad de aguardar unos minutos en el saloncito. La señora no había terminado aún su toilette, balbuceó la doncella ruborizándose y esbozando una torpe reverencia. Es una lástima, pensó Prullàs mirándole de reojo las piernas, que las circunstancias sean tan poco propicias, porque aquí hay un material de primera.

La doncella lo dejó solo. Paseaba nervioso por el saloncito contemplando con desagrado la solidez y calidad del mobiliario, el valor de los objetos expuestos en la vitrina. En el reloj colocado sobre la repisa de la chimenea sonaron las doce. Mediodía, se dijo, y Quiqui todavía en el baño, ¡cuánto lujo! ¡Y todavía se queja! Muchas mujeres se resignarían a lo que fuera a cambio de vivir rodeadas de este confort, y ella, en cambio, se siente desgraciada. Claro que ¡quién sabe!, se respondió a sí mismo, quizás no todo es egoísmo y cálculo.

Junto a la chimenea vio las tenazas, la badila y el atizador: los manidos aparejos de las novelas policiacas que tanto gustaba de leer. Mientras acariciaba con aprensión el bruñido mango de latón de aquellos utensilios inocentes, volvió a entrar de improviso la doncella trayendo en una bandeja un servicio completo de té.

He puesto otra taza por si el señor desea también tomar el té, musitó con las mejillas encendidas. Y con voz más firme añadió acto seguido: La señora ya está en camino.

En efecto, en aquel mismo instante hizo su entrada Mariquita Pons, vestida y arreglada con sumo esmero. Parecía como si todo hubiera sido dispuesto para componer la imagen misma de la respetabilidad. Se retiró la doncella y ambos se sentaron frente a la mesita donde había la bandeja. Mariquita Pons cogió la tetera y el colador y se sirvió diestramente una taza de té, a la que agregó media rodaja de limón y un terrón de azúcar.

Tú dirás, murmuró finalmente sin levantar los ojos de la taza. Supongo que Gaudet te acaba de llamar, dijo Prullàs. Con él hablaba cuando has llegado; por eso te he hecho esperar. No pensarás que me levanto a estas horas. Pero vayamos al grano: ¿qué crees saber? Quiqui, querida, yo soy el que hace las preguntas. Y te advierto que estoy de muy mal humor, respondió Prullàs.

Sacó de la cartera el papel, lo desdobló, se lo mostró a Mariquita Pons y lo guardó de nuevo. La célebre actriz se limitó a echarle una ojeada desdeñosa y volvió tranquilamente a su té. Esta carta no prueba nada, dijo. Yo la escribí, no voy a negarlo, pero eso no es ningún crimen. A lo sumo, un desahogo pasional y una imprudencia. Todos los días se escriben miles de cartas como ésta. Para ti esto constituye una novedad, porque siempre tienes líos con analfabetas y oligofrénicas, pero las mujeres somos noveleras por naturaleza.

El perfume de la ropa de Vallsigorri era el tuyo, ¿verdad? Estuviste con él el día que lo mataron, quizás en su propia casa.

Es posible, repuso ella, y tras un titubeo, añadió en tono resuelto: Fui aquella tarde a su casa. Comprendí que había sido una estupidez darle la carta. Lo que yo había concebido como algo hiriente y amenazador se convertía en sus manos en un arma contra mí. Le llamé por teléfono para anunciarle mi visita; contestó la asistenta. No me identifiqué, pero es probable que reconociera mi voz: no era la primera vez que llamaba y las criadas son chismosas por naturaleza. No me importó. Fui a verle, le pedí que me devolviera la carta. Él me dijo que ya no la tenía. Intentó colocarme un cuento chino: dijo que ni siquiera la había leído, que un carterista le había robado la cartera la noche antes en un tablao flamenco, figúrate tú. Por supuesto, no creí una sola palabra, pero ¿qué más podía hacer? Eché mano del último resto de dignidad que me quedaba y me marché de allí. En la casa no había nadie, y nadie me vio salir, pero Ignacio Vallsigorri aún estaba vivo cuando yo me fui. Que me muera ahora mismo si no es cierto. ¿Te puedo servir ya el té?

Prullàs dijo que sí. Preferiría un whisky, pensó, pero he de mantener la cabeza clara. Tomó la taza de té; ambos sorbieron la infusión sin decir nada.

Cuando supe que Ignacio había muerto, continuó diciendo la célebre actriz, olvidé la carta. Todo lo olvidé al recibir el golpe terrible de una noticia cuyo efecto devastador sobre mi ánimo ni siquiera me cabía el consuelo de manifestar. No tomes ahora mi calma externa como indicio de culpa. Si parezco serena es porque he llorado demasiado a solas; ya no me quedan lágrimas por derramar. Pero yo no lo maté. Por nada del mundo le habría hecho ningún mal; todo se lo habría perdonado. Además, agregó dejando la taza en la bandeja y exhalando un hondo suspiro, ya soy demasiado vieja para matar. No me refiero a la fuerza física, sino al deseo. No creo que hubiera sido capaz de matar en ningún momento de mi vida, porque aborrezco la violencia, pero hubo un tiempo en que por rivalidad o por ira o por afán de venganza deseé la muerte de alguna persona. Hoy, sin embargo, he vivido demasiado para desearle el mal a nadie, ni siquiera a mi peor enemigo. He visto morir a mucha gente y temo la soledad que se me avecina. Además, yo amaba a Ignacio. Primero quise que fuera sólo mío; luché inútilmente; luego acepté compartirlo con otras con tal de que él me siguiera queriendo. Al final ya todo me daba igual: sólo quería saber que existía.

Pero en la carta lo amenazas de muerte: aquí está escrito, ¡de tu puño y letra!, dijo Prullàs. ¡Ah, las palabras, las palabras! ¿Qué sería de nuestra vida gris sin las palabras?, declamó la actriz colocando un cigarrillo en la boquilla de nácar y adelantando el cuerpo para que Prullàs se lo encendiera.

Prullàs encendió el cigarrillo, se quedó mirando el encendedor y dijo: La verdad, no te entiendo, Quiqui: enamorarte de ese zascandil, ¡a tu edad y con tu posición social! Si tu marido no te hacía caso, podías haberte buscado un arreglillo menos complicado. En el teatro hay docenas de actores jóvenes y apuestos que habrían estado felices si tú... En la profesión conocemos muchos casos: Maruja Ribera, Rosario Besaragua, Lolita...

Mariquita Pons atajó la plática con un gesto imperioso. ¡Por favor!, exclamó, ¡yo soy una señora! Y al instante añadió en voz baja y en tono reflexivo: O he querido serlo. Éste ha sido el error de mi vida. Nuestro error, Carlos, el tuyo y el mío. ¡Nunca debimos permitir que nos corrompiera el lujo!

Rellenó las tazas de té y fumó con mano firme. Prullàs pensaba: El que ha visto apuñalar a una persona nunca más puede hablar de estas cosas con sosiego; esto lo sé yo por experiencia. Tal vez esté diciendo la verdad; o tal vez lo mató y no recuerda haberlo hecho, como me explicó el doctor Mercadal. O tal vez estoy presenciando un alarde de sus cualidades interpretativas.

Se había levantado y paseaba por el abigarrado saloncito. Un espejo colgado de la pared llamó de pronto su atención: en el saloncito imaginario enmarcado en oro vio reflejado el rostro de Mariquita Pons, que observaba sus movimientos creyendo no ser vista. Sus facciones se habían relajado y mostraban la obra de los años: el cutis ajado, el cuello áspero y unos ojos mortecinos en los que sólo brillaba el rescoldo del miedo y el desvalimiento. Esta visión le encogió el corazón. Si supiera, dijo en voz alta, escribiría otro tipo de obras, más adecuadas a tus dotes y a tu categoría artística. A veces pienso si no debería intentarlo, asumir el riesgo del fracaso; pero no es el miedo lo que me impide hacerlo. Es que no me sale. No soy Ibsen, Quiqui, lo siento.

No te disculpes, repuso la célebre actriz; tus comedias están muy bien y al público le gustan mucho. ¿Cómo no le van a gustar, con sus tartamudos y sus muertecitos en el armario? ¡Di que sí!, exclamó Prullàs; y a los que les guste Jean-Paul Sartre, ¡que les fríen un paraguas!

La célebre actriz aplastó el cigarrillo en un cenicero de cristal tallado e inmediatamente insertó otro en la boquilla. No puedes imaginarte, dijo, las cosas que dicen de mí los periódicos.

Prullàs regresó al sofá y encendió el cigarrillo de su amiga. Te está bien empleado por leer las críticas. ¿No te bastan los aplausos del público? En el estreno de *Un puñal de quita y pon* salimos a saludar al final de cada acto y ocho veces al terminar la función, ¿ya no te acuerdas? ¿Y *Merienda de negros*? ¡Seis meses en cartel en Madrid y dos en Barcelona; por no hablar de la gira! ¿Qué importa luego que los críticos nos hagan picadillo?

La célebre actriz le acarició la mano y sonrió con melancolía. Gracias por tus palabras, Carlos, pero es inútil que te esfuerces. Nos hemos equivocado. Nos guste o no, las cosas están yendo por otro lado. Pronto seremos algo caduco y risible. Ya lo somos. Resistiremos mientras aguante nuestro público, pero nos esfumaremos cuando se muera de viejo el último espectador. Se miraron fijamente a los ojos. Mariquita Pons añadió en el mismo tono: No soy culpable, Carlos; pero tampoco soy inocente. He cometido errores imperdonables, pero, ¿qué otra salida me quedaba? Se miró las manos y en un susurro, como si se dirigiera a ellas, agregó: ¡Si tú me hubieras hecho alguna vez un poco de caso! Se pasó las manos por la cara y repitió: Yo no lo maté, Carlos, ¿me crees? Claro, mujer, repuso Prullàs. Se levantó y se dirigió hacia la puerta. Al llegar se dio media vuelta y se encaró de nuevo con la célebre actriz. La cartera de Vallsigorri, con la carta acusadora, me la enviaste tú, ¿verdad? Mariquita Pons no respondió; con el humo del cigarrillo hacía anillos perfectos. ¿Cómo la conseguiste? Como se consigue todo en este mundo, Carlos: pagando. El tipo que te la vendió, ¿era un tullido?, volvió a preguntar. Mariquita Pons sonrió. Tullido es un eufemismo; harían falta cuatro como él para hacer un hombre completo. ¿Lo conoces? Sí, dijo Prullàs; a mí también me quiso vender la cartera..., pero no llegamos a un acuerdo. ¿Por qué la enviaste? En las novelas de misterio la chica siempre ayuda al detective, ¿no?, respondió la célebre actriz. Es cierto, repuso Prullàs; tu marido, ¿ha regresado ya? Sí, ha llegado esta madrugada de Sevilla, derrengado, y se ha ido directamente a dormir. Ha traído yemas de San Leandro, ¿quieres una? Ahora no, gracias, respondió Prullàs.

3

La Sebastiana abrió la puerta del despacho con los ojos desorbitados; apenas si lograba articular palabra. Está aquí aquel señor con dos guardias de asalto, anunció. ¿Quién? ¿Don Lorenzo Verdugones?, preguntó Prullàs. No, señorito, el otro, el del lapicero. Los he dicho que aguardasen en el recibidor y ahí están, con las escopetas y todo. Está bien, ahora salgo; mientras hablo con ellos, pon en un maletín el cepillo de dientes, la maquinilla de afeitar, hojas, jabón, brocha y todo lo demás. Y varias mudas. ¿Le pongo también mudas de invierno, por si acaso?, preguntó la Sebastiana. ¡Mujer, no hace falta exagerar!, repuso Prullàs. Y deja de hacer pucheros, ya verás como al final todo se arregla de la mejor manera.

En el delicado marco del recibidor, entre cortinas, espejos y candelabros, los dos agentes uniformados ofrecían un aspecto incoherente y formidable. ¿Ha venido a detenerme, Sigüenza?, preguntó. El solícito funcionario consultó el bloc de notas con ojos vidriosos y dijo: Señor Prullàs, ésta es una incómoda tesitura. Usted sabe que soy inocente, Sigüenza, dijo Prullàs. Yo sólo me limito a cumplir las órdenes recibidas, señor Prullàs. Ah, y eso le exime de toda responsabilidad, ¿eh? ¿No ha seguido por la prensa los juicios de Nuremberg?, dijo Prullàs. Yo no entiendo de sutilezas, señor Prullàs, repuso el solícito funcionario, pero si yo no cumpliera las órdenes que me dan, esto sería un caos, y además otro vendría en mi lugar que les diera cumplimiento; a la larga, todo sería igual.

Prullàs decidió eludir el cenagoso terreno de la deontología y preguntó: ¿Qué pruebas tienen contra mí? Don Lorenzo le informará a usted con arreglo a derecho, señor Prullàs, contestó Sigüenza. Está bien, dijo Prullàs, les acompañaré de buen grado: no tengo nada que ocultar. ¿Puedo hacer antes una llamada telefónica? Tantas como usted desee, respondió Sigüenza; aquí no es el soviet.

Prullàs se encerró en su despacho sin que nadie le siguiese. Una negligencia semejante no la cometería ningún personaje de mis comedias, pensó con satisfacción mientras sacaba la carta de Mariquita Pons y le aplicaba la llama del encendedor. Cuando el papel se hubo convertido en un tegumento negro y oleaginoso, se limpió los dedos con el pañuelo y se personó de nuevo en el recibidor. Señores, dijo adoptando una actitud no exenta de arrogancia, estoy a la disposición de ustedes.

*

En el pasillo de los juzgados se reunieron con don Lorenzo Verdugones. El juez nos recibirá ahora mismo, anunció. Un secretario se metió por una puerta para avisar al juez, el cual salió al cabo de un instante acompañado de un individuo vestido de oscuro, con cara de vinagre. Tras un largo intercambio de cortesías, el individuo avinagrado se fue y el juez, volviéndose hacia el grupo que formaban don Lorenzo Verdugones, Prullàs y Sigüenza, dijo: Este caballero que acabo de despedir es nada más y nada menos que el verdugo de Valladolid, que está de paso por Barcelona y ha venido a ofrecerme sus respetos; un chico excelente, muy serio, como habrán visto, y muy cumplidor; y también un caso meritorio: de origen humildísimo, él solo se ha sabido labrar una posición, sin ayuda de nadie. Abreviemos, atajó don Lorenzo Verdugones con sequedad. Estaba de muy mal humor.

En el despacho del juez, aparte de un calor horrible y un leve tufillo sudoriento, se respiraba un aire solemne y tenebroso; no en vano allí se pronunciaban a diario palabras decisorias y se formaban opiniones que podían arruinar la vida de muchas personas. Un enorme crucifijo colgado de la pared ponía en el ambiente la nota oscurantista. Sírvanse tomar asiento, dijo el juez; están ustedes en su casa.

Como ya he manifestado en repetidas ocasiones, empezó diciendo el jerarca, siento por el señor Prullàs, aquí presente, el respeto y la consideración que merece su importante labor literaria, y también un cierto aprecio hacia su persona. Pero ninguna consideración ni sentimiento, y ustedes serán los primeros en comprenderlo, pueden interponerse en el cumplimiento de mi deber. ¡Soy un servidor de la cosa pública! La conducta observada por el señor Prullàs, aquí presente, en todo momento y muy particularmente en los días previos y siguientes al hecho de autos, unida a las circunstancias que concurren a este asunto capital, no me dejan otra salida: los hechos mismos me imponen el camino a seguir en forma incontrovertible.

¿Puedo inquirir con el debido respeto en qué elementos fácticos fundamenta usted sus conclusiones, don Lorenzo?, preguntó el juez; y antes de obtener respuesta añadió: Pues, a la vista de sus asertos, tal vez deberíamos dar a la reunión un carácter más procesal, si me es permitido decirlo. ¡Luz y taquígrafos!, como reza el dicho. En la dependencia anexa aguarda la mecanógrafa para transcribir las palabras del reo.

Así se hará, repuso don Lorenzo Verdugones, cuando yo lo disponga. El juez palideció y se mordió los labios. Dirigiéndose de nuevo a Prullàs, prosiguió diciendo el jerarca: Mientras usted andaba por ahí enredando y haciendo el tonto, la policía ha llevado a cabo una exhaustiva y fructífera labor, de resultas de la cual el caso ya está cerrado. Desde un principio teníamos formada una sospecha, pero anteayer obtuvimos la prueba definitiva.

Sacó la petaca y el librillo de papel de fumar y empezó a liarse un cigarrillo con su habitual incompetencia. Prullàs sacó su cajetilla y se la ofreció. Guárdesela, respondió el otro con un deje de sarcasmo; la necesitará en chirona. Prullàs perdió buena parte de su entereza al oír estar palabras. ¿De veras van a encerrarme?, balbuceó. No hay más remedio, amigo mío, respondió el jerarca, ¡soy un servidor de la cosa pública! Pero, ¿qué clase de prueba pueden tener en contra mía?, volvió a preguntar. ¡La definitiva!, dijo don Lorenzo Verdugones. Hizo una seña a Sigüenza y éste sacó del bolsillo con gran presteza unos folios mecanografiados y se los tendió a su jefe. Don Lorenzo Verdugones agitó los folios en el aire espeso del juzgado. ¡El testigo ha cantado como un jilguero!, exclamó. ¿El testigo?, dijo Prullàs alargando la mano para coger los folios. Don Lorenzo Verdugones los puso fuera de su alcance retirando el brazo; a continuación, echando de vez en cuando un vistazo a los folios e impostando la voz, dijo: ¿Es o no es cierto que en su momento, preguntado por mí, declaró el acusado haber pasado la tarde del día en que mataron a Vallsigorri deambulando por las calles de Barcelona, y que, preguntado luego si alguien lo había visto en tales circunstancias, declaró no haber sido visto por persona conocida? ¿Y no es asimismo cierto que estas declaraciones son constitutivas de falsedad, por cuanto ese día y hora no se encontraba el acusado «deambulando» sino en un hotel de mala reputación, sito en la calle de la Unión, donde, según el propio acusado dijo al recepcionista, «había quedado citado con una persona»? ¿Y es o no es cierto también el haber salido el acusado de dicho hotel y el haberse desplazado por su propio pie hasta un establecimiento público sito igualmente en la mencionada calle de la Unión, y el haber ingerido allí bebidas intoxicantes?

¡Una cervecita!, interrumpió Prullàs. ¿A esto llama usted «bebidas intoxicantes»?, ¿a una miserable cervecita de barril que, dicho sea de paso, me sentó fatal?

¿Y no sería más cierto afirmar, replicó el jerarca en el mismo tono altilocuente, que lo que «le sentó fatal» no fue «una cervecita», como usted dice, sino «una cantidad considerable de licores de alta graduación alcohólica, como ser el anís La Asturiana y el ron Negrita, según consta en la atestación de la encargada del local que se los suministró?

¡Eso es falso!, gritó Prullàs, ¡esa mujer miente para no reconocer la falta de higiene y la insalubridad criminal de los productos que despacha, la tía marrana! Pero aun cuando fuera cierto, ¿es un crimen agarrar una tajada? ¿Es ésta la prueba irrecusable sobre la que piensa basar mi culpabilidad?

Todo se andará, repuso don Lorenzo Verdugones. Ahora escuche y no me interrumpa. Mientras usted se embriagaba en el bar de la esquina, como queda dicho y probado, apersonóse en el citado hotel un caballero, el cual, habiendo solicitado una habitación y pagado el arancel por anticipado, como es norma en este tipo de establecimientos, se retiró a la ya mencionada habitación, no sin haber informado al recepcionista «de que esperaba a una persona», y de haberle rogado «que la hiciese subir tan pronto llegare aquélla». Por supuesto, el recepcionista no verificó la identidad de este cliente ni entró la anotación correspondiente en el libro registro, como tampoco había hecho previamente con el acusado, infracción por la cual la autoridad gubernativa habría decretado el cierre del establecimiento de no haber intercedido el obispado, ya que, según parece, personas muy allegadas al palacio episcopal e incluso a más altas instancias apostólicas, tienen invertidos sus ahorros en este lucrativo negocio. Esto, que no salga de aquí. Pierda usted cuidado, don Lorenzo, se apresuró a decir el juez.

Una vez el caballero en su habitación, prosiguió el jerarca, regresó del bar el acusado «en estado de gran agitación», preguntó si en su ausencia había comparecido la señora o señorita con quien decía estar citado, y habiéndole respondido el recepcionista en sentido negativo, agregó el acusado: «Esperaré arriba, si viene hágala subir directamente.» ¿Sucedió o no sucedió así, señor Prullàs?

En efecto, los hechos se produjeron tal como usted los describe, dijo Prullàs, pero yo no estaba «en estado de gran agitación». Estaba simplemente acalorado por causa de la temperatura estival, como ahora, y tal vez algo enojado por la impuntualidad de la persona que esperaba, y un poco alterado por los efectos intestinales de la cerveza. En cuanto al otro caballero, ignoro todo cuanto le concierne. Señor juez, tome usted nota de mis objeciones, se lo ruego.

Dispense, señor Prullàs, pero estas actuaciones no competen a mi jurisdicción, respondió el juez; yo sólo estoy aquí de mosquetero, si me permite el símil teatral.

Transcurrido un tiempo difícil de calcular, continuó diciendo don Lorenzo Verdugones sin hacer caso de la interrupción, entró en el susodicho hotel una joven a la que el recepcionista «tenía muy vista» de anteriores ocasiones, y a la que consideraba «de costumbres ligeras», así como «de moral relajada». Esta joven le dijo al recepcionista que la estaba esperando «un pariente suyo de paso por la ciudad», al cual venía «a pagar visita». ¿Tendría el recepcionista la amabilidad de indicarle en qué habitación se encontraba alojado su pariente? A esta pregunta no supo el recepcionista cómo responder, ya que tanto el acusado como el otro caballero «habían ejercido el parentesco con la susodicha joven en previos encuentros». No queriendo favorecer a un cliente en perjuicio del otro ni indisponerse con ninguno, el recepcionista se limitó a indicarle los números de las dos habitaciones, sin especificar quién ocupaba la una y quién la otra, ni mencionar que en cada una de las habitaciones se encontraba un caballero distinto. Sin recabar del recepcionista aclaración adicional, la joven subió al primer piso, donde se encontraban situadas ambas habitaciones. Al cabo de un rato volvió a bajar y salió del hotel sin decir nada. Preguntado el recepcionista cuánto tiempo había permanecido la joven en la habitación o habitaciones respondió el recepcionista que no lo había computado en su momento, pero que el paso de la joven por el hotel había sido «breve e insustancial». Insistido sobre este punto aventuró la cifra de cinco minutos. ¿Era habitual en ella efectuar visitas tan fugaces? Respuesta: No, antes bien, todo lo contrario, siendo la joven, a juicio del recepcionista, «de las que ofrecen un servicio esmerado y muy completo». ¿Sabía el recepcionista cuál de las dos habitaciones había visitado la joven? Respuesta: No, no había reparado en ello, pues las habitaciones, como queda dicho, se encontraban en el piso superior. Tampoco había oído ruido de puertas que le permitiera formular una hipótesis al respecto. ¿Qué ocurrió luego? Respuesta: Que pasado otro ínterin similar al ya descrito bajó el segundo caballero con aspecto de estar «algo afectado». En un primer momento, el recepcionista atribuyó este estado de ánimo al hecho probable de haber visitado la joven «la otra habitación»; sin embargo, al cabo de un rato, bajó «el primer caballero», es decir, el acusado, en un estado «aún más afectado»; a decir verdad, «hecho un energúmeno» y «con los ojos inyectados en sangre», en palabras del propio recepcionista, el cual, temeroso de ser objeto de agresión, se apresuró a decir que él «sólo había hecho lo que usted me mandó». Sin duda por efecto de esta frase, el acusado desistió de sus propósitos violentos y abandonó el hotel tambaleándose.

Huelga añadir, añadió tras una pausa don Lorenzo Verdugones, que mostradas que le fueron al recepcionista del hotel las correspondientes fotografías no tuvo dificultad para identificar al señor Prullàs, al difunto señor Vallsigorri y a una muchacha que responde al nombre artístico de Lilí Villalba, hija de un conocido hampón, en cuya compañía, por cierto, regresó el acusado unos días más tarde al mismo hotel con la ropa manchada de sangre y en actitud tan inquietante y sospechosa como la que acaba de ser descrita.

El jerarca entregó los folios a Sigüenza, cruzó los brazos sobre el pecho, se encaró con Prullàs y dijo: Oído el relato pormenorizado de los hechos tal como se desprende de la declaración fehaciente de los testigos, ¿tiene algo que alegar el acusado o está dispuesto a formalizar su confesión?

¿Confesión?, gritó Prullàs, ¡pero si yo no he hecho nada! Uf, éste es de los que dan trabajo, comentó el juez. Y añadió en tono persuasivo: La confesión constituye una atenuante. ¡Venga ya, Prullàs, tenemos pruebas sobradas de que usted mató a Vallsigorri! ¡No nos haga perder más tiempo!, insistió don Lorenzo Verdugones. ¡No es verdad!, dijo Prullàs; yo no maté a Vallsigorri y ustedes no tienen ninguna prueba; sólo tienen la declaración de un recepcionista que afirma que en una ocasión coincidieron en una casa de citas tres personas. No sabe si esas tres personas llegaron a verse, ni si cada una de estas tres personas sabía de la presencia de las otras dos en el local. Sólo vio entrar y salir del hotel a esas tres personas por separado. Eso en sí ya es una prueba endeble. Pero, para colmo, el recepcionista no nos conoce personalmente, nunca ha comprobado nuestra identidad y ve a diario a muchas personas en las mismas condiciones. ¿Cómo está tan seguro de que vio a Vallsigorri aquel día y no a otra persona? Y lo mismo podríamos decir de la señorita Lilí Villalba. ¿Cuántas señoritas parecidas no habrán desfilado ante sus ojos?

Don Lorenzo Verdugones interrumpió la exposición de Prullàs con vehemencia. ¡Cómo se atreve a calificar de endebles estas pruebas! La declaración del recepcionista establece la relación habida entre usted y Vallsigorri y el móvil del crimen de un modo irrefutable; esto está más claro que el caldo de un asilo. ¿Y todavía le parece poca prueba? Pues déjeme decirle, señor Prullàs, que me he tomado la molestia de leer todas sus comedias policiacas y en ninguna he encontrado una substanciación tan sólidamente cimentada. Y si eso vale para usted, también vale para mí. Según mi versión, continuó diciendo con más serenidad y dirigiéndose sobre todo al juez, como si la opinión de Prullàs hubiera dejado de interesarle, los hechos se produjeron del siguiente modo: El acusado y Vallsigorri tuvieron una violenta discusión en el Hotel Gallardo a causa de la señorita Lilí Villalba, concluida la cual, el acusado regresó a su casa, dijo a su sirvienta que se iba a Masnou, acudió luego a casa del difunto, que aún estaba vivo, llamó, y cuando aquél le abrió y lo condujo al salón, lo agredió con un cuchillo de cocina causándole la muerte instantánea. A continuación, cumplida su venganza, emprendió viaje a Masnou, adonde llegó muy entrada la noche, sin ser visto por nadie. ¡Prueba endeble! ¡Ya te daré yo prueba endeble!

Intervino nuevamente el juez: Le aconsejo y de paso le conmino a que hable ahora; de lo contrario, caerá sobre usted todo el peso de la ley. ¿Hablar?, dijo Prullàs; yo no tengo nada que decir: son ustedes quienes deben probar mi culpabilidad. No lo entiende usted, insistió el juez; su culpabilidad está probada suficientemente, al menos para dictar auto de procesamiento. Lo único que puede impedir esta decisión y las medidas precautorias que de ella se derivaren, es que nos ofrezca usted una versión de los hechos distinta y más convincente. ¿Está en posesión de algún dato que contradiga las alegaciones formuladas contra usted? ¿Existe en su conocimiento otra persona o personas que tuviera motivo o motivos para desear la muerte de ese tal Vallsigorri y dispusiera de la ocasión propicia para ocasionársela? Si es así, hable usted y le dejaremos ir; de lo contrario, yo me lavo las manos, como nos enseña el Santo Evangelio.

Prullàs apretó los labios y movió la cabeza. Don Lorenzo Verdugones se puso en pie. ¡Señor juez!, exclamó levantando un dedo en dirección al techo, en nombre de las atribuciones que me confiere mi cargo y habida cuenta de las pruebas reunidas contra el acusado, el aquí presente don Carlos Prullàs, de profesión comediógrafo, pero considerando asimismo el principio sacrosanto de la independencia del poder judicial, consagrado en nuestro ordenamiento político nacional, pongo a su disposición a este punto filipino para que sea juzgado por el delito de haberse cargado a Ignacio Vallsigorri con arreglo a lo dispuesto en el código penal y en los artículos correspondientes de la Ley de Enjuiciamiento Criminal, y perdone si mi lenguaje adolece de alguna impropiedad, pero no soy abogado.

¡Por el amor de Dios, don Lorenzo, domina usted como nadie la labia del foro! Es una lástima que no sintiera usted la llamada de la toga: ¡qué gran jurisperito habría sido de habérselo propuesto! ¡Un verdadero Juvencio! ¡Un Puffendorf!

Pues no se hable más del asunto, respondió el jerarca. Y acelere los trámites, Sigüenza, que le estoy haciendo un plante al alcalde de Tarrasa.

*

En un despacho cerrado, con un calor agobiante, una mecanógrafa sudorosa iba alternando el papel de oficio y el papel carbón en el carro de la máquina. Concluida la operación, Prullàs, de pie frente a la mesa, fue recitando a instancias del juez su nombre completo, filiación, fecha de nacimiento, estado civil, domicilio y profesión. ¿Había tenido en alguna ocasión contacto personal con un tal Ignacio Vallsigorri y Fadrí, en la actualidad difunto y vecino de Barcelona? Prullàs respondió afirmativamente. ¿Podía precisar la fecha de dicho contacto personal? Por supuesto, el 9 de agosto del año en curso. ¿Con qué motivo? Una reunión social. ¿Había visto al susodicho individuo con posterioridad a la ya mencionada fecha del 9 de agosto? No. ¿Y con anterioridad a la reiterada fecha, esto es, la del 9 de agosto? Tampoco. ¿Manifestaba, pues, bajo su entera responsabilidad no haber visto al aludido difunto Ignacio Vallsigorri Fadrí siendo éste aún vivo sino única y solamente en la antes citada fecha y más tarde y con reiteración vuelta a citar? Vaciló Prullàs, algo inseguro respecto del sentido de la pregunta, y acabó diciendo que no.

En este punto interrumpió la mecanógrafa las actuaciones porque, según dijo, había escrito «sí» por error donde debía decir «no». Después de efectuar las oportunas correcciones, leyó en voz alta la adición: «Que la palabra tachada según consta queda sustituida por la que a continuación se transcribe siendo ésta válida al igual que la tachadura correspondiente a la palabra reemplazada supra y ambas igualmente válidas a los efectos del presente documento.» ¿Les parecía bien?, preguntó. Todos expresaron su conformidad y entonces, habiéndose declarado satisfecho el juez con lo actuado, procedió la mecanógrafa a sacar los papeles de la máquina, separó y guardó en una gaveta las hojas de papel carbón y entregó a aquél el original y las copias, el cual, después de haberlas leído con detenimiento, se las mostró a Prullàs.

Léalo y firme al pie, si está conforme, dijo. ¿No es un poco sucinta, esta declaración?, preguntó Prullàs. Todavía estamos en fase de diligencias previas, respondió el juez. El procedimiento debe seguirse por sus pasos contados. En cuanto al documento en cuestión, véalo usted mismo: no le compromete a nada. Firme aquí.

Prullàs firmó donde le indicaron. A continuación depositaron también su firma don Lorenzo Verdugones y Sigüenza en calidad de testigos, según explicó este último. La mecanógrafa metió una copia en una carpeta, entregó al juez el original y destinó la copia restante a abanicarse la cara y las axilas. El juez volvió a leer el documento y reiteró su satisfacción ante la labor realizada.

No conviene empezar la casa por el tejado, sentenció. Y ahora, señor Prullàs, venga por aquí, tenga la bondad.

*

Pasaron a una dependencia contigua donde dormitaban dos guardias en sendas sillas de madera. Al ver entrar al juez se levantaron y se calaron las gorras de plato. Conduzcan al detenido al calabozo, dijo el juez. Uno de los guardias sacó de un cajón unas esposas. Es sólo una formalidad, explicó el juez, no tanto necesaria cuanto preceptiva. Y ahora, deberá disculparme, señor Prullàs, pero otros asuntos menos gratos que su compañía me reclaman. He tenido sumo gusto en conocerle y le deseo mucha suerte en el estreno de su próxima comedia. Mi mujer y yo somos grandes admiradores de doña Mariquita Pons. Que usted lo pase bien.

Esposado y con un guardia a cada lado salió a un pasillo atestado de gente de la más baja estofa. A su paso prorrumpía en risas el populacho, al verlo caminar tan elegante hacia la trena. ¡Adiós, menistro!, le gritó una mujerona. Los facinerosos celebraron esta salida. Prullàs avanzaba con los ojos bajos, remedando una escena de la Pasión de Esparraguera.

4

Por una escalera ancha bajaron al sótano del edificio, recorrieron luego un lóbrego corredor, por cuyo techo corrían varias tuberías de distinto tamaño. Al fondo del corredor abrió uno de los guardias una puerta metálica de gran espesor y aparecieron en una habitación cuadrada. Un guardián sentado frente a un pupitre leía el *Dicen*. Al ver entrar a sus compañeros levantó la cabeza y parpadeó como si saliera de una profunda meditación.

Éste va a la tres, dijo uno de los guardias. Y a Prullàs: Deposita en esta mesa el contenido de los bolsillos. Prullàs hizo lo que le ordenaban y el guardián del pupitre fue inventariando los objetos y el dinero y guardándolos en un cajón. Luego le hicieron entregar la corbata, el cinturón y los cordones de los zapatos. Acto seguido, el guardián sacó de un cajón del pupitre un mazo de llaves y las fue pasando y examinando con mucha parsimonia hasta dar con la adecuada, se levantó y precedió al grupo hasta la puerta de uno de los calabozos. El ruido metálico de la llave en la cerradura y el chirrido de la reja al girar sobre sus goznes pusieron a Prullàs la piel de gallina.

Entra, le conminaron. Una vez dentro del calabozo le quitaron las esposas, salieron y cerraron la reja. Prullàs se encontró en una pieza rectangular, sin ningún orificio en las paredes, que aparecían enteramente cubiertas de inscripciones minúsculas y muy trabajosas. Por todo mobiliario había un catre angosto atornillado por medio de unas barras fijas a la pared del fondo. Oigan, ¿tienen idea de cuánto tiempo me van a tener aquí?, preguntó. Eso se verá, fue la respuesta. Y para amenizar la espera, ¿no podrían prestarme algún periódico? Sólo si el señor juez lo autoriza, contestaron los guardias antes de retirarse.

Prullàs se sentó en el catre y esperó. De otro calabozo, cuyo interior no alcanzaba a ver, salían unos ronquidos potentes y regulares. He ahí un hombre sabio, pensó Prullàs; un verdadero estoico. Como le habían quitado el reloj de pulsera y la única luz provenía de una bombilla raquítica colgada del techo del pasillo, pronto perdió la noción del tiempo. Llevaba muchas horas sin comer y sentía una considerable debilidad. Sin embargo, cuando reapareció el guardián con una escudilla repleta de garbanzos duros y fríos, no pudo comer ni una sola cucharada. Disculpe, agente, ¿no podría hacer que me trajeran un bocadillo de algún bar de por aquí cerca? De jamón, de longaniza o de lo que sea. Si tiene con qué pagarlo, se puede intentar, respondió el guardián. Mi dinero está en el pupitre, donde usted lo ha puesto, dijo Prullàs; coja lo necesario. Ah, no señor, si yo dispusiera de los artículos incautados sin una autorización escrita, no veas el paquete que me iba a caer. Puedo firmarle un pagaré, propuso Prullàs. ¡Valiente apaño!, replicó el guardián; si te caen treinta años eso será papel mojado.

Al cabo de un rato el guardián fue relevado por otro guardián, con el cual intentó Prullàs reanudar las negociaciones. Ya no le preocupaba la calidad de la comida y las incomodidades del lugar, sino la incertidumbre que envolvía su futuro. Le recompensaré holgadamente si hace usted llegar una nota al señor Gaudet, le dijo al guardián del turno de noche; yo no dispongo ahora de dinero, como se echa de ver, pero el propio señor Gaudet, siguiendo instrucciones mías, hará entrega de una bonita suma al portador de la misiva.

Ni las promesas ni los ruegos surtieron efecto alguno. Venga, dijo finalmente el guardián, es hora de dormir y no de cháchara. Los detenidos fueron conducidos por turno a un retrete encharcado, donde no se podía respirar, y reintegrados a sus respectivos calabozos. ¡Esto es inadmisible!, protestó Prullàs. No te quejes, hombre, repuso el guardián, que nadie te ha puesto la mano encima; ¡buen enchufe debes de tener! Y de lo demás no te preocupes: mañana o pasado te trasladarán a la Modelo y allí estarás como Dios.

*

A la mañana siguiente, un tercer guardián, que había sustituido al del turno de noche sin que Prullàs se percatara, abrió la reja del calabozo y le dijo: ¡Eh tú, sal de ahí! Prullàs se puso la americana que había enrollado y utilizado como almohada en un vano intento de dormir, y obedeció la orden del carcelero. Junto al pupitre estaba Sigüenza. Recoja sus cosas, señor Prullàs, dijo el solícito funcionario con una deferencia impropia de la situación; está usted libre. Vaya, ¿y a qué debo esta atención, Sigüenza?, dijo Prullàs con sorna. Sigüenza no se inmutó. La ley no hace distingos: al culpable se le encierra y al inocente se le libera, dijo. Y bajando la voz, como si tratara de hacer pasar inadvertida la significación de la frase, añadió: Esta noche han detenido al asesino de Vallsigorri.

Prullàs tardó un rato en reaccionar. ¿Cómo ha dicho? El verdadero asesino, repitió Sigüenza; esta noche lo han cogido; en estos momentos el señor juez le está tomando la declaración. Si se espera un rato, lo traerán aquí de fijo. No, no, cuanto antes salgamos de este sitio, mejor, repuso Prullàs, ¿de quién se trata?

Sigüenza se encogió de hombros. Nadie conocido, respondió, un maleante de poca monta. Tras los cristales de las gafas se humedecieron sus ojos tristes, como si lo que acababa de decir le produjera una profunda decepción. El guardián había colocado sobre el pupitre los objetos personales de Prullàs. Firme aquí conforme se le devuelve todo. Prullàs firmó. ¿Puedo irme ya?, preguntó. Sin duda las circunstancias le favorecen, dijo Sigüenza; debido a un imprevisto, el juez no tuvo tiempo de dictar auto de procesamiento, por lo que no hará falta disponer el sobreseimiento de las actuaciones. Supongo que deseará asearse y desayunar. Si me lo permite, le acompañaré a su casa: dispongo de coche oficial; y si lo desea, durante el trayecto, puedo resumirle lo sucedido en términos generales.

5

Tal como había prometido, el solícito funcionario refirió lo siguiente: A los dos días de la muerte de Vallsigorri, se presentó en la comisaría de la calle Enrique Granados un hombre que dijo poder aportar datos relacionados con el suceso. Justificó haber demorado su comparecencia por su natural aversión a inmiscuirse en la vida del prójimo, especialmente para levantar falsos testimonios, y también por el hecho de haber pertenecido por error en su juventud a una asociación actualmente prohibida por la ley, por lo cual, y no obstante haber sido absuelto en su día por el tribunal de depuración, seguía teniendo antecedentes, lo que lo hacía proclive a conducirse en todo momento y circunstancia con extrema cautela, según dijo el individuo, explicó Sigüenza. Con todo, su sentido cívico y el temor a incurrir en delito de ocultación le habían impelido a dar aquel paso, según manifestó el denunciante, añadió Sigüenza. Aclarado lo cual, procedió a declarar que desde hacía varios años habitaba un piso situado en la calle de Aribau, desde el cual se podía ver, pues se hallaba enfrente, la casa del difunto Vallsigorri; que la noche del crimen no había podido conciliar el sueño por causa del calor reinante; que había salido al balcón en pijama con la finalidad de refrescarse; que estando allí había visto salir del portal de la casa del difunto Vallsigorri a un sujeto de catadura y actitud harto sospechosas; que en aquel momento no había dado mayor importancia al incidente; que la visión del sujeto había sido fugaz y muy imprecisa, debido a la distancia, a la oscuridad y a la intrusión del follaje en su campo visual. Mostradas que le fueron varias fotografías de delincuentes habituales, no pudo efectuar una identificación cabal del sujeto antes mencionado, limitándose a señalar a varios cuyas fisonomías le resultaban particularmente siniestras, según manifestó, dijo Sigüenza. Mostradas a su vez las fotos seleccionadas por el testigo ocular al portero de la casa de Vallsigorri, no tardó aquél en señalar a uno de los sujetos como acompañante habitual de una antigua sirvienta del señor Vallsigorri, precisamente aquella a la que el citado señor Vallsigorri había despedido unos meses antes por no ajustarse su comportamiento al nivel moral exigible de quien sirve en una casa digna y decente. Por si eso fuera poco, el sujeto había sido condenado dos veces por hurto y una por robo con escalo en grado de tentativa. Se averiguó su domicilio actual por medio de confidentes y allí se personó la fuerza. Interrogados los vecinos, aseguró uno haber visto entrar al sospechoso en la madrugada del día de autos, añadiendo que, a pesar de la distancia y de la escasa luz, había podido distinguir perfectamente manchas de sangre en la mano derecha de aquél. El edificio fue puesto bajo vigilancia las veinticuatro horas del día. Al oscurecer apareció el sospechoso caminando de prisa, rozando las paredes y volviendo a cada instante la vista atrás para asegurarse de que nadie lo seguía. Detenido e interrogado, negó tener conocimiento de los hechos que se le imputaban: nunca había oído mencionar siquiera el nombre de Ignacio Vallsigorri. Sin embargo, no pudo dar cuenta cabal de su paradero la noche del crimen. Dijo haber ido al cine, solo, a ver una película muy buena, de un actor muy famoso, cuyo nombre había olvidado, así como el título de la película y su argumento; sólo recordaba que salían muchos caballos, y tiros, y que la chica era muy guapa y bastante mala, según se echaba de ver, aunque hacia el final se ponía de parte del chico. Le fue decomisada una modesta suma de dinero, de cuya procedencia tampoco supo dar razón; aseguró haberla ganado trabajando como repartidor, pero no supo decir ni qué repartía, ni dónde, ni por cuenta de quién. Finalmente, convencido de la inutilidad de persistir en ello y persuadido por la policía, acabó firmando una confesión en toda regla sin dejar de proclamar a los cuatro vientos su inocencia. De este modo concluyó el caso, concluyó Sigüenza su relato.

Prullàs, que no había pegado ojo en toda la noche y había experimentado en el curso de las últimas jornadas más emociones y sobresaltos que en todo el resto de su vida, apenas comprendía el significado de aquellas explicaciones. ¿Pero por qué había de matar ese tipo a Vallsigorri, si no lo conocía de nada?, preguntó. ¿Cuál había sido el móvil del crimen?

Ninguno, contestó el solícito funcionario. Seguramente el delincuente, con la complicidad de su amiguita, había obtenido tiempo atrás un molde de cera de las llaves de la vivienda. Más adelante, una noche de verano, confiado en la ausencia del dueño de la casa, a quien suponía de veraneo, el ladrón había penetrado en la casa con ayuda de las llaves falsificadas. Aún no había empezado a apoderarse del botín cuando se vio sorprendido por el regreso inesperado de Vallsigorri. Presa de pánico, trató de escapar. Vallsigorri se interpuso en su camino. El ladrón llevaba en la mano un cuchillo con el que se disponía a forzar una cerradura. Se produjo un encontronazo y la mala suerte hizo el resto.

El coche se detuvo ante la casa de Prullàs. Pero si todos estos días estaban sobre la pista de un sospechoso, ¿por qué no me lo dijeron?, preguntó antes de apearse, ¿por qué han permitido que yo prosiguiera mis investigaciones, con el consiguiente riesgo de mi propia vida?

Nosotros no podíamos sospechar que iría a meterse en la boca del lobo como un incauto, contestó Sigüenza; la encerrona de Cosa Bonita no entraba en nuestros planes, como puede suponer. En este sentido, cometió usted una grave imprudencia. De todos modos, el Niño de la Doctrina no le habría hecho daño: es un buen chico. Nos ayuda en algunas cositas, de cuando en cuando, y nosotros, a cambio, no le buscamos las cosquillas. No es tonto y sabe muy bien con quién le conviene estar a buenas. Además, agregó cerrando la portezuela del coche, no se habría atrevido a tocar a una personalidad tan ilustre de las letras españolas.

¿Y lo demás? La escena del juzgado, la noche en el calabozo, ¿qué sentido tenía?, volvió a preguntar Prullàs. Ah, eso... don Lorenzo tendrá sus razones; a mí no me las cuenta y yo, como es natural, no me inmiscuyo, respondió Sigüenza.

El chófer puso el coche en marcha. Prullàs se agarró a la ventanilla. ¿Y la carta? El coche empezaba a rodar y hubo de soltar la presa. ¿Qué carta?, preguntó el solícito funcionario. Pero el coche ya se había alejado y su voz se perdió en el rumor del tráfico. El portero lo sacó de su ensimismamiento. No se quede al sol, señor Prullàs. Arrugado, sucio, despeinado y sin afeitar, Prullàs llamaba la atención de los transeúntes.

6

Creyó despertar de un sueño profundo y largo, quizás de varios días, pero al verificar la hora y la fecha advirtió su error: apenas si había dormido dos o tres horas. Estaba en su habitación, por las rendijas de la persiana entraban las láminas del sol poniente. Se levantó con esfuerzo: seguía sintiéndose muy fatigado, exhausto, pero pugnaba por no volverse a dormir. Su sueño había estado poblado de las más angustiosas pesadillas. Comprendió que tardaría mucho tiempo en recobrar la tranquilidad de antaño: ahora todos los espantos parecían haber tomado casa en su inconsciente. Se duchó, se puso ropa limpia, salió. Demasiado débil para coger su propio coche, tomó un taxi, que lo dejó en la puerta del teatro.

Bonifaci salió de su garita en cuanto lo vio entrar. Con su habitual deferencia se interesó por su salud. Como llevaba un par de días sin venir y sin haber avisado previamente, dijo, había pensado que tal vez se encontraba indispuesto. Efectivamente, tenía mala cara, añadió levantando la linterna sorda como si fuera un cetro, sin duda estos calores... Se habían adentrado en el pasillo. Celebraba verlo de nuevo, cuchicheó Bonifaci mientras lo precedía entre cajas. Su regreso, añadió, era de lo más oportuno. Ahora las cosas irían mucho mejor, afirmó; la sustitución había sido un acierto. Todo irá sobre ruedas, concluyó; ahora sí que la comedia será un éxito sonado, don Carlos, como todas las suyas.

Prullàs asintió. No le hizo falta verlo con sus propios ojos para saber de qué sustitución hablaba Bonifaci.

JULIO: ¡Válgame Dios, pues ahora resulta que no sólo teníamos un asesino metido en casa, sino dos!

CECILIA: ¡Quién lo iba a decir! ¡Si parecía una mosquita muerta!

LUISITO: ¡Hi, hi, hi!

CECILIA: No llores, Luisito. Esa chica no te convenía. Ha sido mejor enterarse a tiempo. Imagínate que te llegas a casar con ella y el día menos pensado va y ¡zas!, te descuartiza.

LUISITO: ¡Hi, hi, hi! ¡Qué pepe... qué pe...pena!

JULIO: ¡Para de llorar, hombre! No hay razón para ponerse así, tontuelo: ¡si vas a encontrar tantas novias como tú quieras y más! Sólo es cuestión de proponérselo, ya lo verás. ¡Si hoy en día las chicas sólo piensan en casarse! ¡Ay, lo difícil va a ser encontrar otra criada que sepa plancharme las camisas de popelín!

LUISITO: ¡Hi, hi, hi!

CECILIA: ¡Que no llores te han dicho, demontre! (*Le da una bofetada.*)

LUISITO: ¡Ay!

DONCELLA: Pues déjenme ustedes decirles, con el debido respeto, que los señores cometen un grave error. Que lo del pobre señor Todoliu fue un accidente involuntario. Y lo de la señora condesa de Vallespir, tres cuartos de lo mismo. ¡Pues anda, que no se llevó poco disgusto una servidora cuando vio la cabeza de la señora condesa por aquí, y el cuerpo por allá, y una pierna por este lado, y un brazo por el otro! Porque una servidora es pobre, pero muy limpia, y a honrada no la gana nadie. Y no como otras, que andan por ahí sisando en la compra.

ENRIQUE: (*Le pone las esposas.*) Nada, nada, buena pieza, ¡a la comisaría! ¡Allí te harán confesar tus crímenes!

Al término del ensayo, Prullàs, Gaudet y Mariquita Pons se reunieron en el camerino de ésta. Todos los periódicos matutinos habían informado de la resolución del caso Vallsigorri y tanto el director de escena como la célebre actriz estaban muy contentos y aliviados. Por fin había pasado aquella horrible pesadilla, dijeron al unísono. Te hemos estado llamando por teléfono desde muy temprano para felicitarte, agregaron quitándose mutuamente la palabra de la boca, pero la Sebastiana se negó en redondo a pasarnos la comunicación; primero nos dijo que no estabas en casa; luego, que estabas descansando. Esa chica es un auténtico cancerbero.

Prullàs no participaba de la alegría general. ¿Cómo ha sido?, preguntó. Gaudet comprendió el sentido de la pregunta y le puso al corriente de lo sucedido: la señorita Lilí Villalba le había llamado a primera hora de aquella misma mañana para comunicarle la irrevocable decisión de rescindir su contrato con el teatro; razones familiares la obligaban a marcharse de Barcelona sin tardanza, alegó. La excusa era poco verosímil, pero Gaudet había detectado en la voz de la joven actriz un temblor de genuina angustia. De modo que le dio su conformidad, ¿qué otra cosa podía hacer? Faltando tan poco para el estreno, agregó acto seguido, una cosa así habría supuesto una catástrofe si se hubiera tratado de otra persona. Pero tratándose de aquella gaznápira, su desaparición había sido un auténtico regalo, afirmó sin ambages. Antes del mediodía ya habían encontrado una sobresalienta dispuesta a ocupar el lugar de la señorita Lilí Villalba. No era tan mona ni tan esbelta como su antecesora, reconoció el director de escena, pero en cuanto a dotes artísticas, ¡menuda diferencia! En un par de horas había memorizado el texto de la última escena y sin haberlo ensayado nunca lo había hecho mejor que la señorita Lilí Villalba después de un mes de ensayo diario.

Mariquita Pons le palmeó el hombro con cariño. Venga, hombre, no te entristezcas; como ésa las hay a miles. Más bien deberías alegrarte de haberte librado de semejante trasto, añadió Gaudet; nunca me gustó la chica y este final confirma mis sospechas. Prullàs no respondió. Gaudet y Mariquita Pons se miraron con expresión desconcertada.

Como te veo un poco alicaído, dijo de pronto Gaudet, te voy a contar una cosa muy graciosa; te vas a reír. Resulta que ayer tarde recibí una visita de lo más pintoresco. Venía de tu parte, según dijo; al menos, traía tu tarjeta. Y de repente, sin más ni más, se puso a cantar y a bailar en el rellano. Se asomaron todos los vecinos a ver qué pasaba y yo no sabía dónde meterme. Luego, una vez finalizado el espectáculo, me dijo que era artista, con muchas tablas y muchas ganas de triunfar, pero sin suerte hasta la fecha. Por lo visto, tú le dijiste que yo le podía abrir las puertas del teatro serio, y por eso venía a verme. Me dijo que no era exigente, que se conformaba con papelitos de figuranta; luego, Dios diría. Y a continuación me contó una historia rocambolesca, según la cual, te salvó la vida.

Algo de verdad hay en todo eso, dijo Prullàs. En cuanto al personaje, ¿qué te puedo decir? La Fresca no es Margarita Xirgu, pero a entusiasmo no le aventaja nadie. Y no es mala persona. ¿Podrás hacer algo? Gaudet movió la cabeza contrariado. ¿Por qué has de meterme siempre en líos?, dijo. Sabes de sobra cómo está el panorama teatral. El maldito cine nos está cavando la fosa. No hay trabajo para nadie, y menos para una persona como la Fresca. En España el teatro pertenece al pasado, Carlos, ¿cuándo te querrás enterar? Sin embargo, añadió tras una pausa, le dije que si necesitaba trabajo, que si verdaderamente le acuciaba la necesidad, yo andaba buscando una asistenta; que si sabía cocinar, lavar y planchar, y si no le importaba llevar la casa de un hombre soltero y maniático, podía ofrecerle un contrato a prueba. ¿Y qué te contestó la Fresca?, preguntó Prullàs. Mañana empieza, respondió Gaudet. ¿Y cuando te vayas a la Argentina? Gaudet esbozó una sonrisa maliciosa. Bueno, si congeniamos, tal vez nos vayamos juntos, dijo.

*

Mientras esperaba un taxi en la esquina del teatro, compró *El Noticiero* y *La Prensa*. En forma sucinta y sospechosamente idéntica, ambas publicaciones recogían en la crónica de sucesos la noticia aparecida en la prensa de la mañana y añadía algunos pormenores que no aportaban nada nuevo al desenlace del caso Vallsigorri. Del nombre del detenido sólo figuraban las iniciales: S. V. *El Noticiero* incluía una breve semblanza biográfica de Vallsigorri y unas cuantas frases encomiásticas de la personalidad del difunto; obviamente se trataba de un torpe añadido para cubrir el hueco dejado por una supresión de última hora. Ambos periódicos prodigaban elogios a la brillante actuación de la policía. Un lugar más destacado ocupaba la noticia de que el tribunal de Nuremberg, tras larga deliberación, había condenado a Alfried Krupp a doce años de prisión por colaboración con el régimen nazi, así como a la expropiación de las acciones de su empresa, que a partir de aquel momento se convertiría en una sociedad anónima con participación estatal. El enviado especial en Nuremberg no dejaba de señalar que en esta sentencia desmedida muchos veían la mano de poderosos intereses económicos, cuyo peso había logrado mantener la alegórica venda en los ojos de la Justicia para mejor desnivelar el fiel de su balanza.

Ya era oscuro cuando pasó un taxi libre. Lo tomó y volvió loco al taxista tratando de dar con la casa de los Villalba. No recordaba el nombre del callejón ni la forma de llegar a él: sólo había hecho el trayecto una vez, en estado de sobreexcitación, siguiendo a ciegas las indicaciones de Gaudet. Después de dar muchas vueltas por calles miserables, pobladas de seres fantasmagóricos, reconoció la plaza donde acampaban los gitanos. Hizo parar el taxi y ordenó al taxista que lo esperara mientras él hacía una gestión. Gestione usted lo que le dé la gana, pero yo no me quedo aquí ni un segundo, replicó el taxista. Le pagaré el doble, ofreció Prullàs. Ah, bueno, en este caso... Pero no tarde, y vaya con tiento: mire que allí hay una tribu de gitanos.

No le costó dar con el portal en el callejón. Subió las escaleras, tocó la puerta repetidamente. Al cabo de un rato asomó al rellano por la puerta contigua una mujer en camisa de dormir y chancletas. Llevaba rato oyendo los golpazos y salía a ver qué pasaba. No parecía molesta ni extrañada por aquella intempestiva batahola.

Se va a dejar los nudillos de tanto picar, le dijo a Prullàs, y todo por nada; los Villalba se han ido; el padre, las mujeres, el pendoncillo de la hija mayor y las criaturas: la familia entera. El piso está vacío. Hasta las telarañas se han debido de llevar, a juzgar por cómo habían cargado el carro de mano. Apenas si podían moverlo, siguió diciendo la vecina; entre todos lo empujaban, menos el pequeñín, que iba llorando, sentadito en un varal.

Habían hecho la mudanza con grandes prisas, sin decir a nadie a dónde iban ni cuál era la razón de una marcha tan repentina. Alguien había comentado que la noche anterior Villalba había recibido la visita de un hombre misterioso, muy bien trajeado, con aires de autoridad. En esta visita veían algunos la causa principal de la partida. Pero la vecina no hacía caso de estas historias: siempre que sucedía algo imprevisto la gente le encontraba causas raras, dijo; no faltaba quien decía que todos los acaeceres de este mundo los movían del modo más secreto los habitantes de otros planetas. Mucho cine han debido de ver, comentó; pero para mí que a Villalba le dio un mal viento. En alguna ocasión, añadió, había oído decir a Villalba que tenía pensado emigrar a América: a Venezuela o a México, donde, al parecer, se podía hacer fortuna con relativa facilidad. Ella, sin embargo, nunca había tomado en serio estas fantasías. Villalba era un inútil, dijo; lunático, pero sobre todo, gandul; un hombre echado a perder por la bebida, como tantos otros; cuando volvía de la tasca borracho, una noche sí y la otra también, armaba unas trifulcas de mil demonios. Ningún miembro del hogar se quedaba sin recibir su buena dosis de zurriagazos. A ella esta conducta no la pillaba de nuevas, agregó con pesadumbre: mientras estuvo casada pasó por el mismo calvario; su vida fue una continua zozobra mientras su marido vivió. Por eso, aunque ahora los vecinos la despertaban con sus trapatiestas, no se quejaba: era mil veces mejor oír el jolgorio a través de un tabique que tenerlo en casa. Sólo los niños del clan de Villalba la hacían sufrir, añadió con sincera compasión; había algunos muy pequeños; más de una vez y más de dos se los había metido en casa a escondidas de Villalba, los había lavado y les había dado de comer. Ahora no sé qué será de ellos, murmuró.

*

Al salir de la casa encaminó sus pasos hacia el campamento de los gitanos, donde reinaba la quietud más absoluta, como si estuviera desierto o como si todos sus integrantes se hubieran retirado a descansar. Detrás de un carromato encontró a un hombre macilento, de anchas patillas blancas, que aventaba con un soplillo las brasas de un horno de arcilla. Prullàs le preguntó si conocía a un esquilador; precisaba hablar con él y estaba dispuesto a recompesar generosamente cualquier información que pudiera darle. El hombre del soplillo respondió que ellos no eran esquiladores, sino caldereros; sólo se dedicaban a reparar cacerolas y sartenes, dijo; aquel hornillo, añadió aventando las brasas con el soplillo, les servía de fragua: allí fundían y trabajaban luego sobre un yunque diminuto el cobre que usaban para poner parches a los utensilios agujereados. También reparaban varillas de paraguas. Prullàs no le escuchaba. Entre las espesas sombras de los carromatos le había parecido distinguir la forma de un oso tumbado en el suelo. Siguiendo su mirada, el calderero confirmó su primera impresión: se trataba, en efecto, de un oso amaestrado, procedente, como su dueño, de Bulgaria; el oso y su dueño habían recorrido toda Europa a pie, bailando por calles y plazas para ganarse el sustento. Ahora estaban ambos temporalmente acogidos a la hospitalidad de los caldereros. Prullàs le agradeció la información y le dio una abundante propina. El rostro del calderero mostró su sorpresa: no entendía qué había hecho para merecer semejante recompensa. Es para usted y también para el oso, dijo Prullàs a modo de justificación.

*

Hizo parar el taxi de nuevo frente al Hotel Gallardo. ¿Quiere que le espere otra vez?, protestó el taxista. Mientras corra el taxímetro, ¿a usted qué más le da?, dijo Prullàs. Es que me aburro. Cómprese un tebeo.

El recepcionista de la gardenia en la solapa palideció al verlo entrar. Le juro por mi madre que yo no quería hablar. Por mi madre se lo juro. Pero uno no puede enfrentarse a la autoridad. Y por otra parte, mi obligación es velar por la seguridad de la clientela. Una banda de salteadores había atracado en los últimos meses varios hoteles similares a aquél, explicó; desplumaban a los señores clientes y, por supuesto, los señores clientes se guardaban de denunciar el robo. Los salteadores actuaban con la máxima impunidad, dijo el recepcionista de la gardenia en la solapa; por esta razón, añadió, se veía forzado a obrar con la máxima prudencia, a extremar las precauciones y a recabar de continuo la colaboración de la fuerza pública, a la que comunicaba de inmediato cualquier anomalía. Vivo en un ay, acabó diciendo.

No se preocupe, dijo Prullàs; no he venido a buscar camorra. Sólo quiero la habitación de siempre, si está libre. El recepcionista de la gardenia en la solapa le entregó la llave. Prullàs subió al primer piso, entró y cerró la puerta a sus espaldas. Una ventana de la casa de enfrente enmarcaba el sedante espectáculo de una familia reunida en torno a la mesa del comedor: en el centro humeaba un puchero de barro; un hombre maduro y un mozalbete comían vorazmente, con la cabeza sumergida en el plato y aspaviento de cucharas; una mujer entraba y salía de la zona visible sin propósito aparente. En la quietud de la noche se oía con claridad el persistente apremio sintético de los anuncios radiofónicos: ¡Tres tazones, cinco pesetas! ¡Seis lápices Sindel, cinco pesetas! ¡Una combinación de rayón indesmallable, veinticinco pesetas! ¡Colador y embudo, siete pesetas! Alterado por esta cantinela brincaba el jilguero en su jaula. Prullàs se retiró de la ventana y se dejó caer de espaldas en la cama, fijó la vista en la grieta del techo y a duras penas pudo contener un sollozo. ¡Quién me habría dicho hace menos de un mes que este cuartucho ramplón y envilecido acabaría siendo para mí el paradigma de la felicidad!, se dijo. Sus propias reflexiones lo asustaron. Comprendió de súbito que estaba indefectiblemente dominado por un sentimiento absurdo y doloroso, y también que nunca más volvería a ver a la mujer que deseaba con auténtico desespero. Se incorporó bruscamente: aquel cuarto, impregnado del recuerdo vehemente de las horas felices, no hacía sino acrecentar el sentimiento de su insatisfacción. Bajó saltando las escaleras, depositó la llave en el mostrador de la recepción sin decir nada y abandonó el hotel a la carrera. El recepcionista de la gardenia en la solapa vio desaparecer con alivio aquel cliente solvente y gentil, pero cuya conducta, incluso en un establecimiento destinado a cobijar las más caprichosas variantes de la concupiscencia, había adolecido en todo momento de graves irregularidades.

Capítulo IX

1

Como muchos años, el mes de agosto acabó sumido en aparatosas tempestades, cielos cubiertos y furiosas ventoleras, que se alternaban con breves e inseguros períodos de bonanza. Los baños se volvieron azarosos y poco apetecibles: la arena estaba húmeda y los temporales habían depositado en la playa una hilera de algas enmarañadas de color verduzco, que al pudrirse al sol desprendían un olor desagradable. El mar estaba agitado, las olas se encrespaban y rugían con fuerza en la rompiente; algunos días la resaca sembraba el pánico entre los bañistas. Pese a todo, a poco que lo permitiera la inestabilidad atmosférica, las familias que integraban la colonia veraniega seguía cumpliendo con aquel rito. En estos casos, Prullàs también bajaba a la playa, puntual y escrupuloso, pero no participaba de sus alicientes; ni siquiera se ponía el traje de baño. Vestido de punta en blanco y tocado con un flamante panamá que le había regalado Martita, se sentaba debajo del toldo, en una silla plegable, y trataba de leer la prensa diaria con ridículo empeño, bregando contra las ráfagas de viento que le alborotaban las hojas y a menudo se las arrancaban de las manos para regocijo de la chiquillería. De cuando en cuando cejaba en su lucha contra el viento, levantaba la mirada de la letra impresa y la fijaba en el horizonte, donde una leve franja grisácea anunciaba la inminencia de nuevos aguaceros y tronadas. Entonces le invadía una tristeza grande y con cualquier excusa regresaba a casa. Una vez allí, no sabía qué hacer. Como había dejado de leer novelas policiacas y no podía concentrarse en ningún otro tipo de lectura, vagaba de aposento en aposento, con las manos hundidas en los bolsillos del pantalón, contemplando las musarañas, tropezando con las chicas de servicio y entorpeciendo los quehaceres del hogar. Por la mañana era el último en levantarse, dormía una larga siesta después de la comida y aun así, vivía en un estado de perpetua soñolencia; continuamente se quedaba traspuesto por los rincones. Por vez primera dedicaba mucho rato a sus hijos y, para consternación de éstos, se había impuesto la tediosa obligación de ayudarles a hacer los deberes de verano: una inacabable serie de problemas aritméticos y análisis morfológicos que, lejos del medio escolar, en aquel ambiente de pereza y disipación, parecían ideados por una mente enferma.

No buscaba las relaciones sociales, pero tampoco las rehuía. En las reuniones se mostraba, como de costumbre, hablador e ingenioso, y sólo se inhibía cuando el tono general de la conversación derivaba hacia la maledicencia, que aborrecía. Pero no era el mismo: ahora en su actitud parecían convivir la alegría y el fastidio, el interés y la desidia; era imposible discernir si la presencia de los demás lo incordiaba o le resultaba grata, si su volubilidad era sincera o si formaba parte de una imagen pública que poco a poco iba desplazando su verdadera personalidad. Quienes lo conocían bien veían pasar a veces por su rostro la sombra fugaz de una emoción intensa.

*

Con Marichuli Mercadal no había vuelto a tener otro contacto que el impuesto por el azar y la proximidad: entonces se saludaban e intercambiaban frases escuetas y triviales. Tampoco ella intentaba el menor acercamiento. Los días lluviosos, el presagio del otoño, con su carga de melancolía, habían afectado visiblemente a su hija. Por primera vez en su vida, Alicia Mercadal parecía haber adquirido conciencia de su precario estado. También ella, en la playa, abandonaba a veces las correrías y dejaba vagar la mirada por el horizonte, como si en el celaje que enturbiaba los confines del mar pudiera leer el presagio de un próximo final, la fecha inminente de su inapelable señalamiento. Durante el día estaba alegre y participaba en los juegos propios de su edad, pero al llegar la noche se ponía a llorar con desconsuelo y Marichuli Mercadal, por más que su marido tratara de restar importancia a una inestabilidad anímica que él atribuía, quizás con razón, a los anhelos y desazones de una incipiente adolescencia, se desesperaba al verse incapaz de proporcionar a su hija el menor consuelo.

Paradójicamente, era este abatimiento, que coincidía con el del propio Prullàs, el que ahora le permitía poner freno a los embates de una pasión que poco tiempo atrás la plenitud de sus fuerzas en lugar de dominar, incrementaba. Ahora tenía el corazón seco y la mente vacía: ni siquiera la constante presencia física del hombre por quien apenas una semana antes lo habría sacrificado todo lograba arrancarla del marasmo en que se hallaba sumida.

*

Todos los días, a la caída de la tarde, Prullàs salía a dar largas caminatas por la playa desierta. Andaba de prisa, sin rumbo fijo, perdido en sus cavilaciones; de cuando en cuando llamaba su atención algún objeto devuelto a la tierra por las olas: una lata de sardinas oxidada, una botella vacía, un zapatón boquirroto que parecía salido de una película de Charlot. Prullàs se acuclillaba junto a estos nimios restos de un falso naufragio, los estudiaba un rato y proseguía su marcha más absorto que antes, como si aquellos hallazgos le hubieran dado pábulo a nuevas reflexiones.

Una tarde sus pasos lo llevaron al límite de la playa, junto al espigón. Allí se sentó y se quedó extasiado mirando cabrillear el mar bajo los últimos reflejos del sol. Pasó un tren rápido: tembló el suelo, cayó una lluvia de chispas sobre los rieles y una humareda negra embadurnó el cielo amoratado del ocaso; las gaviotas posadas en el vértice del espigón salieron volando con desolado graznido. Luego, por contraste, pareció reinar un silencio opresivo. El paraje solitario, la luz crepuscular, las rocas sombrías, el rumor de las olas y los tristes sonidos de las aves eran reflejo exacto de su estado de ánimo, pensó Prullàs. Esta constatación hizo acudir las lágrimas a sus ojos.

Se reportó al advertir la presencia de un hombre que se dirigía a la playa desde la punta del espigón, brincando por las piedras con agilidad a pesar de su avanzada edad y su rolliza constitución, y de acarrear por añadidura la variada impedimenta del pescador de caña. Cuando lo tuvo más cerca reconoció en el vivaracho pescador a su propio suegro. Fue a su encuentro y le ayudó a bajar a la arena. Luego ambos reemprendieron el camino de vuelta a casa. El suegro de Prullàs estaba de excelente humor; sin parar mientes en el aire taciturno de su yerno, le mostró con orgullo el fruto de su habilidad y su tesón: tres pececillos a todas luces incomestibles, que ahora se agitaban con los estertores de la asfixia en el fondo de la nasa.

No te puedes imaginar la alegría que me da tenerte entre nosotros, exclamó luego impulsivamente, colgándose de su brazo; nunca me he metido en tus asuntos y comprendo que a veces las peculiaridades de tu profesión te obliguen a llevar una vida poco convencional, pero, por más que digan, yo siempre he pensado que el lugar de un hombre es su casa y su familia. Uno de estos días, con calma, hemos de hablar. Estoy pensando en retirarme de los negocios y me gustaría que tú te hicieras cargo... No ahora, claro, no inmediatamente, ni del todo. Poco a poco. ¡Todo está cambiando tan de prisa! Mira, cuando yo empecé a trabajar, y mucho antes, desde tiempo inmemorial, un socio era un amigo, casi como un hermano. Uno iba a su casa, compartía con él las penas y las alegrías de la vida, era el padrino de sus hijos y él de los tuyos..., ya me entiendes. Hoy, por el contrario, las sociedades son anónimas, figúrate tú, ¡anónimas! Uno ya no sabe con quién se está jugando los cuartos, en quién puede confiar y en quién no; hoy una empresa es una máquina dirigida desde cualquier parte, desde el extranjero, desde Londres o Wall Street. Ya ves lo que le ha pasado al pobre Krupp. Pero yo me resisto a que mi empresa corra esta suerte. Mi abuelo la fundó y estuvo al frente del negocio hasta que murió; luego vino mi padre, y luego yo; nuestra empresa forma parte de Cataluña, es un pedazo de la economía y de la Historia de esta tierra, y no quiero que a mi muerte pueda caer en manos de un chiflado de Zurich o de cualquier otro sitio. Por eso he pensado... En fin, ya hablaremos.

Prullàs asintió mecánicamente. Por un instante le asaltó la sospecha de que las palabras de su suegro encerraban un secreto significado, que aquel hombre campechano sabía más cosas de las que su afectuosa actitud daba a entender; pero en seguida rechazó esta idea descabellada.

*

Al entrar en el pueblo les salió al paso Roquet el dels Fems y les dio sendas octavillas donde se anunciaba el programa de la Fiesta Mayor. Misa solemne, animado pasacalle, puchinelis, fuegos de artificio, espléndidos bailes, juegos y concursos para grandes y chicos ¡magníficos premios! El tonto se reía de buena gana, anticipándose con la imaginación a aquel conjunto de deleites. A Prullàs, en cambio, estos eventos lo pillaban por sorpresa.

Caramba, chico, ¿en qué mundo vives?, rió su suegro; en los últimos días mi mujer y Martita han hecho dos escapadas a Barcelona para ir a la modista y a la peluquería y tú sin darte cuenta. ¡Vaya marido!

Pues no, la verdad, no había reparado, admitió Prullàs.

La ignorancia de la ley no exime de su cumplimiento, replicó el otro; ayer vi que estaban planchando mi smoking y el tuyo.

2

El segundo día de la Fiesta Mayor, a eso de las cinco de la tarde, sucedió un hecho extraordinario. Prullàs dormitaba en la gandula, bajo un pino, con *La Vanguardia* en equilibrio precario sobre las rodillas, cuando sus hijos, sudorosos y excitados, vinieron a interrumpir su amodorramiento. ¡Papá, por favor, papá, danos dinero para el tiro al blanco!, le dijeron. ¿Más dinero?, refunfuñó Prullàs, ¡pero si esta misma mañana el abuelo os ha dado veinte duros! ¡Ya los hemos gastado! ¡Papá, por favor, papá! Prullàs les dio un billete de veinticinco pesetas. No compréis helados ni porquerías, ¡y, sobre todo, nada de algodón de azúcar! Los niños asentían con mal fingida seriedad: no les parecía bien mostrar abiertamente su desinterés por quien se había dejado extorsionar sin resistencia. Antes de salir huyendo, le dijeron: Ah, papá, en la puerta de la calle hay un señor que pregunta por ti. ¿Un señor? ¿Y no me lo podíais haber dicho antes? Perdona, papá, pero nos habíamos olvidado. ¿Y no ha dicho quién era? Sí, pero no nos hemos fijado. Adiós papá.

Prullàs se levantó trabajosamente para acudir al encuentro del recién llegado. Al doblar el periódico leyó en grandes titulares la noticia de que un tribunal superior había rechazado la sentencia condenatoria contra Alfried Krupp por defectos de forma en el procedimiento. El potentado alemán había sido puesto en libertad y las acciones de su imperio industrial habían vuelto a sus manos. Tanto trabajo, para nada, pensó.

Ante la cancela, bajo el sol despiadado de la tarde, vio a don Lorenzo Verdugones. ¡Don Lorenzo, usted por aquí otra vez!, exclamó; ¡menuda sorpresa! Pero pase, pase, con este calor se va a achicharrar. No se preocupe, repuso el jerarca, soporto bien los rigores. Disculpe la tardanza, pero los niños se olvidaron de avisarme... Los niños, interrumpió la disculpa don Lorenzo Verdugones, son la semilla del futuro; el fruto temprano de la nueva España. Entonces, ¿no quiere pasar?, preguntó Prullàs. Preferiría que diéramos una vuelta por el pueblo; he visto las calles engalanadas; se conoce que es fiesta grande. ¡Las antiguas tradiciones de España! Está bien, daremos un paseo hasta el Casino, dijo Prullàs interpretando en la propuesta del otro un deseo de confidencialidad.

*

Los dos hombres caminaban por las calles desiertas, buscando la sombra de los árboles y las tapias. Ambos callaban. Ahora, sin embargo, a diferencia de otras veces, aquel silencio atormentaba a don Lorenzo Verdugones y se acomodaba bien al estado de ánimo de Prullàs: ni la curiosidad ni el temor ni el rencor que pudiera provocar en él la inesperada visita del jerarca bastaban para vencer su decaimiento.

Es posible, dijo al fin don Lorenzo Verdugones con evidente esfuerzo, pero sólo posible, que yo le deba a usted una disculpa por lo sucedido estos últimos días. En el hipotético caso de que así fuera, quiero dejar bien claro que no he venido a ofrecérsela.

Don Lorenzo, lo que usted piense y lo que usted diga me trae absolutamente sin cuidado, respondió Prullàs. Ah, entonces, ¿no le interesa saber la razón de mi visita? No, no me interesa, pero si me la quiere decir, dígamela.

Don Lorenzo Verdugones carraspeó antes de proseguir. En realidad he venido a despedirme. Hace un par de días recibí la notificación de mi traslado. Ha sido algo... repentino, a fuer de sincero; francamente, no lo esperaba. Por supuesto, no me importa en lo más mínimo. ¡En todas partes se puede servir a la patria! En efecto, asintió Prullàs, lo que usted hace se puede hacer en todas partes.

Siguieron caminando en silencio un rato más. Al acercarse al Casino se vieron envueltos en la humareda aceitosa de una churrería. Don Lorenzo Verdugones aspiró el denso aroma con deleite. ¡Buñuelos, polvorones, roscos y pestiños!, exclamó, ¡la cocina de España, ascética y sabrosa! Don Lorenzo, déjese de farfolla y cuénteme de una vez por qué le han dado el cese. ¿El cese?, murmuró el otro frunciendo el ceño; yo no lo veo bajo este prisma. Usted véalo como más le guste, don Lorenzo, pero la pura verdad es que le han hecho la vaca, ¿a quién pretende engañar? Venga, va, entremos en el Casino; a esta hora no habrá un alma y podremos conversar tranquilos y fresquitos.

*

Todo el pueblo sesteaba y la sala del Casino estaba totalmente vacía. Dieron palmas y apareció el señor Joaquín frotándose los ojos con los puños. Nunca hago la siesta, dijo, pero estos días de Fiesta Mayor, quieras que no, te acuestas a las tantas. No me quejo, eh, el negocio es el negocio. Luego los veraneantes se van y aquí los del pueblo nos quedamos a dos velas, añadió introduciéndose dos dedos en las fosas nasales para escenificar su aserto. Pónganos dos whiskies con hielo y seltz, dijo Prullàs. El mío doble, dijo don Lorenzo Verdugones.

Don Lorenzo Verdugones bebió un largo trago y se enjugó el bigotillo con un triángulo de papel casi transparente. Prullàs lo observaba con curiosidad. Vaya tipo, pensó; cuando estaba investido de poder me parecía un mamarracho, y ahora, desprovisto de todos sus atributos, me parece un mamarracho elevado al cubo. Y en voz alta, dirigiéndose a su silencioso interlocutor, dijo: Don Lorenzo, nadie nos oye, dígame la verdad, ¿estaba usted implicado en la conjura de San Juan de Luz?

El jerarca cesante dejó el vaso en la mesa y miró a Prullàs de hito en hito. ¿A qué viene esta pregunta? A nada, respondió Prullàs; pensé que ésta podía ser la causa de su destitución fulminante. ¿De mi traslado? No, no, de ninguna manera, repuso el otro con presteza, ¡mi lealtad al régimen no conoce fisuras! Por lo demás, lo de San Juan de Luz fue una astracanada. Figúrese usted, la vieja aristocracia provinciana: un atajo de meapilas sifilíticos. Y mientras ellos hacían ver que conspiraban y se dejaban desplumar en las mesas de bacarrá, a bordo del *Azor* el Jefe del Estado y don Juan de Borbón dirimían sus diferencias de hombre a hombre. Pidió otro whisky doble por señas al señor Joaquín y añadió: Ya es oficial; dentro de un mes viene a Madrid Su Alteza Real el príncipe don Juan Carlos para recibir la educación adecuada a su histórico futuro. ¡El porvenir de España está en buenas manos! El señor Joaquín trajo el whisky, Prullàs repartió tabaco y los tres fumaron. Luego el señor Joaquín se retiró discreto y sigiloso.

Le haré una confesión, prosiguió don Lorenzo Verdugones al cabo de un rato; me voy de Cataluña con cierta pena. Sí señor, contra todo pronóstico, he acabado encariñándome con esta hermosa y noble tierra: el tesón fabril de sus industrias, la finura de sus iglesias románicas, sus playas bañadas por el sol, los fértiles campos ilerdenses... ¡y Barcelona, urbe alegre, laboriosa y cosmopolita que inmortalizó Cervantes! ¡Gran región! Lástima de los catalanes, que la afean mucho.

Fumó un rato en silencio, meditando sus agravios, y al final dijo: No soporto a los catalanes. Me he pasado varios años dándoles coba en todos los discursos; ahora, por fin, puedo proclamar mis sentimientos sin reparo. No se preocupe, don Lorenzo, estoy seguro de que son recíprocos, dijo Prullàs con la tranquilidad de saber que el otro no le escuchaba.

Cuando me destinaron a este rincón de la península, siguió diciendo el jerarca cesante, vine con renuencia pero con la mejor de las intenciones. Me apliqué a solucionar los graves problemas existentes o, cuando menos, a paliarlos. Y vea cómo han pagado los catalanes mis desvelos. ¡Raza de Judas! A todo me decían que sí, y luego hacían lo que les daba la gana. Todos me daban la razón, pero nadie me quería. ¡He conocido la soledad del poder, amigo Prullàs! Nada de cuanto hice me sirvió para ganarme su voluntad: resolver la carestía de alimentos y de materias primas imprescindibles para la manufactura, fomentar la construcción de viviendas de protección oficial, acabar con el bandolerismo en la sierra del Cadí, autorizar las sardanas, ¡yo qué sé! ¿Y ellos? ¡Nada! Cada cual a lo suyo, y al bien común, boicot. En Cataluña las fuerzas económicas actúan en detrimento de su propio pueblo. ¡Qué atraso, señor, qué atraso! Es el liberalismo caduco y decimonónico, la sierpe del mercantilismo que levanta de nuevo su cabeza ponzoñosa contra la prosperidad de España. Una y otra vez nos hemos de enfrentar al viejo enemigo, como Ramiro I, que se negó a pagar el infame y execrable tributo de las cien doncellas; como don Pelayo, Recaredo y Wamba, como el Cid, el conde Fernán González y don Gonzalo de Córdoba, más conocido como El Gran Capitán.

Prullàs lo dejó desahogarse; cuando el otro hubo agotado el depósito de la retórica nacional, aprovechó para preguntar de nuevo: Pues si no ha sido la conjura monárquica, ¿qué ha pasado, don Lorenzo? ¿Quién le ha puesto de patas en la calle? Don Lorenzo Verdugones pidió a voces otro whisky doble. ¿No lo adivina, señor detective?, exclamó luego respondiendo a la pregunta de Prullàs, ¡los cabrones del Consorcio Harinero!

Ah, ya entiendo, dijo Prullàs; los ladrones de trigo le ganaron la mano. ¿Es eso? Y Fontcuberta era realmente el cerebro de la operación, como usted decía.

Ca, Fontcuberta es sólo un peón de la trama, un simple títere, dijo don Lorenzo Verdugones. Hay mucha gente implicada, de aquí y de otras partes; nombres conocidos.

¿Vallsigorri?, preguntó Prullàs. Supongo; y también ese picapleitos... ¿El letrado Sanjuanete? Sí, y más, y más. ¡Todos chupaban del bote! ¿Recuerda la noche en que nos conocimos, en casa de Brusquets? ¡Un avispero de prevaricadores, encubridores y peristas! En aquella cueva de Alí Babá, entre copas de champán, habanos y canapés, estaban esquilmando al pueblo hambriento ante nuestras propias narices. ¡Con el pan de la patria han amasado ellos sus fortunas! El señor Joaquín depositó el vaso de whisky sobre la mesa y se retiró a toda prisa, en vista del tono subido de la arenga. Don Lorenzo Verdugones trasegó la mitad del whisky y agregó en tono dolido: Si me hubieran dejado, yo habría limpiado el país de sanguijuelas, amigo Prullàs; habría extirpado este cáncer maligno si no me hubieran arrebatado el escalpelo de la mano. Pero se me adelantaron, ay, tienen protectores poderosos, muy arriba, usted ya me entiende. ¿En el Pardo?, insinuó Prullàs. ¡Al caudillo ni mentarlo!, repuso el otro; yo sólo he dicho «muy arriba». ¡Hasta en la Santa Cena hubo un traidor y el propio Cristo los había escogido! Ay, yo habría podido amputar el miembro gangrenado. Pero cuando estaba a punto de conseguirlo, cuando creía tenerlos en el garlito, se me adelantaron. Alguien les dio el soplo. ¿Sabe quién?

No me lo diga. Poveda.

No, hombre, Poveda trabaja para mí, rió el otro. Y de nuevo su rostro se ensombreció. ¡Sigüenza! ¡Quién me lo iba a decir! Yo había depositado en ese mequetrefe toda mi confianza, amigo Prullàs, y al final, ya lo ve, me salió rana. ¡Como a un hijo lo había tratado! Con personas así, ¿cuándo sacaremos a España de su atraso de siglos? En la voz del viejo luchador había un temblor próximo al sollozo y en sus ojos, la veladura sentimental de una cogorza.

Don Lorenzo, si quiere que le diga la verdad, esta historia a mí me importa un rábano, dijo Prullàs; y lo que le ha pasado a usted le está bien empleado por querer arreglar el mundo cuando nadie le ha pedido que lo hiciera. El heroico cesante miró a su interlocutor con más aflicción que enojo. Ay, repuso, a usted le resulta fácil hablar así, porque se pasa la vida escribiendo tonterías y viviendo del dinero de su suegro. Pero yo he dedicado toda mi vida a la patria, puñeta negra. Me he jugado los cojones en el Cuartel de la Montaña, en el Alto de los Leones de Castilla y en Teruel. ¡Estos cojones, amigo Prullàs! Y es triste ver cómo una vida entera, quemada en aras de un ideal, acaba disolviéndose en la sucia charca del latrocinio y el bandidaje. ¡Puñeta negra, mi vida entera a humo de pajas! Me estoy orinando. ¿Dónde están los servicios?

Prullàs le indicó la puerta y don Lorenzo Verdugones apuró el whisky, aplastó el cigarrillo en el cenicero y se levantó. Vuelvo en seguida, amigo Prullàs; no se me vaya, dijo; aún me queda algo importante que manifestar. ¡En todas partes se puede servir a la patria! ¿Dónde ha dicho que estaban los servicios?

*

Al cabo de un rato el heroico cesante regresó dando traspiés y se volvió a sentar. Nos hemos quedado en seco, murmuró mirando con perplejidad su vaso vacío. No le conviene beber más, don Lorenzo, dijo Prullàs; sobre todo si ha de volver a Barcelona conduciendo. Oh, no se preocupe por eso; todavía conservo el coche oficial y el chófer uniformado; no se atreverán a quitármelo. Tengo la Laureada de San Fernando; no voy a ir en tren. Además, no estoy borracho. Pero tal vez tenga razón: no nos conviene beber más. Hemos de conservar la cabeza clara para abordar un asunto pendiente, amigo Prullàs, la cabeza clara y el pulso firme. Amigo Prullàs, ya se lo he dicho en varias ocasiones y se lo repito ahora: usted me cae bien. ¡El pulso firme! Yo a usted le tengo afecto; no espero ser correspondido, pero se lo tengo. A veces hemos estado en desacuerdo, claro, pero a pesar de todo usted me cae bien. Considéreme un amigo. Un amigo sincero... y firme..., como el pulso. Esto había venido a decirle. No, espere, no me interrumpa. Aún hay más. Verá, ahora que Sigüenza me ha salido rana, yo he estado pensando y he llegado a la conclusión de que tal vez a usted podría interesarle venir conmigo, no como secretario, sino como hombre de confianza. Usted es discreto, leal y tiene don de gentes. En nuestro diario quehacer hace falta mucho don de gentes. Mano izquierda y pulso firme, amigo Prullàs; usted tiene una cosa y yo la otra. Considere mi proposición. ¿Qué responde?

Prullàs se demoró en responder el tiempo necesario para encontrar las palabras adecuadas. Don Lorenzo, dijo al fin, nunca me han hecho una oferta menos interesante. El heroico cesante suspiró. La verdad, no confiaba en que la aceptara, pero no quería irme sin intentarlo. No tema, no me ha ofendido con su negativa; yo en su caso, probablemente habría respondido de la misma manera. No hay razón alguna para que abandone el teatro: la vida bohemia, el aplauso del respetable, la fama... por no hablar de las chicas bonitas. Es esto, ¿verdad?

No, don Lorenzo, no es esto, respondió Prullàs; precisamente en estos últimos días he tomado la decisión de abandonar el teatro y dedicarme a los negocios. Ya he hablado con mi suegro en este sentido, él ha dado su conformidad y empezaré a trabajar en una de sus empresas este otoño. *¡Arrivederci, pollo!* será mi canto del cisne. Si he rechazado su proposición es porque me ha dado la gana. Y abróchese la bragueta.

Está bien, está bien, asintió el heroico cesante manipulando con torpeza los botones de la portañuela, tiene usted todo el derecho del mundo a mofarse. ¡Ánimo, haga leña del árbol caído! Al fin y al cabo, yo tengo la culpa: me estoy comportando de una manera grotesca e indigna, lo sé, lo sé. Estoy un poco mareado; es este calor infernal y este asqueroso olor a churros, que me está dando bascas. También he dicho alguna tontería, lo reconozco. Todo hombre tiene su punto flaco, como dice Frederic March. No, se apresuró a aclarar al advertir la mirada divertida de su interlocutor, no me gusta el cine, me parece una solemne tontería; pero de cuando en cuando, para distraerme de las preocupaciones... Bueno, es posible que hoy haya venido aquí buscando precisamente esta humillación; sabe Dios cómo funcionará el subconsciente. Pero todo eso no le autoriza a creerse superior a mí, amigo Prullàs. Será usted un necio si se cree superior a mí. Y voy a decirle algo más: su postura le resulta muy cómoda, pero es insostenible; tarde o temprano deberá tomar partido. Y si no lo hace, otros lo harán por usted. Es posible que ya lo hayan hecho, hace tiempo, sin usted haberse enterado. ¿Ve?, ya está, agregó señalando la botonadura.

Don Lorenzo, lleva usted razón, repuso Prullàs; su conducta es verdaderamente grotesca. Y para concluir, quiero que quede clara una cosa: Usted ha empezado diciendo que no venía a ofrecerme sus excusas por lo sucedido estas últimas semanas. Pues bien, sepa usted que si hubiera venido a ofrecerme sus excusas, yo no se las habría aceptado. Y no me creo superior a usted, don Lorenzo, pero es muy probable que lo sea. Me parece que con esto hemos agotado los temas de conversación.

Usted sabrá lo que le conviene, dijo don Lorenzo Verdugones levantándose de nuevo. ¡Mozo, la dolorosa! De ningún modo, don Lorenzo, dijo Prullàs; usted ha venido a visitarme y por lo tanto me corresponde a mí invitarlo: ninguna desavenencia ha de llevarnos a conculcar las sagradas leyes de la hospitalidad. ¡Señor Joaquín, cárguelo todo a mi cuenta!

Don Lorenzo Verdugones echó a andar hacia la puerta acompañado de Prullàs. El Ministerio de la Gobernación, dijo al llegar al umbral, ha designado para sucederme en el cargo al coronel Vergara, con quien me oyó hablar el otro día por teléfono; es un muchacho que vale mucho; si alguna vez necesita algo, no vacile en recurrir a él. Aunque el caso Vallsigorri está cerrado, es posible que todavía le ocasione pequeñas molestias. Si así fuera, tanto el coronel Vergara como el propio Sigüenza le atenderán con mucho gusto. Sea como sea, le deseo mucho éxito con su comedia, no deje de ponerme a los pies de su señora, y hágame caso: quite al tartamudo. Dio un paso al frente y cruzó con decisión la línea divisoria entre la fresca penumbra de la sala y la abrasadora claridad de la calle. Vaya, murmuró tapándose los ojos con el antebrazo, he debido dejarme las gafas de sol en el coche. En fin, ¡valor y al toro!

Prullàs le tendió la mano, que el otro estrechó brevemente y con fuerza. Aproveche para dormir durante el trayecto, dijo Prullàs. Gracias, así lo haré, dijo don Lorenzo Verdugones. Luego se alejó unos pasos, se detuvo en mitad de la calzada, dio media vuelta y exclamó con su antigua voz de trueno: Si cambia de opinión, hágamelo saber. A la patria le están haciendo mucha falta hombres como usted y como yo, amigo Prullàs. ¡Alguien tiene que marchar en vanguardia, formar las filas y encuadrar a los tibios!

Enderezó la espalda, hizo chocar los talones y saludó brazo en alto ante la mirada perpleja de una anciana que acababa de instalar en la acera un puesto de chufas y altramuces.

3

Todavía brillaban en todas las pupilas el resplandor de los cohetes, las ruedas y las cascadas del castillo de fuegos artificiales, todavía vibraba en el aire el estruendo de la traca final y la brisa del mar arrastraba por los últimos rincones el olor de la pólvora, cuando los veraneantes, de tiros largos, perfumados y enjoyados, fueron haciendo su entrada en el Casino. En la calle se había congregado la gente del pueblo para presenciar un año más aquella manifestación de elegancia y honorabilidad. No obstante lo avanzado de la hora, aprovechando la tolerancia de los días festivos, también habían acudido los niños de la colonia, acompañados del servicio doméstico, para ver desfilar a sus padres. Con el rabillo del ojo Prullàs distinguió a sus hijos encaramados a un murete de la acera opuesta, desde donde podían contemplar sin trabas el espectáculo. Esta visión lo sacó de su apatía. Dentro de muchos años, pensó, cuando la mayoría de nosotros ya haya muerto, guardarán todavía el recuerdo de estos años felices; tal vez esta remota posibilidad sea la única exculpación de la futilidad de nuestras vidas.

*

En la sala de los billares, engalanada con banderolas y gallardetes, el señor Joaquín y sus hijos, vestidos con sendos ternos de lana gris oscura, recibían a cada pareja con una ceremoniosa y progresivamente acalorada inclinación del busto. La orquesta tocaba un vals en el jardín. El cielo se había mantenido despejado todo el día y nada hacía temer que un aguacero viniese a desbaratar la fiesta. La noche era tibia; no obstante, las señoras habían depositado aquella misma tarde en el guardarropa del Casino chales, echarpes y toreritas en previsión del relente.

Prullàs dejó a Martita y a sus suegros dedicados a un laborioso intercambio de saludos y cumplimientos con otros veraneantes y buscó refugio en el mostrador, atendido, en sustitución del señor Joaquín y de sus hijos, por una muchacha inexperta y azarada, a quien el doctor Mercadal dirigía en aquel momento una cariñosa regañina.

Ah, Prullàs, ven a ver esto, ¿qué te parece? Pido un whisky y esta señorita me sirve una ración ridícula, como si se tratara de un jarabe para la tos... ¡o de un laxante! A ver, jovencita, déjeme esa botella y yo le enseñaré cómo se hacen las cosas bien hechas. Y ponga otro vaso con hielo para mi amigo.

El eminente cirujano se sirvió una cumplida ración para sí y sirvió a Prullàs otra de idénticas características. Brindaron por el final del verano y bebieron. Marichuli Mercadal se reunió con ellos sumida en honda preocupación: al entrar había descubierto a Alicia entre la multitud y le había parecido que no iba suficientemente abrigada. Le dije que se pusiera la rebeca de angorina, que es muy calentita y le sienta la mar de bien, pero ella, erre que erre, se ha puesto la blusa granate, fina como un papel de fumar. Nunca hace caso, es tozuda como una mula, se lamentó.

Déjala estar, mujer, no le pasará nada, dijo el doctor Mercadal; te he dicho mil veces que no te obsesiones con la pobre Alicia. Obsesionarse no sirve de nada y esta actitud sobreprotectora le acabará creando una relación de contratransferencia que puede afectar al desarrollo de su identidad. Me parece que yo también me tomaré un whisky, dijo Marichuli Mercadal con un ademán de fastidio; pero no me ponga tanta cantidad, por favor. No sabía que bebieras whisky, dijo Prullàs. Hoy debuto, repuso ella. Bebió un trago y experimentó no tanto un estremecimiento como una convulsión. Por sus ojos pasó aquel ramalazo de locura que Prullàs había detectado en ocasiones anteriores. ¿Bailamos?, le propuso.

*

Bajaron las escaleras que conducían al jardín. La pista de baile estaba iluminada por docenas de farolillos japoneses. Gracias por sacarme de allí, susurró ella; no soporto a ese imbécil, de veras que no lo soporto. El día menos pensado lo asesinaré. ¡Por Dios, no digas eso ni en broma!, dijo Prullàs ciñéndole el talle. Aspiró el aroma que desprendía la cabellera de su pareja y exclamó: Hueles muy bien. ¿Qué perfume te has puesto? *Arpège*, respondió Marichuli Mercadal; mi marido se lo compró a un estraperlista y me lo regaló hace un tiempo, ¿por qué lo preguntas? Por curiosidad; ¿cómo te encuentras? Fatal, repuso ella; cuando volvamos a Barcelona quieren someterme a una pequeña intervención. Dicen que con eso se me pasará este desasosiego. Sí, dijo Prullàs, ya me lo ha comentado tu marido. ¿Y tú crees que debo hacerlo, Carlos?, ¿realmente debo someterme a una lobotomía? Prullàs vaciló. Francamente, no tengo la menor idea, dijo al cabo de un rato; pero si tu marido lo dice, por algo será: él sólo quiere lo mejor para ti.

La orquesta tocaba un danzón. Era el principio de la velada y pocas parejas bailaban. Nadie les prestaba atención. Prullàs percibió el ardor que exhalaban los hombros de Marichuli Mercadal y la vibración que transmitía su cuerpo a través de la ropa. Empezó a sentir la embriaguez producida por el whisky, la cadencia del baile, el aire suave de la noche: deseó seguir siempre así, que aquel danzón se prolongara eternamente. Ella rehusaba mirarlo, pero Prullàs comprendió que bastaría una palabra suya, un simple gesto para que se derrumbara el muro levantado entre ambos. Martita pasó por su lado bailando con un conocido, le sonrió y le guiñó un ojo; él respondió del mismo modo a esta señal de complicidad y de cariño. Concluyó la pieza, hubo aplausos y el individuo que había estado bailando aquélla con Martita pidió permiso a Prullàs para bailar la próxima con Marichuli Mercadal. Prullàs le cedió a su pareja y se retiró de la pista. Sintió sed y decidió volver al bar.

Al subir las escaleras lo abordó un desconocido que le saludó con una mezcla de timidez y familiaridad. ¿No se acuerda de mí, señor Prullàs? Pues no, lo siento. No importa, no importa, dijo el desconocido; es natural; pero se acordará en cuanto le diga mi nombre artístico: soy el diabólico doctor Corbeau, aclaró esbozando un pase magnético. Ah, caramba, ¿y qué le trae de nuevo por aquí, amigo Corbeau? El rostro del ilusionista se iluminó con una sonrisa de satisfacción. Me han contratado para actuar en el festival infantil, explicó; ya ve usted qué suerte. Por lo visto habían apalabrado a Li Chang, pero en el último momento, por razones de salud, no pudo venir, el tiempo se les echaba encima, y como yo había dejado mis señas al señor Joaquín por si acaso las necesitaban, pues me avisaron... y aquí estoy, con mis cajitas de doble fondo y mis polvos de la madre Celestina.

Vaya, me alegro mucho, amigo Corbeau, dijo Prullàs. Gracias, repuso el ilusionista; el verano está dando las últimas boqueadas y hasta el próximo mayo, con las primeras comuniones, habrá que pasar la maroma como sea, así que un contrato tan bueno como éste me viene de perillas. Sinceramente, no me lo esperaba, sobre todo después de aquel lamentable incidente... Por suerte, agregó con un suspiro de felicidad, la gente lo olvida todo y todo lo perdona con tal de ver un espectáculo que la distraiga, incluso un espectáculo tan trillado como el del doctor Corbeau. Los que nos dedicamos a estas cosas a veces las pasamos magras, pero de esto podemos estar seguros: antes prescindirá la gente de comer que de nosotros, ¿no está de acuerdo, señor Prullàs?

Habían llegado al bar donde ahora un hijo del señor Joaquín se hacía cargo de la clientela, mientras la camarera novata lavaba y secaba platos, tazas y cucharillas con las mejillas encendidas y un ruido insoportable. Prullàs pidió un vaso de agua, lo apuró de un trago y luego, dirigiéndose al doctor Corbeau, le dijo: Lleva usted mucha razón, amigo Corbeau: esta convicción es lo único que nos mantiene a flote; tome lo que le apetezca y diga que lo carguen en mi cuenta.

Estrechó la mano blanda del ilusionista y regresó al jardín. Una vez allí buscó con los ojos a Martita y no la vio.

*

En el estrado de la orquesta, a los pies de los músicos, se sentaba Roquet el dels Fems. Aunque la velada estaba abierta a quien hubiera adquirido la entrada, por un acuerdo tácito de cuyos orígenes nadie guardaba memoria, aquél era el baile de los veraneantes, la ceremonia con que la colonia clausuraba oficialmente la temporada estival. Sólo Roquet el dels Fems, por sus características especiales, en virtud de un acuerdo igualmente tácito e igualmente incontestable, y por más que este acuerdo provocara la desaprobación unánime, estaba exento de aquella norma diferenciadora. Ahora seguía, estúpido y dichoso, con ojos entornados y desacompasado balanceo de cabeza, las evoluciones de las parejas, y se reía cada vez que sonaba el saxofón. Prullàs se sentó a su lado. La orquesta volvió a tocar y las parejas reanudaron el baile. Prullàs y Roquet contemplaron un rato aquel islote de felicidad en medio de la violencia y la incertidumbre; era un mundo aparte, condenado seguramente a perecer, pero aún entero, precario y obstinado superviviente de su propio pasado. A la vista de aquel espectáculo amable, después de la agitación de las últimas semanas y del desasosiego de los últimos días, Prullàs se sintió en paz consigo mismo. Por primera vez comprendía que todo se reducía a una fórmula sencilla: que los años no habían pasado en balde para él, que se había hecho mayor y que acababa de vivir el último verano de su juventud. Ahora se veía a sí mismo como lo que era: un hombre adulto sin oficio ni beneficio, y sin otro futuro que la nostalgia. Sólo era, en definitiva, una pieza de aquel prodigioso engranaje, limpio de mérito y de culpa, simple heredero de un pasado en cuya construcción no había participado, pero cuyas consecuencias estaba obligado fatalmente a aceptar. Ahora comprendía que Gaudet había tenido razón desde el primer momento: que su carrera estaba acabada, que sus chistes, sus juegos de palabras y sus retruécanos ya no producían ningún efecto en la nueva sensibilidad del público, porque todo estaba a punto de cambiar radicalmente en la sociedad, menos aquella paz, duramente conquistada y arduamente defendida contra toda asechanza. Ahora comprendía que aquélla era la vida que le había sido destinada y que hasta tanto las circunstancias no dispusieran lo contrario, todo esfuerzo encaminado a cambiarla estaba condenado de antemano al fracaso.

Para alejar de sí estos pensamientos sacó la cajetilla de tabaco rubio, encendió un cigarrillo y le ofreció otro a Roquet el dels Fems. Éste lo aceptó con gratitud y se lo colocó detrás de la oreja. Fúmatelo, hombre, le dijo Prullàs. No me dejan fumar, dijo el tontito. Un día es un día, repuso Prullàs.